Julia Quinn

IL DUCA E IO

IL VISCONTE CHE MI AMAVA

SERIE BRIDGERTON
LIBRI 1 E 2

Traduzioni di Milena Fiumali e Antonella Pieretti

Il duca e io © 2000 by Julie Cotler Pottinger
The Duke and I: The 2nd Epilogue © 2013 by Julie Cotler Pottinger
Il visconte che mi amava © 2000 by Julie Cotler Pottinger
The Viscount Who Loved Me: The 2nd Epilogue. Originally published as an e-book
© 2006 by Julie Cotler Pottinger
Published by arrangement with Avon, an imprint of HarperCollins Publishers
Published by arrangement with The Italian Literary Agency

© 2024 Mondadori Libri S.p.A., Milano

I edizione Oscar Bestsellers luglio 2024

ISBN 978-88-04-79564-3

Questo volume è stato stampato
su carta HOLMEN
con fibra vergine proveniente da foreste sostenibili holmen.com/paper
presso ELCOGRAF S.p.A.
Stabilimento - Cles (TN)
Stampato in Italia. Printed in Italy

 oscarmondadori.it

 mondadori.it

IL DUCA E IO

BRIDGERTON

LIBRO 1

A Danelle Harmon e Sabrina Jeffries,
senza le quali non avrei mai finito
questo libro in tempo.

A Martha,
del forum "The Romance Journal",
per avermi suggerito di intitolarlo
Daphne's Bad Heir Day.

A Paul,
anche se per lui ballare significa
stringermi la mano e rimanere fermo
a guardarmi mentre io volteggio.

PROLOGO

La nascita di Simon Arthur Henry Fitzranulph Basset, conte di Clyvedon, era stata celebrata con grande pompa. Le campane avevano suonato per ore e, nell'enorme castello che sarebbe stato la dimora del neonato, era stato offerto champagne a fiumi. Tutto il villaggio di Clyvedon aveva interrotto il lavoro per partecipare ai festeggiamenti voluti dal padre del piccolo.

«Non è un bambino come gli altri» aveva detto il fornaio al fabbro. E questo perché Simon Arthur Henry Fitzranulph Basset, il bimbo con più nomi di quanti ne servissero a qualsiasi comune mortale, era l'erede di uno dei ducati più antichi e ricchi d'Inghilterra. Inoltre suo padre, il duca di Hastings, aveva aspettato per anni la sua nascita.

Nell'anticamera della stanza della moglie, mentre cullava il figlioletto, il duca scoppiava di orgoglio. Aveva superato di un bel po' i quarant'anni e aveva visto gli amici, duchi e conti, avere un figlio dopo l'altro. Alcuni avevano dovuto subire la nascita di figlie femmine prima che arrivasse il prezioso erede, ma alla fine la loro discendenza era stata assicurata dalla venuta al mondo di un maschio.

Però questo non era successo al duca di Hastings. Malgrado sua moglie avesse concepito cinque volte in quindici anni di matrimonio, Lady Hastings aveva portato a termine solo due gestazioni. Ma i bambini erano nati morti. Dopo l'ultima gravidanza, che si era interrotta al quinto mese con un aborto spontaneo, medici e chirurghi, unanimi, avevano avvertito le Loro Grazie di non tentare più di avere figli. La vita stessa della duchessa era in pericolo: era troppo fragile, troppo debole e forse, dissero con tatto, troppo matura. Sua Grazia doveva semplicemente rassegnarsi al fatto che il ducato non poteva rimanere alla famiglia Basset.

Ma la duchessa, conscia della propria posizione nella società, dopo sei mesi di astinenza cautelativa, aveva riaperto la porta di comunicazione tra la propria camera e quella del marito. E il duca, ancora una volta, aveva ripreso la sua ricerca di un figlio.

Dopo cinque mesi Lady Hastings aveva informato il marito di aspettare un bambino. La gioia del duca era stata accompagnata dalla caparbia determinazione di impedire l'interruzione della nuova gravidanza. La duchessa era stata confinata a letto immediatamente, e un dottore aveva ricevuto l'incarico di visitarla ogni giorno. Superata la prima metà della gestazione, il duca aveva scelto il medico più stimato di Londra e l'aveva ricoperto d'oro perché lasciasse il suo studio e si trasferisse temporaneamente al castello di Clyvedon. Non aveva voluto correre rischi. Avrebbe avuto un figlio e il ducato sarebbe rimasto nelle mani dei Basset.

La duchessa ebbe delle contrazioni con un mese di anticipo e così le misero dei cuscini sotto i fianchi. Il dottor Stubbs spiegò che in quel modo la gravità avrebbe potuto aiutare il bambino a restare dov'era. Il duca, pensando fosse un'ottima intuizione, dopo che il medico si era ritirato per la notte, aggiunse un altro cuscino per aumentare l'inclinazione di venti gradi. La duchessa rimase in quella posizione per un mese intero.

Poi un bel giorno, finalmente, arrivò il momento della verità. Al castello pregarono tutti per il duca, che desiderava ardentemente un erede, ma pochi si ricordarono di pregare per la duchessa, diventata debole e fragile nonostante la pancia fosse grande e tonda. Cercarono di non essere troppo ottimisti: dopotutto la donna aveva già partorito e seppellito due neonati; e anche se il parto fosse andato bene, poteva benissimo nascere una femmina.

Quando le grida della duchessa erano diventate più frequenti e più acute, il duca era entrato nella stanza, ignorando le proteste del dottore, dell'ostetrica e della cameriera. Aveva trovato una scena di sangue e dolore, ma aveva voluto essere presente quando il sesso del bambino era stato rivelato. Era comparsa la testa, quindi le spalle. Tutti erano tesi in avanti durante il travaglio e poi...

Poi il duca aveva capito che Dio c'era e che sorrideva ai Basset. Aveva concesso all'ostetrica giusto il tempo necessario per lavare il bambino, poi l'aveva preso tra le braccia ed era andato nella sala grande per mostrarlo a tutti.

«Ho un figlio!» aveva gridato. «Un figlio bellissimo!»

Mentre i domestici applaudivano e piangevano di sollievo, il duca aveva guardato il piccino e aveva detto: «Sei perfetto. Sei un Basset. Sei mio».

Avrebbe desiderato portare il bambino all'aperto per far vedere che aveva finalmente un figlio maschio e sano, ma l'aria di aprile era un po' troppo fresca, così si era rassegnato a consegnarlo alla balia. Dopodiché aveva cavalcato in lungo e in largo gridando la sua gioia a tutti coloro che avevano voglia di ascoltarlo.

Intanto la duchessa, vittima di una emorragia che i medici non erano riusciti a fermare, aveva perso conoscenza ed era scivolata nell'aldilà.

Il duca aveva pianto la moglie, sinceramente. Non si erano amati, ma erano stati amici, anche se in modo un po' freddo e distante. Il duca non si era aspettato altro dal matrimonio che un figlio e un erede, e da questo punto di vista sua moglie era stata una sposa perfetta. Quindi aveva predisposto che sulla sua tomba vi fossero fiori freschi ogni settimana in qualsiasi stagione e il ritratto della moglie era stato trasferito dal salotto al grande atrio, in una posizione privilegiata sopra l'imponente scalone.

Dopodiché, il duca si era dedicato all'impegnativo compito di crescere il figlio.

Durante il primo anno non aveva potuto, ovviamente, fare molto. Il bambino era troppo piccolo per ricevere lezioni sulla gestione delle proprietà terriere e responsabilità annesse, così l'aveva lasciato alle cure della balia ed era andato a Londra, dove aveva continuato la sua vita di sempre, a parte il fatto che obbligava tutti, persino il re, ad ammirare la miniatura del figlioletto che aveva fatto dipingere poco dopo la sua nascita.

Il duca tornava di tanto in tanto al castello, poi si era stabilito definitivamente a Clyvedon in occasione del secondo compleanno del figlio, pronto a occuparsi personalmente della sua educazione. Gli aveva comprato un pony, un piccolo fucile per le future cacce alla volpe e aveva assunto dei precettori per ogni materia conosciuta nel suo mondo.

«È troppo piccolo per queste cose!» aveva esclamato la balia, Mrs Hopkins.

«Sciocchezze. Certo non mi aspetto che impari tutto subito, ma non è mai troppo presto per iniziare l'educazione di un duca» aveva risposto.

«Lui non è un duca» aveva borbottato la balia.

«Lo sarà.» Hastings le aveva voltato le spalle e si era chinato accanto al figlio che stava costruendo sul pavimento un asimmetrico castello con i cubi. Il duca era compiaciuto per come stava crescendo il piccolo. Era un bambino sano e robusto, con i capelli neri e gli occhi azzurri.

«Che cosa stai costruendo, figliolo?»

Simon aveva sorriso e aveva indicato il castello.

Hastings aveva guardato Mrs Hopkins. «Non parla?»

«Non ancora, Vostra Grazia.»

Il duca si era accigliato. «Ha due anni. Non dovrebbe parlare?»

«Alcuni bambini lo fanno più tardi di altri, Vostra Grazia. Ma è un bambino intelligente.»

«Certo che lo è. È un Basset.»

La donna aveva annuito. Lo faceva sempre quando il duca parlava della superiorità dei Basset. «Forse non ha niente da dire» aveva commentato.

Il duca non era convinto, ma aveva dato al piccolo un soldatino, gli aveva accarezzato la testa ed era andato ad allenare la puledra che aveva acquistato da Lord Worth.

Due anni dopo, però, la sua fiducia era diminuita.

«Perché non parla?» aveva gridato.

«Non lo so» aveva risposto Mrs Hopkins torcendosi le mani.

«Che cosa gli avete fatto?»

«Io non ho fatto niente.»

«Se aveste svolto il vostro lavoro correttamente, lui adesso parlerebbe!» aveva esclamato il duca indicando il figlio.

Simon, che stava esercitandosi con le lettere sul suo piccolo banco, aveva osservato i due con interesse.

«Ha quattro anni, dannazione. Dovrebbe essere capace di parlare!»

«Ma sa scrivere» aveva ribattuto la donna. «Ho cresciuto cinque bambini e nessuno ha imparato a scrivere in fretta quanto il signorino Simon.»

«Una montagna di fogli scritti non serve a niente se non sa parlare.» Hastings aveva guardato il figlio e aveva esclamato con rabbia: «Parla con me, dannazione!».

Simon aveva fatto un balzo indietro. Gli tremava il labbro inferiore.

«Vostra Grazia, lo spaventate!»

Hastings era esploso. «Forse ha bisogno di spaventarsi. Forse quello che gli serve è una buona dose di disciplina. Una bella sculacciata potrebbe fargli trovare la voce.»

Il duca aveva afferrato la spazzola dei capelli di Simon e si era rivolto al figlio gridando: «Ti farò parlare io, stupido, piccolo...».

«No!»

La balia aveva sussultato. Il duca aveva lasciato cadere la spazzola. Era la prima volta che sentivano la voce di Simon.

«Che cosa hai detto?» aveva bisbigliato il duca con le lacrime agli occhi.

Con i pugni stretti e il mento sollevato, Simon aveva continuato: «Non… p-p-p-p».

Il duca era impallidito. «Che cosa dice?»

Simon aveva tentato ancora. «P-p-p…»

«Oddio, è stupido.»

«Non è stupido!» aveva esclamato la balia abbracciando il bambino.

«N-n-n-n-on p-p-p-p-icch-ia-ia-rmi.»

Hastings si era seduto con la testa tra le mani. «Che cosa ho fatto per meritare questo? Che cosa posso avere fatto di male?»

«Dovreste lodarlo!» l'aveva ammonito la Hopkins. «Avete aspettato quattro anni perché parlasse e…»

«Ed è un idiota! Un dannato, piccolo idiota!» aveva tuonato il padre.

Simon si era messo a piangere.

«Hastings finirà nelle mani di un mezzo cretino» aveva borbottato il duca. «Tanti anni a pregare di avere un erede, e ora è tutto perduto. Avrei dovuto lasciare che il titolo andasse a mio cugino.» Si era voltato verso il figlio, che tirava su con il naso e si asciugava gli occhi cercando di apparire forte di fronte a suo padre. «Non posso neanche guardarlo. Non lo sopporto.»

Detto questo, il duca era uscito dalla stanza.

Mrs Hopkins aveva abbracciato forte Simon. «Non sei un idiota. Sei il bambino più intelligente che abbia conosciuto. Se c'è qualcuno in grado di parlare bene, quello sei tu.»

Simon le aveva gettato le braccia al collo e aveva pianto.

«Glielo faremo vedere. Gli faremo rimangiare quello che ha detto, fosse l'ultima cosa che faccio in vita mia.»

Mrs Hopkins aveva mantenuto la parola. Mentre il duca di Hastings si trasferiva di nuovo a Londra cercando di convincersi di non avere più un figlio, lei aveva passato ogni minuto con Simon insegnandogli a formulare suoni, parole e frasi, lodandolo quando le pronunciava bene e incoraggiandolo quando non ci riusciva.

Il progresso era stato lento, ma Simon era migliorato. Quando aveva compiuto sei anni "N-n-n-n-n-n-non" era diventato "N-n-non" e a otto riusciva a dire un'intera frase senza balbettare, ma si inceppava quando era nervoso e la balia gli doveva raccomandare di restare calmo e concentrato se voleva che le parole gli uscissero dalla bocca tutte intere.

Simon era determinato, intelligente e, cosa importante, molto testardo.

Finalmente, all'età di undici anni aveva detto a Mrs Hopkins, dopo essersi concentrato su ciò che intendeva pronunciare: «Credo sia ora che vada a trovare mio padre».

Il duca non vedeva il figlio da sette anni e non aveva risposto a nessuna delle sue lettere. Simon gliene aveva mandate un centinaio.

«Ne sei sicuro?» gli aveva chiesto lei.

Simon aveva annuito.

«Bene. Allora ordino la carrozza. Partiremo domattina.»

Il viaggio era durato un giorno e mezzo. Simon aveva guardato le trafficate strade di Londra con aria sognante. Erano giunti a Basset House nel pomeriggio e Mrs Hopkins aveva bussato alla porta.

Dopo pochi secondi si erano trovati davanti a un imponente maggiordomo che li aveva guardati dall'alto in basso.

«I fornitori entrano dal retro» aveva detto l'uomo apprestandosi a chiudere.

«Un momento!» aveva esclamato la Hopkins mettendo il piede tra la porta e lo stipite. «Non siamo servitori.»

L'uomo aveva guardato gli abiti della donna con sussiego.

«Be', io lo sono, ma lui no.» Aveva spinto avanti Simon dicendo: «Lui è il conte di Clyvedon e farete bene a trattarlo con rispetto».

Il maggiordomo era rimasto a bocca aperta. «Mi era sembrato di capire che il conte di Clyvedon fosse morto!»

«Come?» aveva strillato la Hopkins.

«Di sicuro io non lo sono!» aveva esclamato Simon con l'altezzosa indignazione di un ragazzino di undici anni.

L'uomo aveva esaminato Simon e, riconoscendo in lui le fattezze dei Basset, l'aveva fatto entrare insieme alla donna. «Perché credevate che fossi m-morto?» aveva domandato Simon biasimandosi per essersi inceppato, ma non sorpreso. Balbettava sempre quando era in collera.

«Non sta a me dirlo» aveva risposto il maggiordomo.

«Io credo di sì. Non potete dire una cosa simile a un ragazzino di undici anni senza dargli una spiegazione» aveva replicato la tata.

Dopo una pausa, l'uomo aveva spiegato: «Sono anni che Sua Grazia non parla di voi. L'ultima volta ha detto di non avere più un figlio. Lo ha detto con tristezza, così nessuno gli ha chiesto altro. Noi... noi domestici allora abbiamo pensato che foste... morto».

Simon aveva sentito la mandibola irrigidirsi e le parole bloccarsi in gola.

«Il duca in tal caso non sarebbe stato in lutto?» aveva domandato la Hopkins. «Avete pensato a questo? Come avete potuto ritenere che il ragazzo fosse morto se suo padre non era in lutto?»

Il maggiordomo aveva alzato le spalle. «Sua Grazia veste spesso di nero. Il lutto non avrebbe richiesto un abbigliamento diverso dal solito.»

«Questo è un oltraggio. Voglio che avvertiate subito Sua Grazia della nostra visita.»

Simon non aveva detto nulla. Si stava sforzando di controllare le proprie emozioni. Non sarebbe riuscito a parlare con suo padre, se il sangue gli scorreva così in fretta nelle vene.

Il maggiordomo aveva annuito. «Sua Grazia è di sopra. Lo avverto subito del vostro arrivo.»

La balia aveva iniziato a camminare avanti e indietro borbottando a denti stretti tutte le imprecazioni che conosceva, e sorprendendosi del suo ampio vocabolario, all'indirizzo del duca. Simon era rimasto al centro della stanza, le braccia tese e i pugni stretti lungo i fianchi, continuando a fare respiri profondi.

"Puoi farcela" si ripeteva fra sé. "Puoi farcela."

La Hopkins si era voltata verso di lui e, vedendolo in quello stato, era trasalita. «Sì, bravo, così.» Si era inginocchiata e gli aveva preso le mani tra le sue. Sapeva meglio di chiunque altro cosa sarebbe successo se Simon avesse provato ad affrontare il padre prima di calmarsi. «Inspira ed espira profondamente. E assicurati di aver pensato a ogni singola parola prima di pronunciarla. Se riesci a controllarti…»

«Vedo che continuate a coccolarlo» aveva detto una voce imperiosa dalla soglia.

Mrs Hopkins si era alzata in piedi e si era voltata lentamente. Cercava di pensare a qualcosa di rispettoso da dire, qualcosa che potesse alleggerire quell'orribile situazione, ma quando aveva guardato il duca e aveva visto in lui Simon, era andata di nuovo in collera. Il duca assomigliava fisicamente al figlio, ma non era certo un padre per lui.

«Siete spregevole, Vostra Grazia!» aveva esclamato la donna.

«E voi siete licenziata! Nessuno parla in questo modo al duca di Hastings.»

«Nemmeno il re?» aveva chiesto Simon con tono di scherno.

Hastings si era voltato. Non si era neanche accorto che il figlio non aveva balbettato. «Tu?» aveva mormorato.

Simon aveva annuito in modo deciso. Era riuscito a pronunciare una frase senza balbettare, ma erano state soltanto poche parole, e preferiva non tentare un'altra volta la fortuna. Non mentre era tanto turbato. Normalmente riusciva a non balbettare per giorni, ma in quel momento…

Per come lo fissava il padre, Simon si era quasi sentito un bambino piccolo. Un piccolo idiota. E di colpo gli si era bloccata di nuovo la lingua.

Con un ghigno crudele, il duca aveva chiesto: «Che cosa hai da dire, eh? Che cosa vuoi dire?».

Lanciando uno sguardo furente al duca, la tata aveva bisbigliato a Simon: «Va tutto bene, non lasciarti intimidire da lui. Puoi farcela, tesoro».

Ma il suo tono incoraggiante aveva peggiorato la situazione. Simon voleva mostrare al padre il suo lato migliore e la Hopkins lo trattava come se fosse ancora piccolo.

«Che cosa succede? Il gatto ti ha mangiato la lingua?» l'aveva investito il duca.

Simon aveva cominciato a tremare. Padre e figlio si erano fissati per un'eternità, finché il duca aveva imprecato e si era voltato per lasciare la stanza. «Sei il mio fallimento. Non so che cosa ho fatto per meritarti, ma, che Dio mi sia testimone, non poserò un'altra volta gli occhi su di te.»

«Vostra Grazia!» aveva esclamato Mrs Hopkins con indignazione.

«Toglietemelo di torno! Potrete rimanere al vostro posto, basta che me lo teniate lontano.»

«Un momento!»

Al richiamo di Simon il duca si era voltato lentamente. «Hai detto qualcosa?»

Simon aveva fatto tre lunghi respiri, con le labbra strette per la collera. Si era sforzato di rilassare la mandibola e di muovere la lingua contro il palato, cercando di ricordare le sensazioni di quando riusciva a pronunciare le parole per intero. Con uno sforzo sovrumano, proprio quando il duca stava per uscire, il ragazzino aveva aperto la bocca per dire: «Io sono vostro figlio».

Simon aveva sentito il sospiro di sollievo della balia e qualcosa che non aveva mai visto prima era comparso nello sguardo di suo padre. Orgoglio. Non molto, ma era già qualcosa, e gli aveva infuso un filo di speranza.

«Sono vostro figlio» aveva ripetuto con voce un po' più alta «e non sono s-s-s...»

All'improvviso gli si era chiusa la gola ed era stato preso dal panico. "Ce la puoi fare, ce la puoi fare." Ma aveva la gola stretta e gli occhi di suo padre erano tornati severi.

«Io non sono s-s-s...»

«Va' a casa. Qui non c'è posto per te» aveva detto il duca a bassa voce.

Simon aveva sentito il rifiuto del padre penetrargli nelle ossa, uno strano dolore entrare nel corpo e avvolgergli il cuore. E mentre l'odio lo sommergeva e gli sgorgava dagli occhi, aveva fatto una promessa solenne: se non poteva essere il figlio che suo padre voleva, sarebbe stato esattamente il suo opposto.

1

I Bridgerton sono la famiglia più prolifica dell'alta società. Tale peculiarità è encomiabile anche se si può ritenere banale la scelta dei nomi fatta a suo tempo dall'ormai defunto visconte e dalla viscontessa per i loro figli: Anthony, Benedict, Colin, Daphne, Eloise, Francesca, Gregory e Hyacinth. Avere metodo è cosa meritoria, ma si pensa che dei genitori intelligenti riescano a ricordare il nome dei propri figli anche senza metterli in ordine alfabetico.

Quando si incontrano nella stessa stanza la viscontessa e i suoi otto discendenti, si potrebbe temere di vederci doppio, o triplo, o peggio. Infatti l'Autore di questo articolo non ha mai visto una collezione di fratelli così simili fisicamente. Anche se non ha mai avuto il tempo di prendere nota del colore dei loro occhi, ha constatato che tutti e otto hanno la stessa struttura e gli stessi folti capelli castani. Dato che non ha avuto nemmeno un figlio dai colori più intriganti, bisognerà avere compassione per la viscontessa quando dovrà maritare con unioni vantaggiose la sua prole. Tuttavia vi sono dei pregi nell'avere dei figli così simili tra loro, perché così nessuno può dubitare della legittimità della loro nascita.

Ah, Gentili Lettori, il vostro devoto Autore si augura che ciò avvenga in tutte le famiglie numerose…

da «Le cronache mondane di Lady Whistledown»
26 aprile 1813

«Aaah!» Violet Bridgerton appallottolò la pagina del giornale e la gettò dalla parte opposta dell'elegante soggiorno.

Saggiamente, sua figlia Daphne non fece commenti e finse di essere concentrata sul ricamo.

«Hai letto quello che ha scritto? L'hai letto?» domandò Violet.

Daphne diede un'occhiata alla palla di carta sotto il tavolo. «Non ne ho avuto l'occasione dopo che voi... avete finito di leggerlo.»

«Allora fallo adesso. Leggi le malignità che ha scritto *quella donna* su di noi» gemette Violet, con un gesto teatrale della mano.

Daphne, con calma, mise da parte il ricamo e si chinò a prendere il foglio; lo stirò sulle ginocchia, lesse e commentò: «Non è così male, mamma. Infatti si può considerarlo un elogio rispetto a quello che ha scritto la settimana scorsa sui Featherington».

«Come posso sperare di trovarti un marito se *quella donna* sbeffeggia il tuo nome?»

Daphne si sforzò di mantenere la calma. Dopo quasi due Stagioni a Londra la parola "marito" le faceva venire il mal di testa. Voleva sposarsi, è vero, e non osava sognare un matrimonio d'amore. Ma era troppo sperare di trovare un marito che le ispirasse almeno un po' di affetto?

Fino a quel momento solo quattro corteggiatori avevano chiesto la sua mano, ma quando Daphne aveva pensato di vivere il resto dei suoi giorni in loro compagnia, aveva capito di non poterlo fare. C'erano parecchi uomini che avrebbero potuto essere dei buoni mariti, ma nessuno di loro era interessato a lei. Per la verità lei *piaceva* a tutti. Tutti la consideravano divertente, gentile, intelligente e pensavano che fosse attraente, ma nessuno era incantato dalla sua bellezza, nessuno rimaneva senza parole in sua presenza o era ispirato a scrivere poesie in suo onore.

Gli uomini, pensava con orrore, erano interessati soltanto alle donne capaci di terrorizzarli. Nessuno pareva disposto a corteggiare una come lei. Tutti la adoravano, o così dicevano, perché parlare con lei era facile e perché sembrava sempre capire cosa provassero. Se uno di quelli che secondo lei potevano essere buoni mariti le avesse detto: "Diamine, Dàff, tu non sei come le altre donne. Tu sei davvero una persona a posto", le sarebbe bastato come complimento, soprattutto se lui non se ne fosse poi andato subito in cerca dell'ultima bellezza bionda appena comparsa all'orizzonte.

Daphne abbassò gli occhi e si accorse di avere le mani strette a pugno. «Sono sicura che l'articoletto di Lady Whistledown non metterà a rischio le mie possibilità di accasarmi.»

«Daphne, sono passati due anni!»

«Lady Whistledown scrive solo da tre mesi, perciò non vedo come possiamo accusarla di qualcosa.»

«Io accuso chi voglio» borbottò Violet.

Daphne strinse di nuovo i pugni per impedirsi di ribattere. Sapeva che la madre aveva a cuore i suoi interessi, e sapeva anche che le voleva bene. E naturalmente Daphne voleva bene a sua madre. Infatti Violet, fino a che lei non aveva raggiunto l'età da marito, era stata in assoluto la migliore delle madri. E lo era ancora, tranne quando si disperava perché, oltre a dover pensare a Daphne, aveva altre tre figlie da sistemare.

Violet si posò delicatamente una mano sul petto. «Getta fango sulla vostra nascita.»

«No» rispose pacata Daphne. Era sempre saggio procedere con cautela quando doveva contraddirla. «In realtà, ciò che ha detto è che non vi sono dubbi sulla nostra legittimità. È più di quanto si possa dire dei figli di molte famiglie aristocratiche.»

«Non avrebbe dovuto neanche menzionarle certe cose» replicò Violet sospirando.

«Mamma, è l'autrice di una rubrica di pettegolezzi. È il suo mestiere scrivere di queste cose.»

«Non è nemmeno una persona reale» riprese Violet con rabbia. «Whistledown. Ah! Non ho mai sentito quel nome. Chiunque sia, dubito che faccia parte dell'aristocrazia. Una persona di rango non scriverebbe mai queste sciocchezze.»

«Certo che è una nobildonna» replicò Daphne con un'espressione divertita negli occhi scuri. «Se non facesse parte del bel mondo, non sarebbe al corrente delle cose di cui scrive. Pensate che sia una specie di spia che sbircia dalle finestre e origlia dietro le porte?»

«Il tuo tono non mi piace, Daphne» commentò la madre accigliata.

La ragazza trattenne un sorriso. Violet diceva sempre: «Il tuo tono non mi piace» quando uno dei suoi figli aveva la meglio in una discussione. Ma lei si divertiva troppo a canzonarla. «Non sarei sorpresa, mamma, se Lady Whistledown fosse una delle vostre amiche.»

«Attenta a come parli, Daphne. Nessuna delle mie amiche scenderebbe tanto in basso.»

«Bene. Allora, probabilmente, *non* è una delle vostre amiche, ma sono sicura che è una persona che conosciamo. Un estraneo non riuscirebbe a ottenere le informazioni di cui scrive nei suoi articoli.»

Violet incrociò le braccia. «Vorrei farle chiudere il giornale per sempre.»

«Se volete toglierla di mezzo, non dovreste sostenerla acquistandolo» replicò Daphne.

«E a cosa servirebbe?» domandò Violet. «Lo leggono tutti... il mio boicottaggio non servirebbe ad altro che a farmi essere l'unica che non sa niente mentre gli altri sghignazzano dei suoi ultimi pettegolezzi.»

Era vero, riconobbe Daphne fra sé. La Londra mondana era totalmente soggiogata dal giornale di Lady Whistledown. Tre mesi prima il misterioso foglio era arrivato sulla soglia di tutti i membri dell'alta società. Per due settimane, gratuitamente e senza essere richiesto, era stato recapitato il lunedì, il mercoledì e il venerdì. Il terzo lunedì, i maggiordomi di mezza Londra avevano atteso invano il ragazzo del giornale per poi scoprire che, oltre a esserne stata interrotta la distribuzione gratuita, era stato messo in vendita al prezzo oltraggioso di cinque penny. Che tutti pagarono.

Daphne non poteva che ammirare la scaltrezza di questa misteriosa Lady Whistledown. Nel momento in cui aveva cominciato a far pagare la gente per i suoi pettegolezzi, l'alta società ne era già dipendente. Tutti sborsavano i cinque penny e, da qualche parte, una donna molto astuta si arricchiva.

Mentre Violet camminava avanti e indietro per la stanza lamentandosi dell'oltraggio subito dalla sua famiglia, Daphne alzò lo sguardo per sincerarsi che la madre non stesse badando a lei, e a quel punto sbirciò il giornale per leggere con attenzione il resto. Il «Whistledown», come veniva chiamato, era un insieme di notizie mondane, commenti, battute sarcastiche e occasionali complimenti. Si differenziava dagli altri fogli di pettegolezzi pubblicando per intero i nomi delle persone prese di mira. Non venivano nascosti dietro abbreviazioni tipo Lord S. o Lady G. Quando Lady Whistledown voleva scrivere di qualcuno, usava il nome completo. Anche se si mostravano scandalizzati, i lettori e le lettrici ne erano segretamente affascinati.

L'ultima pubblicazione era tipicamente nello stile del «Whistledown». A parte il breve pezzo sui Bridgerton che, alla fine, non era altro che la descrizione della famiglia, venivano raccontati gli eventi del ballo della sera prima. Daphne non vi aveva partecipato, poiché era il compleanno della sorella minore e la famiglia dava molta importanza a queste ricorrenze. Con otto figli, i compleanni da celebrare erano molti.

«Stai leggendo quella spazzatura!» l'accusò Violet.

Daphne alzò gli occhi senza sentirsi in colpa. «L'articolo di oggi è piuttosto interessante. Pare che ieri sera Cecil Tumbley abbia buttato giù una torre di bicchieri di champagne sbattendoci contro.»

«Davvero?» chiese Violet, cercando di non mostrarsi interessata.

«Sì» rispose Daphne. «Lady Whistledown fornisce un resoconto piuttosto accurato del ballo dei Middlethorpe. Chi ha parlato con chi, chi indossava cosa…»

«E immagino abbia sentito la necessità di farci sapere la sua opinione sull'argomento» la interruppe Violet.

Daphne accennò un sorriso. «Oh, suvvia, mamma. Sapete bene che Mrs Featherington ha sempre portato malissimo il porpora.»

Violet cercò di non sorridere. Daphne riuscì a vedere gli angoli della sua bocca tirarsi nel tentativo di mantenere il contegno adatto, secondo i suoi canoni, a una viscontessa e a una madre. Ma nel giro di un attimo si sedette sul divano accanto alla figlia con un largo sorriso in volto. «Fammi vedere» disse sfilandole il foglio di mano. «Cos'altro è successo? Ci siamo perse qualcosa di importante?»

«Credetemi, mamma, con le cronache di Lady Whistledown è inutile *partecipare* agli eventi mondani. È come essere presenti. Probabilmente anche di più. E sono sicura che abbiamo mangiato meglio noi a casa nostra che non gli invitati al ballo. Sentite questa...»

Violet si sporse un po' verso Daphne, che lesse: «Quella simpatica canaglia, conosciuta come conte di Clyvedon, ha finalmente onorato Londra della sua presenza. Malgrado non si sia degnato di presentarsi ad alcuna riunione mondana rispettabile, è stato visto diverse volte da White's e una volta da Tattersalls». Fece una pausa per riprendere fiato. «Il conte ha vissuto all'estero per sei anni. È forse una coincidenza che sia tornato proprio adesso, dopo la morte del vecchio duca?» Daphne distolse lo sguardo dal giornale. «Santo cielo, si può proprio dire che questa donna è una sfrontata. Clyvedon non è un amico di Anthony?»

«Adesso è il duca di Hastings» la corresse Violet. «Sì, credo che lui e Anthony a Oxford fossero amici. Anche a Eton, mi pare» concluse con espressione pensierosa. «Se non ricordo male, era una specie di diavolo. Sempre in lite con suo padre. Molto intelligente. Sono sicura di aver sentito che si era laureato con ottimi voti, e che eccelleva soprattutto in matematica. Non posso dire la stessa cosa dei *miei* figli» concluse alzando gli occhi al cielo.

«Sono sicura che anch'io potrei laurearmi con il massimo dei voti, se soltanto le donne fossero ammesse a Oxford» scherzò Daphne.

Violet replicò: «Ti ricordo che ho corretto i tuoi compiti di matematica quando la tua istitutrice era ammalata».

«Be', allora in storia» rise Daphne, e, tornando al giornale che aveva in mano, mormorò: «Sembra un tipo interessante».

Violet la guardò con severità. «Non è assolutamente adatto a una signorina della tua età.»

«È buffo come io venga considerata troppo giovane per incontrare gli amici di Anthony e troppo vecchia quando non sperate più di trovarmi un buon marito» rise la figlia.

«Daphne Bridgerton, il tuo...»

«... tono non mi piace, lo so» la interruppe allegramente Daphne; poi aggiunse: «Però so che mi volete bene».

Violet passò un braccio intorno alle spalle della ragazza. «Dio solo sa quanto!»

Daphne le sfiorò la guancia con un piccolo bacio. «È la maledizione delle madri. Siete costrette ad amarci anche quando vi contrariamo.»

Violet sospirò. «Spero che un giorno o l'altro avrai...»

«... dei figli come me, lo so» terminò Daphne, e appoggiò la testa sulla spalla della madre. Violet poteva essere curiosa fino all'eccesso mentre il padre si era sempre preoccupato di segugi e battute di caccia, più che di faccende mondane, eppure il loro matrimonio era stato felice, pieno di amore, risate e figli. «Potrebbe andarmi incredibilmente peggio rispetto a voi, mamma» mormorò.

«Ma no, Daphne, perché?» ribatté Violet, con gli occhi lucidi dalla commozione. «Che cosa carina da dire.»

Daphne si arricciò una ciocca di capelli intorno al dito e, con un sorrisetto sulle labbra, continuò: «Sarei felice di seguire le vostre orme quanto a matrimonio e figli, purché non debba averne *otto*».

In quel preciso istante, Simon Basset, nuovo duca di Hastings e oggetto della conversazione delle signore Bridgerton, era seduto da White's in compagnia di Anthony Bridgerton, il fratello maggiore di Daphne. I due erano una coppia formidabile, entrambi alti e atletici, con folti capelli scuri. Ma mentre gli occhi di Anthony avevano lo stesso color cioccolata di sua sorella Daphne, quelli di Simon erano azzurro ghiaccio, e il suo sguardo era penetrante in un modo del tutto particolare. Erano stati soprattutto quegli occhi che gli erano valsi la reputazione di essere uno da non sottovalutare. Quando fissava qualcuno, se il malcapitato era un uomo si sentiva a disagio, se era una donna veniva percorsa da un brivido...

Quegli occhi, però, non turbavano Anthony. I due giovani erano amici da anni e Anthony rideva quando Simon alzava un sopracciglio e lo guardava con il suo sguardo di ghiaccio. «Dimentichi che ti ho visto con la testa china su un vaso da notte ed è difficile che possa prenderti sul serio» gli aveva detto una volta.

Simon aveva ricordato l'incidente e avevano riso insieme. Anthony era un buon amico, la persona che avrebbe desiderato avere vicino in un momento di crisi. Era stato il primo che aveva cercato dopo essere tornato in Inghilterra.

«È dannatamente bello averti di nuovo qui, Clyvedon» disse Anthony dopo che si furono seduti al tavolo. «Suppongo che vorrai essere chiamato Hastings, adesso.»

«No. Hastings sarà sempre mio padre. Assumerò il suo titolo, se devo farlo, ma non voglio essere chiamato con il suo nome.»

«Se devi farlo?» Anthony spalancò gli occhi. «La maggior parte degli uomini non proverebbe certo rassegnazione alla prospettiva di ereditare un ducato.»

Simon si passò una mano tra i capelli. Sapeva che avrebbe dovuto compiacersi del titolo e mostrarsi orgoglioso della storia della famiglia Basset, ma in verità lo faceva stare solo male. Si era sempre comportato in modo contrario alle aspettative del padre e adesso gli sembrava ridicolo farsi chiamare con il suo nome. «È un dannato peso, ecco cos'è» borbottò.

«Dovrai abituarti, perché è così che ti chiameranno tutti.»

Simon sapeva che era vero, ma dubitava che il titolo sarebbe stato bene sulle sue spalle.

«Be', comunque sono contento che tu sia tornato. Finalmente potrò riposarmi quando accompagnerò mia sorella al prossimo ballo.»

Simon si appoggiò allo schienale, allungò le lunghe gambe muscolose e incrociò le caviglie. «Osservazione curiosa.»

Anthony alzò un sopracciglio. «Vuoi che ti spieghi?»

«Naturalmente.»

«Dovrei lasciare che te ne accorga da solo, ma non sono così cattivo.»

«Allora parla. Esattamente, che cosa dovrei fare per renderti la vita più tranquilla?» chiese Simon scandendo lentamente le sillabe.

«Immagino che tu intenda prendere il tuo posto in società.»

«Immagini male.»

«Però parteciperai al ballo di Lady Danbury…»

«Solo perché le sono molto affezionato. Dice sempre quello che pensa e…» Abbassò lo sguardo.

«E?» lo sollecitò l'amico.

Simon scosse appena la testa. «Niente. Ricordo che quando ero piccolo era molto gentile con me. Ho passato diverse vacanze a casa sua con Riverdale, suo nipote.»

Anthony annuì. «Capisco. Così non hai intenzione di fare vita di società. La cosa mi colpisce, ma ti avverto che, anche se intendi nasconderti da *loro*, saranno *loro* a trovarti.»

Simon, che aveva scelto quel momento per bere un sorso di brandy, quasi si strozzò osservando la faccia di Anthony mentre diceva "loro". Dopo avere tossito per un po', riuscì a dire: «E chi sarebbero, di grazia, questi "loro"?».

Anthony rabbrividì. «Le madri.»

«Non avendone avuta una, non posso dire di avere capito cosa intendi.»

«Le madri dell'alta società! Quei draghi dalla lingua di fuoco che hanno figlie in età da marito. Che Dio ce ne liberi! Puoi correre dove vuoi, ma non riuscirai mai a nasconderti. E lascia che ti dica che la mia è la peggiore di tutte.»

«Santo cielo! E io che credevo l'Africa pericolosa!»

Guardandolo con commiserazione, Anthony continuò:

«Ti daranno la caccia e, quando ti avranno preso, ti troverai intrappolato in una conversazione con una giovane pallida vestita di bianco che parlerà solo del tempo, degli inviti da Almack's e di nastri per i capelli».

Un'espressione divertita passò sul viso di Simon. «Vuoi dire che, mentre io ero all'estero, sei diventato un buon partito?»

«Non perché abbia aspirato a tale ruolo, ti assicuro. Se dipendesse da me, eviterei tutti i ricevimenti come la peste. Ma mia sorella ha fatto il suo debutto in società l'anno scorso e io sono obbligato ad accompagnarla, almeno di tanto in tanto.»

«Parli di Daphne?»

Anthony lo guardò sorpreso. «La conosci?»

«No, ma ricordo le lettere che ti scriveva a scuola e ricordo anche che, essendo la quarta dei fratelli, il suo nome doveva cominciare per "D", e...»

Anthony alzò gli occhi al cielo. «Ah, sì, il metodo Bridgerton di battezzare i figli. Una garanzia per essere sicuri che tutti si ricordino chi siamo.»

L'altro rise. «Ha funzionato, no?»

«Senti, ho promesso a mia madre che avrei cenato da lei verso fine settimana. Perché non vieni anche tu?»

Simon alzò un sopracciglio. «Non mi hai appena messo in guardia dalle madri con figlie debuttanti?»

«Mi farò promettere da mia madre di comportarsi bene, e non temere per Daff. È l'eccezione che conferma la regola. Ti piacerà immensamente.»

Simon corrugò la fronte. L'amico stava forse recitando il ruolo del paraninfo?

Come se gli avesse letto nel pensiero, Anthony esclamò ridendo: «Oddio, non crederai che stia cercando di gettarti tra le braccia di Daphne, vero?».

L'altro non rispose.

«Non andreste d'accordo. Sei troppo musone per i suoi gusti.»

Simon trovò strano il commento, ma domandò: «Ha avuto delle proposte?».

«Qualcuna.» Anthony finì il suo brandy e respirò a fondo, soddisfatto. «Le ho permesso di rifiutarle tutte.»

«Molto indulgente da parte tua.»

Anthony fece un'alzata di spalle. «Al giorno d'oggi sperare in un matrimonio d'amore è forse troppo, ma non capisco perché Daff non dovrebbe almeno essere contenta di suo marito. Abbiamo avuto proposte da un uomo abbastanza vecchio da essere suo padre; un altro abbastanza vecchio da essere il fratello minore di suo padre; un altro ancora troppo altezzoso per il nostro clan, spesso assai esuberante; e per finire, questa settimana, mio Dio, l'ultimo, che si è rivelato il peggiore di tutti!»

«Che cosa è successo?»

Anthony si massaggiò le tempie. «Un gentiluomo garbato, ma parecchio duro di comprendonio. Penserai, visto il nostro passato dissoluto, che io sia completamente privo di sentimenti...»

«Figurati, al contrario, non capisco come possa venirti in mente...» lo interruppe l'amico con un sorrisetto diabolico.

Anthony lo guardò male. «Non mi sono certo divertito a spezzare il cuore di quel poveretto.»

«Non doveva essere Daphne a farlo?»

«Sì, ma a lui ho dovuto dirlo io.»

«Non molti fratelli permetterebbero alla sorella di comportarsi così di fronte a una proposta di matrimonio.»

«È sempre stata una buona sorella. Era il minimo che potessi fare per lei.»

«Anche se questo significa che devi continuare a scortarla da Almack's?» lo provocò Simon.

«Anche così.»

«Per consolarti potrei dire che tutto questo prima o poi finirà, ma non hai forse altre tre sorelle da accasare?»

Anthony sobbalzò. «Eloise debutterà tra due anni e Francesca l'anno dopo, ma avrò un po' di respiro prima che Hyacinth abbia l'età giusta.»

Simon ridacchiò. «Non t'invidio» commentò, ma provò uno strano senso di vuoto e si domandò come ci si sentisse a non essere soli al mondo come lo era lui. Non aveva in programma di avere una famiglia, ma forse, se ne avesse avuta una, la sua vita sarebbe stata diversa.

«Allora, vieni a cena?» domandò Anthony alzandosi. «Non sarà nulla di formale, non lo è mai quando siamo solo noi di famiglia.»

Simon aveva decine di cose da fare nei giorni successivi, ma prima che potesse fermarla, sentì la propria voce che diceva: «Con molto piacere».

«Magnifico! E ti vedrò alla festa di casa Danbury prima?» Simon rabbrividì. «No, se posso evitarlo. Il mio obiettivo è di cavarmela in meno di mezz'ora fra andata e ritorno.»

«Davvero pensi» chiese l'amico dubbioso alzando un sopracciglio «di riuscire ad andare al ballo, portare i tuoi omaggi a Lady Danbury e filartela così?»

Simon annuì, in modo fermo e deciso. Ma la fragorosa risata di Anthony non fu granché rassicurante.

2

Il duca di Hastings è un personaggio estremamente interessante. Pur essendo noto a tutti che non era in buoni rapporti con suo padre, nemmeno l'Autore di questo articolo è stato in grado di conoscerne il motivo.

da «Le cronache mondane di Lady Whistledown»
26 aprile 1813

Qualche giorno più tardi, Daphne si era rifugiata in un angolo della sala da ballo di Lady Danbury, lontana dalla folla elegante, ed era molto contenta di averlo fatto.

Di solito si divertiva; le piacevano le belle feste come a tutte le ragazze, ma quella sera Anthony l'aveva informata che Nigel Berbrooke due giorni prima l'aveva cercato e gli aveva chiesto la mano di sua sorella. Di nuovo. Anthony, ovviamente, l'aveva respinto – un'altra volta! – ma Daphne aveva il brutto presentimento che Nigel potesse dimostrarsi spiacevolmente insistente. Due proposte di matrimonio in meno di due settimane non facevano pensare a una persona capace di accettare facilmente una sconfitta.

Daphne lo teneva d'occhio dalla parte opposta della sala cercando di sparire nell'ombra. Non aveva idea di come affrontare quel poveretto: non era molto intelligente, ma nemmeno scortese, e pur sapendo che avrebbe dovuto fargli passare in qualche modo l'infatuazione, lei trovava molto più facile comportarsi da codarda e limitarsi a evitarlo. Stava pensando di sgattaiolare nel salotto delle signore, quando la sua fuga fu bloccata da una voce familiare.

«Che diamine stai facendo in un angolo?»

Daphne alzò gli occhi e vide il fratello maggiore.

«Anthony» disse, cercando di capire se fosse contenta di vederlo o seccata, in caso la stesse raggiungendo per immischiarsi nelle sue faccende. «Non avevo capito che saresti venuto.»

«Nostra madre» rispose lui accigliato.

«Certo» annuì comprensiva. «Non dire altro. Ho compreso perfettamente.»

«Mi ha fatto una lista delle potenziali candidate.» Con lo sguardo dolente aggiunse: «Le vogliamo bene, giusto?».

Daphne soffocò una risata. «Sì, Anthony, gliene vogliamo.»

«È soltanto un momento di follia passeggera» brontolò. «Deve essere così, non c'è altra spiegazione. È stata una madre assolutamente ragionevole finché non hai raggiunto l'età da marito.»

«Io?» reagì Daphne alzando la voce. «Quindi sarebbe tutta colpa mia? Tu hai otto anni e passa più di me!»

«Sì, ma non è stata travolta da questa ossessione del matrimonio finché anche tu non hai raggiunto l'età giusta.»

«Scusami se non cerco di consolarti. Io ho ricevuto la mia lista l'anno scorso.»

«Davvero?»

«Certo. E di recente ha minacciato di mandarmene una alla settimana. Mi ossessiona con questa faccenda del matrimonio, più di quanto tu possa immaginare. Pensaci, gli scapoli sono una sfida, le zitelle invece sono soltanto patetiche. E in caso tu non l'abbia notato, io sono una donna.»

Anthony ridacchiò. «Sono tuo fratello, queste cose non le noto» osservò rivolgendole un'occhiata di sbieco. «L'hai portata?»

«La lista? Santo cielo, no! Come ti viene in mente?»

Il sorriso del fratello si allargò. «Io ho portato la mia.»

Daphne trasalì. «Non è possibile!»

«Invece sì. Solo per torturare nostra madre. La leggerò davanti a lei con il monocolo.»

«Tu non hai un monocolo.»

Anthony fece un sorrisetto, quel lento e affascinante accenno di sorriso che pareva avessero tutti gli uomini Bridgerton. «Ne ho comprato uno apposta.»

«Anthony, non puoi assolutamente farlo. Ti *ucciderà*. E alla fine troverà il modo di dare la colpa a *me*.»

«Conto su questo, infatti.»

Daphne gli diede una botta sulla spalla e lui reagì emettendo un grugnito che richiamò gli sguardi curiosi degli altri invitati.

«Hai un bel destro» disse Anthony massaggiandosi la parte colpita.

«Una ragazza non sopravvive a lungo con quattro fratelli se non impara a metterli fuori combattimento.» Daphne incrociò le braccia. «Fammi vedere la tua lista.»

«Dopo che mi hai picchiato?»

Daphne alzò gli occhi al cielo e inclinò la testa per manifestare la sua impazienza.

Anthony tolse dalla tasca un foglio piegato e lo diede alla sorella. «Dimmi cosa ne pensi. Sono sicuro che avrai un sacco di sagaci commenti da condividere con me.»

Daphne aprì il foglio e fissò l'elegante grafia della madre. La viscontessa Bridgerton aveva scritto otto nomi di giovani donne dotate di tutti i requisiti e molto ricche. «Proprio come mi aspettavo» fu il commento di Daphne.

«Sono tremende come credo?»

«Peggio. Philippa Featherington è muta come un pesce.»

«E le altre?»

Daphne guardò il fratello inarcando un sopracciglio. «Tu non hai intenzione di sposarti quest'anno, vero?»

Anthony fece una smorfia. «E la tua lista com'era?»

«Per fortuna non è aggiornata. Tre dei cinque si sono sposati la scorsa Stagione. Nostra madre mi accusa ancora di essermeli lasciati sfuggire.»

I due Bridgerton emisero un identico sospiro mentre si

appoggiavano, sfiniti, al muro. Violet Bridgerton era imperturbabile nella sua missione di sistemare tutti i figli. Anthony, il maggiore dei maschi, e Daphne, la maggiore delle femmine, avevano dovuto pagare lo scotto iniziale di quella nuova pressione, anche se Daphne aveva la sensazione che la viscontessa, se un valido candidato si fosse fatto avanti, avrebbe dato con gioia persino la mano della sorella di dieci anni, Hyacinth.

«Buon Dio, siete una coppia ben triste. Cosa state facendo in quest'angolo lontano da tutti?»

Anche questa voce era ben nota. Daphne guardò il fratello Benedict senza neanche muovere la testa. «Non dirmi che la mamma è riuscita a procurare anche a te un invito per stasera.»

Benedict annuì torvo. «Ha fatto leva direttamente sui sensi di colpa, senza neanche provare a convincermi. Questa settimana mi ha ricordato per ben tre volte che dovrò provvedere io a mettere al mondo il prossimo visconte, se Anthony non si darà da fare.»

Anthony grugnì.

«Immagino sia questa la ragione per cui anche voi siete fuggiti nell'angolo più remoto della sala da ballo, per evitare nostra madre...» concluse Benedict.

«A dire il vero, io ho visto Daff che si imboscava e...»

«Imboscava?» chiese il fratello fingendo orrore.

Daphne rivolse a entrambi uno sguardo irritato. «Mi sono nascosta qui per sfuggire a Nigel Berbrooke, dopo aver lasciato la mamma con Lady Jersey, perciò è improbabile che lei venga ad assillarmi troppo presto» spiegò. «Ma Nigel...»

«È più scimmia che uomo» la interruppe Benedict.

Cercando di essere gentile, Daphne continuò: «Non l'avrei messa esattamente in questi termini, ma non è particolarmente brillante ed è più facile stargli lontano che non offendere la sua sensibilità. Adesso che voi due mi avete trovata, non riuscirò a evitarlo ancora per molto».

Anthony emise un semplice: «Eh?».

Lei guardò i due fratelli maggiori, entrambi alti circa un

metro e novanta, con spalle larghe, dolci occhi marroni, folti capelli castani, molto simili ai suoi. Non potevano partecipare a nessun evento mondano della buona società senza che un piccolo stuolo di ragazze cinguettanti li seguisse. Di contro, ovunque andassero le ragazze cinguettanti erano seguite da Nigel Berbrooke.

Daphne vedeva già alcune teste girate verso di loro. Madri ambiziose richiamavano l'attenzione delle figlie e indicavano i fratelli Bridgerton, in compagnia solo della sorella.

«Sapevo che sarei dovuta andare nel salotto delle signore» borbottò Daphne.

«Senti, Daff, che cos'è il foglio che tieni in mano?» domandò Benedict.

Distrattamente, lei gli diede la lista.

Di fronte alla risata di Benedict, Anthony incrociò le braccia sul petto e lo ammonì: «Cerca di non divertirti a mie spese. Posso predire che la settimana prossima ne riceverai una simile a questa».

«Senza dubbio» rispose l'altro. «Mi domando come mai Colin...» s'interruppe ed esclamò: «Colin!».

Subito un altro fratello li raggiunse.

«Colin! Che *meraviglia* vederti qui!» esclamò Daphne abbracciandolo.

«Ti faccio notare che noi non abbiamo ricevuto un'accoglienza altrettanto entusiasta» disse Anthony a Benedict.

«Voi due vi vedo sempre, ma Colin è stato lontano da casa per un anno intero.» Daphne fece un passo indietro e lo guardò con sospetto. «Non ti aspettavamo che la settimana prossima.»

Colin alzò una spalla e il gesto si accordò perfettamente al suo sorriso sbieco. «Amsterdam era diventata noiosa.»

«Ah! Il che significa che hai finito i soldi» intervenne la sorella lanciandogli un'occhiata arguta.

Colin alzò le mani in segno di resa. «Mi dichiaro colpevole.»

Anthony lo abbracciò e disse con tono burbero: «È bello averti a casa. Anche se i soldi che ti ho mandato sarebbero dovuti bastare fino a...».

«Smettila, ti prego. Domani potrai rimproverarmi quanto vuoi, ma stasera voglio solo godermi la compagnia della mia adorata famiglia.»

«Devi essere proprio a terra per chiamarci "adorata famiglia"» intervenne Benedict, ma lo abbracciò forte a sua volta. «Benvenuto a casa.»

Colin, da sempre lo scavezzacollo della famiglia, fece un ampio sorriso e i suoi occhi verdi si illuminarono. «È così bello essere di nuovo qui. Anche se sono costretto ad ammettere che il clima non è neanche lontanamente piacevole come nel Continente e, quanto alle donne, be', l'Inghilterra farebbe molta fatica a competere con la *signorina* che io...»

Daphne lo colpì a un braccio. «Ti pregherei di notare la presenza di una donna, villano.» Ma c'era solo una nota di irritazione nella sua voce. Quello era il fratello più vicino alla sua età: più grande di soli diciotto mesi. Da piccoli erano stati inseparabili, e continuamente nei guai. Lui aveva un talento innato per fare dispetti e Daphne non aveva mai avuto bisogno di farsi convincere ad aiutarlo a ordire i suoi scherzi. «La mamma sa che sei tornato?» gli chiese.

Colin scosse il capo. «Sono arrivato in una casa vuota e...»

«Sì, la mamma ha messo i piccoli a letto presto stasera» lo informò la sorella.

«Non avevo voglia di continuare a girarmi i pollici, così Humboldt mi ha detto dove eravate e vi ho raggiunto.»

Daphne si illuminò: l'ampio sorriso rese ardenti i suoi occhi scuri. «Sono lieta che tu l'abbia fatto.»

«Nostra madre dov'è?» chiese Colin allungando il collo per sbirciare tra la folla. Come tutti i maschi della famiglia, era molto alto e non dovette sforzarsi troppo.

«È laggiù con Lady Jersey» rispose Daphne.

Colin simulò un brivido. «Aspetterò finché non si sarà liberata. Non ho nessuna voglia di farmi scorticare vivo da quel drago.»

«A proposito di draghi...» intervenne Benedict, e senza muovere il capo guardò a sinistra. Daphne seguì il suo sguardo e vide Lady Danbury che camminava verso di loro appoggiandosi al bastone. Daphne deglutì nervosamente e raddrizzò le spalle. Lo spirito sarcastico di Lady Danbury era leggendario. Daphne aveva sempre sospettato che sotto l'acidità delle sue frecciate battesse un cuore tenero, tuttavia una conversazione con lei era sempre da temere.

«Non abbiamo scampo» disse uno dei fratelli. Daphne lo zittì e rivolse all'anziana dama un sorriso esitante.

Lady Danbury alzò le sopracciglia e, quando fu abbastanza vicina ai Bridgerton, si fermò e sentenziò: «Non fingete di non avermi vista!». Sottolineò il rimprovero battendo forte il bastone sul pavimento.

Poiché sembrava che i suoi fratelli fossero diventati improvvisamente muti, Daphne si affrettò a dire: «Spero di non avervi dato questa impressione, Lady Danbury, perché...».

«Non voi» rispose la dama con forza e, alzando il bastone in posizione perfettamente orizzontale, lo puntò contro lo stomaco di Colin. «Loro.»

Per tutta risposta, si levò un coro di saluti farfuglianti. Lady Danbury degnò i giovanotti di una brevissima occhiata e si rivolse nuovamente a Daphne per dire: «Nigel Berbrooke vi sta cercando».

Daphne sentì il viso diventarle di tutti i colori. «Davvero?»

Lady Danbury fece un breve cenno con il capo. «Fossi in voi, Miss Bridgerton, stroncherei le sue illusioni sul nascere.»

«Gli avete detto dove sono?»

Con un sorriso complice, la dama rispose: «Mi siete sempre piaciuta. No, non gli ho detto niente. Sarebbe uno spreco per una bella mente legarsi a quello stupido. Il buon Dio sa che la nostra società non può permettersi di sprecare le poche menti brillanti che possiede».

«Grazie, Lady Danbury.»

«In quanto a voi,» riprese la nobildonna indicando con il bastone i tre fratelli di Daphne «mi riservo ancora di esprimere il mio giudizio.» Guardando Anthony aggiunse: «Sono incline a concedervi il mio favore dal momento che avete rifiutato la corte di Berbrooke al posto di vostra sorella, ma voi altri... *Pfui*».

Detto questo, se ne andò.

«*Pfui?*» le fece eco Benedict. «Ha la pretesa di valutare la mia intelligenza e sa solo dire *"pfui"*?»

Daphne sorrise. «Io le piaccio.»

«È stata gentile ad ammonirti per quanto riguarda Berbrooke» ammise Anthony.

Lei lo guardò e annuì. «Credo mi abbia consigliato di congedarmi.» Si voltò verso Anthony con lo sguardo implorante e aggiunse: «In caso Berbrooke venisse a cercarmi...».

«Non preoccuparti. Me ne occuperò io» la rassicurò il fratello.

Daphne sorrise a tutti e tre e lasciò la sala da ballo.

Mentre attraversava senza fretta le stanze della residenza di Lady Danbury, Simon si accorse di essere stranamente di buonumore. Trovò la cosa assurda, considerando che era in procinto di partecipare a un ballo che, secondo Anthony Bridgerton, lo avrebbe sottoposto a ogni tipo di orrore. Ma lo consolava il pensiero che sarebbe stato il primo e l'ultimo cui avrebbe preso parte. Infatti era lì solo per compiacere Lady Danbury, che era stata gentile con lui quando era piccolo.

Simon si disse che il suo buonumore era dovuto al fatto di trovarsi di nuovo in Inghilterra, anche se gli era piaciuto vedere il mondo. Aveva viaggiato in lungo e in largo in Europa, navigato nelle acque blu del Mediterraneo, si era inoltrato nell'Africa misteriosa. Da lì era andato in Terra Santa, poi, dopo che le notizie raccolte gli avevano rivelato che non era ancora il momento di tornare a casa, aveva attraversato l'Atlantico ed esplorato le Indie Occidentali. A quel punto aveva considerato la possibilità di trasferirsi negli Stati Uniti, ma, poiché la nuova nazione stava per entrare in conflitto con la Gran Bretagna, aveva rinunciato. Inoltre, proprio allora aveva saputo che suo padre, ammalato da anni, alla fine era morto.

Era davvero assurdo, Simon non avrebbe scambiato i suoi anni di viaggio per nulla al mondo. Sei anni sono tanti, permettono di pensare, di imparare cosa significa essere un uomo. Eppure, l'unica ragione per cui il Simon ventiduenne aveva lasciato l'Inghilterra era che, all'improvviso, suo padre aveva deciso di essere disposto ad accettarlo. Lui però non era stato dello stesso parere, così aveva semplicemente fatto i bagagli e se n'era andato, preferendo l'esilio all'ipocrita pretesa d'affetto del vecchio duca.

Tutto era cominciato quando Simon era uscito da Oxford. All'inizio, il duca non aveva voluto nemmeno pagargli gli studi; a Simon era capitato di leggere una lettera del padre indirizzata al suo tutore in cui si rifiutava di consentire che quell'idiota di suo figlio disonorasse la famiglia a Eton. Ma Simon aveva una mente assetata di conoscenza e un animo ostinato, così aveva ordinato una carrozza e si era fatto portare a Eton, aveva bussato alla porta del rettore e si era presentato.

Era la cosa più azzardata che avesse mai fatto, tuttavia era riuscito in qualche modo a convincerlo che doveva esserci stato un errore da parte della scuola, che probabilmente aveva perso i suoi documenti e la tassa d'iscrizione. Aveva imitato l'atteggiamento del padre, un arrogante sopracciglio alzato, mento sollevato e sguardo altero, dando l'idea di essere uno di quelli convinti di avere il mondo fra le mani.

Per tutto il tempo aveva sudato freddo, terrorizzato che in qualsiasi momento le sue parole si potessero ingarbugliare e sovrapporre: "Sono il conte di Clyvedon e sono qui per cominciare le lezioni" sarebbe piuttosto uscito: "Sono il conte di Clyvedon e sono q-q-q-q-q-q... ".

Invece non era accaduto. Al contrario, il rettore, che aveva dedicato molti anni a educare i rampolli dell'alta società di Londra, aveva riconosciuto subito Simon come membro della famiglia Basset e l'aveva iscritto senza fare altre questioni. Solo dopo mesi il duca, sempre molto impegnato negli affari, aveva appreso del nuovo status del figlio e del suo cambiamento di residenza. A quel punto, Simon era già ben inserito a Eton e il duca avrebbe fatto una pessima figura se l'avesse ritirato dalla scuola senza ragione. E al duca non piaceva fare brutta figura.

Simon si era domandato spesso perché il padre non avesse fatto un tentativo di mettersi in contatto con lui in quel momento. Chiaramente non balbettava più. In caso contrario, il rettore avrebbe avvertito il duca che il ragazzo non era in grado di seguire gli studi. O meglio, ogni tanto balbettava ancora, ma era diventato sempre più abile a mascherare le sue difficoltà con un colpo di tosse o, se era abbastanza fortunato da trovarsi a tavola, bevendo un sorso di tè o di latte al momento giusto.

Nonostante questo, il duca non gli aveva mai scritto neanche un rigo. Simon immaginò che il padre fosse talmente abituato a ignorarlo che non gli importava se il figlio si fosse dimostrato causa di imbarazzo per la famiglia Basset.

Dopo Eton, Simon aveva proseguito il suo corso di studi a Oxford, dove si era guadagnato la reputazione di studente impegnato, e allo stesso tempo di canaglia. In verità non era più canaglia della maggior parte dei suoi compagni, ma il suo atteggiamento scostante in qualche modo alimentava quella diceria.

Simon non sapeva come fosse accaduto, ma gradualmente aveva capito che tutti cercavano disperatamente la sua approvazione. Era intelligente e atletico, tuttavia sembrava che il suo carisma dipendesse più dal suo atteggiamento che dalle sue doti. Poiché non parlava che quando era necessario, la gente lo considerava arrogante e altezzoso, proprio come un futuro duca doveva essere. E poiché preferiva circondarsi degli amici con cui si trovava bene, si diceva che era selettivo nella scelta dei compagni, proprio come doveva fare un futuro duca.

Non era particolarmente loquace, ma quando diceva qualcosa, dimostrava di avere acume, e spesso anche ironia: il genere di umorismo che assicurava l'attenzione su ogni singola parola da parte di chiunque fosse in ascolto. E, di nuovo, poiché non parlava a sproposito, come molti nel suo mondo, tutti erano ancora più ansiosi di ascoltare ciò che aveva da dire.

Veniva definito come "dotato di un'incrollabile sicurezza di sé", "bello da togliere il fiato" e "l'esemplare perfetto di virilità inglese". Gli uomini volevano un suo parere su un numero illimitato di argomenti. Le donne cadevano ai suoi piedi.

Simon si meravigliava del proprio potere, ma si divertiva e prendeva ciò che gli veniva offerto. Correva la cavallina con gli amici e godeva della compagnia di giovani vedove e cantanti d'opera che cercavano le sue attenzioni. Preferiva le scappatelle, perché sapeva che suo padre le avrebbe disapprovate.

Invece suo padre non le disapprovava affatto. All'insaputa di Simon, il duca di Hastings aveva cominciato a interessarsi dei progressi del suo unico figlio. Aveva richiesto all'università regolari rapporti sulla sua attività e aveva assunto un investigatore perché lo tenesse al corrente della vita del ragazzo durante il tempo libero. Alla fine il duca aveva smesso persino di aspettarsi, a ogni missiva, un resoconto sulla stupidità del figlio.

Non era possibile stabilire quando il cambiamento nel cuore del duca si fosse verificato, ma un giorno Hastings si era reso conto che suo figlio non era niente male, dopotutto.

Il duca si era acceso d'orgoglio. Come sempre, l'alto lignaggio si era dimostrato infallibile. Avrebbe dovuto sapere che il sangue dei Basset non avrebbe potuto scorrere in un imbecille.

Dopo avere concluso gli studi a Oxford con un "eccellente" in matematica, Simon era andato a Londra con i suoi amici e aveva preso alloggio in una dimora per gentiluomini celibi, non avendo alcuna intenzione di abitare nella casa paterna.

La sua reputazione aveva fatto un altro balzo in avanti quando Lord Brummell, l'*arbiter elegantiarum* dell'alta società, gli aveva posto una domanda piuttosto complicata su futili questioni riguardanti le nuove tendenze. Con il suo tono presuntuoso aveva sperato evidentemente di mettere in imbarazzo il gentiluomo appena arrivato. Come tutta Londra sapeva, per lui non c'era niente di meglio che far passare l'élite inglese per una manica di idioti totali. Infatti aveva finto di essere interessato al parere di Simon concludendo la sua domanda con un: «Non credete?».

Di fronte a un uditorio di pettegoli che aspettava la risposta trattenendo il fiato, Simon, al quale non importava un accidenti della nuova foggia della cravatta del principe, aveva guardato Brummell con i suoi occhi di ghiaccio e risposto semplicemente: «No». E se ne era andato.

Il pomeriggio seguente Simon era diventato la stella dell'alta società. L'ironia della sorte era paradossale: a Simon non importava né di Brummell né del tono che aveva usato, e probabilmente avrebbe risposto con un pensiero più articolato se fosse stato sicuro di poterlo fare senza rischiare che le parole gli si ingarbugliassero. Eppure, in questa particolare circostanza, la decisione di limitarsi all'essenziale si era dimostrata la migliore e una risposta laconica si era rivelata assai più incisiva di qualsiasi lungo discorso.

Naturalmente le voci sul suo brillante e fascinoso erede erano giunte all'orecchio del duca. E anche se non aveva cercato subito il figlio, Simon aveva cominciato a sentire qua e là pettegolezzi secondo i quali i rapporti con suo padre sarebbero potuti cambiare di lì a poco. Quando il duca era venuto a sapere dello scambio tra Simon e Brummell aveva riso dicendo: «Naturalmente. È un Basset». Un conoscente aveva riferito a Simon che il duca si era vantato della sua laurea a Oxford.

Poi i due si erano trovati faccia a faccia a un ballo a Londra. Il duca non aveva permesso al figlio di ignorarlo, nonostante il tentativo di Simon. Oh, se aveva tentato! Ma nessuno riusciva a far vacillare la sua sicurezza quanto suo padre, e mentre fissava il duca, che pareva la sua immagine riflessa in uno specchio, anche se in una versione più matura, non era riuscito a muoversi né a parlare.

Sentiva la lingua ingrossata, la bocca secca e gli era parso che la balbuzie, dalla gola, si fosse estesa a tutto il corpo, perché all'improvviso non si era sentito più a suo agio nella propria pelle.

Il duca aveva approfittato del momentaneo turbamento del figlio per abbracciarlo. «Figliolo!» aveva esclamato con calore.

Il giorno dopo Simon aveva lasciato l'Inghilterra. Sapeva che se fosse rimasto non gli sarebbe stato possibile evitarlo. Si rifiutava di recitare la parte del figlio dopo che il padre gli si era negato e lo aveva disprezzato per tanti anni.

Per di più, in quel periodo stava cominciando ad annoiarsi della vita sregolata che conduceva a Londra. Fama di canaglia a parte, Simon non aveva realmente un'indole viziosa. Si era divertito la sera in giro per locali a Oxford quanto i suoi degni compari, ma dopo quei tre anni più un altro a Londra la giostra infinita di feste e prostitute era diventata, be', roba vecchia, già vista. Così se n'era andato.

A ogni modo, in quel momento era felice di essere tornato. C'era qualcosa di rassicurante nell'essere a casa, qualcosa di piacevole e rilassante nella primavera inglese. Inoltre, dopo sei anni di viaggi in solitaria era dannatamente bello ritrovare i vecchi amici.

Percorse lentamente le stanze che conducevano alla sala da ballo. Non aveva voluto essere annunciato; l'ultima cosa che desiderava era che si notasse la sua presenza. La conversazione con Anthony Bridgerton aveva rafforzato la sua decisione di non assumere un ruolo attivo nella società londinese.

In generale, non aveva alcuna intenzione di sposarsi. E non c'era motivo di partecipare alla vita mondana della città se non si era in cerca di una moglie. Allo stesso tempo, però, sentiva di dovere qualcosa a Lady Danbury, dopo le moltissime attenzioni ricevute nell'infanzia; e, a dire il vero, provava un enorme affetto per quell'anziana signora dai modi schietti. Sarebbe stato sommamente scortese declinare il suo invito, soprattutto perché era stato accompagnato da una nota personale in cui gli dava il bentornato in patria.

Sapendo molto bene come muoversi in quella casa, usò un ingresso secondario. Se tutto fosse andato liscio, sarebbe scivolato di soppiatto nella sala da ballo, avrebbe portato i suoi omaggi a Lady Danbury e se ne sarebbe andato. Tuttavia, mentre il nuovo duca di Hastings si apprestava a svoltare un angolo, udì delle voci e si bloccò. Aveva interrotto un appuntamento d'amore? Per tutti i diavoli! Se lo avessero scoperto, la scena successiva sarebbe stata densa di melodramma, imbarazzo e un'infinità di emozioni seccanti. Meglio sparire nell'ombra e lasciare gli ignari amanti alle loro faccende.

Simon, senza farsi vedere, aveva cominciato ad arretrare quando udì qualcosa che attirò la sua attenzione.

«No.»

"No?" Una ragazza era stata forse trascinata per le stanze buie contro la sua volontà? Simon non aveva affatto voglia di diventare un eroe, ma nemmeno poteva permettere un tale oltraggio. Allungò il collo e tese le orecchie per sentire meglio. Poteva anche darsi che avesse udito male.

«Nigel, non avreste dovuto seguirmi fin qui» disse la voce della ragazza.

Un uomo gridò con passione: «Ma io vi amo! Tutto quello che voglio è fare di voi mia moglie!».

Povero stupido. Faceva pena.

«Nigel, mio fratello vi ha già detto che non posso sposarvi. Spero che potremo continuare a essere amici» replicò pazientemente lei.

«Vostro fratello non capisce!»

«Certo che capisce, e anche molto bene.»

«Maledizione, se non mi sposate voi, chi lo farà?»

Simon trasalì. Come proposta di matrimonio non era certo romantica. Evidentemente la ragazza era dello stesso parere, perché commentò, un po' risentita: «Nella sala da ballo non mancano le ragazze. Sono sicura che una di loro sarebbe felicissima di sposarvi».

Simon si sporse in avanti per osservare la scena. Lei era in ombra, ma l'uomo si vedeva con chiarezza. Aveva la faccia di un cane bastonato e le spalle cadenti dello sconfitto. Scuotendo la testa, disse con amarezza: «No, non voglio- no. Non vedete? Loro... loro...».

Simon guardò il pretendente che cercava le parole. Non era balbuziente, ma l'emozione gli impediva di finire la fra- se. Faceva proprio pena.

«Nessuna è sensibile come voi. Siete la sola che mi sorride.»

«Oh, Nigel! Sono sicura che questo non è vero.»

Simon capì che la ragazza voleva solo essere gentile, e che non aveva alcun bisogno di essere salvata. Sembrava avere la situazione sotto controllo, e anche se lui sentiva un vago accenno di solidarietà nei confronti del povero Nigel, non c'era nulla che potesse fare per essergli utile. Inoltre, cominciava a sentirsi indiscreto.

Riprese ad arretrare tenendo gli occhi fissi sulla porta di quella che sapeva essere la biblioteca. Dalla parte opposta della stanza c'era un'altra porta che conduceva alla serra. Da lì avrebbe potuto entrare nel vestibolo e raggiungere la sala da ballo. Non sarebbe stato molto discreto fare tutto quel giro attraverso i vari ambienti, ma così almeno il po- vero Nigel non avrebbe mai saputo di aver subito quell'u- miliazione in presenza di un testimone.

Improvvisamente, quando era giusto a un passo dal com- pletare la sua fuga, Simon udì un grido della giovane e la voce maschile che diceva: «Dovete sposarmi! Dovete far- lo! Non troverò mai nessun'altra!».

«Nigel, basta!»

Simon si voltò. Sembrava proprio che alla fine doves- se salvare quella ragazza. Tornò sui suoi passi con grandi falcate, assumendo l'espressione più severa e ducale pos- sibile. Le parole "Credo che la signora vi abbia chiesto di smetterla" erano pronte per essere pronunciate, ma non era destino che facesse l'eroe quella sera: prima ancora che lui riuscisse a emettere una sillaba, la giovane donna ave- va caricato il braccio e sferrato un destro ben assestato sul- la mandibola di Nigel.

Quest'ultimo finì a terra agitando le braccia, mentre gli

cedevano le gambe. Simon, immobile e incredulo, la vide cadere in ginocchio accanto allo spasimante.

«Oddio, Nigel, vi siete fatto male?» domandò con una voce strana, quasi in falsetto. «Non intendevo colpirvi così forte.»

Simon rise. Non riuscì a trattenersi.

Lei alzò lo sguardo, stupita.

Simon restò senza fiato. Fino a quel momento era rimasta nell'ombra e quello che lui era riuscito a vedere delle sue fattezze era soltanto una ricca chioma di capelli scuri. Ma adesso che aveva sollevato il viso, si accorse che aveva grandi occhi scuri e la bocca più seducente e carnosa che avesse mai visto. Il suo volto a cuore non era bello secondo i canoni classici, ma in lei c'era qualcosa che toglieva il respiro.

La ragazza corrugò le belle sopracciglia dal disegno delicato e con il tono di chi non è assolutamente contento di vedere un intruso, domandò: «E voi chi siete?».

3

Daphne si disse che la serata non sarebbe potuta andare peggio. Prima era stata costretta a starsene nell'angolo più buio della sala da ballo, poi aveva inciampato in un piede di Philippa Featherington che aveva gridato: «Daphne, ti sei fatta male?». Questo doveva aver attirato l'attenzione di Nigel che, alzando la testa di scatto come un uccello spaventato, si era immediatamente precipitato verso di lei attraversando la sala. Daphne aveva tentato di raggiungere il salotto delle signore prima che lui riuscisse a intercettarla, e invece no, Nigel l'aveva bloccata nell'atrio piagnucolando il suo amore.

Era stato molto imbarazzante. E ora era apparso quell'uomo, uno sconosciuto incredibilmente bello e così posato da essere quasi fastidioso, che aveva assistito all'intera scena. E, quel che era peggio, rideva!

Daphne lo guardò mentre lui continuava a ridacchiare a sue spese. Non l'aveva mai visto prima, quindi doveva essere nuovo di Londra. Sua madre si era assicurata che Daphne venisse presentata a tutti i gentiluomini con i giusti requisiti. Certo, quell'uomo poteva essere sposato, e pertanto non rientrava nella lista delle potenziali vittime di Violet, ma Daphne capì d'istinto che non avrebbe potuto trascorrere molto tempo a Londra senza che tutti ne parlassero.

Aveva un viso semplicemente perfetto e le bastò un attimo per rendersi conto che avrebbe messo in imbarazzo le sculture di Michelangelo. Il suo sguardo era particolarmente intenso, le iridi talmente azzurre da brillare. Aveva capelli folti e scuri, ed era molto alto, come i suoi fratelli, il che era piuttosto raro.

Daphne pensò che quell'uomo sarebbe riuscito a liberare i suoi fratelli, per sempre, dalle ragazze cinguettanti che li corteggiavano.

Perché quel pensiero le desse fastidio, Daphne non lo sapeva; forse perché era convinta che un uomo così non si sarebbe mai interessato a una donna come lei. Forse perché si sentiva come una mendicante, così inginocchiata sul pavimento di fronte a quella splendida apparizione. Forse era solo perché lui era in piedi e rideva come se lei fosse un pagliaccio del circo.

Comunque, s'irritò moltissimo e con le sopracciglia aggrottate gli chiese: «E voi chi siete?».

Senza sapere perché, Simon non le rispose altrettanto direttamente, ma un diavolo dentro di lui gli ingiunse di replicare: «Era mia intenzione essere il vostro salvatore, ma è evidente che non avete bisogno dei miei servigi».

Palesemente rabbonita, lei strinse le labbra come se riflettesse su quanto aveva detto. «Allora penso di dovervi ringraziare. Peccato che non siate arrivato dieci secondi prima, avrei preferito non essere costretta a colpirlo.»

Simon guardò l'uomo a terra: il livido sul mento si stava già scurendo e il malcapitato non smetteva di gemere. «Laffy, oh, Laffy. Io vi amo, Laffy.»

«Immagino che siate Laffy» mormorò Simon guardandola in viso. Era davvero molto attraente e, dall'alto, la scollatura dell'abito sembrava esageratamente ampia.

Lei lo scrutò accigliata, non apprezzando il suo umorismo, ma senza accorgersi che le guardava la scollatura. «Che cosa ne facciamo di lui?» gli chiese.

«*Facciamo?*»

«Avete detto che aspiravate a essere il mio salvatore o no?»

«L'ho detto.» Simon si mise le mani sui fianchi e valutò la situazione. «Lo butto fuori?»

«Certo che no!» esclamò Daphne. «Per l'amor del cielo, non sta anche piovendo?»

«Mia cara Miss Laffy,» disse Simon senza preoccuparsi del tono condiscendente della propria voce «non credete che la vostra preoccupazione sia un tantino fuori luogo? Quest'uomo ha cercato di aggredirvi.»

«Non è vero. Lui ha solo... ha solo... E va bene. Ha tentato di aggredirmi. Ma non mi avrebbe mai fatto del male.»

Simon la fissò con un sopracciglio alzato, pensando che le donne erano davvero enigmatiche. «E come potete averne certezza?»

Lei cercò le parole giuste. «Nigel è incapace di cattiveria. È colpevole solo di non capire le persone.»

«Avete un animo più generoso del mio, allora» disse piano Simon.

La ragazza sospirò, con un suono lieve che però Simon sentì vibrare in tutto il corpo. «Nigel non è cattivo, solo che non è molto acuto e forse ha scambiato la mia gentilezza per qualcosa di più.»

Simon provò ammirazione per lei. Molte donne di sua conoscenza sarebbero state colte da un attacco isterico in quella situazione, invece lei – chiunque fosse – aveva preso in mano la situazione con fermezza e ora mostrava una generosità d'animo sorprendente. Il fatto che potesse addirittura difendere quel Nigel andava oltre la sua capacità di comprensione.

Lei si alzò in piedi lisciandosi l'abito di seta verde salvia. Si era acconciata i capelli in modo che una ciocca le ricadesse su una spalla e finisse in un ricciolo sul seno. Simon sapeva che avrebbe dovuto ascoltare quello che stava dicendo, ma non riusciva a distogliere gli occhi da quella ciocca di capelli scuri. Sembrava un nastro di seta che le accarezzava il collo sottile. Fu travolto da un bisogno impellente di avvicinarsi e di tracciare con le labbra il percorso di quel boccolo malandrino. Che male c'era? Non voleva violentarla, solo darle un bacio. Uno solo.

«Signore! Signore!»

Riluttante, Simon spostò lo sguardo sul viso di lei. Che naturalmente era delizioso, ma era difficile immaginare di sedurla mentre lo guardava accigliata.

«Mi stavate ascoltando?»

«Naturalmente» mentì lui.

«Non è vero.»

«No» ammise Simon.

Lei emise un suono gutturale che stranamente somigliava a un grugnito, poi gli ringhiò: «Allora perché prima avete detto di sì?».

Lui scosse le spalle. «Perché era quello che volevate sentirvi dire» rispose e osservò affascinato il viso della ragazza che, dopo un sospiro profondo, mormorò qualcosa.

Finalmente la sua voce, tanto calma da suonare quasi comica, disse: «Se non desiderate aiutarmi, preferirei che vi congedaste immediatamente».

Simon decise che era ora di smetterla di comportarsi come uno zotico. «Vi porgo le mie scuse. Certo che vi aiuterò.»

Lei sospirò e guardò di nuovo Nigel, sempre steso sul pavimento, che borbottava parole incoerenti. Simon a sua volta abbassò lo sguardo e rimasero per qualche secondo a fissare quell'uomo in stato confusionale, finché lei osservò: «Non l'ho colpito tanto forte da fargli perdere i sensi».

«Forse è ubriaco.»

Daphne sembrava dubbiosa. «Voi credete? Dall'alito in effetti mi sembrava che avesse bevuto, ma non l'ho mai visto ubriaco.»

Simon pareva non avere niente da aggiungere a quella riflessione, e si limitò a chiedere: «Allora che cosa volete fare?».

«Suppongo che potremmo semplicemente lasciarlo qui» rispose lei, ma la sua espressione era incerta.

Simon trovò l'idea eccellente, tuttavia una cosa era ovvia: lei voleva che qualcuno si occupasse di quell'impiastro e lui sentì lo stranissimo impulso di accontentarla. «Ecco cosa faremo» disse in maniera risoluta, lieto che dalla sua voce non trapelasse l'inusuale tenerezza che provava. «Vado a chiamare la mia carrozza.»

«Ah, bene,» lo interruppe «non mi va di lasciarlo qui. Mi sembra una vera crudeltà.»

Simon pensava che fosse una generosità eccessiva, considerando che quel grosso imbecille l'aveva quasi aggredita, ma tenne l'opinione per sé e continuò: «Mentre io me ne occupo, aspettatemi in biblioteca».

«In biblioteca? Ma...»

«In biblioteca» ripeté lui con fermezza «e con la porta chiusa. Volete davvero che, se arriva qualcuno, vi scopra con il corpo di Nigel?»

«Il corpo? Buon Dio, detto così sembra che stiate parlando di un morto».

Ignorandola ribadì: «Voi rimarrete nella biblioteca, e al mio ritorno ci occuperemo di trasferire Nigel nella mia carrozza».

«E come faremo?»

Lui le rivolse un sorriso disarmante. «Non ne ho la minima idea.»

Per un momento, Daphne si dimenticò di respirare. Proprio quando aveva deciso che il suo salvatore era un arrogante senza pari, ecco che le sorrideva in quel modo. Era un sorriso da discolo, di quelli che inteneriscono il cuore delle donne nel raggio di chilometri.

Inoltre, con suo grande sgomento, era davvero difficile continuare a essere irritata con un uomo sotto l'influsso di un sorriso del genere. Anche perché, cresciuta con quattro fratelli ognuno dei quali sembrava sapere dalla nascita come affascinare una donna, aveva creduto di esserne immune.

Ma a quanto pareva non era così. Il cuore le batteva all'impazzata, lo stomaco faceva le capriole e le gambe le erano diventate molli.

«Nigel» bisbigliò cercando di distogliere l'attenzione dallo sconosciuto che aveva di fronte. «Devo occuparmi di Nigel.» Si chinò e lo scosse non troppo delicatamente. «Nigel? Nigel, dovete svegliarvi.»

L'uomo gemette: «Daphne. Oh, Daphne».

Lo sconosciuto si guardò intorno. «Daphne? Ha detto Daphne?»

«Sì» rispose lei, innervosita dal suo sguardo intenso e dalla domanda diretta.

«Il vostro nome è Daphne?»

A quel punto cominciò a chiedersi se l'uomo fosse idiota, e ripeté: «Sì».

«Non Daphne Bridgerton...»

La sua espressione si fece interrogativa. «Proprio lei.»

Simon arretrò di un passo e all'improvviso si sentì strano mentre osservava i suoi capelli castani. I famosi capelli dei Bridgerton. Per non parlare del naso dei Bridgerton, degli zigomi e... Dannazione, era la *sorella* di Anthony!

Maledizione!

Tra amici c'erano delle regole da rispettare, anzi, dei sacri comandamenti, e quello più importante era: "Non desiderare la sorella del tuo migliore amico".

Mentre lui se ne stava immobile e la fissava inebetito, lei si mise le mani sui fianchi e domandò: «E *voi* chi siete?».

«Simon Basset» mormorò.

«Il duca?» chiese Daphne sorpresa.

Lui annuì, scuro in volto.

«Oddio.»

Simon vide con orrore che lei impallidiva. «Santo cielo, non vorrete svenire!» Non immaginava perché avrebbe dovuto, ma Anthony, il fratello, si ripeté, gli aveva illustrato l'effetto che poteva avere un duca scapolo sulla popolazione femminile nubile. Aveva escluso sua sorella, ma era un fatto che lei fosse stranamente impallidita. Ripeté: «State per svenire?».

«Certo che no!» esclamò Daphne, risentita che l'avesse anche solo pensato.

«Meno male.»

«È solo che…»

«Cosa?» chiese Simon con sospetto.

«Ecco…» disse lei con un lieve movimento delle spalle. «Mi hanno messa in guardia da voi.»

Questo era veramente troppo. «E chi è stato?»

Lei lo fissò come fosse stupido. «Tutti.»

«Questo, mia c…» Simon ebbe l'impressione che la balbuzie stesse prendendo il sopravvento, così inspirò profondamente per riprendere il controllo. Ormai era diventato un maestro. Quello che lei avrebbe visto era un uomo che cercava di mantenere i nervi saldi. E quell'immagine, considerata la piega che stava prendendo la conversazione, poteva non sembrare del tutto inverosimile. «Mia cara Miss Bridgerton,» riprese Simon, con un tono ancora più piatto e controllato «trovo difficile crederlo.»

Lei scosse le spalle e Simon ebbe la sensazione assai irritante che si fosse accorta del suo imbarazzo e lo trovasse divertente. «Credete pure ciò che volete, ma era sul giornale di oggi» disse allegramente.

«*Cosa?*»

«Sul "Whistledown"» rispose lei, come se questo spiegasse tutto.

«Whistle… come?»

«È un giornale di pettegolezzi» rispose in fretta Daphne facendo un passo indietro. «È molto sciocco, ma lo leggono tutti.»

Lui non rispose, si limitò a inarcare un sopracciglio in quel suo modo arrogante.

Daphne si affrettò ad aggiungere: «C'era la notizia del vostro ritorno nell'edizione di lunedì».

«E che cosa» la sua espressione divenne accigliata «precisamente» gli occhi si fecero di ghiaccio «c'era scritto?»

«Non molto…» Daphne cercò di indietreggiare, ma i suoi tacchi toccavano già il muro. Il duca sembrava molto più che infuriato e lei cominciò a pensare a una fuga veloce: l'avrebbe mollato semplicemente lì con Nigel.

«Miss Bridgerton!» Nella voce di lui c'era un velo di minaccia.

Daphne decise di avere pietà. Dopotutto era appena arrivato a Londra e non aveva avuto il tempo di adeguarsi al nuovo mondo tratteggiato dal «Whistledown». Immaginò di non poterlo davvero biasimare per la sua contrarietà a finire su un giornale. Era stato parecchio destabilizzante anche per lei quando le era successo la prima volta, e nel suo caso almeno era stata preparata dall'articolo del mese precedente. Quando Lady Whistledown era arrivata a scrivere di lei, ne era quasi rimasta delusa.

«Non è il caso che ci rimaniate male» disse cercando di dare alla voce un tono comprensivo, ma probabilmente senza riuscirci. «C'era scritto solo che siete una canaglia, cosa che non vorreste negare, in quanto da tempo ho scoperto che gli uomini ambiscono a tale fama.»

S'interruppe per dargli il modo di negare. Lui non lo fece.

Daphne continuò: «Mia madre, che credo abbiate conosciuto prima di andare in giro per il mondo, l'ha confermato».

«Vi ha detto così?»

Lei annuì. «Mi ha anche proibito di farmi vedere in vostra compagnia.»

«Davvero?»

Qualcosa nel tono della voce e il modo in cui gli occhi di Simon sembravano offuscarsi, puntandosi nei suoi, la mettevano fortemente a disagio e tutto ciò che riuscì a fare fu non distogliere lo sguardo.

Si rifiutava, nel modo più assoluto, di lasciar vedere quanto lui la turbasse.

Simon piegò le labbra in un sorriso appena accennato. «Voglio essere sicuro di aver capito bene. Dunque, vostra madre ha detto che sono un cattivo soggetto e che non dovete farvi vedere con me.»

Confusa, lei annuì.

«Allora» continuò lui prima di fare una pausa per accentuare l'effetto. «Che cosa pensate che direbbe vostra madre osservando questa scena?»

Daphne sbatté le palpebre. «Prego?»

«Be', a meno che non teniate conto del nostro Nigel,» con la mano indicò l'uomo privo di sensi sul pavimento «nessuno vi ha visto con me. Tuttavia...» Non finì la frase poiché si divertiva troppo a osservare il susseguirsi di emozioni sul suo viso, varie sfumature di irritazione e sconcerto, e allora cercò di prolungare quel momento il più possibile.

«Tuttavia?»

Lui si piegò in avanti; la distanza fra loro si ridusse a pochi centimetri. «Tuttavia qui siamo completamente soli» disse con garbo, sapendo che lei poteva sentire il suo respiro accarezzarle la pelle.

«A eccezione di Nigel» ribatté Daphne.

Simon rivolse un'altra brevissima occhiata all'uomo steso sul pavimento, poi riportò il suo sguardo da lupo su Miss Bridgerton. «Io non sono particolarmente preoccupato per Nigel. E voi?» Anche lei guardò Nigel e le fu chiaro che il corteggiatore respinto non l'avrebbe salvata se Simon si fosse spinto oltre il lecito.

Lui non ne aveva l'intenzione, naturalmente, dato che era la sorella di Anthony. Simon continuava a ripeterselo a intervalli regolari, ma non era sicuro che a un certo punto non gli sarebbe sfuggito di mente. Tuttavia era arrivato il momento di finirla con quel giochetto. Non che pensasse che lei avrebbe raccontato l'episodio a Anthony; per qualche ragione, era certo che avrebbe preferito tenerlo per sé, rimuginandoci in privato con legittima rabbia e, ebbe l'ardire di pensare, magari con un pizzico di eccitazione.

Tuttavia, pur sapendo che doveva smettere di flirtare e portare lo sfortunato corteggiatore fuori da quella casa, non poté esimersi dal fare un altro commento. Forse era per come lei atteggiava la bocca quando era in collera. O forse per come le sue labbra si schiudevano quando era stupita. Il fatto è che non riusciva a tenere a freno i propri impulsi.

Così si piegò verso di lei e con la seduzione nello sguardo mormorò: «Credo di sapere che cosa direbbe vostra madre».

Lei apparve confusa dalle sue parole, ma riuscì a ribattere con un sarcastico: «Davvero?».

Simon annuì e le sollevò il mento con un dito. «Vi direbbe di avere molta, molta paura.»

Vi fu un altro momento di silenzio, poi Daphne spalancò gli occhi e strinse le labbra come se si volesse trattenere, sollevò le spalle e...

E gli rise in faccia. «Oddio» disse continuando a ridere. «Questa sì che è buffa.»

Simon non era affatto divertito.

«Mi dispiace» continuò lei tra le risate. «Mi dispiace davvero, ma non dovreste essere così melodrammatico. Non vi si addice.»

Simon tacque, irritato dal fatto che una ragazza si prendesse gioco in quel modo della sua autorità. Essere considerato pericoloso aveva dei vantaggi e far girare come trottole le giovani fanciulle era uno di questi.

«Be', in verità vi si addice, devo ammetterlo» aggiunse lei senza smettere di ridere. «In effetti, sembrate molto pericoloso. E siete anche un bell'uomo, naturalmente.» Poiché lui non faceva alcun commento, il viso di Daphne assunse un'espressione perplessa. «Non era questa la vostra intenzione?» Simon continuava a tacere, così lei aggiunse: «Certo che lo era. E vi mentirei se non vi dicessi che avreste avuto successo con qualsiasi donna, eccetto me».

Il duca non poté fare a meno di chiedere: «E come mai?».

«Quattro fratelli.» Daphne fece spallucce, come se quelle due parole spiegassero tutto. «I vostri giochetti non mi fanno effetto.»

«Capisco.»

Quindi gli diede una leggera pacca sul braccio. «Ma il vostro tentativo è stato ammirevole. Sono lusingata che mi abbiate considerato meritevole di tale magnifica esibizione di ducale scostumatezza.» Rise e aggiunse: «O preferite scostumata duchezza?».

Simon si prese il mento con aria pensierosa, cercando di riacquistare la grinta del predatore minaccioso. «Siete una bambina impertinente Miss Bridgerton. Lo sapevate?»

Lei gli rivolse un ampio sorriso. «La maggior parte delle persone mi considera la quintessenza della gentilezza e dell'amabilità.»

«La maggior parte delle persone» ribatté lui senza girarci intorno «è stupida.»

Daphne inclinò lievemente il capo ponderando le sue parole, poi guardò Nigel e sospirò. «Per quanto mi addolori, temo di essere costretta a darvi ragione.»

Simon trattenne un sorriso. «Non mi è chiaro: vi addolora essere d'accordo con me o che la maggior parte della gente sia stupida?»

«Entrambe le cose.» Le spuntò di nuovo il sorriso sulle labbra: un largo e ammaliante sorriso che aveva strane ripercussioni sulla mente di Simon. «Ma soprattutto la prima.»

Lui scoppiò in una fragorosa risata e si meravigliò di come quel suono risultasse estraneo alle sue stesse orecchie. Sorrideva di frequente, qualche volta ridacchiava, ma era da molto tempo che non si abbandonava a un'esplosione di gioia. «Mia cara Miss Bridgerton,» disse asciugandosi gli occhi «se voi siete la quintessenza della gentilezza e dell'amabilità, significa che il mondo è un posto molto pericoloso.»

«Questo è certo. Almeno secondo il parere di mia madre.»

«Non capisco come mai non riesco a ricordarmi di vostra madre: da quanto dite, sembra un personaggio difficile da dimenticare» mormorò.

Daphne inarcò un sopracciglio. «Non vi ricordate di lei?»

Simon fece di no con la testa.

«Allora non la conoscete.»

«Vi somiglia?»

«È una domanda strana.»

«Non così strana» replicò Simon, pensando subito che Daphne avesse assolutamente ragione. Si trattava di una domanda strana e non aveva idea di come avesse potuto formularla. Allora aggiunse: «Dopotutto mi è stato riferito che voi Bridgerton vi somigliate tutti».

Una lieve smorfia, per Simon incomprensibile, comparve sul suo volto. «È vero, ci somigliamo. Tranne mia madre, lei è di colori chiari, e ha gli occhi azzurri. Abbiamo ereditato tutti i capelli scuri da nostro padre. Però mi è stato detto che ho il suo sorriso.»

Scese un silenzio imbarazzante.

Daphne si spostava da un piede all'altro senza sapere che cosa dire quando Nigel, esibendo un tempismo eccezionale per la prima volta nella sua vita, si tirò a sedere. «Daphne?» disse battendo le palpebre come se non vedesse bene. «Daphne, siete voi?»

«Buon Dio, Miss Bridgerton, che colpo gli avete dato?»

«Abbastanza forte da metterlo al tappeto, ma non più di questo, lo giuro!»

«Oh, Daphne!» gemette Nigel.

Il duca si chinò accanto a lui, ma si ritrasse subito, storcendo il naso.

«È ubriaco?» chiese lei.

«Deve avere bevuto un'intera bottiglia di whisky per trovare il coraggio di farvi la proposta.»

«Chi avrebbe mai detto che io potessi spaventare qualcuno?» mormorò Daphne pensando agli uomini che la consideravano un'amica allegra e basta. «Che meraviglia.»

Simon la fissò come se fosse matta, poi borbottò: «Non ho la minima intenzione di dubitarne».

Ignorando il suo commento, lei aggiunse: «Vogliamo mettere in pratica il nostro piano?».

Simon, le mani sui fianchi, valutò nuovamente la situazione. Nigel cercava invano di alzarsi in piedi e, per come la vedeva il duca, non sembrava dovesse riuscirci tanto presto. Tuttavia, poteva aver ripreso abbastanza coscienza per combinare un guaio, ma troppo poca per evitare di fare rumore. Infatti lo stava già facendo.

«Oh, Daphne. Vi amo tanto, Daffery.» Nigel riuscì ad alzarsi sulle ginocchia e a trascinarsi verso di lei. Pareva un penitente sui ceci, completamente ubriaco. «Vi prego, Duffine, sposatemi. Dovete sposarmi.»

«Calma, giovanotto» grugnì Simon prendendolo per il colletto. «La cosa sta diventando imbarazzante.» E a Daphne: «Devo portarlo fuori. Non possiamo lasciarlo qui. Capace che comincia a piangere come un vitello...».

«Penso proprio che abbia già cominciato» commentò Daphne, seccata.

Suo malgrado, Simon sentì che un angolo della bocca gli si sollevava. Daphne Bridgerton poteva anche essere una ragazza da marito e, come tale, una disgrazia annunciata per qualsiasi uomo nella sua posizione, ma di sicuro era molto spiritosa. Era, ci arrivò in un momento di chiarezza piuttosto bizzarro, il tipo di persona che, se fosse stata un uomo, avrebbe definito amica.

Ma poiché era ovvio, tanto ai suoi occhi che al suo corpo, che non era un uomo, Simon si sentì obbligato, nel reciproco interesse, a dare un taglio alla situazione il più presto possibile. A parte il fatto che la reputazione di Daphne avrebbe subito un brutto colpo se fossero stati scoperti, lui non era sicuro di poter tenere le mani lontano da lei ancora per molto.

Era una sensazione inquietante, terribile. Soprattutto per uno come lui che considerava estremamente preziosa la padronanza di sé. L'autocontrollo era tutto. Senza quello Simon non avrebbe mai potuto tener testa a suo padre, né si sarebbe potuto laureare. Senza autocontrollo sarebbe... Senza autocontrollo, si disse con severità, avrebbe continuato a parlare come un idiota.

«Lo porto fuori io,» disse d'un tratto «voi tornate pure nella sala da ballo.»

Daphne aggrottò la fronte e voltò la testa verso l'atrio da cui si accedeva al salone. «Ne siete sicuro? Credevo voleste che andassi in biblioteca.»

«Questo era quando volevamo lasciarlo qui mentre io chiamavo la carrozza. Ma non possiamo farlo se lui è sveglio.»

Daphne annuì e domandò: «Siete sicuro di riuscirci? Nigel è un uomo piuttosto corpulento».

«Io lo sono ancora di più.»

Daphne inclinò il capo. Il duca, pur avendo un fisico asciutto, era ben piantato e aveva spalle larghe e cosce muscolose. Daphne sapeva che non avrebbe dovuto notare le cosce, ma era colpa sua se la moda aveva imposto brache tanto attillate? Inoltre, in lui c'era un che di rapace, qualcosa di quasi feroce che lasciava intendere che nascondesse una forza e un potere tenuti sotto stretto controllo.

Perciò si disse che sarebbe riuscito a spostare Nigel. «Bene. Vi ringrazio. Siete molto gentile ad aiutarmi.»

«È raro che io sia gentile» borbottò Simon.

«Sul serio?» mormorò lei, concedendosi un piccolo sorriso. «Che strano. Non riesco a pensare a nessun altro modo con cui definirvi. Ma, di nuovo, ho imparato che gli uomini...»

«Sembra che siate proprio un'esperta di uomini.» Lo disse con una certa freddezza, poi, emettendo un suono gutturale per accompagnare lo sforzo, afferrò Nigel per i piedi.

Questi si allungò immediatamente verso Daphne e pronunciò il suo nome fra i singhiozzi. Simon dovette trattenerlo con forza per le gambe per evitare che le cascasse addosso.

Daphne fece un balzo indietro e concluse: «Sì, come sapete, ho quattro fratelli maschi. Non riesco a immaginare un'istruzione migliore».

Non ci fu modo di scoprire se il duca volesse ribattere, perché Nigel scelse proprio quel momento per riacquistare le energie, ma non l'equilibrio, liberandosi dalla stretta di Simon. Precipitò sull'amata continuando a emettere versi totalmente privi di senso.

Se lei non avesse avuto la parete alle spalle sarebbe caduta, ma ci sbatté contro talmente forte da rimanere senza fiato.

«Per tutti i diavoli!» imprecò il duca tirando indietro Nigel. Poi le chiese: «Posso dargli un pugno?».

«Oh, sì, per favore!» Era stata gentile con il corteggiatore, ma il troppo era davvero troppo.

Il duca sferrò un poderoso sinistro al mento di Nigel, che cadde a terra come un sasso.

Daphne lo guardò senza scomporsi. «Non credo che questa volta si sveglierà.»

«No» confermò il duca agitando il pugno.

Lei sgranò gli occhi sorpresa, poi li rivolse verso Simon: «Grazie».

«È stato un piacere.»

«Ma adesso cosa facciamo?»

«Torniamo al piano originale. Lo lasciamo qui e voi andate in biblioteca. Preferisco non trascinarlo fuori finché la carrozza non sarà davanti alla porta.»

Daphne assentì con un cenno del capo. «Avete bisogno di aiuto per rimetterlo in piedi, o è meglio che io vada subito in biblioteca?»

Il duca rimase in silenzio per un attimo. Girò la testa da una parte all'altra mentre studiava la posizione di Nigel. «A dire il vero, un po' di aiuto sarebbe assai gradito.»

«Sul serio?» Daphne era sorpresa. «Ero sicura che avreste detto di no.»

Quell'affermazione le procurò un'occhiata di superiorità, ma leggermente divertita, da parte del duca. «Per questo vi siete offerta?»

«No, certo che no» rispose lei, un po' offesa. «Non sono così stupida da offrire aiuto se non ho intenzione di darlo. Stavo semplicemente facendo notare che gli uomini, nella mia esperienza…»

«Voi avete fin troppa esperienza» mormorò il duca fra i denti.

«Come?!»

«Chiedo scusa» si corresse. «Voi pensate di avere fin troppa esperienza.»

Daphne lo fissò con sguardo fiero, e gli occhi le diventarono ardenti. «Questo non è vero. E, in ogni caso, chi siete voi per affermarlo?»

«No, non è giusto nemmeno questo» rifletté il duca, ignorando completamente la domanda e la rabbia di Daphne. «Credo piuttosto di essere io a pensare che voi pensiate di avere fin troppa esperienza.»

«Per quale ragione voi... voi...» Come risposta non fu particolarmente incisiva, ma fu tutto ciò che Daphne riuscì a tirar fuori. La sua dialettica tendeva a venir meno quando era arrabbiata.

E lo era davvero.

Simon scrollò le spalle, apparentemente impassibile di fronte a quella furia. «Mia cara Miss Bridgerton...»

«Se mi chiamate ancora una volta così, giuro che mi metto a urlare.»

«No, non lo farete» ribatté il duca con un sorriso da canaglia. «Attirereste una folla di persone e, se rammentate, non volete essere vista in mia compagnia.»

«Sto pensando di correre il rischio.» Scandì ogni sillaba fra i denti.

Simon incrociò le braccia sul petto e si appoggiò al muro. «Davvero?» disse con molta calma. «Mi piacerebbe proprio vederlo.»

Daphne era esasperata. «Lasciate perdere. Dimenticatevi di me, dimenticate l'intera faccenda. Io me ne vado.»

Gli voltò le spalle, ma prima che potesse fare un passo, la voce del duca la fermò.

«Credevo aveste intenzione di aiutarmi.»

Dannazione. L'aveva avuta vinta. Lei si girò di nuovo. «Ma certo. Con molto piacere.» Il tono suonò falso anche alle sue orecchie.

«D'altronde,» continuò lui con fare innocente «se non volevate aiutarmi, non avreste dovuto...»

«Ho detto che vi avrei aiutato» sbottò Daphne.

Simon sorrise fra sé. Era così facile stuzzicarla. «Ecco che cosa faremo. Io lo metterò in piedi e gli appoggerò il braccio destro sulla mia spalla. Voi farete lo stesso dall'altra parte.»

Daphne seguì le istruzioni borbottando fra sé per l'atteggiamento dispotico del duca. Ma non disse niente. Dopotutto, malgrado le sue provocazioni, Hastings la stava aiutando a evitare un possibile scandalo. D'altra parte, se qualcuno l'avesse sorpresa in quella situazione, si sarebbe ritrovata in difficoltà ben peggiori.

«Ho un'idea migliore» sbottò a un tratto. «Lasciamo-lo qui.»

Il duca la guardò come se volesse gettarla dalla finestra. «Pensavo» disse sforzandosi di mantenere un tono calmo «che non voleste lasciarlo sul pavimento.»

«Questo è stato prima che mi facesse sbattere contro il muro.»

«Non potevate dirmelo prima che spendessi le mie energie per metterlo in piedi?»

Daphne arrossì. Detestava il fatto che gli uomini conside-rassero le donne creature volubili e incoerenti, e detestava ancora di più dare lei stessa quell'impressione.

«Molto bene» commentò semplicemente il duca lascian-do la presa. Il peso scaricato all'improvviso soltanto su di lei per poco non la fece cadere. Con un grido di sorpresa riuscì a divincolarsi, liberandosi di quel fardello.

«Ce ne possiamo andare adesso?» domandò Simon con una calma insopportabile.

Lei annuì e guardò Nigel. «Ha l'aria di stare molto sco-modo, non credete?»

Il duca la fissò per un po', poi le chiese: «Ora vi preoccu-pate per la sua comodità?».

Lei fece di no con la testa, di scatto, poi di sì, poi anco-ra no. «Forse dovrei... Cioè... Aspettate un momento.» Si chinò per sistemare meglio una gamba del poveretto, in modo che fosse steso compostamente sul pavimento. «Non credo meriti di essere accompagnato a casa con la vostra carrozza» spiegò sistemandosi l'abito. «Ma mi pa-reva un po' crudele lasciarlo in quella posizione. Ecco, ora ho finito.»

Fece appena in tempo, sollevando lo sguardo, a vedere il duca che si allontanava borbottando qualcosa a proposi-to di lei e delle donne in generale, oltre a qualcos'altro che Daphne non capì.

Ma forse era meglio così. Dubitava fosse un complimento.

In questi giorni Londra è invasa da madri ambiziose. La scorsa settimana, al ballo di Lady Worth, l'Autore di queste righe ha notato non meno di undici scapoli rincantucciati negli angoli e alla fine li ha visti scappare con dette madri alle calcagna.

È difficile stabilire chi sia la peggiore del gruppo, anche se l'Autore sospetta che alla fine la competizione si ridurrà a due sole contendenti, Lady Bridgerton e Mrs Featherington, con Mrs F. che batte Lady B. per un soffio. Ci sono tre Miss Featherington sulla piazza al momento, mentre Lady B. si deve preoccupare solo di una.

A ogni modo, si raccomanda di stare lontano dall'ultimo drappello di gentiluomini ancora scapoli quando le sorelle E., F. e H. Bridgerton raggiungeranno l'età da marito. Lady B. non è tipo da fare attenzione mentre sgomita da una parte all'altra di una sala da ballo con tre figlie al seguito, e che Dio ci assista se dovesse decidere di indossare stivali con la punta di ferro.

da «Le cronache mondane di Lady Whistledown»
28 aprile 1813

Simon pensò che quella serata non sarebbe potuta andare peggio. Non lo avrebbe creduto possibile, ma lo strano incontro con Daphne Bridgerton era stato solo l'inizio. Sì, l'aveva inorridito scoprire di desiderare, anche se per qualche momento appena, la sorella del suo migliore amico. Sì, il barbaro tentativo di seduzione da parte di Nigel Berbrooke aveva offeso la sua sensibilità di canaglia. E sì, alla fine Daphne l'aveva esasperato oltre ogni limite con la sua volubilità nel decidere se trattare Nigel come un criminale o preoccuparsi per lui come se fosse il suo più caro amico.

Ma nulla di tutto questo era stato terribile come la tortura che aveva dovuto subire subito dopo.

Il suo piano di entrare senza essere notato nella sala da ballo, di porgere i suoi omaggi a Lady Danbury e andarsene di soppiatto era fallito in modo rovinoso. Aveva fatto solo due passi nella sala, quando era stato riconosciuto da un vecchio amico di Oxford che, con sua grande costernazione, si era sposato di recente. La moglie era una giovane incantevole, ma sfortunatamente aveva grandi aspirazioni sociali ed era convinta che presentare il duca alla *crème* di Londra potesse aprirle la strada verso la felicità. Simon, anche se gli piaceva immaginarsi come un tipo cinico e distaccato, aveva scoperto di non essere abbastanza freddo da offendere la moglie del suo ex compagno di studi.

Pertanto, in capo a due ore, era stato presentato a tutte le giovani nubili, alle loro madri e, naturalmente, a tutte le sorelle sposate delle giovani nubili. Simon si domandava quale gruppo di donne fosse il peggiore. Le non sposate erano decisamente noiose, le madri erano di un'ambizione che dava la nausea e le *sorelle*... be', le sorelle erano così sfrontate da fargli pensare di essere capitato in un bordello. Sei di loro avevano fatto commenti estremamente audaci, due gli avevano scritto bigliettini invitandolo nel loro *boudoir* e una gli aveva accarezzato una coscia.

Ripensandoci, Daphne Bridgerton cominciava ad apparirgli un angelo, ma dov'era finita? Gli sembrava di averla notata un'ora prima circondata dai suoi numerosi e invincibili fratelli. Non che Simon li considerasse tali, presi singolarmente, ma capì subito che bisognava avere poco senno per provocarli tutti insieme.

Nel frattempo, però, lei sembrava sparita. A dirla tutta, pensò fosse probabilmente l'unica donna nubile della festa a cui non era stato presentato.

Simon non era particolarmente preoccupato che venisse importunata da Berbrooke, dopo che l'aveva abbandonata nell'atrio con lui. Lo aveva colpito alla mascella con un pugno ben assestato e non aveva dubbi che sarebbe stato fuori combattimento per un po'. Probabilmente per un bel po', considerata la quantità d'alcol che aveva in corpo. E se anche Daphne si fosse fatta ingenuamente intenerire dal suo goffo spasimante, non era così sciocca da restare con lui fino al suo risveglio.

Simon guardò in fondo alla sala, nell'angolo dov'erano raccolti i tre Bridgerton che sembravano divertirsi un mondo. Anche loro erano circondati da diverse ragazze e dalle loro madri, ma in tre si difendevano bene. Simon notò che le debuttanti passavano in loro compagnia la metà del tempo che toccava a lui. Li guardò accigliato.

Anthony, che stava pigramente appoggiato alla parete, colse la sua espressione e sorrise alzando il bicchiere nella sua direzione. Poi, con un impercettibile movimento del capo, gli fece segno di fare attenzione alla sua sinistra. Quando Simon si voltò, fu abbordato da una signora con tre figlie, tutte vestite con orribili abiti pieni di balze, falpalà, pieghe, nervature e, naturalmente, trine. Lui pensò al semplice abito verde di Daphne. Daphne, con i suoi sinceri occhi scuri e il suo sorriso aperto...

«Vostra Grazia, è un onore conoscervi!» esclamò la madre. Simon la salutò con un gelido cenno del capo. «Georgina Huxley ha detto che devo assolutamente presentarvi le mie figliole.»

Simon non sapeva chi fosse Georgina Huxley, comunque si ripromise di strangolarla.

«Di solito non sono così audace, ma il vostro caro, carissimo padre era un nostro grande amico.»

Simon s'irrigidì.

«Era un uomo davvero meraviglioso» continuò. «Così

consapevole dei doveri del suo titolo. Dev'essere stato un padre meraviglioso.»

«Non saprei» tagliò corto Simon.

«Oh!» La donna tossicchiò imbarazzata diverse volte, poi riuscì a dire: «Capisco. Be', santo cielo...».

Simon non ribatté nulla sperando che il suo silenzio la convincesse a togliersi di mezzo. Dannazione! Perché Anthony non si muoveva? Era già abbastanza brutto avere intorno quelle donne che si comportavano con lui come fosse un cavallo da monta, ma sentirsi dire che il duca doveva essere stato un padre meraviglioso era veramente troppo da sopportare.

«Vostra Grazia, Vostra Grazia!»

Simon si sforzò di guardare la nobildonna che aveva davanti obbligandosi a essere paziente.

«Volevo semplicemente dire che siamo stati presentati anni fa, quando voi eravate ancora il conte di Clyvedon.»

«Sì» mormorò Simon cercando una via di fuga nella barricata di donne che lo circondava.

«Queste sono le mie figlie» continuò lei, imperterrita, indicando le tre ragazze. Due di loro erano carine, ma la terza era ancora paffuta come una bambina, stretta in un abito arancio che faceva a pugni con la sua carnagione, e non sembrava affatto godersi la serata. «Non sono deliziose? Sono il mio orgoglio e la mia gioia. Hanno anche un buon carattere!»

Simon ebbe la sensazione di avere sentito dire le stesse parole quando aveva dovuto acquistare un cane.

«Vostra Grazia, vi presento Prudence, Philippa e Penelope.»

Le giovani fecero una riverenza, ma nessuna osò guardarlo negli occhi.

«Ho un'altra figlia a casa, Felicity. Ma ha solo dieci anni.»

Simon non capì perché la donna si fosse sentita in dovere di dargli quell'informazione, tuttavia preferì mantenere l'espressione annoiata, perché si era accorto che mascherava bene la rabbia.

«Non mi avete detto il vostro nome, signora.»

«Oh, chiedo scusa! Io sono Mrs Featherington, naturalmente.»

Simon annuì.

«Prudence suona molto bene il pianoforte» precisò la
donna con forzata vivacità.

Simon notò l'espressione tesa della maggiore delle ragazze e promise a se stesso di non assistere mai a una serata musicale dai Featherington.

«Invece la mia cara Philippa è un'esperta acquerellista.»

Philippa era raggiante.

«E Penelope?» chiese Simon, cedendo alla tentazione del
suo lato più oscuro.

Mrs Featherington lanciò un'occhiata spaventata alla figlia più giovane, che aveva l'aria assolutamente afflitta. Penelope non era bella e la sua figura grassoccia non era certamente valorizzata dagli abiti che la madre sceglieva per
lei. Ma aveva un'espressione dolce.

«Penelope?» ripeté Mrs Featherington con la voce in falsetto. «Penelope è... be'... Penelope!» disse infine con un
sorriso di circostanza.

La ragazza aveva l'aria di volersi nascondere sotto un
tappeto. Simon decise immediatamente che, se fosse stato
costretto a ballare, avrebbe invitato Penelope.

«Mrs Featherington,» chiese in quel momento una voce
imperiosa che poteva appartenere solo a Lady Danbury
«state forse importunando il duca?»

Simon avrebbe desiderato dire di sì, ma l'espressione mortificata di Penelope lo spinse a rispondere: «No di certo».

Lady Danbury alzò un sopracciglio e girò lentamente la testa verso di lui. «Bugiardo!» Poi si voltò verso Mrs
Featherington, che era diventata rosso acceso, ma taceva.
Lady Danbury rimase zitta a sua volta. Alla fine l'altra borbottò qualcosa a proposito di un cugino da salutare e, con
le figlie al seguito, se ne andò.

Simon incrociò le braccia sul petto, ma non riuscì a mascherare del tutto l'espressione di divertimento che gli affio-
rava sul viso. «Non è bello ciò che avete fatto» la rimproverò.

«Mah, ha il cervello di una gallina. E lo stesso vale per le figlie, tranne forse per quella piccola poco attraente.» Lady Danbury scosse la testa. «Se almeno non le facesse indossare certi colori...»

Simon cercò di non ridere ma non poté evitarlo. «Non imparerete mai a occuparvi dei fatti vostri, vero?»

«Mai. Che divertimento ci sarebbe?» rispose l'anziana signora. Poi sorrise e continuò: «E quanto a te, sei un invitato pessimo. Pensavo che avessi imparato le buone maniere. Invece non sei nemmeno venuto a salutarmi».

«Siete sempre circondata da ammiratori e non ho osato avvicinarmi.»

«Tutte scuse.»

Simon non replicò, non sapendo come interpretare quelle parole. Aveva il sospetto che lei conoscesse il suo segreto, ma non ne era sicuro.

«Si sta avvicinando il tuo amico Bridgerton.»

Simon seguì con gli occhi la direzione indicata dal suo cenno.

Anthony stava camminando verso di loro, e mezzo secondo dopo che li ebbe raggiunti, Lady Danbury gli diede del codardo.

Anthony trasalì. «Come, prego?»

«Dovevate venire prima e salvare il vostro amico dal quartetto Featherington.»

«La sua disperazione mi divertiva troppo.»

Lady Danbury lo guardò con disapprovazione, e se ne andò senza dire altro.

«Strana vecchia. Non sarei sorpreso se fosse lei quel dannato Whistledown» disse Anthony.

«Intendi quello dei pettegolezzi?»

Anthony annuì e fece strada all'amico. Mentre camminavano ghignò e disse: «Ti ho visto chiacchierare con una moltitudine di signorine assai compite».

Simon mormorò qualcosa di piuttosto volgare e poco lusinghiero fra i denti.

Anthony non faceva che sghignazzare. «Non puoi dire che non ti avevo avvisato, o sbaglio?»

«È seccante ammettere che tu possa aver ragione su qualcosa, quindi sii così gentile da non chiedermi di farlo.»

Anthony rise ancora. «Per un commento del genere dovrei essere io stesso a presentarti alle debuttanti.»

«Se lo farai,» lo ammonì Simon «ti ritroverai molto presto a dover affrontare una morte assai lenta e dolorosa.»

L'amico ridendo disse: «Spade o pistole?».

«Oh, veleno. Veleno nella maniera più assoluta.»

«Ahi.» Anthony, terminato il giro nella sala da ballo, incappò negli altri due fratelli Bridgerton, entrambi riconoscibili dai capelli castani e dall'altezza e dalla corporatura imponente. Simon notò che uno di loro aveva gli occhi verdi, l'altro invece castani come Anthony. A parte questo, nella luce incerta delle candele i tre giovani in effetti parevano interscambiabili.

«Ricordi i miei fratelli?» chiese Anthony. «Benedict lo ricorderai da Eton. Non so se tu abbia conosciuto Colin. Probabilmente è troppo giovane perché tu l'abbia incontrato.»

«Felice di conoscerti» disse Colin allegramente.

Simon notò il suo sguardo furbo e ricambiò il sorriso.

«Il nostro Anthony ci ha raccontato cose talmente ingiuriose sul tuo conto,» proseguì Colin «che sono sicuro diventeremo grandi amici.»

Anthony alzò gli occhi al cielo. «Sono certo che capirai perché mia madre è sicura che Colin sarà il primo figlio a farla diventare matta.»

«In effetti, ne vado molto fiero» disse Colin.

«Nostra madre, per fortuna, ha goduto di una breve pausa dalla sua incantevole simpatia» continuò il maggiore dei Bridgerton. «È appena tornato dal Grand Tour nel Continente» spiegò Anthony.

«Proprio stasera» precisò Colin.

Simon pensò che non fosse molto più grande di Daphne.

«Anch'io sono appena tornato a Londra» lo informò.

«Sì, ma la differenza è che tu hai girato tutto il mondo. Mi piacerebbe sentire i tuoi racconti» disse Colin.

«Certamente.»

«Hai conosciuto Daphne?» domandò Benedict. «Manca solo lei dei Bridgerton presenti al ballo.»

Simon si stava chiedendo come rispondere alla sua domanda, quando Colin osservò: «Oh, eccola là. Infelice, ma presente».

Simon seguì il suo sguardo e la vide in piedi accanto a una signora che doveva essere sua madre, con l'espressione più infelice che si potesse immaginare. Allora si ricordò che era una di quelle pericolose ragazze da marito esibite in società dalle madri. Gli era sembrata troppo equilibrata e aperta per far parte di quella squallida schiera, eppure non poteva essere altrimenti. Inoltre, avendo una madre... per forza di cose era stata costretta al giro infinito delle presentazioni. Sembrava afflitta quanto lo era stato lui. Per qualche ragione questo lo fece sentire decisamente meglio.

«Uno di noi deve salvarla» propose Benedict.

«No! Nostra madre la sta trattenendo solo da dieci minuti con Macclesfield» intervenne Colin.

«Macclesfield?» chiese Simon.

«Il conte. Il figlio di Casteldorf» spiegò Benedict.

«Dieci minuti?» disse Anthony. «Povero Macclesfield.»

Simon lo guardò incuriosito.

«Non che Daphne sia noiosa» aggiunse subito. «È nostra madre che quando si mette in testa di...»

«Conversare» lo aiutò Benedict.

«... con un gentiluomo» continuò il maggiore, dopo un cenno di ringraziamento al fratello «può essere, ehm...»

«Implacabile» concluse Colin.

Anthony fece un debole sorriso. «Sì, esattamente.»

Simon non staccava gli occhi dal terzetto in questione. Daphne aveva proprio l'aria infelice e Macclesfield si guardava intorno cercando probabilmente una via di scampo. Gli occhi di Lady Bridgerton avevano un'espressione così avida che Simon si sentì solidale con il giovane conte.

«Dovremmo salvare Daphne» ripeté Anthony.

«Sì, certo» concordò Benedict.

«E Macclesfield» aggiunse Anthony.

«Oh, sicuro, anche lui» ribatté Benedict.

Ma Simon notò che nessuno si muoveva.

«A parole siete bravi» sghignazzò Colin.

«Non mi pare che tu invece ti sia messo in marcia per andare a salvarla» gli rispose il maggiore.

«Certo che no. Ma non ho mai detto che dovremmo farlo. *Tu* al contrario...»

«Che diavolo succede?» intervenne Simon.

I tre fratelli lo guardarono con espressione colpevole.

«Quello che i miei fratelli non hanno il coraggio di dire è che sono terrorizzati da nostra madre» annunciò Colin ridendo.

«È vero» ammise Anthony con una scrollata di spalle.

«Lo ammetto» esclamò Benedict.

Simon pensò di non aver mai visto niente di più ridicolo. Erano i fratelli Bridgerton, in fin dei conti. Erano alti, belli e atletici, tutte le donne del paese avrebbero voluto mettergli l'anello al dito, eppure eccoli lì, impietriti di fronte a una signora elegante e minuta. Certo, era la loro madre, forse questo doveva concederglielo.

«Se salvo Daphne,» spiegò Anthony «nostra madre vorrà me tra le sue grinfie, e allora sarò io a non avere scampo.»

Il duca soffocò una risata immaginando l'amico trascinato dalla madre da una debuttante all'altra.

«Ora capisci perché evito questo genere di eventi come la peste?» continuò Anthony con un'espressione cupa in volto. «Non ne esco in nessun modo. Se le ragazze e le rispettive madri non mi trovano, *mia* madre fa in modo che sia io a trovare *loro*.»

«Ehi! Perché non la salvi tu, Hastings?» L'idea fu di Benedict.

Simon diede un'occhiata a Lady Bridgerton, che in quel momento stringeva il braccio di Macclesfield, e decise che preferiva subire il marchio del codardo. «Non essendo stati presentati, sarebbe estremamente inappropriato» improvvisò.

IL DUCA E IO

«No che non lo sarebbe. Tu sei un duca» replicò Anthony.
«E allora?»

«Allora mia madre perdona qualsiasi infrazione alle regole, se questo significa procurare a Daphne un colloquio con un duca.»

«Eh, no, Anthony, io non sono un agnello da sacrificare sull'altare di tua madre.»

«Hai passato molto tempo in Africa, non è così?» chiese in quel momento Colin.

Simon lo ignorò. «Inoltre, tua sorella ha detto...»

Tutte e tre le teste dei fratelli Bridgerton scattarono nella sua direzione e Simon si rese conto di avere fatto una gaffe tremenda.

«Hai conosciuto Daphne?» domandò Anthony con un tono troppo educato per rassicurare Simon.

Prima che potesse rispondere, Benedict si sporse verso di lui e chiese: «Perché non ne hai fatto parola?».

Colin rincarò la dose, e per la prima volta assunse un'espressione serissima: «Sì, perché?».

Simon fece scorrere lo sguardo da un fratello all'altro e capì perché Daphne non era ancora sposata. Quel trio bellicoso avrebbe scoraggiato qualsiasi corteggiatore privo di una determinazione di ferro, a meno che non fosse completamente stupido. Quest'ultima eventualità forse spiegava Nigel Berbrooke.

«A dire il vero, mi sono imbattuto in lei mentre stavo per entrare nella sala da ballo. Era piuttosto evidente» aggiunse puntando loro addosso uno sguardo eloquente «che facesse parte della vostra famiglia, così mi sono presentato.»

«Dev'essere stato mentre scappava da Berbrooke» osservò Anthony.

Benedict chiese a Colin: «Sai dove sia finito Berbrooke?».

«Non ne ho la minima idea. Probabilmente sarà andato a leccarsi le ferite, avrà il cuore a pezzi.»

"O la testa" pensò il duca.

«Allora questo spiega tutto, ne sono convinto» disse Anthony smettendo l'espressione autoritaria da fratello grande e tornando a quella dell'amico e degno compare di una canaglia.

«Tranne» fece notare Benedict sospettoso «la ragione per cui non ne ha fatto parola prima.»

«Perché non ne ho avuto l'occasione» ribatté Simon esasperato. «In caso non l'avessi notato, Anthony, hai un numero esorbitante di fratelli e ci vuole un sacco di tempo per essere presentato a tutti.»

«Solo due di noi sono qui» gli fece notare Colin.

«Io me ne vado» annunciò Simon. «Voi tre siete matti.»

Benedict, che pareva il più protettivo di quel terzetto, a un tratto chiese: «Tu non hai sorelle, vero?».

«Grazie a Dio, no.»

«Se avrai mai una figlia, capirai.»

Simon era piuttosto sicuro che non sarebbe successo, ma tenne la bocca chiusa.

«Potrebbe essere un buon esercizio» intervenne Anthony.

«Anche se Daphne è molto meglio delle altre» precisò Benedict. «Non ha molti corteggiatori, in verità.»

«Non capisco perché» rifletté Anthony. «Per me è una ragazza assolutamente a posto.»

Simon capì che non era il momento adatto per dire che era stato a un passo dallo spingerla contro il muro, premere i fianchi contro i suoi e baciarla fino a farle perdere i sensi. Se non avesse scoperto che era una Bridgerton, in tutta onestà, avrebbe potuto farlo.

«Daff è la migliore» concordò Benedict.

«Una ragazza davvero speciale. Simpaticissima» confermò Colin.

Ci fu una pausa imbarazzante, poi Simon disse: «Be', simpatica o meno, io a salvarla non ci vado, dato che mi ha detto chiaramente che vostra madre le ha proibito di farsi vedere con me».

«Davvero nostra madre ha detto *questo*? Devi avere una reputazione orribile» commentò Colin.

«Per una buona parte immeritata» protestò Simon domandandosi perché sentisse il bisogno di difendersi.

Anthony spinse avanti l'amico. «Sono sicuro che mia madre cambierà idea con il giusto incoraggiamento. Andiamo.»

Simon non poté fare a meno di dirigersi verso Daphne. L'alternativa sarebbe stata fare un sacco di storie, e da tempo sapeva che non se la cavava affatto bene. D'altronde, pensò, se fosse stato nella posizione di Anthony avrebbe fatto esattamente la stessa cosa.

Inoltre, dopo una serata con le sorelle Featherington e signorine simili, Daphne non sembrava niente male.

Quando si furono avvicinati alla viscontessa, Anthony esclamò con tono gioviale: «Mamma! Non vi ho vista per tutta la sera!».

Simon notò che, mentre il figlio si avvicinava, gli occhi azzurri di Lady Bridgerton si illuminavano. Ambiziosa o no, era evidente che amava i suoi figli.

«Anthony! Che piacere vederti. Daphne e io stavamo facendo due chiacchiere con Lord Macclesfield.»

«Lo vedo» commentò Anthony guardando il povero conte con commiserazione.

Simon colse per un attimo lo sguardo di Daphne e le rivolse un breve e impercettibile cenno di complicità. Lei rispose allo stesso modo, da quella ragazza di buon senso che era.

«Lui chi sarebbe?» domandò la madre guardando Simon.

«Il nuovo duca di Hastings. Lo ricordi di sicuro dai miei tempi a Eton e a Oxford.»

«Ma certo» confermò educata Violet.

Macclesfield, che era rimasto in silenzio, cogliendo una pausa nella conversazione si affrettò a intervenire: «Credo che andrò a cercare mio padre».

Anthony lo incoraggiò con uno sguardo complice. «Certo, andate pure da lui.»

Il giovane conte non se lo fece ripetere due volte.

«Pensavo detestasse il padre» commentò Lady Bridgerton, un po' confusa.

«Infatti» confermò Daphne.

Simon trattenne una risata. Daphne sollevò un sopracciglio, sfidandolo silenziosamente a commentare.

«Be', comunque ha una reputazione orribile» precisò la madre.

«Sembra che di questi tempi siano in tanti ad averla» mormorò Simon.

Daphne spalancò gli occhi e a quel punto toccò a Simon alzare un sopracciglio, sfidandola a sua volta a commentare.

La viscontessa lo squadrò e lui ebbe la chiara impressione che stesse cercando di decidere se il ducato appena acquisito compensasse la sua cattiva reputazione.

«Non credo di avere avuto l'occasione di fare la vostra conoscenza prima di lasciare l'Inghilterra, Lady Bridgerton. Ma sono veramente lieto di poterlo fare adesso.»

«Come lo sono io» rispose la dama, e indicò Daphne: «Mia figlia Daphne».

«Lieto di fare ufficialmente la vostra conoscenza, Miss Bridgerton.»

«Ufficialmente?» lo interrogò Violet.

Daphne aprì la bocca, ma Simon la precedette: «Ho già detto a vostro fratello del nostro *breve* incontro».

Lady Bridgerton si voltò di scatto verso la figlia. «Sei già stata presentata al duca? Perché non me l'hai detto?»

Daphne fece un sorriso stentato: «Eravamo occupate con il conte. E prima con Lord Wesborough. E prima di lui con...».

«Ho capito, Daphne» la interruppe la madre.

Simon si domandò se sarebbe stato imperdonabilmente maleducato ridere in quel momento.

Lady Bridgerton gli rivolse il più radioso dei suoi sorrisi. Lui capì da chi Daphne l'avesse ereditato e si rese conto che la gentildonna aveva deciso di poter passare sopra alla faccenda della cattiva reputazione. Negli occhi le apparve una strana luce e il suo sguardo passò rapidamente da Daphne a Simon. Poi sorrise di nuovo e lui sentì l'impulso di darsela a gambe.

Anthony gli bisbigliò sottovoce: «Mi dispiace tanto».

E Simon sibilò: «Credo che dovrò ucciderti».

L'espressione glaciale di Daphne rivelava che aveva udito entrambi e che non era affatto divertita.

Lady Bridgerton, al contrario, rimase all'oscuro di tutto: probabilmente la sua immaginazione stava già programmando un matrimonio grandioso e solenne.

Poi i suoi occhi si strinsero, concentrandosi su qualcosa alle spalle dei due giovani. Sembrava così tremendamente seccata che Simon, Anthony e Daphne si girarono subito per vedere di cosa si trattasse.

Mrs Featherington stava puntando dritto verso di loro con Prudence e Philippa al seguito. Simon notò che mancava Penelope.

A mali estremi, pensò lui immediatamente, estremi rimedi. «Miss Bridgerton,» disse voltandosi di scatto verso Daphne «vi andrebbe di ballare?»

5

Ieri sera eravate al ballo di Lady Danbury? Se la risposta
è no, peggio per voi. Vi siete persi il più sensazionale colpo della Stagione. È stato notato da tutti gli invitati, e specialmente dall'Autore, che Miss Daphne Bridgerton ha suscitato l'interesse del duca di Hastings, appena tornato in
Inghilterra.
 È facile immaginare il sollievo di Lady Bridgerton. Sarebbe
assai mortificante che Daphne rimanesse senza prospettive
matrimoniali per un'altra Stagione. Lady B. ha ancora tre
figlie da maritare. Che orrore!

da «Le cronache mondane di Lady Whistledown»
30 aprile 1813

Daphne non poteva assolutamente rifiutare.
 Per prima cosa, la madre la inchiodava con il suo mi-
cidiale sguardo: "Sono tua madre e non osare sfidarmi".
Per seconda cosa, il duca non aveva di certo raccontato a
Anthony l'intera storia del loro incontro nel corridoio scarsamente illuminato; rifiutarsi di ballare con il duca avrebbe
certamente suscitato inopportune speculazioni.
 Inoltre non desiderava parlare con le persone che si stavano avvicinando; anzi, a essere sinceri, desiderava proprio ballare con il duca.
 Naturalmente, lo zoticone non le lasciò nemmeno il tem-

po di dire di sì e, in men che non si dica, Daphne si trovò in mezzo alla sala. I musicisti stavano facendo una breve pausa e dovettero aspettare.

«Grazie a Dio non avete rifiutato» osservò il duca con evidente sollievo.

«Quando ne avrei avuta la possibilità?»

Lui rise. Daphne gli rispose con uno sguardo truce.

«Significa che dovrei chiedervelo di nuovo?»

«No di certo» replicò lei. «Sarebbe infantile da parte mia, non credete?»

Lui la osservò per qualche momento con la testa inclinata, come se dovesse valutare la sua personalità e decidere se fosse idonea.

In quel momento l'orchestra riprese a suonare con le note di un valzer.

«Le signorine devono ancora chiedere il permesso per ballarlo?» domandò Simon.

Lei sorrise. «Per quanto tempo siete stato all'estero?»

«Sei anni. E allora, hanno bisogno del permesso?»

«Sì.»

«Voi l'avete?» Sembrava addolorato al pensiero di veder sfumare il suo piano di fuga.

«Naturalmente.»

Simon la trascinò nella danza. «Meno male.»

Avevano fatto mezzo giro della sala quando Daphne domandò: «Che cosa avete raccontato ai miei fratelli del nostro incontro?».

Simon si limitò a sorridere.

«Cos'avete da sogghignare, per l'esattezza?» chiese lei sospettosa.

«Ero semplicemente meravigliato della vostra temperanza.»

«Come, prego?»

Lui fece una scrollatina di spalle mentre la testa scattava a destra. «Non pensavo foste la più paziente delle donne» disse «e ora vi ci sono voluti ben tre minuti e mezzo per chiedermi della conversazione con i vostri fratelli.»

Daphne cercò di non arrossire. La verità era che il duca

era un ballerino provetto e lei si stava godendo quel valzer tanto da dimenticarsi di qualsiasi conversazione.

«Ma poiché avete domandato,» continuò lui, mosso da clemenza e risparmiandole così di dover fare un commento «ho detto solo che vi ho incontrata nel corridoio, mi sono accorto della vostra somiglianza con loro e mi sono presentato.»

«Pensate che vi abbiano creduto?»

«Sì. Credo di sì.»

«Del resto, non abbiamo nulla da nascondere» si affrettò ad aggiungere Daphne.

«Certamente no.»

Lei si morse il labbro inferiore. «Ritenete che il poverino sia ancora là?»

«Non ho alcuna intenzione di scoprirlo.»

Dopo un momento di imbarazzato silenzio, lei osò: «È molto tempo che non partecipate a un ballo a Londra, non è così? Nigel e io dobbiamo essere stati una bella sorpresa per voi».

«Voi siete stata una bella sorpresa. Lui no.»

Il complimento la fece sorridere. «A parte il nostro piccolo diversivo, vi siete goduto la serata?»

Simon espresse la propria opinione con una risata beffarda.

«Davvero?» replicò Daphne inarcando incuriosita le sopracciglia. «Ora, *questo* sì che è interessante.»

«Trovate interessante la mia agonia? Per favore, ricordatemi di non venire da voi se mai la malattia mi colpirà.»

«Oh, suvvia,» lo schernì «non può essere andata così male.»

«Invece è stata tremenda.»

«Di sicuro non quanto la mia.»

«Sembravate molto infelice con vostra madre e Macclesfield» concesse Simon.

«Gentile da parte vostra farmelo notare» borbottò.

«Tuttavia insisto nel dire che la mia serata è stata peggiore.»

Daphne rise, con un lieve suono musicale che gli riscaldò le ossa. «Che coppia triste, siamo! Dovremmo sicuramente essere in grado di trovare un argomento di conversazione diverso dalla nostra orribile serata.»

Simon non parlò.

Daphne non parlò.

«Be', non mi viene in mente niente» disse alla fine il duca.

Lei rise ancora e Simon ne fu di nuovo incantato.

«Rinuncio. Ditemi allora che cosa ha reso la festa tanto orrenda per voi.»

«Che cosa o chi?»

«Chi?» gli fece eco lei osservandolo con civetteria. «La cosa si fa ancora più interessante.»

«Non ci sono aggettivi sufficienti a descrivere tutti i "chi" che ho avuto il piacere di conoscere, ma "interessante" non è uno di questi.»

«Suvvia, non siate scortese. Dopotutto vi ho visto parlare con i miei fratelli.»

Lui annuì e strinse leggermente la mano posata sulla vita di lei mentre eseguivano un volteggio. «Vi porgo le mie scuse. I Bridgerton sono naturalmente esclusi.»

«Ne siamo tutti sollevati.»

Simon apprezzò il suo spirito. «Vivo per rendere felici i Bridgerton.»

«Questa è un'affermazione che vi si potrebbe ritorcere contro, ma adesso siamo seri: cosa vi ha ridotto in tale stato di imbarazzo? Se la vostra serata è peggiorata così tanto dalla parentesi di Nigel siete davvero in grave difficoltà.»

«Vediamo,» rifletté «come posso metterla in modo che non vi offendiate troppo?»

«Oh, dite pure» rispose lei spensieratamente. «Prometto che non ne sarò offesa.»

Simon fece un sorrisetto. «Affermazione che si potrebbe ritorcere contro di voi questa volta.»

Daphne arrossì leggermente.

Si notava appena alla luce delle candele, ma Simon era attento e l'aveva osservata da vicino. Lei restò in silenzio, così il duca aggiunse: «Se proprio volete saperlo, sono stato presentato a tutte le ragazze in età da marito che sono presenti in sala».

Sentì uno strano suono ed ebbe l'impressione che Daphne stesse ridendo di lui.

«Anche a tutte le madri.»

Daphne gorgogliò. Davvero, gorgogliò.

«Che brutta cosa ridere del vostro cavaliere!»

«Mi dispiace» disse lei cercando di trattenersi.

«Non è vero.»

«D'accordo, non mi dispiace. Ma solo perché subisco la stessa tortura da due anni ed è difficile provare pietà per una sola serata andata male.»

«Perché non cercate qualcuno da sposare e ponete fine alla vostra sofferenza?»

Lei gli lanciò un'occhiata tagliente. «È una proposta?»

Simon sentì il sangue defluirgli dal viso.

«Immaginavo che non lo fosse.» Daphne lo guardò e sospirò. «Per l'amor del cielo. Potete tornare a respirare, stavo scherzando!»

Simon avrebbe desiderato fare un commento sarcastico, ma in verità lei l'aveva così sorpreso che non era in grado di dire una sola parola.

«Per rispondere alla vostra domanda,» continuò Daphne con una voce un po' più incerta del solito «una giovane donna deve considerare tutte le alternative. C'è Nigel, naturalmente, ma credo che converrete con me che non è un candidato adatto.»

Simon scosse la testa.

«All'inizio dell'anno c'era anche Lord Chalmers.»

«Chalmers? Ma non è...»

«Sulla sessantina? Sì. E poiché un giorno vorrei avere dei figli, mi sembrava...»

«Alcuni uomini riescono ancora a procreare marmocchi a quell'età» precisò Simon.

«È un rischio che non ero disposta a correre. Inoltre...» ebbe un leggero brivido e fece una piccola smorfia di disgusto «non ci tenevo particolarmente ad avere figli da lui.»

Suo malgrado e con fastidio, Simon immaginò Daphne a letto con il vecchio Chalmers. Era un'immagine ripugnante, che lo fece andare in collera. Contro chi non lo sapeva, forse contro se stesso per aver immaginato la scena, ma...

«Prima di Lord Chalmers,» continuò Daphne mettendo fine a quegli spiacevoli pensieri «ce ne sono stati altri due, altrettanto repellenti.»

Simon la guardò con espressione pensierosa. «Volete sposarvi?»

«Certo. Non lo vogliono forse tutti?» Sembrava sorpresa.

«Io no.»

Lei gli rivolse un sorriso condiscendente. «Voi credete di non volerlo. È così per tutti gli uomini. Ma lo farete.»

«No» ribatté Simon con enfasi. «Non mi sposerò mai.»

Lei rimase a bocca aperta. Qualcosa nel suo tono di voce le disse che il duca era convinto di quanto diceva. «E il titolo?»

Lui scosse le spalle. «Che cosa volete dire?»

«Se non vi sposate e non generate un erede, il titolo si estinguerà. O lo erediterà qualche orrendo cugino.»

Divertito, lui chiese: «E chi vi ha detto che i miei cugini sono orrendi?».

«Tutti i cugini in linea di successione sono orrendi. O almeno, lo sono secondo gli uomini che possiedono un titolo.»

«Questa informazione l'avete sempre desunta dalla vostra vasta conoscenza degli uomini?»

Lei gli scoccò un sorriso di superiorità. «Certamente.»

Simon rimase per un attimo in silenzio, poi domandò: «Ne vale la pena?».

«La pena di che cosa?»

Lui le lasciò la mano per indicare la folla. «Tutto questo. Questa infinita serie di feste. Vostra madre che vi sta alle calcagna.»

Daphne rise. «Dubito che apprezzerebbe la metafora.» Rimase in silenzio per un momento, poi, con lo sguardo perso in lontananza, aggiunse: «Ma sì, suppongo che ne valga la pena. Deve valerne la pena». Lo fissò con il suo sguardo più sincero. «Voglio un marito. Voglio una famiglia. Non è poi così stupido, se riflettete un momento. Sono la quarta di otto figli. Ho esperienza solo di famiglie numerose. Non so come potrei vivere altrimenti.»

I loro occhi s'incontrarono, quelli di lui intensi e ardenti. Nella mente gli suonò un campanello d'allarme. Lui la desiderava. La voleva così fortemente che gli sembrava di scoppiare, ma non poteva, non l'avrebbe mai toccata. Perché avrebbe significato infrangere tutti i sogni di quella ragazza, e Simon, canaglia o no, non avrebbe potuto vivere in pace con se stesso se l'avesse fatto.

Lui non voleva sposarsi e non voleva avere figli. Tutto il contrario di ciò che voleva lei dalla vita.

Godeva della sua compagnia, non poteva mentire a se stesso, ma doveva lasciarla intatta per un altro uomo.

«Vostra Grazia?» lo richiamò Daphne. Lui sbatté le palpebre e lei constatò: «State sognando a occhi aperti».

«Sto solo meditando sulle vostre parole.»

«E hanno incontrato la vostra approvazione?»

«In verità, non riesco a ricordare l'ultima volta che ho parlato con una persona dotata di tanto buon senso.» Poi aggiunse sottovoce: «È bello sapere quello che volete dalla vita».

«Voi lo sapete?»

Come rispondere? Alcune cose le sapeva e non poteva dirle. Ma era così facile parlare con quella ragazza, che dopo una pausa ribatté solo: «Quando ero più giovane ho preso delle decisioni e cerco di vivere mettendole in pratica».

Lei sembrava curiosa di conoscerle, ma le buone maniere le impedirono di insistere. «Oddio, siamo diventati seri, mentre io credevo volessimo soltanto stabilire chi di noi due avesse passato la serata più spiacevole.»

Simon capì che erano entrambi intrappolati dalle convenzioni e dalle aspettative sociali.

A quel punto un'idea gli si affacciò alla mente. Un'idea strana, avventata e pazzamente meravigliosa. Era con ogni probabilità un'idea pericolosa, dato che gli avrebbe fatto passare molto tempo in sua compagnia e lo avrebbe lasciato in un perpetuo stato di desiderio insoddisfatto, ma aveva fiducia nel proprio autocontrollo ed era sicuro di poter tenere a bada anche gli istinti più bassi.

«Non vorreste un po' di tregua?» le chiese.

«Una tregua?» gli fece eco Daphne, divertita. Mentre

volteggiavano a tempo di musica, lei guardò da una parte all'altra della sala. «Da tutto questo?»

«Non esattamente. Questo lo dovrete sopportare ancora. Quello che ho in mente è una tregua da vostra madre.»

Daphne sussultò, sorpresa. «Volete distogliere mia madre dalla vita di società? Non è un po' esagerato?»

«Non voglio distogliere vostra madre. Ma voi.» Daphne inciampò sul proprio piede e, appena ripreso l'equilibrio, inciampò su quello di lui. «Prego?»

«Avevo sperato di evitare la società, ma sto scoprendo che potrebbe rivelarsi impossibile» spiegò Simon.

«Perché, vi siete accorto di avere una passione per il ratafià e l'orzata?» scherzò lei.

«No» rispose il duca ignorando la battuta. «Perché ho scoperto che metà dei miei compagni di università si sono sposati mentre ero via e le loro mogli sembrano ossessionate dall'idea di organizzare il ballo perfetto...»

«E siete stato invitato?»

Corrucciato, annuì.

Daphne gli si avvicinò come se stesse per rivelargli un segreto inconfessabile. «Siete un duca,» sussurrò «potete dire di no.»

Lo guardò ammirata mentre gli si irrigidiva la mascella. «Questi gentiluomini,» disse «i loro mariti... sono miei amici.»

Daphne sentì le labbra aprirsi in un sorriso. «E voi non volete ferire i sentimenti delle loro mogli.»

Simon rispose con uno sguardo cupo, chiaramente a disagio per aver ricevuto quel complimento.

«Caspita!» disse lei in tono scanzonato. «Potreste essere una brava persona, dopotutto.»

«Non sono molto gentile» si schermì.

«Può darsi, ma non siete neanche molto crudele.»

La musica stava per finire e Simon guidò Daphne fuori dalla pista. Ballando erano finiti sul lato opposto a quello dei Bridgerton, così, mentre camminavano lentamente verso di loro, ebbero il tempo di proseguire la conversazione.

«Quello che cercavo di dire, prima che con abile maestria

mi distraeste, è che non posso evitare un certo numero di riunioni mondane.»

«Un destino peggiore della morte.»

Ignorando ancora una volta il suo sarcasmo, lui proseguì: «E immagino che voi dobbiate fare lo stesso».

Lei rispose con un regale cenno del capo.

«Forse ci sarebbe un modo di evitare a me le Featherington e altre signore del genere e a voi gli sforzi di accasarvi di vostra madre.»

Daphne lo fissò. «Continuate.»

Lui si tese verso di lei e, cercando di ipnotizzarla con il suo sguardo, annunciò: «Noi avremo un legame».

Daphne non disse nulla. Assolutamente niente. Si limitò a guardarlo come se stesse cercando di capire se fosse l'uomo più maleducato sulla faccia della terra oppure semplicemente un pazzo.

«Non un legame vero!» esclamò spazientito Simon. «Santo cielo, che uomo credete io sia?»

«Be', sapevo della vostra reputazione ed ero stata messa in guardia. E voi per primo avete cercato di terrorizzarmi con il vostro atteggiamento da canaglia all'inizio della serata.»

«Non ho fatto niente del genere.»

«Certo che l'avete fatto. Ma vi perdono, evidentemente non potete farne a meno.»

Simon la guardò sorpreso. «Non credo di essere mai stato trattato con accondiscendenza da una donna prima di voi.»

Con un'alzata di spalle lei ribatté: «Probabilmente quei tempi sono finiti».

«Sapete, credevo che non foste sposata perché i vostri fratelli terrorizzavano i pretendenti, ma adesso mi domando se non abbiate fatto tutto da sola.»

Sorprendendo Simon, lei rise. «No, non sono sposata perché tutti mi vedono come un'amica. Nessuno ha mai avuto per me un interesse romantico. Eccetto Nigel.»

Simon rifletté sulle sue parole e concluse che il suo piano poteva esserle più utile di quanto avesse immaginato all'inizio.

«Ascoltate. E affrettatevi, perché tra poco avremo raggiunto la vostra famiglia e Anthony mi dà l'idea di volersela svignare venendoci incontro non appena ci riuscirà.»

Entrambi guardarono a destra e videro Anthony intrappolato in una conversazione con le Featherington. Non sembrava felice.

«Ecco il piano» continuò Simon. «Fingeremo che fra noi ci sia del tenero. Io non avrò più tante debuttanti intorno perché non sarò più disponibile.»

«Non funzionerà» replicò Daphne. «Vi considereranno disponibile finché non vi vedranno davanti al vescovo mentre pronunciate i voti matrimoniali.»

Il pensiero gli provocò la nausea. «Sciocchezze. Ci vorrà un po' di tempo, ma sono sicuro di poter convincere tutti che non sono un candidato al matrimonio per nessuna.»

«Eccetto me» sottolineò Daphne.

«Eccetto voi,» convenne «ma noi sapremo che non è vero.»

«Certo» mormorò. «Francamente non sono sicura che questo piano possa funzionare, ma se ne siete convinto voi...»

«Lo sono.»

«D'accordo. Ma io che cosa ci guadagno?»

«Primo: se penserà che abbiate suscitato il mio interesse, vostra madre cesserà di trascinarvi da un uomo all'altro.»

«Alquanto presuntuoso da parte vostra,» rifletté Daphne «ma vero.»

«Secondo: gli uomini finiscono sempre per essere maggiormente attratti da una donna corteggiata da altri.»

«Vale a dire?»

«Vale a dire, molto semplicemente, e perdonate la mia *presunzione*,» rispose con uno sguardo sardonico, mostrando di non essersi perso il suo sarcasmo di poco prima «che se il mondo intero si convince che io voglia fare di voi la mia duchessa, tutti quegli uomini che vi considerano come un'amica affabile e nulla più cominceranno a vedervi sotto una nuova luce.»

Lei strinse le labbra. «Così, quando mi butterete via, avrò uno stuolo di corteggiatori a disposizione?»

«Oh, sarete voi a tirarvi indietro, non permetterei il contrario» rispose lui, galante.

Daphne non lo ringraziò ma disse: «Sono convinta di guadagnare più io che voi in questo accordo».

Lui le strinse leggermente il braccio. «Allora lo farete?» Daphne guardò Lady Featherington, che sembrava un uccello da preda, poi il fratello, che sembrava aver inghiottito un osso di pollo. Aveva visto quelle espressioni centinaia di volte sul viso di sua madre e di qualche povero potenziale corteggiatore. Con fermezza rispose: «Sì. Sì, lo farò».

«Cosa credi li stia trattenendo così a lungo?» Violet Bridgerton tirava la manica del figlio maggiore, incapace di distogliere lo sguardo da Daphne, che pareva aver catturato la totale attenzione del duca di Hastings: da una settimana soltanto si trovava a Londra ed era già diventato lo scapolo più ambito della Stagione.

«Non lo so» rispose Anthony guardando con gratitudine le spalle delle Featherington che si allontanavano per raggiungere il successivo malcapitato. «Ma ho l'impressione che siano passate ore intere.»

«Pensi che lei gli piaccia? Pensi che la nostra Daphne abbia realmente la possibilità di diventare una duchessa?» domandò eccitata Violet.

L'espressione di Anthony era spazientita e incredula allo stesso tempo. «Mamma, avete detto a Daphne di non osare farsi *vedere* con lui e adesso pensate di farglielo sposare?»

«Ho parlato con troppa fretta.» Con un gesto spensierato della mano scacciò quell'impudenza. «È chiaramente un uomo di grande raffinatezza e gusto. E posso chiederti da chi hai saputo ciò che ho detto a Daphne?»

«Da lei, naturalmente» mentì Anthony.

«Ebbene, sono sicura che Portia Featherington non dimenticherà facilmente questa serata.»

Anthony spalancò gli occhi. «State cercando di far sposare Daphne perché possa essere felice come moglie e come madre o per battere Mrs Featherington nella corsa all'altare?»

«Per far felice Daphne, naturalmente,» replicò Violet indignata «e mi offende che tu possa anche solo insinuare il contrario.» Staccò gli occhi dalla figlia e dal duca il tempo necessario a individuare Portia Featherington e le figlie. «Ma di sicuro non mi dispiacerà vedere che faccia farà quella donna, quando si renderà conto che Daphne ha segnato il colpo della Stagione facendo coppia con lo scapolo più ambito.»

«Mamma, siete senza speranza.»

«Assolutamente no. Senza vergogna, forse, senza speranza mai.»

Anthony si limitò a scuotere il capo e a borbottare qualcosa fra sé.

«Borbottare è da maleducati» osservò Violet, soprattutto per irritarlo. Poi scorse Daphne e il duca. «Ah, ecco che arrivano. Anthony, comportati bene. Daphne! Vostra Grazia!» Quando furono vicini disse: «Spero che il ballo vi abbia divertiti».

«Molto. Vostra figlia è leggiadra almeno quanto è adorabile» rispose Simon.

Anthony emise un grugnito.

Simon lo ignorò. «Spero che avremo il piacere di ballare ancora insieme molto presto.»

Violet era raggiante. «Oh, ne sono sicura. Daphne ne sarà entusiasta.» E poiché la figlia non rispondeva, la sollecitò: «Non è così, Daphne?».

«Naturalmente.»

«Sono sicuro che vostra madre non sarà mai tanto indulgente da permetterci un altro valzer, ma spero tuttavia che ci conceda un giro intorno alla sala» continuò Simon con disinvoltura.

«Lo avete appena fatto» notò Anthony.

Simon lo ignorò un'altra volta e si rivolse a Violet. «Naturalmente rimarremo sempre sotto il vostro sguardo.»

Il ventaglio di seta color lavanda di Lady Bridgerton accelerò il movimento. «Ne sarò lieta. Voglio dire, Daphne ne sarà lieta, non è vero cara?»

Daphne era tutta innocenza. «Oh, certamente.»

«E io» intervenne Anthony «devo prendermi del laudano perché evidentemente ho la febbre alta. Cosa diavolo sta succedendo?»

«Anthony!» esclamò Violet. E voltandosi subito verso il duca: «Non badate a lui».

«Oh, non lo faccio mai» rispose affabile.

«Daff, sarei lieto di farti da *chaperon*» propose Anthony. Violet intervenne: «Insomma, Anthony, non ne hanno bisogno se rimangono nella sala da ballo».

«Insisto.»

«Voi due andate pure» disse Violet a Daphne e a Simon, accompagnando le parole con un gesto della mano. «Lui vi raggiungerà tra un momento.»

Anthony cercò di seguirli subito, ma la madre gli afferrò il polso.

«Che cosa diavolo credi di fare?» sibilò.

«Proteggere mia sorella!»

«Dal duca? Non può essere così perfido. In verità mi ricorda te.»

«Allora, decisamente, le serve la mia protezione.»

Violet gli batté la mano sul braccio. «Non essere iperprotettivo. Se lui tenterà di uscire sulla terrazza, ti prometto che potrai correre a salvarla. Ma fino a quel momento, ti prego di concedere a tua sorella il suo momento di gloria.»

«Giuro che domani lo ucciderò» disse Anthony fissando la schiena di Simon.

«Povera me,» commentò la madre scuotendo la testa «non avevo idea che potessi essere così irascibile. E pensare che dovrei saperlo, essendo tua madre, soprattutto dal momento che sei tu il mio primogenito, quello che conosco da più tempo, ma…»

«Ma quello è Colin?» la interruppe Anthony con voce strozzata.

Violet socchiuse gli occhi. «Sì, è lui. Non è bello che sia tornato prima? Non potevo credere ai miei occhi quando l'ho visto un'ora fa. Infatti…»

«È meglio che vada da lui. Mi pare che si senta solo. Arrivederci, mamma.»

Violet lo osservò sorridendo mentre si allontanava. «Che sciocco» mormorò fra sé. Nessuno dei figli sembrava aver scoperto i suoi trucchetti. Era sufficiente blaterare su un argomento qualsiasi per liberarsi di ognuno di loro in un baleno.

Espirò soddisfatta e tornò a tenere d'occhio la figlia dall'altra parte della sala, con la mano posata tranquillamente sull'avambraccio del duca. Formavano una coppia splendida.

Sì, pensò Violet con lo sguardo perso, sua figlia sarebbe stata un'eccellente duchessa.

Poi tornò per un attimo a cercare Anthony, che si trovava esattamente dove voleva lei: fuori dai piedi. Si concesse un sorriso a suggello del suo segreto divertimento. I figli erano così facili da giostrare. Poi il sorriso si trasformò in cipiglio vedendo avvicinarsi Daphne al braccio di un altro uomo. Violet scandagliò con lo sguardo la sala da ballo e vide il duca.

Che disastro! Perché ballava con Penelope Featherington?

6

È stato riferito all'Autore di questo articolo che ieri sera il
duca di Hastings ha ripetuto, non meno di sei volte, di non
avere progetti matrimoniali. Se era sua intenzione scorag-
giare le madri ambiziose, ha fatto un grave errore di valuta-
zione. Infatti le suddette madri prenderanno tale dichiarazione come una sfida. Ma la mezza dozzina di affermazioni
di cui sopra è stata fatta prima del suo incontro con la bella e intelligente Miss Daphne Bridgerton.

da «Le cronache mondane di Lady Whistledown»
30 aprile 1813

Il pomeriggio seguente Simon si trovava sulle scale di casa
Bridgerton con una mano sul batacchio della porta, mentre con l'altra reggeva un grande, costoso mazzo di tulipani. Non gli era venuto in mente subito che il loro piccolo
imbroglio poteva richiedere la sua presenza anche di giorno, ma durante la passeggiata con Daphne intorno alla sala
da ballo, la sera precedente, la ragazza gli aveva fatto saggiamente notare che, se non le avesse fatto visita il giorno
dopo, nessuno, e meno di tutti sua madre, avrebbe creduto veramente che il duca di Hastings fosse interessato a lei.

Simon aveva accolto l'osservazione di Daphne suppo-
nendo che lei, almeno in quella materia, conoscesse l'etichetta meglio di lui. Perciò aveva diligentemente acquista-

to dei fiori ed era andato a casa Bridgerton. Non aveva mai corteggiato una donna rispettabile, quindi ignorava completamente il rituale.

La porta venne aperta dal maggiordomo. Simon gli diede il biglietto da visita. Il domestico, un uomo alto e magro con il naso aquilino, si soffermò su quel cartoncino per un attimo, annuì e mormorò: «Da questa parte, Vostra Grazia». Simon capì così di essere atteso. Tuttavia si rivelò inattesa la scena che gli si presentò davanti quando entrò in salotto.

Daphne, un'apparizione in seta azzurro ghiaccio, era seduta sul bordo del divano di damasco verde, il viso illuminato dal più radioso dei suoi radiosi sorrisi. Sarebbe stata una visione paradisiaca se non fosse stata circondata da almeno una mezza dozzina di uomini, uno dei quali, piegato su un ginocchio, declamava una composizione poetica. I versi erano così fioriti che nessuno si sarebbe stupito se dalla bocca dell'imbecille fossero usciti, da un momento all'altro, dei boccioli di rosa.

L'intero quadretto gli risultò sommamente sgradevole.

Puntò gli occhi su Daphne mentre lei rivolgeva uno di quei suoi meravigliosi sorrisi al buffone che le stava recitando la poesia e aspettò che si accorgesse della sua presenza.

Simon si rese conto di avere la mano libera stretta a pugno. Guardò in giro nella stanza cercando di decidere su quale faccia l'avrebbe usato.

Daphne sorrise di nuovo, ancora una volta non a lui.

Quell'idiota di un poeta. Senz'altro un idiota di poeta. Inclinò leggermente il capo da una parte mentre studiava il volto del giovane corteggiatore. Il suo pugno sarebbe stato più efficace se avesse colpito l'orbita oculare destra o sinistra? O forse sarebbe stato troppo violento? Magari un leggero colpo al mento sarebbe stato più appropriato. Se non altro, lo avrebbe fatto tacere.

«Questi versi» annunciò pomposamente il poeta «li ho scritti la scorsa notte in vostro onore.»

Simon ebbe un gemito di contrarietà: l'ultima poesia, si

era accorto, era una versione piuttosto altisonante di un sonetto di Shakespeare.

«Vostra Grazia!»

Simon alzò gli occhi. Daphne aveva finalmente notato il suo ingresso in salotto. Lui salutò con un regale cenno del capo, che contrastava con le espressioni beote degli altri corteggiatori. «Miss Bridgerton.»

«Che piacere vedervi!» esclamò Daphne con un sorriso deliziato e splendente.

Oh, finalmente si ragionava. Simon raddrizzò il mazzo di fiori e cominciò ad avanzare verso di lei, ma vide che tre giovani corteggiatori gli tagliavano la strada e non avevano intenzione di muoversi. Simon inchiodò il primo con il più altezzoso dei suoi sguardi e il ragazzo, che non poteva avere più di vent'anni, si mise a tossicchiare in un modo assai sconveniente e corse a sedersi vicino alla finestra.

Lui proseguì, pronto a ripetere la procedura con il secondo giovanotto, quando la viscontessa intervenne all'improvviso, esclamando con un sorriso che rivaleggiava con quello della figlia: «Vostra Grazia! Che gioia rivedervi, la vostra presenza ci onora».

«Non riuscirei a immaginarmi da nessun'altra parte» mormorò Simon prendendole la mano da baciare. «Vostra figlia è una fanciulla eccezionale.»

La viscontessa sospirò. «Che fiori meravigliosi! Vengono dall'Olanda? Devono essere terribilmente costosi.»

«Mamma!» Daphne districò la mano dalla stretta di un corteggiatore particolarmente energico e si avvicinò. «Come può rispondere il duca a un'affermazione del genere?»

«Potrei dirle quanto li ho pagati» rispose Simon con un sorriso malizioso.

«Non lo fareste.»

Lui abbassò la voce in modo che potesse udirlo solo lei. «Ieri sera non mi avete forse ricordato che sono un duca? Credevo mi aveste detto che posso fare ciò che voglio.»

«Sì, ma non questo. Non sareste mai tanto rozzo.»

«Certo che il duca non sarebbe mai rozzo» intervenne la madre, orripilata dal fatto che la figlia potesse anche solo usare quel termine in sua presenza. «Di che cosa state parlando?» «Dei tulipani. Daphne sostiene che non dovrei dirvi il prezzo.»

«Me lo direte dopo,» sussurrò la viscontessa dall'angolo della bocca «quando lei non sente.» Poi si sedette sul divano dov'era prima Daphne con i suoi corteggiatori e, in un attimo, lo liberò per fare posto a lui. Simon dovette ammirare la precisione militare con cui aveva effettuato la manovra. «Eccoci qui. Non è meglio? Daphne, perché tu e il duca non vi accomodate vicino a me?»

«Volete dire dove erano seduti Lord Railmont e Mr Crane un momento fa?» domandò Daphne.

«Precisamente» replicò la madre con un'ammirevole mancanza di ironia. «Inoltre, Mr Crane ha detto che deve incontrare sua madre da Gunter's alle tre.»

Daphne guardò l'orologio sulla mensola del caminetto. «Sono solo le due, mamma.»

«Il traffico» disse Violet disinvolta «è a dir poco spaventoso di questi tempi. Troppi cavalli per le strade.»

«Sarebbe deplorevole per un gentiluomo» intervenne Simon entrando nello spirito della conversazione «far aspettare la madre.»

«Ben detto, Vostra Grazia» replicò la viscontessa, raggiante. «Potete essere certo che ho espresso la stessa identica opinione ai miei figli.»

«E in caso vi sovvenissero dubbi,» aggiunse Daphne con un sorriso «sarei felice di garantire per lei.»

Violet sorrise appena. «Se c'è qualcuno che dovrebbe saperlo, quella sei tu. Ora, se volete scusarmi, ho delle faccende da sbrigare. Oh, Mr Crane! Vostra madre non mi perdonerebbe mai se non vi mandassi da lei in tempo.» Si avvicinò al giovane, lo prese per un braccio e lo guidò verso la porta, senza nemmeno dargli il tempo di salutare.

Daphne si voltò verso Simon con espressione divertita. «Non ho mai capito se è tremendamente cortese o squisitamente scortese.»

«Forse squisitamente cortese?» chiese Simon con leggerezza.

Lei scosse la testa. «Oh, sicuramente no.»

«L'alternativa pare proprio sia...»

«Tremendamente scortese?» Daphne rise e osservò la madre prendere a braccetto anche Lord Railmont, dirigerlo verso di lei perché le rivolgesse un cenno di saluto e accompagnarlo alla porta. Poi, come per magia, gli spasimanti rimasti si congedarono in fretta seguendo il loro esempio.

«Straordinariamente efficiente, non è vero?» mormorò Daphne.

«Vostra madre? È un portento.»

«Tornerà, naturalmente.»

«E io che pensavo di avervi tra le mie grinfie.»

Daphne scoppiò a ridere. «Non capisco come qualcuno vi possa considerare una canaglia. Avete uno straordinario senso dell'umorismo.»

«E noi canaglie che abbiamo sempre pensato di essere perfidamente spassose.»

«L'umorismo di una canaglia è perfido per definizione» osservò Daphne.

Il commento di lei lo sorprese. La fissò intensamente, scrutando i suoi occhi castani senza aver ancora davvero capito cosa volesse da lei. Intorno alla pupilla aveva un sottile cerchio verde, di un colore intenso e vivido come quello del muschio. Si rese conto di non averla ancora vista alla luce del sole.

«Vostra Grazia?» La voce di lei lo distolse da quei pensieri.

«Vi chiedo scusa.»

«Sembravate lontano mille miglia» gli disse.

«Sono stato lontano mille miglia.» Simon a fatica riusciva a non guardarla negli occhi. «Questo è del tutto diverso.»

Daphne fece una risatina dal suono argentino. «Io non sono mai andata oltre il Lancashire. Vi sembrerò una provinciale.»

Lui cancellò la sua osservazione con un gesto. «Perdonate la distrazione. Parlavamo della mia mancanza di senso dell'umorismo, credo.»

«No. E lo sapete bene. È di gran lunga superiore a quello della media delle canaglie.»

Il duca inarcò un sopracciglio, indice del suo atteggiamento di superiorità. «E non classifichereste i vostri fratelli come canaglie?»

«Loro pensano soltanto di essere delle canaglie» lo corresse. «C'è una differenza enorme.»

Simon grugnì. «Se Anthony non è una canaglia, mi dispiace per la donna che vedrà l'uomo che è.»

«Per essere una canaglia, ci vuole molto di più che sedurre uno stuolo di donne» disse Daphne con leggerezza. «Se un uomo non riesce a fare di meglio, con una ragazza, che infilarle la lingua in bocca e baciarla...»

Simon sentì la gola stringersi ma in qualche modo riuscì a dire: «Non dovreste parlare di certe cose».

Lei scrollò le spalle.

«Non dovreste nemmeno saperle certe cose.»

«Quattro fratelli» rispose lei a mo' di spiegazione. «Be', tre, mi sa. Gregory non conta, è troppo giovane.»

«Qualcuno doveva dir loro di tenere a freno la lingua in vostra presenza.»

Daphne scrollò una sola spalla questa volta. «Di solito non fanno neanche caso a me.»

Per Simon era impossibile immaginarlo.

«Ma a quanto pare ci siamo allontanati dall'argomento iniziale» riprese lei. «Intendevo soltanto dire che l'umorismo della canaglia trova fondamento nella crudeltà. Ha bisogno di una vittima, perché non sa ridere di se stesso. Voi, Vostra Grazia, siete molto abile nel farlo.»

«Non so se ringraziarvi o strozzarvi.»

«Strozzarmi? Santo cielo, perché mai?»

Simon sentì la risata spontanea di lei penetrare i suoi sensi, turbandolo, e pensò che, se avesse continuato, non sarebbe stato in grado di rispondere delle conseguenze. Lei lo stava guardando con le labbra atteggiate a un sorriso come se stesse per esplodere in un'altra risata da un momento all'altro.

«Vi strozzerei per una questione di principio.»

«E quale principio sarebbe?»

«Il principio fondamentale dell'uomo» sbottò.

Daphne inarcò le sopracciglia, dubbiosa. «Contrapposto al principio fondamentale della donna?»

Simon si guardò intorno. «Dov'è vostro fratello? Siete troppo impudente. Avete bisogno di qualcuno che vi tenga a freno.»

«Oh, lo vedrete presto. Infatti sono sorpresa che non sia ancora comparso. Ieri sera era molto in collera. Sono stata costretta ad ascoltare per un'ora l'elenco dei vostri peccati e dei vostri difetti.»

«I peccati sono di sicuro esagerati.»

«E i difetti?»

«Probabilmente veri» ammise contrito Simon.

«Be', veri o no, lui è convinto che stiate macchinando qualcosa.»

«Infatti *sto* macchinando qualcosa.»

Lei inclinò il capo e alzò gli occhi al cielo, sarcastica. «Lui pensa che voi stiate macchinando qualcosa di scellerato.»

«Mi piacerebbe» mormorò fra sé.

«Cosa mormoravate?»

«Niente.»

Daphne divenne seria. «Credo che dovremmo informare Anthony del nostro piano.»

«E che vantaggio ne avremmo?»

Daphne ripensò alla ramanzina della sera precedente e si limitò a dire: «Credo che potreste immaginarlo da solo».

Simon inarcò le sopracciglia. «Mia cara Daphne...» Lei lo guardò sorpresa, a bocca aperta. «Di sicuro non mi vorrete obbligare a chiamarvi Miss Bridgerton.» E con un sospiro plateale aggiunse: «Dopo quello che abbiamo passato insieme».

«Non siate ridicolo, noi non abbiamo passato niente insieme, ma suppongo che possiate chiamarmi Daphne.»

«Eccellente.» Simon fece un condiscendente cenno del capo e disse: «Voi potete chiamarmi "Vostra Grazia"».

Daphne lo colpì sul braccio.

«D'accordo allora, se proprio dovete, potete chiamarmi Simon» concesse lui, trattenendo una risata.

«Oh, devo proprio. È evidente ch'io debba farlo» replicò Daphne con uno sbuffo.

Simon si sporse verso di lei. Gli occhi chiarissimi brillavano di una strana luce ardente. «Dovete? Mi ecciterebbe moltissimo sentirlo» mormorò.

Daphne ebbe la sensazione che lui alludesse a qualcosa di molto più intimo del suo nome e percepì una sensazione mai provata prima, come un fremito carezzevole lungo le braccia. Istintivamente si scostò e disse in fretta: «Questi fiori sono bellissimi».

Lui li guardò facendo ruotare il mazzo. «Pare anche a me.»

«Li adoro.»

«Non sono per voi.»

Daphne rimase senza parole.

«Sono per vostra madre» dichiarò lui con un ghigno.

Le labbra di lei si dischiusero lentamente per la sorpresa, ancora un breve anelito, e poi disse: «Oh, che uomo perspicace e astuto siete. Si scioglierà ai vostri piedi. Ma questo, badate, vi si ritorcerà contro».

«Davvero?» ribatté lui inarcando le sopracciglia.

«Davvero. Sarà più determinata che mai a trascinarvi all'altare. E alle feste sarete assediato come se noi non avessimo architettato alcun piano.»

«Sciocchezze. Prima dovevo subire le attenzioni di dozzine di madri ambiziose. Adesso devo trattare con una soltanto.»

«La sua tenacia vi sorprenderà» borbottò Daphne, poi indicò la porta semiaperta. «Dovete piacerle davvero» aggiunse. «Ci ha lasciato soli più a lungo di quanto sia opportuno.»

Simon ponderò l'eventualità e le si avvicinò per sussurrarle: «Potrebbe essere dietro la porta a origliare?».

Daphne scosse la testa. «No, avremmo sentito il rumore dei suoi tacchi nell'anticamera.» Qualcosa di quell'affermazione lo fece sorridere e Daphne si ritrovò a fare lo stesso, complice. «A ogni modo, prima che ritorni devo proprio ringraziarvi.»

«Ah, e per che cosa?»

«Il vostro piano è già stato un successo, almeno per me. Avete notato quanti corteggiatori sono venuti in visita stamattina?»

Lui incrociò le braccia e i tulipani penzolarono a testa in giù. «L'ho notato.»

«È stato davvero fantastico. Non ne ho mai avuti tanti in una volta sola. Mia madre era fuori di sé dalla gioia. Persino Humboldt, il nostro maggiordomo, era raggiante e non l'avevo mai visto sorridere a quel modo. Oh, ma state gocciolando!» notò, e raddrizzò i fiori. Nel farlo, gli sfiorò il davanti della giacca con il braccio e subito si ritrasse, meravigliata per il calore e la forza che lui emanava. Oddio, se sentiva tutto questo attraverso gli abiti, come doveva essere... Il suo viso divenne scarlatto.

«Darei il mio intero patrimonio per i vostri pensieri» disse Simon.

Per fortuna, Violet scelse proprio quel momento per entrare in salotto.

«Mi dispiace terribilmente di avervi lasciati soli così a lungo, ma il cavallo di Mr Crane aveva perso un ferro, così ho dovuto accompagnarlo nella scuderia e trovare un garzone che riparasse il danno.»

In tutta la sua vita Daphne non aveva mai saputo che la madre avesse messo piede nelle scuderie.

«Siete davvero una padrona di casa eccezionale» disse Simon porgendole i fiori. «Ecco, sono per voi.»

«Per me?» Violet aprì la bocca per la sorpresa e le sfuggì un piccolo sospiro. «Ne siete sicuro? Perché io...» guardò prima Daphne, poi Simon e finalmente di nuovo la figlia. «Ne siete certo?»

«Assolutamente.»

Violet sbatté le palpebre e Daphne notò che nei suoi occhi c'erano lacrime vere. Si rese conto che nessuno le aveva più offerto dei fiori, almeno da quando era morto il marito dieci anni prima. Violet era così madre da far dimenticare che era anche una donna.

«Non so che cosa dire» mormorò Violet.

«Provate a dire grazie» le sussurrò Daphne nell'orecchio.

«Oh, Daff, sei terribile!» Violet le diede un colpetto sul braccio e in quel momento sembrava una ragazzina. «Sono commossa, Vostra Grazia. Sono fiori bellissimi, ma soprattutto il vostro è stato un gesto di una premura squisita. Non dimenticherò mai questo momento.»

Sembrò che Simon stesse per dire qualcosa, ma alla fine si limitò a sorridere.

Daphne vide la gioia negli occhi color fiordaliso della madre e si rese conto, non senza vergogna, che nessuno dei suoi figli aveva mai avuto un pensiero gentile quanto il duca di Hastings. Decise all'istante che sarebbe stata stupida se non si fosse innamorata di lui.

Certo sarebbe stato anche meglio se lui avesse ricambiato il sentimento.

«Mamma,» disse «volete che vada a prendervi un vaso?»

«Come?» Violet era ancora troppo occupata ad ammirare beata i tulipani per prestare attenzione alle parole della figlia. «Oh, sì, certo. Chiedi a Humboldt il vaso di cristallo della nonna.»

Daphne lanciò un sorriso grato e fugace a Simon e si avviò verso la porta, ma prima ancora che muovesse il secondo passo l'imponente e minacciosa figura del fratello maggiore si materializzò sulla soglia.

«Daphne, proprio la persona che volevo vedere» ringhiò.

Per tutta risposta, lei decise che la strategia migliore fosse semplicemente ignorare il suo atteggiamento rude. «Tra un momento, Anthony,» disse «la mamma mi ha chiesto di andare a prendere un vaso. Hastings le ha portato dei fiori.»

«Hastings è qui?» Anthony guardò i due al centro del salotto. «Che cosa ci fai qui, Hastings?»

«Faccio visita a tua sorella.»

Anthony superò la sorella e si diresse verso l'amico come una nuvola minacciosa. «Non ti ho mai dato il permesso di corteggiare mia sorella!» esclamò.

«L'ho fatto io» intervenne Violet. Sventolò i tulipani in

faccia a Anthony, scuotendoli bene per fargli andare nel naso più polline che poteva.

Lui starnutì e con la mano allontanò il mazzo. «Mamma, sto cercando di fare conversazione con il duca.»

Violet si rivolse a Simon. «Desiderate fare conversazione con mio figlio?»

«Non in modo particolare.»

«D'accordo, allora, Anthony, fai silenzio.»

Daphne si tappò la bocca con la mano ma un sonoro risolino le sfuggì ugualmente.

«Tu!» Anthony le puntò addosso l'indice. «Fai silenzio.»

«Forse dovrei andare a prendere quel vaso» rifletté lei.

«E mi lasciate qui alle tenere cure di vostro fratello?» disse Simon in tono neutro. «Non credo.»

Daphne, con un sopracciglio alzato, chiese: «Significa che non siete abbastanza uomo per affrontarlo?».

«Niente del genere. Dico soltanto che dovrebbe essere un vostro problema, non mio, e...»

«Che diavolo sta succedendo qui?» sbottò Anthony.

«Anthony!» lo riprese Violet. «Non ho intenzione di tollerare un linguaggio sconveniente in casa mia!»

Daphne sorrise.

Simon si limitò a inclinare la testa e a fissare incuriosito Anthony.

Lui lanciò a entrambi un'occhiata di fuoco prima di rivolgere l'attenzione verso la madre. «Non è una persona di cui fidarsi. Avete idea di che cosa sta succedendo qui?»

«Certo che lo so. Il duca sta facendo visita a tua sorella.»

«E ho portato dei fiori a tua madre» aggiunse Simon.

Anthony guardò con attenzione il naso del duca come se avesse intenzione di fracassarlo, poi si rivolse alla madre. «Vi rendete conto di quanto sia pessima la sua reputazione?»

«I mascalzoni capaci di ravvedersi si rivelano i mariti migliori» fu la risposta.

«Sciocchezze, e voi lo sapete.»

«In ogni caso non è un vero mascalzone» intervenne Daphne.

L'occhiata che Anthony rivolse alla sorella fu così comicamente malevola che per poco Simon non scoppiò a ridere. Si trattenne perché era sicuro che, al primo segno di ilarità, l'ira di Anthony avrebbe prevalso sulla ragione e che il suo viso sarebbe stato la prima vittima del conflitto.

«Voi non sapete quello che ha fatto» disse Anthony in tono grave, fremente di rabbia.

«Non più di quanto hai fatto tu, ne sono certa» sottolineò Violet, astuta.

«Esatto!» ruggì Anthony. «Buon Dio, so esattamente cosa gli passa per la testa in questo momento e non ha niente a che fare con la poesia e le rose!»

Simon immaginò di stendere Daphne su un letto di petali di rosa. «Be', forse con le rose sì» mormorò.

«Io lo ammazzo» annunciò Anthony.

«Comunque questi sono tulipani,» disse Violet con assoluta calma «e arrivano dall'Olanda. E tu, Anthony, devi davvero imparare a controllare le emozioni. Il tuo comportamento è del tutto sconveniente.»

«Non è degno di leccarle le scarpe.»

La testa di Simon si riempì di fantasie erotiche, questa volta immaginando di leccare gli alluci di Daphne. Decise di non fare commenti. D'altra parte, aveva già deciso di non permettere ai propri pensieri di vagare in quella direzione. Daphne era la sorella di Anthony e, per l'amor di Dio, non poteva sedurla.

«Mi rifiuto di ascoltare ulteriori epiteti denigratori rivolti a Sua Grazia» dichiarò con forza Violet. «E qui si chiude l'argomento.»

«Ma...»

«Il tuo tono non mi piace, Anthony Bridgerton.»

A Simon sembrò di udire una risata soffocata da parte di Daphne e si domandò cosa ci trovasse di così divertente.

«Se "vostra maternità" è d'accordo, gradirei avere un colloquio privato con Sua Grazia» disse Anthony in tono piatto e fastidioso.

«A questo punto vado davvero a prendere il vaso» annunciò Daphne uscendo dalla stanza.

Violet incrociò le braccia e disse al figlio: «Non ti permetterò di maltrattare un ospite in casa mia».

«Non lo toccherò nemmeno con un dito, avete la mia parola» fu la risposta.

Non avendo mai avuto una madre, Simon trovò quello scambio di battute affascinante. Casa Bridgerton, dopotutto, tecnicamente apparteneva a Anthony, non alla madre, ed era colpito dal fatto che l'amico non avesse usato quell'argomento. «È tutto a posto, Lady Bridgerton, sono sicuro che Anthony e io abbiamo molte cose di cui discutere» si intromise Simon.

«Molto bene» concesse Violet. «Tanto so che farai come ti pare, indipendentemente da ciò che dico. Ma io non mi muovo.» Accasciandosi sul sofà, continuò: «Questo è il mio salotto e sto benissimo qui. Se voi due volete intavolare uno scambio di opinioni fra asini facendolo passare per una conversazione civile fra maschi della nostra specie, dovrete andare altrove».

Simon rimase sorpreso. Era evidente che Violet fosse molto più di quello che rivelavano le apparenze.

Anthony fece un cenno verso la porta e Simon lo seguì nell'atrio.

«Il mio studio è da questa parte.»

«Hai uno studio qui?»

«Sono il capofamiglia, *io*.»

«Certo, certo, ma risiedi da un'altra parte» osservò Simon.

Anthony si fermò e guardò l'amico. «Non avrai mancato di notare che la mia posizione di capo della famiglia comporta serie responsabilità.»

L'amico domandò: «Ti riferisci a Daphne?».

«Precisamente.»

«Se non sbaglio, all'inizio della settimana mi hai detto che volevi farmela conoscere.»

«Questo è stato prima di sapere che tu potevi essere interessato a lei.»

Simon si morse la lingua mentre precedeva Anthony nello studio, poi attese finché la porta non venne richiusa. «Posso sapere perché hai dato per scontato che tua sorella non potesse interessarmi?» chiese con garbo.

«A parte il fatto che mi hai giurato di non volerti mai sposare?»

Un punto a suo vantaggio. «A parte questo» disse.

Anthony sgranò gli occhi, sorpreso che l'altro non capisse. «Nessuno si interessa a Daphne. Almeno nessuno a cui abbiamo intenzione di farla sposare.»

Simon incrociò le braccia e si appoggiò alla parete. «Non la tieni in grande considerazione, non è...»

Ma prima ancora che terminasse la domanda, Anthony lo afferrò alla gola. «Non ti permetto di insultare mia sorella.»

Poiché nei suoi viaggi Simon aveva imparato parecchio su come ci si difende, impiegò meno di due secondi per ribaltare le posizioni. «Io non ho insultato tua sorella, ma te.»

Udendo degli strani rantoli provenire dalla gola di Anthony, Simon mollò la presa. «Si dà il caso» continuò sfregandosi le mani «che Daphne mi abbia detto perché non riesce ad attrarre degli uomini adatti a lei.»

«Davvero?» chiese Anthony con ironia.

«Personalmente credo che la causa sia il comportamento scimmiesco tuo e dei tuoi fratelli, ma lei sostiene che tutta Londra la vede come un'amica e non come un'eroina romantica.»

Anthony rimase in silenzio per un lungo momento, poi disse: «Capisco». E, dopo un'altra pausa, aggiunse: «Probabilmente ha ragione». Simon non commentò, limitandosi a osservare l'amico finché questi sbottò: «Comunque sia, non mi piace che le ronzi intorno».

«Santo Dio, mi tratti come se fossi una bestia!»

Anthony incrociò le braccia «Non dimenticare che abbiamo fatto parte dello stesso branco dopo aver lasciato Oxford. So esattamente quello che hai combinato.»

«Oh, per l'amor del cielo, Bridgerton, avevamo vent'anni! Tutti gli uomini sono idioti a quell'età. Inoltre, sai dannatamente bene che i-i-i...» Simon sentì che la lingua gli stava facendo un brutto scherzo e tossì per mascherare la balbuzie. Maledizione, non gli succedeva da tanto tempo, e quando capitava era sempre perché era preoccupato o in collera. Se non riusciva a controllare le emozioni, non poteva nemmeno dominare la sua capacità di articolare le parole. Era molto semplice. E, sfortunatamente, episodi come questo servivano soltanto a esacerbare il suo disagio o la sua collera, peggiorando la balbuzie e facendolo precipitare nel più odioso dei circoli viziosi.

Anthony lo guardò con espressione interrogativa. «Ti senti bene?»

Simon annuì. «Solo un po' di polvere in gola» mentì.

«Vuoi che suoni per il tè?»

Lui annuì. Non ne aveva particolarmente voglia, ma era ciò che la gente chiedeva se aveva davvero la polvere in gola.

Anthony tirò il cordone del campanello, poi domandò: «Stavi dicendo?».

Simon deglutì sperando che questo lo aiutasse a controllare l'irritazione. «Stavo dicendo semplicemente che tu dovresti sapere meglio di chiunque altro come almeno metà della mia cattiva reputazione sia immeritata.»

«Sì, ma io ero presente alla metà meritata, e anche se non m'importa che tu ogni tanto parli con Daphne, non voglio che la corteggi.»

Incredulo, Simon guardò l'amico, anzi, l'uomo che aveva ritenuto amico. «Pensi che voglia sedurre tua sorella?»

«Non so che cosa pensare. So che tu non vuoi sposarti. Ma so che Daphne lo desidera. Francamente questo è abbastanza per tenervi ai lati opposti della sala da ballo.»

Simon fece un lungo sospiro. Per quanto l'atteggiamento di Anthony fosse dannatamente irritante, era comprensibile, anzi addirittura lodevole. Dopotutto l'amico stava solo agendo nel miglior interesse della sorella. Simon aveva difficoltà a immaginarsi responsabile di qualcuno al di fuori di se stesso, ma presumeva che se avesse avuto una sorella sarebbe stato anche lui altamente selettivo nel concedere il permesso di corteggiarla.

In quel momento qualcuno bussò alla porta.

«Avanti!»

Invece della cameriera con il tè, entrò Daphne. «La mamma mi ha detto che siete di pessimo umore e che dovrei lasciarvi soli, ma dovevo assicurarmi che non vi foste uccisi a vicenda.»

«Non è successo,» ribatté Anthony con un ghigno «soltanto un leggero strangolamento.»

Daphne non batté ciglio e chiese: «Chi ha strangolato chi?».

«Io ho strangolato lui,» rispose il fratello «poi lui mi ha restituito il favore.»

«Capisco» disse lei calma. «Peccato che mi sia persa lo spettacolo.»

Simon non poté trattenere un sorriso. «Daff...» cominciò.

Anthony lo guardò con gli occhi fuori dalla testa. «La chiami Daff?» Guardò la sorella. «Gli hai dato il permesso di chiamarti con il nome di battesimo? Anzi, con un vezzeggiativo?»

«Naturalmente.»

«Ma...»

«Credo sia arrivato il momento di uscire allo scoperto» intervenne Simon.

Lei annuì tristemente. «Temo che abbiate ragione. Se ricordate, ve lo avevo detto.»

«Gentile da parte vostra farlo notare» mormorò il duca.

Daphne sorrise allegramente. «Non ho resistito. Con quattro fratelli, dopotutto, bisogna sempre cogliere l'occasione di dire "te l'avevo detto".»

Lo sguardo del duca passò dal fratello alla sorella. «Non so chi dei due mi faccia più compassione.»

«Che diavolo sta succedendo?» E poi Anthony aggiunse, come per inciso: «E per quanto riguarda il tuo commento, sono io quello che deve farti più compassione, sono un fratello molto più amabile di quanto lo sia lei».

«Non è vero!»

Simon ignorò il battibecco e focalizzò l'attenzione su Anthony. «Vuoi sapere che cosa sta succedendo? Ecco, si tratta di questo...»

7

Gli uomini sono come pecore. Dove va uno, gli altri verranno immediatamente dietro.

da «Le cronache mondane di Lady Whistledown»
30 aprile 1813

Daphne pensò che, dopotutto, Anthony stava prendendo la cosa abbastanza bene. Durante l'esposizione del piano di Simon – con frequenti interruzioni, doveva ammettere, da parte sua –, il fratello aveva alzato la voce solo sette volte. Lei ne aveva previste il doppio.

Infatti, dopo che Daphne lo aveva pregato di tenere a freno la lingua finché lei e Simon non avessero terminato il loro racconto, Anthony aveva annuito seccamente, incrociato le braccia e aveva tenuto la bocca chiusa per tutto il resto del discorso. La sua espressione era rimasta sempre accigliata, ma tenendo fede alla parola data era restato in assoluto silenzio.

Fino a che Simon aveva concluso: «E questo è tutto».

Silenzio. Un silenzio mortale di almeno dieci secondi, anche se Daphne avrebbe giurato di sentire il rumore dei propri occhi che si muovevano nelle orbite mentre faceva passare lo sguardo da Anthony a Simon.

Alla fine si fermò sul fratello, che disse: «Siete matti?».

«Immaginavo che questa sarebbe stata la sua reazione» mormorò Daphne.

«Siete entrambi totalmente, irrevocabilmente, disgustosamente pazzi?» La voce di Anthony si alzò in un ruggito. «Non so chi dei due sia il più idiota.»

«Vuoi abbassare la voce? La mamma ti sentirà.»

«Alla mamma verrebbe un attacco di cuore se sapesse quello che state tramando» replicò Anthony, ma in un tono più basso.

«Lei non verrà mai a saperlo» disse Daphne.

«No, perché il vostro imbroglio finisce adesso.»

Daphne incrociò le braccia. «Non puoi fare niente per fermarmi.»

«Posso ucciderlo» ribatté Anthony guardando il duca.

«Non essere ridicolo.»

«C'è chi si è battuto a duello per molto meno.»

«Degli idioti, ovviamente.»

«Un titolo che spetta di diritto anche a lui, per quanto mi riguarda!»

«Se posso interrompervi» provò pacato Simon.

«È il tuo migliore amico!» protestò Daphne.

«Non più» sentenziò il fratello con rabbia.

Daphne si rivolse a Simon: «Non dite niente?».

«E quando avrei potuto?» chiese lui con un mezzo sorriso divertito.

«Voglio che tu esca subito da questa casa» lo investì Anthony.

«Prima che possiamo difenderci?»

«È anche mia, la casa. E voglio che rimanga» intervenne Daphne con veemenza.

Anthony la guardò. La sua esasperazione era evidente nell'atteggiamento del corpo. «E sia. Vi concedo due minuti per difendervi, non di più.»

Daphne guardò incerta Simon domandandosi se volesse usare i due minuti per sé. Ma lui scosse le spalle e disse: «Procedete pure. È *vostro* fratello, dopotutto».

Daphne fece un respiro profondo, mise le mani sui fianchi senza nemmeno accorgersene e cominciò: «Prima di tutto devo sottolineare che dal nostro sodalizio ho molto più io da guadagnare che Sua Grazia. Lui dice che gli servo per tenere le altre ragazze...».

«E le loro madri...» precisò il duca.

«Lontane. Ma francamente credo che abbia torto. Le donne non smetteranno di perseguitarlo solo perché ritengono che lui corteggi un'altra, specialmente se l'altra sono io.»

«E che cosa c'è che non va in te?» domandò Anthony.

Daphne stava per rispondere quando si accorse dell'occhiata che i due uomini si scambiavano. «Che cosa c'è?» chiese.

«Niente» borbottò Anthony, apparentemente in imbarazzo.

«Gli avevo già spiegato la vostra teoria sul perché non avete molti corteggiatori» intervenne Simon.

«Capisco» disse lei mordendosi il labbro mentre cercava di decidere se ci fosse qualcosa per cui arrabbiarsi, poi stizzita aggiunse: «Be', avrebbe dovuto accorgersene da solo».

Simon emise uno strano sbuffo dal naso che poteva essere una risata soffocata.

Daphne lanciò uno sguardo tagliente a entrambi. «Spero che i miei due minuti non includano queste interruzioni.»

«È lui che calcola il tempo» disse il duca.

Anthony afferrò il bordo del tavolo e lei pensò che probabilmente lo faceva per non saltare addosso a Simon. Dopodiché disse minaccioso: «E lui, se non sta zitto, si troverà presto fuori da quella dannata finestra a testa in giù».

«Sapete, ho sempre sospettato che gli uomini fossero stupidi, ma non ne ho mai avuto la certezza fino a oggi» cercò di sdrammatizzare Daphne.

Simon sorrise.

«A parte le interruzioni, ti è rimasto un minuto e mezzo» annunciò il fratello guardando l'altro con astio.

La sorella riprese. «Bene. Allora riduco la spiegazione a un singolo fatto. Oggi ho avuto sei corteggiatori in visita. Sei! Riesci a ricordare l'ultima volta che ho avuto sei pretendenti?»

Anthony la fissò con lo sguardo vacuo.

«Io no. Perché non è mai successo. Sei uomini hanno sa-

lito le scale, bussato alla porta e dato a Humboldt i loro biglietti da visita. Sei uomini mi hanno portato dei fiori, hanno conversato con me e uno mi ha persino recitato dei versi.»
Simon sussultò.
«Lo sai perché?» continuò lei alzando la voce. «Lo sai?»
Con tardiva saggezza, Anthony tenne la lingua a freno.
«È perché *lui*» continuò Daphne indicando Simon con l'indice «ieri è stato tanto gentile da fingere di essere interessato a me al ballo di Lady Danbury.»
Simon, che stava appoggiato alla scrivania, si raddrizzò.
«Be', io non la metterei in questo modo.»
«E come la mettereste?»
«Io...» Simon non riuscì a proseguire, perché lei lo interruppe dicendo: «Perché vi assicuro che quegli uomini non si sono mai sognati di farmi visita, prima».
«Se sono tanto miopi,» chiese Simon con tranquillità «perché vi importa delle loro attenzioni?»
Lei rimase in silenzio e Simon ebbe il sospetto di avere detto qualcosa di molto, molto sbagliato, ma ne ebbe la certezza quando la vide battere rapidamente le palpebre.
Maledizione!
Daphne si asciugò un occhio e tossì, cercando di nascondere la manovra con una mano davanti alla bocca, ma Simon si sentì il peggiore degli uomini.
«Guarda che cosa hai fatto» sbottò Anthony e mise una mano sul braccio della sorella per confortarla senza smettere di guardare in cagnesco il duca. «Non badargli, Daff. È un asino.»
«Può darsi.» E tirando su con il naso aggiunse: «Ma è un asino intelligente».
Anthony rimase a bocca aperta, scandalizzato.
La sorella lo guardò irritata e sbottò: «Be', se non volevi che lo ripetessi, tu per primo non avresti dovuto usare quel termine».
Anthony sospirò. «C'erano davvero sei uomini oggi a casa?»
Lei annuì. «Sette, incluso Hastings.»

Cautamente lui chiese: «E non c'era nessuno che potresti essere interessata a sposare?».

Simon si accorse di premere con tale forza le dita sulle cosce che temette di bucare i pantaloni, così mise le mani sul tavolo.

«Sono uomini dei quali ero buona amica perché non mi avevano mai vista come una possibile candidata a una storia d'amore prima che Hastings aprisse la strada. Se si presentasse l'occasione, potrei anche affezionarmi a uno di loro.»

«Ma...» Simon si affrettò a chiudere il becco.

«Ma che cosa?» domandò Daphne guardandolo in modo curioso.

Lui si rese conto che ciò che voleva dire era che se quegli uomini avevano notato il fascino di Daphne soltanto perché un duca si era mostrato interessato a lei, allora erano degli idioti, e pertanto non avrebbe neanche dovuto contemplare la possibilità di sposarli. Ma considerando che all'inizio era stato proprio lui a farle notare che il suo interesse avrebbe suscitato quello di altri... Be', in effetti sarebbe stato un tantino controproducente farglielo notare.

«Niente, niente. Non ha importanza» tagliò corto con un gesto noncurante.

Daphne lo guardò per qualche momento, come se aspettasse di sentirgli dire qualcosa, poi si rivolse al fratello. «Ammetti la saggezza del nostro piano allora?»

«Saggezza mi sembra alquanto eccessivo, ma capisco perché tu ritenga che possa essere vantaggioso per te.»

«Anthony, devo trovare un marito. Oltre al fatto che nostra madre mi sta addosso, io *voglio* sposarmi e avere una famiglia mia. Lo voglio più di quanto tu possa immaginare. E fino a oggi nessun uomo accettabile si è fatto avanti.»

Simon non capiva come l'amico riuscisse a resistere all'implorazione di quegli occhi scuri.

«E va bene» concesse Anthony alla fine chiudendo le palpebre, come se non potesse credere a ciò che stava per dire. «Se proprio devo farlo, acconsento.»

Daphne balzò in piedi e gli gettò le braccia al collo. «Oh, Anthony, sapevo che eri il migliore dei fratelli. Peccato che a volte sei fuori strada» disse baciandolo su una guancia. Anthony si rivolse a Simon: «Vedi che cosa devo sopportare?». Il suo tono era quello che un uomo usa con un amico.

Simon rise fra sé, domandandosi quando da perfido seduttore era tornato a essere un buon amico.

«Ma intendo porre delle condizioni.»

Daphne non disse nulla, sbatté soltanto le palpebre in attesa che il fratello continuasse.

«Prima di tutto, la cosa non deve uscire da questa stanza.»

«D'accordo» accettò subito Daphne.

Anthony guardò Simon.

«Ma certo» replicò il duca.

«Nostra madre sarebbe devastata se venisse a conoscenza della verità.»

«In realtà,» mormorò Simon «sono più propenso a credere che vostra madre applaudirebbe la nostra ingegnosità, ma essendo ovviamente tu quello che la conosce da più tempo, lo lascio alla tua discrezione.»

Anthony gli lanciò un'occhiata glaciale. «Secondo, per nessuna ragione voi due rimarrete da soli. Mai.»

«Non sarà difficile, dato che non ci sarebbe permesso di rimanere soli neanche se il corteggiamento fosse vero» osservò Daphne.

Simon si limitò ad annuire per dare il suo consenso, se pure con riluttanza: ricordando il breve interludio nell'atrio di Lady Danbury, pensava che fosse un peccato non avere il permesso di trascorrere del tempo da solo con lei.

«Terzo...»

«C'è una terza condizione?» chiese Daphne.

«Potrei arrivare a trenta se mi impegnassi un po'» ringhiò il fratello.

«D'accordo» capitolò afflitta. «Se proprio devi.»

Per un attimo Simon pensò che Anthony avrebbe potuto strangolarla.

«Cos'è che ti fa ridere?» domandò Anthony.

Soltanto in quel momento si rese conto di essersi fatto scappare una risata. «Niente» rispose subito.

«Sarà meglio,» grugnì l'altro «perché la condizione è questa: Simon, se ti dovessi vedere in una situazione che potrebbe comprometterla... se dovessi vederti baciare la sua mano senza uno *chaperon* presente, ti taglierò la testa.»

Daphne sbatté le palpebre. «Non ti sembra un po' esagerato?»

Lui la guardò dritto negli occhi e disse: «No».

«Oh.»

«Hastings?»

Non avendo alternativa, Simon annuì.

«Bene» rispose Anthony con tono burbero. «E adesso che abbiamo finito, te ne puoi andare.»

«Anthony!» esclamò Daphne.

«Ne devo dedurre che il mio invito per la cena di stasera sia stato revocato?» chiese Simon.

«Sì.»

«No!» Daphne afferrò il braccio del fratello. «Avevi invitato Hastings a cena?»

«Questo è successo giorni fa. Anni fa.»

«Era lunedì» precisò Simon.

«Be', allora dovete fermarvi da noi» disse Daphne con fermezza. «Nostra madre ne sarà felice e tu smettila di pensare a come avvelenarlo.»

Prima che Anthony potesse replicare, Simon rise e fece un gesto con la mano. «Non preoccupatevi per me. Dimenticate che siamo stati a scuola insieme per quasi dieci anni. Non ha mai capito niente di chimica.»

«Lo ammazzo. Prima che finisca la settimana, lo ammazzo» mormorò Anthony.

«No, non lo farai» disse Daphne allegramente. «Domani avrai dimenticato tutto e fumerete insieme un sigaro da White's.»

«Non credo» commentò Anthony in tono minaccioso.

«Certo che lo farai... non siete d'accordo, Simon?»

Simon osservò il viso dell'amico e vi scorse qualcosa di nuovo. Qualcosa nei suoi occhi. Qualcosa di serio.

Sei anni prima, quando Simon aveva lasciato l'Inghilterra, erano ancora ragazzi. Erano convinti di essere uomini, perché giocavano d'azzardo, andavano a donne e si pavoneggiavano in società, con la certezza di essere importanti. Ma adesso erano diversi.

Adesso erano davvero uomini.

Simon si era accorto del proprio cambiamento durante i viaggi. Era stata una trasformazione lenta, elaborata nel tempo a mano a mano che affrontava nuove prove. Solo ora si rendeva conto di pensare a Anthony come al ragazzo che era quando l'aveva lasciato. Invece era cresciuto anche lui, aveva delle responsabilità. Aveva dei fratelli da guidare e delle sorelle da proteggere. Simon aveva un ducato e Anthony una famiglia.

Questo faceva una grande differenza. Non poteva biasimare l'amico per il suo comportamento iperprotettivo e testardo.

Lentamente, Simon rispose a Daphne: «Credo che vostro fratello e io siamo due persone diverse da quelle che eravamo quando io sono partito. E sono convinto che potrebbe non essere affatto una brutta cosa».

Diverse ore più tardi, casa Bridgerton era nel caos.

Daphne si era cambiata, indossando un abito da sera di velluto verde scuro, perché qualcuno una volta le aveva detto che quel colore faceva sembrare i suoi occhi non proprio castani. E in quel momento era nell'atrio a cercare di calmare i nervi tesi della madre.

«Non posso credere» esordì Violet portandosi una mano al petto «che Anthony non mi abbia detto di aver invitato il duca a cena. Non ho avuto il tempo di preparare niente. Neanche il minimo preavviso.»

Daphne diede un'occhiata al menu che teneva in mano. Per cominciare zuppa di tartaruga, seguita da altre tre portate, prima di concludere con il filetto di agnello *à la béchamel* e, ovviamente, quattro dessert a scelta. Cercò di mantenere un tono privo di sarcasmo mentre diceva: «Non credo che il duca avrà motivo di lamentarsi».

«Prego che non lo faccia» replicò Violet. «Ma se avessi saputo che veniva, mi sarei assicurata di inserire anche una portata di vitello. Non si può invitare qualcuno senza proporre un piatto di vitello.»

«Hastings sa che si tratta di una cena informale.»

Violet le rivolse un'occhiata severa. «Non esistono colazioni e cene informali quando è presente un duca.»

Daphne osservò la madre, pensierosa. Violet si torceva le mani e digrignava i denti. «Mamma,» provò a dirle «non credo che il duca sia il genere di persona che si aspetta che stravolgiate una cena di famiglia per lui.»

«Lui forse no,» ribatté Lady Bridgerton «ma io sì. Daphne, la società impone determinate regole. Ci sono delle aspettative. E francamente non capisco come tu possa essere così calma e distaccata.»

«Non sono distaccata.»

«Di certo non sembri nervosa.» Violet la guardò con sospetto. «Com'è possibile che tu non sia nervosa? Santo cielo, Daphne, quest'uomo sta pensando di sposarti.»

Daphne cercò di non far trapelare emozioni mentre obiettava: «Non è mai arrivato a dire tanto, mamma».

«Non deve affatto dirlo. Per quale ragione credi abbia voluto ballare con te ieri sera? L'unica altra debuttante a cui è stato concesso l'onore è stata Penelope Featherington, e noi due sappiamo che l'ha fatto per pietà.»

«A me piace Penelope.»

«Piace anche a me,» replicò Violet «e attendo con ansia il giorno in cui sua madre si renderà conto che una ragazza con quella carnagione non può vestirsi di seta arancione, ma non è questo il punto.»

«Quale sarebbe allora?»

«Non lo so!» Violet quasi urlò.

Daphne scosse il capo. «Vado a cercare Eloise.»

«Sì, va' pure,» disse distrattamente la madre «e assicurati che Gregory sia pulito. Non si lava mai le orecchie. E Hyacinth... Santo cielo, cosa facciamo con Hyacinth? Hastings non si aspetterà di vedere una ragazzina di dieci anni a tavola.»

«Sì che se lo aspetterà» rispose Daphne pacata. «Anthony gli ha detto che sarebbe stata una cena di famiglia.»

«La maggior parte delle famiglie non permette ai figli piccoli di cenare con loro.»

«Questo è un problema loro.» Alla fine Daphne cedette all'esasperazione ed emise un sospiro profondo. «Mamma, ho parlato con il duca. Ha capito perfettamente che non sarà una cena formale e mi ha specificatamente detto che non vede l'ora di provare qualcosa di diverso. Non ha una famiglia sua, pertanto non ha mai vissuto un'esperienza come una cena dai Bridgerton.»

«Che Dio ce la mandi buona.» Violet divenne pallidissima in volto.

«Ora, mamma,» si affrettò a proseguire «so cosa state pensando e sono sicura che non dobbiate preoccuparvi che Gregory metta di nuovo la purea di patate sulla sedia di Francesca. Sono certa che ha superato questi comportamenti infantili.»

«Lo ha fatto la scorsa settimana!»

«Bene,» disse Daphne senza esitazione «sono sicura che ha imparato la lezione.»

Lo sguardo di Violet rivelava che non era affatto convinta.

«Allora,» disse lei con un tono assai meno serio «lo minaccerò di morte se farà qualcosa che possa farvi arrabbiare.»

«La morte non lo spaventerà,» ragionò Lady Bridgerton «ma forse posso minacciarlo di vendere il suo cavallo.»

«Non vi prenderà mai sul serio.»

«No, hai ragione, ho il cuore fin troppo tenero» si accigliò. «Ma forse mi crederà se gli dico che gli proibirò la sua cavalcata giornaliera.»

«Questo potrebbe funzionare» concordò Daphne.

«D'accordo. Vado a spaventarlo per inculcargli un po' di buon senso.» Dopo aver fatto due passi, Violet si voltò di nuovo e concluse: «Avere figli è un'impresa davvero ardua».

Daphne le sorrise, sapeva che si trattava di un'impresa che sua madre adorava.

Violet si schiarì leggermente la gola, uno dei suoi modi per indicare il cambio di tono. «Mi auguro sinceramente che questa cena vada bene, Daphne. Penso che Hastings potrebbe essere davvero un eccellente candidato per te.»

«"Potrebbe"?» disse prendendola in giro. «Pensavo che i duchi fossero ottimi candidati anche se hanno due teste e sputacchiano mentre parlano.» Scoppiò a ridere. «Da entrambe le bocche!»

Violet sorrise con dolcezza. «Puoi anche non crederci, Daphne, ma non voglio vederti sposata al primo che passa. Ti presenterei a un'infinità di gentiluomini, ma soltanto perché mi piacerebbe che tu avessi più pretendenti possibile fra cui scegliere un marito.» Con un sorriso nostalgico in volto concluse: «Il mio sogno più grande è vederti felice quanto io lo sono stata con tuo padre».

Ancora prima che lei potesse ribattere, sua madre era sparita lasciandola lì a riflettere.

Forse il piano architettato con Hastings non era stato così geniale. Violet ne sarebbe uscita distrutta una volta rotto il finto sodalizio. Simon aveva detto che poteva essere lei a scaricarlo, ma cominciò a chiedersi se non sarebbe stato meglio il contrario. Sarebbe stato mortificante per Daphne essere abbandonata, ma almeno in quel modo non avrebbe dovuto sopportare la litania di domande di una madre in preda allo smarrimento.

Violet avrebbe finito per credere che la figlia fosse matta a farselo scappare.

E Daphne sarebbe rimasta lì a chiedersi se sua madre non avesse ragione.

Simon non era preparato a una cena con i Bridgerton. Fu una riunione rumorosa e turbolenta, piena di risate e, per fortuna, ci fu un solo incidente con un pisello volante. Sembrava che il pisello in questione fosse partito dal fondo del tavolo, dov'era seduta Hyacinth, ma la più piccola dei Bridgerton aveva l'aria così innocente e angelica che Simon non poteva credere che fosse stata lei a lanciare il legume al fratello.

Violet sembrava non aver notato il volo anche se il pisello le era passato sulla testa in un arco perfetto, ma Daphne, seduta di fronte a Simon, l'aveva visto di sicuro, perché aveva alzato di scatto il tovagliolo per coprirsi la bocca e dai suoi occhi si capiva che stava ridendo.

Durante il pasto, Simon parlò poco. In verità era più facile ascoltare i Bridgerton che parlare con loro, specialmente considerando le numerose occhiatacce che gli avevano riservato Anthony e Benedict.

Tuttavia, il posto di Simon si trovava all'estremità opposta del tavolo rispetto a dove sedevano i due fratelli maggiori – scelta non casuale di Violet, il duca ne era sicuro –, pertanto fu abbastanza facile ignorarli e godersi invece le interazioni di Daphne con il resto della famiglia. Ogni tanto uno di loro gli faceva una domanda diretta, a cui lui rispondeva per tornare subito dopo al suo ruolo di quieto osservatore.

A un certo punto Hyacinth, che era seduta alla destra di Daphne, lo guardò dritto negli occhi e disse: «Voi non parlate molto, mi sembra».

A Violet andò di traverso il vino.

Alla bambina rispose Daphne. «Il duca è molto più educato di voi che intervenite nella conversazione di continuo e vi interrompete a vicenda come se temeste di non essere ascoltati.»

«Io non ho paura di non essere ascoltato» disse Gregory.

«Neanch'io. Gregory, mangia i piselli» ordinò Violet.

«Ma Hyacinth...»

«Lady Bridgerton,» disse a voce alta Simon «posso chiedervi un altro poco di questi deliziosi piselli?»

«Certamente.» E a Gregory: «Guarda come il duca mangia i piselli».

Gregory mangiò i piselli.

Simon si tenne occupato mangiando i suoi piselli, dato

che non aveva altra scelta se non finirli tutti, ma riuscì lo stesso a lanciare un'occhiata fugace verso Daphne, che aveva sulle labbra un sorrisetto misterioso e negli occhi un contagioso buonumore. Si accorse infatti che gli angoli della sua bocca si erano spontaneamente incurvati.

«Anthony, perché aggrotti la fronte?» chiese un'altra delle bambine. Simon pensò che fosse Francesca, ma era difficile dirlo. Le due sorelle minori erano uguali, con gli occhi azzurri identici a quelli della madre.

«Non aggrotto niente» rispose il fratello spazientito, ma Simon sapeva che l'amico stava mentendo.

«Invece sì» insisté la sorellina.

«Se credi che ripeta che non l'aggrotto, ti sbagli di grosso.»

Daphne nascose di nuovo un sorriso dietro il tovagliolo.

Simon stabilì che la vita era più divertente di quanto non lo fosse da tanto tempo.

All'improvviso, Violet annunciò: «Sapete? Credo che questa sia una delle serate più piacevoli degli ultimi tempi, anche se la mia bambina più piccola lancia i piselli».

«Come fate a saperlo?» gridò Hyacinth.

Violet scosse la testa e alzò gli occhi al cielo. «Miei cari bambini, quando imparerete che io so sempre tutto?»

Simon provò un grande rispetto per Violet.

Tuttavia lei lo confuse con una domanda: «Ditemi, Vostra Grazia, domani avete degli impegni?».

Pur avendo i capelli biondi e gli occhi azzurri, era così simile a Daphne mentre gli poneva quella domanda che per un momento lui restò disorientato. E questo dovette essere il solo motivo per cui non si diede la pena di pensare prima di rispondere con un balbettio: «N-no. Non mi sembra».

«Benissimo!» esclamò radiosa la donna. «Allora dovete venire con noi a Greenwich. Lo abbiamo deciso da molte settimane. Pensavamo di prendere una barca e fare un picnic sulle sponde del Tamigi. Verrete, non è vero?» domandò fiduciosa Violet.

«Mamma, sono sicura che il duca ha moltissimi impegni» intervenne Daphne.

Violet lanciò alla figlia un'occhiata gelida e lui si meravigliò che nessuna delle due si trasformasse in ghiaccio.

«Sciocchezze. Ha appena detto che non è impegnato.» E a Simon: «Visiteremo anche l'Osservatorio Reale, così non dovete pensare che questa sia una sciocca scampagnata. Non è aperto al pubblico, naturalmente, ma il mio defunto marito era uno dei sostenitori, quindi ci fanno sempre entrare».

Simon guardò Daphne, che scosse le spalle e gli chiese scusa con lo sguardo, poi rispose a Violet: «Sarà un grande piacere».

Raggiante, la viscontessa gli batté affettuosamente la mano sul braccio.

E Simon ebbe la sensazione che il suo destino fosse segnato per sempre.

8

È giunto all'orecchio dell'Autore di questo articolo che l'intera famiglia Bridgerton (più un duca) è partita sabato per una gita a Greenwich.

E che il summenzionato duca, insieme a un certo membro della famiglia Bridgerton, è tornato a Londra bagnato fradicio.

da «Le cronache mondane di Lady Whistledown»
3 maggio 1813

«Se vi scusate con me ancora una volta, potrei essere costretto a uccidervi» disse Simon appoggiandosi alle mani incrociate dietro la testa.

Daphne gli lanciò uno sguardo irritato dal suo posto sull'imbarcazione che la madre aveva noleggiato per la gita a Greenwich. «Perdonatemi se sono tanto educata da scusarmi per le macchinazioni di mia madre. Pensavo che lo scopo del nostro piccolo imbroglio fosse ripararvi dalle tenere premure di madri paraninfe.»

Simon liquidò il commento di lei con un gesto della mano. «Sarebbe un problema se non mi divertissi.»

Sorpresa, Daphne alzò la testa. «Siete gentile» disse, sentendosi un po' stupida.

Simon rise. «Ho una passione smodata per i viaggi in barca, anche se brevi, come a Greenwich; inoltre, dopo aver passato tanto tempo in mare, mi fa piacere visitare l'Osser-

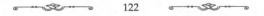

vatorio e vedere il famoso Meridiano.» Piegò il capo verso di lei e domandò: «Sapete qualcosa di navigazione e di longitudine?».

Daphne scosse la testa. «Molto poco. Per la verità, non sono nemmeno sicura di sapere con certezza che cosa sia il Meridiano di Greenwich.»

«È il punto fisso convenzionale dal quale si misura la longitudine. Un tempo i marinai e i navigatori misuravano la distanza longitudinale dal loro punto di partenza, ma nell'ultimo secolo l'astronomo reale decise di considerare Greenwich il punto di partenza universale.»

«Mi sembra presuntuoso da parte nostra metterci al centro del mondo, non credete?»

«In verità è utile avere un punto di riferimento universale quando si viaggia in mare aperto.»

Lei sembrava dubbiosa. «Così tutti hanno accettato Greenwich? Trovo difficile credere che i francesi non abbiano proposto Parigi e sono sicura che il papa avrebbe preferito Roma.»

«Be', non c'è stato un vero e proprio accordo» disse lui ridendo. «Non c'è stato un trattato ufficiale, se è questo che intendete. Ma l'Osservatorio Reale pubblica annualmente una raccolta di carte e di tavole che viene chiamata *Almanacco nautico*. Per un marinaio sarebbe una pazzia viaggiare senza averlo a bordo. E poiché l'*Almanacco* indica la longitudine di Greenwich con lo zero... be', l'hanno adottato tutti.»

«Avete l'aria di saperne parecchio in proposito.»

«Se si passa molto tempo su una nave, certe cose s'imparano» spiegò Simon alzando le spalle.

«Purtroppo non si possono imparare nella nursery di casa Bridgerton. La maggior parte della mia istruzione si limita a ciò che sapeva la nostra istitutrice.»

«Peccato» commentò lui, poi aggiunse: «Solo la maggior parte?».

«Se qualcosa mi interessava particolarmente, cercavo di saperne di più dai libri della nostra biblioteca.»

«Allora immagino che il vostro interesse non si sia mai rivolto alla matematica astratta» osservò Simon.

Daphne rise. «Come il vostro, intendete dire? È così. Mia madre ha sempre ritenuto un miracolo che riuscissi a contarmi i piedi.»

Simon trasalì.

«Lo so, lo so» commentò lei sorridendo. «Voi che eccellete in matematica non capite come noi comuni mortali possiamo guardare una pagina di numeri e non comprendere il loro significato o come fare per decifrarlo. Anche Colin è così.»

Lui sorrise, Daphne non si sbagliava. «Allora, quali erano le vostre materie preferite?»

«Storia e letteratura. Per me è stata una fortuna perché abbiamo moltissimi libri su questi argomenti.»

Prese un altro sorso di limonata. «Non ho mai avuto una gran passione per la storia.»

«Davvero? Avete idea del perché?»

Simon ci rifletté per un momento, chiedendosi se magari la sua mancanza di entusiasmo nei confronti di quella materia fosse dovuta all'avversione che provava per il ducato e la lunga tradizione che vi girava intorno. Suo padre era così attaccato al titolo...

Ma naturalmente, disse soltanto: «Non saprei davvero. Suppongo non mi piaccia e basta».

Rimasero in silenzio per qualche minuto, i capelli mossi dalla lieve brezza del fiume. Poi Daphne disse: «Non vi domanderò più scusa, dato che amo troppo la mia vita per rimetterla inutilmente nelle vostre mani, ma sono contenta di non sapervi triste perché mia madre vi ha quasi obbligato ad accompagnarci».

Lo sguardo che lui le rivolse era vagamente sarcastico. «Se non fossi voluto venire, non c'era niente che vostra madre potesse dire per farmi cambiare idea.»

Daphne scosse la testa. «Detto da un uomo che finge di corteggiare *me*, fra tutte le donne che ci sono, solo perché è troppo educato per rifiutare gli inviti delle mogli dei suoi amici.»

Il viso di Simon si rannuvolò. «Che significa "*voi* fra tutte le donne"?»

«Be', io... non lo so» ammise lei.

«Ebbene, smettetela di dirlo» mormorò il duca, visibilmente seccato.

Senza sapere perché, Daphne focalizzò gli occhi su un punto bagnato del parapetto mentre cercava di togliersi dal viso il sorriso. Simon era così dolce quando era imbronciato!

«Che cosa state guardando?»

«Nulla» rispose serrando le labbra.

«Allora perché quel sorriso?»

Questo non poteva certo dirglielo. «Non sto sorridendo.»

«Se non sorridete, significa che sta per venirvi un colpo apoplettico o uno starnuto.»

«Né l'uno né l'altro. Mi sto godendo una giornata di bel tempo.»

Simon, che aveva la testa appoggiata allo schienale della *chaise-longue*, si voltò a guardarla. «La compagnia non è poi tanto male» la canzonò.

Daphne lanciò un'occhiata verso Anthony, appoggiato al parapetto dalla parte opposta del ponte, che li guardava accigliato. «*Tutta* la compagnia?» chiese lei.

«Se intendete il vostro bellicoso fratello, trovo la sua collera assai divertente» replicò Simon.

Daphne cercò di non ridere ma non ci riuscì. «Non è gentile da parte vostra dire così.»

«Non ho mai detto di essere gentile. E guardate» Simon allungò la testa sempre in direzione di Anthony che, incredibilmente, riuscì a farsi ancora più scuro in volto. «Sa che parliamo di lui e questo lo distrugge.»

«Credevo foste amici.»

«Noi siamo amici. Questo è quello che fanno gli amici.»

«Gli uomini sono pazzi.»

«In generale è vero» concordò il duca.

Daphne rivolse gli occhi al cielo. «Pensavo che la prima regola dell'amicizia fosse di non corteggiare la sorella di un amico.»

«Sto solo fingendo di farlo.»

Daphne annuì pensosamente e guardò Anthony. «E lui non riesce a tollerarlo anche se sa cosa c'è dietro.»

«Già» ghignò Simon. «Non è divertente?»

«Ragazzi!» esclamò Violet in quel momento. «Ragazzi! Oh, scusatemi, Vostra Grazia» aggiunse quando si ricordò il duca. «Non è cortese unirvi al branco dei miei figli.»

Simon sorrise e con un gesto della mano la rassicurò che non aveva bisogno di essere scusata.

«Il capitano mi ha detto che siamo quasi arrivati» spiegò. «Dobbiamo raccogliere le nostre cose.»

Simon si alzò e aiutò Daphne, che gli fu grata e si sollevò ondeggiando dalla sedia. «Le mie gambe non si sono ancora abituate alla barca» rise appoggiandosi al suo braccio per mantenere l'equilibrio.

«E questo è soltanto un fiume» mormorò lui.

«Maleducato. Non dovreste far notare la mia mancanza di grazia ed equilibrio.»

Mentre parlava, voltò il viso verso di lui e in quel momento, con il vento tra i capelli che le colorava di rosa le guance, era così incantevole da far rimanere Simon senza fiato. La sua bocca sensuale era incerta tra il riso e il sorriso, il sole le riempiva di riflessi ramati i capelli. Lì sull'acqua, lontano dalle soffocanti sale da ballo, con l'aria fresca intorno a loro, Daphne era bella, naturale, e la sua sola presenza gli faceva venir voglia di ridere come uno sciocco. Se non fossero stati sul punto di sbarcare e se la famiglia di lei non fosse stata presente, l'avrebbe baciata. Simon sapeva di non poter giocare con la sorella del suo migliore amico e sapeva anche che non voleva sposarla, eppure si trovò a tendersi verso di lei. Non si era nemmeno reso conto di ciò che stava facendo, finché non sentì che stava per perdere l'equilibrio e dovette raddrizzarsi.

Purtroppo Anthony si accorse di tutto e bruscamente si mise tra loro. Stringendo il braccio di Daphne con più forza che grazia, sibilò: «Come fratello maggiore credo spetti a me l'onore di portarti sulla terraferma».

Simon si limitò a fare un inchino e a cedere il passo a Anthony, era troppo scosso e irritato dalla momentanea perdita di controllo per mettersi a discutere.

L'imbarcazione si accostò al molo e la rampa venne sistemata. Simon osservò l'intera famiglia Bridgerton sbarcare, poi si affrettò a seguirli lungo gli argini erbosi del Tamigi.

In cima alla collina c'era l'Osservatorio Reale, una vecchia, imponente costruzione di mattoni rossi. Il tetto delle torri era costituito da cupole grigie e Simon ebbe la sensazione, come aveva detto Daphne, di essere al centro del mondo, perché tutto veniva misurato partendo da quel punto.

Dopo avere attraversato una buona porzione del mondo, quel pensiero lo faceva sentire piccolo.

«Ci siamo tutti?» chiese la viscontessa ad alta voce. «State vicini, così posso esserne sicura.» Cominciò a contare e finì con se stessa esclamando: «Dieci! Bene, tutti presenti».

«Ringraziate che non ci mette più in fila in ordine di età.» Simon vide che Colin gli sorrideva.

«Come metodo l'età funziona finché corrisponde all'altezza. Ma poi Benedict ha superato Anthony e Gregory è diventato più alto di Francesca...» Colin si strinse nelle spalle. «E così nostra madre ha rinunciato.»

Simon scrutò le teste e alzando una spalla disse: «Sto cercando di capire dove potrei inserirmi».

«Dalle parti di Anthony, se dovessi tirare a indovinare.»

«Che Dio mi scampi» mormorò Simon.

Colin lo guardò con un'espressione curiosa e divertita allo stesso tempo.

«Anthony! Dov'è Anthony?» domandò Violet poco dopo.

Il figlio maggiore rispose all'appello con uno sgarbato mugolio.

«Ah, eccoti. Vieni ad accompagnarmi.»

Riluttante, lui lasciò il braccio di Daphne e andò dalla madre.

«È proprio senza vergogna» bisbigliò Colin.

Simon ritenne opportuno non fare commenti.

«Non deluderla. Dopo tutti i suoi trucchetti, il minimo che tu possa fare è andare a porgere il braccio a Daphne.»

«Sei bravo quanto tua madre» gli disse Simon alzando il sopracciglio.

Il ragazzo rise. «Sì, però io non fingo di essere discreto.» Daphne scelse quel momento per avvicinarsi e dire: «Mi sono accorta di essere rimasta senza cavaliere».

«Pensa un po'» replicò Colin. «E adesso, se voi due volete scusarmi, vado a cercare Hyacinth. Se mi tocca occuparmi di Eloise c'è il rischio che debba tornare a Londra a nuoto. È una tipaccia da quando ha compiuto i quattordici anni.»

Simon era un po' confuso. «Ma non sei rientrato dal Continente la settimana scorsa?»

Colin annuì. «Sì, ma Eloise ha compiuto quattordici anni un anno e mezzo fa.»

Daphne gli diede un colpetto sul gomito. «Se fate il bravo non le riferirò ciò che avete detto.»

Colin alzò gli occhi al cielo e si dileguò in quella piccola folla, mentre chiamava la sorellina.

Daphne accettò il braccio di Simon e domandò: «Non vi abbiamo ancora spaventato?».

«Prego?»

Lei gli rivolse uno sguardo malinconico. «Non c'è niente di più stancante di una gita con la famiglia Bridgerton.»

«Oh, intendete questo.» Simon si scansò di lato per evitare Gregory che rincorreva Hyacinth urlando qualcosa su fango e vendetta. «Be', per me è un'esperienza nuova.»

«L'avete messa in modo assai gentile, Vostra Grazia. Ne sono davvero colpita.»

«Sì, be'...» Simon balzò indietro per far passare Hyacinth, che gli sfrecciò di fianco: strillava così forte da far temere che tutti i cani di Londra si sarebbero messi ad abbaiare. «Io non ho fratelli, dopotutto.»

Daphne sospirò. «Niente fratelli. In questo momento sembra il paradiso.» Lo sguardo sognante le rimase negli occhi per qualche secondo, poi si riscosse dalle sue fantasie. «Comunque...» Senza finire la frase, allungò un braccio e afferrò Gregory che stava per superarli di corsa. «Gregory, lo sai che non devi correre così in mezzo alle persone. Potresti far cadere qualcuno.»

«Come ci siete riuscita?» chiese Simon.

«A prenderlo?»

«Sì.»

«Ho anni di pratica alle spalle.»

«Daphne!» gemette Gregory, che aveva ancora il braccio imprigionato nella stretta della sorella.

Daphne lo lasciò. «Va' piano.»

Il ragazzino fece due passi, poi si rimise a correre.

«Nessun rimprovero per Hyacinth?» chiese il duca.

«Sembra che nostra madre si stia occupando di lei.»

Simon vide che Violet stava agitando l'indice in faccia alla bambina con parecchia veemenza. Tornò a guardare Daphne. «Che cosa stavate dicendo prima che comparisse Gregory?»

«Non ne ho idea.»

«Mi sembrava che foste incantata dal pensiero di non avere fratelli.»

«Oh, certamente» rise Daphne mentre seguivano il resto dei Bridgerton lungo la salita che portava all'Osservatorio. «In verità, anche se non è facile crederlo, stavo per dire che per quanto l'idea di eterna solitudine, a volte, mi tenti, credo che mi sentirei molto sola senza la famiglia.»

Simon tacque.

«Non riesco a immaginare me stessa con un figlio solo.»

«A volte non è possibile scegliere.»

Daphne arrossì. «Oh, mi dispiace» balbettò. Non riusciva nemmeno più a camminare. «Avevo dimenticato. Vostra madre...»

Simon le si fermò accanto. «Non l'ho conosciuta» disse con un'alzata di spalle. «Non ho pianto la sua morte.» Ma i suoi occhi azzurri erano stranamente vacui e impenetrabili e Daphne in qualche modo comprese che quelle parole non erano sincere. Al tempo stesso, però, sapeva anche che lui ne era convinto al cento per cento. Si domandò che cosa gli fosse successo da indurlo a mentire persino a se stesso, e così a lungo.

Studiò i lineamenti del suo viso, la testa leggermente inclinata per concentrarsi meglio sui suoi tratti. Il vento gli aveva ravvivato il colorito e arruffato i capelli scuri. Sembrava a disagio sotto lo sguardo indagatore di lei. Alla fine disse: «Siamo rimasti indietro».

Daphne guardò verso la cima della collina. La sua famiglia era parecchio distante da loro. «Sì, certo, dobbiamo andare.»

Ma mentre arrancava su per la salita, non pensava alla sua famiglia, né all'Osservatorio e nemmeno alla longitudine. Invece si domandava perché sentisse l'impulso di gettare le braccia al collo del duca e di non lasciarlo più andare.

Alcune ore più tardi erano tutti di nuovo sulla sponda erbosa del Tamigi a godersi il semplice pasto preparato dalla cuoca. Come la sera prima, Simon parlò poco e si divertì a osservare la rumorosa vivacità della famiglia di Daphne.

Ma evidentemente Hyacinth era di opinione diversa. «Buongiorno, Vostra Grazia» disse sedendosi accanto a lui sulla coperta che uno dei lacchè aveva steso per il picnic. «Vi è piaciuta la gita all'Osservatorio?»

Simon non riuscì a trattenere un sorriso mentre rispondeva: «Moltissimo, Miss Hyacinth, e a voi?».

«Oh, molto. Ho apprezzato specialmente la vostra lezione su longitudine e latitudine.»

«Be', non la definirei proprio una lezione» osservò Simon, che non voleva apparire come un vecchio noioso.

Di fronte a lui Daphne sorrideva del suo disagio.

Hyacinth gli rivolse un sorriso civettuolo e disse: «Lo sapevate che Greenwich ha anche una storia romantica?».

Le spalle di Daphne cominciarono a scuotersi dalle risa.

«Davvero?» chiese Simon.

«Esattamente» confermò la piccola e la sua proprietà di linguaggio gli diede l'impressione di conversare con una signora quarantenne, anziché con una bambina di dieci anni. «È qui che Sir Walter Raleigh stese il suo mantello a terra in modo che la regina Elisabetta non dovesse sporcarsi le scarpette nelle pozzanghere.»

«Davvero?» domandò Simon guardandosi intorno.

«Vostra Grazia!» esclamò spazientita la bambina. «Che cosa state facendo?»

«Esamino il terreno» rispose lui osservando Daphne di sottecchi.

«Che cosa cercate, esattamente?» insisté Hyacinth.

«Pozzanghere.»

«Pozzanghere?» Sul viso della piccola si diffusero gioia e sorpresa insieme.

«Certo. Se devo rovinare il mio mantello per salvarvi le scarpette, voglio sapere in anticipo dove sono.»

«Ma voi non indossate un mantello.»

«Santo cielo, non vorrete dire che sarò obbligato a togliermi la camicia?»

«Oh, no!» gridò Hyacinth. «Non dovete togliervi niente, perché qui non ci sono pozzanghere.»

«Grazie al cielo» sospirò Simon mettendosi una mano sul cuore. Si stava divertendo più di quanto avrebbe creduto possibile. «Voi, signore Bridgerton, siete molto esigenti. Lo sapevate?»

Hyacinth lo guardava con sospetto misto a gioia. Alla fine il sospetto prevalse. La bambina si mise le mani sui fianchi e disse: «Mi state prendendo in giro?».

Lui le sorrise: «Voi che cosa pensate?».

«Penso di sì.»

«Io penso di essere fortunato che non ci siano pozzanghere.»

Hyacinth rifletté per qualche secondo, poi disse: «Se deciderete di sposare mia sorella...».

A Daphne andò di traverso un biscotto.

«... avete la mia approvazione.»

A Simon mancò il respiro.

«Ma se non lo farete,» continuò Hyacinth con un sorriso timido «allora vi sarei molto grata se aspettaste me.»

Per fortuna di Simon, che non aveva esperienza con le bambine e non sapeva come rispondere, arrivò di corsa Gregory, che senza fermarsi tirò i capelli a Hyacinth. Lei gli corse dietro con l'espressione determinata a pareggiare i conti.

«Non avrei mai pensato di poterlo dire, ma credo che siate stato salvato dal più piccolo dei miei fratelli.»

«Quanti anni ha vostra sorella?»

«Dieci, perché?»

Lui scosse la testa, pensieroso. «Perché per un momento ho creduto che ne avesse quaranta.»

«A volte è così simile a mia madre da fare paura.»

In quel momento la signora in questione cominciò a chiamare i figli, perché risalissero sulla barca. «Forza, andiamo, si fa tardi!»

Simon guardò l'orologio da tasca: «Sono le tre».

Daphne si alzò in piedi: «Per lei è tardi. È convinta che una vera signora debba essere a casa per le cinque».

«Perché mai?»

«Non ne ho idea» rispose Daphne mentre raccoglieva il plaid. «Presumo per avere il tempo di prepararsi per la cena. È una delle abitudini con le quali sono cresciuta e su cui è meglio non fare domande. Siamo pronti?»

Simon le porse il braccio. «Certamente.»

Dopo avere fatto qualche passo verso la barca, Daphne disse: «Siete stato molto paziente con Hyacinth. Dovete avere passato molto tempo con i bambini».

«No, affatto» rispose lui, asciutto.

«Oh. Sapevo che non avevate fratelli, ma credevo che aveste incontrato molti bambini nei vostri viaggi.»

«No.»

Daphne restò in silenzio per un attimo chiedendosi se dovesse proseguire con quell'argomento. La voce del duca si era inasprita e il suo viso... Non sembrava lo stesso uomo che aveva scherzato con Hyacinth pochi minuti prima.

Ma per qualche ragione, forse perché era stato un così bel pomeriggio o forse perché il tempo era splendido, lei fece un sorriso radioso quando disse: «Ebbene, con o senza esperienza, avete il tocco magico. Molti adulti non sono capaci di parlare ai bambini, sapete?». Simon non rispose e lei gli batté la mano sul braccio. «Un giorno sarete il bravo padre di un bambino fortunato.»

Lui voltò la testa di scatto e la guardò. «Sono sicuro di avervi detto che non ho alcuna intenzione di sposarmi. Mai.»

«Ma certamente...»

«Perciò è improbabile che abbia dei bambini.»

«Sì, sì... capisco.» Daphne tentò un sorriso. Pur sapendo che il corteggiamento non era altro che un espediente, provò un certo disappunto.

Raggiunsero l'imbarcadero, dove trovarono gli altri Bridgerton. Alcuni erano già saliti a bordo, mentre Gregory ballava sulla passerella.

«Gregory! Smettila subito!» intimò Violet.

Il ragazzino si fermò ma non si mosse.

«O sali a bordo o torni qui.»

Simon tolse il braccio da quello di Daphne borbottando: «La passerella è bagnata» e si incamminò verso Gregory.

«Hai sentito la mamma?» urlò Hyacinth.

Gregory le fece la linguaccia.

Mentre Simon avanzava, Daphne corse al suo fianco. «Simon, sono sicura che non gli succederà niente.»

«Non se scivola e va a finire in mezzo alle corde» disse lui indicando un groviglio di funi che penzolavano fuori dal battello.

Simon raggiunse la passerella camminando tranquillamente. «Vuoi deciderti a muoverti?» gridò mettendo il piede sullo stretto passaggio di legno.

La risposta di Gregory fu: «Non dovete accompagnare Daphne?».

Simon grugnì e avanzò, ma proprio in quel momento Anthony, che era già salito sul battello, comparve in cima alla passerella. «Gregory! Sali immediatamente!»

Dalla banchina Daphne vide con orrore il fratello voltarsi di scatto per la sorpresa e sdrucciolare. Anthony balzò in avanti con le mani tese per afferrarlo, ma non fece in tempo. E mentre lui cercava di non perdere l'equilibrio, Gregory scivolò indietro lungo la passerella, urtando le caviglie di Simon.

«Simon!» gridò Daphne correndo avanti.

Lui cadde nell'acqua torbida del Tamigi, mentre Gregory diceva piangendo: «Mi dispiace!» e percorreva la passerella all'indietro sul sedere come un granchio senza vedere dove stava andando.

Il che probabilmente spiegava perché non si fosse accorto che Anthony era proprio alle sue spalle.

Quindi entrò in collisione con il fratello maggiore, che nel giro di un attimo, senza neanche avere il tempo di rendersene conto, si ritrovò in acqua a sputacchiare accanto a Simon.

Daphne, gli occhi spalancati, si mise una mano sulla bocca.

Violet le strinse il braccio. «Ti consiglio caldamente di non ridere.»

Daphne strinse le labbra, però era difficile restare seria.

«Ma voi ridete!» esclamò.

«Non è vero» mentì Violet, facendo una smorfia nel tentativo di trattenersi. «E in ogni caso io sono una madre, non oserebbero dirmi nulla.»

Anthony e Simon uscirono dal fiume grondanti d'acqua e guardandosi in cagnesco.

Gregory continuò a strisciare e sparì sul battello.

«Forse è il caso che tu intervenga» disse Violet alla figlia.

«Io?» rispose lei con voce stridula.

«C'è il rischio che possa finire a botte.»

«Ma perché? È stata tutta colpa di Gregory.»

«Vero,» spiegò Violet spazientita «ma sono uomini, sono entrambi furiosi e imbarazzati, e non possono certo prendersela con un ragazzino di dodici anni.»

Come previsto, Anthony stava mormorando: «Mi sarei occupato io di lui», e Simon per tutta risposta: «Se tu non l'avessi spaventato...».

Violet alzò gli occhi al cielo e disse a Daphne: «Imparerai che, quando fa la figura dello stupido, un uomo deve sempre incolpare un altro».

Daphne li raggiunse per evitare che i due si accapigliassero, ma vedendo le loro espressioni capì che, qualsiasi cosa avesse detto, il risultato sarebbe stato deleterio, così sorrise, prese il braccio di Simon e disse: «Volete accompagnarmi sul ponte?».

Simon guardò torvo Anthony.

Anthony guardò torvo Simon.

Daphne tirava.

«Non finisce qui, Hastings» sibilò Anthony.

«Certo che no» fu la risposta.

Daphne capì che cercavano una scusa per prendersi a pugni. Tirò più forte, pronta a slogare la spalla a Simon se fosse stato necessario.

Dopo un'altra occhiata di fuoco, Simon acconsentì a seguirla sulla barca.

Il ritorno fu molto lungo.

Più tardi, mentre si preparava per la notte, Daphne si accorse di essere stranamente nervosa. Poiché dormire era impossibile, indossò la vestaglia e andò al piano inferiore in cerca di latte caldo e di compagnia. Con tanti fratelli, qualcuno doveva essere ancora alzato.

Andando in cucina, sentì un fruscio nello studio di Anthony, così mise dentro la testa. Il fratello maggiore era chino sullo scrittoio e aveva le dita macchiate d'inchiostro. Era strano trovarlo nello studio così tardi.

«Non hai un segretario che possa fare quelle cose?» gli domandò sorridendo.

Anthony alzò lo sguardo. «Quel pazzo si è sposato e si è trasferito a Bristol» borbottò.

Lei entrò nella stanza. «Questo spiega la tua presenza qui nelle ore piccole.»

Anthony guardò l'orologio. «Mezzanotte non è un'ora piccola. Inoltre ho impiegato tutto il pomeriggio per togliermi il Tamigi dai capelli.»

Daphne tentò di non ridere.

«Ma hai ragione» disse il fratello appoggiando la penna. «È tardi e non c'è niente qui che non possa aspettare fino a domattina.» Si appoggiò allo schienale e si stirò il collo. «E tu che cosa fai in giro?»

«Non riuscivo a dormire. Sono scesa per prendere una tazza di latte caldo e ti ho sentito imprecare.»

Anthony fece una specie di grugnito. «È questa dannata penna. Giuro che io...» S'interruppe e sorrise.

Daphne ricambiò il sorriso. «Così hai intenzione di andartene a casa subito?»

Lui annuì. «Anche se il latte caldo di cui parlavi mi tenta. Perché non suoni e te lo fai portare?»

«Ho un'idea migliore. Perché non ce lo prepariamo noi? Non siamo completamente stupidi e dovremmo essere capaci di scaldare del latte. Inoltre, probabilmente i domestici sono a letto.»

Anthony la seguì fuori dallo studio. «D'accordo, ma sarai tu a occuparti della faccenda, non ho la più vaga idea di come si faccia a far bollire il latte.»

«Non credo che si debba farlo bollire» rifletté Daphne corrucciando la fronte.

La cucina era buia, salvo il chiarore della luna che entrava dalle finestre.

«Cerca una lampada, mentre io cerco il latte» gli disse Daphne, e aggiunse con un sorrisetto: «Sei in grado di accendere una lampada, vero?».

«Oh, credo di poterci riuscire» rispose lui bonario.

Daphne rise fra sé mentre armeggiava al buio prendendo un padellino appeso al muro sopra la sua testa. Lei e Anthony avevano sempre avuto un rapporto sereno e allegro ed era piacevole vedere che era tornato in sé. Era stato di umore pessimo nell'ultima settimana: le aveva riservato il peggio del suo carattere. Anche a Simon, ovvio, ma almeno loro non passavano insieme tutto quel tempo.

Dopo qualche istante, alle sue spalle si accese un lume. Lei si voltò e vide il sorriso trionfante del fratello, che le domandò: «Hai trovato il latte o devo uscire a cercare una vacca?».

Daphne rise e gli mostrò la bottiglia. «Trovato!» Si avvicinò a un grosso apparecchio nuovo, dall'aspetto moderno, voluto dalla cuoca. «Sai come farlo funzionare?»

«Non ne ho idea. E tu?»

Daphne scosse la testa. «Nessuna» rispose e toccò la superficie della stufa. «Non è caldo.»

«Neanche un poco?»

«Macché, è freddo.»

Fratello e sorella rimasero in silenzio per alcuni secondi.

«Lo sai, il latte freddo può essere molto corroborante.»

«Stavo proprio pensando la stessa cosa!»

Anthony trovò due tazze. «Ecco, versa.»

Lei eseguì. Si sedettero e bevvero il latte. Lui tranguiò il suo d'un fiato e se ne versò dell'altro. «Ne vuoi ancora?» chiese pulendosi i baffi.

«No, ne ho ancora metà» rispose Daphne, prendendone un sorso. Adesso che era sola con Anthony e lui sembrava tornato dell'umore abituale, le parve il momento giusto per... Be', la verità era... «Anthony, posso farti una domanda?» gli chiese, alquanto esitante.

«Certo.»

«È a proposito di Simon.»

Anthony appoggiò la tazza sul tavolo con uno scatto secco. «Cosa vuoi sapere sul duca?»

«Lo so che non ti piace...» cominciò lei, ma lasciò la frase in sospeso.

«Non è vero che non mi piace» ribatté lui con un sospiro. «È uno dei miei amici più cari.»

Daphne inarcò un sopracciglio. «Difficile a credersi, se si considera il tuo comportamento degli ultimi tempi.»

«Non mi fido di lui quando si tratta di donne. Di te, in particolare.»

«Anthony, questa è una delle cose più stupide che tu abbia mai detto. Il duca può anche essere stato un seduttore, e forse lo è ancora, ma non si comporterebbe mai male con me, se non altro perché sono tua sorella.»

Anthony non sembrava convinto.

«Anche se non ci fosse un codice d'onore maschile per queste cose, lui sa che lo uccideresti se osasse toccarmi. Non è uno stupido.»

Il fratello si trattenne dal fare commenti e domandò: «Che cosa volevi sapere, precisamente?».

Lentamente, lei rispose: «Mi stavo chiedendo se sai perché il duca è così contrario al matrimonio».

Anthony ebbe un sussulto e sputò il latte sul tavolo. «Per l'amor del cielo, Daphne! Credevo fossimo d'accordo sul fatto che questa faccenda fosse una finzione! Perché stai anche solo pensando di sposarlo?»

«Non lo penso!» ribatté lei con impeto, sapendo che forse mentiva, ma rifiutandosi di analizzare seriamente i propri sentimenti per assicurarsene. «Sono semplicemente curiosa» aggiunse sulla difensiva.

«Sarà meglio che tu non ti metta in testa di convincerlo a sposarti,» le rispose con un grugnito «perché ti dico subito che non lo farà. Mai. Hai capito, Daphne? Non ti sposerà.»

«Dovrei essere una sciocca per non aver capito quello che dici» replicò seccata.

«Bene, fine del discorso.»

«No, non hai risposto alla mia domanda.»

Anthony la squadrò severamente al di là del tavolo.

«Sul perché ha scelto di non sposarsi.»

«Perché ti interessa così tanto?» chiese lui.

La verità era un po' troppo vicina all'accusa di Anthony, ma lei si limitò a dire: «Perché sono curiosa, e poi credo di avere il diritto di saperlo, perché se non trovo presto un corteggiatore decente potrei diventare un paria, dopo che il duca mi avrà lasciata».

«Pensavo che dovessi lasciarlo tu» le ricordò sospettoso il fratello.

«E chi ci crederebbe?»

Anthony non replicò, il che le fece un po' male, ma disse: «Non so perché Hastings non voglia sposarsi. So solo che, da quando lo conosco, è rimasto della stessa idea». Daphne stava per dire qualcosa, ma Anthony aggiunse: «E lo ha dichiarato in un modo che non credo affatto possa essere considerato come il lontano giuramento di un giovane scapestrato».

«Cosa intendi?»

«Intendo che, diversamente dalla maggior parte degli uomini che di solito lo dicono, quando lui afferma che non si sposerà, lo dice sul serio.»

«Capisco.»

Anthony fece un lungo sospiro e Daphne notò delle sottili rughe intorno ai suoi occhi che non gli aveva mai visto prima. «Scegli un uomo tra il tuo recente stuolo di corteggiatori e dimentica Hastings. È una brava persona, ma non fa per te.»

Daphne cancellò la prima parte della sua frase. «Ma tu credi che sia un buon...»

«Non fa per te» ripeté Anthony.

Daphne però non poteva fare a meno di pensare che forse Anthony si sbagliava.

9

Il duca di Hastings è stato visto ancora con Miss Bridgerton. Daphne Bridgerton, per chi di voi, come l'Autore, trova difficile distinguere la numerosa prole Bridgerton. Era da parecchio tempo ormai che l'Autore di questo articolo non osservava tanta devozione reciproca in una coppia. Sembra tuttavia strano che, fatta eccezione per la gita a Greenwich, il duca e Miss Bridgerton si vedano insieme solo nelle serate mondane. L'Autore sa da fonte sicura che, se è vero che il duca ha fatto visita a Miss Bridgerton nella sua casa quindici giorni or sono, tale cortesia non si è più ripetuta e che inoltre le due persone summenzionate non sono state viste nemmeno una volta cavalcare insieme a Hyde Park.

da «Le cronache mondane di Lady Whistledown»
14 maggio 1813

Due settimane dopo, Daphne era a Hampstead Heath, ai margini della sala da ballo di Lady Trowbridge, lontano dalla folla elegante e molto contenta di trovarsi in un punto defilato.

Non voleva essere al centro della festa. Non voleva essere scovata dalle dozzine di corteggiatori che le chiedevano di ballare. In verità, non avrebbe voluto nemmeno essere lì.

Perché Simon non c'era.

Questo non significava che era destinata a fare da tappezzeria per tutta la serata. Le previsioni di Simon riguardo alla sua crescente popolarità si erano dimostrate corrette e Daphne, che era sempre stata la ragazza che piaceva a tutti, ma di cui nessuno si innamorava, d'un tratto era diventata la "regina" della Stagione. Chiunque si premurasse di dare un'opinione sulla faccenda – vale a dire, trattandosi dell'alta società, tutti – dichiarava di aver sempre saputo che Daphne era speciale; aspettavano solo che il resto del mondo se ne rendesse conto. Lady Jersey aveva detto a chiunque l'ascoltasse che da mesi aveva previsto il successo di Daphne e l'unico mistero per lei era la ragione per cui non le avevano dato retta prima. Erano tutte fandonie, ovviamente. Anche se Daphne non era mai stata un bersaglio del disdegno di Lady Jersey, nessun Bridgerton ricordava che la nobildonna si fosse mai riferita a lei come alla "stella del futuro".

A ogni festa il suo carnet si riempiva di nomi in pochi minuti e gli uomini si disputavano il privilegio di portarle una limonata. Quanto la faceva ridere tutto questo all'inizio! Ma ora Daphne si rendeva conto che nessuna serata era divertente senza Simon al suo fianco.

Non importava che lui trovasse necessario ogni sera ripetere almeno una volta che la sua opposizione al matrimonio era più che mai radicata e che, di tanto in tanto, fosse taciturno o quasi maleducato con certi membri dell'alta società.

La cosa importante erano i momenti in cui si trovavano quasi soli, in un certo senso lasciati liberi di fare ciò che volevano: una conversazione in un angolo, un valzer intorno alla sala. Daphne poteva guardare nei chiari occhi di Simon e dimenticare di essere circondata da cinquecento curiosi, smodatamente interessati a controllare gli sviluppi del corteggiamento.

Spesso lei riusciva quasi a dimenticare che era tutto una finzione.

Daphne non aveva più cercato di parlare a Anthony di Simon. L'ostilità del fratello ricompariva ogni volta che il duca veniva menzionato, ma quando lo incontrava manteneva un certo livello di cordialità, e questo sembrava il massimo che potesse fare.

Ciononostante, Daphne riusciva a scorgere un bagliore della loro precedente amicizia. Poteva soltanto sperare che una volta finita la loro recita – quando lei sarebbe stata sposata a qualche noioso ma affabile conte che non le avrebbe mai fatto battere il cuore –, i due uomini sarebbero tornati a essere gli amici di un tempo.

E Simon, incalzato da Anthony, aveva deciso di non partecipare a tutti gli eventi mondani cui Violet e Daphne prendevano parte. Anthony aveva accettato il ridicolo imbroglio escogitato dall'amico e dalla sorella solo perché lei trovasse un marito tra i nuovi corteggiatori. Sfortunatamente per Anthony, e fortunatamente per Daphne, nessuno di loro osava avvicinarsi quando Simon era presente.

Dall'incidente sul, o meglio *nel* Tamigi, Anthony aveva impiegato parecchio del suo tempo a trovare appellativi per il duca. Ma Simon aveva compreso quale fosse il nocciolo della questione e aveva detto a Daphne che desiderava che lei trovasse un marito adatto. Così si era allontanato.

Ma Daphne era infelice. Si disse che avrebbe dovuto immaginarlo, che doveva capire il pericolo che correva a essere corteggiata, anche se per scherzo, dall'uomo che la società aveva battezzato di recente il "duca sconvolgente".

Il soprannome era nato quando Philippa Featherington l'aveva definito "di una bellezza sconvolgente" e poiché Philippa non conosceva il significato della parola "sottovoce" tutti avevano sentito ciò che aveva detto.

In pochi minuti un giovane mattacchione appena uscito da Oxford aveva abbreviato il giudizio di Philippa.

Daphne aveva trovato il soprannome tristemente ironico, perché ciò che il duca aveva sconvolto era il suo cuore.

Lui non ne aveva avuto l'intenzione. Simon l'aveva sempre trattata con rispetto, deferenza e buonumore. Persino Anthony era stato costretto ad ammettere che non gli aveva dato motivo di lamentarsi. Simon non aveva mai cercato di rimanere solo con lei, si era limitato a baciarle la mano guantata, il che, con delusione di Daphne, era accaduto solo due volte.

Erano diventati buoni compagni e le loro conversazioni spaziavano dagli amichevoli silenzi alle divertite schermaglie. A ogni festa danzavano insieme due volte, il massimo permesso per non scandalizzare la buona società.

Daphne sapeva, senza ombra di dubbio, che si stava innamorando di lui.

La cosa era davvero assurda. Lei aveva cominciato a passare molto tempo in compagnia di Simon allo scopo di attrarre altri uomini. Dal canto suo, Simon aveva cominciato a passare molto tempo con lei per evitare il matrimonio.

Ripensandoci, rifletteva appoggiandosi alla parete, più che assurda la cosa era assai penosa.

Certo Simon era sempre rimasto fermo sulle sue posizioni, cioè ben deciso a non contrarre matrimonio, eppure Daphne l'aveva sorpreso più di una volta a guardarla in un modo che le faceva credere che potesse desiderarla. Lui non si era mai più arrischiato a pronunciare il genere di commenti che aveva fatto prima di scoprire che fosse una Bridgerton, ma a volte aveva lo stesso sguardo bramoso e penetrante di quel primo incontro.

Naturalmente, lui voltava sempre la testa quando si accorgeva di essere stato notato, ma il gesto era sufficiente a turbarla e a farle mancare il respiro.

I suoi occhi! Tutti dicevano che il loro colore era simile a quello del ghiaccio e, quando Daphne lo osservava mentre parlava con qualcuno, poteva capire perché. Con gli altri, lui non era loquace come con lei. Parlava in fretta, il suo tono era brusco e gli occhi riflettevano la durezza del suo atteggiamento.

Ma quando loro erano insieme da soli e ridevano di qualche regola del galateo, i suoi occhi cambiavano. Il suo sguardo diventava più dolce, più gentile, Simon sembrava sentirsi a suo agio. Nei momenti di ottimismo lei aveva l'illusione che tra loro ci fosse della tenerezza.

Daphne sospirò, appoggiandosi più pesantemente alla

parete. Sembrava che i suoi sogni a occhi aperti si ripetessero sempre più spesso in quei giorni.

«Ehi, Daff, perché ti sei imboscata in un angolo?»

Era Colin, con il solito sorriso scanzonato. Dal suo ritorno a Londra era entrato nella vita della città come un uragano e Daphne poteva menzionare una dozzina di ragazze sicure di essere innamorate di lui e disperatamente desiderose di ricevere le sue attenzioni. Tuttavia, non era preoccupata che il fratello ricambiasse una di quelle manifestazioni d'affetto, era evidente che Colin aveva ancora molti capricci da togliersi prima di sistemarsi.

«Non mi sono imboscata, mi sto nascondendo.»

«Da chi? Da Hastings?»

«No, certo che no. Comunque lui stasera non è qui.»

«Sì, c'è.»

Poiché l'occupazione preferita di Colin, dopo le donne e le scommesse sui cavalli, era tormentare la sorella, Daphne finse indifferenza, ma chiese: «Davvero?».

Colin annuì e indicò con la testa l'ingresso della sala da ballo. «L'ho visto entrare meno di un quarto d'ora fa.»

«Mi stai prendendo in giro? Mi ha detto che non aveva intenzione di venire, stasera.»

«E come mai tu sei venuta lo stesso?» chiese lui fingendosi sorpreso.

«Così. La mia vita non gira intorno al duca.»

«Davvero?»

Daphne ebbe la sensazione che non scherzasse. «Certo» disse a denti stretti. Se la sua vita non girava intorno a Simon, di certo lo facevano i suoi pensieri.

Gli occhi color smeraldo di Colin divennero stranamente seri. «L'hai presa brutta, vero?»

«Non so di cosa tu stia parlando.»

Lui le fece un sorriso d'intesa. «Sono sicuro di sì.»

«Colin!»

«Nell'attesa, perché non vai a vedere dov'è? È evidente che la mia brillante compagnia non regge il confronto. Vedo che hai i piedi già lontani da me.»

Inorridita che il proprio corpo la tradisse in modo così evidente, Daphne abbassò lo sguardo.

«Hai guardato!» rise il fratello.

«Colin, a volte giuro che non dimostri più di tre anni.»

«Concetto interessante, che ti piazza alla tenera età di un anno e mezzo, sorellina.»

Non avendo a disposizione una replica adeguata, Daphne lo guardò con l'espressione più truce di cui era capace.

Ma Colin rise. «La tua espressione è molto attraente, sorellina, ma scommetto che scomparirà subito. Sua Sconvolgenza si sta avvicinando.»

Daphne si rifiutò di cadere nella sua trappola e non si voltò.

Colin si tese in avanti e bisbigliò con l'aria di un cospiratore: «Questa volta non scherzo, Daff».

Lei mantenne l'espressione arcigna.

«Daphne!» Era la voce di Simon.

Lei si girò. La risatina di Colin si accentuò: «Dovresti avere più fede nel tuo fratello preferito, sorellina cara».

«Lui è il tuo fratello preferito?» domandò Simon incredulo.

«Solo perché Gregory mi ha messo un rospo nel letto ieri sera. E la posizione di Benedict non è migliorata da quando ha tagliato la testa alla mia bambola preferita.»

«Mi domando che cosa abbia fatto Anthony, per negargli almeno una menzione d'onore» mormorò Colin.

«Non hai da fare da qualche altra parte?»

Colin scosse le spalle: «Non proprio».

«Non mi hai appena detto di avere promesso un ballo a Prudence Featherington?»

«Oddio, no. Devi avermi frainteso.»

«Forse. Nostra madre ti sta cercando, allora. Sono sicura di avere sentito che ti chiamava.»

Colin rise del suo disagio. «Non dovresti usare una scusa tanto scontata.» Lo disse fingendo di sussurrare, con un tono abbastanza alto per farsi sentire da Simon. «Così capirà subito che ti piace.»

Simon tratteneva a stento una risata.

«Non è la sua compagnia che cerco di assicurarmi, è la tua che cerco di evitare.»

Colin si mise una mano sul cuore. «Mi ferisci, Daff.» E rivolto a Simon: «Oh, quanto mi ferisce!».

«Hai trascurato la tua vocazione, Bridgerton. Dovevi calcare le scene.»

«Idea interessante, ma farebbe svenire mia madre» rispose Colin. All'improvviso gli si illuminò lo sguardo e disse: «Che idea! E proprio quando la festa sta diventando noiosa. Buona serata a entrambi» disse e, dopo un elegante inchino, se ne andò.

Daphne e Simon rimasero in silenzio seguendo con lo sguardo Colin che spariva tra la folla. «Il prossimo urlo che sentirete sarà di mia madre» commentò lei con ironia.

«E il tonfo sarà quello del suo corpo che cade a terra?»

Daphne annuì, e suo malgrado un sorriso le curvò le labbra. «Naturalmente.» Dopo una pausa aggiunse: «Non vi aspettavo questa sera».

«Mi annoiavo» fu la risposta.

«Vi annoiavate tanto da venire fino a Hampstead Heath al ballo di Lady Trowbridge?» Hampstead Heath distava più di dieci chilometri da Mayfair, il che significava almeno un'ora di carrozza nelle condizioni migliori e molto di più in una serata come quella, con tutta l'aristocrazia ad affollare il percorso. «Perdonatemi, ma comincio a dubitare della vostra salute mentale.»

«Comincio a dubitarne anch'io» mormorò lui.

«Comunque sia,» disse Daphne con un sospiro di sollievo «sono contenta che siate qui. È stata una serata orrenda.»

«Davvero?»

Lei annuì. «Sono stata subissata di domande su di voi.»

«Questo sì che è interessante.»

«Non ne sarei tanto sicura. La prima persona a interrogarmi è stata mia madre. Voleva sapere perché non venite mai a farmi visita nel pomeriggio.»

Simon aggrottò la fronte. «Pensate che sia necessario? Io credevo che le mie attenzioni concentrate su di voi durante le serate mondane fossero sufficienti a dare credibilità al nostro stratagemma.»

Daphne trattenne a stento la frustrazione. Non era necessario che ne parlasse come se fosse una seccatura. «Le vostre attenzioni concentrate sono sufficienti a ingannare tutti, fuorché mia madre. E probabilmente non avrebbe detto nulla se le vostre mancate visite non fossero state menzionate sul "Whistledown".»

«Davvero?» chiese Simon con evidente interesse.

«Davvero. Perciò farete bene a venire a casa mia domani, o tutti cominceranno a far lavorare la fantasia.»

«Mi piacerebbe sapere chi sono le spie di quella donna,» mormorò Simon «e mi piacerebbe ingaggiarle.»

«A cosa vi servono delle spie?»

«A niente, ma mi sembra un peccato sprecare questi strabilianti talenti.»

Daphne dubitava fortemente che la presunta Lady Whistledown sarebbe stata d'accordo a considerarli talenti sprecati. «E poi,» continuò «dopo che mia madre ha finito, sono arrivati tutti gli altri, ed è stato persino peggio.»

«Dio non voglia.»

Guardandolo severamente aggiunse: «Erano tutte donne, eccetto uno, coloro che mi hanno fatto domande stasera e, benché tutte si complimentassero con me, esaminavano in cuor loro la possibilità che alla fine il nostro fidanzamento andasse in fumo».

«Spero le abbiate informate che io sono disperatamente innamorato di voi.»

Daphne sentì qualcosa di indefinibile nel petto e mentì. «Certo. Dopotutto ho una reputazione da difendere.»

Simon rise. «E ditemi, chi era l'unico uomo che ha fatto domande?»

Daphne fece una smorfia. «Un altro duca, in verità. Un bizzarro uomo anziano che diceva di essere stato amico di vostro padre.»

I lineamenti di Simon s'irrigidirono.

Lei non se ne accorse e continuò: «Quel gentiluomo continuava a ripetere che brav'uomo fosse vostro padre». Daphne rise. «Non avevo idea che voi duchi vi sorvegliaste tanto. Forse temete che un duca indegno disonori il titolo.» Simon rimase zitto.

Lei si batté l'indice sulla guancia, riflettendo. «Non vi ho mai sentito nominare vostro padre» disse dopo un poco.

«Perché non ne voglio parlare» tagliò corto lui.

«Qualcosa non va?»

«No. Affatto» rispose Simon, in tono asciutto.

Lei si accorse di mordersi il labbro inferiore. «Allora non ne farò più parola.»

«Ho detto che non è niente.»

«Certo.»

Vi fu un lungo silenzio imbarazzato.

Daphne si stropicciava nervosamente l'abito. Finalmente disse: «Sono bellissimi i fiori delle decorazioni, non vi pare?».

Simon seguì con lo sguardo la mano di lei che indicava una composizione di rose bianche e rosa. «Sì.»

«Mi chiedo se è lei che le coltiva.»

«Non ne ho la più pallida idea.»

Un altro silenzio imbarazzato.

«Le rose sono molto difficili da coltivare.»

Lui, per tutta risposta, bofonchiò.

Daphne si schiarì la gola e, siccome Simon non la guardava, chiese: «Avete assaggiato la limonata?».

«Io non bevo limonata.»

«Io sì. E ho sete. Così, se volete scusarmi, vado a prenderne un bicchiere e vi lascio al vostro malumore. Sono sicura che troverete qualcuno più divertente di me.» Si voltò per andarsene, ma non fece in tempo a muovere un passo che sentì la mano di lui sul braccio. Daphne guardò in basso, momentaneamente ipnotizzata dal guanto bianco posato sul suo abito di seta color pesca. Continuò a fissare quella mano, quasi aspettando che lui la muovesse lungo il braccio, fino alla pelle nuda del gomito.

Ma naturalmente non l'avrebbe fatto. Quelle cose accadevano solo nei suoi sogni.

«Daphne, vi prego,» la implorò «guardatemi.»

Lo disse a bassa voce, una voce così intensa che lei venne percorsa da un brivido.

Si voltò e non appena ebbe incontrato i suoi occhi Simon disse: «Vi prego di accettare le mie scuse».

Lei annuì.

Ma il duca sentì il bisogno di spiegarsi. «Io non...» s'interruppe e tossì nella mano. «Non ero in buoni rapporti con mio padre. Io... io non voglio parlare di lui.»

Daphne lo guardò incantata. Non l'aveva mai visto così a corto di parole. Lui fece un sospiro irritato. Sembrava arrabbiato con se stesso.

«Quando l'avete nominato...» Simon scosse la testa come se volesse cambiare argomento, ma proseguì: «Succede che mi si imprime nella mente e non riesco a smettere di pensare a lui. Mi... mi rende estremamente nervoso».

«Mi dispiace, non lo sapevo.» Daphne era sicura che l'imbarazzo le si leggesse in faccia. Pensò che avrebbe dovuto dire di più, ma non trovava le parole.

«Non con voi» si affrettò ad aggiungere il duca fissandola con i suoi occhi azzurro chiaro. Parve che in essi qualcosa si aprisse, che il suo viso fosse più rilassato e che le linee di tensione intorno alla bocca si fossero distese. Deglutì: «Sono in collera con me stesso».

«Anche con vostro padre, sembra.» Daphne lo disse con dolcezza. Simon non rispose, né lei se lo aspettava. Gli coprì con la propria la mano che le teneva sul braccio. «Volete prendere un po' d'aria? Credo che ne abbiate bisogno» gli chiese.

Simon annuì. «Voi rimanete. Anthony vorrà la mia testa se vi conduco in terrazza.»

«Anthony può anche impiccarsi, per quello che m'importa. Sono stanca di vederlo incombere di continuo su di me» replicò lei con irritazione.

«Sta solo cercando di essere un bravo fratello.»

Lei socchiuse le labbra, costernata. «Si può sapere da che parte state?»

Simon ignorò la domanda. «E va bene. Ma solo due passi. Con Anthony da solo me la cavo, ma se recluta gli altri fratelli sono un uomo morto.»

C'era una porta che conduceva alla terrazza, lì a pochi passi da loro. Daphne la indicò con un cenno del capo e Simon le porse il braccio.

«Probabilmente ci saranno decine di coppie là fuori. Non avrà nulla di cui lamentarsi.»

Stavano per uscire, quando la voce di un uomo chiamò: «Hastings!».

Simon si fermò e si voltò, realizzando con disappunto di essere sempre più abituato a quel nome. Nel giro di poco lo avrebbe pensato come suo.

In qualche modo quell'idea gli fece venire la nausea.

Un uomo anziano veniva verso di loro appoggiandosi al bastone. Daphne disse: «È il duca di cui vi ho parlato. Middlethorpe, credo».

Simon fece un breve cenno di saluto, ma non aveva voglia di parlare.

«Hastings!» disse il vecchio battendogli la mano sul braccio. «È da tanto tempo che volevo conoscervi. Io sono Middlethorpe, un vecchio amico di vostro padre.»

Lui annuì di nuovo, con una rigidità quasi militaresca.

«Gli mancavate molto quando eravate in giro per il mondo.»

Simon sentì montargli il sangue alla testa: una rabbia feroce gli bloccava la lingua e l'intera mascella. Sapeva, senza ombra di dubbio, che se avesse provato a parlare l'avrebbe fatto balbettando come quando aveva otto anni.

E non poteva assolutamente rischiare di coprirsi di ridicolo in presenza di Daphne.

In qualche modo, riuscì a dire: «Ah». Fu lieto di sentire che la sua voce aveva un tono secco e altero.

Se quell'uomo si accorse anche del suo rancore, non lo diede comunque a vedere e disse: «Ero con lui quando è spirato».

Simon non parlò.

Daphne intervenne con un compassionevole: «Dio mio». «Mi aveva chiesto di consegnarvi alcune cose. Ho diverse lettere a casa.»

«Bruciatele.»

Daphne non poté trattenersi: «Oh, no, non fatelo. Forse non le vuole vedere adesso, ma certamente in futuro cambierà idea».

Simon la incenerì con un'occhiata prima di ripetere: «Ho detto di bruciarle».

«Io...» Middlethorpe appariva terribilmente confuso. Doveva essere stato al corrente che padre e figlio non erano in buoni rapporti, ma di sicuro non sapeva quanto la discordia fosse profonda. L'anziano duca si concentrò su Daphne, ritenendola una possibile alleata. «Oltre alle lettere, vi sono cose che mi ha incaricato di dirgli. Potrei farlo adesso.»

Ma Simon le aveva già lasciato il braccio ed era uscito.

«Mi dispiace» fece lei sentendo il bisogno di scusarsi per il comportamento inqualificabile di Simon. «Sono sicura che non voleva essere sgarbato con voi. È molto sensibile quando si tratta di suo padre.»

Middlethorpe annuì. «Il duca mi aveva avvertito che la sua reazione sarebbe stata questa. Ma l'aveva detto ridendo, poi aveva scherzato sull'orgoglio dei Basset. Devo confessare che non gli avevo creduto.»

Daphne guardò nervosamente oltre la portafinestra aperta. «È meglio che vada da lui» disse.

Middlethorpe annuì.

«Vi prego, non bruciate quelle lettere.»

«Non lo farei neanche per sogno. Ma...»

Daphne si era già incamminata verso la terrazza, però il tono dell'anziano duca la spinse a voltarsi e chiedere: «Ma?».

«Ma... non sto bene. Il medico dice che... be' potrebbe succedere da un momento all'altro. Posso affidare quelle lettere a voi?»

Daphne fissò il duca con un misto di sorpresa e di orrore. Sorpresa, perché non poteva credere che lui si fidasse di una donna che aveva appena conosciuto. Orrore, perché sapeva che, se avesse accettato le lettere, Simon non l'avrebbe mai perdonata.

«Non lo so» disse. «Non sono sicura di essere la persona giusta.»

Gli occhi del duca si strinsero, dandogli l'espressione di chi capisce molte cose. «Io credo che voi siate proprio la persona giusta» disse con dolcezza. «E sono certo che troverete il momento opportuno per consegnargli quelle lettere. Mi permettete di farvele recapitare?»

Daphne annuì in silenzio. Non sapeva che cos'altro fare.

Middlethorpe indicò la terrazza con il bastone. «È meglio che andiate da lui.»

Daphne annuì e corse fuori. La terrazza era illuminata da poche lanterne appese al muro, così la luce era fioca e solo con l'aiuto del chiarore lunare lei scorse, in un angolo, Simon. Dall'atteggiamento del suo corpo, rigido, con le braccia incrociate sul petto, si capiva che era in collera. Di fronte a lui il prato si stendeva a perdita d'occhio oltre la terrazza, ma Daphne dubitava che vedesse qualcosa, sopraffatto com'era dalle proprie emozioni.

Andò verso di lui, senza farsi sentire; la brezzolina fresca era piacevole dopo l'aria stagnante della sala da ballo gremita di persone. Nel buio si udivano mormorii sommessi che facevano capire che non erano soli, ma lei non vide nessuno. Era evidente che gli altri ospiti si erano rifugiati negli angoli più bui.

Aveva pensato di dire qualcosa come "Siete stato molto scortese con il duca", oppure "Perché siete così in collera con vostro padre?", ma alla fine decise che non era il momento di indagare i sentimenti di Simon, così, quando arrivò al suo fianco, si appoggiò alla balaustra e disse: «Vorrei poter vedere le stelle».

Simon la guardò, prima con sorpresa, poi con curiosità.

«A Londra non si riesce mai a scorgerle,» continuò lei sforzandosi di mantenere un tono leggero «o perché le luci della città sono troppo forti o perché la nebbia le nasconde. Oppure, a volte, l'aria stessa è troppo sporca per lasciar vedere qualcosa.» Guardò il cielo coperto. «Speravo di vederle qui a Hampstead Heath, ma, ahimè, le nuvole non collaborano.»

Vi fu un lungo silenzio, poi Simon tossicchiò e chiese: «Sapevate che nell'emisfero sud le stelle sono completamente diverse?».

Daphne non si era resa conto di quanto fosse tesa finché non sentì il proprio corpo rilassarsi all'osservazione di lui. Evidentemente cercava di riportare la serata all'atmosfera normale e lei fu contenta che lo facesse. «State scherzando» gli disse.

«Non scherzo affatto. Potete controllare in qualsiasi libro di astronomia.»

«Potrei anche farlo.»

Lui continuò: «La cosa interessante è che anche chi non è uno studioso di astronomia, e io non lo sono...».

«E chiaramente,» lo interruppe lei con un sorriso ironico «non lo sono neanch'io.»

Lui le accarezzò una mano e sorrise, e Daphne notò con sollievo che i suoi occhi azzurri erano di nuovo sereni. Poi il suo sollievo si tramutò in qualcosa di più prezioso: pura gioia. Perché era stata lei a scacciare le ombre dai suoi occhi, e in quel momento capì di volerle allontanare per sempre.

Se soltanto lui gliel'avesse permesso.

«Notereste comunque la differenza» continuò Simon. «È questo a essere così strano. Non ho mai avuto il desiderio di studiare le costellazioni, eppure, durante il mio soggiorno in Africa, alzavo gli occhi verso il cielo quando le notti erano limpidissime. Di certo non avete mai visto un cielo come quello.»

Daphne lo fissò, affascinata.

«Guardavo il cielo e il cielo era sbagliato.»

«Com'è possibile che un cielo sia sbagliato?»

Lui scosse le spalle e alzò una mano in un gesto che significava "E chi lo sa?". «Eppure era così. Tutte le stelle erano nel posto sbagliato.»

«Credo che mi piacerebbe vedere il cielo del Sud» rifletté Daphne. «Se fossi ardita ed eccentrica, il tipo di donna per la quale gli uomini scrivono poesie, immagino che vorrei viaggiare.»

«Voi *siete* il tipo di donna per cui gli uomini scrivono poesie» le ricordò Simon con un lieve movimento del capo e un po' di sarcasmo. «Solo che era una pessima poesia.»

Lei rise. «Non mi canzonate. È stato emozionante. In un solo pomeriggio sei corteggiatori, e Neville Binsby scrive davvero poesie.»

«I corteggiatori erano sette, contando anche me» la corresse.

«Sette compreso voi. Ma voi non contate sul serio.»

«Così mi ferite» scherzò lui, imitando il tono di Colin. «Oh, come mi ferite!»

«Forse fareste bene anche voi a prendere in considerazione una carriera teatrale.»

«Forse no.»

Daphne sorrise. «Forse no, ma volevo dire, da quella banale ragazza inglese che sono, che non desidero andare da nessun'altra parte. Sono felice qui.»

Lui scosse la testa e nei suoi occhi apparve una luce strana, quasi magnetica. «Non siete banale. E sono contento che siate felice. Non ho incontrato molte persone felici» disse in un bisbiglio.

Daphne lo guardò negli occhi e si accorse che le si era avvicinato di più. Dubitò che se ne fosse reso conto, ma il suo corpo si tendeva verso di lei e lei non riusciva a distogliere lo sguardo dal suo.

«Simon?» bisbigliò.

«Qui c'è gente» disse lui con la voce un poco strozzata.

Di fronte a loro il giardino era invitante. Se il ballo si fosse tenuto in città, oltre la terrazza non ci sarebbe stato altro posto dove andare, tuttavia Lady Trowbridge aveva organizzato il ballo a Hampstead Heath, la sua seconda residenza. Era a meno di venti chilometri da Mayfair, ma avrebbe potuto essere in un altro mondo.

Spinta da un impulso malizioso e trasgressivo, Daphne disse con dolcezza: «Facciamo una passeggiata in giardino».

«Non possiamo.»

«Dobbiamo.»

«No, non possiamo.» Il tono disperato di Simon le rivelò quello che voleva sapere. Lui la voleva. La desiderava. Era pazzo di lei.

Daphne ebbe la sensazione che il suo cuore cantasse un'aria del *Flauto magico*. E pensò: "Che succede se lo bacio? Se lo induco ad andare in giardino e sollevo la testa per posargli un bacio sulle labbra? Capirebbe quanto lo amo? Quanto potrebbe crescere il suo amore per me? Forse, soltanto forse, potrebbe capire quanto lo rendo felice. E allora magari la smetterebbe di parlare della sua determinazione a non sposarsi".

«Io vado a camminare in giardino» annunciò. «Se volete, potete venire anche voi.»

Mentre si avviava, lentamente perché lui potesse raggiungerla, lo udì imprecare sottovoce, poi sentì i suoi passi che si avvicinavano.

«Daphne, questa è follia» le disse, ma il tono rauco della sua voce le rivelò che cercava di convincere più se stesso che lei.

Non rispose e continuò ad avanzare nel giardino.

«Per l'amor di Dio, volete ascoltarmi?» Simon le strinse forte il polso, obbligandola a voltarsi. «Ho fatto una promessa a vostro fratello. Una promessa» disse furente.

Lei gli sorrise, il sorriso di una donna che si sente desiderata. «Allora andatevene.»

«Sapete che non posso. Non posso lasciarvi qui in giardino senza protezione. Qualcuno potrebbe approfittarsi di voi.»

Daphne fece spallucce e cercò di liberarsi dalla sua presa.

Ma lui strinse con più forza.

E così, pur sapendo che l'intenzione di Simon era un'altra, lei si lasciò trasportare dalle sue emozioni e si avvicinò, per ritrovarsi a pochi centimetri da lui.

Il respiro di Simon accelerò. «Non fatelo, Daphne.»

Lei cercò qualcosa di spiritoso da dire, o qualcosa di seducente. Ma l'atteggiamento spavaldo la tradì all'ultimo momento. Non era mai stata baciata e adesso, dopo aver provato di tutto perché Simon fosse il primo, non sapeva più che cosa fare.

Lui allentò la stretta al polso, ma invece di lasciarla la trascinò dietro un'alta siepe tagliata in modo tanto elaborato da sembrare una scultura.

Bisbigliò il suo nome, le sfiorò la guancia.

Lei spalancò gli occhi e dischiuse le labbra.

E alla fine non ci fu modo di evitarlo.

10

Più di una donna è stata rovinata da un solo bacio.
da «Le cronache mondane di Lady Whistledown»
18 maggio 1813

Simon non sapeva bene in quale momento avesse deciso di baciarla. Probabilmente non lo aveva mai deciso, soltanto sentito.

Fino all'ultimo secondo era stato in grado di convincersi che la stava spingendo dietro la siepe solo per rimproverarla di quel comportamento sconsiderato che li avrebbe messi entrambi in guai seri.

Ma poi era accaduto qualcosa, o forse stava accadendo da molto tempo e lui aveva semplicemente finto di non rendersene conto. Gli occhi di Daphne erano cambiati, erano diventati quasi luminosi. E lei aveva socchiuso le labbra, solo un pochino, come per un sospiro, ma abbastanza perché lui non potesse più fermarsi.

La mano gli scivolò in alto, oltre il guanto e oltre la seta della manica, le circondò le spalle e la tirò verso di lui. La voleva più vicina. La voleva intorno a sé, sopra di sé, sotto di sé. La desiderava talmente tanto da esserne terrorizzato. La strinse tra le braccia avviluppandola come un serpente. Adesso poteva sentire ogni centimetro del suo corpo. Daphne era molto più piccola di lui, così i suoi seni gli premevano contro la parte inferiore del torace. Sentiva il calore della sua pelle mentre con la coscia si insinuava tra le gambe di lei.

Simon tremò di desiderio.

Gli sfuggì un mugolio. Un suono primitivo di bramosia mista a frustrazione. Non avrebbe potuto averla subito, quella notte, non avrebbe potuto averla mai, e doveva far sì che quell'abbraccio gli bastasse per tutta la vita.

Sotto le dita sentiva la seta liscia e leggera dell'abito e, mentre le accarezzava la schiena, percepiva ogni curva del suo corpo armonioso.

E poi, senza sapere perché, si staccò da lei. Solo di poco, ma fu abbastanza perché il fresco della notte si insinuasse tra i loro corpi.

«No!» esclamò Daphne e lui si domandò se si rendeva conto dell'invito che gli faceva con quella piccola parola.

Le prese il viso tra le mani tenendola ferma, in modo da assorbirne la visione. Era troppo buio per vedere i colori che rendevano il suo viso indimenticabile, ma lui sapeva che aveva le labbra piene e rosa, che i suoi occhi avevano una dozzina di tonalità di marrone, con quell'incantevole cerchio verde intorno all'iride, e lo sfidavano a guardarla meglio per vedere se c'era davvero o se si trattava solo di uno scherzo dell'immaginazione.

Ma il resto, come il suo sapore e la sua morbidezza, poteva solo immaginarlo.

Quante volte l'aveva immaginato! Malgrado il suo comportamento impeccabile, malgrado le promesse fatte a Anthony, bruciava di desiderio. Quando la vedeva attraversare una sala affollata, gli si scaldava la pelle, e quando la vedeva in sogno, la pelle gli andava a fuoco.

Adesso che l'aveva tra le braccia, il respiro di lei rapido e irregolare, gli occhi lucidi per il desiderio che di certo non poteva comprendere, Simon aveva l'impressione di esplodere.

E così, baciarla era una questione di sopravvivenza. La cosa era semplice. Se non l'avesse baciata ora, sarebbe morto. Suonava melodrammatico, ma in quel momento poteva giurare che era vero. Il desiderio che si agitava dentro di lui avrebbe preso fuoco e lo avrebbe incenerito.

La desiderava così tanto.

Quando finalmente le sue labbra toccarono quelle di lei, il bacio non fu delicato. Simon non era crudele, ma la pulsione del suo sangue era troppo urgente e il suo bacio risultò come quello di un amante affamato, non di un corteggiatore garbato.

Le avrebbe dischiuso la bocca lui, ma anche Daphne si era lasciata andare alla passione e non vi fu resistenza.

«Oddio, Daphne» mormorò premendo le mani sulla soffice curva dei suoi glutei, mentre l'attirava contro di sé per farle sentire la pulsazione del proprio desiderio. «Non sapevo... non avrei mai sognato...»

Ma era una menzogna. L'aveva sognato eccome, ne aveva immaginato i dettagli, ma erano niente in confronto alla realtà.

Qualsiasi movimento o contatto non serviva ad altro che a fargliela desiderare ancora di più, e col passare di ogni breve attimo sentiva il corpo prendere il sopravvento sulla mente. Non contava più cosa fosse giusto o appropriato. L'unica cosa importante era che lei si trovasse fra le sue braccia e che lui la voleva.

Il suo corpo capì che lo voleva anche lei.

Le mani la stringevano, la bocca la divorava. Non gli bastava mai.

Simon sentì la mano guantata, esitante, di Daphne scivolare in alto verso le sue spalle e fermarsi sulla nuca. Al suo tocco, la pelle gli fremette, poi bruciò.

Ma non era abbastanza. Lui le lasciò la bocca per sfiorarle il collo con le labbra fino alla base della gola. Lei gemeva con un lieve suono che alimentava la sua passione.

Con mani tremanti, Simon sfiorò la scollatura dell'abito, sapendo che sarebbe bastato tirarla un poco per scoprirle i seni. Era un'immagine che non aveva diritto di vedere, un bacio che non meritava di dare, ma non ne poteva fare a meno. Le diede la possibilità di fermarlo muovendo le mani con estrema lentezza, trattenendosi prima di scoprirla per offrirle l'ultima occasione di dire no. Ma anziché mostrarsi sgomenta, Daphne inarcò la schiena e fece un lieve, dolcissimo sospiro.

Simon era perduto. Lasciò che il tessuto si scostasse e la guardò. Poi, mentre la sua bocca scendeva per reclamare il premio agognato...

«Bastardo!»

Daphne riconobbe la voce prima di Simon, gridò e si ritrasse. «Oddio, Anthony!»

Il fratello era a pochi passi di distanza e si stava avvicinando a grandi falcate. Aveva le sopracciglia aggrottate, la faccia una maschera di rabbia mentre si lanciava contro Simon con un primordiale grido di guerra, come Daphne non aveva mai sentito in vita sua. Era quasi inumano.

Ebbe appena il tempo di coprirsi prima della collisione. Anthony si scagliò contro Simon con una forza tale che anche lei cadde, colpita involontariamente da un braccio.

«Ti ammazzo, maledetto...» L'imprecazione di Anthony venne interrotta dal pugno sferrato da Simon, che gli tolse il fiato.

«Anthony, no! Fermati!» gridò Daphne stringendosi il corpetto dell'abito.

Ma suo fratello sembrava impazzito. Stava scaricando una gragnola di pugni su Simon con la rabbia dipinta sul volto, accompagnata dai suoni selvaggi che gli uscivano dalle labbra.

Simon si difendeva, ma non contrattaccava.

Daphne, che era rimasta in disparte, all'improvviso capì di dover intervenire, altrimenti il fratello avrebbe ucciso Simon nel giardino di Lady Trowbridge. Cercò di allontanarlo dall'uomo che amava, ma in quel momento i due rotolarono uno sull'altro e urtarono anche lei, facendola finire stesa dentro la siepe.

Lei gemette forte per il dolore che le torturava varie parti del corpo.

Al suo grido Anthony e Simon si fermarono di botto.

«Oh, mio Dio!» Simon, che nella lotta era in quel momento sopra l'avversario, corse in suo aiuto. «Daphne? Stai bene?»

Lei gemeva senza tentare di rialzarsi. I rovi le penetravano nella pelle e qualsiasi movimento poteva peggiorare la situazione.

«Credo sia ferita» disse Simon, la voce indurita dallo sgomento. «Dobbiamo sollevarla senza farla strisciare, altrimenti si incastrerà ancora di più.»

Anthony fece un cenno di assenso mettendo da parte la collera. Adesso la cosa più importante era Daphne.

«Non ti muovere, Daff» l'esortò Simon con voce suadente. «Ti prendo fra le braccia e ti sollevo tirandoti fuori. Hai capito?»

Lei annuì. «Ti graffierai.»

«Ho le maniche lunghe, non ti preoccupare.»

«Lo faccio io» intervenne Anthony.

Simon lo ignorò. E mentre l'altro stava a guardare, si apprestò a sollevarla, ma l'abito era impigliato nei rovi. «L'abito si strapperà» le disse.

«Non importa. È già rovinato.»

«Serve la tua giacca» disse Simon a Anthony, che se la stava già togliendo.

«Pronta?»

Lei annuì e il suo sguardo gli disse che si era calmata.

Dopo essersi assicurato che non avesse altre spine conficcate nella pelle, Simon infilò le braccia nel cespuglio, sotto la sua schiena.

«Al mio tre» mormorò.

Lei annuì di nuovo.

«Uno... due...»

La tirò su e poi in fuori con forza, facendo cadere entrambi.

«Avevi detto al tre» urlò Daphne.

«Ho mentito. Non volevo che ti irrigidissi.»

Lei avrebbe voluto controbattere, ma si accorse di avere il vestito a brandelli e si coprì in fretta con le braccia.

«Prendi questa» suggerì il fratello e lei si avvolse nell'ampia giacca che la copriva quasi tutta. «Stai bene?» domandò lui con tono severo.

Daphne annuì.

Anthony si rivolse a Simon. «Grazie per averla tirata fuori.»

Hastings non disse nulla, limitandosi a un breve cenno.

«Sei sicura di stare bene?» chiese di nuovo il fratello.

«Sento pungere e bruciare e di sicuro dovrò applicare dell'unguento sulla pelle, ma è sopportabile.»

«Bene» sospirò Anthony, poi sferrò un pugno in faccia a Simon, che, preso alla sprovvista, finì a terra.

«Questo è per avere violato mia sorella.»

«Anthony, smettila subito con questa sciocchezza. Non mi ha violata.»

Lui la guardò con occhi di fuoco. «Ho visto il tuo...»

Daphne si sentì stringere lo stomaco e per un momento temette di vomitare. Cielo, Anthony le aveva visto il seno!

«Alzati, così che possa darti quello che ti meriti» intimò Anthony a Simon.

«Sei matto?» gridò Daphne balzando tra i due. Simon era ancora a terra e si copriva l'occhio pesto con la mano. «Anthony, giuro che se lo picchi ancora non te lo perdonerò mai.»

Lui la spinse sgarbatamente da parte. «E il prossimo è per avere tradito la nostra amicizia.»

Lentamente, Simon si alzò in piedi.

«No!» gridò lei mettendosi di nuovo tra i contendenti.

«Non interferire, Daphne» le ordinò Simon con dolcezza. «Questa è una cosa tra noi due.»

«Non è affatto vero! In caso nessuno lo ricordi, sono stata io a...» Non finì la frase. Era inutile. Nessuno dei due la ascoltava.

«Togliti di mezzo, Daphne» intimò Anthony con una voce spaventosamente dura. Non la guardò nemmeno, il suo sguardo era focalizzato oltre la testa di lei, dritto negli occhi di Simon.

«Questo è ridicolo! Non possiamo discutere da adulti?» Daphne fissò Simon poi il fratello, poi ancora Simon. «Santo cielo, il tuo occhio!» Corse da lui, glielo sfiorò, ma era già semichiuso per il gonfiore.

Simon rimase immobile: il tocco di lei era stranamente lenitivo. La desiderava ancora, ma non sessualmente adesso. Era così bello averla vicino, bello, giusto e puro.

E pensare che era sul punto di fare la cosa meno onorevole della sua vita.

Quando la violenza e la furia cessarono, Anthony intimò all'amico di sposare la sorella. Simon voleva dire di no e con una voce che suonava strana persino alle proprie orecchie ordinò: «Allontanati, Daphne».

«No. Io...»

«Muoviti!» gridò.

Lei corse via e appoggiò la schiena contro la siepe in cui era caduta, fissando inorridita i due contendenti.

Simon disse a Anthony: «Colpiscimi».

Anthony lo guardò stupito.

«Colpiscimi e facciamola finita.»

Anthony abbassò il pugno. Senza muovere la testa guardò la sorella. «Non posso mentre lui sta fermo e mi chiede di colpirlo.»

Simon fece un passo avanti e avvicinò il viso a quello dell'altro. «Forza. Fammela pagare.»

«Pagherai all'altare» replicò Anthony.

Daphne trasalì ed emise un piccolo suono che attirò l'attenzione di Simon. Perché era sorpresa? Di sicuro capiva le conseguenze, se non delle loro azioni, almeno della loro stupidità per essere stati scoperti.

«Non voglio obbligarlo» disse Daphne.

«Lo farò io» ringhiò il fratello.

Simon scosse la testa. «Domani sarò nel Continente.»

«Te ne vai?» Il suono strozzato della voce di Daphne fu come una pugnalata di colpevolezza nel cuore di Simon.

«Se rimango, la mia presenza ti segnerà per sempre. È meglio che me ne vada.»

Le tremava il labbro inferiore e lui si sentì morire. Dalla bocca di lei uscì solo il suo nome, pieno di passione, che gli spezzò il cuore.

Gli ci volle un momento prima di poter dire: «Non posso sposarti, Daff».

«Non puoi o non vuoi?» domandò Anthony.

«Tutt'e due.»

Anthony lo colpì di nuovo.

Simon cadde a terra, stordito dalla forza del pugno al mento. Ma lo meritava. Non voleva guardare Daphne, però lei gli si inginocchiò accanto e gli mise una mano dietro le spalle per aiutarlo a rialzarsi.

«Mi dispiace, Daff» le disse sforzandosi di guardarla. Si sentiva strano, perdeva l'equilibrio e ci vedeva solo da un occhio, ma lei era venuta in suo aiuto anche se l'aveva respinta. «Mi dispiace tanto» ripeté.

«Risparmiati le scuse. Ci vediamo all'alba» disse Anthony.

«No!» gridò Daphne.

Simon guardò l'amico e gli fece un cenno d'assenso. Poi si rivolse di nuovo a lei: «Se nella mia vita potesse esserci una donna, Daff, saresti tu. Lo giuro».

«Di che cosa stai parlando? Che cosa vuoi dire?» domandò lei, sbalordita e confusa.

Simon chiuse gli occhi e sospirò. L'indomani alla stessa ora sarebbe morto, perché non avrebbe mai alzato la pistola contro Anthony, e dubitava che la collera dell'amico si sarebbe raffreddata tanto da farlo sparare in aria.

Eppure, in un modo bizzarro e patetico, avrebbe avuto quello che aveva sempre voluto per tutta la vita: la vendetta definitiva contro suo padre.

Era strano, ma nonostante questo non era così che aveva immaginato di finire. Non vedendo gli occhi del suo migliore amico brucianti di odio. Non in un prato deserto all'alba.

Non con disonore.

Le mani di Daphne, che l'avevano accarezzato fino a quel momento, gli scossero le spalle. Simon aprì le palpebre e vide il viso di lei, vicinissimo e furente. «Che cosa ti salta in mente?» gli chiese con lo sguardo lampeggiante di rabbia, angoscia e disperazione. «Lui ti ucciderà! Ti incontrerà in un prato dimenticato da Dio e ti sparerà. E tu ti stai comportando come se lo volessi.»

«Io n-non v-v-voglio m-m-morire.» Era troppo esausto nel corpo e nella mente per preoccuparsi della balbuzie. «M-ma non posso sposarti.»

Daphne lasciò cadere le mani e si scostò da Simon. La sua espressione addolorata e umiliata era difficile da sopportare. Quando parlò fu come se le parole le uscissero dall'anima. «Ho sempre saputo di non essere la donna che gli uomini sognano, ma non avevo mai immaginato che qualcuno preferisse la morte a me.»

«No! Daphne, non è così!» gridò Simon e, con fatica, si tirò in piedi.

«Hai detto abbastanza» intervenne Anthony mettendosi tra loro. Circondò le spalle della sorella con un braccio e la trascinò lontano dall'uomo che le aveva spezzato il cuore, e probabilmente rovinato la reputazione per sempre.

«Aspetta.» Simon doveva parlare con Daphne e doveva essere sicuro che lei capisse.

Ma Anthony scosse la testa.

«Aspetta.» Simon mise la mano sul braccio di colui che era stato il suo migliore amico. «Non posso riparare a ciò che ho fatto...» sospirò, come se cercasse di riordinare i propri pensieri. «Ho fatto un giuramento, Anthony. Non posso sposarla. Non posso, ma posso dirle...»

«Dirle che cosa?» domandò Anthony senza alcuna emozione nella voce.

Simon si passò la mano nei capelli. Non poteva dirlo a Daphne. Non avrebbe capito. O, peggio ancora, avrebbe capito e avrebbe avuto solo pietà di lui. Anthony lo guardava spazientito. «Forse riesco a migliorare un po' la situazione.»

Anthony non si mosse.

«Ti prego.»

Anthony rimase fermo per qualche secondo ancora, poi si fece da parte.

«Grazie.» Simon rivolse all'amico una breve occhiata prima di guardare Daphne. Pensava che si sarebbe rifiutata di guardarlo, invece lo fissava, a testa alta, in atteggiamento di sfida. Non l'aveva mai ammirata tanto.

«Daff,» cominciò, sperando che le parole gli uscissero dalla bocca tutte intere «non è che non voglio te. Se nella mia vita potesse esserci una donna, quella saresti tu. Ma il matrimonio con me ti distruggerebbe. Non potrei mai darti quello che vuoi. Moriresti un po' per giorno, e assistere alla tua pena ucciderebbe anche me.»

«Tu non potresti mai farmi del male.»

Simon scosse la testa. «Devi fidarti.»

Lo sguardo di lei era caldo e dolce quando gli disse: «Io mi fido, ma mi domando se tu ti fidi di me».

Le sue parole furono come un pugno nello stomaco e Simon si sentì impotente e sconfitto quando rispose: «Ti prego, credimi se ti dico che non volevo farti del male».

Daphne rimase immobile così a lungo che lui si domandò se avesse cessato di respirare. Poi, senza nemmeno guardare il fratello disse: «Adesso vorrei tornare a casa».

Anthony le mise un braccio intorno alla vita e la obbligò a girarsi, come se lei fosse al sicuro semplicemente voltando le spalle a Simon.

«Andiamo a casa, ti metto a letto e ti do del brandy.»

«Non voglio il brandy. Voglio pensare» rispose lei, decisa.

Simon credette di scorgere un'espressione sbalordita sul volto dell'amico, tuttavia lo sentì rispondere: «Come vuoi».

Lui rimase fermo, dolorante e insanguinato, finché gli altri non si furono allontanati, inghiottiti dalla notte.

11

Il ballo annuale di Lady Trowbridge a Hampstead Heath di sabato sera è stato, come sempre, il *clou* dei pettegolezzi della Stagione. L'Autore di questo articolo ha visto Colin Bridgerton ballare con tutte e tre le sorelle Featherington (non tutte in una volta, naturalmente), anche se bisogna dire che il bellissimo Bridgerton non sembrava molto compiaciuto del proprio destino. Inoltre Nigel Berbrooke è stato visto corteggiare una donna che non era Miss Daphne Bridgerton. Forse Mr Berbrooke si è reso conto, finalmente, di quanto fosse inutile farle la corte.

E a proposito di Miss Daphne Bridgerton, sabato ha lasciato la festa presto. Benedict Bridgerton ha informato i curiosi che la sorella aveva mal di testa, ma l'Autore di questo articolo l'aveva vista parlare poco prima con il duca di Middlethorpe e sembrava in perfetta salute.

da «Le cronache mondane di Lady Whistledown»
17 maggio 1813

Naturalmente dormire era impossibile.

Daphne camminava avanti e indietro nella camera da letto: i suoi piedi lasciavano le tracce di quel passaggio sul tappeto bianco e azzurro che ricopriva il pavimento da quando era bambina. La sua mente schizzava in diverse direzioni, ma una cosa le era chiara: doveva impedire quel duello. Però le difficoltà erano molte. Per prima cosa gli uomini

tendevano a essere testardamente idioti quando si trattava di onore e duelli, e lei dubitava che Anthony e Simon
avrebbero apprezzato una sua interferenza. Seconda cosa,
non sapeva nemmeno dove il duello dovesse svolgersi. I
contendenti non ne avevano parlato nel giardino di Lady
Trowbridge e Daphne pensò che Anthony avrebbe comu-
nicato luogo e ora a Simon tramite un messaggio. O forse
era Simon, lo sfidato, a dover scegliere il posto. Era sicura che ci fosse un codice per i duelli, ma non aveva idea di
quali regole prevedesse.

Daphne si fermò vicino alla finestra e scostò la tenda per
guardare fuori. Era ancora presto per le abitudini della città. Lei e Anthony avevano lasciato la festa anzitempo e ritenne di buon auspicio che la madre e gli altri fratelli non
fossero ancora rincasati. Era segno che nessuno aveva assistito alla scena e che non erano sorti pettegolezzi. Forse la
nottata le avrebbe lasciato solo il vestito a brandelli, e non
la reputazione.

Ma preoccuparsi del proprio buon nome era l'ultimo dei
suoi pensieri. Aveva bisogno della sua famiglia a casa per
un altro motivo. Da sola non sarebbe stata in grado di fermare il duello. Solo un'idiota avrebbe attraversato Londra
nelle prime ore del mattino per tentare di far ragionare due
individui furibondi. Aveva bisogno di aiuto.

Temeva che Benedict avrebbe preso le parti di Anthony,
infatti era sicura che gli avrebbe fatto da secondo.

Ma forse Colin poteva stare dalla sua parte. Certo, avrebbe protestato e avrebbe detto che Simon meritava che gli
sparassero, ma se lei l'avesse supplicato l'avrebbe sicuramente aiutata.

Il duello doveva essere fermato. Lei non sapeva che cosa
passasse per la mente a Simon, ma lui era evidentemente
angosciato da qualcosa che aveva a che fare con suo padre. Daphne aveva capito da un pezzo che un demone interiore lo torturava. Lui lo nascondeva bene, specialmente
quando era con lei, ma spesso gli aveva scorto negli occhi
un'espressione disperata. Doveva esserci un motivo per i

suoi frequenti silenzi. A volte le sembrava di essere l'unica persona con la quale lui si potesse rilassare tanto da ridere, scherzare e parlare di sciocchezze.

E forse Anthony. Anthony prima che succedesse "il fatto".

Tuttavia, malgrado tutto, malgrado il suo comportamento nel giardino di Lady Trowbridge, lei non credeva che Simon volesse morire.

Daphne udì il rumore di una carrozza sull'acciottolato e corse alla finestra aperta in tempo per vedere la vettura di famiglia superare la casa e dirigersi verso le scuderie.

Torcendosi le mani, attraversò la stanza e mise l'orecchio contro il battente. Non poteva andare nell'ingresso. Anthony la credeva addormentata o almeno rannicchiata sotto le coperte, intenta a riflettere su quello che aveva fatto.

Le aveva detto di non avere intenzione di riferire alcunché alla madre, almeno fino a quando non fosse stato in grado di capire se Violet avesse già saputo qualcosa.

Daphne era consapevole che alla fine avrebbe dovuto affrontare la madre. Presto o tardi Violet sarebbe venuta a conoscenza di qualcosa, e comunque qualcuno si sarebbe sentito in dovere di informarla. Daphne sperava soltanto che quando la madre fosse stata raggiunta da quelle chiacchiere – la maggior parte delle quali incresciosamente vere – lei sarebbe già stata ufficialmente fidanzata con il duca.

La gente era pronta a perdonare tutto a chi era legato a un duca.

E questo era il punto cruciale della strategia di Daphne per salvare la vita di Simon. Se lui non voleva salvare se stesso, avrebbe potuto salvare lei.

Colin Bridgerton attraversò l'atrio camminando senza fare rumore sul tappeto. Sua madre era andata a letto e Benedict era chiuso nello studio con Anthony. Ma di loro non gli importava, era Daphne che voleva vedere.

Incoraggiato dalla striscia di luce che filtrava sotto la porta, bussò piano. Quando alzò di nuovo la mano temendo che lei non l'avesse udito, la porta si aprì.

«Ti devo parlare» bisbigliò lei d'un fiato.

«Anch'io ti devo parlare.»

La sorella lo fece entrare e dopo aver dato un'occhiata nel corridoio chiuse la porta. «Sono in un grosso guaio» disse solamente.

«Lo so.»

Daphne impallidì. «Lo sai?»

Colin annuì, i suoi occhi verdi erano profondamente seri. «Ricordi il mio amico Macclesfield?»

Lei fece cenno di sì.

«Ebbene, stasera lui ti ha vista sparire in giardino con Hastings.»

Daphne si sentì chiudere la gola, ma riuscì a dire: «Davvero?».

Colin proseguì: «Non dirà niente, ne sono sicuro. Siamo amici da quasi dieci anni. Ma se ti ha vista lui, possono averti vista anche altri. Lady Danbury ci guardava in modo strano mentre lui me lo riferiva».

«E Lady Danbury ha visto?»

«Non lo so, ma mi scrutava come se conoscesse tutte le mie colpe.»

Daphne scosse appena la testa. «È il suo modo di fare. Ma se ha visto qualcosa, non dirà una sola parola.»

«Lady Danbury?» chiese Colin, dubbioso.

«È una donna molto dura, e sa essere lapidaria, ma non è tipo da rovinare qualcuno per divertimento. Se ha visto davvero qualcosa, me lo dirà in faccia.»

Colin non sembrava convinto.

Daphne tossicchiò diverse volte mentre pensava a come formulare la prossima domanda. «Esattamente, che cosa ti ha riferito di avere visto?»

Colin la guardò con sospetto. «Che cosa intendi?»

«Esattamente quello che ho detto» replicò lei con i nervi tesi per la lunga, estenuante serata. «Che cosa ha visto?»

«Esattamente quello che ho detto. Ti ha notato mentre sparivi nel giardino con Hastings.»

«Tutto qui?»

«Tutto qui?» ripeté lui, esterrefatto. «Perché, che cosa diavolo è successo là fuori?»

Daphne cadde a sedere sull'ottomana e si coprì la faccia con le mani. «Oh, Colin, sono in un tale guaio!»

Il fratello non disse niente, così lei alla fine si asciugò gli occhi lucidi e sollevò il capo. Lui aspettava immobile, con le braccia conserte e i piedi ben piantati a terra: i suoi occhi verdi, di solito sempre allegri e divertiti, sembravano duri come pietre, due smeraldi. «Ora che hai finito di autocommiserarti, dimmi cosa avete fatto stasera tu e Hastings nel giardino di Lady Trowbridge.»

«Non usare quel tono con me,» scattò immediatamente Daphne «e non mi accusare di autocommiserarmi. Per l'amor del cielo, domani un uomo morirà e io ho tutto il diritto di essere triste!»

Colin si sedette su una sedia di fronte a lei, il viso addolcito da un'espressione di estrema sollecitudine. «È meglio che tu mi dica tutto.»

Daphne annuì e cominciò a raccontargli gli avvenimenti della serata, tacendo la gravità del proprio comportamento. Non era necessario che Colin conoscesse nei dettagli quello che aveva visto Anthony; era sufficiente dire di essere stata colta in una situazione compromettente. Terminò con le parole: «E adesso ci sarà un duello e Simon morirà».

«Non puoi esserne sicura.»

Lei scosse la testa. «Simon non sparerà mai a Anthony. Ci scommetto la testa. E Anthony…» Le si spezzò la voce e dovette deglutire prima di continuare: «Anthony è così furente… Non credo che desisterà».

«Che cosa vuoi fare?»

«Non lo so. Non so nemmeno dove si terrà il duello. So solo che devo fermarlo!»

Colin imprecò tra i denti, poi disse con dolcezza: «Dubito che ci riuscirai, Daphne».

«Devo farlo! Colin, non posso starmene qui seduta a fissare il soffitto mentre Simon muore.» Le si spezzò la voce in gola, quindi aggiunse: «Io lo amo».

Il fratello impallidì. «Anche dopo che ti ha respinta!» Lei annuì. «Non importa, non posso farci niente. Io lo amo ancora. E lui ha bisogno di me.»

«Se fosse vero, non credi che avrebbe accettato di sposarti quando Anthony gli ha imposto di farlo?»

«No. C'è qualcos'altro che ignoro. Non riesco a spiegarlo, ma era come se una parte di lui volesse sposarmi. Non so, Colin, se avessi visto la sua espressione capiresti. Lui cercava di proteggermi da qualcosa. Ne sono sicura.»

«Io non conosco bene Hastings come Anthony o come te, ma non ho mai sentito nemmeno il minimo pettegolezzo a proposito di un suo segreto. Sei sicura...» S'interruppe e nascose il viso tra le mani per un momento. Poi la guardò di nuovo e disse con dolcezza: «Sei sicura di non illuderti sui suoi sentimenti per te?».

Daphne era consapevole che la sua storia sembrava una fantasia, ma era sicura nel profondo del cuore di avere ragione. «Non voglio che muoia. In fin dei conti, solo questo è importante» disse a bassa voce.

Colin le fece un'ultima domanda. «Non vuoi che muoia o non vuoi che muoia per colpa tua?»

Daphne si alzò. Le tremavano le gambe. «Credo sia meglio che tu te ne vada» disse usando la poca energia rimasta per tenere la voce ferma. «Non mi capacito che tu mi chieda una cosa simile.»

Colin non se ne andò, ma le prese la mano e la strinse. «Ti aiuterò, Daff. Lo sai che farei qualsiasi cosa per te.»

Daphne si abbandonò tra le braccia del fratello e pianse tutte le lacrime che aveva trattenuto così valorosamente fino a quel momento.

Mezz'ora dopo aveva gli occhi asciutti e la mente lucida. Capì che piangere le aveva fatto bene: aveva sfogato quel carico di emozioni, dolore e rabbia che le annebbiavano la mente. Ma non aveva più tempo per le emozioni. Aveva bisogno di concentrarsi sul suo obiettivo.

Colin era andato nello studio a interrogare i fratelli. Era

convinto come lei che Anthony avesse chiesto a Benedict di fargli da secondo. Ed era compito suo indagare sul luogo del duello. Lui riusciva sempre a farsi dire dalla gente quello che voleva sapere.

Daphne aveva indossato il suo più comodo abito da equitazione quando sentì bussare alla porta e, prima che potesse mettere la mano sul pomolo, entrò Colin. Anche lui si era cambiato.

«Hai saputo qualcosa?» gli chiese con impazienza.

Lui fece un rapido cenno. «Non c'è tempo da perdere. Immagino che tu voglia arrivare prima degli altri.»

«Se Simon è già lì, forse potrei convincerlo a sposarmi prima che qualcuno estragga una pistola.»

Colin sospirò e disse: «Daff, hai considerato la possibilità di fallire?».

Lei deglutì. Le sembrava di avere una palla di cannone in gola. «Cerco di non pensarci.»

«Ma...»

La sorella lo interruppe. «Se ci penso perdo la concentrazione e mi cedono i nervi. Non posso farlo. Per il bene di Simon.»

«Spero che lui capisca quello che vali. Perché, altrimenti, potrei sparargli io stesso.»

Daphne disse: «È meglio andare».

Colin annuì e uscirono.

Simon guidò il cavallo lungo Broad Walk fino al più remoto e isolato angolo del nuovo Regent's Park. Anthony aveva suggerito, e lui aveva acconsentito, di liquidare la faccenda lontano da Mayfair. Era l'alba e non era probabile che ci fosse in giro qualcuno, ma non c'era motivo di duellare ad Hyde Park.

A Simon non importava molto che il duello fosse illegale. Dopotutto lui non sarebbe più stato in circolazione a subirne le conseguenze.

Comunque era un modo stupido di morire. Ma non vedeva alternative. Aveva disonorato una giovane donna di nobili natali che non poteva sposare e adesso doveva pagarne il prezzo. Niente che non avesse saputo prima di baciarla.

Mentre si avvicinava al prato stabilito, vide che Anthony e Benedict erano già scesi da cavallo e lo aspettavano, i capelli castani arruffati dal vento e le facce tetre. Tetre come il suo cuore.

Simon fermò il cavallo a pochi metri dai fratelli Bridgerton e scese.

«Dov'è il tuo secondo?» gli gridò Benedict.

«Non preoccupatevi» rispose Simon.

«Ma devi avere un secondo! Un duello non è tale senza secondo.»

Simon alzò le spalle. «Non mi sembra importante. Voi avete portato le pistole. Io mi fido.»

Anthony gli si avvicinò. «Così non voglio farlo» disse.

«Non hai alternativa.»

«Ma tu sì» replicò Anthony spazientito. «Puoi sposarla. Forse non l'ami, ma so che ti piace. Perché non vuoi sposarla?»

Simon pensò di rivelare tutto, le ragioni per cui aveva giurato di non prendere mai moglie e di non perpetuare la discendenza. Ma loro non avrebbero capito. Nessuno dei Bridgerton, convinti com'erano che la famiglia era una cosa buona, gentile e sacra. Loro non conoscevano parole crudeli e sogni infranti. Non conoscevano la sensazione che si prova a essere respinti.

Allora Simon ipotizzò di dire qualcosa di crudele, qualcosa che avrebbe indotto i due Bridgerton a disprezzarlo e a risolvere in fretta la faccenda del duello. Ma avrebbe dovuto insultare Daphne, e questo non poteva farlo.

Così guardò in faccia Anthony, l'uomo che era stato il suo più caro amico fin dai lontani giorni di Eton, e disse: «Sappi solo che non è per Daphne. Tua sorella è la donna migliore che ho avuto il privilegio di conoscere».

Poi, con un cenno del capo a entrambi, prese una pistola dalla scatola che Benedict aveva posato a terra e cominciò il lungo cammino verso il lato opposto del prato.

«Aspetta!» gridò una voce disperata.

Simon si voltò di scatto. Dio, era Daphne!

Piegata sulla puledra, la ragazza stava attraversando il campo al galoppo, e per un momento Simon dimenticò di infuriarsi per la sua interferenza e la guardò incantato. In sella era magnifica. Ma quando tirò le redini davanti a lui, la rabbia ritornò con tutta la sua forza. Le si rivolse furibondo, chiedendole: «Cosa diavolo credi di fare?».

«Credo di salvare la tua triste vita!» replicò lei con gli occhi fiammeggianti. Simon non l'aveva mai vista tanto in collera. Quasi come lui. «Sei una stupida, Daphne. Ti rendi conto di quanto possa essere pericoloso un colpo di testa come questo?» Senza accorgersi di ciò che stava facendo, le afferrò le spalle e la scosse. «Uno di noi poteva ucciderti.»

«Oh, smettila. Non avevi nemmeno raggiunto la tua posizione.»

Aveva ragione lei, ma Simon era troppo infuriato per ammetterlo. «Hai cavalcato fin qui nel cuore della notte da sola. Non dovresti essere così imprudente!»

«Infatti non lo sono. Mi ha accompagnata Colin.»

«Colin?» Simon voltò la testa di scatto. «Lo ammazzo!»

«Prima o dopo che Anthony ti avrà sparato al cuore?»

«Oh, decisamente prima. Ma dov'è adesso? Bridgerton!» urlò.

Tre teste castane si voltarono verso di lui.

Simon attraversò il prato a lunghi passi con sguardo omicida. «Voglio il più idiota dei Bridgerton!»

«Temo che si riferisca a te» disse Anthony rivolto a Colin.

Colin fissò Simon con lo stesso sguardo. «Avrei dovuto lasciarla a casa a consumarsi gli occhi di lacrime?»

«Sì!» L'affermazione uscì da tre bocche diverse.

«Simon!» gridò Daphne correndo nell'erba. «Torna qui!»

Simon disse a Benedict: «Portala via».

Benedict appariva indeciso.

«Fallo» ordinò Anthony.

Benedict non si mosse, i suoi occhi passavano dai fratelli alla sorella, all'uomo che l'aveva disonorata.

«Per l'amor del cielo!» esclamò Anthony.

«Lei merita di dire la sua» sentenziò Benedict incrociando le braccia.

«Che cosa diavolo vi prende?» chiese Anthony guardando storto Colin e Benedict.

«Simon,» intervenne Daphne, ansante per la corsa attraverso il prato «devi ascoltarmi.»

Lui cercò di ignorare il fatto che gli tirava la manica. «Daphne, lascia perdere. Non c'è niente che tu possa fare.»

Lei rivolse ai fratelli uno sguardo implorante. Colin e Benedict erano evidentemente solidali, ma non potevano aiutarla. Anthony sembrava un dio vendicatore.

Alla fine lei fece l'unica cosa che le venne in mente per provare almeno a rimandare il duello. Diede un pugno a Simon sull'occhio sano con tutta la forza della sua disperazione.

Simon gemette e barcollò all'indietro. «E questo che cosa c'entra?»

«Cadi a terra, stupido» sibilò lei. Finché era steso al suolo Anthony non gli avrebbe sparato di sicuro.

«Non me lo sogno nemmeno!» Lui si mise una mano sull'occhio e borbottò: «Essere atterrato da una donna! Intollerabile».

«Gli uomini. Tutti idioti.» Daphne guardò i fratelli, che la fissavano esterrefatti con la bocca aperta. «Che cosa avete da guardare?» sbottò.

Colin cominciò a battere le mani. Anthony gli diede una botta sulla schiena.

«Posso avere un piccolo, unico, breve momento con Sua Grazia?» domandò Daphne, pronunciando la metà delle parole in un bisbiglio.

Colin e Benedict annuirono e si allontanarono, ma Anthony non si mosse.

Daphne disse: «Adesso picchio anche te».

L'avrebbe fatto se Benedict non fosse tornato indietro e non gli avesse quasi slogato il braccio per tirarlo via.

Lei guardò Simon che si premeva le dita sul sopracciglio come se questo potesse attutire il dolore all'occhio.

«Non riesco a credere che tu mi abbia dato un pugno.»

Lei si assicurò che i fratelli non la udissero e rispose: «In quel momento mi è parsa una buona idea».

«Non so che cosa speravi di ottenere venendo qui.»

«Mi pareva più che ovvio.»

Simon sospirò, e in quell'attimo sembrò triste e sfinito, come se fosse vecchissimo.

«Ti ho già detto che non posso sposarti.»

«*Devi farlo.*»

Le parole le uscirono dalle labbra con una forza tale che lui la guardò allarmato. «Che cosa intendi?» le chiese cercando di mantenere calma la voce.

«Voglio dire che ci hanno visti.»

«Chi?»

«Macclesfield.»

Simon si rilassò. «Non parlerà.»

«Ma c'erano anche altri!» Daphne si morse un labbro. Non era del tutto una bugia. Probabilmente erano stati notati anche da altri.

«Chi?»

«Non lo so. Ma ho sentito delle voci. Domani lo saprà tutta Londra.»

L'imprecazione di Simon fu così forte che lei indietreggiò.

«Se non mi sposi, sarò rovinata» disse Daphne a bassa voce.

«Non è vero» fu la risposta, ma non era convincente.

«È vero e lo sai.» Lei si sforzò di guardarlo negli occhi. Il suo futuro e la vita di lui dipendevano da quel momento. Non poteva permettersi di fallire. «Nessuno mi vorrà più. Mi spediranno in qualche posto in mezzo al nulla...»

«Sai bene che tua madre non ti manderebbe mai via.»

«Ma non mi sposerò mai. E lo sai.» Daphne fece un passo avanti, obbligandolo ad affrontare la sua vicinanza. «Avrò il marchio della merce usata. Non avrò mai un marito, non crescerò mai dei figli...»

«Basta! Per l'amor del cielo, smettila!» esclamò Simon.

Anthony, Benedict e Colin trasalirono al suo grido, ma Daphne fece "no" con la testa e li tenne fermi dov'erano.

«Perché non puoi sposarmi? Lo so che t'importa di me. Allora, perché?»

Simon si prese il capo tra le mani e si premette le tempie con le dita. Gli doleva la testa e Daphne continuava ad avvicinarsi sempre più. Allungò una mano e gli toccò una spalla, poi una guancia. Lui capì di non essere abbastanza forte. Dio, non sarebbe stato forte abbastanza.

«Simon, salvami» lo implorò lei.

E lui si sentì perduto.

12

Un duello, un duello, un duello. Esiste qualcosa di più eccitante, di più romantico... o di più completamente stupido? È giunto all'orecchio dell'Autore che a Regent's Park, all'inizio della settimana, si è tenuto un duello. Poiché il duello è illegale, l'Autore di questo articolo non rivelerà i nomi dei contendenti, ma vuole si sappia che il summenzionato Autore aggrotta severamente la fronte per tale atto di violenza.

Naturalmente, mentre questo scritto va alle stampe, sembra che i due idioti duellanti (non mi sento di chiamarli gentiluomini, perché tale sostantivo implica un certo grado di intelligenza, qualità che, se mai l'avessero posseduta, li ha sicuramente abbandonati quella mattina) siano entrambi incolumi.

Ci si domanda se forse l'angelo del buon senso e della razionalità abbia sorriso loro a Regent's Park.

Se è così, l'Autore crede che tale angelo dovrebbe estendere la sua influenza a molti altri uomini dell'alta società. In tal modo il mondo sarebbe migliore.

da «Le cronache mondane di Lady Whistledown»
19 maggio 1813

Simon alzò gli occhi tumefatti per incontrare quelli di lei. «Ti sposerò,» disse a bassa voce «ma devi sapere che...»

La frase rimase incompleta per il grido esultante e l'abbraccio di Daphne. «Oh, Simon, non te ne pentirai» disse in fretta, gli occhi lucidi di lacrime, ma raggianti di gioia. «Ti renderò felice, lo prometto. Ti farò così felice che non rimpiangerai di avermi sposata.»

«Basta!» esclamò Simon spingendola via. La sua gioia sincera era troppo da sopportare. «Devi ascoltarmi.»

Lei tacque: l'ansia le si leggeva sul viso.

«Ascolta ciò che devo dirti, poi deciderai se mi vorrai sposare o no.»

Daphne si morse il labbro inferiore e annuì.

Simon sospirò. In che modo poteva esprimersi? Cosa le avrebbe detto? Non poteva raccontarle la verità. Non tutta, almeno. Ma doveva farle capire che se l'avesse sposato... avrebbe rinunciato a più di quanto poteva immaginare.

Doveva darle la possibilità di rifiutarlo, questo lo meritava. Simon deglutì, come se potesse ricacciare la colpa in fondo alla gola. Daphne meritava molto più di questo, ma era tutto quello che lui aveva da offrirle.

«Daphne,» le disse, e già quel nome era un balsamo per le sue labbra inaridite «se mi sposi...»

Lei gli si avvicinò e gli tese la mano, ma la ritrasse di fronte al suo sguardo smarrito. «Che cosa c'è? Di sicuro niente può essere tanto orribile da...»

«Non posso avere figli.»

Daphne socchiuse le labbra, ma oltre a ciò non diede alcun segno di averlo udito.

Simon sapeva che le sue parole sarebbero state brutali, tuttavia non aveva altro modo per essere sicuro che lei capisse. «Se mi sposi, non avrai mai dei bambini. Non potrai mai tenere un neonato tra le braccia sapendo che è tuo, che è frutto del tuo amore. Non potrai mai...»

«Come fai a saperlo?» lo interruppe lei con voce fredda ed esageratamente alta.

«Lo so e basta.»

«Ma...»

«Non posso avere figli. Devi rassegnarti.»

«Capisco.» Le tremavano un po' le labbra, come se non fosse sicura di avere qualcosa da dire, e le palpebre sembravano battere più del normale.

Simon la fissava, ma non riusciva a decifrare le sue emozioni. Di solito l'espressione di Daphne era aperta, gli occhi sinceri, e a lui sembrava di poterle leggere nell'anima. In quel momento, invece, appariva chiusa e gelida. Era angosciata, era comprensibile. Ma Simon non aveva idea di che cosa avrebbe detto, come avrebbe reagito. Aveva la sensazione che non lo sapesse nemmeno lei. Sentì una presenza alla sua destra. Si voltò e vide Anthony, con un'aria preoccupata e rabbiosa insieme. «Tutto a posto?» chiese dolcemente, con gli occhi fissi sul viso provato della sorella.

Prima che Simon potesse rispondere, Daphne disse: «Sì».

La guardarono entrambi.

«Il duello non ci sarà. Sua Grazia e io ci sposiamo.»

«Capisco.» Anthony dapprima sembrò sollevato, ma l'espressione severa di lei stendeva un velo gelato sulla scena. «Avverto gli altri» disse allontanandosi.

Simon sentì che qualcosa gli riempiva i polmoni. Aveva trattenuto il respiro senza accorgersene.

Dentro di sé sentiva qualcos'altro, caldo e terribile, trionfante e meraviglioso. Era emozione, pura e semplice, un bizzarro miscuglio di sollievo e gioia, di desiderio e paura. E lui, che aveva passato la maggior parte della vita cercando di evitare quelle sensazioni complicate, non sapeva che cosa fare.

I suoi occhi incontrarono quelli di Daphne. «Ne sei sicura?» bisbigliò.

Lei annuì, il viso stranamente privo di qualsiasi emozione. «Ne vale la pena» disse dirigendosi verso il suo cavallo.

Simon venne lasciato a domandarsi se avesse appena trovato la chiave del paradiso o se invece avesse compiuto il primo passo che l'avrebbe condotto nell'angolo più buio dell'inferno.

Daphne passò il resto della giornata in famiglia. Naturalmente tutti erano elettrizzati dalla notizia del fidanzamento, eccetto i fratelli maggiori, che, pur essendo felici per lei, sembravano cani bastonati. Daphne non li biasimava. Anche lei si sentiva nello stesso modo. Gli eventi della mattina avevano provato tutti.

Venne deciso di celebrare il matrimonio il più presto possibile. Violet era stata informata che avevano visto Daphne e Simon baciarsi nel giardino di Lady Trowbridge e questo era bastato per farle chiedere subito la licenza speciale dell'arcivescovo. Dopodiché si era immersa in una girandola di preparativi per la cerimonia. Anche se il matrimonio era per pochi intimi, non c'era motivo che dovesse essere pure misero.

Eloise, Francesca e Hyacinth erano eccitatissime all'idea di vestirsi da damigelle d'onore e tempestavano la sorella di domande: com'era stata la proposta di matrimonio? Simon si era messo in ginocchio? Di che colore sarebbe stato il suo vestito? Quando lui le avrebbe dato l'anello?

Daphne fece del suo meglio per rispondere, ma non riusciva a concentrarsi sui discorsi delle sorelle e, al tramonto, le sue repliche erano a monosillabi. Finalmente, dopo che ebbe risposto "tre" alla domanda riguardante il colore delle rose per il bouquet, Hyacinth rinunciò e la lasciò sola.

L'enormità di quanto era successo l'aveva resa quasi muta. Aveva salvato la vita a un uomo. Aveva estorto una promessa di matrimonio alla persona che adorava. Si era impegnata a condurre un'esistenza senza bambini.

Tutto in un giorno solo.

Scoppiò in un riso quasi disperato. C'era da chiedersi cos'altro avrebbe potuto ancora fare.

Le sarebbe piaciuto sapere cosa le era passato per la testa l'attimo prima di voltarsi verso Anthony per dire: «Il duello non ci sarà», ma in tutta onestà non era sicura che fosse qualcosa di cui si sarebbe potuta ricordare. Di qualunque cosa si trattasse, non era fatta di parole, frasi o pensieri lucidi. Aveva sentito di doverlo fare, come se quel destino le appartenesse. Sentimento e istinto puri. Era tutto ciò che c'era stato, nessun pensiero o logica, niente di lontanamente lucido o razionale.

Ma in un certo senso, malgrado le emozioni che vorticavano dentro di lei, Daphne sapeva di fare la cosa giusta. Forse sarebbe stata capace di vivere senza figli, ma non sarebbe riuscita a vivere senza Simon. Quei bambini erano astratti, esseri sconosciuti che non poteva immaginare né toccare. Mentre Simon era reale e presente. Conosceva la sensazione di toccargli la guancia, di ridere con lui. Conosceva il gusto dolce dei suoi baci e il suo sorriso a volte così incerto.

Lo amava.

Anche se non osava quasi pensarlo, forse lui si era sbagliato. Forse sarebbe riuscito ad avere dei figli. Forse era stato ingannato da un medico incompetente o forse Dio aspettava il momento giusto per fare un miracolo. Era poco probabile che diventasse la madre di una prole vasta come quella dei Bridgerton, ma se avesse potuto avere anche un solo bambino sapeva che si sarebbe sentita completa.

A ogni modo, non aveva nessuna intenzione di parlare con Simon di queste sue riflessioni. Se si fosse reso conto che lei si aggrappava anche solo alla più piccola delle speranze, non l'avrebbe sposata. Ne era sicura. Era arrivato al punto di essere brutale nella sua onestà. Non le avrebbe permesso di fare quella scelta se avesse dubitato della sua consapevolezza.

«Daphne?»

Seduta sul divano del salotto, lei alzò gli occhi e vide sua madre che la osservava preoccupata.

«Ti senti bene?»

Con uno sforzo, la ragazza sorrise. «Sono solo stanca» rispose. E lo era. Le venne in mente soltanto in quel momento che non dormiva da trentasei ore.

Violet le si sedette accanto. «Credevo che saresti stata più eccitata. So quanto ami Simon.»

Sorpresa, Daphne guardò la madre.

«Non ci vuole molto a capirlo» disse Violet con dolcezza battendo la mano su quella della figlia. «È una persona eccezionale. Hai fatto la scelta giusta.»

Daphne si concesse un sorriso incerto. Aveva scelto bene.

E avrebbe fatto in modo che il matrimonio funzionasse. Se non avessero avuto figli... Be', lei poteva anche essere sterile. Conosceva diverse coppie senza bambini e dubitava che avessero saputo di essere sterili prima del matrimonio. Con tanti fratelli e sorelle era sicura che avrebbe avuto tanti nipoti da coccolare e da viziare. Era meglio vivere con l'uomo amato che avere figli da uno che non si amava. «Perché non vai a riposare? Hai l'aria terribilmente stanca. Non mi piace vederti con quelle occhiaie.»

Daphne annuì e balzò in piedi. Sua madre aveva ragione. Aveva bisogno di dormire. «Sono sicura che tra un paio d'ore mi sentirò meglio» disse con uno sbadiglio.

Violet si alzò a sua volta e offrì il braccio alla figlia. «Non credo che tu riesca a salire le scale da sola. E dubito che potremo rivederci tra un paio d'ore. Darò istruzioni perché nessuno ti disturbi prima di domattina.»

Violet fece stendere Daphne sul letto e le tolse le scarpe. «Puoi anche dormire vestita. Non credo che riuscirei a spogliarti» disse baciandole la fronte.

Daphne non rispose perché si era già addormentata.

Anche Simon era esausto. Non accadeva tutti i giorni a un uomo di rassegnarsi alla morte, poi di essere salvato e, subito dopo, di ritrovarsi fidanzato con la donna che aveva occupato i suoi sogni nelle ultime due settimane.

Se non avesse avuto gli occhi lividi e semichiusi e una vistosa ecchimosi al mento, avrebbe pensato di avere sognato tutto.

Daphne si rendeva conto di ciò che aveva fatto? Aveva capito che cosa si era negata? Eppure era una ragazza equilibrata, non si perdeva in sogni impossibili o in voli pindarici. Non poteva aver accettato di sposarlo senza valutare con scrupolo le conseguenze.

Eppure, aveva preso la decisione in meno di un minuto. Come era riuscita a ponderare qualcosa di così importante in meno di un minuto?

A meno che non pensasse di essere innamorata. Possibile che avesse rinunciato al sogno di avere una famiglia per amor suo? O forse l'aveva fatto spinta da un senso di colpa. Se lui fosse morto nel duello, di sicuro lei si sarebbe ritenuta colpevole. Diavolo, Daphne gli piaceva; era una delle donne più belle che avesse conosciuto. Se le parti si fossero invertite, senza dubbio lui non sarebbe riuscito a vivere con la morte di Daphne sulla coscienza. Evidentemente per lei era lo stesso.

Ma quali che fossero i suoi motivi, la verità era che il prossimo sabato lui si sarebbe legato a Daphne per la vita.

E viceversa.

Capì che non c'era modo di evitarlo. A quel punto, Daphne non si sarebbe mai tirata indietro, e lui nemmeno. Con sua enorme sorpresa, questa certezza quasi fatale lo faceva sentire... bene!

Daphne sarebbe stata sua. Pur sapendo che cosa lui non poteva darle, l'aveva scelto.

L'idea gli riscaldava il cuore.

«Vostra Grazia?»

Simon alzò gli occhi. Era mollemente adagiato sulla poltrona del suo studio. «Sì, Jeffries?»

«Lord Bridgerton è qui. Devo dirgli che non siete in casa?»

Simon si alzò in piedi. «Non ti crederebbe.»

Jeffries annuì. «Bene, Vostra Grazia.» Dopo tre passi si voltò: «Siete certo di voler ricevere un ospite? Sembrate piuttosto... indisposto».

Simon rise senza allegria. «Se ti riferisci ai miei occhi, Lord Bridgerton è il responsabile di quello più nero.»

Il maggiordomo sbatté le palpebre come un barbagianni, poi disse: «Il più nero, Vostra Grazia?».

Simon riuscì a fare un mezzo sorriso. Non era facile, gli doleva tutta la faccia. «Certo è difficile da vedere, ma il mio occhio destro in realtà è messo un pochino peggio del sinistro.»

Jeffries si avvicinò, chiaramente incuriosito.

«Fidati.»

Il maggiordomo si scostò. «Naturalmente. Faccio accomodare Lord Bridgerton in salotto, Vostra Grazia?»

«No, accompagnalo qui.» Vedendo il pomo d'Adamo di Jeffries andare su e giù, Simon aggiunse: «Non preoccuparti per me. È improbabile che a questo punto Lord Bridgerton aggiunga altri lividi, anche perché non gli sarebbe facile trovare un punto dove non abbia già colpito».

Il maggiordomo uscì e, un momento dopo, entrò Anthony, che dopo aver dato un'occhiata a Simon commentò: «Hai un aspetto orrendo».

Simon alzò un sopracciglio, cosa non facile nelle sue condizioni. «Ti sorprende?»

Anthony rise. E Simon riconobbe la risata, anche bassa e un po' trattenuta, del suo vecchio amico. L'ombra della loro vecchia amicizia. Si sorprese di essergli grato per questo.

«Qual è il mio?» chiese Anthony indicando gli occhi di Simon.

«Quello di destra. Daphne colpisce bene per essere una ragazza, ma le mancano la tua stazza e la tua forza.»

«E malgrado ciò ti ha reso un gran bel servizio» riconobbe Anthony sporgendosi in avanti per osservare il capolavoro della sorella.

«Puoi essere orgoglioso di lei. Mi fa un male del diavolo.»

«Bene.»

Scese un lungo silenzio. I due uomini avevano molto da dirsi ma non sapevano come farlo.

Finalmente Anthony mormorò: «Non volevo che succedesse tutto questo».

«Nemmeno io.»

Anthony si appoggiò al bordo della scrivania, ma si muoveva nervosamente, come se fosse a disagio. «Non è stato facile permetterti di corteggiarla.»

«Sapevi che non era vero.»

«L'hai fatto diventare vero la scorsa notte.»

Cosa poteva dire? Che era stata Daphne a sedurlo e non invece il contrario? Che era stata lei a condurlo in terrazza, nell'oscurità della notte? Niente di tutto questo aveva importanza. Lui aveva molta più esperienza di Daphne. Avrebbe dovuto essere in grado di fermarsi.

Non disse nulla.

«Spero che riusciremo a dimenticare tutto» disse Anthony.

«Credo che sia il più grande desiderio di Daphne.»

«E non è forse il tuo scopo esaudire i suoi più grandi desideri?» chiese Anthony, accigliato.

"Tutti eccetto uno, il più importante" pensò Simon, ma si limitò a dire: «Sai che farei qualsiasi cosa per renderla felice».

«Se le farai del male...»

«Non succederà mai» promise Simon.

Anthony lo guardò a lungo con fermezza. «Ero pronto a ucciderti per averla disonorata. Se ferisci la sua anima ti garantisco che non troverai pace per tutta la vita. Che non sarà lunga» concluse con un tono leggermente più duro.

«Ma lunga abbastanza da farmi patire le pene dell'inferno?»

«Esatto.»

Simon annuì. Anche se l'altro gli prometteva tortura e morte, non poteva fare a meno di rispettarlo per questo. La devozione verso una sorella era un sentimento nobile.

Simon si domandò se Anthony vedesse in lui qualcosa che nessun altro vedeva. Si conoscevano da metà della vita. Possibile che Anthony penetrasse negli angoli più segreti della sua anima? Che vi scorgesse l'angoscia e la rabbia che lui aveva cercato con tutte le forze di nascondere?

E se era così, era quella la ragione per cui si preoccupava tanto della felicità della sorella?

«Ti do la mia parola. Farò tutto ciò che è in mio potere per proteggere Daphne e renderla felice.»

«Fa' che sia così.» Anthony si allontanò dalla scrivania e si avviò verso la porta. «Altrimenti dovrai risponderne a me.»

Se ne andò.

Simon, dopo aver sospirato, sprofondò nella poltrona domandandosi in che momento la sua vita avesse cominciato a essere tanto complicata. Quando i suoi amici erano diventati nemici e il finto corteggiamento passione vera?

Cosa diavolo doveva fare con Daphne? Non voleva ferirla, non avrebbe potuto sopportarlo, eppure era condannato a farlo, dal momento che l'avrebbe sposata. Bruciava di desiderio, non vedeva l'ora di poterla stendere sul letto e coprire con il proprio corpo, di entrare dentro di lei e sentirle mormorare il suo nome...

«Vostra Grazia?»

Di nuovo Jeffries. Troppo stanco per alzare gli occhi, Simon fece un cenno con la mano.

«Desiderate forse ritirarvi, Vostra Grazia?»

Simon guardò l'orologio, ma solo perché non doveva muovere la testa. Erano appena le sette. «È troppo presto» borbottò.

«Tuttavia, magari desiderate riposare» insisté il maggiordomo.

Simon chiuse gli occhi. Jeffries aveva ragione. Forse aveva bisogno di abbandonarsi al suo materasso di piume e alle sue lenzuola di lino. Poteva rifugiarsi in camera da letto, dove magari sarebbe riuscito a evitare di vedere un Bridgerton per un'intera notte.

Diavolo, per come si sentiva, si sarebbe potuto rintanare a letto per giorni interi.

13

Il matrimonio del duca di Hastings con Miss Bridgerton ci sarà!

L'Autore di questo articolo non può fare a meno di ricordare ai Lettori che le nozze erano state previste proprio su queste colonne. Quando questa rubrica riporta la notizia dell'attrazione esistente tra un buon partito e una giovane donna, le scommesse nei club per gentiluomini cambiano di ora in ora e sempre in favore del matrimonio.

Malgrado l'Autore di questo articolo non sia ammesso da White's, si ha ragione di credere che le scommesse ufficiali riguardanti le nozze del duca di Hastings con Miss Bridgerton siano date due a uno.

da «Le cronache mondane di Lady Whistledown»
21 maggio 1813

Il resto della settimana volò via in un baleno. Daphne non vide Simon per parecchi giorni. L'avrebbe creduto fuori città se Anthony non l'avesse informata di essere stato a casa Hastings per definire i dettagli del contratto matrimoniale.

Con sorpresa di Anthony, Simon aveva rifiutato di accettare anche un solo penny di dote. Alla fine i due uomini avevano deciso che Anthony avrebbe messo il denaro destinato a Daphne in un fondo separato, amministrato da lui stesso. Sarebbe stata libera di attingervi o meno, a sua completa discrezione.

«Potrai lasciare il tuo patrimonio in eredità ai tuoi figli» suggerì Anthony.

Daphne sorrise per non piangere.

Dopo qualche giorno, precisamente due giorni prima delle nozze, nel pomeriggio Simon andò a casa Bridgerton.

Daphne lo attese nel salottino, seduta sul sofà, la schiena dritta e le mani intrecciate in grembo: il prototipo della gentildonna inglese. Ma si sentiva un groviglio di nervi.

L'urgenza di ridere era tanto pressante quanto fuori luogo. Non si era mai innervosita alla vista di Simon, e probabilmente quello era l'aspetto più notevole della loro amicizia. Anche quando si era accorta che lui la guardava con occhi ardenti di passione ed era sicura che anche i propri riflettessero lo stesso sentimento, si era sempre sentita a suo agio con Simon. Sì, le balzava il cuore in petto e le pizzicava la pelle, ma quelli erano sintomi di passione, non di disagio. Simon era stato prima di tutto suo amico e Daphne era sicura che la gioia che provava quando lui le era vicino sarebbe durata in eterno. Era convinta che avrebbero ritrovato l'amicizia e la tranquillità dei primi tempi, ma dopo la scena di Regent's Park temeva che non sarebbe accaduto troppo presto.

«Buongiorno, Daphne.»

Simon comparve sulla soglia, occupandola completamente con la sua meravigliosa presenza. Be', forse non era meravigliosa come al solito. Aveva ancora gli occhi pesti e violacei e il livido sul mento stava assumendo una strana tonalità verdastra.

Ma era sempre meglio così che con una pallottola nel petto.

«Simon. Che piacere vederti! Che cosa ti porta in casa Bridgerton?»

Lui la guardò sorpreso. «Non siamo forse fidanzati?»

Daphne arrossì. «Sì, certo.»

«Avevo inteso che gli uomini dovessero andare a far visita alle fidanzate.» Le si sedette di fronte e aggiunse: «Lady Whistledown non ha detto niente in proposito?».

«Non credo, ma di sicuro mia madre l'ha fatto» fu la risposta.

Sorrisero entrambi e, per un attimo, Daphne pensò che tutto sarebbe andato bene ma, non appena i sorrisi sbiadirono, nella stanza scese il silenzio.

«Come stanno gli occhi? Sembrano un po' meno gonfi» osservò lei.

Simon si voltò verso uno specchio. «Davvero? A me sembra che le ecchimosi abbiano assunto una spettacolare sfumatura di blu.»

«Viola.»

«Allora viola, ma credo sia opinabile.»

«Fanno male?»

Lui rise senza allegria. «Solo se qualcuno ci picchia sopra.»

«Allora mi tratterrò» mormorò Daphne con una smorfia maliziosa. «Sarà difficile, ma ce la farò.»

«Sì. Mi hanno detto spesso che invoglio le donne a tirarmi pugni negli occhi» replicò lui, impassibile.

Daphne sorrise, sollevata. Se riuscivano a scherzare su quelle cose, tutto sarebbe tornato come prima.

Simon tossicchiò poi disse: «Sono venuto per un motivo».

Daphne lo guardò e aspettò che continuasse.

Lui le porse una piccola scatola di velluto. «Questo è per te.»

Lei rimase senza fiato. «Ne sei sicuro?» chiese prendendo la scatoletta.

«Mi pare che l'anello di fidanzamento sia di rigore.»

«Oh, che sciocca. Non ci avevo pensato...»

«Che era un anello di fidanzamento? Cosa credevi che fosse?»

«Non credevo niente» ammise Daphne. Simon non le aveva mai fatto un regalo e lei era stata presa alla sprovvista. Aveva completamente dimenticato che lui le doveva un anello di fidanzamento.

Glielo doveva. Detto così non le piaceva, ma era sicura che era ciò che lui aveva pensato riguardo all'anello. La cosa la depresse, ma si sforzò di sorridere. «È un gioiello di famiglia?»

«No!»

Simon lo disse con una veemenza che la fece trasalire.

Dopo un altro silenzio, lui tossicchiò e spiegò: «Pensavo che avresti preferito qualcosa scelto apposta per te. Tutti i gioielli degli Hastings erano stati scelti per altre donne».

Daphne si meravigliò di non sciogliersi all'istante. «È un pensiero dolcissimo» commentò riuscendo a trattenere la commozione.

Simon si mosse sulla sedia, il che non la sorprese. Gli uomini detestavano essere associati alla dolcezza.

«Non la apri?» sussurrò lui.

«Oh, sì, naturalmente.» Lei fissò la scatola con gli occhi lucidi, poi sbatté le palpebre e la aprì. Riuscì a dire solo: «Oh, bontà divina!». E anche questo fu più che altro un soffio.

Nella scatola c'era un anello d'oro bianco con un grosso smeraldo dal taglio a *marquise* tra due diamanti perfetti. Era il più bel gioiello che Daphne avesse mai visto, importante ma elegante, evidentemente prezioso, ma non troppo appariscente.

«È meraviglioso. Mi piace moltissimo» mormorò.

«Ne sei sicura? Perché l'anello è tuo, devi indossarlo tu e deve riflettere il tuo gusto, non il mio.»

«È chiaro che i nostri gusti coincidono» constatò lei con voce un po' tremante.

Simon sospirò di sollievo e le prese la mano. Non si era reso conto fino a quel momento di quanto fosse importante per lui che a Daphne piacesse l'anello. Odiava sentirsi nervoso al suo fianco, quando nel corso della loro amicizia non aveva mai provato disagio. Non sopportava che adesso ci fossero dei silenzi nella conversazione, quando lei era la sola persona con la quale non aveva mai sentito la necessità di cercare le parole.

«Posso mettertelo io?» chiese piano.

Daphne annuì e cominciò a togliersi i guanti, ma Simon la fermò. Lentamente, lui stesso sfilò il guanto e il gesto divenne quasi erotico, una sintesi di quanto avrebbe desiderato fare a lei: liberare il suo corpo da ogni indumento. Daphne trattenne il fiato e il suo lieve sospiro alimentò il desiderio di Simon di possederla.

Con le mani un po' tremanti le infilò piano l'anello.

«È perfetto» disse lei muovendo la mano per vedere i riflessi di luce delle pietre. Nel gesto, le loro mani si sfiorarono, creando un calore stranamente rilassante.

Poi lui le sollevò la mano e le diede un lieve bacio sulle nocche. «Ne sono contento. È adatto a te.»

Lei curvò le labbra in un accenno di quel sorriso che Simon adorava. Forse un presagio che tra loro tutto sarebbe andato bene?

«Come sapevi che amo gli smeraldi?»

«Non lo sapevo, ma mi ricordano i tuoi occhi.»

«I miei… Simon i miei occhi sono marroni.»

«Sono marroni per la maggior parte» la corresse Simon.

Lei si girò per guardarsi allo specchio e batté le ciglia diverse volte. «No, sono marroni.» Lo disse come se stesse parlando a una persona un po' lenta a comprendere.

Simon le sfiorò delicatamente il contorno dell'occhio e le sue ciglia gli vellicarono la pelle come il bacio di una farfalla. «Non intorno alle pupille.»

Daphne lo guardò dubbiosa e insieme stupita, poi si alzò e avvicinò il viso allo specchio. «Oh, bontà divina! Non me n'ero mai accorta!» esclamò.

Simon le si mise accanto e si appoggiò con lei al tavolo di mogano di fronte allo specchio. «Presto imparerai che ho sempre ragione.»

Daphne gli scoccò un'occhiata sarcastica. «Come hai fatto a notarlo?»

«Ho guardato con attenzione» rispose lui con un'alzata di spalle.

«Tu…» Daphne non finì la frase e si osservò di nuovo gli occhi. «Questo sì che è buffo. Ho gli occhi verdi.»

«Be', non esagererei...»

«Per oggi mi rifiuto di credere che non siano verdi.»

Lui rise: «Come vuoi».

Daphne sospirò. «Sono sempre stata invidiosa di Colin. Occhi così belli, sprecati su un uomo.»

«Sono sicuro che le ragazze che si credono innamorate di lui non sarebbero d'accordo.»

Lei fece un sorrisetto. «Vero, ma loro non contano, giusto?»

Simon si sorprese della propria voglia di ridere. «Se lo dici tu.»

«Presto imparerai,» disse Daphne con sarcasmo «che ho sempre ragione.»

Questa volta lui rise per davvero. In nessun modo sarebbe riuscito a trattenersi. Ma poi si accorse che Daphne era rimasta in silenzio e lo guardava con tenerezza, le labbra curvate in un sorriso nostalgico.

«È stato bello. Quasi come era prima, non credi?» gli chiese mettendo la mano su quella di lui.

Simon annuì e voltò il palmo per stringergliela.

«Sarà sempre così, vero?» chiese lei con trepidazione. «Torneremo sulla stessa strada. Tutto sarà come prima.»

Lui rispose di sì, anche se sapeva che non poteva essere vero. Avrebbero trovato un modo per essere contenti, ma non sarebbe più stato come un tempo.

Daphne sorrise, chiuse gli occhi e appoggiò il capo sulla sua spalla. «Bene.»

Simon osservò la loro immagine riflessa. E quasi si convinse che sarebbe riuscito a renderla felice.

La sera seguente, l'ultima per Daphne come Miss Bridgerton, Violet bussò alla porta della sua camera.

Daphne era seduta sul letto in compagnia dei ricordi della sua infanzia. «Avanti» disse.

Violet mise dentro la testa. Sulle sue labbra aleggiava un sorriso un po' imbarazzato. «Hai un momento?» domandò alla figlia.

Daphne la guardò con una certa preoccupazione «Certo»

disse alzandosi mentre Violet entrava. La pelle della madre aveva la stessa sfumatura del suo vestito giallo.

«State bene, mamma? Siete un po' pallida.»

«Sto benissimo. Solo che... è ora che parliamo» disse raddrizzando le spalle.

Daphne sospirò e il cuore cominciò a batterle forte. Aspettava quel momento. Le sue amiche sposate le avevano detto che la sera prima delle nozze le madri rivelavano alle figlie i segreti del matrimonio. Si entrava finalmente a far parte del mondo delle donne adulte, e tutto ciò che di bello e di brutto era stato così scrupolosamente tenuto lontano dalle orecchie delle nubili veniva a quel punto rivelato. Alcune ragazze della sua cerchia di amiche si erano già sposate, naturalmente, e Daphne insieme ad altre aveva cercato di farsi raccontare tutto, ma le giovani spose si erano limitate a ridacchiare e a sorridere dicendo: «Lo scoprirete presto».

"Presto" era diventato "adesso" e Daphne non poteva più aspettare.

In quanto a Violet, sembrava dovesse dare di stomaco da un momento all'altro.

«Volete sedervi qui, mamma?» domandò indicando il posto sul letto accanto a sé.

«Sì, sì, va benissimo» rispose distrattamente la madre. Poi si sedette metà sul letto e metà fuori. Non sembrava a suo agio.

Daphne ebbe pietà e cominciò lei la conversazione. «Volete parlarmi del matrimonio?» domandò con dolcezza.

Il cenno di assenso di Violet fu quasi impercettibile.

Daphne cercò di non lasciar trasparire la nota di allegria nella voce. «La prima notte?»

Questa volta Violet mosse la testa in modo evidente. «In verità non so come dirtelo. È molto indelicato.»

Daphne cercò di attendere con pazienza che la madre arrivasse al punto.

«Vedi, ci sono cose che devi sapere» disse finalmente Violet con tono esitante. «Cose che succederanno domani sera. Cose» tossicchiò «che coinvolgono tuo marito.»

Daphne si protese verso di lei con gli occhi spalancati. Violet si tirò indietro, chiaramente a disagio per l'evidente interesse della figlia. «Vedi, tuo marito... cioè, Simon, naturalmente, che sarà tuo marito...»

Poiché non dava segni di voler finire la frase, Daphne mormorò: «Sì, Simon sarà mio marito».

Violet sospirò e guardò dappertutto fuorché la figlia. «È molto difficile per me.»

«Evidentemente» borbottò Daphne.

Lady Bridgerton fece un respiro profondo, si irrigidì e tirò indietro le spalle come se si facesse forza per affrontare un compito spiacevole. «La prima notte di nozze tuo marito si aspetta che tu compia il tuo dovere coniugale.»

Per Daphne questa non era una novità.

«Il matrimonio deve essere consumato.»

«Naturalmente.»

«Verrà nel tuo letto.»

Daphne annuì. Sapeva anche questo.

«E compirà certe...» Violet si affannò a cercare le parole da usare agitando le mani. «*Cose intime* sulla tua persona.»

Daphne socchiuse le labbra e trattenne il respiro. La faccenda si stava facendo interessante.

«Sono venuta qui per dirti che i tuoi doveri coniugali non saranno necessariamente spiacevoli.»

Ma *quali* erano?

Violet arrossì. «So che alcune donne trovano il... l'atto disgustoso, ma...»

«Davvero?» domandò Daphne, meravigliata. «Allora perché vedo tante cameriere sgattaiolare via con i lacchè?»

Immediatamente Lady Bridgerton assunse l'aria della padrona ingannata. «Quale cameriera hai visto?» chiese.

«Non cambiate argomento. Aspetto questo colloquio da una settimana» l'avvertì la figlia.

La madre si calmò. «Davvero?»

L'espressione di Daphne sembrava chiedere "Che cosa ti aspettavi?". «Certamente» rispose.

Violet sospirò. «Che cosa stavo dicendo?»

«Che alcune donne trovano i doveri coniugali spiacevoli.»

«Giusto. Be'...»

Daphne si accorse che la madre aveva praticamente lacerato un fazzolettino.

«Ciò che voglio tu sappia è che non deve necessariamente essere spiacevole. Se due persone si vogliono bene, e credo che il duca te ne voglia molto...»

«E io a lui» la interruppe Daphne.

«Certo. Giusto. Ebbene, considerando che siete affezionati l'uno all'altra, quello sarà di sicuro un momento speciale e bellissimo.» Violet cominciò a spostarsi verso i piedi del letto, seguita dal tessuto giallo pallido del vestito. «E non dovrai essere nervosa. Sono sicura che il duca sarà molto garbato.»

Daphne pensò al bacio rovente di Simon, che non era stato affatto garbato. «Ma...»

Violet si alzò in piedi di scatto. «Be', buonanotte. Ero venuta a dirti questo.»

«Tutto qui?»

La madre era già sulla porta. «Ehm, sì. Ti aspettavi qualcos'altro?» domandò guardando altrove.

Daphne le corse vicino e si mise contro l'uscio per impedirle di scappare. «Sì! Non potete andarvene dopo avermi detto solo questo!»

Violet guardò la finestra con desiderio e Daphne ringraziò il cielo che la stanza fosse al secondo piano, altrimenti la madre avrebbe cercato di fuggire da quella parte.

«Daphne» disse la viscontessa con voce strozzata.

«Ma io che cosa devo fare?» incalzò Daphne.

«Tuo marito lo sa.»

«Non voglio fare la figura della stupida, mamma.»

Violet gemette. «Non la farai, credimi. Gli uomini sono...»

«Che cosa sono? Che cosa stavate per dire?»

Intanto la faccia di Lady Bridgerton era diventata tutta rossa, mentre collo e orecchie stavano progredendo verso il rosa acceso. «Gli uomini si accontentano facilmente» farfugliò. «Non rimarrà deluso.»

«Ma...»

«Basta con i "ma". Ti ho detto tutto quello che mia madre ha detto a me. Non essere nervosa, Ninny, e fai che succeda spesso, così avrai un bambino.»

Daphne rimase a bocca aperta. «Che cosa?»

Violet fece una risatina nervosa. «Ho dimenticato di dirti la parte del bambino? Ebbene. I tuoi doveri coniugali, cioè consumare il matrimonio è il modo per avere dei figli.»

Daphne si appoggiò al muro. «Volete dire che voi l'avete fatto otto volte?» bisbigliò.

«No!» Violet cominciò a farsi vento furiosamente. «Sì. No! Daphne questo è molto personale.»

«Ma come potete avere avuto otto figli se...»

«L'ho fatto più di otto volte» sbottò Violet con l'aria di chi vorrebbe essere assorbita dalla parete.

Daphne guardava sconcertata la madre. «Davvero?»

«A volte le persone lo fanno per puro piacere» spiegò Lady Bridgerton, muovendo appena le labbra e con gli occhi fissi sul pavimento.

«Come quando gli uomini e le donne si baciano?»

«Esattamente» rispose Violet con un sospiro di sollievo. Guardò la figlia con la fronte aggrottata, e con la voce improvvisamente acuta disse: «Daphne, hai forse baciato il duca?».

Daphne sentì che il suo viso aveva assunto lo stesso colore di quello della madre: «Potrei averlo fatto» mormorò.

Violet agitò l'indice davanti alla figlia. «Daphne Bridgerton, non posso credere che tu abbia fatto una cosa del genere. Sai bene che ti ho proibito di permettere che gli uomini si prendano certe libertà!»

«Non ha molta importanza, visto che stiamo per sposarci!»

«Tuttavia...» Violet sospirò. «Hai ragione. Non ha importanza. Stai per sposarti e nientemeno che con un duca; e se ti ha baciata, be', c'era da aspettarselo.»

Violet guardò la madre, incredula. Non erano da lei tutte quelle chiacchiere.

«E adesso, se non hai altre domande, ti lascio ai tuoi...» Lady Bridgerton guardò gli oggetti che Daphne stava osservando quando era entrata «a quello che stavi facendo.»

«Ma devo sapere altre cose!»

Violet se ne era già andata e Daphne, per quanto volesse saperne di più sui segreti dell'atto coniugale, non l'avrebbe rincorsa davanti ai familiari e ai domestici per farselo raccontare.

Come se non bastasse, le parole della viscontessa avevano sollevato una serie di questioni che la preoccupavano. Aveva detto che l'atto era indispensabile per avere bambini. Se Simon non poteva avere figli, significava che non poteva fare le cose intime di cui aveva parlato sua madre?

E cosa diavolo erano le cose intime? Daphne sospettava che avessero a che fare col baciarsi, dato che la società era così determinata ad assicurarsi che le giovani donne mantenessero le loro labbra caste e pure. E pensò, arrossendo ancora mentre ripensava al tempo passato con Simon in giardino, che potessero anche avere a che fare con il seno.

Si lasciò sfuggire un gemito. Sua madre le aveva praticamente ordinato di non essere nervosa, ma non capiva come potesse essere altrimenti, quando ci si aspettava da lei che stipulasse questo contratto senza avere nemmeno una vaga idea di come compiere il proprio dovere...

E Simon? Se non poteva consumare il matrimonio, il loro sarebbe stato un vero matrimonio?

C'era di che rendere una sposa davvero molto agitata.

Alla fine furono i piccoli dettagli delle nozze che Daphne ricordò. Le lacrime di sua madre e la voce di Anthony stranamente rauca quando l'aveva affidata al marito. Hyacinth che aveva sparso i petali di rosa troppo in fretta e quando era arrivata all'altare li aveva finiti tutti. Gregory che aveva starnutito tre volte prima ancora che gli sposi avessero pronunciato i voti.

Daphne ricordò l'espressione concentrata di Simon mentre ripeteva le promesse scandendo le parole sillaba per sillaba. Aveva lo sguardo profondo e ardente e la sua voce era bassa e sincera. Per lei, era come se niente al mondo fosse più importante delle parole che lui diceva davanti all'arcivescovo.

Il suo cuore trovava conforto nel pensiero che nessun uomo che pronunciava i voti con tanta intensità poteva considerare il matrimonio un semplice atto di convenienza. «Quello che Dio ha unito non può essere diviso.» Daphne aveva sentito un brivido lungo la schiena che l'aveva fatta barcollare, perché di lì a un momento sarebbe appartenuta a quell'uomo per sempre.

Simon aveva voltato la testa verso di lei. I suoi occhi avevano domandato: "Stai bene?!".

Lei aveva annuito e aveva visto qualcosa brillare nello sguardo di lui. Poteva essere stato sollievo?

«Io vi dichiaro...»

Gregory aveva starnutito per la quarta volta, poi la quinta, poi la sesta, coprendo la voce dell'arcivescovo che diceva «marito e moglie».

Daphne aveva sentito salirle in gola una risata e aveva stretto le labbra, decisa a mantenere una facciata di serietà. Dopotutto il matrimonio era un'istituzione solenne da non prendere alla leggera.

Aveva scoccato un'occhiata a Simon, che la guardava con una strana espressione. I suoi occhi chiari erano concentrati sulla bocca di lei e gli angoli della sua avevano un lieve fremito.

Daphne aveva sentito che la risata stava per esplodere.

«Potete baciare la sposa.»

Simon l'aveva abbracciata e la sua bocca aveva coperto quella di lei con una passione che aveva fatto trasalire il piccolo gruppo di invitati.

Poi le labbra della sposa e dello sposo si erano curvate in una risata, senza tuttavia staccarsi del tutto.

Violet Bridgerton aveva detto in seguito che quello era il più strano bacio che avesse avuto il privilegio di vedere.

Finito di starnutire, Gregory aveva commentato che era stato disgustoso.

L'arcivescovo, avanti negli anni, era parso perplesso.

Ma Hyacinth, che a dieci anni non avrebbe dovuto sapere niente di baci, era rimasta un attimo pensierosa, poi aveva detto: «Credo che sia bello. Se ridono adesso, probabilmente rideranno sempre». E rivolta alla madre: «Non è una buona cosa?».

Violet aveva stretto la mano della figlia minore. «Ridere fa sempre bene. Grazie per avercelo ricordato.»

Così era nata la diceria che il duca e la duchessa di Hastings erano la coppia più felice e devota che si fosse vista da molte decine di anni. Dopotutto, chi poteva ricordarsi di un matrimonio altrettanto allegro?

14

Abbiamo saputo che il matrimonio del duca di Hastings con Miss Bridgerton, benché con un ristretto numero di invitati, è stato memorabile. Miss Hyacinth Bridgerton, di dieci anni, ha bisbigliato a Miss Felicity Featherington, della stessa età, che gli sposi hanno riso per tutta la cerimonia. Miss Felicity ha riferito l'informazione alla madre, Mrs Featherington, che a sua volta l'ha diramata al mondo intero.

L'Autore di questo articolo deve credere a quanto riportato da Miss Hyacinth, non essendo stato invitato al matrimonio.

da «Le cronache mondane di Lady Whistledown»
24 maggio 1813

Il viaggio di nozze non ci sarebbe stato. Non c'era stato il tempo di organizzarlo. In sostituzione, Simon aveva pensato a una permanenza di diverse settimane al castello di Clyvedon, l'antica residenza dei Basset. Daphne la ritenne una bella idea; non vedeva l'ora di essere lontana da Londra e dagli occhi e dalle orecchie curiosi dell'alta società.

Inoltre era ansiosa di vedere il luogo dove era cresciuto Simon.

Si ritrovò a immaginarselo fanciullo. Era stato incontenibile come con lei, o era stato un bambino tranquillo, con lo stesso atteggiamento riservato che mostrava in società?

Gli sposi novelli lasciarono la residenza dei Bridgerton fra abbracci e applausi e Simon si affrettò a far salire Daphne nella sua carrozza più bella. Malgrado fosse estate, l'aria era fredda e lui le mise una coperta sulle gambe. Lei rise. «Non è un po' troppo? È improbabile che prenda il raffreddore per andare a qualche isolato da qui.»

«Andiamo a Clyvedon.»

«Stasera?» Daphne non riuscì a nascondere la sorpresa. Aveva dato per scontato che sarebbero partiti il giorno seguente. Il paese di Clyvedon era vicino a Hastings, sulla costa sudest dell'Inghilterra. Era già tardo pomeriggio e sarebbero arrivati laggiù in piena notte.

Quella non era la notte di nozze che lei aveva sognato.

«Non sarebbe più sensato passare la notte a Londra e andarci domani?» domandò.

«Ho già dato disposizioni» rispose lui.

«Capisco» mormorò lei cercando di nascondere il disappunto. Rimase in silenzio per un intero minuto mentre la carrozza si avviava, le molle bene oliate incapaci di attutire i sobbalzi sui ciottoli disuguali. Mentre giravano l'angolo di Park Lane, lei chiese: «Ci fermeremo in una locanda?».

«Certo. Dobbiamo cenare. Non sarebbe giusto che ti facessi morire di fame il primo giorno di matrimonio, non credi?»

«E passeremo anche la notte nella locanda?» insisté lei.

«No. Noi…» Simon strinse le labbra in una linea dura, poi si addolcì e le si rivolse con un'espressione tenera: «Sono stato un orso, vero?».

Daphne arrossì. Arrossiva sempre quando lui la guardava in quel modo. «No, no. Ero solo sorpresa che…»

«No, hai ragione. Passeremo la notte in una locanda. Ne conosco una a metà strada lungo la costa, La lepre e i segugi. Cibo caldo e letti puliti.» Le prese il mento tra due dita. «Non ti farò stancare obbligandoti a compiere tutto il viaggio in un giorno.»

«Non è che non sia abbastanza forte per sopportarlo, ma ci siamo sposati oggi e, se non ci fermiamo in una locanda, saremo in carrozza quando scende la notte e…»

«Non dire altro» la zittì Simon mettendole un dito sulle labbra.

Daphne annuì, contenta. Non voleva parlare della notte di nozze in quel modo. Inoltre le sembrava che a sollevare l'argomento dovesse essere il marito, non la moglie. Dopotutto, Simon doveva essere il più esperto dei due in materia. Non poteva essere altrimenti, pensò facendo una smorfia contrariata. Sua madre, con tutti i suoi farfugliamenti e i non detti, non era riuscita a spiegarle proprio niente. Be', fatta eccezione per la parte sulla procreazione, ma anche di quello non è che Daphne avesse capito qualcosa nel dettaglio. Del resto...

Daphne rimase senza fiato. E se... Simon non poteva... o non voleva...

Impossibile, stabilì con fermezza, lui voleva. E, soprattutto, di sicuro voleva lei. Non poteva esserseli immaginati l'ardore del suo sguardo o il battito del suo cuore quella sera in giardino.

Guardò fuori dal finestrino mentre Londra si perdeva nella campagna. Si poteva impazzire pensando a quelle cose. Doveva cacciarle dalla mente. Assolutamente, decisamente, per sempre.

Be', almeno fino alla notte. La sua prima notte di nozze. Al pensiero fu percorsa da un brivido.

Simon guardò Daphne, sua moglie, ricordò a se stesso, anche se gli era ancora un po' difficile crederlo. Non aveva mai programmato di sposarsi, anzi aveva programmato di *non* sposarsi. Tuttavia adesso era lì con Daphne Bridgerton... no, Daphne Basset. Diavolo, era la duchessa di Hastings, ecco che cos'era.

Questa probabilmente era la cosa più strana di tutte. Il suo casato non aveva una duchessa da quando lui era nato. Il titolo suonava estraneo, arrugginito.

Simon esalò un lungo respiro e fermò lo sguardo sul profilo di Daphne. Poi si accigliò. «Hai freddo?» Si era accorto che tremava. Aveva le labbra socchiuse e con la lingua già contro il palato sembrava pronta a dire "no", poi si mosse appena e rispose: «Sì, sì, ma solo un poco. Non occorre che tu...».

Simon le strinse di più la coperta addosso e si domandò perché lei mentisse su un fatto così banale. «È stata una giornata faticosa» mormorò, non perché lo pensasse, ma perché gli sembrava la giusta osservazione in quel momento.

Voleva fare osservazioni tranquillizzanti e riservarle gentili premure. Avrebbe cercato di essere per lei un buon marito. Meritava almeno questo. C'erano molte cose che non avrebbe potuto darle, come la completa felicità, ma poteva fare del suo meglio per proteggerla e renderla relativamente contenta.

Lei lo aveva scelto. Anche sapendo che non avrebbe mai avuto figli, l'aveva scelto. Essere un marito bravo e fedele gli sembrava il minimo che avrebbe dovuto darle in cambio.

«Sì, ma mi è piaciuta molto.»

Lui la guardò con espressione interrogativa. «Come, prego?»

Un'ombra di sorriso le apparve in volto. Era uno spettacolo per gli occhi, caloroso, ironico e un po' birichino. Un fremito di desiderio gli attraversò il corpo e tutto ciò che poté fare fu concentrarsi sulle sue parole mentre spiegava: «Hai detto che è stata una giornata faticosa, io ho detto che mi è piaciuta».

Lui continuò a guardarla.

Il viso di lei si contrasse in modo incantevole per la frustrazione e a lui venne da ridere. «Hai detto che è stata una giornata faticosa e io ho detto che mi è piaciuta» ripeté Daphne. Poiché il marito, di nuovo, non rispondeva nulla, lei sbuffò e aggiunse: «Forse è più chiaro se ti dico che mi è piaciuta straordinariamente, eccezionalmente...».

«Capisco» mormorò lui con tutta la solennità che riuscì a esprimere.

«Sospetto che tu capisca molte cose e ne ignori almeno la metà» commentò lei.

Simon alzò un sopracciglio e lei mormorò fra sé qualcosa che gli fece venire voglia di baciarla.

Tutto gli faceva venire voglia di baciarla. Il che cominciava a diventare problematico.

«Dovremmo arrivare alla locanda al tramonto» spiegò lui asciutto, come se il tono indifferente gli allentasse la tensione.

Non accadde, naturalmente. Servì solo a ricordargli che aveva procrastinato di ventiquattr'ore la notte di nozze. Un giorno intero di sofferenza, con il corpo che gridava il suo bisogno di appagamento. Ma, dannazione, non voleva prenderla in una locanda, non importava quanto fosse pulita e in ordine. Daphne meritava di più. Quella era la sua sola e unica notte di nozze e doveva renderla perfetta per lei.

Daphne si meravigliò che avesse all'improvviso cambiato argomento. «Andrà benissimo.»

«Di questi tempi le strade non sono sicure» aggiunse Simon cercando di non ricordarsi che all'inizio aveva avuto intenzione di continuare senza sosta fino a Clyvedon.

«No» ammise lei.

«E avremo fame.»

«Sì.» Daphne appariva perplessa dalla sua insistenza a parlare della sosta alla locanda.

Lui se ne accorse e non poté biasimarla, ma o continuava a parlare del viaggio o l'avrebbe assalita e fatta sua nella carrozza. Il che non era possibile. Così disse: «La cucina è buona».

Lei sbatté le palpebre prima di fargli notare che l'aveva già detto.

«È vero.» Simon tossicchiò e aggiunse: «Credo che farò un sonnellino».

Lei spalancò gli occhi. «Adesso?»

Simon annuì brevemente. «Mi sto ripetendo, come mi hai ricordato, ma è stata una giornata faticosa.»

«È vero.» Lei lo vide spostarsi sul sedile per cercare una posizione comoda e dopo un po' gli domandò: «Credi di poter dormire in una carrozza in movimento? Non trovi che ci siano troppi sobbalzi?».

Simon scosse le spalle. «Riesco a dormire in qualsiasi posto. L'ho imparato durante i miei viaggi.»

«È una dote» mormorò Daphne.

«E molto utile.» Detto questo, chiuse gli occhi e finse di dormire per quasi tre ore.

Daphne lo guardava con severità. Simon fingeva. Con sette fratelli, lei conosceva tutti i trucchi e Simon decisamente non dormiva. Anche se alzava e abbassava il petto in modo regolare e il suo respiro conteneva la giusta quantità di mugolii e aneliti, tanto da lasciare intendere che stava quasi, ma non del tutto, russando.

Però Daphne non si lasciava ingannare. Ogni volta che lei si muoveva o sospirava un po' troppo forte, il mento di lui fremeva. E quando lei sbadigliò quasi con un gemito, vide che, sotto le palpebre abbassate, lui roteava gli occhi.

Era ammirevole, comunque, che fosse riuscito a mantenere la finzione per oltre due ore.

Lei stessa non ci era mai riuscita per più di venti minuti.

Se Simon voleva far finta di dormire, decise in un raro momento di magnanimità, gliel'avrebbe lasciato fare. Lungi da lei rovinare una tale esibizione di maestria.

Fece un ultimo sbadiglio, forte, per il semplice piacere di vedergli muovere gli occhi sotto le palpebre una volta di più, poi si girò verso il finestrino, tirò la tenda di velluto e guardò fuori. Il sole, tondo e arancione, stava calando all'orizzonte e già quasi un terzo era scomparso.

Se Simon aveva calcolato correttamente la durata del viaggio – e lei aveva la sensazione che di solito fosse preciso in questo genere di cose, come c'era da aspettarsi dalle persone che amano la matematica –, allora dovevano aver percorso circa metà del tragitto. Erano quasi arrivati alla locanda.

Quasi arrivati alla sua prima notte di nozze.

Santo cielo, doveva smettere di pensare in termini così melodrammatici. Tutto ciò stava diventando ridicolo.

«Simon?»

Lui non si mosse e questo la irritò.

«Simon?» Un po' più forte.

L'angolo della bocca del marito si torse appena in una piccola smorfia. Daphne era sicura che stesse cercando di decidere se lei aveva parlato troppo forte per poter continuare a fingere di dormire.

«Simon!» Gli diede un colpetto sul braccio. Era impossibile che qualcuno continuasse a dormire dopo un colpo del genere. Infatti lui aprì gli occhi e fece un sospiro di quelli che si fanno quando ci si sveglia.

Daphne dovette ammettere, se pur con riluttanza, che era bravo.

«Daff?»

Lei chiese: «Non siamo ancora arrivati?».

Simon si strofinò gli occhi per togliere il finto residuo di sonno. «Mmm...» gemette, e si guardò intorno come se l'interno della carrozza potesse dirgli qualcosa. «Mi sembra che stiamo ancora viaggiando.»

«Sì, ma potremmo essere vicini.»

Simon fece un piccolo sospiro e guardò fuori dal finestrino. A est il cielo era notevolmente più scuro che dalla parte di Daphne. «Oh! È proprio là davanti» esclamò lui con aria sorpresa.

Daphne fece il possibile per non ridere.

Quando la carrozza si fermò, Simon balzò a terra, scambiò qualche parola con il conducente, poi tese la mano per aiutare Daphne a scendere.

«Incontra la tua approvazione?» le chiese accompagnando le parole con un ampio gesto verso la locanda.

Daphne non poteva dare un giudizio prima di avere visto l'interno, ma disse di sì. Entrarono e, mentre Simon parlava con il proprietario, Daphne guardò l'andirivieni con interesse. Una giovane coppia, dall'aspetto di signorotti di campagna, venne accompagnata in una sala da pranzo privata e una madre guidò i quattro figli su per la scala, mentre un gentiluomo alto e allampanato stava appoggiato a...

Daphne si voltò di scatto e tornò a guardare il marito.

Simon stava discutendo con il proprietario? E perché mai? Allungò il collo e, anche se i due parlavano a bassa voce, si capiva che Simon era contrariato e che l'altro era desolato di non poter accontentare il duca di Hastings.

Daphne aggrottò la fronte. Era strano.

Doveva intervenire?

Li osservò discutere ancora un attimo. Chiaramente doveva intervenire.

Si avviò con un passo che, pur non essendo esitante, comunque non arrivava a essere deciso e, una volta a fianco del marito, domandò con molto garbo: «Qualcosa non va?».

Guardandola appena, lui mormorò: «Credevo che mi aspettassi vicino alla porta».

«Infatti. Ma mi sono spostata.»

Accigliato, Simon si rivolse di nuovo al locandiere. Daphne tossicchiò per vedere se si sarebbe voltato, ma lui non lo fece. Non le piaceva essere ignorata. Gli toccò la schiena con un dito. «Simon?»

Lui si voltò, rannuvolato, e lei chiese: «Qual è il problema?».

Il locandiere alzò le mani in un gesto di supplica e parlò prima di Simon. «Mi è rimasta solo una camera libera. Non immaginavo che Sua Grazia ci volesse onorare con la sua presenza stasera. Se l'avessi saputo, non avrei mai affittato l'altra camera a Mrs Weatherby e ai suoi figli.»

«È Mrs Weatherby quella che saliva le scale con quattro bambini?»

L'uomo annuì. «Se non ci fossero stati i bambini, io…»

Daphne lo interruppe. Non voleva sentire la fine di un discorso che prevedeva di gettare una donna sola in mezzo alla strada di notte. «Non c'è motivo per cui non possiamo adattarci in una sola camera. Non siamo altezzosi fino a questo punto.»

Simon strinse le mascelle e lei fu sicura di sentirlo digrignare i denti.

Lui voleva camere separate? Era sufficiente perché una sposina si sentisse ben poco apprezzata.

Il locandiere attese il parere di Simon, che si limitò a fare un rigido cenno di assenso, poi disse, uscendo da dietro il banco: «Se le Loro Grazie vogliono seguirmi...».

Con un gesto del braccio Simon invitò Daphne a muoversi per prima, così lei lo superò e cominciò a salire le scale dietro il locandiere. Dopo aver girato un paio di angoli nel corridoio, furono introdotti in un'ampia camera ben ammobiliata, con vista sul paese.

Uscito il locandiere, Daphne commentò: «Ebbene, mi sembra abbastanza accogliente».

Simon rispose con un mugolio.

«Come sei loquace» mormorò lei, e sparì dietro il paravento.

Simon impiegò qualche secondo per capire dov'era andata. «Daphne, ti stai cambiando?» domandò con voce strozzata.

Lei sporse la testa. «No. Stavo solo curiosando.»

Il cuore di Simon cominciò a battere forte. «Bene, presto dovremo scendere per la cena.»

«Certo.» Secondo Simon, il sorriso di lei era un po' troppo trionfante e sicuro quando domandò: «Hai appetito?».

«Moltissimo.»

La sua risposta asciutta le rese il sorriso incerto e Simon si rimproverò mentalmente. Solo perché era irritato con se stesso non era giusto che lo fosse anche con lei, che non aveva fatto niente di male.

«E tu?» le domandò con tono più gentile.

Daphne emerse dal paravento e si sedette ai piedi del letto. «Un po'» ammise. Deglutì nervosamente e aggiunse: «Ma non sono sicura di poter mangiare».

«Il cibo era eccellente l'ultima volta che sono stato qui. Ti assicuro...»

«Non è la qualità del cibo che mi preoccupa» lo interruppe lei. «Sono i miei nervi.»

Lui la guardò senza espressione.

Cercando di nascondere l'impazienza nella voce, ma senza riuscirci, Daphne disse: «Simon, ci siamo sposati stamattina».

Finalmente, Simon capì e rispose con dolcezza: «Non ti devi preoccupare». Essere un marito gentile e premuroso non era facile come sembrava. «Aspetteremo finché non saremo a Clyvedon per consumare il matrimonio.»

«Davvero?»

Simon spalancò gli occhi per la sorpresa. Possibile che fosse delusa? «Non voglio prenderti in una locanda. Ho troppo rispetto per te.»

«Non vuoi? Davvero?»

Lui rimase senza fiato. Era proprio delusa.

«Be', no.»

Lei si sporse in avanti. «Perché no?»

Simon la fissò per alcuni secondi. Era seduto sul letto e la guardava. Gli occhi di lei erano grandi, pieni di tenerezza, curiosità e un pizzico di esitazione. Si umettò le labbra, altro segno di nervosismo, e Simon reagì a quel gesto seduttivo con un improvviso risveglio dei sensi.

Daphne sorrise, ma non incontrò il suo sguardo. «A me non importerebbe.»

Simon rimase di sasso, fermo al suo posto mentre il corpo gli gridava: "Prendila! Portala a letto! Fa' quello che vuoi, basta che tu la metta sotto di te!".

Poi, proprio quando il suo bisogno imperioso stava per sconfiggere l'onore, lei emise un piccolo gemito e balzò in piedi, gli voltò le spalle e si coprì la bocca con la mano.

Simon, che aveva già alzato un braccio per afferrarla, perse l'equilibrio e si trovò bocconi sul letto. «Daphne...» mormorò sul materasso.

«Avrei dovuto capirlo» singhiozzò lei. «Mi dispiace tanto.»

Le dispiaceva? Simon si rimise in piedi. Daphne piangeva? Che cosa diavolo stava succedendo? Lei non piangeva mai.

Daphne si voltò e lo guardò con espressione angosciata. Lui avrebbe dovuto preoccuparsi, ma non sapeva che cosa l'avesse addolorata all'improvviso. E se non riusciva a immaginarlo, era perché non doveva essere una cosa seria.

«Cosa c'è che non va?» le domandò cercando di usare il tono più gentile possibile.

Daphne si sedette di fronte a lui, gli posò una mano sulla guancia e bisbigliò: «Sono stata così indelicata... Avrei dovuto immaginarlo. Non dovevo parlare così».

«Che cosa avresti dovuto immaginare?» domandò Simon.

Daphne lasciò cadere la mano. «Che non puoi... che non potrai...»

«Non posso che cosa?»

Lei abbassò gli occhi sulle mani che stringeva spasmodicamente. «Ti prego, non obbligarmi a dirlo.»

«Questo dev'essere il motivo per cui gli uomini cercano di evitare il matrimonio.»

Lo disse più a se stesso che a lei, ma Daphne lo udì e purtroppo reagì con un altro patetico lamento.

«Che cosa diavolo succede?» domandò Simon.

«Non sei in grado di consumare il matrimonio» bisbigliò lei.

Fu un miracolo se la sua erezione non si spense in quel momento. A fatica riuscì a dire: «Vuoi ripetere?».

Daphne chinò la testa. «Sarò lo stesso una buona moglie. Non lo dirò a nessuno, lo prometto.»

Simon non rimaneva così senza parole dall'epoca della sua infanzia, quando balbettava. Lei lo credeva impotente?

«Perché... perché... perché?» Balbettava di nuovo? O era puro e semplice shock? Simon decise che era lo shock. Il suo cervello non era in grado di pensare che a quella sola parola.

«Lo so che gli uomini sono molto sensibili in proposito» disse con calma Daphne.

«Specialmente se non è vero!» esplose Simon.

Lei alzò il capo. «Non lo è?»

«Te l'ha detto tuo fratello?» domandò Simon. I suoi occhi erano due fessure.

«No!» Senza guardarlo, lei aggiunse: «Mia madre».

«Tua madre?» sbottò Simon, certo che nessun uomo avesse sofferto come lui la prima notte di nozze. «Tua madre ti ha detto che sono impotente?»

«Si dice così?» domandò Daphne con curiosità. Poi, di

fronte allo sguardo minaccioso del marito, aggiunse: «No, no, non con queste parole».

«Che cosa ha detto, esattamente?»

«Be', non molto. È stato piuttosto imbarazzante, in verità, ma mi ha spiegato che l'atto coniugale...»

«L'ha chiamato "atto"?»

«Non è così che lo chiamano tutti?»

Lui fece un gesto vago con la mano. «Che cos'altro ti ha detto?»

«Ha detto che, in qualche modo, ha a che fare con la procreazione dei bambini e...»

Simon temette di soffocare. «In qualche modo?»

«Be', sì. Non è entrata nei dettagli.»

«È chiaro.»

«Ha cercato di fare del suo meglio, ma per lei era troppo imbarazzante» osservò Daphne scuotendo la testa.

«Con otto figli pensavo avesse superato l'imbarazzo» borbottò Simon.

«Non credo proprio» replicò lei scuotendo il capo. «E quando le ho chiesto se lei avesse partecipato a questo...» guardò Simon con espressione esasperata. «Non so come altro chiamarlo se non "atto".»

«Continua.» Lo disse con una strana voce tesa e lei gli chiese se stesse bene. Lui rispose con un altro gesto vago della mano, dandole l'impressione di non riuscire a parlare.

Lentamente, Daphne riprese la storia. «Be', le ho chiesto se lei avesse partecipato a questo atto otto volte e lei sembrava molto imbarazzata e...»

«Le hai chiesto questo?» esclamò Simon. Le parole gli uscirono di bocca come un'esplosione.

«Be', sì.» Daphne si accigliò. «Stai ridendo?»

«No» riuscì a dire lui.

Lei fece una piccola smorfia. «Sembra proprio che tu stia ridendo.»

Simon scosse la testa in modo un po' eccessivo e Daphne continuò. «Pensavo che la mia domanda fosse pertinente perché lei ha avuto otto figli. Ma poi mi ha detto che...»

Simon la fermò con un gesto della mano e sembrava indeciso se ridere o piangere. «Non dirmelo, ti prego.»

«Oh!» Daphne non sapeva più come comportarsi, così si strinse le mani in grembo e chiuse la bocca.

Poi sentì Simon che, dopo un lungo sospiro, riprendeva: «So che mi pentirò di avertelo chiesto, ma potrei sapere perché hai pensato che io fossi... incapace di adempiere ai miei doveri?».

«Avevi detto di non poter avere figli.»

«Daphne, vi sono molte altre ragioni per cui una coppia non può avere figli.»

Daphne dovette fare uno sforzo per smettere di stringere i denti. «Mi detesto per la figura da stupida che sto facendo in questo momento» sospirò.

Lui si sporse in avanti e le sciolse le mani che lei teneva avvinghiate in grembo. Massaggiandole le dita, le chiese: «Daphne, hai un'idea di quello che succede tra un uomo e una donna?».

«Nessuna» rispose lei con franchezza. «Ti sembrerà strano con tre fratelli maggiori, e pensavo che avrei scoperto la verità quando mia madre...»

«Non dire altro. Non lo sopporterei.»

«Ma...»

Lui si prese la testa tra le mani e per un momento Daphne pensò che stesse piangendo. Poi, mentre già si angosciava per aver fatto piangere il marito il giorno del matrimonio, vide che lui rideva a crepapelle.

«Ridi di me?» esclamò, furente.

Lui scosse la testa senza guardarla.

«Allora, perché ridi?»

«Oh, Daphne, quante cose devi imparare!»

«Ebbene, su questo non discuto» replicò lei. Se la gente non fosse stata così attenta a tenere le giovani donne nell'ignoranza a proposito del matrimonio, scene come quella si sarebbero potute evitare.

Lui appoggiò i gomiti alle ginocchia e con lo sguardo carico di passione mormorò: «Io posso insegnarti».

Il cuore di Daphne ebbe un piccolo sussulto.

Senza distogliere gli occhi da lei, Simon portò alle labbra la mano della moglie. «Ti assicuro che sono perfettamente in grado di soddisfarti a letto» mormorò accarezzandole la base del dito medio con la punta della lingua.

All'improvviso, Daphne trovò difficile respirare. E perché la stanza era diventata così calda? «N-non sono sicura di capire che cosa tu intenda.»

Simon la prese tra le braccia. «Lo capirai presto.»

15

Londra sembra molto tranquilla questa settimana, ora che il duca preferito dall'alta società e la duchessa preferita dal duca sono partiti per la campagna. L'Autore può riferire che Mr Nigel Berbrooke ha chiesto un ballo a Miss Penelope Featherington e che Miss Penelope, malgrado l'insistenza della madre, non sembrava entusiasta dell'offerta.

Ma, siamo sinceri, a chi interessa leggere qualcosa su Mr Berbrooke o Miss Penelope? Non raccontiamoci delle storie. Siamo tutti affamati di notizie riguardanti il duca e la duchessa di Hastings.

da «Le cronache mondane di Lady Whistledown»
28 maggio 1813

Era come essere di nuovo nel giardino di Lady Trowbridge, eccetto che questa volta non ci sarebbero state interruzioni, nessun fratello furente, né timori di essere scoperti. Niente, eccetto un marito, una moglie e la prospettiva di una notte di passione.

Le labbra di Simon cercarono quelle di Daphne, gentili, ma imperiose. A ogni tocco, a ogni sfioramento della sua lingua, lei sentiva dentro di sé come un batter d'ali di farfalla, piccoli fremiti di desiderio che aumentavano di frequenza e di intensità.

«Ti ho mai detto quanto mi affascinano gli angoli delle tue labbra?»

«N-no» rispose Daphne con voce tremante, stupita che lui l'avesse anche solo pensato.

«Li adoro» continuò Simon, e si diede da fare per dimostrarglielo. Le sfiorò il labbro inferiore con i denti e con la punta della lingua tracciò la curva dell'angolo della bocca. Le faceva il solletico e Daphne aprì le labbra in un sorriso. «Smettila» gli disse ridendo.

«Mai. Hai il sorriso più bello che io abbia mai visto» le disse prendendole il viso tra le mani.

Daphne fu tentata di replicare con un "Non essere sciocco", poi pensò che era meglio non rovinare quel momento e così disse solo: «Davvero?».

«Davvero.» Lui le baciò la punta del naso. «Quando ridi ti si arriccia il nasino.»

«Simon! È orribile!»

«È incantevole.»

«È storto.»

«È desiderabile.»

Lei fece una smorfia senza smettere di sorridere. «Chiaramente non conosci i canoni della bellezza femminile.»

Simon sollevò un sopracciglio. «Per quanto ti riguarda, d'ora in avanti i miei "canoni" sono i soli che contano.»

Daphne rimase senza parole per un momento, poi crollò contro di lui, ed entrambi furono scossi da un torrente di risate. «Oh, Simon, sei così esagerato! Meravigliosamente, perfettamente, assurdamente esagerato.»

«Assurdamente? Vuoi dire che sono assurdo?»

Lei strinse le labbra per trattenere un'altra risata.

«È doloroso quasi come essere chiamato impotente» borbottò Simon.

Subito, Daphne ridiventò seria. «Oh, sai bene che io non...» Rinunciò a tentare una spiegazione. «Sono così dispiaciuta...»

«Non esserlo. Dovrei torcere il collo a tua madre, ma tu non hai niente di cui scusarti.»

Le sfuggì una risatina. «La mamma ha fatto del suo meglio, e se non mi fossi confusa perché hai detto...»

«Vuoi dire che è colpa mia?» replicò lui con finta indignazione. Ma subito la sua espressione divenne maliziosa, seduttiva. Le si avvicinò tanto da costringerla a inarcarsi all'indietro. «Immagino che dovrò darmi da fare il doppio per provare le mie doti.» Le fece scivolare una mano intorno alla vita e la stese sul letto.

L'incontro con i suoi intensi occhi azzurri lasciò Daphne senza fiato. Il mondo sembrava diverso da quella posizione, più scuro e minaccioso. E molto più eccitante, perché Simon incombeva su di lei togliendole la visuale. In quel momento, mentre lentamente lui accorciava la distanza tra loro, Simon divenne tutto il suo mondo.

Questa volta il suo bacio non fu lieve. Non solleticava, ma divorava. Non stuzzicava, soggiogava.

Le afferrò le natiche e la tirò a sé, contro il proprio corpo eccitato. Con voce lievemente roca e colma di desiderio mormorò: «Stanotte ti farò mia».

Il respiro di Daphne accelerava sempre di più, sentiva il suono di ogni boccata d'aria riverberarsi nelle orecchie. Simon la teneva stretta, aderiva a lei con tutto il corpo. Daphne aveva immaginato quella notte migliaia di volte, da quando a Regent's Park le aveva detto che l'avrebbe sposata, ma non le era mai venuto in mente che avere addosso il peso del suo corpo sarebbe stato così eccitante. Lui era alto, forte e muscoloso; non c'era modo di sfuggirgli, anche se lo avesse voluto.

Com'era strano provare una gioia così sconvolgente nell'essere in balia di una persona. Simon poteva farle ciò che voleva e lei desiderava che lo facesse.

Ma quando lo sentì tremare e le sue labbra cercarono di pronunciare il suo nome, ma disse solo: «D-D-Daph...», lei capì di possedere un certo controllo della situazione. Simon la voleva tanto da non poter respirare, aveva bisogno di lei al punto da non poter parlare.

E mentre godeva della propria insospettata forza, scoprì

che il suo corpo sapeva che cosa fare. Inarcò i fianchi per incontrare quelli di lui e, mentre Simon le alzava le gonne, lei gli circondò la vita con le gambe attirandolo a sé.

«Mio Dio, Daphne» ansimò Simon alzandosi sui gomiti. «Voglio... non posso...»

Daphne cercò di stringerlo di nuovo contro di sé.

«Adesso non posso andare piano» mormorò Simon.

«Non importa.»

«A me sì.» Gli occhi di lui ardevano di cattive intenzioni. «Stiamo perdendo il controllo.»

Daphne lo fissò cercando di recuperare il fiato. Lui si sedette sul letto; le accarezzò il corpo con gli occhi mentre le passava una mano su una gamba.

«Prima di tutto dobbiamo occuparci del tuo vestito.»

Daphne era ancora confusa quando Simon si alzò in piedi e la trascinò con sé. Le tremavano le gambe e rischiava di perdere l'equilibrio, ma lui la sostenne mentre le sollevava il vestito. Sottovoce disse: «È difficile spogliarti se sei sdraiata». Poi cominciò a massaggiarle i glutei con un movimento circolare. «Il problema è: devo toglierti il vestito dalla testa o farlo scendere giù?»

Daphne sperò che non volesse davvero una risposta, perché non sarebbe stata in grado di pronunciare neanche una sillaba.

«Oppure entrambe le cose?» continuò lui infilando un dito sotto il corpetto dell'abito. Poi, senza che lei avesse il tempo di reagire, fece in modo che le scivolasse fino ai piedi. Non fosse stato per la leggera camiciola, sarebbe rimasta completamente nuda.

«Questa sì che è una sorpresa» mormorò Simon con il palmo della mano sopra uno dei suoi seni. «Non spiacevole, naturalmente. La seta non è morbida come la pelle, ma ha i suoi vantaggi.»

Daphne osservò con il respiro corto la mano di lui che muoveva la seta da una parte all'altra e la lieve frizione le fece inturgidire il capezzolo.

«Non sapevo...» sussurrò Daphne.

Simon cominciò a lavorare sull'altro seno. «Non sapevi cosa?»

«Che fossi così... audace.»

Lui fece un sorriso malizioso e diabolico. Con le labbra che le sfioravano un orecchio bisbigliò: «Eri la sorella del mio migliore amico. Assolutamente proibita. Che cosa potevo fare?».

Daphne fremeva di desiderio. Il suo fiato sull'orecchio le provocò dei brividi in tutto il corpo.

«Non potevo fare niente, se non immaginare» le confidò Simon facendole scendere una spallina della camiciola. «Pensavi a me? Pensavi a questo?»

Sul fianco, la mano di Simon strinse la presa. «Ogni notte. Ogni momento prima di addormentarmi, finché mi bruciava la pelle e il corpo implorava di essere soddisfatto.»

Daphne si sentì cedere le gambe, ma lui la sostenne.

«E poi, nel sonno...» La bocca di Simon si spostò sul collo di lei, il suo alito aveva l'effetto di un bacio. «Ero davvero perverso.»

Le sfuggì un gemito strozzato, pieno di desiderio.

La seconda spallina della camiciola scivolò giù quando la bocca di Simon trovò l'allettante incavo fra i seni. «Ma stanotte...» sussurrò, sfilandole prima una spallina e poi l'altra e denudandole il petto «stanotte i miei sogni diventano realtà.»

Daphne ebbe solo il tempo di trattenere il fiato e già le sue labbra le stavano succhiando il capezzolo turgido.

«Questo volevo farlo nel giardino di Lady Trowbridge. Sai?»

Lei scosse la testa in modo deciso, ancorandosi alle sue spalle per non cadere. Ondeggiava da un lato all'altro, a malapena in grado di tenere la testa dritta. Era pervasa da ondate di piacere puro che la lasciavano senza fiato, priva di equilibrio, e le impedivano persino di pensare.

«Certo che no,» mormorò lui «sei così innocente.»

Con mani esperte, Simon la liberò completamente dagli indumenti e lei rimase nuda tra le sue braccia. Lentamente, poiché sapeva che Daphne doveva essere nervosa quanto eccitata, la stese sul letto.

I suoi movimenti erano incontrollati e convulsi mentre si liberava a sua volta dei vestiti. Aveva la pelle in fiamme, il corpo anelava alla soddisfazione della carne. Non smise di guardarla neanche per un istante, sdraiata sul letto. Simon non aveva mai provato una simile attrazione. La pelle liscia come una pesca riluceva alla debole luce delle candele e i capelli, che già da un po' avevano perso l'acconciatura, le ricadevano liberi sul viso.

Le mani di Simon, che l'avevano spogliata con tanta destrezza, erano goffe e maldestre sui propri bottoni e lacci. Quando fu sul punto di togliersi i calzoni vide che Daphne stava tirando su le lenzuola. «Non farlo» le disse con una voce che quasi non riconobbe. I loro occhi s'incontrarono. «Ti scalderò io» le disse.

Si sfilò gli ultimi indumenti e, prima che lei potesse replicare, saltò sul letto e la coprì con il proprio corpo. La sentì sussultare per la sorpresa di quel contatto e irrigidirsi un poco.

«Stai tranquilla» mormorò sfiorandole il collo con la punta del naso mentre con una mano le accarezzava una coscia.

«Io mi fido. È solo che...» le tremava la voce.

Le mise la mano sul fianco. «È solo che?»

Colse una punta di asprezza nella voce di Daphne quando replicò: «Vorrei non essere tanto ignorante».

Il petto di Simon fu scosso da una risata soffocata.

«Smettila» ordinò Daphne dandogli una botta sulla spalla.

«Non rido di te» insisté Simon.

«Senza dubbio stai ridendo,» borbottò lei «e non dire che stai ridendo insieme a me perché non funziona.»

Lui si sollevò sui gomiti per poterla guardare in viso. «Ridevo perché pensavo a quanto sono contento della tua ignoranza.» Le sfiorò le labbra con un bacio. «Sono onorato di essere l'unico uomo che ha il privilegio di toccarti in questo modo.»

Gli occhi di Daphne brillavano di un sentimento così puro che a Simon fece quasi male. «Davvero?» sussurrò lei.

«Davvero» la rassicurò lui sorpreso che la sua voce suonasse burbera. «Sebbene "onore" sia probabilmente la metà di quello che vorrei dire.»

Daphne non rispose, ma l'espressione dei suoi occhi era curiosa.

«Potrei uccidere l'uomo che ti guardasse anche solo con la coda dell'occhio.»

Lei scoppiò a ridere. «Oh, Simon, è così meraviglioso essere l'oggetto di tale irrazionale gelosia! Grazie.»

«Mi ringrazierai più tardi.»

«Forse mi ringrazierai anche tu» rispose lei con un'espressione seducente di cui non c'era alcun bisogno.

Simon sentì che schiudeva le gambe e si sistemò contro di lei. Baciandole la base del collo mormorò: «Lo sto già facendo, credimi» disse, e non fu mai tanto grato all'autocontrollo che aveva imparato a esercitare su di sé. Ardeva dal desiderio di entrare in lei e farla sua, ma sapeva che quella notte, la loro notte di nozze, era per Daphne, non per lui.

Era la sua prima volta. Lui era il suo primo amante, il suo unico, solo amante, e sentiva la responsabilità di darle piacere il più possibile. Sapeva che Daphne lo voleva, lo capiva dal suo respiro affannoso, dagli occhi colmi di desiderio. Riusciva a malapena a guardarla, perché alla vista delle sue labbra aperte e ansimanti veniva travolto dall'irrefrenabile impulso di penetrarla subito.

Così cominciò a baciarla ovunque, ignorando il pulsare del proprio sangue ogni volta che lei trasaliva o gemeva di piacere. Poi, finalmente, quando la sentì contorcersi sotto di sé e capì che lo desiderava ardentemente, la toccò tra le gambe.

Sentì che era pronta per lui, più di quanto avesse sperato. Tuttavia, per essere ancora più sicuro, o forse perché non resisteva all'impulso perverso di torturarsi, volle provare il suo calore accarezzandole le parti intime.

«Simon!» Daphne ebbe un sussulto, s'inarcò, strinse i muscoli e lui capì che era prossima all'appagamento. Bruscamente, ritrasse la mano ignorando le sue proteste.

Poi le aprì maggiormente le gambe e si preparò a unirsi finalmente a lei. «Ti farà un po' male, ma ti prometto...»

«Fallo e basta» gemette Daphne girando la testa da una parte all'altra.

E così, Simon la penetrò.

«Stai bene?» le chiese irrigidendo i muscoli per non muoversi subito.

Daphne annuì e ansando ammise: «È una sensazione molto strana».

«Ma non spiacevole?» domandò Simon, quasi vergognandosi per la nota disperata nella propria voce.

Daphne scosse il capo e mosse le labbra in un piccolo sorriso molto femminile. «Assolutamente non spiacevole, ma prima... quando l'hai fatto con...»

Anche al chiarore tenue della candela, lui vide che era arrossita. «È questo che vuoi?» domandò ritraendosi.

«No!» esclamò Daphne.

«Allora forse è questo che vuoi» disse Simon ritraendosi ancora per poi tornare dentro di lei.

Daphne trasalì. «Sì. No. Entrambe le cose.»

Simon cominciò a muoversi con un ritmo deliberatamente lento e costante. A ogni spinta lei tratteneva il fiato, ogni piccolo gemito era perfetto per farlo impazzire.

E poi i mugolii divennero strilli, gli ansiti si trasformarono in affanno e lui capì che stava arrivando al limite. Cominciò a muoversi più in fretta, stringendo i denti per mantenere il controllo mentre lei raggiungeva l'apice del piacere.

Daphne gridò il suo nome, poi s'irrigidì e quindi si aggrappò alle sue spalle e sollevò i fianchi con una forza incredibile. Alla fine, dopo un ultimo spasmo, crollò sotto di lui. Simon si permise un'ultima spinta profonda, godendo del calore di quel corpo femminile. Poi, dopo un bacio appassionato, si staccò da lei ed esplose sulle lenzuola al suo fianco.

Fu la prima di molte notti di passione. Gli sposini arrivarono a Clyvedon e, con grande imbarazzo di Daphne, non uscirono dalla camera padronale per oltre una settimana.

Solo quando emersero dalla clausura della luna di miele, Daphne ebbe la possibilità di visitare Clyvedon, dato che al suo arrivo aveva visto soltanto il tragitto dalla porta d'ingresso alla stanza del duca. Dopodiché spese diverse ore a fare la conoscenza dei domestici di grado superiore. Naturalmente le erano già stati presentati tutti, ma volle intrattenersi un po' con ognuno di loro singolarmente.

Poiché Simon non alloggiava al castello da parecchi anni, molti dei nuovi domestici non lo conoscevano, però quelli che lavoravano lì da quando lui era piccolo a Daphne parvero estremamente devoti al nuovo duca. Rise di questo mentre passeggiava con lui nel giardino, ma si meravigliò molto che lo sguardo di Simon rimanesse serio. «Ho vissuto qui finché sono andato a Eton» si limitò a dire, come se questa fosse una spiegazione sufficiente.

«Non andavi mai a Londra? Quando eravamo piccoli, spesso noi...»

«Ho vissuto esclusivamente qui.»

Il suo tono lasciava intendere che desiderava, anzi esigeva, che si cambiasse argomento, ma Daphne decise ugualmente di ignorarlo. «Dovevi essere un tesoro da bambino, o forse un gran birbante, per avere suscitato una simile devozione.»

Simon non rispose.

Lei proseguì: «Mio fratello Colin era lo stesso. Quando era piccolo era un demonio, ma così simpatico che i domestici lo adoravano. Una volta...».

Daphne rimase a bocca aperta. Era inutile continuare. Simon aveva fatto dietrofront e se n'era andato.

A Simon non importava niente delle rose, ma si appoggiò a uno steccato e rimase a osservare il famoso giardino di Clyvedon come se intendesse dedicarsi alla floricoltura. Tutto perché non voleva rispondere alle domande di Daphne sulla sua infanzia.

La verità era che detestava i ricordi. Anche Clyvedon lo metteva a disagio. Il solo motivo per cui aveva condotto la moglie lì era perché quella era l'unica tra le sue residenze a trovarsi a soli due giorni da Londra e pronta per essere abitata subito.

Simon non voleva ricordare la propria infanzia, né le volte che aveva scritto al padre e atteso invano le sue risposte. Non voleva ricordare i sorrisi gentili dei domestici e i loro occhi pieni di pietà. Loro lo amavano e si rattristavano per lui, ma lui voleva essere ammirato, non compatito. C'era riuscito soltanto quando, da solo, era andato a Eton, dove aveva assaporato finalmente il suo primo successo. Da allora aveva fatto molta strada e non voleva tornare indietro.

Ma non era colpa di Daphne. Quando gli aveva chiesto della sua infanzia, non l'aveva fatto con secondi fini. Lei non sapeva nulla delle sue difficoltà di linguaggio, anche perché Simon si era sempre sforzato di tenergliele nascoste. No, non era vero, pensò poi. Con Daphne non doveva fare sforzi, perché lei lo metteva a proprio agio, lo faceva sentire libero. La balbuzie, adesso, si affacciava molto raramente e solo quando era in collera, emozionato o agitato.

Si appoggiò più pesantemente alla recinzione, in preda al rimorso per aver trattato in modo villano la moglie. Evidentemente era destinato a farlo, ogni tanto.

«Simon?»

Lui avvertì la presenza di Daphne prima ancora di udirne la voce. Si era avvicinata alle sue spalle, in silenzio, sull'erba. Lui sentiva la sua fragranza e il soffio del vento tra i suoi capelli.

«Queste rose sono bellissime» la sentì dire. Simon sapeva che era un modo per calmare il suo malumore. Sapeva che moriva dalla voglia di chiedergli qualcosa. Ma lei era più saggia di quanto ci si sarebbe aspettati da una ragazza della sua età e, per quanto gli piacesse stuzzicarla in proposito, lei capiva molto degli uomini e dei loro stupidi caratteri. Non gli avrebbe chiesto niente. Almeno per quel giorno.

«Mi hanno detto che le aveva piantate mia madre» le rispose, forse con tono involontariamente un po' burbero. Daphne non disse nulla e lui aggiunse: «È morta quando sono nato».

Lei annuì. «Me l'hanno detto. Mi dispiace.»

Simon scosse le spalle. «Non l'ho mai conosciuta.»

«Questo non significa che non sia stata una perdita.»

Simon pensò alla propria infanzia. Non aveva modo di sapere se sua madre si sarebbe mostrata più empatica del consorte rispetto alle difficoltà del figlio, ma immaginava che, senza dubbio, non avrebbe potuto fare peggio.

«Sì. Suppongo di sì» mormorò lui.

Più tardi, mentre Simon era occupato a controllare i conti della proprietà, Daphne decise che era un buon momento per conoscere meglio Mrs Colson, la governante. Anche se lei e Simon non avevano parlato di dove avrebbero abitato, Daphne immaginava che avrebbero passato comunque parecchio tempo a Clyvedon, e da sua madre aveva imparato che una padrona di casa doveva avere un buon rapporto con la governante per una perfetta gestione della casa.

Poco prima del tè, Daphne si recò nel salottino di Mrs Colson, una stanzetta vicino alla cucina. La governante, una bella donna sulla cinquantina, era seduta a una piccola scrivania, impegnata a redigere i menu della settimana.

Daphne bussò alla porta aperta. «Mrs Colson?»

La donna alzò gli occhi e si alzò di scatto. «Vostra Grazia avrebbe dovuto chiamarmi» disse inchinandosi.

Daphne sorrise, non ancora abituata al suo nuovo status. «Mi trovavo nei paraggi» rispose per spiegare la sua visita poco ortodossa nel regno della servitù. «Se avete un momento, mi farebbe piacere conoscerci meglio, dato che vivete qui da molti anni e io spero di poter fare altrettanto.»

Mrs Colson sorrise al tono cordiale di Daphne. «Certo, Vostra Grazia. C'è qualcosa in particolare che volete chiedermi?»

«Assolutamente no. Ma ho molto da imparare su Clyvedon, se devo occuparmene. Che ne dite di prendere il tè nella sala gialla? Mi piace molto la tappezzeria, così calda e solare. Speravo di poterne fare il mio salotto.»

Mrs Colson la guardò in modo strano. «La duchessa madre era della stessa idea. Nel corso degli anni, ho avuto una cura particolare per quella stanza. Essendo esposta a sud, riceve molto sole. Ho fatto rifare le tappezzerie tre anni fa. Sono andata fino a Londra per trovare lo stesso tessuto.» «Capisco» disse Daphne avviandosi. «Il defunto duca doveva amare molto la moglie per ordinare una tale diligente cura alla sua camera preferita.»

Senza guardarla, Mrs Colson rispose: «Il duca ha sempre previsto una somma generosa per gestire la residenza. Io ho solo pensato che fosse il modo adeguato di usarla».

Dopo che la governante ebbe dato istruzioni per il tè a una cameriera, Daphne riprese: «Anche se l'attuale duca non ha mai conosciuto la madre, sono sicura che apprezzerà molto il vostro gesto».

«Era il minimo che potessi fare» replicò l'altra mentre attraversavano l'atrio. «Non ho sempre prestato servizio presso i Basset, dopotutto.»

«Davvero?» chiese Daphne curiosa. I domestici con maggiori responsabilità erano notoriamente i più leali, e spesso erano al servizio della stessa famiglia da più generazioni.

«Sono stata la cameriera personale della duchessa.» La governante si fermò davanti all'ingresso della sala gialla per cedere il passo a Daphne prima di continuare: «E prima ancora siamo state compagne d'infanzia. Mia madre era la sua balia e la famiglia di Sua Grazia mi permetteva di studiare con lei».

«Dovevate essere molto amiche.»

Mrs Colson annuì. «Dopo la sua morte, ho occupato altre posizioni qui a Clyvedon, finché sono diventata governante.»

«Capisco.» Daphne le sorrise e prese posto sul sofà. «Vi prego, sedetevi» disse alla donna indicando la sedia di fronte.

Mrs Colson sembrò imbarazzata da tanta familiarità, ma si sedette. «Quando è morta mi si è spezzato il cuore… spero che non vi dispiaccia se ve lo dico.»

«Certamente no.» Daphne era curiosa di sapere dell'infanzia di Simon, dato che lui non ne parlava. «Vi prego, parlatemi di lei.»

Gli occhi della donna si appannarono. «Era la persona più gentile e sensibile di questo mondo. Lei e il duca... be', non era stato un matrimonio d'amore, ma andavano d'accordo. Erano amici, in un certo senso. Molto consapevoli dei doveri della loro posizione e prendevano le loro responsabilità molto sul serio.»

Daphne annuì, comprensiva.

«Lei era fermamente decisa a dargli un figlio. Ha continuato a tentare anche dopo che i medici le avevano proibito di farlo.»

Daphne annuì di nuovo, sperando di nascondere l'espressione angosciata. Era difficile sentire parlare di persone che non potevano avere figli. Ma pensò di doversi abituare. Forse sarebbe stato più difficile rispondere a domande in proposito. Ce ne sarebbero state tante: domande dolorosamente piene di tatto e odiosamente pietose.

Mrs Colson non notò l'espressione di Daphne e continuò a raccontare, cercando di trattenere le lacrime. «Lei ripeteva che non poteva essere una vera duchessa se non era in grado di dare un figlio al duca. E mi spezzava il cuore, tutti i mesi mi si spezzava il cuore.»

Daphne si domandò se anche il proprio cuore si sarebbe spezzato ogni mese. Probabilmente no, visto che lei aveva già la certezza che non avrebbe avuto figli. Le speranze della madre di Simon crollavano ogni ventotto giorni.

«E, naturalmente,» continuò la governante «tutti ne parlavano come se fosse colpa della duchessa se non c'era un bambino. Come potevano saperlo? Non sempre è colpa della donna. A volte è dell'uomo.»

Daphne non fece commenti.

«Io glielo ripetevo a non finire, ma lei continuava a sentirsi la sola responsabile. Provavo a spiegarle...» La governante arrossì. «Vi dispiace se parlo in maniera così franca?»

«Ve ne prego.»

«Be', provavo a spiegarle quello che mi era stato detto

da mia madre: "Un grembo non si riempie senza un seme sano e forte".»

Daphne riuscì a mantenere un'espressione impassibile.

«Poi, alla fine, nacque il signorino Simon» sospirò la donna e guardò Daphne con apprensione. «Chiedo scusa, non dovrei chiamarlo così. Adesso è lui il duca.»

«Non smettete di chiamarlo così per me» la tranquillizzò Daphne, contenta di avere qualcosa di cui ridere.

«È difficile cambiare un'abitudine alla mia età. E temo che una parte di me lo ricorderà sempre come il povero bambino che era. Sarebbe stato tutto più facile per lui se la madre non fosse morta di parto.»

«Tutto più facile?» mormorò Daphne, sperando che la donna si spiegasse meglio.

«Il duca non ha mai capito quel povero ragazzo. Gridava, gli dava dello stupido e...»

Daphne alzò la testa di scatto e interruppe la donna. «Il duca credeva che il figlio fosse stupido?» Era assurdo. Simon era una delle persone più intelligenti che avesse conosciuto. Una volta gli aveva chiesto dei suoi studi a Oxford ed era rimasta stupita nell'apprendere che la sua conoscenza della matematica era eccezionale.

«Il duca non riusciva a vedere il mondo oltre il suo naso» disse Mrs Colson con un piccolo sbuffo di disprezzo. «Non ha mai dato un incoraggiamento a quel ragazzo.»

Daphne si tese in avanti. Pendeva dalle labbra della governante. Che cosa aveva fatto il duca a Simon? Ed era quello il motivo per cui diventava gelido quando si nominava il padre?

Mrs Colson tirò fuori un fazzoletto e si asciugò gli occhi. «Avreste dovuto vedere quali e quanti sforzi ha fatto per migliorare se stesso. Mi si spezzava il cuore. Semplicemente mi si spezzava il cuore.»

Daphne strinse i braccioli del sofà. Mrs Colson non sarebbe mai arrivata al punto. «Ma nessuno dei suoi sforzi era mai abbastanza per il duca. Chiaramente questa è solo una mia opinione, ma...»

In quel momento entrò una cameriera con il tè. Daphne avrebbe voluto urlare, tanto fremeva di impazienza. Ci vollero ben due minuti per sistemare tazze, piattini e versare il tè, e nel frattempo la governante parlò dei biscotti informandosi su come la duchessa li preferiva, se ripieni o spolverati di zucchero.

Daphne dovette togliere le mani dal sofà per evitare di conficcare le unghie nella stoffa che Mrs Colson si era tanto prodigata a reperire.

Finalmente la cameriera se ne andò, Mrs Colson bevve un sorso di tè e disse: «Allora, dove ero rimasta?».

«Parlavate del duca defunto. Dicevate che quello che mio marito faceva non era mai abbastanza per lui e che...»

«Oh, mi ascoltavate! Ne sono lusingata. Naturalmente. Stavo dicendo che il vecchio duca non ha mai perdonato al figlio di non essere perfetto.»

«Ma Mrs Colson, nessuno di noi è perfetto» replicò Daphne con calma.

«Certo che no, ma...» La governante alzò gli occhi, e la sua espressione era evidentemente di disprezzo. «Se aveste conosciuto Sua Grazia, avreste capito. Aveva aspettato tanto quel figlio, nella sua mente il nome dei Basset era sinonimo di perfezione.»

«Mio marito non era il figlio che voleva?» chiese Daphne.

«Lui non voleva un figlio. Voleva una piccola replica di se stesso.»

Daphne non poté più contenere la propria curiosità. «Ma che cosa ha fatto Simon per essere tanto disprezzato dal duca?»

Mrs Colson sgranò gli occhi per la sorpresa e si portò una mano al petto. «Non lo sapete? Certo che non potete saperlo. Lui non riusciva a parlare.»

Daphne rimase a bocca aperta, stupefatta. «Volete ripetere?»

«Non ha parlato fino ai quattro anni, poi ha cominciato a balbettare. Ogni volta che apriva la bocca mi si spezzava il cuore. Io capivo che era intelligente, ma non riusciva a pronunciare le parole nel modo giusto.»

«Ma adesso parla benissimo» disse Daphne, sorprendendosi per il tono incredulo. «Non l'ho mai sentito balbettare. O, se l'ha fatto, n-n-non me ne sono mai accorta. Vedete, ho balbettato anch'io. Lo fanno tutti quando sono agitati.» «Il piccolo cercava di migliorare. Ricordo che aveva sette anni. Per sette anni non ha fatto altro che fare esercizi con la sua tata, Mrs Hopkins. Era una santa. Gli voleva bene come fosse stato suo. A quel tempo ero l'aiutante della governante, ma a volte mi lasciava salire per aiutarlo a esercitarsi.»

«Era difficile per lui?» mormorò Daphne.

«A volte temevo che scoppiasse per la frustrazione. Ma era tenace. Cielo, com'era testardo. Non ho mai visto una persona tanto determinata.» Mrs Colson scosse tristemente la testa. «Però suo padre lo respingeva lo stesso e…»

«… Vi ha spezzato il cuore» terminò Daphne per lei. «L'avrebbe spezzato anche a me.»

Mrs Colson bevve un sorso di tè durante il lungo, imbarazzante silenzio che seguì. «Grazie molte per avermi invitata a prendere il tè con voi, Vostra Grazia» disse scambiando il silenzio di Daphne per contrarietà. «È una cosa fuori dalle regole, ma molto… gentile. Molto gentile da parte vostra.»

«Grazie» mormorò Daphne, distrattamente.

«Oh, ma non ho risposto alle vostre domande su Clyvedon» disse Mrs Colson.

Daphne scosse la testa. «Un'altra volta magari.» Al momento aveva troppe cose cui pensare.

La governante percepì il desiderio della duchessa di rimanere sola, si alzò, fece una riverenza e uscì in silenzio.

16

L'afa di questa settimana ha ridotto le riunioni mondane. L'Autore ha visto Miss Prudence Featherington perdere i sensi al ballo degli Huxley, ma è impossibile capire se questa temporanea perdita della posizione verticale sia dovuta al caldo o alla presenza di Mr Colin Bridgerton, la cui avvenenza ha provocato un gran chiasso nell'alta società dopo il suo ritorno dal Continente.

Il caldo fuori stagione ha costretto Lady Danbury a lasciare la città con la scusa che il suo gatto (un animale dal pelo lungo e folto) non tollerava il clima. Si pensa si sia ritirata nel suo maniero nel Surrey.

È lecito immaginare che il duca e la duchessa di Hastings non siano disturbati da questo innalzamento della temperatura dato che, al momento, soggiornano sulla costa, dove la brezza marina è sempre piacevole. Ma l'Autore non può essere sicuro del loro benessere poiché, contrariamente alla credenza popolare, non ha spie in tutte le importanti dimore, e di sicuro non fuori Londra!

da «Le cronache mondane di Lady Whistledown»
2 giugno 1813

Simon rifletteva sul fatto che, pur essendo sposati da meno di quindici giorni, la loro convivenza avesse già assunto una confortevole routine. In quel momento era scalzo sulla soglia dello spogliatoio e si stava allentando la cravatta mentre osservava la moglie che si spazzolava i capelli.

Il giorno prima aveva fatto esattamente la stessa cosa. C'era qualcosa di curiosamente rassicurante in questo. Entrambe le volte aveva pensato, con un po' di malizia, a nuove tattiche per sedurre la moglie. Il giorno prima, naturalmente, aveva avuto successo.

Lasciata cadere la cravatta sul pavimento, fece qualche passo avanti. Si fermò accanto a Daphne e si appoggiò al suo tavolo da toilette. Lei alzò gli occhi e li batté come un gufo. Simon appoggiò la mano sopra quella di lei che impugnava la spazzola. «Mi piace guardarti mentre ti spazzoli i capelli, ma preferisco farlo io.»

Lei lo guardò con attenzione e, lentamente, lasciò la spazzola. «Hai finito con le tue carte? Sei rimasto con l'amministratore per moltissimo tempo.»

«Sì, è una cosa noiosa ma necessaria e...» Il suo viso s'irrigidì e chiese: «Che cosa guardi?».

Lei distolse gli occhi da lui e, cercando di usare un tono disinvolto, rispose: «Niente».

Simon scosse la testa, come per scacciare un pensiero, poi cominciò a spazzolarle i capelli. Per un momento gli era sembrato che Daphne gli guardasse la bocca e fece uno sforzo per non rabbrividire. Per tutta la sua infanzia la gente gli aveva guardato la bocca. La fissavano affascinati e insieme inorriditi: cercavano di guardarlo negli occhi, poi tornavano alle sue labbra; sembravano incapaci di credere che una bocca così normale potesse produrre tanti balbettii.

Ma certamente se l'era immaginato. Perché Daphne doveva guardargli la bocca?

Mentre le passava delicatamente la spazzola nei capelli, le chiese: «Hai fatto una bella chiacchierata con Mrs Colson?».

Daphne sussultò, con un piccolo movimento che cercò di nascondere, ma che lui notò lo stesso. «Sì, sa moltissime cose.»

«Infatti. È qui da sempre... ma che cosa stai guardando?»

Daphne praticamente fece un salto sulla sedia. «Guardo lo specchio.»

Era vero, ma Simon continuava a essere sospettoso. Gli occhi di lei fissavano un punto. «Come stavo dicendo,» si affrettò a dire Daphne «sono certa che Mrs Colson mi sarà indispensabile per organizzare la gestione di Clyvedon. È molto grande e devo imparare tante cose.»

«Non sforzarti troppo» l'ammonì il marito. «Non passeremo qui molto tempo.»

«No?»

«Penso che sia meglio stabilire la nostra residenza principale a Londra.» Allo sguardo sorpreso della moglie, aggiunse: «Tu sarai vicina alla tua famiglia, anche alla residenza di campagna. Pensavo che ti facesse piacere».

«Sì, certo. Mi mancano. Non sono mai stata lontana da loro per molto tempo. Naturalmente ho sempre pensato che una volta sposata avrei avuto la mia famiglia e...»

Scese un silenzio pesante.

«Be', adesso la mia famiglia sei tu» precisò lei. La sua voce era solo un poco afflitta.

Simon sospirò e la spazzola si fermò tra i capelli di lei. «Daphne, la tua famiglia sarà sempre la tua famiglia. Io non potrò mai sostituirmi a loro.»

«No.» Daphne si voltò per guardarlo; aveva gli occhi come la cioccolata calda quando bisbigliò: «Ma puoi essere anche di più».

Simon si rese conto che il suo progetto di sedurla era fallito, perché era lei che lo voleva sedurre.

Daphne si alzò. Sotto la vestaglia che le scivolava dalle spalle aveva un *négligé* che rivelava quasi quanto nascondeva.

Una mano di Simon si fece strada lungo un lato del seno, le sue dita abbronzate in contrasto con il tessuto verde salvia della camicia da notte. «Ti piace molto questo colore, vero?»

Daphne sorrise e lui dimenticò per un attimo di respirare.

«Si abbina perfettamente al colore dei miei occhi» scherzò lei. «Ricordi?»

Simon non credeva fosse possibile sorridere quando ci

si sentiva morire per mancanza di ossigeno. A volte il bisogno di toccarla era così forte che limitarsi a guardarla gli faceva male.

La strinse a sé: se non l'avesse fatto sarebbe impazzito.

«Vuoi dire che l'hai comprata per me?» le bisbigliò contro il collo.

«Certo. Chi altri dovrebbe vedermi?» replicò lei, con voce tremante, poiché Simon le stava baciando il lobo dell'orecchio.

«Nessuno» rispose lui premendola contro il proprio corpo eccitato. «Nessuno. Mai.»

Daphne lo guardò, divertita dal suo improvviso attacco di possessività. «E poi fa parte del mio corredo.»

«Amo il tuo corredo. Ti ho mai detto che lo adoro?»

«Non con tante parole, ma non è stato difficile intuirlo.»

«Soprattutto, mi piace quando non ce l'hai addosso» continuò lui spingendola verso il letto e togliendosi la camicia.

Quello che lei stava per dire andò perduto, perché Simon la fece cadere sul materasso.

Subito, le si mise sopra, le sollevò le braccia sulla testa e ne toccò dolcemente la parte superiore. «Sei forte. Più di molte donne» osservò.

«Non voglio sentir parlare di altre donne» rispose lei un po' contrariata.

Simon rise, poi con la velocità del baleno le afferrò i polsi e la immobilizzò. «Ma non sei forte come me.»

Sorpresa, lei emise un piccolo mugolio strozzato che lui trovò particolarmente eccitante. Tenendola ferma con una mano, usò l'altra per accarezzarla dappertutto.

«Se non sei la più perfetta delle donne,» mormorò mentre le alzava la camicia fino alla vita «allora il mondo è...»

«Smettila, sai bene che non sono perfetta.»

«Davvero?» chiese Simon con un sorriso malizioso mentre le infilava una mano sotto i glutei. «Devi essere male informata, perché questo» le disse dandole un pizzicotto «è perfetto.»

«Simon!»

«E in quanto a questi,» continuò coprendole un seno con la mano e accarezzandone la punta «ebbene, non ho bisogno di dirti la mia opinione.»

«Sei matto.»

«Ci sono forti probabilità, ma devi sapere che ho un gusto eccellente.» Le baciò le labbra. «E tu hai un sapore buonissimo.»

Daphne non poté fare a meno di ridere.

«Osi prenderti gioco di me?»

«Normalmente lo farei, ma non quando mi tieni i polsi inchiodati sulla testa.»

Con la mano libera, lui cominciò a togliersi i calzoni. «Decisamente ho sposato una donna di grande buon senso.»

Che uomo ammirevole suo marito. Aveva dovuto affrontare un ostacolo enorme, e l'aveva superato grazie a una determinazione di ferro: era di sicuro l'uomo con più forza di volontà e disciplina che avesse conosciuto.

«Sono così contenta di averti sposato... e orgogliosa che tu sia mio.»

Simon si fermò, sorpreso dall'improvvisa serietà del suo tono. Con la voce un po' roca rispose: «Anch'io sono orgoglioso che tu sia mia. E te lo dimostrerò se riuscirò a liberarmi da questi dannati calzoni». Infatti continuava ad armeggiare con i bottoni.

Daphne scoppiò di nuovo a ridere. «Forse se usassi due mani...»

La guardò come se avesse detto una cosa assurda. «Ma dovrei lasciarti andare.»

«E se promettessi di non muovere le mani?»

«Non sarei mai così ingenuo da crederti.»

Guardandolo con malizia, lei suggerì: «E se invece promettessi di muoverle?».

«Be', questo mi sembra interessante.» Simon scese dal letto con una strana combinazione di grazia e di agitazione e si denudò in meno di tre secondi. Poi si stese su un fianco accanto a lei. «Allora, dove eravamo rimasti?»

«Credo a questo stesso punto» fu la risposta.

«Non eri attenta. Eravamo...» le salì addosso schiacciandola contro il materasso «qui.»

Daphne scoppiò a ridere.

«Non ti ha mai detto nessuno di non ridere di un uomo quando sta cercando di sedurti?»

Se prima sarebbe riuscita a restare seria, adesso non poteva più. «Oh, Simon, ti amo così tanto.»

Lui s'irrigidì. «Come hai detto?»

Daphne gli sfiorò una guancia. Lo capiva molto meglio adesso. Dopo essere stato respinto con tanta durezza da bambino, probabilmente non aveva mai realizzato di poter essere degno di amore. E probabilmente non sapeva come ricambiarlo. Ma lei era disposta ad aspettare.

«Non devi dire niente» sussurrò. «Sappi solo che ti amo.»

L'espressione di Simon era di gioia e di sgomento insieme. Daphne si chiese se qualcuno gli avesse mai detto di volergli bene prima di lei. Era cresciuto senza una famiglia, senza quel nido di calore e d'amore che invece per lei era sempre stato scontato.

Quando Simon riuscì a trovarla, la sua voce era rauca e stentata. «D-Daphne, io...»

«Sssh. Non dire nulla adesso. Aspetta fino a quando non sentirai che è il momento giusto, allora parlerai» gli sussurrò posandogli un dito sulle labbra.

Subito si chiese se non avesse pronunciato le parole più sbagliate che potesse usare: lui non doveva sempre trovare il momento giusto per parlare?

«Baciami e basta» bisbigliò, ansiosa di superare un istante che poteva essere difficile per lui. «Ti prego, baciami.»

E lui lo fece. La baciò con una intensità quasi feroce, bruciante di passione e del desiderio che sentivano entrambi. Labbra e mani non lasciarono tranquillo un solo punto del corpo di lei: toccavano, baciavano, accarezzavano, finché la camicia di Daphne venne gettata sul pavimento e lenzuola e coperte finirono arrotolate in fondo al letto.

Ma a differenza delle notti precedenti, Simon non la lasciò frastornata. Quella giornata le aveva fornito troppe cose cui pensare e nulla, nemmeno l'appetito insaziabile del suo corpo, poteva fermare il corso dei suoi pensieri.

Nuotava nel desiderio, ogni nervo era scattante e raggiungeva l'apice del piacere, tuttavia la mente continuava a correre e ad analizzare.

Quando gli occhi di lui, così azzurri che scintillavano persino al bagliore della candela, affondarono nei suoi, Daphne si domandò se tale intensità fosse causata dall'emozione che lui non sapeva esprimere a parole. Simon mormorò il suo nome e lei non poté fare a meno di tendere l'orecchio a un eventuale balbettio. E quando entrò in lei, Daphne si domandò perché avesse un'espressione sofferente.

«Simon? Stai bene?» gli chiese e la preoccupazione fu una lieve doccia fredda sul desiderio crescente.

Lui annuì a denti stretti. Crollò su di lei e muovendo i fianchi le bisbigliò nell'orecchio: «Ti porto là».

Non sarebbe stato difficile, pensò Daphne trattenendo il fiato mentre lui le baciava la punta di un seno. Non era mai difficile. Simon sapeva esattamente come toccarla, quando muoversi e come eccitarla. Mise una mano tra i loro corpi, titillandole la pelle calda finché anche i fianchi di lei cominciarono a muoversi all'unisono con i suoi.

Daphne si sentì scivolare nell'oblio. Era così bello...

«Ti prego, devi... adesso, Daphne, adesso!»

Lei lo fece e il mondo le esplose intorno. Chiuse gli occhi così stretti che vide stelle, puntini ed esplosioni di luce. Udì della musica, o forse era solo il suo gemito che saliva al massimo quando raggiunse l'apice del piacere.

Con un basso mugolio di petto che sembrò uscirgli dall'anima, Simon esplose a sua volta, ma non dentro di lei, bensì fuori, come al solito.

Dopo un momento l'avrebbe presa tra le braccia. Era un rituale cui Daphne si era abituata. La stringeva a sé con forza, la schiena di Daphne contro il suo petto, il viso di Simon tra i capelli di lei. Poi, calmato il respiro, si addormentavano.

Ma quella notte era diverso. Daphne si sentiva stranamente irrequieta. Il suo corpo era sazio e stanco, ma qualcosa non andava. In un angolo della mente qualcosa la molestava.

Simon la spinse verso la parte pulita del letto. Lo faceva sempre usando il proprio corpo come una barriera, così che lei non toccasse il lenzuolo che lui aveva irrorato con il suo seme. Era un pensiero gentile e...

Daphne spalancò gli occhi e quasi rimase senza fiato.

«Un grembo non si riempie senza un seme sano e forte.»

Daphne non aveva dato peso alle parole di Mrs Colson fino a quel momento. Era troppo in pena per l'infanzia di Simon, troppo preoccupata a domandarsi che cosa poteva fare per cancellare dalla sua mente i cattivi ricordi.

All'improvviso si alzò a sedere sul letto. Con mani tremanti accese la candela sul tavolino da notte.

Simon aprì un occhio assonnato. «Cosa c'è?»

Lei non rispose, limitandosi a fissare la chiazza del suo seme sull'altra parte del letto.

Il suo seme.

«Daff?»

Simon le aveva detto di non poter avere figli. Le aveva *mentito*.

«Daphne, cosa c'è?» domandò preoccupato sedendosi a sua volta.

Lei indicò il punto che stava fissando. «E questo che cos'è?» chiese con un filo di voce, appena udibile.

«Di che cosa stai parlando?» chiese lui seguendo la direzione del suo dito e vedendo solo il lenzuolo.

«Perché non puoi avere figli?»

Lui non rispose.

«Perché, Simon?» incalzò lei quasi urlando.

«I dettagli non sono importanti, Daphne.»

Lo disse con tono dolce e suadente, con solo un pizzico di condiscendenza. Daphne sentì qualcosa ribellarsi dentro di sé.

«Vai via» ordinò.

Lui rimase a bocca aperta. «Questa è la mia camera.»

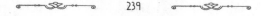

«Allora vado via io.» Scese dal letto come una furia, avvolgendosi nel lenzuolo.

Simon fu subito in piedi. «Non ti azzardare a uscire di qui.»

«Mi hai mentito.»

«Io non ho mai...»

«Tu mi hai mentito» gridò Daphne. «Mi hai mentito e non ti perdonerò mai.»

«Daphne...»

«Hai approfittato della mia ignoranza e della mia ingenuità.» Emise un sospiro incredulo. «Devi essere stato soddisfatto quando ti sei reso conto di quanto poco sapessi dei rapporti coniugali.»

«Si chiama *fare l'amore*, Daphne.»

«Non tra noi.»

C'era del rancore nel suo tono e nelle sue parole e Simon rimase interdetto. Era in piedi in mezzo alla stanza, completamente nudo, e cercava disperatamente un modo per salvare la situazione. Non sapeva nemmeno con esattezza che cosa lei capisse o credesse di capire. Con estrema lentezza, per evitare che l'emozione lo facesse balbettare, osservò: «Forse dovresti dirmi esattamente perché sei in collera».

«Ah, vuoi che ci mettiamo a giocare?» chiese lei con sarcasmo. «Bene, lascia che ti racconti una favola. C'era una volta...»

Il suo tono rabbioso gli fece l'effetto di una spada nello stomaco. «Daphne, non fare così.»

«C'era una volta una giovane donna. La chiameremo Daphne.»

Simon andò nello spogliatoio e afferrò una vestaglia. C'erano degli argomenti che un uomo preferiva non trattare mentre era nudo.

«Daphne era molto, molto stupida.»

«Daphne!»

«E va bene» agitando una mano, seccata, si corresse: «Allora diciamo ignorante. Era molto, molto ignorante».

Lui incrociò le braccia.

«Daphne non sapeva niente di quello che succedeva tra un uomo e una donna. Non sapeva quello che facevano, se non che lo facevano a letto e che a un certo momento il risultato doveva essere un bambino.»

«Basta così.»

Simon capì che l'aveva udito solo dal furore che le lampeggiò nello sguardo. «Ma lei non sapeva in che modo il bambino venisse concepito, così quando suo marito le disse di non poter avere figli...»

Lui la interruppe con veemenza: «Te l'avevo detto prima del matrimonio. Ti avevo dato la possibilità di ripensarci, non dimenticarlo. Non osare dimenticarlo».

«Hai fatto in modo che soffrissi per te.»

«Oh, andiamo, questo è proprio quello che un uomo vuole sentirsi dire» replicò Simon con sarcasmo.

«Per l'amor del cielo, Simon! Sai benissimo che non ti ho sposato per pietà!»

«Allora, perché?»

«Perché ti amavo» rispose Daphne. «E perché non volevo vederti morire, come sembrava fossi stupidamente disposto a fare.»

Poiché non sapeva che cosa dire, lui si limitò a sbuffare e a guardarla torvo.

«Ma non cercare di ritorcerlo contro di me. Non sono stata io a mentire. Mi avevi detto di non poter avere figli, ma la verità è che non *vuoi* averne.»

Simon non rispose, ma sapeva che la risposta era nella propria espressione.

Daphne gli si avvicinò di un passo cercando di controllare la collera. «Se davvero non potessi avere dei bambini, non avrebbe importanza dove finisce il tuo seme. Non faresti tanta attenzione a non lasciarlo dentro di me.»

«Tu non sai niente di que-questo.» Lo disse con tono basso e furente, incespicando appena.

Lei incrociò le braccia. «Allora spiegamelo.»

«Non avrò mai dei figli. Mai. Hai capito?»

«No.»

Lui sentì la rabbia salirgli dentro, agitarsi nello stomaco, premergli contro la pelle, finché ebbe l'impressione di scoppiare. Non era in collera con lei e nemmeno con se stesso. L'oggetto della sua collera era, come sempre, colui che con la propria presenza, o mancata presenza, aveva tanto influenzato la sua vita.

Facendo uno sforzo per controllarsi disse: «Mio padre non era un uomo affettuoso».

Guardandolo negli occhi, Daphne replicò: «Lo so».

Questo lo colse di sorpresa. «Che cosa sai?»

«So che ti ha fatto del male, che ti ha respinto. So che ti credeva stupido.» Negli occhi di lei non c'era esattamente compassione, ma quasi.

Simon sentì che il cuore gli batteva forte e non era sicuro di poter parlare, tuttavia riuscì a dire: «Allora sai che...».

«Che balbettavi?» lo anticipò lei.

Lui la ringraziò in silenzio. "Farfugliare" e "balbettare" erano parole che non riusciva a dire.

Daphne alzò le spalle. «Era proprio un idiota.»

Simon la guardò attonito, domandandosi come lei riuscisse a vanificare decenni di rabbia con una semplice affermazione. Disse: «Non puoi capire, non con una famiglia come la tua. La sola cosa importante per lui era il sangue. Il sangue e il titolo. E quando ha scoperto che non ero perfetto... Daphne, ha detto a tutti che ero morto!».

Lei impallidì. «Questo non lo sapevo» bisbigliò.

«E c'è di peggio. Io gli ho scritto centinaia di lettere implorandolo di venire a trovarmi. Non mi ha mai risposto. Mai.»

«Simon...»

«Sapevi che non ho parlato fino a quattro anni? No? Ebbene, è così. E fino a quell'età entrava nella nursery e mi scuoteva gridando che mi avrebbe fatto uscire la voce a ogni costo. Questo era mio p-padre.»

Daphne fece finta di non accorgersi che cominciava a balbettare per non farsi prendere dalla collera al pensiero di come Simon era stato trattato. Con voce tremante disse: «Ma adesso non c'è più, e tu sei qui».

«Diceva di non s-sopportare la mia presenza, diceva di avere pregato per anni per avere un erede. Non un figlio, un erede. E p-per che cosa? Hastings sarebbe andata a un mezzo scemo. Il suo prezioso ducato sarebbe s-stato retto da un idiota.»

«Ma sbagliava.»

«Non importa se sbagliava!» tuonò Simon. «A lui importava solo del titolo. Non ha mai pensato a me, a come mi sentivo, intrappolato da una b-bocca che non fu-funzionava!»

Daphne arretrò di un passo, di fronte a tanta rabbia. Era la furia di un risentimento vecchio di decenni.

All'improvviso lui le si avvicinò e disse, con la faccia a un centimetro da quella di lei: «Ma sai una cosa? L'ultima risata la farò io. Lui pensava che non poteva esserci niente di peggio del fatto che Hastings andasse a un mezzo scemo...».

«Simon, tu non lo sei...»

«Mi vuoi ascoltare?» tuonò lui.

Terrorizzata, lei arretrò fino alla porta e afferrò la maniglia, in caso avesse avuto bisogno di scappare.

«Certo che so di non essere un idiota» esclamò Simon «e alla fine credo che lo sapesse anche l-lui. Sono sicuro che gli abbia arrecato un grande conforto. Hastings era salvo. Hastings! Era quello che gli importava, non il fatto che io avessi smesso di soffrire!»

Daphne aveva la nausea. Immaginava quello che stava per arrivare.

All'improvviso suo marito sorrise, in modo strano, crudele, come non gli aveva mai visto fare prima. «Ma Hastings muore con me. Tutti quei cugini che temeva avrebbero ereditato...» Scosse le spalle e fece una risata amara. «Hanno avuto solo femmine. Non è buffo? Magari è per questo che a un certo punto mio padre decise che forse non ero completamente idiota. Sapeva che ero la sua unica speranza.»

«Aveva capito di essersi sbagliato» provò a intercedere Daphne con pacata determinazione, e all'improvviso si ricordò delle lettere che le aveva fatto recapitare il duca di Middlethorpe. Quelle che il padre gli aveva scritto. Le aveva lasciate a casa della madre a Londra ed era un bene, così non doveva decidere subito che cosa farne.

«Non importa. Dopo la mia morte, il titolo e le terre torneranno alla Corona e la casata dei Basset si estinguerà. E io non potrei essere più c-contento.»

Detto questo, se ne andò attraverso lo spogliatoio, dato che la moglie bloccava la porta.

Daphne si lasciò cadere su una poltrona, con addosso il lenzuolo di lino che aveva preso dal letto, domandandosi che cosa fare.

Sentì dei brividi percorrerle il corpo, un tremito che non poteva controllare. Poi si accorse che senza un suono, senza un singhiozzo, stava piangendo.

Santo cielo, cosa avrebbe fatto?

17

Dire che gli uomini sono testardi come i muli significa insultare i muli.

da «Le cronache mondane di Lady Whistledown»
2 giugno 1813

Alla fine, Daphne prese una decisione. Quella dei Bridgerton era sempre stata una famiglia chiassosa e turbolenta, ma nessuno dei suoi membri era incline a tenere segreti o a covare risentimenti.

Così Daphne cercò di parlare con Simon e di ragionare con lui.

La mattina seguente non aveva idea di dove lui avesse trascorso la notte, ma di sicuro non nel loro letto. Lo trovò nello studio, una camera scura, severa, probabilmente arredata dal padre. Daphne si sorprese che Simon si trovasse bene in quell'ambiente, dato che detestava i ricordi del defunto duca.

Ma evidentemente lui non vi si sentiva a disagio. Lo vide seduto dietro lo scrittoio, i piedi appoggiati sul piano di ciliegio rivestito in pelle. In mano aveva una pietra levigata, che si rigirava tra le dita; accanto c'era una bottiglia di whisky e Daphne sospettò che fosse rimasto lì tutta la notte. Ma non sembrava che ne avesse bevuto molto.

La porta era spalancata, così non ebbe bisogno di bussare. Ma non era tanto coraggiosa da entrare. «Simon?» domandò prima di varcare la soglia.

Lui la guardò e sollevò un sopracciglio.

«Sei impegnato?»

«Naturalmente no» rispose lui appoggiando la pietra.

«L'hai portata da un viaggio?» gli chiese.

«Caraibi. Il ricordo di una sosta sulla spiaggia.» Daphne notò che la sua dizione era perfetta. Non c'era traccia della balbuzie della notte prima. Appariva calmo, in maniera quasi seccante. «Le spiagge sono diverse da come sono qui?»

Lui alzò un sopracciglio, altezzoso. «Fa più caldo.»

«Be', questo lo so anch'io.»

La fissava con uno sguardo indagatore e fermo. «Daphne, so che non mi hai cercato per parlare dei tropici.»

Naturalmente aveva ragione, ma non si trattava di una conversazione facile. Lei fece un respiro profondo. «Dobbiamo parlare di quanto è successo stanotte.»

«Non avevo dubbi che tu lo pensassi.»

Lei combatté l'impulso di dargli uno schiaffo per togliergli quell'espressione fredda dal viso. «Non penso che dobbiamo, *so* che dobbiamo.»

Simon rimase in silenzio per un attimo prima di dire: «Mi dispiace, se credi che io abbia tradito...».

«Non è proprio così.»

«... ma non dimenticare che ho cercato di non sposarti.»

«Che modo carino per dirlo» borbottò fra sé Daphne.

Lui parlò come se ripetesse una lezione. «Lo sai che non avevo intenzione di sposarmi. Mai.»

«Il punto non è questo.»

«Invece è questo.» Simon lasciò cadere i piedi per terra e la sedia, che era in bilico sulle gambe posteriori, colpì il pavimento con un suono sordo. «Perché credi che io abbia tentato di evitare il matrimonio con tanta determinazione? È perché non volevo far soffrire una donna negandole dei figli.»

«Tu non hai mai pensato a una tua ipotetica moglie, hai pensato solo a te stesso» replicò Daphne.

«Forse. Ma quando l'ipotetica moglie sei diventata tu, è cambiato tutto.»

«Non è cambiato niente invece» ribatté con amarezza.

«Sai bene che ho una grande considerazione e stima per te. Non ho mai voluto farti del male.»

«Mi stai facendo male adesso.»

Negli occhi di Simon passò un guizzo di rimorso, sostituito subito da una ferrea determinazione. «Se ben ricordi, mi sono rifiutato di sposarti persino quando tuo fratello me l'ha imposto.» E aggiunse caparbiamente: «Quando ciò significava la mia morte».

Daphne non lo contraddisse. Entrambi sapevano che sarebbe morto in quel duello. Indipendentemente da cosa pensasse di lui adesso e da quanto fosse indignata per l'odio che lo stava divorando, era sicura che Simon non avrebbe mai rinunciato al suo onore sparando a Anthony.

Anthony invece dava troppa importanza all'onore della sorella per non mirare dritto al cuore dell'avversario.

Simon continuò: «Ho rifiutato di sposarti, perché sapevo che non avrei mai potuto essere un buon marito per te. Sapevo che volevi dei bambini. Me l'hai detto molte volte e non ti biasimo. Tu vieni da una famiglia numerosa, piena d'amore».

«Anche tu potresti avere una famiglia come la mia.»

Lui continuò come se non l'avesse udita. «Poi, quando hai interrotto il duello e mi hai pregato di sposarti, io ti ho avvertita. Ti ho detto che non volevo avere figli.»

«Mi hai detto che non *potevi* avere figli.» Fece una pausa, i suoi occhi ardevano di collera. «C'è una bella differenza.»

«Non per me. Io non posso averne. Tutto ciò che sono me lo impedisce.»

«Capisco.» In quel momento Daphne ebbe la sensazione che qualcosa avvizzisse dentro di lei e temette che fosse il cuore. Non sapeva come replicare alle parole del marito. L'odio che continuava a provare per suo padre era evidentemente molto più forte dell'amore che avrebbe mai sentito per lei.

«Va bene» concluse. «È ovvio che su questo argomento non sei disposto a concedere alcuna apertura.»

Lui fece un breve cenno di assenso.

«Allora, buona giornata» gli augurò. E se ne andò.

Simon non si fece vedere per il resto della giornata. Non desiderava incontrare Daphne, perché la sua sola vista gli suscitava i sensi di colpa. Cercava di convincersi che non ne aveva motivo. Le aveva detto da sempre che non poteva avere figli. Le aveva offerto l'occasione di fare marcia indietro, ma lei aveva voluto sposarlo lo stesso. Lui non l'aveva forzata. Non era colpa sua se lei aveva frainteso le sue parole e pensato che lui non fosse in grado di generare figli per "ragioni fisiche".

Tuttavia, anche se veniva assalito dai sensi di colpa ogni volta che pensava a Daphne – vale a dire praticamente tutto il giorno – anche se gli veniva una fitta allo stomaco ogni volta che pensava alla sua espressione sofferente, cioè sempre, ebbe la sensazione di essersi tolto un grande peso dallo stomaco adesso che tutto era venuto alla luce.

I segreti possono rivelarsi micidiali e finalmente fra loro non ce n'erano più. Era una buona cosa.

Quando scese la sera, si era quasi convinto di non avere fatto niente di sbagliato. Quasi, ma non del tutto. Aveva accettato il matrimonio pur essendo certo che avrebbe spezzato il cuore a Daphne, e questo lo angosciava. Daphne gli piaceva. Non avrebbe voluto privarla di quella famiglia che tanto desiderava. Era stato pronto a farsi da parte per permetterle di sposare qualcuno che le avrebbe dato una casa piena di bambini.

All'improvviso Simon rabbrividì: l'immagine di Daphne con un altro uomo non gli era più tollerabile. Facendo leva sulla razionalità, pensò che fosse perché era diventata sua moglie. Era sua. Ora tutto era diverso.

Sapeva quanto lei desiderasse dei figli e l'aveva sposata con la piena consapevolezza che non gliene avrebbe dati. Ma, continuò con il suo ragionamento, l'aveva avvertita. Lei sapeva perfettamente a che cosa sarebbe andata incontro.

Simon, che era rimasto tutto il tempo seduto nel suo studio passandosi quella stupida pietra da una mano all'altra, si raddrizzò di scatto. Non l'aveva ingannata. Le aveva detto che non avrebbero avuto figli e lei aveva deciso di sposarlo ugualmente. Poteva comprendere che fosse un po' turbata dopo aver scoperto le ragioni di quella scelta, ma Daphne non poteva dire di averlo sposato sulla base di false speranze o di aspettative deluse.

Simon si alzò. Dovevano parlare di nuovo, questa volta perché era lui che lo voleva. Daphne non si era presentata a cena e l'aveva lasciato solo nel silenzio della sera, interrotto soltanto dal rumore delle posate che urtavano il piatto. Non la vedeva dalla mattina, era più che mai urgente che la cercasse.

Era sua moglie, ricordò a se stesso. Doveva essere nella condizione di vederla quando più gli aggradava, dannazione.

Così attraversò l'atrio e spalancò la porta della camera da letto, pronto a contestarle qualsiasi argomento. Non sapeva bene quale, ma gli sarebbe venuto in mente. Lei non c'era.

Simon guardò sbalordito la stanza vuota. Dove diavolo era andata? Era quasi mezzanotte. Avrebbe dovuto essere a letto.

Lo spogliatoio. Doveva essere là. La sciocchina insisteva a indossare la camicia da notte ogni sera, pur sapendo che lui gliel'avrebbe tolta pochi minuti dopo.

«Daphne?» chiamò attraversando la stanza. «Daphne?» Nessuna risposta. Nessuna luce filtrava da sotto la porta. Di sicuro non si spogliava al buio.

Aprì. Decisamente non c'era.

Simon tirò il cordone del campanello. Forte. Poi andò nell'atrio e attese il malcapitato domestico che avrebbe risposto alla sua chiamata.

Fu una delle cameriere del piano superiore, una biondina di cui non ricordava il nome, che guardò il suo viso e impallidì.

«Dov'è mia moglie?» tuonò.

«Vostra moglie, Vostra Grazia?»

«Sì,» rispose impaziente «mia moglie.»

Lei lo guardò spiazzata.

«Immagino che tu sappia di chi sto parlando. È alta circa come te, con lunghi capelli castani...» Simon avrebbe detto di più, ma il viso terrorizzato della servetta lo fece vergognare del proprio sarcasmo. Sospirò. «Sai dov'è?» domandò con un tono meno autoritario, anche se non poteva definirsi gentile.

«Non è a letto, Vostra Grazia?»

«Ovviamente no» rispose lui voltando la testa verso la stanza vuota.

«Ma non è là che dorme, Vostra Grazia.»

«Vuoi ripetere?» chiese lui corrugando la fronte.

«Non dorme...» Gli occhi della ragazza si spalancarono inorriditi, mentre si guardava intorno. Simon era sicuro che cercasse una via di scampo o qualcuno che la salvasse dall'evidente collera del padrone.

«Dimmelo» ruggì.

«Non ha stabilito di occupare la camera da letto della duchessa?» chiese la cameriera con un filo di voce.

«La camera della... Da quando?» urlò lui con rabbia.

«Da oggi, credo, Vostra Grazia. Abbiamo tutti dato per scontato che vi sareste stabiliti in camere separate alla fine della luna di miele.»

«Voi avete dato per scontato?» chiese lui con lo stesso tono di prima.

La ragazza cominciò a tremare. «I vostri genitori l'hanno fatto, Vostra Grazia, e...»

«Noi non siamo i miei genitori!»

La giovane fece un balzo indietro.

«E io non sono mio padre» aggiunse Simon con voce minacciosa.

«Certo, Vostra Grazia.»

«Vi dispiace indicarmi la stanza che mia moglie ha designato quale camera della duchessa?»

La cameriera puntò un dito tremante verso una porta in fondo al corridoio.

«Grazie.» Simon fece qualche passo poi si voltò. «Puoi andare.»

L'indomani i domestici avrebbero fatto una montagna di pettegolezzi sul trasferimento della moglie in un'altra camera e quindi era meglio che la cameriera non origliasse anche il loro imminente, colossale litigio.

Simon aspettò che la ragazza sparisse in fondo alle scale poi, furente, si avvicinò alla nuova camera da letto di Daphne. Si fermò dietro la porta, pensò a che cosa dire e, dopo essersi reso conto di non averne idea, bussò.

Nessuna risposta.

Bussò di nuovo.

Stesso risultato.

Alzò il pugno per battere ancora quando gli venne in mente che la porta poteva non essere stata chiusa a chiave. Si sarebbe sentito uno sciocco se...

Girò il pomolo. Era chiusa. Lanciò una serie di maledizioni tra i denti. Strano che non avesse mai balbettato quando imprecava.

«Daphne! Daphne!» La sua voce era contemporaneamente un richiamo e un grido. «Daphne!»

Finalmente udì dei passi nella stanza e una voce. «Sì?»

«Lasciami entrare.»

Un silenzio e poi: «No».

Simon fissò esterrefatto il legno della porta. Non gli era mai passato per la mente che lei potesse decidere di disobbedire a un suo ordine. Era sua moglie, dannazione. Non gli aveva forse promesso di obbedirgli?

«Daphne, apri subito questa porta» disse con rabbia.

Lei doveva essere molto vicina, perché l'udì sospirare prima di dire: «Simon, la sola ragione per la quale ti farei entrare in questa stanza sarebbe per lasciarti venire nel mio letto, cosa che non farò, quindi apprezzerei molto, e credo che tutta la casa lo apprezzerebbe, se te ne andassi a dormire».

Lui rimase a bocca aperta e cominciò mentalmente a valutare la robustezza della porta e i minuti necessari per sfondarla.

«Daphne, se non apri subito, la butto giù» disse con una voce così calma da spaventare persino se stesso.

«Non lo farai.»

Lui non rispose, incrociò le braccia e dardeggiò uno sguardo infuocato come se lei potesse vederlo.

«Non lo farai, vero?»

Lui decise che il silenzio era la risposta migliore.

«Vorrei che non lo facessi» aggiunse ancora lei con un tono vagamente implorante.

Lui continuò a fissare la porta, incredulo.

«Ti farai male» insisté Daphne.

«Allora apri questa dannata porta!» ringhiò lui.

Seguì un silenzio, poi il rumore di una chiave che girava nella toppa. Simon ebbe il buon senso di non spalancarla con violenza. Daphne era quasi certamente troppo vicina e poteva farle male.

Quando entrò, la trovò a circa cinque passi da lui, le braccia incrociate, le gambe un po' aperte, in una posizione quasi militaresca.

«Non osare mai più chiudere la porta a me.»

Lei scosse le spalle. «Desideravo stare sola.»

Simon avanzò di qualche passo. «Esigo che la tua roba venga spostata nella nostra camera entro domani mattina. E tu ci torni adesso.»

«No.»

«Che cosa diavolo significa "no"?»

«Tu che cosa diavolo credi?» fu la replica.

Simon non sapeva se essere più in collera perché la moglie lo sfidava o perché imprecava a voce alta.

A voce ancora più alta lei precisò: «No significa no!».

«Sei mia moglie!» tuonò Simon. «E dormirai con me, nel mio letto!»

«No.»

«Daphne, ti avverto...»

Gli occhi di lei divennero due fessure. «Hai scelto di togliere qualcosa a me. Ebbene, io scelgo di togliere qualcosa a te: me stessa.»

Lui rimase senza parole. Totalmente ammutolito.

Ma lei no. Si avvicinò alla porta e la indicò al marito dicendo: «Esci dalla mia stanza».

Simon cominciò a tremare di rabbia. «Questa stanza è di mia proprietà. Tu sei di mia proprietà.»

«Tu non possiedi niente se non il titolo di tuo padre. Non possiedi nemmeno te stesso» fu la replica di Daphne.

Il duca si sentì rintronare le orecchie per la rabbia. Mosse un passo indietro per evitare di farle del male. «Che cosa diavolo vuoi d-dire?»

Lei scosse di nuovo le spalle. «Prova a pensarci.»

Tutte le buone intenzioni di Simon si dissolsero. Avanzò come un ariete e afferrò la moglie per le braccia. Sapeva di stringerla troppo, ma non riusciva a controllare la collera che gli ribolliva nelle vene. «Spiegati» sibilò tra i denti, perché non riusciva ad aprire le mascelle. «Subito.»

Lei lo fissò con uno sguardo così consapevole che quasi lo annientò. «Tu non sei padrone di te stesso. Tuo padre continua a dominarti dalla tomba» gli disse.

Simon trasalì, carico di rabbia e di parole inespresse.

Lei continuò: «Le tue azioni, le tue scelte non hanno niente a che vedere con te, con quello che vuoi davvero, con quello di cui hai bisogno. Tutto ciò che fai, ogni tuo gesto, ogni tua parola, è per opporti a lui». Le si spezzò la voce quando concluse: «E non è nemmeno più in vita».

Simon avanzò con la grazia del predatore. «Non ogni gesto» la contraddisse a bassa voce. «Non ogni parola.»

Daphne arretrò, spaventata dalla ferocia della sua espressione. «Simon...» mormorò con voce esitante, all'improvviso svuotata del coraggio e della baldanza che le avevano permesso di affrontarlo, un uomo alto quasi il doppio di lei e con almeno il triplo della sua forza.

Le passò l'indice sul braccio. Lei indossava una vestaglia

di seta, ma il calore e l'energia di Simon penetravano attraverso il tessuto. Le si avvicinò, le mise una mano sui glutei e la strinse. «Toccarti così,» le bisbigliò pericolosamente vicino all'orecchio «non ha niente a che fare con lui.»

Lei rabbrividì, detestandosi perché lo desiderava a quel modo e odiando lui perché la provocava.

«Quando ti sfioro con le labbra,» mormorò Simon prendendole il lobo dell'orecchio tra i denti «non ha niente a che fare con lui.»

Daphne cercò di respingerlo, ma appena gli toccò le spalle non poté evitare di aggrapparvisi.

Simon iniziò a spingerla, con lentezza, ma inesorabilmente, verso il letto. «E quando ti porto a letto,» aggiunse contro il suo collo «pelle contro pelle, non siamo altro che noi due.»

«No!» gridò Daphne resistendogli con tutta la sua forza.

Colto di sorpresa, lui vacillò.

«Quando mi porti a letto,» gli disse con voce strozzata «non ci siamo solo noi due. C'è sempre tuo padre!»

Lui le strinse le braccia sotto le larghe maniche della vestaglia. Non ribatté, ma non era necessario. Parlavano i suoi occhi chiarissimi.

«Puoi guardarmi negli occhi e dirmi che quando abbandoni il mio corpo e ti sfoghi sulle lenzuola pensi a me?» bisbigliò Daphne.

L'espressione di Simon era tesa e affaticata e il suo sguardo era fisso sulla bocca di lei.

Daphne scosse la testa e si liberò delle sue mani che avevano allentato la presa. «Non credo» disse con un filo di voce. Poi si allontanò da lui e dal letto. Non dubitava che sarebbe riuscito a sedurla se lo voleva. Poteva baciarla, accarezzarla e farle raggiungere l'estasi, ma la mattina dopo lei lo avrebbe odiato.

E avrebbe odiato ancora di più se stessa.

Erano uno di fronte all'altra nel silenzio della camera. Sul viso di Simon si leggevano sorpresa, dolore e rabbia insieme. Ma soprattutto appariva confuso e lei si sentì spezzare il cuore. «Credo sia meglio che tu te ne vada.»

Simon la guardò con gli occhi spiritati. «Sei mia moglie.»

Lei non rispose.

«Legalmente sei mia.»

Daphne continuò a guardarlo dritto negli occhi mentre diceva: «È vero».

Lui le si avvicinò in un attimo e le afferrò le spalle. «Posso fare in modo che mi desideri.»

«Lo so.»

La voce di lui divenne ancora più bassa, roca e impaziente. «Anche se non potessi farlo, saresti sempre mia. Appartieni a me. Potrei importi di farmi restare.»

«Non lo faresti mai» replicò Daphne, e in quel momento le sembrò di avere cent'anni.

Aveva ragione e Simon lo sapeva, così la lasciò andare e si precipitò fuori dalla stanza.

18

L'ha notato solo l'Autore di questo articolo o in questi giorni i gentiluomini, più uomini che gentili, dell'alta società
bevono più del solito?

da «Le cronache mondane di Lady Whistledown»
4 giugno 1813

Simon uscì e si ubriacò. Non lo faceva spesso. Non era nemmeno una cosa che gli piacesse particolarmente, ma lo fece.

C'erano molti pub vicino al porto, a pochi chilometri da
Clyvedon, e c'erano anche molti marinai pronti ad attaccar
briga. Due di loro trovarono Simon.

Li atterrò entrambi. C'era una rabbia in lui, un furore
che gli ribolliva dentro da anni e che trovava finalmente
il modo di affiorare; era bastata una piccola provocazione
per farlo esplodere.

Era già abbastanza ubriaco quando accadde, così, mentre
li picchiava, non vedeva i marinai abbronzati dal sole, ma
suo padre. Ogni pugno lo sferrava su quel ghigno sprezzante. E gli faceva bene. Non si era mai considerato un uomo
violento ma, dannazione, lo faceva sentire bene.

Dopo che ebbe finito coi due marinai, nessuno osò più
avvicinarsi. La gente del posto sapeva riconoscere la forza
fisica, e soprattutto la collera. E tutti sapevano che, fra le
due, era più pericolosa la seconda.

Simon rimase nel pub fino alle prime luci dell'alba. Bevve dalla bottiglia che aveva pagato, poi, quando fu il momento di andarsene, si alzò sulle gambe malferme, mise la bottiglia in tasca e si avviò verso casa.

Bevve durante la cavalcata di ritorno e sentì il whisky bruciargli le viscere. Mentre si ubriacava sempre di più, solo un pensiero si affacciava alla sua mente ottenebrata dall'alcol: voleva che Daphne tornasse da lui.

Era sua moglie, dannazione a lei. Si era abituato ad averla al suo fianco. Non poteva semplicemente alzarsi e lasciare la loro camera da letto.

L'avrebbe riavuta indietro. L'avrebbe corteggiata e fatta sua, e...

Questo sarebbe dovuto bastare. Era troppo sbronzo per pensare ad altro.

Quando raggiunse il castello di Clyvedon, era ormai allo stadio in cui un ubriaco è convinto di avere sempre ragione. E quando fu davanti alla porta della camera di Daphne, fece un chiasso da resuscitare i morti.

«Daphne!» gridò cercando di nascondere la nota di disperazione nella voce. Non c'era bisogno di apparire patetico.

Si acciglò e rifletté. D'altra parte, se lei lo credeva disperato, era più probabile che gli aprisse. Inspirò rumorosamente con il naso un paio di volte, poi gridò di nuovo: «Daphne!».

Dato che lei non rispondeva, Simon si appoggiò alla porta, soprattutto perché non riusciva più a reggersi in piedi. «Oh, Daphne» sospirò con la testa contro il legno. «Se tu...»

Il battente si aprì e lui cadde a terra lungo disteso.

«Do-dovevi aprire così... così in fretta?» farfugliò.

Daphne guardò quell'essere sul pavimento e quasi non lo riconobbe. «Oddio, Simon. Che cosa hai...» Si piegò per aiutarlo, ma subito si ritrasse quando lui aprì la bocca. «Sei ubriaco!» lo accusò.

Simon annuì con solennità. «Temo di sì.»

«Dove sei stato?»

Lui sbatté le palpebre e la guardò come se non avesse mai

sentito una domanda tanto stupida. «Fuori, a ubriacarmi» rispose con un singhiozzo.

«Dovresti essere a letto.»

Simon annuì, questa volta con maggior vigore ed entusiasmo. «Sì, sì dovrei.» Cercò di alzarsi in piedi, ma riuscì solo a mettersi in ginocchio, poi cadde di nuovo sul tappeto. Tossicchiò guardandosi la metà inferiore del corpo. «Che strano!» Sollevò il viso verso Daphne, confuso. «Avrei giurato che fossero le mie gambe.»

Daphne alzò gli occhi al cielo.

Lui tentò di nuovo di alzarsi, ma con lo stesso risultato. «Sembra che i miei arti non funzionino nel modo giusto» commentò.

«È il tuo cervello che non funziona» replicò Daphne. «Che cosa devo fare con te?»

Simon la guardò e rise. «Fare l'amore? Hai detto che mi ami.» Con la fronte aggrottata, concluse: «Non credo che tu possa rimangiartelo».

Lei fece un sospiro profondo. Avrebbe dovuto essere furente con lui, accidenti, e lo era! Ma era difficile mantenere la rabbia a un giusto livello con lui in uno stato così patetico.

Inoltre, con tre fratelli maschi, aveva una certa esperienza di sbronze. Simon doveva dormire e basta. Si sarebbe svegliato con un gran mal di testa, che si meritava, poi avrebbe bevuto un'orribile mistura che di sicuro gli avrebbe fatto passare tutto.

«Simon? Quanto sei ubriaco?» gli chiese con pazienza.

«Molto» rispose lui con un sorriso sbieco.

«Lo immaginavo» borbottò Daphne a denti stretti, poi gli mise le mani sotto le ascelle. «Alzati, adesso, devi andare a letto.»

Ma lui non si mosse. Se ne stava seduto e la guardava con espressione ebete. «Perché devo alzarmi?» farfugliò. «Perché non ti siedi qui con me?» chiese circondandola con un molle abbraccio. «Vieni, siediti con me, Daphne.»

«Simon!»

Lui batté la mano sul tappeto. «Si sta bene qui.»

«No, non posso sedermi con te» rispose lei divincolando-
si. «Devi andare a letto.» Cercò ancora di tirarlo su, ma senza successo. «Santa pazienza, perché dovevi uscire e ubria-
carti in questo modo?» mormorò lei tra i denti.

Simon doveva averla sentita, perché piegò la testa e disse: «Volevo che tornassi da me».

Daphne rimase a bocca aperta. Entrambi sapevano che
cosa avrebbe dovuto fare per riconquistarla, ma era troppo sbronzo perché lei potesse intavolare una discussione
sull'argomento. Così gli disse: «Ne parleremo domani».

Lui sbatté le palpebre diverse volte e annunciò: «Credo
che sia già domani». Girò la testa da una parte e dall'altra
sbirciando verso la finestra. Le tende erano chiuse, ma filtrava già la luce del nuovo giorno. «È giorno, vedi?» bia-
sciccò facendo un gesto verso la finestra. «È già domani.»

«Allora parleremo stasera.» Daphne cominciava a sentirsi disperata. Le sembrava che le avessero spinto il cuore in un mulino a vento, non credeva di poter sopportare altro a quell'ora. «Ti prego, Simon, lasciamo perdere
per adesso.»

«Il fatto è, Daphrey...» riprese lui, poi scosse la testa come
un cane bagnata. «Da-phne» sillabò. «Da-phne. Da-phne.»

Lei non poté fare a meno di ridere. «Che cosa c'è Simon?»

«Il problema è... che non capisci» disse lui e si grattò la
testa.

«Che cosa non capisco?»

«Che non posso farlo.» Alzò il viso allo stesso livello
di quello di lei e lei trasalì di fronte alla sua espressione
sofferente.

«Non volevo farti male, Daff. Questo lo sai, vero?»

Lei annuì. «Lo so.»

«Bene, perché... io non posso fare quello che vuoi.» Quindi emise un lungo sospiro che sembrò scuoterlo tutto.

Daphne non disse nulla.

«Per tutta la mia vita lui ha sempre vinto» continuò con
tristezza. «Lo sapevi questo? Ha sempre vinto. Questa volta voglio vincere io.» Con un lungo, goffo movimento dise-

gnò con il braccio un arco orizzontale e si batté il petto con il pollice. «Io. Per una volta, io voglio vincere.»

«Oh, Simon, tu hai vinto da quando hai superato le sue aspettative. Ogni volta che hai avuto successo, che ti sei fatto un amico, che hai viaggiato in un nuovo paese, hai vinto. Hai fatto tutto quello che tuo padre non si aspettava da te.» Gli strinse una spalla e proseguì: «L'hai sconfitto. Hai vinto. Perché non riesci a capirlo?».

Simon scosse il capo. «Non voglio diventare quello che v-voleva lui. Lui voleva un figlio p-perfetto, un perfetto d-duca, che s-sposasse una perfetta duchessa e avesse dei f-figli perfetti.»

Daphne si morse il labbro. Aveva ricominciato a balbettare. Doveva essere sconvolto. Sentì che le si spezzava il cuore per lui, per il bambino che voleva solo l'approvazione di suo padre.

Simon inclinò la testa e la guardò con fermezza. «Ti avrebbe approvata.»

«Oh!» Daphne non sapeva come interpretarlo.

Lui alzò le spalle e fece un sorrisetto malizioso. «Ma ti ho sposata lo stesso.»

Appariva così sincero, così infantilmente serio che lei dovette fare uno sforzo per non abbracciarlo nel tentativo di confortarlo. Eppure, per quanto profondo fosse il suo dolore, per quanto la sua anima fosse ferita, stava travisando tutto. La migliore vendetta nei confronti del padre sarebbe stata semplicemente avere una vita piena e felice, ottenendo tutti i traguardi e gli onori che il padre aveva voluto negargli.

Si sentiva frustrata. Non riusciva a vedere come Simon potesse condurre una vita felice se tutte le sue scelte erano dirette a contrastare i desideri di un uomo morto. Ma preferiva non discutere. Era stanca e lui era ubriaco. «Lascia che ti porti a letto» disse.

Lui la fissò per un lungo momento: aveva negli occhi un bisogno di conforto vecchio di anni. «Non abbandonarmi» bisbigliò.

«Simon.» Daphne aveva un nodo in gola.

«Ti prego, non lasciarmi. Lui mi ha lasciato. Tutti mi hanno lasciato. Poi me ne sono andato io.» Le strinse la mano. «Rimani.»

Daphne annuì e si alzò in piedi. «Puoi dormire nel mio letto. Sono sicura che domattina starai meglio.»

«Ma starai con me?»

«Starò con te.» Era un errore e lo sapeva, ma lo disse lo stesso.

«Bene.» Lui riuscì a tirarsi in piedi barcollando. «Perché non potrei... Davvero...» Sospirò e le rivolse uno sguardo angosciato. «Ho bisogno di te.»

Daphne lo portò fino al letto e per poco non gli cadde addosso sul materasso. «Sta' fermo» ordinò e si chinò per togliergli gli stivali. Le era già capitato con i suoi fratelli, così sapeva come fare, ma questi erano un po' più aderenti e, quando finalmente riuscì a liberargli il piede, finì sul pavimento.

«Cielo, e dicono che a essere schiave della moda sono le donne!» borbottò.

Simon russava già.

«Dormi?» domandò incredula. Gli tolse l'altro stivale, che venne via più facilmente, poi gli sollevò le gambe, pesantissime, e le mise sul letto.

Simon sembrava più giovane e pacifico con le ciglia nere che gli sfioravano le guance. Daphne gli scostò i capelli dalla fronte. «Buon riposo, tesoro mio» bisbigliò.

Ma quando fece per muoversi, una mano l'afferrò. «Hai detto che rimanevi» l'accusò Simon.

«Credevo che dormissi!»

«Questo non ti dà il diritto di infrangere la promessa.» La tirò per un braccio. Daphne rinunciò a resistere e si sistemò accanto a lui. Simon era caldo ed era suo; e anche se lei temeva per il loro futuro, in quel momento non riuscì a sottrarsi al suo gentile abbraccio.

Si svegliò circa un'ora dopo, sorpresa di essersi addormentata. Simon era ancora steso accanto a lei e russava leggermente. Erano entrambi vestiti, lui con gli abiti che puzzavano di whisky, lei in camicia da notte. Gli sfiorò la guancia. «Che cosa devo fare con te?» bisbigliò. «Io ti amo, sai. Ti amo, ma odio quello che fai a te stesso.» Sospirò: «E a me. Odio quello che fai a me».

Lui si mosse nel sonno e per un momento lei temette che si fosse svegliato. «Simon?» sussurrò, poi, non ottenendo risposta, si rilassò. Sapeva di non dover dire ad alta voce cose che non era sicura lui fosse pronto a sentire, ma pareva così innocente, con il capo posato sul cuscino candido, che le veniva spontaneo raccontargli i suoi pensieri più intimi.

«Oh, Simon» gemette mentre gli occhi le si riempivano di lacrime. Doveva alzarsi. Doveva assolutamente alzarsi e lasciarlo riposare. Capiva perché fosse così contrario a mettere al mondo un figlio, ma non l'aveva perdonato e meno che mai era d'accordo con lui. Se si fosse svegliato mentre lei era ancora tra le sue braccia, avrebbe creduto di averla convinta ad accettare la sua idea di famiglia.

Lentamente, con riluttanza, Daphne cercò di liberarsi, ma le braccia di lui rafforzarono la stretta e la sua voce assonnata mormorò: «No».

«Simon, io…»

Lui la strinse a sé e lei si accorse che era eccitato. «Simon, sei sveglio?» gli chiese spalancando gli occhi.

La risposta fu un altro borbottio assonnato; non fece alcun tentativo di seduzione, ma la tenne stretta. Daphne non sapeva che gli uomini potevano desiderare una donna anche mentre dormivano. Tirò indietro la testa per vederlo in faccia, poi seguì la linea della sua guancia con un dito. Lui emise un piccolo gemito. Lentamente, lei gli slacciò i bottoni della camicia e con l'indice fece un cerchio intorno all'ombelico.

Simon si mosse, inquieto, e Daphne si sentì pervadere da una sensazione di potere. Lui era in suo potere. Dormiva, probabilmente era ancora ubriaco, e lei poteva fargli quello che voleva.

Poteva *avere* quello che voleva.

Gli sbottonò i calzoni. Vide che era ancora duro, allora avvolse la mano intorno all'erezione. Sentì pulsare il suo sangue sotto le dita.

«Daphne.» Lui aprì gli occhi ed emise un rauco mugolio. «Oh. È così bello.»

«Zitto. Lascia fare tutto a me» disse lei in un soffio, togliendosi la camicia da notte.

Simon giaceva supino, le mani strette a pugno lungo il corpo mentre lei lo accarezzava. Suo marito le aveva insegnato parecchio nelle due brevi settimane di matrimonio e presto lui cominciò a dimenarsi ansimando.

Anche lei lo desiderava, si sentiva padrona della situazione mentre armeggiava su di lui. Comandava lei e questo era il più stupendo afrodisiaco che avrebbe potuto immaginare. Sentì un fremito nel ventre, una specie di stimolo, e capì che aveva bisogno di lui. Lo voleva dentro di sé, voleva che le desse quello che un uomo deve dare a una donna.

«Oh, Daphne» gemette Simon muovendo la testa. «Ho bisogno di te. Ho bisogno di te subito.»

Lei gli si mise sopra premendogli le mani sulle spalle e lo guidò dentro di sé. Simon sollevò i fianchi e lei lentamente scivolò lungo il suo sesso.

«Di più. Adesso» gemette lui.

La testa all'indietro, Daphne lo accolse finché non fu completamente dentro di lei; a quel punto credette di morire. Non si era mai sentita così piena, così completamente donna.

Mentre si muoveva su di lui, mugolava e si contorceva di piacere.

Simon emise un suono gutturale e la guardò con il respiro sempre più caldo e pesante. «Oh, Daphne, che cosa mi stai facendo? Che cosa...» Lei gli toccò un capezzolo e Simon sobbalzò. «Dove hai imparato a fare questo?»

Lei gli rivolse un sorriso sconcertante. «Non lo so.»

«Di più. Voglio guardarti» gemette lui.

Daphne non sapeva bene che cosa fare, così agì d'istinto.

Cominciò ad agitare i fianchi con un movimento circolare e inarcò la schiena protendendo i seni e accarezzandone le punte con le dita, senza togliere gli occhi dal viso di Simon. Lui sollevava ritmicamente il bacino mentre stringeva il lenzuolo fra le mani. Daphne capì che era quasi arrivato al punto. Simon era sempre così desideroso di darle piacere, si preoccupava che lei raggiungesse l'estasi prima di concedersi lo stesso privilegio, ma stavolta ci sarebbe arrivato prima lui. Anche lei era vicina, ma non così tanto.

«Oh, diavolo!» esclamò a un tratto Simon, la voce roca di desiderio. «Sto per... non posso...» La guardò con un'espressione quasi implorante e tentò di tirarsi indietro. Daphne lo bloccò con tutta la sua forza.

Simon esplose dentro di lei, e la forza dell'orgasmo gli staccò i fianchi dal letto trascinando Daphne in alto. Lei mise le mani sotto di lui, usando tutta la sua forza per tenerlo dentro di sé. Questa volta non l'avrebbe perso. Non si sarebbe lasciata scappare l'occasione.

Simon aprì gli occhi non appena venne, realizzando troppo tardi quello che era appena successo. Il corpo aveva preso il sopravvento: si era eccitato troppo per riuscire a mantenere il controllo. Se fosse stato sopra lui, avrebbe forse trovato la forza di togliersi, ma sdraiato sotto Daphne, mentre la guardava ardere di desiderio, non aveva potuto fare niente per fermare l'urgente e insaziabile bisogno che aveva di lei.

Con i denti stretti e il corpo che sussultava, sentì sotto di sé le mani di Daphne che lo tenevano contro il suo grembo. Vide l'espressione estatica sul suo viso e improvvisamente si rese conto che lei aveva fatto tutto di proposito. L'aveva pianificato.

Sua moglie l'aveva eccitato mentre dormiva, aveva approfittato di lui mentre era ubriaco e l'aveva tenuto stretto per avere il suo seme. La guardò negli occhi e bisbigliò: «Come hai potuto?».

Lei non disse nulla, ma dal suo viso capì che l'aveva udito. Simon la staccò da sé proprio mentre sentiva che stava per stringersi a lui, negandole selvaggiamente l'estasi di cui lui aveva goduto. «Come hai potuto?» ripeté. «Lo sapevi. Sapevi c-che i-io...»

Ma lei si era già rannicchiata con le ginocchia contro il petto, determinata a non perdere una sola goccia del suo seme.

Simon imprecò forte e si alzò dal letto. Aprì la bocca per insultarla, per accusarla di averlo tradito, di avere approfittato di lui, ma aveva un nodo in gola e la lingua gonfia; non riusciva a pronunciare neanche una sillaba, figuriamoci una parola intera.

«T-t-tu» disse alla fine.

Daphne lo guardò inorridita. «Simon?» bisbigliò.

Lui non voleva che lei lo vedesse come uno scherzo della natura. Oh, cielo, si sentiva come quando aveva sette anni. Non riusciva a parlare. Non poteva far funzionare la bocca. Era perduto.

«Stai bene? Riesci a respirare?» gli domandò preoccupata.

«N-n-non...» Avrebbe voluto dirle di non compatirlo, ma non riuscì a emettere altro suono. Si sentiva addosso il disprezzo del padre, che gli stringeva la gola, lo strozzava.

«Simon? Simon, di' qualcosa» lo supplicò Daphne correndogli accanto, la voce terrorizzata. Allungò la mano per toccarlo, ma lui si ritrasse.

«Non toccarmi!» gridò.

Daphne arretrò. «Bene, vedo che ci sono cose che riesci ancora a dire» replicò con un filo di voce.

Detestava se stesso e la sua altalenante capacità di formulare le parole, e odiava la moglie perché aveva il potere di fargli perdere il controllo. Aveva lottato tutta la vita per sfuggire alla sensazione di soffocamento che lo faceva balbettare e adesso lei l'aveva riportato lì. Non poteva lasciarglielo fare. Non poteva permetterle di farlo tornare il bambino di un tempo.

Cercò di dire il suo nome, ma dalla bocca non gli uscì una sillaba.

Doveva fuggire. Non riusciva a guardarla. Non sopportava la sua presenza. Non sopportava nemmeno di restare con se stesso, ma questo, purtroppo, era irrisolvibile.

«N-non av-avvicinarti» balbettò puntandole contro un dito mentre si infilava rabbiosamente i pantaloni. «T-t-tu hai f-fatto questo!»

«Questo cosa?» gridò lei stringendosi addosso il lenzuolo. «Simon, smettila. Che cosa ho fatto di tanto sbagliato? Tu mi volevi. Lo sai che mi volevi.»

«Q-q-questo!» urlò indicandosi la gola. Poi puntò il dito contro il ventre di lei. «Q-q-quello!»

Dopodiché, incapace di sopportare la vista della moglie più a lungo, fuggì dalla camera.

Se almeno fosse potuto fuggire da se stesso con quella facilità!

Dieci ore più tardi, Daphne trovò il seguente messaggio:

Affari urgenti in un'altra proprietà richiedono la mia presenza. Confido che vorrai avvertirmi se i tuoi tentativi di concepimento hanno avuto successo.

Il maggiordomo ti trasmetterà le mie istruzioni in caso di necessità.

Simon

Il foglio cadde dalle mani di Daphne svolazzando lentamente sul pavimento. Le sfuggì un singhiozzo. Si premette le dita sulla bocca, come se questo potesse arrestare l'ondata di emozione che si agitava dentro di lei.

Simon l'aveva lasciata. L'aveva lasciata davvero. Lei sapeva che era in collera, che forse non l'avrebbe mai perdonata, ma non aveva pensato che l'avrebbe abbandonata.

Anche quando era uscito furente dalla stanza era sicura che avrebbero risolto il problema, ma adesso non ne era più così certa.

Era stata così egoista da pensare di poterlo guarire, di poter ricomporre i pezzi del suo cuore. Ora capiva di essersi illusa di avere molto più potere di quanto ne avesse in realtà. Aveva creduto che il suo amore – così intenso, ardente e sincero – avrebbe indotto Simon a dimenticare gli anni di odio e dolore che erano stati il motore della sua stessa vita. Com'era stata presuntuosa! E adesso, come si sentiva stupida!

Capì che certe cose erano fuori dalla sua portata. Nella sua vita protetta non se ne era mai resa conto. Non si era aspettata che il mondo le si presentasse su un piatto d'argento, ma era sempre stata convinta che impegnandosi duramente per ottenere qualcosa, trattando le persone come lei desiderava essere trattata, di sicuro avrebbe conquistato ciò che voleva.

Ma non quella volta. Simon era irraggiungibile.

Mentre si avviava verso la sala gialla, la casa le sembrò quieta in modo innaturale. Si domandò se tutti i domestici avessero saputo della partenza del duca e la evitassero. Dovevano aver sentito spezzoni della lite della sera prima.

Daphne sospirò. Sopportare il dolore era anche più difficile davanti a un piccolo esercito di spettatori. O invisibili spettatori, come nel suo caso. Tirò il cordone del campanello.

Buffo come non avesse mai dato importanza ai pettegolezzi prima. Ma adesso... adesso si sentiva disperatamente sola. A cosa doveva pensare?

«Vostra Grazia?»

Daphne alzò gli occhi e vide una giovane cameriera che esitava sulla soglia. Le fece una piccola riverenza e attese.

«Tè, per favore. Senza biscotti, solo tè» disse Daphne.

La ragazza annuì e corse via.

Mentre aspettava che lei tornasse, si toccò la pancia e la guardò con venerazione. Poi chiuse gli occhi e pregò. "Ti prego, Dio, fa' che ci sia un bambino."

Poteva essere la sua unica occasione. Non si vergognava per quello che aveva fatto. Forse avrebbe dovuto, ma non si vergognava. Non l'aveva pianificato. Non sapeva esattamente come fosse accaduto, ma a un certo punto si era trovata sopra di lui e un momento dopo aveva capito che Simon non sarebbe riuscito a tirarsi indietro in tempo e si era assicurata che non lo facesse.

O forse si era approfittata di lui…

Semplicemente non lo sapeva. Tutto si era confuso. La balbuzie di lui, il proprio disperato desiderio di un figlio, l'odio del marito per il padre. Le turbinava tutto nella mente e non sapeva dove finisse una cosa e ne cominciasse un'altra. E si sentiva terribilmente sola.

Udì un rumore alla porta e si voltò aspettandosi di vedere la giovane cameriera con il tè, ma al suo posto c'era Mrs Colson. Aveva il viso tirato e l'espressione preoccupata.

Daphne le sorrise. «Aspettavo la cameriera» mormorò.

«Avevo delle cose da fare nella stanza accanto, così ho pensato di portarvi il tè io stessa.»

Daphne sapeva che non era vero, tuttavia annuì.

«La cameriera ha detto niente biscotti, ma so che avete saltato la colazione così ne ho messo qualcuno sul vassoio.»

«È un pensiero molto gentile.» Daphne non riconobbe il timbro della propria voce. Era come se appartenesse a un'altra persona.

«Non è stato un disturbo, ve lo assicuro.» Sembrava che la governante volesse aggiungere qualcosa, ma poi drizzò le spalle e domandò: «Serve altro?».

Lei fece segno di no.

Mrs Colson si avviò alla porta e per un attimo Daphne pensò di richiamarla e chiederle di sedersi a prendere il tè con lei. Le avrebbe rivelato i suoi segreti, la sua vergogna, e avrebbe pianto. Non perché fosse particolarmente amica della governante, ma perché non aveva nessun altro.

Però non lo fece e Mrs Colson uscì.

Daphne prese un biscotto e lo morse. Pensò che forse era ora di tornare a casa.

19

La nuova duchessa di Hastings è stata vista oggi a Mayfair. Philippa Featherington ha scorto l'ex Miss Daphne Bridgerton che prendeva una boccata d'aria intorno all'isolato. Miss Featherington l'ha chiamata, ma la duchessa ha finto di non sentire.

Diamo per certo che la duchessa fingeva, perché bisogna essere sordi per non udire le urla di Miss Featherington.

da «Le cronache mondane di Lady Whistledown»
9 giugno 1813

Daphne stava imparando che un cuore infranto non guarisce mai del tutto, semplicemente ci si abitua. Il dolore lancinante, acuto, che si sente a ogni respiro, a un certo punto lascia il posto a una pena più ovattata, più fiacca, che si potrebbe quasi, ma non del tutto, ignorare.

Daphne lasciò il castello di Clyvedon il giorno dopo la partenza di Simon, diretta a Londra con l'intenzione di tornare a Bridgerton House. Ma tornare nella casa della sua famiglia le sembrò una specie di ammissione di fallimento e così all'ultimo momento disse al conducente di portarla invece a Hastings House. Sarebbe stata vicino ai suoi familiari, in caso avesse avuto bisogno del loro appoggio e della loro compagnia, ma adesso era una donna sposata e doveva stare a casa sua.

E così si presentò al personale di servizio, che l'accolse senza fiatare, ma non senza curiosità, e cominciò la sua nuova vita di moglie abbandonata.

Sua madre fu la prima a farle visita. Daphne non aveva avvertito nessun altro del proprio ritorno a Londra, perciò non fu una sorpresa.

«E lui dov'è?» domandò Violet senza preamboli.

«Mio marito, volete dire?»

«No, tuo prozio Edmund» replicò Violet. «Certo che voglio dire tuo marito.»

Daphne non incontrò gli occhi della madre quando disse: «Credo che stia sbrigando degli affari in una delle sue proprietà in campagna».

«Come *credi*?»

«Be', lo so» si corresse Daphne.

«E sai anche perché non sei con lui?»

Daphne pensò di mentire. Pensò di fare come se niente fosse e dire alla madre una stupidaggine, inventare un'emergenza dei fittavoli, o magari un problema con il bestiame, una malattia o qualsiasi altra cosa. Ma alla fine le tremarono le labbra, e le lacrime le pizzicarono gli occhi. Con un filo di voce disse: «Perché non ha voluto portarmi con sé».

Violet le prese le mani. «Oh, Daff, che cosa è successo?»

Daphne cadde a sedere sul sofà trascinando con sé la madre. «Più di quanto possa spiegarvi.»

«Vuoi almeno tentare?»

Daphne scosse la testa. Non aveva mai, assolutamente mai taciuto un segreto a sua madre. Non c'era stato niente che non si fosse sentita di discutere con lei.

Ma non c'era mai stata una cosa simile.

Batté affettuosamente la mano su quella di Violet. «Me la caverò.»

Violet non sembrava convinta. «Ne sei sicura?»

«No, ma devo crederlo» rispose lei con lo sguardo fisso sul pavimento.

Violet se ne andò e Daphne si mise una mano sull'addome e pregò.

La seconda visita fu quella di Colin. Circa una settimana dopo, Daphne tornò da una breve passeggiata nel parco e trovò il fratello in salotto, con le braccia conserte e l'espressione furente.

«Ah, vedo che hai saputo del mio ritorno» disse lei togliendosi i guanti.

«Che cosa diavolo succede?» Evidentemente non aveva ereditato dalla madre la sua delicatezza nell'esprimersi. «Parla!» tuonò.

Lei chiuse gli occhi per il mal di testa che l'affliggeva da giorni. Non voleva raccontare a Colin le sue pene. Non voleva confidargli più di quanto avesse detto alla madre, anche se il fratello probabilmente già sapeva. Le notizie viaggiavano rapidamente in casa Bridgerton.

Comunque fece appello alle poche energie che le erano rimaste, raddrizzò le spalle e chiese: «Cosa intendi?».

«Intendo: dov'è tuo marito?»

«È impegnato altrove» rispose Daphne. Suonava meglio di "Mi ha lasciato".

«Daphne...» La sua voce era aggressiva.

«Sei qui da solo?»

«Anthony e Benedict sono in campagna per tutto il mese, se è questo che vuoi sapere.»

Per poco, Daphne non si lasciò scappare un sospiro di sollievo. L'ultima cosa che voleva in quel momento era affrontare il fratello maggiore. Era riuscita a evitare che uccidesse Simon una volta, ma non era sicura di riuscirci una seconda.

«Ti ordino di dirmi subito dove si nasconde quel bastardo» intimò Colin.

Daphne sentì la schiena irrigidirsi. Lei poteva avere il diritto di chiamare il marito con i nomi più orrendi, ma il fratello no. «Presumo che con "quel bastardo" tu alluda a mio marito.»

«Hai indovinato, dannazione, io...»

«Devo chiederti di andartene.»

Colin la guardò come se le fossero spuntate le corna. «Vuoi ripetere?»

«Non ho intenzione di discutere del mio matrimonio con te, quindi, se non riesci a controllare le tue opinioni, per altro non richieste, devi andartene.»

«Non puoi mettermi alla porta» disse lui, incredulo.

Lei incrociò le braccia. «Questa è casa mia.»

Colin la fissò, poi si guardò intorno e posò di nuovo gli occhi su Daphne, la duchessa di Hastings, come se si rendesse improvvisamente conto che la sua sorellina, che aveva sempre considerato come un'allegra appendice di sé, era diventata una donna indipendente. Le prese la mano. «E sia, Daff, ti lascio affrontare la cosa da sola come ritieni opportuno» disse con dolcezza.

«Grazie.»

«Solo per il momento, però. Non credere che lascerò che la situazione continui così all'infinito.»

"Non continuerà all'infinito" pensò Daphne un'ora dopo, quando Colin se ne fu andato. Ancora quindici giorni e avrebbe saputo.

Daphne si svegliava ogni mattina senza fiato, nella speranza di aspettare un bambino. Si mordeva un labbro, recitava una preghiera e tirava giù le coperte per controllare che non ci fosse sangue, prima ancora del giorno in cui prevedeva di avere il ciclo.

E ogni mattina non vedeva altro che candide lenzuola di lino.

Dopo una settimana dalle mestruazioni mancate si concesse un barlume di speranza. Non aveva mai avuto un ciclo regolare; poteva arrivarle in qualsiasi momento. In ogni caso, un ritardo di così tanti giorni non le era mai capitato...

Dopo due settimane cominciò a svegliarsi sorridendo e a crogiolarsi nel suo segreto. Ma non era ancora pronta a condividerlo con altri; non con sua madre né con i suoi fratelli. E certamente non con Simon.

Tenerglielo nascosto non la faceva sentire colpevole, dato che lui le aveva negato il proprio seme. Ma soprattutto temeva la sua reazione negativa e non voleva che la sua contrarietà le rovinasse quel momento di gioia perfetta. Tuttavia scrisse un biglietto e lo diede al maggiordomo incaricandolo di farlo pervenire a Simon.

Ma finalmente, dopo la terza settimana, la sua coscienza ebbe la meglio e gli scrisse una breve lettera.

Purtroppo, la cera del sigillo non si era ancora asciugata sulla busta che il fratello Anthony irruppe nella stanza. Poiché Daphne era in camera da letto al piano superiore, dove non supponeva di ricevere visite, non volle nemmeno pensare a quanti domestici avesse insultato suo fratello mentre attraversava la casa.

Anthony appariva furente e lei sapeva che avrebbe fatto bene a non provocarlo, ma lui aveva il potere di stuzzicare il suo sarcasmo, così gli chiese: «Come mai sei qui? Non ho forse un maggiordomo?».

«L'avevi un maggiordomo.»

«Mamma mia.»

«*Lui*, dov'è?»

«Non è qui.» Era inutile fingere di non capire di chi stesse parlando.

«Lo ammazzo.»

Daphne si alzò, gli occhi fiammeggianti. «No. Non lo farai.»

Anthony, che era in piedi con le mani sui fianchi, si sporse in avanti. «Prima che ti sposasse ho fatto una promessa a Hastings, lo sapevi?»

Daphne scosse la testa.

«Gli ho ricordato che ero stato sul punto di ucciderlo per averti rovinato la reputazione. E che non l'avrebbe passata liscia se avesse ferito la tua anima.»

«Non ha ferito la mia anima. Al contrario» rispose lei appoggiando una mano sull'addome.

Ma non capì se il fratello avesse trovato strane le sue parole, perché lui fissava il piccolo scrittoio, accigliato. «E questo cos'è?»

Anthony guardava i fogli accartocciati che testimoniavano i molti tentativi di scrivere una lettera al marito. «Niente» rispose lei allungando la mano per farli scomparire. «Gli stavi scrivendo una lettera, non è così?» L'espressione del fratello, già furente, divenne minacciosa. «Per Giove, non provare a mentire. Ho visto il suo nome.» Daphne buttò i fogli nel cestino. «Non ti riguarda.» Anthony osservò il cestino come se volesse raccogliere le lettere cominciate. Poi guardò la sorella e disse: «Non intendo fargliela passare liscia».

«Anthony, questo non è affar tuo.»

Lui non obiettò, ma disse: «Lo troverò. Lo troverò e lo ucciderò…».

«Oh, per l'amor del cielo!» esplose Daphne. «Questo è il mio matrimonio, non il tuo. E se interferisci nella mia vita, giuro che non ti parlerò più.»

Daphne aveva lo sguardo fermo e il tono deciso. Anthony apparve un po' scosso dalle sue parole. «E va bene. Non lo ucciderò.»

«Grazie tante» disse lei con sarcasmo.

«Ma lo troverò. E gli dirò in faccia quello che penso» promise Anthony.

Daphne lo guardò e capì che avrebbe mantenuto la parola. Prese la lettera già chiusa che aveva riposto nel cassetto. «Ti permetto di portargli questa.»

«Bene» disse lui allungando la mano verso la busta.

Daphne l'allontanò da lui. «Ma solo se mi prometti due cose.»

«Che sono…?»

«La prima è di non leggerla.»

Lui si mostrò offeso che l'avesse anche solo pensato.

«Non fare quell'espressione indignata con me. Ti conosco, Anthony, e so che la leggeresti fra un secondo se fossi sicuro di farla franca.»

Lui la guardò in cagnesco.

«Ma so anche che non romperesti una promessa fatta a me. Perciò ho bisogno che tu prometta.»

«Non mi pare necessario, Daff.»

«Prometti!» ordinò lei.

«E va bene, prometto» sbuffò il fratello.

«Ottimo.» Lei gli diede la lettera, che lui fissò con evidente curiosità. «Secondo,» disse Daphne a voce alta, obbligandolo a riportare l'attenzione su di lei «mi devi promettere di non fargli del male.»

«Ehi, aspetta un attimo, Daphne. Adesso chiedi troppo.» Lei tese la mano dicendo: «Allora ridammi la lettera». Anthony la nascose dietro la schiena. «Me l'hai già data.» Daphne sorrise. «Ma non ti ho dato l'indirizzo.»

«Posso sempre procurarmelo» replicò Anthony.

«No, non puoi e lo sai. Lui ha molte proprietà. Impiegheresti settimane per scoprire dove si trova.»

«Ah, ecco! Allora è in una delle sue proprietà. Ti sei lasciata sfuggire un indizio di importanza vitale» disse il fratello trionfante.

Sbalordita, Daphne domandò: «Credi che sia un gioco?».

«Dimmi dov'è.»

«Solo se mi prometti che non ci sarà violenza.» La duchessa incrociò le braccia. «Non cedo.»

«Va bene» borbottò lui.

«Prometti.»

«Sei una donna forte, Daphne Bridgerton.»

«Daphne Basset. Ho avuto degli ottimi maestri.»

«Prometto» biascicò Anthony, un movimento delle labbra più che vere parole.

«Mi serve un po' più di questo» disse lei incalzandolo a continuare con un gesto della mano, come a volergli cavare le parole di bocca. «Prometto di non…»

«Prometto di non fare del male a quel maledetto idiota di tuo marito» scandì Anthony. «Ecco, ti basta?»

«Certamente.» Lei sfilò dal cassetto la lettera che aveva ricevuto dal maggiordomo con l'indirizzo di Simon. «Ecco qua.»

Anthony la prese con poco garbo, lesse l'indirizzo e disse: «Sarò di ritorno tra quattro giorni».

«Parti oggi?» domandò lei, sorpresa.

«Non so per quanto tempo riuscirò a tenere a freno i miei impulsi» fu la risposta.

«Allora parti subito.»

E lui partì.

«Dammi una ragione valida per cui non ti debba strappare gli occhi.»

Simon alzò lo sguardo dalla scrivania e vide sulla soglia dello studio un impolverato Anthony Bridgerton fumante di collera. «Che piacere vederti, Anthony» mormorò.

Anthony entrò nella stanza con la grazia di un uragano, piantò le mani sulla scrivania e si sporse minaccioso verso Simon. «Ti dispiace dirmi perché mia sorella è a Londra mentre tu sei...» Si guardò intorno e chiese, accigliato: «Dove diavolo siamo?».

«Wiltshire» lo informò Simon.

«Mentre tu sei impegnato a trafficare in una campagna sperduta del Wiltshire?»

«Daphne è a Londra?»

«Si potrebbe pensare che, essendo suo marito, dovresti saperlo.»

«Si potrebbero pensare un sacco di cose» mormorò Simon. «Ma il più delle volte ci si sbaglia.» Aveva lasciato Clyvedon da due mesi, due mesi da quando aveva visto Daphne e non era stato capace di dire una parola. Due mesi di vuoto totale.

In verità, era sorpreso che Daphne avesse aspettato tanto a mettersi in contatto con lui, anche se poi l'aveva fatto tramite il suo bellicoso fratello. Non sapeva come mai, ma pensava che lei l'avrebbe cercato prima, anche solo per rimproverarlo. Non era tipo da trincerarsi dietro il silenzio quando era arrabbiata. Quasi si aspettava che lo avrebbe rintracciato per spiegargli in svariati modi le ragioni per cui era uno stupido totale.

E, a dire il vero, dopo circa un mese, aveva cominciato quasi a sperarci.

«Ti taglierei la testa se non avessi promesso a tua moglie di non farti del male.»

«Sono sicuro che non ti è stato facile prometterlo» osservò Simon.

Anthony incrociò le braccia e fissò l'altro con odio. «Nemmeno mantenerlo.»

Simon tossicchiò mentre cercava di trovare il modo di chiedere di Daphne senza mostrarsi troppo interessato. Lei gli mancava molto. Si sentiva un idiota, un pazzo, ma gli mancava. Gli mancavano le sue risate, il suo odore e la sua abitudine di avviluppargli le gambe con le sue, a volte in piena notte. Era avvezzo a vivere da solo, ma non a sentirsi solo.

«Daphne ti ha mandato per riportarmi indietro?» si decise a chiedere.

«No.» Anthony estrasse dalla tasca la busta color avorio e la mise sgarbatamente sullo scrittoio. «L'ho trovata che cercava qualcuno che te la portasse.»

Simon guardò inorridito la busta. Poteva significare una cosa sola. Cercò di dire qualcosa di neutro tipo "capisco", ma aveva la gola stretta.

«Le ho detto che te l'avrei portata io volentieri» spiegò Anthony in tono sarcastico.

Simon lo ignorò. Tese un braccio verso la busta sperando che l'altro non si accorgesse che gli tremavano le mani.

Ma l'amico se ne accorse. «Che cosa diavolo hai? Sei uno straccio.»

Simon prese la busta. «È sempre un piacere avere a che fare con te» riuscì a dire.

Anthony lo fissò a lungo, visibilmente combattuto tra rabbia e preoccupazione. Si schiarì la gola più volte e alla fine, con un tono sorprendentemente gentile, chiese: «Sei ammalato?».

«Certo che no.»

Il cognato impallidì. «È Daphne, l'ammalata?»

Simon alzò la testa di scatto. «Non me l'ha detto. Perché? Sembra malata? Ha...»

«No. Ha l'aria di stare bene.» Gli occhi di Anthony si riempirono di curiosità e finalmente domandò: «Simon, si può sapere che cosa ci fai qui? È evidente che l'ami. E per quanto sia incomprensibile, sembra che ti ami anche lei».

Simon si premette le dita sulle tempie nel tentativo di attenuare il mal di testa che non lo abbandonava da giorni. «Ci sono cose che non sai» disse stancamente chiudendo gli occhi per il dolore. «Cose che non potrai mai capire.»

Anthony rimase in silenzio per almeno un minuto. Finalmente, quando l'altro aprì gli occhi, andò alla porta. «Non voglio trascinarti a Londra» disse a bassa voce. «Dovrei, ma non lo faccio. Daphne vuole che tu ritorni per lei, non perché suo fratello ti ha puntato una pistola alla schiena.»

Simon si trattenne dal dirgli che quello era il motivo per cui l'aveva sposata, ma si morse la lingua. Non era la verità. Non tutta almeno. In un'altra vita si sarebbe inginocchiato implorando di avere la sua mano.

L'altro continuò: «Comunque è bene che tu sappia che la gente comincia a parlare. Daphne è tornata a Londra da sola, due settimane dopo il vostro affrettato matrimonio. Cerca di non darlo a vedere, ma la cosa le fa male. Nessuno l'ha insultata, tuttavia la pietà, anche con buone intenzioni, è dura da digerire. E quella dannata Whistledown ha già scritto di lei».

Simon trasalì. Era tornato in Inghilterra da poco tempo, ma aveva capito che la sedicente Lady Whistledown poteva creare danni e dolore.

Anthony imprecò e disse: «Va' da un dottore, Hastings. E torna da tua moglie». Detto questo, uscì.

Simon fissò la busta che aveva in mano per diversi minuti prima di aprirla. Vedere Anthony era stato uno shock. Sapere che era appena stato da Daphne gli strinse il cuore.

Diavolo, non credeva che gli sarebbe mancata tanto. Tuttavia, questo non significava che non fosse ancora furioso con lei. Gli aveva preso ciò che lui chiaramente non voleva dare. Non voleva figli. Gliel'aveva detto. Lei l'aveva sposato sapendolo. E l'aveva ingannato.

Oppure non era andata così. Si strofinò gli occhi e la fronte, cercando di ricordare i dettagli di quella mattina fatale. Daphne aveva sicuramente preso l'iniziativa di fare l'amore, ma lui ricordava distintamente la propria voce che la incoraggiava: non avrebbe dovuto farlo, sapendo di non poter mantenere il totale controllo.

A ogni modo, non era nemmeno detto che lei fosse in stato interessante. Sua madre non aveva forse impiegato dieci anni per mettere al mondo un figlio?

Ma la notte, quando era solo a letto, non taceva la verità a se stesso. Era fuggito non soltanto perché Daphne gli aveva disobbedito, o perché c'era la possibilità che generasse un figlio. L'aveva lasciata perché non sopportava quello che era venuto allo scoperto. Lo aveva ridotto al bambino balbuziente che era stato. L'aveva reso muto, gli aveva fatto rivivere quella sensazione di soffocamento, di non poter esprimere ciò che sentiva.

Non sapeva se sarebbe riuscito a ricominciare a vivere con lei, se questo significava regredire al bambino terrorizzato e incapace di parlare. Cercò di ricordare il loro corteggiamento – finto, pensò con un sorriso –, di ricordare com'era stato facile stare insieme a lei, parlare con lei. Ma ogni ricordo veniva sporcato da come era andata a finire: quella mattina orribile nella camera da letto di Daphne, con la lingua che gli si ingarbugliava e la gola bloccata.

E si odiava per questo.

Era fuggito in un'altra delle sue proprietà fondiarie, essendo un duca ne aveva parecchie. Aveva scelto quella del Wiltshire perché non era troppo lontano da Clyvedon, raggiungibile in un giorno e mezzo di cavalcata serrata. Non sarebbe sembrata una fuga se poteva tornare nel giro di poco tempo.

Adesso pareva proprio dovesse farlo.

Dopo un respiro profondo prese il tagliacarte, aprì la busta e lesse:

Simon,
i miei sforzi, come li hai chiamati tu, hanno avuto successo.
Mi sono trasferita a Londra per essere vicina alla mia famiglia
e aspetto qui le tue istruzioni.

Tua Daphne

Simon non seppe mai per quanto fosse rimasto seduto dietro la scrivania con il fiato corto e la lettera in mano.
Poi finalmente un soffio di brezza lo investì, o forse la luce
cambiò, o sentì uno scricchiolio, e si svegliò dal torpore.
Balzò in piedi, uscì dallo studio e chiamò a gran voce il
maggiordomo.

«Fa' preparare la carrozza» gridò quando il domestico
comparve. «Vado a Londra.»

20

Il matrimonio dell'anno sembra inacidito. La duchessa di Hastings (ex Miss Bridgerton) è tornata a Londra da circa due mesi e l'Autore non ha visto nemmeno l'ombra del duca suo marito.

Si dice che Hastings non sia nemmeno a Clyvedon, dove la coppia, un tempo felice, ha trascorso la luna di miele. L'Autore di questo articolo non riesce a trovare una persona che sappia dove sia il duca. Se Sua Grazia la duchessa sa, non parlerà e, inoltre, si hanno poche occasioni di chiederglielo dato che evita la compagnia di tutti, fatta eccezione per i membri della sua numerosa famiglia.

Naturalmente è legittimo e anche dovere di cronaca indagare sull'origine di tali sconvolgimenti, ma è lecito essere confusi. La coppia sembrava così innamorata...

da «Le cronache mondane di Lady Whistledown»
2 agosto 1813

Il viaggio durò due giorni, due di troppo per Simon, costretto a rimanere solo con i suoi pensieri. Aveva preso con sé dei libri sperando di distrarsi, ma ogni volta che ne apriva uno si accorgeva di lasciarlo sulle ginocchia senza leggerlo. Era difficile tenere la mente lontana da Daphne.

Ed era ancora più difficile tenerla lontana dalla prospettiva della paternità.

Una volta giunto a Londra, si fece accompagnare subito a Bridgerton House. Era stanco del viaggio e doveva lavarsi e cambiarsi d'abito, ma durante il tragitto non aveva fatto altro che immaginare il suo incontro con Daphne e gli sembrava assurdo procrastinarlo ancora.

Arrivato dai Bridgerton, tuttavia, scoprì che Daphne non c'era.

«Che cosa significa "la duchessa non è qui"?» chiese con voce minacciosa al maggiordomo, senza pensare che l'uomo non aveva fatto niente per meritare la sua ira.

Il domestico notò il tono e arricciò il labbro superiore. «Significa, Vostra Grazia, che Sua Grazia non è qui.»

«Ho una lettera di mia moglie…» Simon si cercò nelle tasche ma non trovò il foglio. «Be', ho una lettera da qualche parte in cui dice che si è trasferita a Londra.»

«Infatti, Vostra Grazia.»

«Allora dove diavolo è?» gridò Simon.

Il maggiordomo si limitò ad alzare un sopracciglio. «A Hastings House, Vostra Grazia.»

Simon chiuse la bocca di colpo. Poche cose erano più umilianti dell'essere sconfitti da un maggiordomo.

«Dopotutto la duchessa è sposata con Vostra Grazia» continuò il domestico, che evidentemente si divertiva molto.

Simon lo guardò male. «Dovete essere molto sicuro della vostra posizione.»

«Sicurissimo, Vostra Grazia.»

Il duca gli fece un breve cenno col capo e se ne andò sentendosi uno sciocco. Certo che Daphne era andata a casa sua. Non l'aveva lasciato, dopotutto; voleva solo essere vicina alla sua famiglia. Se avesse potuto prendersi a calci da solo fino alla carrozza, Simon lo avrebbe fatto. Ma un volta salito, si rese conto che casa sua si trovava dall'altra parte di Grosvenor Square rispetto ai Bridgerton. Poteva attraversare a piedi il dannato prato e metterci la metà del tempo.

Tuttavia, quell'anticipo non si rivelò particolarmente determinante perché quando aprì la porta di casa scoprì che la moglie non era neppure lì.

«È uscita a cavallo, Vostra Grazia» spiegò Jeffries.

Il duca fissò incredulo il maggiordomo. «A cavallo?» «Sì, Vostra Grazia. A cavallo.»

Simon si domandò quale fosse la pena per chi strangolava un domestico. «Dov'è andata?»

«Hyde Park, credo, Vostra Grazia.»

A Simon cominciò a battere il cuore e il respiro divenne affannoso. Cavalcava? Era impazzita? Aspettava un bambino, per l'amor del cielo! Persino lui sapeva che le donne in quello stato non potevano cavalcare.

«Fai sellare un cavallo per me. Subito.»

«Uno in particolare?» domandò Jeffries.

«Uno veloce. E subito. Ma è meglio che lo faccia io.» Detto questo, girò sui tacchi e uscì.

A metà strada dalle stalle il panico passò dal sangue alle ossa e il suo passo deciso si trasformò in una corsa.

Non era come stare a cavalcioni, ma almeno andava forte. In campagna, dov'era cresciuta, Daphne prendeva sempre in prestito le brache da Colin e galoppava insieme ai suoi fratelli a briglia sciolta. A sua madre venivano gli attacchi di panico quando la vedeva tornare coperta di fango, e sovente con qualche escoriazione, ma a Daphne non importava. Non si curava nemmeno della destinazione delle loro cavalcate. L'importante era la velocità.

Naturalmente in città non poteva indossare i calzoni e così era costretta a montare all'amazzone, ma se usciva presto, quando le persone eleganti erano ancora a letto, e se si limitava a frequentare le zone più remote del parco, poteva piegarsi sulla sella e mandare il cavallo al galoppo. Il vento le faceva sfuggire le ciocche dallo chignon e lacrimare gli occhi, ma almeno la aiutava a dimenticare. In sella alla sua puledra preferita, sfrecciando in mezzo ai campi, si sentiva libera. Non c'era medicina migliore per un cuore spezzato.

Aveva piantato in asso il lacchè fingendo di non averlo udito quando l'aveva chiamata a gran voce: «Aspettate! Vostra Grazia! Aspettate!».

Si sarebbe scusata più tardi. I lacchè di casa Bridgerton

erano abituati al suo comportamento e conoscevano la sua abilità in sella. Ma quello era uno dei domestici del marito e probabilmente si era preoccupato.

Daphne si sentì un poco in colpa, ma solo un poco. Aveva bisogno di stare da sola. E di muoversi in fretta.

Rallentò in un'area alberata e respirò la fredda aria autunnale. Chiuse gli occhi per un momento e si lasciò riempire i sensi con i suoni e i profumi del parco. Pensò a un uomo cieco che aveva incontrato una volta. Le aveva detto che, dopo aver perso la vista, gli altri sensi erano diventati più acuti. Mentre inalava gli aromi del bosco, pensò che avesse ragione. Tese l'orecchio al cinguettio degli uccelli, poi al lieve passo degli scoiattoli che ammonticchiavano le nocciole per l'inverno. Poi... aggrottò la fronte e aprì gli occhi. Dannazione. Quello era decisamente il rumore di un cavallo che si avvicinava. Non voleva compagnia. Voleva restare da sola con i suoi pensieri e il suo dolore, e di sicuro non voleva dover spiegare a qualche benintenzionato membro della società le ragioni per cui si trovava da sola nel parco. Drizzò le orecchie per capire da dove arrivasse il cavallo e scattare nella direzione opposta.

Avviò la sua puledra al trotto pensando che se fosse rimasta fuori dal percorso dell'altro cavaliere, non lo avrebbe incontrato. Ma da qualsiasi parte andasse, lui sembrava seguirla.

Aumentò l'andatura, più di quanto fosse prudente in quella zona alberata. C'erano troppi rami bassi e radici sporgenti. E adesso cominciava ad avere paura. Sentiva le pulsazioni nelle orecchie e migliaia di domande orribili le ronzavano nel cervello.

E se il cavaliere non era, come lei aveva pensato, una persona del suo stesso ceto? Se era un criminale? O un ubriacone? Era presto, non c'era nessuno in giro. Se si fosse messa a urlare, chi avrebbe potuto sentirla? Era abbastanza vicina al lacchè? Quando se n'era andata, lui era rimasto dove l'aveva lasciato o l'aveva seguita? E se così era, aveva preso la direzione giusta?

Il lacchè! Per poco non gridò di sollievo. Doveva essere lui. Fece fare dietrofront al cavallo per cercare di vedere chi la stava inseguendo. La livrea degli Hastings era rossa, quindi facilmente distinguibile...

Improvvisamente un ramo la colpì in pieno petto, togliendole il respiro. Le sfuggì un urlo strozzato e sentì la puledra muoversi in avanti senza di lei. Poi si sentì cadere... cadere...

Atterrò con un tonfo, scarsamente attutito dalle foglie sul terreno. Si rannicchiò in posizione fetale come se facendosi più piccola il dolore potesse diminuire.

Oddio come soffriva. Aveva male dappertutto. Chiuse gli occhi e si concentrò sul proprio respiro. Imprecò fra sé come non aveva mai fatto. Diavolo, le dava dolore persino respirare, ma doveva farlo.

«Daphne!»

Lei non rispose. Il solo suono che sembrava riuscire a emettere era quello dei singhiozzi. Persino lamentarsi era impossibile.

«Daphne! Per Giove, Daphne!»

Lei sentì qualcuno smontare da cavallo, poi le foglie scricchiolare vicino a lei.

«Daphne?»

«Simon?» bisbigliò incredula. Non aveva alcun senso che lui fosse lì, ma quella era la sua voce. E anche se non aveva aperto gli occhi, *lo sentiva*. L'aria cambiava quando lui le era vicino.

Percepì su di sé le sue mani che verificavano se avesse le ossa rotte. «Dimmi dove ti fa male» le disse.

«Dappertutto» balbettò lei.

Lui imprecò fra i denti, ma il suo tocco era delicato e la tranquillizzava. «Apri gli occhi» ordinò Simon. «Guardami. Guardami in faccia.»

Lei scosse la testa. «Non posso.»

«Sì che puoi.»

Daphne capì che si toglieva i guanti, poi sentì le sue mani calde sulle tempie, sulle palpebre e alla base del naso. E la tensione che si allontanava. «Lascialo andare, lascia andare via il dolore» mormorò Simon. «Apri gli occhi, Daphne.» Lentamente e con grande difficoltà lei lo fece. Il viso di lui le riempì lo sguardo e per un momento dimenticò tutto quello che c'era stato tra loro, eccetto che lo amava e che lui era lì e riusciva a mandar via il dolore.

«Guardami» le disse ancora con voce bassa e con tono suadente. «Guardami e non staccare gli occhi dai miei.» Lei riuscì ad annuire e a fissare il suo sguardo intenso.

«Adesso devi rilassarti.» La sua voce era morbida ma autorevole, ed era esattamente ciò di cui lei aveva bisogno.

Mentre parlava, lui la toccava cercando eventuali fratture. Lo fece senza distogliere lo sguardo dai suoi occhi. Daphne sembrava non aver riportato altro che brutte escoriazioni, ma non si poteva mai essere sicuri. E con il bambino...

Simon si sentì impallidire. Nel panico per Daphne aveva dimenticato il bambino che lei portava in grembo. Il suo bambino.

Il loro bambino.

«Daphne» le disse lentamente, cautamente. «Credi di stare bene?»

Lei annuì.

«Senti dolore?»

«Un po', ma va meglio.»

«Ne sei sicura?»

Lei annuì di nuovo.

«Bene» disse Simon, con calma. Rimase in silenzio per diversi secondi, poi gridò: «In nome di Dio, che cosa credevi di fare?».

Daphne rimase a bocca aperta. Chiuse e aprì gli occhi ripetutamente. Emise un suono strozzato che avrebbe potuto trasformarsi in una parola, ma Simon la anticipò continuando a redarguirla.

«Che cosa diavolo ci facevi qui senza uno staffiere? E perché galoppavi su questo terreno pericoloso?» Accigliato, continuò: «E per Giove, che cosa ci facevi a cavallo?».

«Cavalcavo» rispose Daphne con un filo di voce.

«Non ti sei preoccupata del nostro bambino? Non hai pensato neanche un momento alla sua sicurezza?»

«Simon...» cominciò lei debolmente.

«Una donna nel tuo stato non dovrebbe nemmeno avvicinarsi a un cavallo! Dovresti saperlo.»

Quando lo guardò, gli occhi di lei gli sembrarono vecchi. «Che cosa te ne importa? Tu non volevi un bambino» replicò Daphne con tono incolore.

«No, io no, ma adesso che c'è non voglio che tu lo uccida.»

«Non preoccuparti» rispose Daphne e si morse le labbra. «Non c'è.»

Simon rimase senza fiato. «Che cosa vuoi dire?»

Senza guardarlo negli occhi, Daphne spiegò: «Non sono incinta».

«Non sei...» Simon non finì la frase, perché una strana sensazione s'impadronì di lui. Non pensava che fosse delusione, ma non ne era sicuro. «Mi hai mentito?» bisbigliò.

Lei scosse la testa con vigore e lo guardò. «No!» gridò. «No, non ho mentito, lo giuro. Pensavo di esserlo, lo credevo davvero. Ma...» Non poté continuare, impedita da un singhiozzo, e strinse gli occhi per non piangere. Piegò le ginocchia contro il petto e vi appoggiò il viso.

Simon non l'aveva mai vista così, sconvolta dal dolore. La guardava sentendosi del tutto impotente. Voleva che stesse meglio e non lo aiutava sapere che la causa della sua disperazione era lui. «Che cosa è successo, Daff?»

Quando lei finalmente lo guardò, i suoi occhi erano grandi e disperati. «Non lo so. Forse lo volevo tanto che ho ritardato il flusso. Ero così contenta il mese scorso.» Le si spezzò la voce e rischiò di scoppiare in lacrime. «Ho aspettato e aspettato, ma non è successo niente.»

«Niente?» Simon non aveva mai sentito una cosa del genere.

«Niente.» Le labbra di lei si piegarono in un sorriso sarcastico rivolto a se stessa. «Non sono mai stata così felice in vita mia di qualcosa che non è successo.»

«Avevi la nausea?»

Daphne scosse la testa. «Non mi sentivo diversa, eccetto che non avevo il mestruo. Ma la settimana scorsa...»

Simon mise la mano sulla sua. «Mi dispiace, Daphne.»

«No, non è vero» ribatté lei con amarezza ritraendo la mano. «Non fingere qualcosa che non senti. E per l'amor del cielo, non mentire. Non hai mai voluto questo bambino.» Fece una bassa risata sarcastica. «Questo bambino? Cielo, ne parlo come se fosse esistito. Come se non fosse stato solo frutto della mia immaginazione.» Abbassò gli occhi e quando parlò di nuovo la sua voce era penosamente triste. «E dei miei sogni.»

Simon mosse le labbra diverse volte prima di poter dire: «Non mi piace vederti così addolorata».

Lei lo guardò con incredulità e tristezza: «Non capisco come ti possa aspettare qualcosa di diverso».

«Io-io-io...» Simon deglutì e finalmente disse la cosa che gli stava più a cuore. «Voglio che torni da me.»

Daphne non rispose e lui imprecò fra sé, perché questo significava che avrebbe dovuto dire di più. «Quando abbiamo litigato ho perso il controllo. Io... non riuscivo più a parlare.» Chiuse gli occhi e sentì la mascella contrarsi. Finalmente, dopo un lungo respiro spiegò: «Odio me stesso per essere così».

Daphne aggrottò la fronte. «È per questo che te ne sei andato?»

Lui annuì.

«Non era per quello che ho fatto?»

La guardò negli occhi. «Non lo approvavo.»

«Ma non è per quello che te ne sei andato?» insisté Daphne.

Vi fu un silenzio, poi Simon disse: «Non è stato per quello».

Daphne strinse le ginocchia al petto e rifletté sulle sue parole. Per tutto quel tempo aveva pensato che lui la odiasse, invece odiava se stesso. Disse: «Lo sai che la mia considerazione per te non diminuisce quando balbetti».

«È la mia che diminuisce.»

Daphne annuì lentamente. Certo che si trattava di lui, era orgoglioso e cocciuto, e tutti i membri della società lo guardavano con ammirazione. Gli uomini volevano entrare nelle sue grazie e le donne non facevano altro che flirtare con lui. E mentre questo accadeva, Simon era costantemente terrorizzato ogni volta che apriva bocca.

Be', forse non ogni volta, pensò Daphne guardandolo in volto. Quando erano insieme parlava liberamente, aveva risposte così pronte da dimostrarle che non era possibile che si concentrasse su ogni singola parola.

Gli prese la mano. «Non sei il ragazzo che tuo padre credeva che fossi.»

«Lo so» rispose lui, evitando di incrociare il suo sguardo.

«Simon, guardami» ordinò con dolcezza. Quando lui lo fece lei ripeté: «Non sei il ragazzo che tuo padre credeva che fossi».

«Lo so» le disse di nuovo: pareva confuso e forse un po' seccato.

«Ne sei sicuro?»

«Dannazione, Daphne, lo so...» Le sue parole caddero nel silenzio e lui cominciò a tremare. Per un momento lei credette che stesse per piangere. Ma le lacrime non vennero, e tutto ciò che disse fu: «Io lo odio. Io...».

Daphne gli prese il viso tra le mani obbligandolo a guardarla. «Ho capito. Era un uomo orribile. Ma devi dimenticarlo.»

«Non posso.»

«Invece puoi. È giusto provare rabbia, ma non devi permettere che sia il motore unico della tua vita. Persino adesso gli permetti di dirigere le tue scelte.»

Simon guardò altrove.

Daphne appoggiò le mani sulle sue ginocchia. Aveva bisogno del contatto con lui. Temeva che se lo avesse lasciato in quel momento l'avrebbe perso per sempre. «Ti sei mai domandato se vuoi una famiglia? Se ti piacerebbe avere un bambino tuo? Saresti un padre meraviglioso, tuttavia non vuoi nemmeno prendere in considerazione questa possibilità. Tu credi di ottenere la tua vendetta, invece così permetti a tuo padre di controllarti dalla tomba.»

«Se gli do un figlio mio, lui avrà vinto.»

«No, se avrai un figlio tuo, vincerai tu. Vinceremo tutti.»
Simon non disse nulla, ma continuava a tremare.

«Se non vuoi un figlio, perché sei tu che non lo vuoi è
una cosa. Ma se neghi a te stesso la gioia della paternità per
un uomo morto, allora sei un codardo.» Daphne trasalì per
quell'insulto, ma doveva dirlo. «A un certo punto dovrai la-
sciartelo alle spalle e vivere la tua vita. Devi lasciar andare
il rancore e...»

Simon scosse la testa e il suo sguardo sembrò perso e disperato. «Non chiedermi questo. È tutto quello che ho. Non
lo vedi che è tutto quello che ho?»

«Non capisco.»

La voce di Simon si alzò di volume. «Perché credi che abbia imparato a parlare in modo corretto? Cosa credi che mi
abbia spinto a farlo? Era la collera. È sempre stata la collera, volevo fargli vedere quanto valevo.»

«Simon...»

Una risata sarcastica gli scaturì dalla gola. «Non lo trovi
divertente? Io lo odio. Lo odio profondamente, eppure è la
sola ragione che mi ha spinto al successo.»

Daphne scosse il capo. «Non è vero. Avresti avuto successo comunque. Sei tenace e intelligente. Io ti conosco. Hai
imparato a parlare perché hai personalità, non per lui.» E
poiché Simon non ribatteva, lei aggiunse con tono pacato: «Certo, se ti avesse dimostrato amore, ti avrebbe reso la
cosa più facile».

Lui cominciò a negare, ma lei gli strinse una mano. «A
me è stato dato amore» bisbigliò. «Non ho conosciuto altro che amore e devozione nella mia infanzia e adolescenza. Credi a me, rende tutto più facile.»

Simon rimase in silenzio per diversi minuti. Si sentiva
solo il soffio del suo respiro mentre cercava di controllare
le emozioni. Finalmente, quando Daphne temeva di averlo perduto, lui la guardò con gli occhi lucidi. «Voglio essere felice» bisbigliò.

«E lo sarai» rispose lei abbracciandolo. «Lo sarai.»

21

Il duca di Hastings è tornato!
da «Le cronache mondane di Lady Whistledown»
6 agosto 1813

Simon non parlò per tutto il lento ritorno verso casa. Avevano trovato la puledra che brucava beata in una radura poco distante e, anche se Daphne aveva asserito di essere nelle condizioni di poter cavalcare, lui aveva legato le briglie della puledra al suo cavallo e aveva caricato la moglie davanti a sé. Così erano tornati insieme a Grosvenor Square.

Inoltre, lui voleva tenerla stretta. Si era reso conto di avere bisogno di attaccarsi a qualcosa nella vita e forse lei aveva ragione, forse la rabbia non era una soluzione. Forse, solo forse, poteva imparare ad attaccarsi all'amore.

Quando arrivarono a Hastings House, un lacchè corse a prendere i cavalli e Simon e Daphne salirono la scala ed entrarono nell'atrio.

E si trovarono con gli occhi dei tre fratelli Bridgerton puntati su di loro.

«Che cosa diavolo ci fate in casa mia?» li investì Simon. La sola cosa che voleva era portare la moglie in camera e fare l'amore, e invece era accolto dal bellicoso trio. I fratelli erano nella stessa posizione: gambe divaricate, mani sui fianchi, mento in fuori. Se non fosse stato così irritato con tutti e tre, probabilmente si sarebbe allarmato. Con uno avrebbe potuto avere la meglio, ma tre erano troppi.

«Abbiamo saputo che sei tornato.»

«Infatti. E adesso andatevene.»

«Non così in fretta» disse Benedict incrociando le braccia.

Simon si rivolse a Daphne. «Chi devo far fuori per primo?»

«Non ho preferenze» rispose lei guardando accigliata i fratelli.

«Abbiamo qualche richiesta da fare prima di lasciarti tenere Daphne» disse Colin.

«Che cosa?» urlò Daphne.

«Lei è mia moglie!» tuonò Simon sovrastando efficacemente la sua reazione.

«Prima, lei è nostra sorella. E tu l'hai resa infelice.»

«Questo non è affar vostro» replicò Daphne.

«*Tu* sei affar nostro» disse Benedict.

«Lei è affar *mio*. Perciò uscite da casa mia» sbottò Simon.

«Quando voi tre vi sarete sposati, potrete darmi dei consigli, ma nell'attesa tenete a freno i vostri impulsi di ficcanaso» disse Daphne con rabbia.

«Scusaci, Daff, ma non vogliamo passarci sopra» rispose Anthony.

«Sopra a che cosa? Non avete motivo di passare o di non passare sopra ad alcunché. Questo non vi riguarda!»

Colin fece un passo avanti. «Non ce ne andremo finché non saremo convinti che lui ti ama.»

Daphne impallidì. Simon non le aveva mai detto di amarla. L'aveva dimostrato in molte piccole cose, ma non lo aveva mai detto. E se l'avesse fatto, non doveva essere su insistenza dei suoi fratelli impiccioni, doveva venirgli liberamente dal cuore.

«Non comportarti così, Colin» bisbigliò Daphne detestando il tono implorante della propria voce. «Dovete lasciarmi combattere le mie battaglie da sola.»

«Daff...»

«Ti prego» supplicò lei.

Simon s'intromise fra loro. «Se vuoi scusarci» disse a Colin e, per estensione, agli altri due. Poi guidò la moglie dalla parte opposta dell'atrio per parlarle a quattr'occhi. Avrebbe voluto portarla direttamente in un'altra stanza, ma non era sicuro che quei tre idioti non li avrebbero seguiti.

«Mi dispiace per i miei fratelli» bisbigliò Daphne. «Sono degli stupidi e non dovevano invadere casa tua. Li disconoscerei se potessi. Dopo questa scena, non sarei sorpresa se non volessi mai più sentir parlare di figli.»

Simon la zittì mettendole un dito sulle labbra. «Prima di tutto questa è casa nostra, non mia. E riguardo ai tuoi fratelli, mi danno molto fastidio, ma agiscono per amore.» Simon si piegò in avanti e mormorò sulla sua pelle: «E chi può biasimarli?».

Daphne ebbe l'impressione che le si fermasse il cuore.

Simon le si avvicinò ancora di più, finché i loro nasi si toccarono. «Ti amo, Daff» mormorò.

Il cuore di lei riprese a battere. «Davvero?»

Simon annuì e strofinò il naso contro quello della moglie. «Non posso farne a meno.»

«Questo non è molto romantico» replicò Daphne con un sorriso esitante.

«Ma è la verità. Tu sai meglio di chiunque altro che non volevo niente di tutto questo. Non volevo una moglie, non volevo una famiglia e soprattutto non volevo innamorarmi.» Le sfiorò la bocca con le labbra. «Ma ho scoperto, con sommo rammarico, che non è possibile non amarti» disse toccandole di nuovo le labbra con le proprie.

Daphne si sentì sciogliere tra le sue braccia. «Oh, Simon.»

Lui le catturò la bocca: voleva dimostrarle con un bacio quello che stava ancora imparando a esprimere con le parole. L'amava. L'adorava. Per lei si sarebbe buttato nel fuoco. Avrebbe...

Ma c'erano ancora tre spettatori di troppo.

Lentamente interruppe il bacio e guardò di lato. Anthony, Benedict e Colin erano ancora là. Anthony studiava il soffitto, Benedict fingeva di ispezionarsi le unghie e Colin li guardava senza vergogna.

Simon rafforzò la stretta su Daphne mentre li guardava: «Che cosa diavolo ci fate voi tre ancora in casa mia?».

Nessuno dei Bridgerton aveva la risposta pronta.

«Fuori!» gridò Simon.

«Vi prego.» Il tono di Daphne non era propriamente garbato.

«E va bene» fece Anthony dando una botta sulla schiena a Colin. «Credo che il nostro lavoro qui sia finito.» Simon cominciò a guidare Daphne verso la scala. «Sono sicuro che conoscete la strada» disse ai cognati da sopra la spalla.

Anthony annuì e con una gomitata spinse gli altri due verso l'uscita.

«Bene» disse Simon. «Noi andiamo di sopra.»

«Simon!» lo rimproverò Daphne.

«Possono immaginare quali siano le nostre intenzioni» le sussurrò all'orecchio.

«Ma sono pur sempre i miei fratelli!»

«Già, che Dio ci aiuti» mormorò il marito.

Ma prima che Simon e Daphne giungessero al primo pianerottolo, la porta si aprì ed entrò un torrente di invettive decisamente femminili.

«Mamma?» chiese Daphne con voce rotta.

Ma Violet non aveva occhi che per i figli. «Ero sicura di trovarvi qui» li investì. «Di tutti gli stupidi, testardi...»

Daphne non udì il seguito perché Simon rideva troppo forte.

«L'ha resa infelice» protestava Benedict. «Era nostro dovere di fratelli...»

«Rispettate la sua intelligenza e lasciate che risolva da sola i suoi problemi!» esclamò Violet. «Non mi sembra affatto infelice in questo momento.»

«È perché...»

«Se dite che è perché voi avete fatto irruzione in casa sua come un gregge di pecore impazzite, vi diseredo tutti e tre.»

Questo li zittì.

«E adesso credo sia ora di andare via.» Poiché i figli non

si muovevano abbastanza in fretta, lei li spinse fuori dalla porta e si rivolse a Simon e a Daphne, fermi sulla scala. «Sono lieta di rivedervi a Londra, Hastings» disse scoccando al genero un sorriso radioso. «Un'altra settimana e vi avrei trascinato qui io stessa.» Detto questo, uscì e si chiuse la porta alle spalle.

Ancora scosso dalle risate, Simon chiese alla moglie: «Quella era tua madre?».

«Ha delle doti nascoste dentro di sé» rispose Daphne e aggiunse: «Mi dispiace che i miei fratelli ti abbiano obbligato...».

Lui la interruppe. «Sciocchezze. Nessuno può obbligarmi a dire cose che non sento.» Dopo un attimo di riflessione aggiunse: «Be', non senza una pistola». Daphne gli diede un colpo sulla spalla e lui la strinse a sé. «Ero sincero quando ho detto che ti amo» disse. «Perché ti amo davvero. L'ho scoperto da un po' di tempo, ormai, ma...»

«Va bene. Non c'è bisogno di spiegare» rispose lei appoggiandogli il viso contro il petto.

«Invece sì. Io...» Ma le parole si rifiutavano di uscire. Era troppo emozionato, troppi sentimenti turbinavano dentro di lui. «Lascia che ti spieghi. Lascia che ti dimostri quanto ti amo.»

Daphne sollevò il viso per ricevere il suo bacio. «Anch'io ti amo. Moltissimo.»

La bocca di Simon s'impossessò della sua con desiderio e devozione, mentre le sue mani la stringevano come se temesse che lei potesse sparire da un momento all'altro. «Andiamo di sopra. Subito.»

Daphne annuì, ma prima che potesse fare un passo lui la prese in braccio e cominciò a salire.

Al secondo piano Simon era quasi sofferente per l'eccitazione. «In quale camera ti sei sistemata?»

«Nella tua» rispose lei e si sorprese che lui non lo avesse intuito.

Simon approvò con un mugolio, si precipitò nella sua, anzi, nella loro camera e chiuse l'uscio con un calcio. «Ti amo» mormorò mentre cadevano sul letto. Ora che le aveva dichiarato il suo amore, le parole premevano chiedendo di uscire. Sentiva il bisogno di dirglielo, doveva essere sicuro che lei sapesse quello che significava per lui. «Ti amo» ripeté mentre con dita frenetiche armeggiava sui bottoni del vestito.

«Lo so.» Daphne gli prese il viso tra le mani e lo guardò negli occhi. «Anch'io ti amo» disse, poi le loro bocche si fusero in un bacio che lo incendiò.

«Se dovessi ferirti ancora, voglio che tu mi uccida.»

«Mai» rispose lei sorridendo.

Le labbra di Simon raggiunsero il lobo del suo orecchio, uno dei suoi punti sensibili. «Allora fammi male» mormorò «Slogami un braccio, o una caviglia.»

«Non essere sciocco» gli prese il mento girandolo verso di sé «Non mi ferirai.»

L'amore per quella donna gli inondò il petto, gli fece pizzicare le dita e gli tolse il fiato. «A volte ti amo tanto che mi spavento. Se potessi darti il mondo, te lo darei. Lo sai, vero?»

«Io voglio solo te. Non ho bisogno del mondo, ma solo del tuo amore. E forse che tu ti tolga gli stivali.»

Simon si accorse di ridere. In qualche modo lei sapeva sempre di che cosa lui avesse bisogno. Quando le emozioni lo soffocavano ed era pericolosamente vicino alle lacrime, lei riusciva ad alleggerire la tensione e farlo sorridere. «Il tuo desiderio è un ordine» le disse e rotolò da un lato per togliersi gli stivali. Uno cadde sul pavimento, l'altro volò lontano. «Nient'altro, Vostra Grazia?»

Daphne inclinò il capo e lo guardò con malizia. «Credo che se ne possa andare anche la camicia.»

Lui obbedì e l'indumento finì sul tavolino da notte.

«Tutto qui?»

«Questi sono decisamente di troppo» rispose Daphne agganciando con un dito la fascia dei calzoni.

«Sono d'accordo.» Simon li sfilò, poi si mise sopra di lei sostenendosi con le mani. Daphne si trovò imprigionata dal suo corpo caldo. «E adesso?»

«Be', tu sei nudo.»

«È vero» replicò lui con occhi ardenti.

«E io no.»

«Vero anche questo, ed è un peccato» commentò Simon con un sorriso sornione.

Daphne annuì.

Dopo pochi secondi l'abito le passava sopra la testa. «Questo è un bel miglioramento» commentò lui, guardandole i seni con bramosia.

Adesso erano inginocchiati l'uno di fronte all'altra sul grande letto imponente. Daphne fissava il marito e il cuore le batteva veloce. Allungò una mano e gli toccò il petto possente. Simon smise di respirare quando con la punta delle dita gli sfiorò un capezzolo, poi le coprì la mano con la propria. «Ti voglio» mormorò.

Lei abbassò gli occhi e le sue labbra si curvarono in un accenno di sorriso: «Lo so».

Simon la strinse forte. «No. Voglio essere nel tuo cuore. Voglio essere nella tua anima.» Tremò quando si toccarono.

«Oh, Simon, tu ci sei già» sospirò Daphne affondando le mani nei suoi capelli folti.

Poi non ci furono più parole, solo labbra, mani e corpi. Simon l'adorò in tutti i modi che sapeva. Le accarezzò le gambe e la baciò dietro le ginocchia. Le pizzicò i fianchi e le solleticò l'ombelico. E quando fu sul punto di entrare in lei, con il corpo teso dal desiderio più prorompente che avesse mai provato, la guardò con una venerazione che le fece venire le lacrime agli occhi. «Ti amo. In tutta la mia vita ci sei stata solo tu.»

Daphne annuì e anche se le sue labbra non emisero alcun suono, dissero "Anch'io ti amo".

Simon si spinse avanti, lentamente. E quando fu del tutto dentro di lei si sentì forte e sicuro. La guardò. Lei aveva la testa all'indietro, le labbra socchiuse, il respiro affannoso. Le sfiorò le guance arrossate con le labbra. «Sei la cosa più bella che abbia mai visto» bisbigliò. «Non ho mai... Non so come...»

Lei inarcò la schiena. «Amami e basta. Ti prego, amami.» Simon cominciò a muoversi con il ritmo più antico del mondo. Le dita di lei gli premevano la schiena, le unghie gli incidevano la pelle a ogni spinta. Daphne mugolava e gemeva e il corpo di lui bruciava a quei suoni di passione. I movimenti di Simon diventavano sempre più frenetici. «Non posso trattenermi a lungo» le disse. Voleva aspettare lei, voleva che raggiungesse l'estasi prima di concederla a se stesso.

Ma proprio quando credeva di esplodere per lo sforzo di trattenersi, Daphne si scosse e i suoi muscoli più intimi gli si strinsero intorno mentre gridava il suo nome.

Simon rimase senza fiato guardandole il viso. Non l'aveva mai visto durante l'orgasmo. Era sempre stato talmente concentrato a non rilasciare il suo seme che non l'aveva mai guardata mentre raggiungeva l'apice del piacere. Aveva il capo reclinato all'indietro e la posizione metteva in risalto l'elegante linea della gola e la bocca socchiusa in un grido senza suono.

Ne rimase affascinato.

«Ti amo. Oh, quanto ti amo!» mormorò con un'altra spinta.

Daphne aprì gli occhi mentre riprendeva il ritmo. «Simon?» domandò con un po' d'impazienza. «Sei sicuro?»

Entrambi sapevano che cosa intendeva.

Simon annuì.

«Non voglio che tu lo faccia solo per me. Devi farlo anche per te.»

Lui sentì un nodo in gola che non aveva niente a che fare con i suoi balbettii. Si rese conto che non era nient'altro che amore. Le lacrime gli bruciarono gli occhi. Non riusciva a parlare.

Finalmente esplose dentro di lei e provò una sensazione di benessere. Niente al mondo l'aveva mai fatto sentire così bene.

Si abbandonò sopra di lei, mentre nella camera si udiva solo il suo respiro irregolare.

Poi Daphne gli tolse i capelli dagli occhi e gli baciò la fronte. «Ti amo. Ti amerò per sempre» gli disse.

Simon nascose il viso nell'incavo del suo collo, respirò il suo profumo e si sentì completo.

Dopo molte ore, Daphne aprì le palpebre. Stirò le braccia e notò che le tende erano chiuse. Doveva essere stato Simon, pensò con uno sbadiglio. La luce filtrava dai bordi, bagnando la camera di un morbido chiarore. Si alzò dal letto e andò nello spogliatoio a prendere la vestaglia. Non era da lei dormire nel bel mezzo della giornata. Ma quello non era un giorno normale.

Indossata la vestaglia, annodò in vita la cintura di seta. Dov'era andato Simon? Non doveva essersi alzato da molto, perché aveva la vaga sensazione di essere stata fino a poco prima tra le sue braccia.

La suite padronale era composta da cinque camere: due da letto, ognuna con il proprio spogliatoio, e un salotto in comune. La porta che dava sul salotto era aperta e la luce del sole che la illuminava le fece capire che le tende erano state aperte.

Si avvicinò senza far rumore e sbirciò dentro.

Simon era ritto davanti alla finestra e fissava la città. Indossava una vestaglia rosso scuro, ma era ancora a piedi nudi. I suoi occhi chiarissimi avevano un'espressione assorta e vagamente triste.

Daphne aggrottò la fronte, preoccupata. Attraversò il salotto e lo raggiunse. «Buon pomeriggio» gli disse quando gli fu vicino.

Lui si voltò e, vedendola, la sua espressione si rasserenò. «Buon pomeriggio anche a te» mormorò cingendola con le braccia. Lei finì per trovarsi con la schiena contro l'ampio petto del marito e il mento di lui appoggiato sulla testa. Davanti a loro il panorama di Grosvenor Square.

Impiegò qualche minuto prima di riuscire a dire: «Qualche rimpianto?».

Non poteva vederlo, ma quando lui scosse la testa sentì il

suo mento strofinarle i capelli. «Nessun rimpianto. Solo... dei pensieri» disse.

Daphne percepì qualcosa di strano nella sua voce, perciò si voltò tra le sue braccia per guardarlo. «Simon, cosa c'è che non va?»

«Niente.» Ma non incontrò il suo sguardo.

Daphne lo guidò verso un piccolo divano e si sedettero insieme. Gli disse sottovoce: «Se non sei ancora pronto a essere padre, non importa» bisbigliò.

«Non si tratta di questo.»

Non gli credette. Simon aveva risposto troppo in fretta e lei aveva sentito una nota discordante nella sua voce che la mise a disagio. «Non m'importa di aspettare. In verità non mi dispiacerebbe poter avere un po' di tempo solo per noi due.»

Simon non parlò, ma un'ombra di dolore attraversò i suoi occhi, quindi li chiuse e si passò una mano sulla fronte.

Colta dal panico, Daphne cominciò a parlare in fretta: «Non è che volessi un bambino subito. È solo che... vorrei poterne avere uno, se capita, tutto qui. E penso che se riflettessi un momento potresti volerlo anche tu. Ero disperata perché volevi privare entrambi di una famiglia per far dispetto a tuo padre. Non è...».

Simon le posò una mano sul ginocchio. «Daphne, basta. Ti prego.»

Il suo tono la zittì. Daphne si morse nervosamente il labbro. Adesso doveva parlare lui. Evidentemente aveva un gran peso sul cuore e se lei avesse dovuto aspettare tutto il giorno perché Simon riuscisse a parlarne, ebbene avrebbe aspettato. Poteva aspettare per sempre.

«Non posso dire di essere entusiasta di avere un bambino» disse Simon lentamente.

Lei notò che aveva il respiro un po' affannoso e gli posò una mano sul braccio per fargli coraggio.

Lui la guardò come se implorasse la sua comprensione. «Ho passato così tanto tempo a pensare che non avrei mai avuto figli che non so nemmeno come cominciare a pensare di averne.»

Daphne gli offrì un sorriso rassicurante, che, senza saperlo, faceva bene a entrambi. «Imparerai» gli disse. «E io imparerò con te.»

«Non è questo» rispose lui scuotendo la testa. Respirò forte e aggiunse: «Io non... voglio... più vivere la mia vita... per far dispetto a mio padre». Guardò la moglie e lei rimase sconvolta vedendo la sua emozione. Gli tremavano la mascella e un muscolo della guancia. Si notava la tensione del collo, come se ogni sua energia fosse impiegata nello sforzo di parlare.

Daphne avrebbe desiderato abbracciarlo, consolare il bambino che era dentro di lui. Voleva accarezzargli la fronte e stringergli le mani. Voleva fare migliaia di cose, ma rimase ferma, incoraggiandolo a continuare solo con lo sguardo.

«Avevi ragione» le disse. «Hai sempre avuto ragione a proposito di mio padre. C-che lo facevo vincere.»

«Oh, Simon.»

«M-ma... se... a-avremo un bambino e sarà come me?» disse e la sua espressione, solitamente decisa, era sconvolta.

Daphne non seppe che cosa rispondere. Le si riempirono gli occhi di lacrime e si coprì la bocca con la mano.

Simon distolse lo sguardo, ma non prima che lei notasse il tormento nei suoi occhi e il sospiro a lungo trattenuto.

«Se avremo un bambino che balbetta,» gli disse «lo amerò e lo aiuterò. E ti chiederò consiglio, perché tu sei riuscito a vincere la balbuzie.»

Simon si voltò di scatto. «Io non voglio che mio figlio soffra come ho sofferto io.»

Lei non si accorse di sorridere. «Ma lui non soffrirà, perché avrà te come padre.»

Nell'espressione di Simon apparve un barlume di speranza.

«Respingeresti un bambino che balbetta?» gli chiese.

La risposta negativa del marito fu immediata e decisa.

«Allora non ho alcun timore per i nostri figli» disse Daphne con un sorriso dolce sulle labbra.

Simon restò immobile per un istante, poi, con un movimento impetuoso, la afferrò e affondò la testa nell'incavo del suo collo. «Ti amo, ti amo così tanto.»

E lei ebbe finalmente la certezza che tutto sarebbe andato bene.

Diverse ore dopo, il duca e la duchessa di Hastings erano ancora seduti sul piccolo divano del salotto. Era stato un pomeriggio di mani intrecciate e teste appoggiate l'una sulla spalla dell'altro. Non erano necessarie parole; per entrambi era sufficiente stare l'uno accanto all'altra. Il sole splendeva, gli uccellini cinguettavano e loro erano insieme. Non avevano bisogno d'altro.

Ma nel cervello di Daphne c'era un piccolo tarlo e fu solo quando posò lo sguardo sullo scrittoio che ricordò le lettere del padre di Simon. Chiuse gli occhi e sospirò facendo appello al coraggio di cui aveva bisogno per parlarne al marito. Quando le aveva affidato le lettere, il duca di Middlethorpe le aveva detto che lei avrebbe saputo quando fosse stato il momento di darle a Simon. Daphne si sciolse dall'abbraccio e si avviò verso la camera della duchessa.

«Dove vai?» le chiese Simon. Si era quasi appisolato nel sole pomeridiano.

«Devo... prendere una cosa» disse lei.

Simon dovette accorgersi del tono esitante perché aprì gli occhi. «Cosa devi prendere?» chiese, incuriosito.

Daphne evitò di rispondere, affrettandosi a sparire nella stanza accanto. «Ci metto un attimo» urlò.

Aveva riposto le lettere, legate con un nastro rosso e oro, gli antichi colori degli Hastings, in fondo a un cassetto della scrivania. In realtà, dopo che era tornata a Londra le aveva dimenticate per settimane. Erano rimaste così come le aveva lasciate nella sua vecchia camera di Bridgerton House, ma ci si era imbattuta durante una visita alla madre. Violet le aveva consigliato di farsi un giro di sopra per recuperare le sue ultime cose e, mentre raccoglieva vecchie boccette di profumo e la federa che aveva ricamato a dieci anni, aveva ritrovato anche le lettere.

Era stata tentata di aprirne una molte volte, anche solo per poter comprendere meglio il marito. E, in tutta onestà, se le missive non fossero state sigillate con la ceralacca, avrebbe messo da parte i suoi scrupoli e le avrebbe lette.

Le prese e tornò in salotto. Simon era ancora sul divano e la guardò con curiosità.

«Queste sono per te» disse sedendosi al suo fianco.

«Cosa sono?»

Da come lo chiese, lei intuì che lo sapeva. «Le lettere di tuo padre. Me le ha date Middlethorpe. Ricordi?»

Lui annuì. «Ricordo anche di avergli detto di bruciarle.»

«Evidentemente lui non era d'accordo.»

Simon fissò il pacchetto per non guardare lei. «E neanche tu, vedo.»

«Vuoi leggerle?»

Simon rifletté per alcuni secondi. «Non lo so.»

«Ti potrebbe aiutare a superare il problema.»

«O a peggiorarlo.»

«È vero.»

Simon si aspettava di provare rabbia, invece non provava nulla. Era una sensazione strana. Davanti a sé aveva un mazzo di lettere scritte da suo padre. Tuttavia non sentiva il desiderio di gettarle nel fuoco o di strapparle. Ma nemmeno sentiva il bisogno di leggerle.

«Credo che aspetterò» disse sorridendo.

«Non vuoi leggerle?» domandò Daphne, incredula.

Lui scosse il capo.

«E non vuoi nemmeno bruciarle?»

«Non particolarmente.»

Daphne guardò le lettere e il viso del marito. «Che cosa vuoi farne?»

«Niente.»

«Niente?»

«Esatto» confermò lui con un sorrisetto.

«Preferisci che le metta di nuovo nel mio scrittoio?» Era sbalordita.

«Se vuoi.»

«Perché rimangano là?»

Lui afferrò la cintura di seta che le chiudeva la vestaglia in vita e attirò la moglie verso di sé.

«Ma...» balbettò lei. «Ma... ma...»

«Un altro "ma" e sembrerai me.»

Daphne rimase a bocca aperta. Era la prima volta che lui rideva del suo problema.

«Quelle possono aspettare» disse mentre le lettere cadevano sul pavimento. «Grazie a te ho finalmente esiliato mio padre dalla mia vita. Leggerle adesso sarebbe come invitarlo a tornare.»

«Ma non vuoi sapere che cosa aveva da dirti?» insisté Daphne. «Forse voleva chiederti scusa. Forse voleva prostrarsi ai tuoi piedi!» Si piegò per raccogliere il pacchetto, ma Simon glielo impedì stringendola forte a sé. «Simon! Che cosa hai intenzione di fare?»

«Cerco di sedurti. Avrò successo?»

«Probabilmente» mormorò lei.

«Solo probabilmente? Dannazione, sto perdendo il tocco magico.»

Lei sentì la mano di Simon scivolarle sotto i glutei ed emise un gridolino. «Credo che il tuo tocco funzioni bene.»

«Soltanto bene?» Lui finse di trasalire. «"Bene" è un termine così ordinario, non credi? Quasi insulso.»

«D'accordo,» concesse lei «devo essermi espressa male.»

Simon sentì che nel suo cuore si stava formando un sorriso e quando gli raggiunse le labbra scattò in piedi e spinse la moglie verso la camera da letto.

«Daphne,» disse tentando un tono indifferente «ho una proposta. Anzi, una richiesta» si corresse. «Ho una richiesta.»

Lei inclinò la testa e sorrise. «Di che genere?»

Una volta in camera, Simon continuò: «È composta da due parti. La prima coinvolge te, me e...». Prese in braccio la moglie e la gettò sul letto fra un'esplosione di risate. «... e questo vecchio letto massiccio.»

«Massiccio?»

Mentre si stendeva accanto a lei, Simon rifletté: «Meno male che è massiccio».

Lei si svincolò dalla sua presa. «E qual è la seconda parte della tua richiesta?»

«Credo che la seconda coinvolga un certo impegno di tempo da parte tua.»

Lei lo guardò con le sopracciglia aggrottate, ma sorrideva ancora. «Che cosa vuoi dire con impegno di tempo?»

Lui la inchiodò al letto. «Credo nove mesi.»

Le labbra di Daphne si ammorbidirono per la sorpresa. «Ne sei sicuro?»

«Che siano necessari nove mesi? È quello che mi hanno detto.»

Adesso lo sguardo di lei era serio. «Lo sai che non intendevo questo.»

«Lo so. Ma sì, sono sicuro. E sono spaventato a morte ed emozionato fino al midollo. E cento altre cose che non ho mai provato prima che tu comparissi all'orizzonte.»

«Questa è la cosa più dolce che tu mi abbia mai detto» Daphne aveva le lacrime agli occhi.

«È la verità. Prima di incontrarti ero vivo solo a metà.»

«E adesso?»

«Adesso sono vivo del tutto, felice, e ho una moglie che adoro. Ma sai una cosa?»

Lei era troppo commossa per parlare.

Simon la baciò. «Oggi non sarà paragonabile a domani e domani non sarà paragonabile al giorno seguente. Sento che oggi è tutto perfetto e domani non potrà che andare ancora meglio. Ah, Daff, ti amerò ogni giorno di più. Te lo prometto. Ogni giorno…»

EPILOGO

È maschio il nuovo arrivato del duca e della duchessa di Hastings! Dopo tre femmine, la coppia più innamorata dell'alta società ha finalmente messo al mondo un erede. L'Autore di questa rubrica può solo immaginare il sollievo di casa Hastings; è una verità universalmente riconosciuta che un uomo sposato in possesso di un'ampia fortuna debba avere bisogno di un figlio maschio.

Il nome del neonato non è ancora stato reso pubblico, sebbene l'Autore si senta qualificato a fare congetture. Con tre sorelle chiamate Amelia, Belinda e Caroline potrebbe il neo conte di Clyvedon avere un nome diverso da David?

da «Le cronache mondane di Lady Whistledown»
15 dicembre 1817

Sbalordito, Simon alzò le braccia al cielo e l'unico foglio del giornale volò dalla parte opposta della stanza. «Come fa a saperlo? Non l'abbiamo detto a nessuno che volevamo chiamarlo David.»

Daphne cercò di non sorridere mentre osservava il marito che dava in escandescenze. «È solo una fortunata supposizione, ne sono sicura» disse rivolgendo nuovamente l'attenzione al neonato che aveva in braccio. Era troppo presto per sapere se i suoi occhi sarebbero rimasti azzurri o sarebbero diventati marroni come quelli delle sue sorelle, ma assomigliava già a suo padre e lei non poteva immaginare che l'effetto venisse rovinato dagli occhi scuri.

«Deve avere una spia in casa nostra» affermò Simon mettendosi le mani sui fianchi. «Per forza.»

«Sono sicura che non c'è alcuna spia» replicò Daphne senza guardarlo. Era troppo interessata a come le piccole dita di David le stringevano l'indice.

«Ma...»

Finalmente lei alzò la testa. «Simon, stiamo diventando ridicoli. È solo una rubrica di pettegolezzi.»

«Whistledown, ah-ah! Non ho mai sentito nominare i Whistledown. Vorrei sapere chi è quella maledetta donna.»

«Come tutti i londinesi» disse Daphne sottovoce.

«Qualcuno dovrebbe farla fallire una volta per tutte.»

«Se vuoi farla fallire, non dovresti sostenerla comprando il suo giornale.»

«Io...»

«E non ti azzardare a dire che lo acquisti per me.»

«Tu lo leggi.»

«E anche tu.» Daphne sfiorò con un bacio la testa di David. «E di solito molto prima che io riesca a prenderlo in mano. Inoltre, sono affezionata a Lady Whistledown in questi giorni.»

Il marito la guardò con sospetto. «E perché mai?»

«Hai letto quello che ha scritto di noi? Ci ha chiamati "la coppia più innamorata di Londra". Mi piace.»

Simon borbottò: «È perché Philippa Featherington...».

«Adesso è Philippa Berbrooke» gli ricordò Daphne.

«Be', comunque si chiami è la più chiacchierona di Londra e da quando il mese scorso a teatro ha sentito che ti chiamavo "cuore mio" non ho più potuto mostrare la faccia nei miei club.»

«È così fuori moda amare la propria moglie?» lo canzonò Daphne.

Simon fece la faccia lunga e assunse l'aspetto di un ragazzino imbronciato.

«Non importa. Non voglio sentire la tua risposta.»
Il sorriso di Simon era tra il timido e il malizioso.
«Ecco qua, vuoi tenerlo in braccio?» domandò Daphne
porgendogli il neonato.
«Certo.» Simon prese il piccolo, lo cullò per qualche momento, poi guardò la moglie e rise. «Credo che mi somigli.»
«Lo so.»
Simon baciò il naso del bambino e bisbigliò: «Non preoccuparti, ometto mio, ti amerò sempre. Ti insegnerò le lettere, i numeri e ad andare a cavallo. E ti proteggerò dalle
persone cattive di questo mondo, specialmente da quell'orribile Whistledown».

In una piccola stanza ammobiliata con eleganza, non lontana da Hastings House, una giovane donna sedeva allo
scrittoio con una penna e una boccetta d'inchiostro. Prese
dal cassetto un foglio e sorridendo vi appoggiò la penna e
cominciò a scrivere:

Le cronache mondane di Lady Whistledown

19 dicembre 1817

Gentile Lettore,
l'Autore di questa rubrica ha il piacere di informare che...

SECONDO EPILOGO

A metà del volume Il duca e io, *Simon si rifiuta di accettare un pacchetto di lettere che il defunto padre, con il quale era sempre stato in pessimi rapporti, gli aveva scritto. Daphne, prevedendo che un giorno potesse cambiare idea, prende le lettere e le nasconde ma, quando alla fine del libro le offre a Simon, lui decide di non aprirle. Originariamente, non avevo pensato che andasse così, perché avevo sempre ritenuto che in quelle lettere potesse esserci qualcosa di davvero importante. Quando però Daphne gliele porge, ho capito all'improvviso che Simon non aveva più alcun bisogno delle parole del padre. Finalmente non gli importava più di cosa pensava di lui il defunto duca.*

I lettori volevano sapere cosa c'era in quelle lettere, ma devo proprio confessare una cosa: io no. Quel che mi interessava era capire cosa avrebbe potuto spingere Simon a volerle leggere...

La matematica non era mai stata la materia preferita di Daphne Basset, ma di certo sapeva contare fino a trenta, e trenta era il numero massimo di giorni che intercorrevano fra un suo ciclo e quello successivo: il fatto che in quel momento stesse guardando il calendario sulla scrivania contando fino a quarantatré le destò qualche preoccupazione.

«Non può essere» disse al calendario, come se si aspettasse una risposta. Si sedette con calma cercando di ricordare gli eventi delle ultime sei settimane. Forse aveva contato male. Ricordò di aver avuto il ciclo quando era andata a trovare la madre, il 25 o il 26 di marzo... Contò di nuovo, questa volta puntando l'indice su ogni quadratino dei giorni.

Quarantatré.

Era incinta.

«Santo cielo.»

Ancora una volta il calendario non ebbe nulla da dire in merito.

No. No, non era possibile. Aveva quarantun anni. Non che non ci fossero donne nella storia del mondo che avessero partorito a quarantadue anni, ma erano passati diciassette anni dall'ultima volta che era rimasta incinta. Diciassette anni di rapporti assai piacevoli con il marito, durante i quali non avevano fatto nulla, assolutamente nulla, per evitare una gravidanza.

Daphne aveva semplicemente dato per scontato di non essere più fertile. Aveva avuto quattro figli in rapida successione, uno all'anno, durante i primi quattro anni di matrimonio. Poi... basta.

Si era sorpresa di non essere di nuovo incinta quando il più piccolo dei suoi figli aveva raggiunto il primo anno d'età. Ne aveva compiuti due, poi tre, e la sua pancia aveva continuato a restare piatta, e Daphne, guardando la propria nidiata – Amelia, Belinda, Caroline e David –, aveva deciso che era stata benedetta oltre ogni misura. Quattro figli, sani e forti, di cui un maschietto robusto che un giorno avrebbe preso il posto del padre diventando il duca di Hastings.

Inoltre, Daphne non amava particolarmente il momento della gestazione. Le caviglie le si gonfiavano, le guance diventavano paffute e il suo stomaco aveva reazioni che non desiderava più provare. Pensò a sua cognata, Lucy, che in gravidanza era splendida. Il che era positivo, dato che Lucy era incinta da quattordici mesi del suo quinto figlio.

O nove mesi, a seconda dei casi. Ma Daphne l'aveva vista soltanto pochi giorni prima e *sembrava* al quattordicesimo mese di gravidanza.

Enorme. Da fare impressione. Ma sempre splendida e con le caviglie sorprendentemente sottili.

«Non posso essere incinta» mormorò Daphne poggiandosi il palmo della mano sul ventre piatto. Forse stava entrando nella fase di cambiamento successiva. A quarantun anni era un po' presto, ma, in fondo, non era un argomento di cui si parlasse molto. Magari un sacco di donne smettevano di avere il ciclo a quell'età.

Avrebbe dovuto esserne contenta, grata persino. Avere il ciclo era una tale seccatura.

Udì dei passi provenire dall'atrio e sistemò in fretta un libro sopra quell'elenco di date, anche se non aveva idea di che cosa stesse nascondendo: era soltanto un calendario. Non c'era alcuna enorme X rossa seguita dall'annotazione: "Oggi mestruo".

Il marito entrò nella stanza a grandi falcate. «Ah, bene, eccoti. Amelia ti sta cercando.»

«Sta cercando me?»

«Grazie a un Dio misericordioso, non sta cercando *me*» replicò Simon.

«Oh, cielo» mormorò Daphne. Di solito avrebbe avuto la battuta pronta, ma la sua mente era ancora persa nella nebbia delle possibilità: "sono incinta" o "sto invecchiando".

«Si tratta di qualcosa riguardo a un vestito.»

«Quello rosa o quello verde?»

Simon la guardò. «Davvero me lo stai chiedendo?»

«No, certo che non lo sai» rispose lei distrattamente.

Simon si massaggiò le tempie e sprofondò nella sedia. «Quand'è che si sposerà?»

«Non prima di essersi fidanzata.»

«E questo quando succederà?»

Daphne sorrise. «Ha ricevuto cinque proposte l'anno scorso. Sei tu ad aver insistito perché aspettasse di incontrare l'amore.»

«Non mi pare che tu fossi contraria.»

«Non ero contraria.»

Simon sospirò. «Com'è che siamo riusciti ad avere tre figlie che debuttassero in società tutte nello stesso momento?»

«Industriosità procreativa fin dall'inizio del nostro matrimonio» rispose in tono impertinente Daphne, e poi si ricordò del calendario sulla scrivania. Quello con la X rossa che soltanto lei poteva vedere.

«Industriosità dici?» Simon lanciò un'occhiata alla porta aperta. «Interessante scelta di parole.»

Le bastò vedere l'espressione del marito per arrossire. «Simon, è mezzogiorno!»

Lui piegò lentamente le labbra in un sorrisetto malizioso. «Non ricordo ci abbia mai fermato quando eravamo all'apice della nostra industriosità.»

«Se le ragazze vengono di sopra...»

Simon scattò verso la porta dicendo: «Chiudo a chiave».

«Oh, santo cielo, ma *capiranno*.»

Lui diede l'ultimo giro di chiave e si voltò verso la moglie con un sopracciglio alzato. «E di chi è la colpa?»

«Per nessuna ragione manderò all'altare le mie figlie nello stato di spaventosa ignoranza in cui mi sono ritrovata io.»

«Incantevole ignoranza» mormorò lui attraversando la stanza per prenderle la mano.

Daphne accettò quell'implicito invito ad alzarsi. «Non la trovavi incantevole quando credevo che tu fossi impotente.»

Lui fece una smorfia. «Molte cose nella vita sono più incantevoli a posteriori.»

«Simon…»

Con la punta del naso le solleticò un lobo: «Daphne…».

Quando le sfiorò il collo con le labbra, lei si sentì sciogliere. Ventun anni di matrimonio e ancora…

«Almeno chiudi le tende» mormorò. Non che qualcuno potesse vedere attraverso i vetri con un sole così splendente, ma si sarebbe sentita più a suo agio. In fin dei conti abitavano a Mayfair: chiunque della loro cerchia di conoscenti poteva facilmente passare davanti alle loro finestre.

Simon si apprestò ad assecondarla, ma tirò soltanto le tende leggere. «Mi piace poterti vedere» disse con un sorriso da ragazzino.

E poi, con considerevole rapidità e abilità, fece in modo di vederla *tutta*, sdraiata sul letto che gemeva mentre lui le baciava l'incavo delle ginocchia.

«Oh, Simon» sospirò. Sapeva esattamente cosa avrebbe fatto subito dopo. Sarebbe risalito baciando e leccandole le cosce.

E lo faceva benissimo.

«A cosa stai pensando?» chiese lui.

«In questo preciso momento?» replicò, cercando di riaversi. La lingua di lui vagava fra l'inguine e l'addome. Davvero era convinto che lei riuscisse a pensare?

«Sai a cosa sto pensando io?» continuò Simon.

«Se non si tratta di me, ne sarò tremendamente delusa.»

Il marito scoppiò a ridere, spostò la testa per darle un bacetto leggero sull'ombelico e poi si allungò per sfiorarle dolcemente le labbra. «Stavo pensando a quanto è meraviglioso arrivare a conoscere una persona in modo così completo.»

Daphne tese le braccia per stringerlo a sé. Non poteva farci niente. Seppellì la faccia fra il suo collo e la spalla, si riempì i polmoni di quell'odore così familiare e disse: «Ti amo».

«Io ti adoro.»

La stava per caso sfidando? Era questo che voleva? Lo scostò quel poco che bastava per riuscire a parlare: «Tu mi piaci».

Lui sollevò un sopracciglio. «Ti piaccio?»

«È il meglio che sono riuscita a farmi venire in mente con così poco preavviso.» Sollevò lievemente le spalle. «E in ogni caso è la verità.»

«D'accordo» ribatté lui stringendo gli occhi. «Io ti *venero*.»

Daphne rimase a bocca aperta. Il cuore le balzò nel petto, poi si gonfiò, e tutta l'abilità di scovare sinonimi la abbandonò. «Mi sa che hai vinto» disse, con una voce così roca che quasi non la riconobbe nemmeno lei.

Simon la baciò di nuovo. Un bacio lungo, appassionato e dolce da far male. «Oh, so di aver vinto.»

Lei reclinò il capo mentre spingeva il marito verso il suo ventre. «Non hai finito di venerarmi.»

Lui scese più in basso. «In questo, Vostra Grazia, sono sempre il vostro servitore.»

Dopodiché, per un bel po', non dissero più niente.

Qualche giorno più tardi, Daphne si ritrovò di nuovo a studiare il calendario. Erano passati quarantasei giorni dal suo ultimo ciclo e ancora non aveva detto niente a Simon. Sapeva che avrebbe dovuto, ma per qualche ragione le sembrava prematuro. Poteva esserci un'altra spiegazione per quel ritardo... Le bastava ricordare l'ultima visita che aveva fatto alla madre. Violet Bridgerton, lamentando che l'aria era soffocante, non aveva fatto altro che sventolarsi, mentre Daphne aveva trovato la temperatura perfettamente gradevole.

E quando aveva chiesto a un domestico di accendere il camino, Violet si era opposta con una tale ferocia che Daphne per un attimo si era aspettata che si mettesse a guardia della grata con l'attizzatoio in mano. «Non osare accendere quel fiammifero» aveva ringhiato la viscontessa.

Al che Daphne aveva saggiamente optato per andare a prendersi uno scialle e, vedendo la cameriera della madre che tremava accanto al camino, le aveva suggerito di fare altrettanto.

Però lei non aveva caldo, adesso. Si sentiva...

Non sapeva come si sentiva. Forse si sentiva come al solito, ed era strano perché lei non si era mai sentita come al solito durante le precedenti gravidanze.

«Mamma!»

Daphne capovolse il calendario e sollevò gli occhi appena in tempo per vedere la sua secondogenita, Belinda, ferma sulla soglia.

«Vieni» disse, contenta di quella distrazione. «Accomodati.»

Belinda si sedette su una sedia accanto a lei, gli occhi azzurri, intensi e diretti come al solito puntati nei suoi. «Dovete fare qualcosa per Caroline.»

«*Devo?*» la incalzò immediatamente.

Belinda ignorò il tono sarcastico. «Deve smetterla di parlare di Frederick Snowe-Mann-Formsby o divento matta.»

«Non puoi semplicemente ignorarla?»

«Ma si chiama "pupazzo di neve"!»

Daphne sbatté le palpebre.

«Snowman, mamma! Pupazzo di neve!»

«È un po' imbarazzante» concesse la madre. «Ma, Lady Belinda Basset, non dimenticare che il tuo nome può essere associato a un segugio dalla pelle cascante.»

Lo sguardo di Belinda si spense e fu subito evidente che qualcuno l'aveva già paragonata a un bassotto.

«Oh» riprese Daphne, alquanto sorpresa che la figlia non gliel'avesse mai detto. «Mi dispiace tanto.»

«È successo un bel po' di tempo fa» rivelò Belinda tirando su col naso. «E posso assicurarvi che non si è ripetuto una seconda volta.»

Daphne strinse le labbra cercando di non sorridere. Non era certo una buona consuetudine incoraggiare le zuffe, ma poiché mentre cresceva aveva dovuto combattere a sua volta con sette fratelli, di cui quattro maschi, non riuscì a evitare di commentare con un discreto: «Ben fatto».

Belinda fece un cenno col capo, poi disse: «Parlerete con Caroline?».

«Cosa vorresti che le dicessi?»

«Non lo so. Quello che le dite di solito. Pare che funzioni sempre.»

Suonava come un velato complimento. Pur essendone piuttosto sicura, prima di poter esaminare quell'affermazione, Daphne provò uno sgradevole sussulto allo stomaco e subito dopo sentì una stranissima fitta e...

«Scusami un attimo!» mugolò, e fece appena in tempo a raggiungere il vaso da notte.

Oh, santo cielo, non era alla fase successiva. Era incinta!

«Mamma?»

Daphne fece segno alla figlia di non preoccuparsi, nel tentativo di convincerla ad andarsene.

«Mamma? State bene?»

Daphne ebbe un altro conato.

«Vado a chiamare papà» annunciò Belinda.

«No!» mugolò Daphne.

«È stato il pesce? Perché mi è parso che avesse un sapore sospetto.»

Daphne annuì sperando di chiuderla lì.

«Ah, no. Voi non l'avete mangiato, lo ricordo benissimo.»

Oh, accidenti a quella peste di Belinda e alla sua dannata attenzione ai dettagli.

Non era un sentimento molto materno, pensò Daphne mentre le si aggrovigliavano le viscere, ma in quel momento non si sentiva particolarmente ben disposta.

«Voi avete mangiato il piccione. Io il pesce, e anche David, ma voi e Caroline avete mangiato solo il piccione, e credo che papà e Amelia li abbiano mangiati entrambi. E tutti abbiamo mangiato la zuppa, anche se...»

«Basta così!» implorò Daphne. Non voleva sentir parlare di cibo. Il solo sentirlo menzionare...

«Credo sia meglio che vada a chiamare papà» disse di nuovo Belinda.

«No, sto bene» disse Daphne, in affanno e continuando a dimenare il braccio nel tentativo di zittirla. Non voleva che Simon la vedesse così. Avrebbe subito capito di cosa si trattava. O più precisamente, cosa sarebbe successo nell'arco di sette mesi e mezzo, settimana più settimana meno.

«D'accordo» concesse Belinda. «Ma almeno fatemi chiamare la vostra cameriera. Dovreste stare a letto.»

Daphne vomitò di nuovo.

«Dopo che avrete finito» si corresse la figlia. «Dovreste stare a letto dopo che avrete finito di... ah... vomitare, appunto.»

«La cameriera» decise alla fine Daphne. Maria avrebbe capito all'istante, e non avrebbe detto una parola a nessuno dei domestici o della famiglia. E forse, cosa ancora più urgente, Maria avrebbe saputo esattamente quale rimedio darle. Certo, avrebbe avuto un saporaccio e un odore anche peggiore, ma le avrebbe rimesso in sesto lo stomaco.

Belinda si precipitò fuori e Daphne, assicuratasi di non avere più nulla nello stomaco, si stese a letto. Cercò di restare immobile: ogni minimo movimento le faceva venire il mal di mare. «Sono troppo vecchia per questo» mugolò, e infatti lo era. Se fosse andata come le altre volte – e non c'era davvero ragione perché quella gravidanza dovesse andare diversamente dalle altre quattro – avrebbe avuto la nausea per almeno altri due mesi. La mancanza di cibo le avrebbe permesso di restare magra, ma questo sarebbe durato fino alla metà dell'estate quando, praticamente dal giorno alla notte, sarebbe diventata il doppio. Le si sarebbero gonfiati i piedi, tanto da non poter più usare le sue scarpe, le mani, tanto da non poter più infilare anelli, e persino una sola rampa di scale le avrebbe fatto venire il fiato corto.

Sarebbe diventata un elefante. Un elefante con due gambe e i capelli castani.

«Vostra Grazia!»

Daphne non riuscì a sollevare la testa, così si limitò a fare un cenno di saluto con la mano, patetico e muto, a Maria, che ora stava in piedi accanto al letto e la fissava con un'espressione di terrore...

... che diventò immediatamente sospetto.

«Vostra Grazia» disse di nuovo Maria, stavolta con un tono inequivocabile. Poi sorrise.

«Lo so» disse Daphne. «Lo so.»

«Il duca è informato?»

«Non ancora.»

«Be', non riuscirete a nasconderglielo a lungo.»

«Oggi pomeriggio parte per Clyvedon e starà lì qualche giorno» disse Daphne. «Glielo dirò quando torna.»

«Dovreste dirglielo adesso» replicò Maria. Vent'anni di servizio concedono a una cameriera delle libertà, come quella di poter parlare apertamente.

Daphne si girò su un fianco con molta cautela, fece una pausa per contenere un'ondata di nausea. «Potrebbe non andare avanti» disse. «Alla mia età succede spesso.»

«Oh, credo stia procedendo» replicò Maria. «Vi siete già guardata allo specchio?»

Daphne fece di no con la testa.

«Siete verde.»

«Potrebbe...»

«Il bambino non lo vomiterete di certo.»

«Maria!»

La cameriera incrociò le braccia e lanciò un'occhiata a Daphne. «Sapete qual è la verità, Vostra Grazia. Solo che non volete ammetterlo.»

Daphne aprì la bocca per parlare ma non riuscì a dire niente, sapeva che Maria aveva ragione.

«Se la gravidanza non stesse andando bene,» riprese la cameriera con un tono un po' più gentile «non avreste una nausea così forte. Mia madre ha avuto altri otto figli dopo di me, e ne ha persi quattro durante la fase iniziale. Non ha mai avuto nausee, nemmeno una volta, quando le gravidanze si sono interrotte.»

Daphne sospirò e poi annuì. «Vorrei aspettare comunque» disse. «Soltanto un altro po'.» Non sapeva perché volesse tenerlo per sé ancora qualche giorno, ma così decise. E poiché era lei ad avere lo stomaco in subbuglio, pensò che la scelta fosse solo sua.

«Oh, quasi dimenticavo» disse Maria. «Abbiamo ricevuto notizie da vostro fratello, il quale ci avvisa che arriverà in città la prossima settimana.»

«Colin?»

La cameriera annuì. «Con tutta la famiglia.»

«Devono venire da noi» disse Daphne. Colin e Penelope non avevano una casa in città e, per risparmiare, di solito stavano da lei o dal fratello maggiore, Anthony, che aveva ereditato il titolo e tutto ciò che ne conseguiva. «Per favore, chiedi a Belinda di scrivere una lettera da parte mia perché insista che vengano a stare a Hastings House.»

Maria annuì e scomparve.

Daphne emise un gemito e cercò di dormire.

Nell'attesa dell'arrivo di Colin e Penelope con i deliziosi figli al seguito, Daphne vomitò ogni giorno, più volte. Simon non sapeva ancora nulla, era stato trattenuto in campagna – per qualcosa che riguardava dei campi allagati – e quindi non sarebbe tornato sino alla fine della settimana.

Daphne però non aveva nessuna intenzione di permettere che lo stomaco sottosopra le rovinasse il piacere di accogliere il fratello preferito.

«Colin!» esclamò con un sorriso, che si illuminò ancora di più di fronte ai suoi familiari occhi verdi. «È passato troppo tempo.»

«Sono assolutamente d'accordo» disse lui abbracciandola, mentre Penelope cercava di far entrare i bambini in casa.

«No. Sarà meglio che non rincorriate quel piccione!» ammonì severa. «Sono così desolata, Daphne, ma...» Scattò alle sue spalle e raggiunse la scalinata d'ingresso afferrando con destrezza il colletto di Thomas, il figlio di sette anni.

«Ringrazia che le tue pesti sono già grandi» ridacchiò Colin mentre liberava la sorella dall'abbraccio. «Non riusciamo a... Oddio, Daff, ma che faccia hai?»

Un fratello riesce sempre a essere discreto.

«Hai un aspetto orribile» aggiunse, come se non fosse stato abbastanza chiaro.

«Sono solo leggermente indisposta» borbottò lei. «Credo sia stato il pesce.»

«Zio Colin!»

L'attenzione di Colin per fortuna venne catturata da Belinda e Caroline, che stavano correndo giù per la scalinata con ben poca grazia femminile.

«Tu!» disse con un sorriso, prendendo la prima tra le braccia. «E tu!» Alzò lo sguardo: «Dove sono gli altri?».

«Amelia è uscita a fare compere» disse Belinda prima di voltarsi verso i cuginetti. Agatha aveva appena compiuto nove anni, Thomas ne aveva sette e Jane sei. Il piccolo Georgie avrebbe compiuto tre anni di lì a un mese.

«Come sei diventata grande!» disse Belinda a Jane.

«Sono cresciuta di cinque centimetri nell'ultimo mese» annunciò la cugina.

«Nell'ultimo anno» la corresse dolcemente Penelope. La sua posizione non le permise di raggiungere Daphne per un abbraccio, così le allungò una mano. «Sapevo che le tue ragazze erano già grandi l'ultima volta che le ho viste, ma ti assicuro che la cosa continua a sorprendermi.»

«Capita anche a me» ammise Daphne. Ogni tanto la mattina si svegliava e quasi si aspettava di trovarle in grembiule. E in realtà erano giovani donne...

Era sconcertante.

«Infatti, sai cosa mi hanno rivelato sulla maternità?» disse Penelope.

«"Rivelato"?» mormorò Daphne.

Penelope fece una breve pausa, per poi rivolgerle un sorrisetto ironico: «Che gli anni volano, ma i giorni sono infiniti!».

«Non è possibile» intervenne Thomas.

Agatha sospirò preoccupata. «Prende sempre tutto alla lettera.»

Daphne le arruffò la chioma castano chiaro. «Davvero hai solo nove anni?» Adorava Agatha, l'aveva sempre adorata. In quella ragazzina, così seria e determinata, c'era qualcosa che la toccava nel profondo del cuore.

Lei, non smentendosi, capì subito che si trattava di una domanda retorica e si mise sulle punte per dare un bacio alla zia. Daphne ricambiò quel dolce gesto e poi si rivolse alla giovane balia che teneva in braccio il piccolo Georgie.

«E tu come stai, tesorino?» Fece un po' di moine e si avvicinò per prendere il bimbo, un biondino paffuto con le guance rosa e il profumo meraviglioso dei neonati, pur non essendolo più da un po'. «Sembri delizioso» disse fingendo di mordicchiargli il collo. Ne valutò il peso cullandolo teneramente, con atteggiamento materno. «Non hai più bisogno di essere cullato, vero?» sussurrò baciandolo di nuovo. La sua pelle era così morbida che la riportava ai giorni in cui era una giovane madre. Aveva balie e governanti, certo, ma non la smetteva mai di entrare di soppiatto nella stanza dei piccoli per dar loro un bacio sulle guance e osservarli dormire.

Era una sentimentale, ora come allora.

«Quanti anni hai Georgie?» chiese, pensando che forse avrebbe potuto ricominciare da capo ancora una volta. Non che avesse molta scelta d'altronde, ma la rassicurava tenere quel frugoletto tra le braccia.

Agatha le tirò una manica e disse: «Ancora non parla».

La nipote guardò verso i genitori, come se non fosse sicura di poterlo dire, ma loro stavano chiacchierando con Belinda e Caroline e non avevano notato nulla. «Non parla» ripeté. «Neanche una parola.»

Daphne tirò un po' indietro la testa per osservare il viso di Georgie. Le sorrideva, socchiudendo gli occhi come faceva Colin.

«Capisce quello che gli dici?»

Agatha annuì. «Ogni singola parola, ne sono sicura.» La sua voce divenne un sussurro. «Credo che mia madre e mio padre siano preoccupati.»

Un bambino di quasi tre anni che ancora non aveva detto una sola parola? Daphne non aveva dubbi che fossero preoccupati. All'improvviso capì la ragione dell'inaspettata visita in città del fratello. Cercavano consiglio. Simon aveva avuto lo stesso problema da piccolo, non aveva detto una parola fino ai quattro anni. E poi aveva balbettato per un sacco di tempo, tra mille difficoltà. E gli succedeva ancora di avere difficoltà a parlare quando era particolarmente turbato per qualcosa, lei lo capiva dalla sua voce. Faceva una pausa, magari a sproposito, emetteva suoni ripetuti o aveva improvvise esitazioni. Lui continuava a esserne imbarazzato, ma ormai molto meno di quando si erano appena conosciuti.

Eppure lei glielo leggeva negli occhi: un lampo di dolore, o forse rabbia. Ce l'aveva con se stesso, con la propria debolezza. Daphne pensava che certe cose non si potevano superare, non del tutto, almeno.

Con riluttanza restituì Georgie alla balia e invitò Agatha a salire al piano di sopra.

«Vieni tesoro» disse. «La camera dei giochi vi aspetta. Abbiamo selezionato tutti i giochi che le ragazze non usano più.»

Guardò orgogliosa Belinda che prendeva Agatha per mano. «Potrai giocare con la mia bambola» disse sua figlia con grande serietà.

Agatha sollevò il capo per guardare la cugina con un'espressione che poteva essere venerazione e la seguì su per i gradini.

Daphne aspettò finché non sparirono tutti i bambini, poi si girò verso il fratello e la moglie e chiese: «Gradite un tè o preferite cambiarvi d'abito?».

«Un tè, per favore» disse Penelope con un sospiro da madre esausta.

Colin annuì in segno di assenso e così si avviarono in

salotto. Una volta accomodati, Daphne decise che l'unico modo era essere diretti. D'altronde si trattava di suo fratello, e lui sapeva che avrebbe potuto parlarle di qualsiasi cosa, quindi, anziché fare domande, lei esordì con un: «Siete preoccupati per Georgie».

«Non ha ancora detto una parola» spiegò calma Penelope. La voce era ferma, ma aveva deglutito in modo strano.

«Capisce quello che gli diciamo» aggiunse Colin. «L'altro giorno gli ho detto di mettere a posto i suoi giochi e lui l'ha fatto. Subito.»

«Simon faceva lo stesso.» Daphne guardò prima Colin, poi Penelope e infine tornò sul fratello. «Immagino sia questa la ragione per cui siete qui, per parlare con Simon?»

«Speravamo potesse darci qualche consiglio» disse Penelope.

Daphne annuì. «Sono certa che lo farà. Purtroppo è stato trattenuto fuori città, ma dovrebbe tornare entro la fine della settimana.»

«Non c'è fretta» disse Colin.

Con la coda dell'occhio, Daphne vide le spalle di Penelope crollare. Il movimento era stato minimo, ma una madre era in grado di riconoscerlo. Penelope sapeva che non c'era fretta. Avevano aspettato quasi tre anni che Georgie parlasse, qualche giorno in più non avrebbe fatto differenza. Eppure, lei aveva disperatamente bisogno di fare qualcosa. Passare all'azione, dare al figlio quello che gli mancava.

Dopo aver percorso tutta quella strada, scoprire che Simon era via doveva essere sconfortante.

«Credo che sia un ottimo segno il fatto che capisca quello che gli dite» continuò Daphne. «Sarei molto più preoccupata se non fosse così.»

«Per tutto il resto è un bambino come gli altri» intervenne Penelope con ardore. «Corre, salta, mangia. Credo persino che legga.»

«Legge?» le chiese Colin visibilmente sorpreso.

«Credo di sì... la scorsa settimana l'ho visto con l'abbecedario di William.»

«Probabilmente stava solo guardando le figure» disse Colin in tono gentile.

«Questo è quello che ho pensato anch'io, ma poi gli ho osservato gli occhi e andavano da sinistra a destra e poi a capo seguendo le parole.»

Entrambi si voltarono verso Daphne come se lei potesse avere tutte le risposte.

«Immagino che sia possibile» azzardò lei sentendosi decisamente inadeguata. Desiderava dar loro delle risposte, e voleva poter dire più di "immagino" e "forse". «È piuttosto piccolo, ma non vedo perché non dovrebbe saper leggere.»

«È molto intelligente.»

«Cara...» disse Colin con uno sguardo d'indulgenza.

«Lo è! E William legge da quando aveva quattro anni. Agatha pure.»

«In realtà,» ammise Colin pensieroso «Agatha ha cominciato a leggere a tre. Niente di particolarmente impegnativo, ma so che leggeva le parole più facili. Me lo ricordo benissimo.»

«Georgie legge» dichiarò decisa Penelope. «Ne sono sicura.»

«Bene, allora. Significa che abbiamo ben poco di cui preoccuparci» sentenziò Daphne, determinata a tenere alti gli animi. «Se un bambino impara a leggere prima dei tre anni, non avrà problemi a parlare quando sarà pronto a farlo.»

In realtà non aveva idea se quello fosse il loro caso, tuttavia riteneva che dovesse esserlo. E pareva sensato. Se Georgie avesse cominciato a balbettare, come Simon, la sua famiglia avrebbe continuato ad amarlo e a dargli tutto il sostegno di cui aveva bisogno per crescere e diventare la persona meravigliosa che Daphne era sicura sarebbe diventato.

Lui avrebbe avuto ciò che a Simon era stato negato.

«Andrà tutto bene» disse Daphne, prendendo la mano di Penelope fra le sue. «Vedrai.»

Le labbra della cognata si serrarono e a lei si strinse la gola. Daphne si voltò per darle il tempo di ricomporsi.

Colin stava sgranocchiando il terzo biscotto e stava per prendere la sua tazza, così decise di chiedere qualcosa a lui.

«Gli altri bambini stanno bene?»

Lui ingollò il tè. «Benissimo. E i tuoi?»

«David sembra aver preso un po' in antipatia la scuola, ma adesso pare si stia abituando.»

Colin prese un altro biscotto. «E le ragazze... non ti fanno impazzire?»

Daphne sgranò gli occhi per la sorpresa. «No, certo che no. Perché me lo chiedi?»

«Hai un aspetto terribile.»

«Colin!» intervenne Penelope.

Lui, alzando le spalle, disse: «È vero. Gliel'ho già detto quando siamo arrivati».

«Ma che c'entra,» lo ammonì la moglie «non dovresti...»

«Se non glielo posso dire io, chi altro può farlo?» replicò lui con semplicità. «O meglio ancora: cosa fa per ridursi così?»

Penelope abbassò la voce fino a emettere un sussurro. «Non è il genere di cose di cui solitamente si discute.»

Colin la fissò per un attimo, quindi si voltò verso la sorella per poi tornare sulla moglie. «Non capisco di cosa parli.»

Penelope socchiuse le labbra per lo stupore e le guance le si imporporarono. Guardò Daphne come a dire: "Allora?".

Daphne si limitò a sospirare. Era così evidente la sua condizione?

Penelope guardò il marito spazientita: «Tua sorella è...». Si interruppe per rivolgersi a lei: «Lo sei, vero?».

Daphne glielo confermò con un piccolo cenno del capo.

La cognata guardò il marito, evidentemente molto compiaciuta. «È incinta.»

Colin vacillò un buon secondo prima di ritrovare la sua imperturbabilità. «No che non lo è.»

«Sì che lo è» insisté la moglie.

Daphne decise di non dire nulla. Aveva già una certa nausea.

«Il più piccolo ha diciassette anni» osservò Colin. Guardò la sorella. «Diciassette, giusto?»

«Sedici» rispose Daphne in un mormorio.

«Sedici» ripeté nuovamente rivolto a Penelope. «Fa lo stesso.»

Daphne sbadigliò. Non poteva farci niente, in quei giorni era esausta.

«Colin,» continuò Penelope, con quel tono paziente e allo stesso tempo con quella velata condiscendenza che Daphne adorava sentire all'indirizzo del fratello «l'età di David non ha molto a che fare con...»

«Ho capito» la interruppe lui con un'espressione alquanto seccata. «Ma non credi che se lei fosse...» Con un gesto vago indicò Daphne, che si chiese se non ce la faceva neanche a pronunciare la parola "incinta" in relazione a una sorella. «Be', non ci sarebbe stata una pausa di diciassette anni.»

Daphne chiuse gli occhi e abbandonò il capo all'indietro sul divano. Si sarebbe dovuta sentire in imbarazzo. Quello era suo fratello, e anche se ci girava intorno, stava parlando di uno degli aspetti più intimi del suo matrimonio.

Emise un leggero suono, a metà fra un sospiro e un mugolio. Era troppo assonnata per provare imbarazzo. E forse anche troppo vecchia. Le donne, superati i quaranta, devono essere capaci di sbarazzarsi dell'eccesso di pudore virginale.

Inoltre, Colin e Penelope stavano bisticciando e questo era positivo: non stavano pensando a Georgie.

In realtà Daphne lo trovò piuttosto divertente. Era delizioso assistere alla messa in scacco da parte della moglie di uno dei suoi fratelli.

Quarantun anni non erano assolutamente troppi per trarre un po' di piacere dal disagio di un fratello. Anche se – un altro sbadiglio – sarebbe stato più divertente se avesse avuto un po' di lucidità per godersi lo spettacolo, ma non era comunque male...

«Si è addormentata?»

Colin guardava incredulo la sorella.

«Credo proprio di sì» rispose Penelope.

Lui allungò il collo per osservarla meglio. «Potrei farle

un sacco di scherzetti adesso» rifletté. «Rane, locuste, fiumi di sangue.»

«Colin!»

«È una tale tentazione.»

«È anche una prova» disse Penelope con un accenno di sorriso.

«Prova?»

«È incinta! Come dicevo io.» Poiché lui non si mostrò ancora convinto, aggiunse: «Che tu sappia, si è mai addormentata nel bel mezzo di una conversazione?».

«Non da quando...» s'interruppe.

Il sorrisetto di Penelope diventò molto meno sottile. «Esattamente.»

«Detesto quando hai ragione» brontolò lui.

«Lo so. Peccato per te che io ce l'abbia molto spesso.»

Colin guardò la sorella, che nel frattempo aveva cominciato a russare. «Immagino sia meglio restare con lei» osservò alquanto riluttante.

«Chiamo la sua cameriera» disse Penelope.

«Credi che Simon lo sappia?»

La moglie si voltò mentre tirava il cordone. «Non ne ho idea.»

Lui si limitò a scuotere la testa. «Poveretto, sta per avere la sorpresa più grossa della sua vita.»

Quando fece finalmente ritorno a Londra, con una settimana buona di ritardo, Simon era esausto. Anche se si stava avvicinando ai cinquanta, era rimasto un proprietario terriero più attento dei suoi pari. E dato che parecchie delle sue terre erano state inondate, fra cui un campo necessario al sostentamento di una famiglia di fittavoli, il duca si era tirato su le maniche e si era messo a lavorare insieme ai suoi uomini.

In senso figurato, ovviamente. Le maniche erano rimaste tutte giù, perché faceva un freddo terribile nel Sussex, e ancora di più se eri bagnato. E lo eri di sicuro, visti gli allagamenti e ciò che ne consegue.

E così era stanco, aveva ancora freddo – non sapeva se

le sue dita avrebbero mai recuperato una temperatura normale – e poi gli era mancata la sua famiglia. Avrebbe chiesto di essere raggiunto in campagna, ma le ragazze si stavano preparando per la Stagione e Daphne non sembrava troppo in forma quando l'aveva lasciata.

Sperò che non si fosse presa un raffreddore. Quando stava male ne risentivano tutti in casa.

Lei era convinta di avere un atteggiamento stoico. Una volta Simon aveva provato a farle notare che un vero stoico non vaga per tutte le stanze ripetendo: «No, no, sto bene» mentre si affloscia su una poltrona.

In realtà ci aveva provato due volte. La prima aveva detto qualcosa ma lei non aveva risposto. Sul momento lui aveva pensato che non l'avesse sentito. Col senno di poi, aveva capito che era molto più facile che avesse fatto finta di non sentire, perché la seconda volta che aveva provato a parlare della vera natura dello stoico, la sua risposta era stata...

Be', diciamo che quando si trattava della moglie e di un banale raffreddore, lui non aveva più detto altro che: «Oh, povera cara» o: «Ti faccio portare un tè?».

Si imparano molte cose in vent'anni di matrimonio.

Quando arrivò nell'atrio il maggiordomo lo stava aspettando, con la solita faccia, va detto, completamente priva di espressione.

«Grazie Jeffries» mormorò Simon porgendogli il cappello.

«Vostro cognato è qui» lo informò.

Simon fece una pausa. «Quale?» Ne aveva sette.

«Mr Colin Bridgerton, Vostra Grazia. Insieme alla sua famiglia.»

Simon drizzò le orecchie. «Davvero?» Non sentiva né baccano né confusione.

«Sono fuori, Vostra Grazia.»

«E la duchessa?»

«Sta riposando.»

Simon si lasciò sfuggire un gemito. «Non è malata, vero?»

Jeffries, nel suo modo peculiare, arrossì. «Non saprei, Vostra Grazia.»

Simon guardò il maggiordomo, incuriosito. «È malata oppure no?»

Jeffries deglutì, si schiarì la gola e poi disse: «Credo che sia stanca, Vostra Grazia».

«Stanca» ripeté Simon, fondamentalmente a se stesso, perché era chiaro che Jeffries sarebbe morto di imbarazzo se avesse proseguito la conversazione. Scuotendo la testa, si avviò per le scale e aggiunse: «Per forza è stanca, Colin ha quattro figli sotto i dieci anni e probabilmente si prodiga a far da madre anche alla sua prole nel tempo in cui stanno da noi».

Probabilmente si sarebbe sdraiato accanto a lei. Anche lui si sentiva esausto, e se aveva Daphne accanto, dormiva meglio.

Quando arrivò alla porta la trovò chiusa: stava quasi per bussare – si ha l'abitudine di farlo, anche per entrare nella propria camera da letto –, ma all'ultimo girò il pomello e spinse con cautela: magari Daphne stava dormendo. E se era realmente stanca sarebbe stato meglio non svegliarla.

Entrò con passo leggero. Le tende erano solo parzialmente tirate e lui poté scorgere Daphne sdraiata a letto, perfettamente immobile. Si avvicinò in punta di piedi. Sembrava pallida, anche se era difficile dirlo in quella penombra.

Sbadigliò, si sedette sul lato opposto del letto e si chinò per sfilarsi gli stivali. Si allentò la cravatta, se la tolse e si mise subito vicino alla moglie. Non voleva svegliarla, soltanto scaldarsi accoccolandosi un po'.

Gli era mancata.

Sdraiandosi emise un sospiro di sollievo, la stava cingendo con un braccio, appoggiandolo con delicatezza sulla sua gabbia toracica e…

«Aaaaaarrrgh!»

Lei schizzò come un proiettile e saltò via dal letto.

«Daphne?» Anche Simon si alzò, appena in tempo per vederla correre verso il vaso da notte.

Il vaso da notte???

«Oh, cara» fece storcendo il naso in mezzo ai suoi conati. «Pesce?»

«Non nominarlo neanche» rantolò lei.

Doveva essere stato il pesce. Era davvero arrivato il momento di cambiare pescivendolo.

Sgusciò fuori dal letto per procurarle un panno. «Posso prenderti qualcosa?»

Lei non rispose. Non che lui non se l'aspettasse. Le porse comunque la salvietta, cercando di non fare smorfie mentre lei continuava a vomitare.

«Oh, povera cara» le sussurrò. «Mi dispiace così tanto che stai così male. Non ti capita da...»

Da...

"Oh, mio Dio."

«Daphne?» Gli tremò la voce. Diavolo, tremava in tutto il corpo.

Lei annuì.

«Ma... Come...?»

«Nel solito modo, suppongo» gli disse, grata per la salvietta.

«Ma ormai sono... sono...» Tentò di riflettere. Non ci riusciva. Il suo cervello aveva completamente smesso di funzionare.

«Credo di avere finito» disse. Sembrava esausta. «Mi prenderesti un bicchiere d'acqua?»

«Sei sicura?» Se ben ricordava, l'acqua l'avrebbe fatta tornare subito sul vaso da notte.

«È lì sopra» disse lei indicando debolmente con la mano la brocca sul tavolino. «Non ho intenzione di berla.»

Lui le versò un bicchiere e aspettò che si sciacquasse la bocca.

«Be'... ecco...» Un altro colpo di tosse. Non riusciva a spiccicare parola per uscire da quella situazione. E non era a causa della balbuzie, questa volta.

«Lo sanno già tutti» disse Daphne, appoggiando una mano alla sua spalla per aiutarsi a rimettersi a letto.

«Tutti?» le fece eco lui.

«Non avevo intenzione di dire niente, ma l'hanno capito.»

Simon annuì con lentezza, nel tentativo di prendere tempo per elaborare l'intera faccenda. Un bambino. Alla sua età, e a quella di Daphne.

Era...

Era...

Era meraviglioso.

Strano come lo shock lo avesse investito in maniera così improvvisa. Invece adesso, passato lo sgomento iniziale, non provava nient'altro che pura gioia.

«È una notizia splendida!» esclamò. Fece per andare ad abbracciarla, poi, dopo aver guardato meglio il suo colorito smorto, ci ripensò.

«Non finisci mai di deliziarmi» disse invece, dandole una goffa pacca sulla spalla.

Daphne trasalì e chiuse le palpebre. «Non muovere il materasso,» mugugnò «mi fa venire il mal di mare.»

«Tu non soffri di mal di mare» le ricordò.

«Ne soffro quando sono incinta.»

«Sei una paperella un po' strana, Daphne Basset» mormorò, poi fece un passo indietro per non fare oscillare il materasso e per mettersi a distanza di sicurezza, avendola appena chiamata paperella, prima che lei decidesse di ribattere.

(C'era stato un precedente, in effetti: quando stava per dare alla luce Amelia, lei gli aveva chiesto se fosse radiosa o sembrasse semplicemente una papera ondeggiante. Lui le aveva detto che sembrava una paperella radiosa. E non si era rivelata la risposta corretta.)

Si schiarì la gola e disse: «Oh, povera, povera cara».

Poi si dileguò.

Diverse ore dopo Simon stava seduto alla sua scrivania di rovere massiccio, i gomiti appoggiati sul legno liscio e l'indice destro che picchiettava sul bordo del bicchiere di brandy che aveva riempito già due volte.

Era stata una giornata densa.

All'incirca un'ora dopo aver lasciato Daphne al suo pisolino, erano tornati Colin e Penelope con la prole, così avevano preso tè e biscotti nella sala della colazione tutti insieme.

Simon si era inizialmente diretto in salotto, ma Penelope gli aveva chiesto di trovare un posto alternativo, una stanza senza tappezzerie né arredamenti pregiati.

Il piccolo Georgie gli aveva fatto un gran sorriso, sentendo quelle parole, la faccia coperta di una qualche sostanza che Simon aveva sperato fosse cioccolata.

Mentre osservava una marea di briciole passare dal tavolo al pavimento, insieme ai tovaglioli usati per asciugare il tè versato da Agatha, si era ricordato che lui e Daphne avevano sempre preso lì il tè quando i bambini erano piccoli.

È buffo come ci si dimentichi di certi dettagli.

A ogni modo, una volta terminato di pasticciare con tè e biscotti, Colin gli aveva chiesto un'udienza privata. Si erano ritirati nello studio di Simon e allora il cognato gli aveva confidato le preoccupazioni per il piccolo Georgie.

Non parlava.

Aveva lo sguardo vispo. Colin gli aveva riferito che forse sapeva già leggere.

Eppure non parlava.

Il cognato gli aveva chiesto consiglio e Simon si era reso conto di non averne nessuno. Ci aveva pensato, certo. Aveva temuto ogni volta che la moglie era rimasta incinta, fino a quando i figli non avevano pronunciato le prime frasi.

Immaginò che gli sarebbe successo di nuovo. Sarebbe arrivato un altro figlio, un'altra creaturina da amare incondizionatamente... e per cui preoccuparsi.

Tutto ciò che aveva potuto dire a Colin era di amare Georgie. Di parlargli, di non fargli mancare le lodi, di portarlo a cavallo, a pesca e di fare tutte le altre cose che i padri dovrebbero fare per i figli.

Tutte quelle cose che suo padre aveva negato a lui.

Non pensava quasi più a suo padre. Doveva ringraziare Daphne per quello. Prima di incontrarla, Simon era stato ossessionato dalla vendetta. Voleva a tutti i costi ferirlo, farlo soffrire quanto aveva sofferto lui da ragazzino: il dolore e l'angoscia lancinanti di sapere di essere stato rifiutato e di non essere stato ritenuto degno.

Il fatto che il padre fosse morto non aveva avuto alcuna importanza, Simon era ugualmente assetato di vendetta e c'era voluto l'amore, prima di Daphne e poi dei figli, per liberarlo di quel fantasma. Aveva capito di essere finalmente libero quando Daphne gli aveva dato il plico di lettere del padre che le erano state affidate. Non gli era venuta voglia di bruciarle né di ridurle in mille pezzi.

Del resto, non aveva neanche avuto voglia di leggerle.

Aveva guardato quella pila di buste legate con grande cura da un nastro rosso e oro e si era reso conto di non provare niente. Né rabbia, né dolore, ma nemmeno rimpianto. Era stata la più grande vittoria che avrebbe potuto immaginare.

Non sapeva per quanto tempo le lettere fossero rimaste nella scrivania di Daphne. Sapeva che lei le aveva messe nel cassetto più in basso e ogni tanto era andato a sbirciare per vedere se erano ancora lì.

A un certo punto, però, aveva smesso di fare anche quello. Non si era dimenticato delle lettere, talvolta capitava qualcosa che gliele faceva tornare in mente, ma aveva smesso di controllare se c'erano ancora. Probabilmente erano mesi che non ci pensava più quando aveva aperto un cassetto della propria scrivania per scoprire che Daphne gliele aveva messe lì.

Erano passati vent'anni.

E sebbene avesse continuato a non sentire l'urgenza di bruciarle o di stracciarle, Simon non aveva mai neanche sentito il bisogno di aprirle.

Fino a quel momento.

Be', no.

Forse?

Le guardò di nuovo, ancora legate con il nastro. Voleva davvero aprirle? Nelle lettere del padre poteva magari esserci qualcosa di utile per indicare a Colin e a Penelope come guidare Georgie in quella che forse era un'infanzia difficile?

No, impossibile. Suo padre era un uomo duro, privo di sentimenti e incapace di perdono. Era stato così ossessionato dalla discendenza e dal titolo da voltare le spalle al suo unico figlio. Non poteva esserci nulla di utile per Georgie in quelle righe.

Simon prese le lettere. La carta era secca, odorava di vecchio.

Il fuoco nel caminetto suggeriva una sensazione di nuovo: caldo, luminoso e salvifico. Fissò le fiamme finché non gli diedero fastidio agli occhi e restò seduto per alcuni interminabili minuti, stringendo in mano le ultime parole che il padre gli aveva scritto. Non si vedevano da cinque anni, quando era morto. Se c'era qualcosa che il vecchio duca aveva voluto dirgli, doveva essere in quei fogli.

«Simon?»

Lui alzò lo sguardo lentamente, a malapena in grado di riprendersi da quello stordimento. Daphne si era fermata sulla soglia, una mano appoggiata allo stipite. Indossava la sua vestaglia azzurra preferita. Ce l'aveva da anni: tutte le volte che le aveva chiesto se ne voleva un'altra lei aveva detto di no. Certe cose migliorano quando sono morbide e comode.

«Vieni a letto?» gli chiese.

Simon annuì, alzandosi. «Arrivo. Stavo solo…» Si schiarì la gola perché in verità non sapeva cosa stava facendo. Non era nemmeno sicuro di ciò che aveva pensato. «Come ti senti?» le chiese.

«Meglio. Va sempre meglio di sera.» Daphne fece qualche passo verso di lui. «Ho mangiato un po' di pane tostato e perfino della marmellata e…» Si fermò, immobile, sbatteva solo le palpebre. Stava fissando le lettere. Lui non si era reso conto di averle ancora in mano quando si era alzato.

«Hai intenzione di leggerle?» gli chiese lei dolcemente.

«Pensavo… magari…» Deglutì. «Non lo so.»

«Come mai proprio adesso?»

«Colin mi ha detto di Georgie. Ho pensato di poterci trovare qualcosa.» Sollevò di poco la mano con cui reggeva il plico di lettere. «Qualcosa che potrebbe aiutarlo.»

Daphne rimase a bocca aperta, ma ci mise un po' per parlare. «Credo che tu sia l'uomo più gentile e generoso che io abbia mai incontrato.»

Lui la guardò confuso.

«So che non ti va di leggerle» gli disse.

«Davvero, non m'importa...»

«No, t'importa» lo interruppe garbatamente lei. «Non abbastanza da distruggerle, ma hanno ancora qualche significato per te.»

«Non ci penso quasi mai.» Era la verità.

«Lo so.» Daphne lo raggiunse e gli prese la mano, accarezzandogli con il pollice le nocche. «Ma il fatto di esserti liberato di tuo padre non significa che non ti è mai importato di lui.»

Simon non replicò. Non sapeva cosa dire.

«Non mi sorprende che, se finirai per leggere le lettere, lo farai per aiutare qualcun altro.»

Lui deglutì, poi si aggrappò alla sua mano come se fosse un'ancora di salvezza.

«Vuoi che le apra io?»

Simon annuì e senza dire una parola le porse il pacchetto.

Daphne si mise a sedere e tirò un'estremità del nastro per sciogliere il nodo. «Sono in ordine?»

«Non lo so» ammise lui. Si risedette dietro la scrivania. Era lontano quanto bastava per non vedere cosa c'era scritto sui fogli, una volta aperte le lettere.

Lei gli fece un cenno col capo, poi ruppe con cautela il sigillo della prima. Con gli occhi seguiva le righe, o almeno così pensava Simon. La luce era troppo debole per riuscire a vedere chiaramente la sua espressione, ma l'aveva osservata leggere talmente tante volte da sapere esattamente che faccia avesse.

«Aveva una calligrafia tremenda» mormorò Daphne.

«Ah, sì?» Ora che ci pensava non era sicuro di aver mai visto la scrittura del padre. Gli doveva essere capitato sicuramente di imbattercisi, ma non se ne ricordava.

Aspettò ancora un po', cercando di non trattenere il fiato mentre la moglie girava pagina.

«Non ha usato il retro del foglio» disse sorpresa.

«Non era da lui» spiegò Simon. «Non faceva niente al risparmio.»

Lei lo guardò con le sopracciglia alzate.

«Il duca di Hastings non ha bisogno di risparmiare» continuò lui in tono sardonico.

«Davvero?» Daphne prese il secondo foglio mormorando: «Devo ricordarmelo la prossima volta che andrò dal sarto».

Lui fece un sorriso. Adorava che lei riuscisse a farlo sorridere persino in momenti del genere.

Dopo un po' Daphne ripiegò le pagine della lettera e le risistemò nella loro busta. Aspettò un attimo, forse Simon voleva dire qualcosa, poi, visto che non lo faceva, commentò: «È piuttosto noiosa a dire il vero».

«Noiosa?» Simon non sapeva bene cosa aspettarsi, ma certo non quello.

Daphne scrollò lievemente le spalle. «Parla del raccolto, e di una miglioria per l'ala est della casa, e di diversi fittavoli che sospetta lo stiano imbrogliando.»

Simon era sbigottito. Pensava che le lettere del padre potessero contenere delle scuse. Oppure, se non quelle, ulteriori accuse a lui, a causa della sua inadeguatezza. Non gli era mai venuto in mente che il padre potesse avergli fatto semplicemente pervenire un bilancio relativo alle sue proprietà.

«Tuo padre era un uomo assai diffidente» mormorò Daphne.

«Puoi ben dirlo.»

«Leggo la prossima?»

«Sì, per favore.»

Lei lo fece e andò più o meno allo stesso modo, solo che questa volta parlava di un ponte che necessitava di essere riparato e di una finestra che non era stata costruita secondo le sue direttive.

E proseguivano così. Affitti, rendiconti, riparazioni, reclami... C'erano sporadiche aperture, ma niente di più personale di: "Sto pensando di organizzare una battuta di caccia il mese prossimo, fammi sapere se sei interessato a partecipare". Da lasciar senza parole. Il padre non solo aveva negato l'esistenza del figlio quando pensava che fosse uno stupido balbuziente, era arrivato al punto di negare il suo stesso rifiuto dopo che Simon era riuscito a parlare chiaramente e a dimostrare di essere all'altezza. Si comportava come se non fosse mai successo niente, come se non avesse desiderato che suo figlio fosse morto.

«Buon Dio» replicò Simon, poiché qualcosa andava pur detto.

Daphne alzò gli occhi. «Mmm?»

«Niente» mormorò.

«È l'ultima» disse lei sollevando la lettera.

Lui sospirò.

«Vuoi che la legga?»

«Certo,» rispose sarcastico «potrebbe trattarsi di affitti o rendiconti.»

«O cattivi raccolti» scherzò Daphne, ovviamente cercando di non ridere.

«Esatto» replicò lui.

«Affitti» confermò lei quando l'ebbe finita. «E rendiconti.»

«E il raccolto?»

Lei fece un sorrisino. «Quell'anno è stato buono.»

Simon chiuse gli occhi per un attimo, cercando di allentare la strana tensione che aveva in corpo.

«È singolare» commentò Daphne. «Mi domando come mai non te le abbia mai spedite.»

«Cosa intendi?»

«Be', non l'ha fatto. Non ti ricordi? Le ha conservate tutte e poi le ha affidate a Lord Middlethorpe prima di morire.»

«Immagino perché mi trovavo fuori dal paese. Non avrebbe saputo a che indirizzo mandarle.»

«Oh, certo» replicò lei aggrottando la fronte. «In ogni caso trovo interessante che si sia preso il tempo di scriverti lettere senza la speranza di potertele spedire. Se scrivessi delle lettere a qualcuno a cui non posso inviarle, lo farei perché ho qualcosa da dirgli, qualcosa di importante che voglio che sappia, persino dopo la mia scomparsa.»

«Una delle tante cose che ti rendono diversa da mio padre» disse Simon.

Lei sorrise mestamente. «Be', immagino di sì.» Si alzò in piedi e appoggiò le lettere su un tavolino. «Andiamo a dormire?»

Lui annuì e la raggiunse, ma prima di darle il braccio raccolse le lettere e le gettò nel fuoco. Daphne sobbalzò, voltandosi appena in tempo per osservarle mentre si raggrinzivano e annerivano.

«Non c'è nulla che valga la pena di conservare» disse Simon. Si chinò per darle un bacio sul naso e un altro sulle labbra. «Andiamocene a dormire.»

«Cosa dirai a Colin e a Penelope?» gli chiese mentre salivano le scale.

«Su Georgie? La stessa cosa che ho detto loro questo pomeriggio.» La baciò di nuovo, su un sopracciglio questa volta. «Semplicemente di amarlo. È tutto ciò che possono fare. Se parlerà, parlerà. Se non lo farà, non lo farà. In entrambi i casi, se lo ameranno, andrà tutto bene.»

«Tu, Simon Arthur Fitzranulph Basset, sei un ottimo padre.»

Gli fu difficile non scoppiare d'orgoglio. «Hai dimenticato Henry.»

«Cosa?»

«Simon Arthur Henry Fitzranulph Basset.»

Daphne sbuffò. «Hai troppi nomi.»

«Ma non troppi figli.» Si fermò e la tirò a sé finché non furono faccia a faccia. Appoggiò una mano sul ventre della moglie. «Credi che possiamo riuscire a ricominciare tutto un'altra volta?»

Lei annuì. «Finché avrò te, sì.»

«No» disse dolcemente Simon. «Finché *io* avrò *te*.»

IL VISCONTE CHE MI AMAVA

BRIDGERTON

LIBRO 2

A Little Goose Twist,
che mi ha tenuto compagnia
durante la stesura di questo libro.
Non vedo l'ora di incontrarti!

Anche a Paul,
nonostante sia così allergico ai musical.

PROLOGO

Anthony Bridgerton aveva sempre saputo che sarebbe morto giovane.

Non da piccolo, ovviamente. Il giovane Anthony non aveva mai avuto motivo di meditare sulla propria fine. I suoi primi anni erano stati perfetti per un bambino, a partire dal giorno in cui era venuto alla luce.

Anthony era l'erede di un viscontado antico e ricco, ma, Lord e Lady Bridgerton, a differenza della maggior parte delle altre coppie aristocratiche, erano innamoratissimi e avevano considerato l'arrivo del figlio come quello di un bambino, non di un erede.

Perciò non c'erano state feste o altre celebrazioni se non quella di una madre e un padre che gioivano per la nascita del loro figlioletto.

I Bridgerton erano genitori giovanissimi, Edmund aveva appena vent'anni e Violet diciotto, ma erano molto assennati e forti e amavano il figlio con una devozione rara nel loro ambiente. Con grande orrore di sua madre, Violet aveva insistito per allattare il figlio e il marito non aveva accettato l'atteggiamento dei padri che non volevano né vedere né sentire i propri piccoli. Portava con sé il neonato per lunghe passeggiate nei campi del Kent, parlandogli di filosofia e poesia prima ancora che il piccino potesse capire le parole, raccontandogli una favola tutte le sere.

I visconti erano così giovani e innamorati che non fu una sorpresa quando, appena due anni dopo la nascita di Anthony, seguì la nascita di un fratellino, battezzato Benedict. Edmund riorganizzò subito le abitudini giornaliere in modo da portare con sé i due figli e studiò uno zaino speciale per tenere Anthony sulla schiena mentre reggeva Benedict in braccio. Attraversavano prati e torrenti e lui raccontava loro storie meravigliose di cavalieri dall'armatura scintillante e damigelle in pericolo. Violet rideva quando rientravano e Edmund diceva: «Visto? Ecco la nostra damigella in pericolo. Dobbiamo assolutamente salvarla». Anthony si lanciava fra le braccia della madre ridendo mentre giurava di proteggerla dal drago che avevano visto appena due miglia prima del villaggio.

«Due miglia prima del villaggio?» ansimava Violet fingendosi inorridita. «Santo cielo, come farei senza tre forti uomini a proteggermi?»

«Benedict è un bambino» replicava Anthony.

«Ma crescerà,» rispondeva sempre lei, scompigliandogli i capelli «proprio come te.»

Edmund aveva sempre trattato i figli con uguale affetto ma di notte, quando Anthony stringeva al petto l'orologio da tasca (donatogli per il suo ottavo compleanno dal padre, che lo aveva a sua volta ricevuto dal proprio alla stessa età) gli piaceva pensare che il suo rapporto con il padre fosse un po' speciale. Non tanto perché Edmund lo amasse di più: ormai i fratelli Bridgerton erano quattro (Colin e Daphne erano seguiti a poca distanza) ed erano tutti molto amati.

No, Anthony pensava che la relazione con il padre fosse speciale semplicemente perché lo conosceva da più tempo: due anni più di Benedict e sei più di Colin. Per quanto riguardava Daphne, oltre al fatto che era una bambina (orrore!) la sua conoscenza del padre sarebbe stata comunque più breve di otto anni.

Edmund Bridgerton era il centro del mondo di Anthony: era alto, aveva le spalle larghe, sapeva montare a cavallo come se fosse nato in sella. Trovava sempre la soluzione ai problemi di matematica, non riteneva inopportuno che i figli avessero una casetta sull'albero (gliene costruì una lui stesso) e aveva una risata che ti scaldava dentro.

Edmund aveva insegnato ad Anthony a cavalcare, a sparare, a nuotare. Lo aveva accompagnato personalmente a Eton invece di mandarcelo in carrozza con dei servitori, come avevano fatto quasi tutti i compagni e, quando aveva visto Anthony guardare con apprensione la scuola che sarebbe diventata la sua nuova casa, aveva parlato con il cuore in mano al figlio maggiore, rassicurandolo che sarebbe andato tutto bene.

E così sarebbe stato. Anthony lo sapeva. Suo padre non mentiva mai.

Anthony amava sua madre ma, con il passare del tempo, tutto quello che faceva, ogni successo, ogni scopo, speranza o sogno era dedicato al padre.

Un giorno, però, tutto era cambiato. È strano, aveva riflettuto in seguito, come la vita potesse mutare in un solo istante.

Anthony aveva diciotto anni ed era a casa per le vacanze estive. Si stava preparando per il primo anno a Oxford all'All Souls College, come aveva fatto suo padre prima di lui, e la sua vita era brillante ed entusiasmante come un diciottenne aveva diritto che fosse. Aveva scoperto le ragazze o forse, meglio ancora, loro avevano scoperto lui. I genitori avevano avuto altri figli e avevano aggiunto Eloise, Francesca e Gregory alla famiglia. Anthony si era sforzato di non alzare gli occhi al cielo passando davanti alla madre in corridoio, incinta dell'ottavo figlio!

Ma chi era lui per dubitare della saggezza di Edmund? Forse anche lui avrebbe desiderato altri figli alla veneranda età di trentotto anni.

Quando Anthony aveva scoperto l'accaduto era pomeriggio inoltrato. Stava tornando da una cavalcata con Benedict ed era entrato dal portone di Aubrey Hall, dimora avita dei Bridgerton, quando aveva visto la sorella di dieci anni seduta sul pavimento. Benedict era ancora nelle scuderie.

Anthony si era immobilizzato alla vista di Daphne. Era

strano che stesse seduta sul pavimento dell'ingresso e anche più strano che stesse piangendo: Daphne non piangeva mai.

«Daff,» aveva detto lui esitando, troppo giovane per sapere che fare con una donna in lacrime, chiedendosi se mai lo avrebbe imparato «che...»

Prima che potesse terminare la domanda, Daphne aveva sollevato la testa e l'espressione addolorata nei suoi occhi era stata una pugnalata per lui. Era indietreggiato di un passo intuendo che era successo qualcosa di grave.

«È morto» aveva sussurrato Daphne. «Papà è morto.»

Per un istante Anthony era stato certo di non aver capito bene. Suo padre non poteva essere morto. Altri morivano giovani, come lo zio Hugo, che era stato piccolo e fragile.

«Ti sbagli» aveva detto a Daphne. «Di sicuro.»

Lei aveva scosso la testa. «Me lo ha detto Eloise. Era... è stata...»

Anthony sapeva di non poter scuotere la sorella che singhiozzava, ma non era riuscito a evitarlo. «È stato *cosa*... Daphne?»

«Un'ape» aveva sussurrato lei. «È stato punto da un'ape.»

Anthony non era riuscito a fare altro che fissarla per un po'. Alla fine aveva detto: «Non si muore per la puntura di un'ape, Daphne».

Lei non aveva risposto, era rimasta seduta sul pavimento cercando di trattenere le lacrime.

«È stato punto altre volte» aveva aggiunto Anthony, alzando la voce. «Ero con lui. Siamo stati punti entrambi. Abbiamo urtato un nido. Io sono stato punto sulla spalla e lui sul braccio.»

Daphne non faceva altro che fissarlo con espressione vacua.

«Stava bene» aveva insistito Anthony. Si accorgeva di parlare con voce terrorizzata, spaventando la sorella, ma non riusciva a controllarsi. «Non si può morire per la puntura di un'ape!»

Daphne aveva scosso la testa, gli occhi scuri sembravano vecchi di cent'anni. «È stata un'ape» aveva ripetuto in tono cupo. «L'ha visto Eloise. Era lì in piedi e subito dopo... era...»

Anthony aveva sentito qualcosa di stranissimo crescergli dentro. «Subito dopo era *cosa*, Daphne?»

«Andato.» Lei appariva sconcertata proprio come lui.

Anthony aveva lasciato Daphne seduta nell'ingresso e aveva fatto i gradini tre alla volta fino alla camera da letto dei genitori. Suo padre non poteva essere morto. Non si poteva morire per la puntura di un'ape. Era impossibile. Edmund Bridgerton era giovane, forte e nessuna stupida ape poteva abbatterlo.

Quando Anthony aveva raggiunto il piano superiore, aveva compreso dall'assoluto silenzio dei servitori presenti che la situazione era grave. Aveva pensato di doversi fare strada a spintoni per giungere alla porta dei genitori, ma i domestici si erano aperti davanti a lui come le acque del Mar Rosso e quando Anthony era entrato nella camera da letto, aveva capito.

Sua madre era seduta sul bordo del letto, senza piangere, senza emettere suono, teneva solo la mano del marito dondolando lentamente avanti e indietro.

Suo padre era immobile. Immobile come un...

Anthony non riusciva nemmeno a pensare a quella parola.

«Mamma?» aveva detto con voce strozzata. Non la chiamava così da anni; da quando era partito per Eton lei era diventata "Madre".

Lei si era voltata, lentamente.

«Cos'è successo?»

Lei aveva scosso la testa con aria distante. «Non so» aveva detto guardandolo come se volesse aggiungere altro, ma avesse dimenticato che cosa.

Anthony era avanzato di un passo.

«È andato» aveva sussurrato alla fine Violet. «E io... o mio Dio...» Si era messa una mano sul ventre. «Gli avevo detto...»

Sembrava stesse per crollare. Anthony aveva ricacciato indietro le lacrime che gli bruciavano gli occhi e si era messo al suo fianco. «Va tutto bene, mamma.» Sapeva però che non era vero.

«Gli ho detto che questo doveva essere l'ultimo» aveva ansimato lei, singhiozzando sulla sua spalla. «Ho aggiunto che non potevo partorire più, che dovevamo stare attenti e... Anthony, cosa non farei per averlo qui e dargli un altro figlio. Non capisco...»

Anthony l'aveva stretta mentre lei piangeva. Non riusciva a parlare e soprattutto a capire.

I dottori che erano arrivati quella sera si dichiararono sconcertati. Avevano sentito parlare di decessi simili, ma mai riferiti a una persona giovane e forte. Il fratello minore del visconte, Hugo, era mancato all'improvviso l'anno prima, ma non si trattava necessariamente di un fattore ereditario. Anche Hugo era morto fuori casa, ma nessuno aveva notato una puntura di ape.

Non che qualcuno l'avesse cercata.

I dottori avevano continuato a ripetere che la situazione era assurda e imprevedibile tanto che Anthony avrebbe voluto strozzarli. Era riuscito alla fine a sbatterli fuori di casa e a mandare a riposare sua madre, portandola in una camera per gli ospiti: non sarebbe mai riuscita a dormire nel letto che aveva condiviso con il marito per vent'anni. Anthony era riuscito anche a spedire nelle loro stanze i fratelli, dicendo che avrebbero parlato il giorno dopo, che tutto sarebbe andato bene e che lui si sarebbe occupato di loro come il padre avrebbe desiderato.

Era andato quindi nella camera in cui giaceva il corpo del padre e lo aveva guardato, per ore.

Quando aveva lasciato il locale aveva una nuova visione riguardo alla propria morte.

Edmund Bridgerton si era spento a trentotto anni e Anthony non riusciva a immaginare di poter superare il padre in alcun modo, nemmeno per quanto riguardava l'età.

1

L'argomento dei libertini è già stato ovviamente discusso in queste colonne e l'Autore è giunto alla conclusione che esistano libertini e Libertini.

Anthony Bridgerton è un Libertino.

Un libertino (con la minuscola) è giovanile e immaturo. Si vanta delle proprie imprese, si comporta come un idiota e pensa di essere un pericolo per le donne.

Un Libertino (con la maiuscola) sa di essere pericoloso per le donne.

Non si vanta delle proprie imprese perché non ne ha bisogno. Sa che uomini e donne chiacchierano sul suo conto e preferirebbe non lo facessero. Sa chi è e che cosa ha fatto: ulteriori racconti risultano per lui ridondanti e inutili.

Non si comporta come un idiota per il semplice fatto che non lo è. Non gradisce troppo le manie dell'alta società e, francamente, l'Autore non si sente di biasimarlo.

Se tutto ciò non descrive perfettamente il visconte Bridgerton (di certo il più ambito scapolo della Stagione), l'Autore smetterà di usare carta, penna e calamaio. L'unica domanda è: il 1814 sarà l'anno in cui egli soccomberà finalmente alla beatitudine matrimoniale?

L'Autore pensa... di no.

Da «Le cronache mondane di Lady Whistledown»
20 aprile 1814

«Ti prego, non dirmi» disse Kate Sheffield senza rivolgersi a nessuno in particolare «che scrive di nuovo del visconte Bridgerton.»

La sorellastra, Edwina, più giovane di quasi quattro anni, distolse lo sguardo dal giornale composto da un singolo foglio. «Come lo hai capito?»

«Stai ridacchiando come una matta. Lo fai sempre quando quella donna scrive di qualche biasimevole libertino.»

Kate sorrise apertamente. C'erano poche cose che le piacevano più di prendere in giro la sorella.

Mary Sheffield, madre di Edwina e matrigna di Kate da quasi diciotto anni, alzò gli occhi dal ricamo che aveva in mano. «Cosa vi fa ridere tanto?»

«Kate è irritata perché Lady Whistledown scrive di nuovo di quel visconte libertino» spiegò Edwina.

«Bridgerton?» domandò Mary distrattamente.

Edwina annuì. «Sì.»

«Si occupa sempre di lui.»

«Penso semplicemente che le piaccia scrivere dei libertini» commentò Edwina.

«È ovvio che le piaccia scrivere dei libertini» ribatté Kate. «Se parlasse di gente noiosa, nessuno comprerebbe il suo giornale.»

«Non è vero» replicò Edwina. «La settimana scorsa ha citato noi che non siamo sicuramente le persone più interessanti di Londra.»

Kate sorrise per l'ingenuità della sorella. Edwina, con i suoi capelli color del burro e gli sconcertanti occhi di un azzurro trasparente era già stata ribattezzata lo Splendore del 1814. Kate, con i suoi normalissimi occhi e capelli scuri, veniva chiamata "la sorella maggiore dello Splendore".

Sarebbe stato possibile affibbiarle nomignoli peggiori. Quanto meno nessuno aveva ancora cominciato a chiamarla "la sorella zitella dello Splendore", cosa più prossima alla realtà di quanto le Sheffield desiderassero ammettere. A vent'anni (quasi ventuno se si voleva essere precisi), Kate era un po' stagionata per il debutto nell'alta società di Londra.

Non c'era stata altra scelta. Gli Sheffield non avevano goduto di particolari ricchezze nemmeno quando c'era il padre di Kate e, da quando era morto cinque anni prima, si erano visti costretti a fare economia.

Con le finanze ridotte, gli Sheffield erano riusciti a raggranellare i fondi per una sola permanenza a Londra. Affittare una casa e assumere il minimo di servitù per il debutto in società costava più di quanto non potessero permettersi di spendere due volte. Avevano risparmiato per cinque anni per concedersi quel soggiorno a Londra e, se le ragazze non avessero avuto successo nel mercato matrimoniale... avrebbero pensato a una tranquilla vita di povertà in qualche piccola fattoria del Somerset.

Le due ragazze erano quindi state obbligate a debuttare nello stesso anno. Si era deciso che il momento più adatto fosse quando Edwina compiva diciassette anni e Kate ventuno. Mary avrebbe preferito aspettare che Edwina avesse diciotto anni e fosse un po' più matura, ma Kate ne avrebbe avuti quasi ventidue e chi l'avrebbe più sposata?

Kate sorrise amaramente. Non avrebbe voluto debuttare. Sapeva di non essere il tipo da poter catturare l'attenzione della gente che conta. Non aveva una bellezza tale da sopperire alla mancanza di dote e non aveva gli atteggiamenti tipici delle altre ragazze. Edwina sapeva come atteggiarsi, camminare e sospirare in modo che gli uomini facessero a botte solo per avere l'onore di aiutarla ad attraversare la strada.

Kate, invece, aveva sempre camminato con la schiena dritta, senza mai riuscire a stare ferma, con il passo di chi ha sempre fretta. Se si doveva andare da qualche parte, perché non arrivarci velocemente?

Per quanto riguardava il debutto a Londra, la città non le piaceva un granché. Si stava divertendo abbastanza e aveva conosciuto alcune persone gradevoli, ma un debutto a Londra pareva un vero spreco di soldi per una ragazza che sarebbe stata contentissima di restare in campagna e trovare lì un brav'uomo da sposare.

Mary però non aveva voluto saperne. «Quando ho sposato tuo padre» le aveva detto «ho promesso di amarti e allevarti come se fossi stata mia figlia.»

Kate era riuscita a dire solo: «Ma...» prima che Mary proseguisse.

«Ho la responsabilità nei confronti della tua povera madre di vederti sposata felicemente e adeguatamente.»

«Potrei essere felice anche in campagna» aveva replicato Kate.

Mary aveva ribattuto: «A Londra ci sono più uomini fra cui scegliere».

A quel punto era intervenuta Edwina, insistendo che sarebbe stata malissimo senza di lei e, visto che Kate non sopportava di vedere la sorella infelice, il suo fato era stato deciso.

Ed eccola lì, seduta in un salottino sbiadito nella casa presa in affitto in un quartiere quasi alla moda di Londra e... sul punto di strappare di mano il giornale alla sorella.

«Kate!» strillò Edwina. «Non avevo ancora finito!»

«Non smettevi più di leggere» commentò lei con un sorriso. «E poi voglio vedere che cos'ha da dire oggi sul visconte Bridgerton.»

Gli occhi della sorella, solitamente paragonati a placidi laghi scozzesi, scintillarono diabolicamente. «Sei *maledettamente* interessata al visconte, Kate. C'è qualcosa che ci nascondi?»

«Non essere sciocca. Non lo conosco nemmeno. Se mi capitasse l'occasione, scapperei probabilmente nella direzione opposta. È il genere di uomo che dovremmo entrambe evitare a ogni costo. Probabilmente sedurrebbe un iceberg.»

«Kate!» esclamò Mary.

Lei fece una smorfia. Aveva dimenticato che era presente la matrigna. «Ho sentito dire che ha più amanti di quanti siano i miei anni.»

Mary la fissò per qualche istante, incerta se commentare o no, quindi disse: «Non è argomento adatto alle orecchie di due ragazze, ma molti uomini ne hanno».

«Oh» fece Kate arrossendo. «Benissimo, allora lui ne avrà almeno il doppio. È ben più promiscuo degli altri uomini e Edwina non dovrebbe permettergli di corteggiarla.»

«Anche tu stai debuttando» le rammentò Mary.

Kate lanciò a Mary il più sarcastico degli sguardi. Tutti sapevano che, se il visconte avesse deciso di corteggiare una Sheffield, non sarebbe stata Kate.

«Non penso che lì ci sia scritto niente che possa farti cambiare idea» disse Edwina alzando le spalle. «Non dice molto di *lui*. È più un saggio sui libertini.»

«Uff!» commentò lei, l'espressione di sdegno che preferiva. «Penso che chi scrive abbia ragione. Probabilmente il visconte non si accaserà quest'anno.»

«Pensi sempre che Lady Whistledown abbia comunque ragione» mormorò Mary sorridendo.

«Di solito sì» replicò Kate. «Dovete ammettere che per essere una scrittrice di pettegolezzi mostra di avere parecchio buon senso. Fino a ora ha sempre dimostrato di avere ragione riguardo alle persone che ho conosciuto a Londra.»

«Dovresti giudicare con la tua testa, Kate» disse Mary con disinvoltura. «Non è da te basare le opinioni sui pettegolezzi.»

Kate sapeva che la matrigna aveva ragione ma non voleva ammetterlo, quindi fece un altro «Uff!» e si rimise a leggere.

Il «Whistledown» era senza dubbio la lettura più interessante di tutta Londra. Kate non era sicura di quando fosse stato pubblicato il giornale per la prima volta – aveva sentito dire l'anno precedente – ma di una cosa era certa: (chiunque fosse, Lady Whistledown), doveva essere un membro molto influente dell'alta società. Nessun intruso sarebbe riuscito a scoprire tutti i pettegolezzi che lei pubblicava sul giornale ogni lunedì, mercoledì e venerdì.

Lady Whistledown conosceva tutte le ultime dicerie e, a differenza degli altri giornalisti, non esitava a stampare nome e cognome delle persone. Per esempio la settimana precedente aveva deciso che Kate non stesse bene in giallo e aveva scritto: "Il colore giallo fa sembrare la bruna Miss Sheffield un narciso bruciacchiato".

A Kate il commento impietoso non era dispiaciuto. Aveva sentito dire che nessuno poteva considerarsi "arrivato" finché non era stato notato da Lady Whistledown. Perfino Edwina, che aveva un gran successo in società, era stata gelosa del fatto che Kate fosse stata scelta per un commento, anche se poco lusinghiero.

Kate non gradiva particolarmente di trovarsi a Londra per la Stagione, ma riteneva che, dovendo lanciarsi nel turbine della mondanità, era meglio non essere un completo fallimento. Se essere presa di mira da un foglio di pettegolezzi doveva essere il suo unico successo, che lo fosse pure. Kate avrebbe raccolto i propri trionfi dove poteva.

Adesso, quando Penelope Featherington si fosse vantata di essere stata paragonata a un agrume troppo maturo per il suo vestito di satin arancione carico, Kate avrebbe sospirato in modo teatrale dicendo: "Io sono stata invece definita un narciso bruciacchiato".

«Un giorno» disse Mary all'improvviso «qualcuno scoprirà la vera identità di quella donna e a quel punto lei sarà nei guai.»

Edwina fissò interessata la madre. «Pensate davvero che qualcuno riuscirà a stanarla? È stata in grado di mantenere il suo segreto per oltre un anno ormai.»

«Niente di così importante può restare segreto per sempre» replicò Mary. Infilò l'ago nel ricamo e fece scorrere il lungo filo giallo. «Prima o poi verrà fuori tutto e, quando ciò accadrà, ci sarà uno scandalo clamoroso.»

«Be', se sapessi chi è,» annunciò Kate, girando la pagina «ne farei la mia migliore amica. Ha quasi sempre ragione.»

Proprio in quel momento, Newton, il cagnolino un po' sovrappeso di razza corgie di Kate, trotterellò nella stanza.

«Quel cane non dovrebbe stare fuori?» domandò Mary. Strillò quindi: «Kate!» quando il cagnetto si diresse verso i suoi piedi ansimando come se si aspettasse un bacio.

«Newton, vieni immediatamente qui» ordinò Kate.

Il cane si accomodò sul divano e le piazzò le zampe in grembo.

«Ti riempie di peli» disse Edwina.

Kate scrollò le spalle mentre lo accarezzava. «Non mi importa.»

Edwina sospirò ma fece una carezza a Newton. «Cos'altro dice?» domandò, allungando il collo interessata. «Non sono riuscita ad arrivare a pagina due.»

Kate sorrise sarcastica alla sorella. «Non molto. Qualcosa sul duca e la duchessa di Hastings. Una lista del rinfresco al ballo di Lady Danbury che definisce "sorprendentemente delizioso" e una impietosa descrizione dell'abito che indossava Mrs Featherington lunedì.»

Edwina corrugò la fronte. «Si occupa spesso delle Featherington.»

«Non c'è da meravigliarsi» commentò Mary appoggiando il ricamo e alzandosi. «Quella donna non saprebbe scegliere il colore di un vestito per le figlie nemmeno se le si avvolgesse attorno al collo un arcobaleno.»

«Mamma!» esclamò Edwina.

Kate si portò una mano alla bocca per non ridere. Mary si esprimeva raramente in quel modo ma, quando lo faceva, aveva delle trovate meravigliose.

«Be', ma è vero. Ha vestito la figlia più giovane di arancione. Chiunque può notare che quella povera ragazza sta bene con il blu o un verde menta.»

«Anche voi mi avete vestita di giallo» le rammentò Kate.

«Mi dispiace di averlo fatto. Mi insegnerà a non dare più retta a una commessa. Dovremo farlo risistemare per Edwina.»

Visto che Edwina era parecchio più bassa di Kate e di un colorito più pallido, non sarebbe stato un problema.

«Quando lo farai adattare» disse Kate rivolgendosi alla sorella «fai eliminare l'arricciatura sulle maniche. È odiosissima e prude. Volevo quasi strapparla via al ballo degli Ashbourne.»

Mary alzò gli occhi al cielo. «Sono sorpresa e grata del fatto che ti sia trattenuta.»

«Io sono sorpresa ma non grata» commentò Edwina con

un sorriso malizioso. «Pensate come si sarebbe divertita Lady Whistledown.»

«Già,» ammise Kate «me lo vedo. "Il narciso bruciacchiato si strappa i petali."»

«Io vado di sopra» annunciò Mary. «Non dimenticate che questa sera dobbiamo recarci a una festa. Forse dovreste riposare un poco prima di uscire. Sono sicura che faremo tardi anche questa notte.»

Kate e Edwina annuirono mentre Mary prendeva il ricamo e lasciava la stanza. Non appena se ne fu andata, Edwina si rivolse a Kate e le chiese: «Hai già deciso cosa indosserai stasera?».

«L'abito verde, penso. Dovrei vestire di bianco, ma temo non mi doni».

«Se non metterai un abito bianco, allora non lo farò nemmeno io» commentò Edwina, solidale. «Indosserò quello azzurro.»

Kate approvò annuendo mentre riportava lo sguardo sul giornale che aveva in mano, cercando di tenere in equilibrio Newton che si era rovesciato sulla schiena per farsi grattare la pancia. «Proprio la settimana scorsa Mr Berbrooke ha detto che sembri un angelo vestita di azzurro visto che si accompagna così bene con i tuoi occhi.»

Edwina la guardò sorpresa. «Ha detto una cosa simile? A te?»

Kate sollevò lo sguardo. «Ma certo. Tutti i tuoi spasimanti cercano di farti arrivare i loro complimenti tramite me.»

«Davvero? Perché mai?»

Kate sorrise con aria indulgente. «Edwina, potrebbe avere a che fare con il fatto che hai annunciato davanti a tutti, al concerto dagli Smythe-Smith, che non ti saresti mai sposata senza l'approvazione di tua sorella.»

Le guance di Edwina si fecero appena un po' più rosa. «Non c'erano tutti» mormorò.

«Quasi. La notizia si è diffusa in fretta. Non ero nemmeno nella stanza quando lo hai dichiarato e ne ho sentito parlare meno di due minuti dopo.»

Edwina incrociò le braccia. «Be', è vero e non mi interessa che lo si sappia. So che ci si aspetta che io faccia un ottimo e brillante matrimonio, ma non devo sposare uno che possa maltrattarmi. Chiunque con la forza morale da impressionare te dovrebbe essere all'altezza.»

«È così difficile farmi buona impressione?»

Le due sorelle si scambiarono uno sguardo, quindi dissero all'unisono: «Sì».

Mentre Kate rideva insieme a Edwina le crebbe dentro uno strano senso di colpa. Tutte e tre le Sheffield sapevano che sarebbe stata Edwina a sposare un nobile procurandosi una bella fortuna. Edwina era una bellezza mentre Kate era... era semplicemente Kate.

A lei non dispiaceva. La bellezza di Edwina era un dato di fatto. C'erano verità che Kate aveva imparato ad accettare: non sarebbe mai riuscita a ballare il valzer senza cercare di condurre lei; aveva sempre avuto il terrore dei temporali, per quanto avesse cercato di convincersi che era una sciocchezza e, indipendentemente da ciò che indossasse, da come acconciasse i capelli o quanto si pizzicasse le guance, non sarebbe mai stata bella come Edwina.

Non era comunque nemmeno sicura che avrebbe gradito tutta l'attenzione che riceveva Edwina. Né avrebbe apprezzato la responsabilità di dover fare un buon matrimonio per mantenere la madre e la sorella.

«Edwina» le disse con un filo di voce, con lo sguardo che si faceva serio. «Non devi sposare una persona che non ti piace. Lo sai.»

Edwina annuì, con l'aria di chi sta per piangere.

«Se deciderai che non c'è un solo gentiluomo a Londra che sia abbastanza per te, andrà bene così. Torneremo nel Somerset e ci faremo compagnia fra noi. Non c'è nessuno con cui io preferisca stare, comunque.»

«Nemmeno io» sospirò Edwina.

«Se invece troverai un uomo che ti farà girare la testa, io e Mary ne saremo deliziate. Non dovrai nemmeno preoccuparti di lasciarci sole.»

«Anche tu potresti trovare qualcuno da sposare» puntualizzò Edwina.

Kate storse le labbra in una smorfia. «Potrei» ammise, sapendo che probabilmente non era vero. Non voleva restare zitella per tutta la vita, ma dubitava che avrebbe trovato un marito a Londra. «Forse uno dei tuoi spasimanti rifiutati potrebbe rivolgersi a me, una volta compreso che non può averti» la schernì.

Edwina la colpì con un cuscino. «Non dire sciocchezze!»

«Ma non ne dico!» protestò Kate. Ed era vero. Le pareva l'unico modo in cui avrebbe avuto la possibilità di trovare realmente un marito.

«Sai che genere di uomo mi piacerebbe sposare?» domandò Edwina con espressione sognante.

Kate scosse la testa.

«Uno studioso.»

Kate si schiarì la voce. «Non penso che ne troverai molti in città durante la Stagione.»

«Lo so.» sospirò. «Il fatto è che, anche se non lo ammetterei mai in pubblico, mi piacciono i libri. Preferirei passare una giornata in biblioteca invece che a gironzolare per Hyde Park.»

«Vediamo...» Kate cercò di riflettere. Edwina non avrebbe trovato uno studioso nemmeno nel Somerset. «Sai, potrebbe essere difficile trovare un vero studioso fuori dalle città universitarie. Potresti accontentarti di un uomo a cui piace leggere e studiare come a te.»

«Andrebbe bene» commentò Edwina allegramente. «Mi basterebbe uno studioso dilettante.»

Kate tirò un sospiro di sollievo. Sarebbero riuscite a trovare di sicuro qualcuno a Londra a cui piacesse leggere.

«Sai che ti dico?» aggiunse Edwina. «L'abito non fa il monaco. Ci sono studiosi dilettanti di qualsiasi tipo. Perfino quel visconte Bridgerton potrebbe essere uno studioso.»

«Morditi la lingua, Edwina. Non hai nulla a che fare con il visconte Bridgerton. Tutti sanno che è un libertino della peggior specie. Il peggiore di Londra! Del paese intero!»

«Lo so, lo stavo soltanto usando come esempio. Inoltre non è affatto probabile che scelga una moglie quest'anno.»

Kate diede una leggera pacca sul braccio della sorella. «Non preoccuparti. Ti troveremo un marito adeguato. Ma *mai* il visconte Bridgerton!»

In quel preciso istante, il soggetto della loro discussione si stava rilassando da White's con due dei suoi tre fratelli minori.

Anthony Bridgerton si appoggiò allo schienale della poltroncina in pelle, osservò il proprio scotch con espressione assorta e quindi annunciò: «Penso di sposarmi».

Benedict Bridgerton, impegnato nell'attività che sua madre detestava, cioè stare seduto in equilibrio sulle due gambe posteriori della sedia, cadde all'indietro.

Colin Bridgerton rischiò di strozzarsi.

Per fortuna di Colin, Benedict si riprese subito e gli diede una pacca sulla schiena, il che fece volare un'oliva dall'altra parte del tavolo che mancò per un pelo un orecchio di Anthony.

Anthony non commentò. Si rendeva conto che l'improvvisa dichiarazione era giunta un po' di sorpresa. "Estrema", "totale" e "assoluta" sorpresa erano forse termini più adeguati.

Anthony sapeva di non corrispondere all'immagine che si aveva di un uomo deciso ad accasarsi. Aveva passato l'ultimo decennio come il peggiore dei libertini, traendo piacere dove lo aveva trovato. Per quello che ne sapeva, la vita era breve e valeva ben la pena spassarsela. Aveva comunque un certo codice d'onore e non aveva mai amoreggiato con giovani di buona famiglia. Qualunque donna potesse vantare il diritto di farsi sposare era stata tabù.

Con quattro sorelle più giovani, Anthony aveva un grande rispetto per le giovanette di alto lignaggio. Aveva già combattuto un duello per una delle sorelle e rispetto alle altre tre... doveva ammettere di sudare freddo al solo pensiero che avessero a che fare con un uomo come lui.

Per quanto riguardava però altre donne, vedove o attrici, aveva goduto appieno della loro compagnia. Dal giorno in cui aveva lasciato Oxford e si era diretto a Londra, non era mai stato senza un'amante e a volte addirittura due. Aveva preso parte a ogni corsa di cavalli organizzata dall'alta società, aveva praticato la boxe e aveva vinto più partite a carte di quante ne potesse contare. Aveva passato il decennio dei vent'anni nel caparbio inseguimento del piacere, temperato solo dal senso di responsabilità nei confronti della famiglia.

La morte di Edmund Bridgerton era stata improvvisa e inaspettata: l'uomo non aveva avuto l'occasione di lasciare le ultime volontà al figlio maggiore prima di congedarsi. Anthony era però certo che, se lo avesse fatto, gli avrebbe chiesto di occuparsi dei fratelli e della madre con la sua stessa attenzione e diligenza.

Anthony aveva quindi mandato i fratelli a Oxford e a Eton, si era recato a un infinito numero di saggi di pianoforte dati dalle sorelle (impresa non da poco visto che tre su quattro erano un disastro musicale) e si era occupato attentamente delle finanze della famiglia. Con sette tra fratelli e sorelle, aveva ritenuto proprio dovere fare in modo che ci fosse denaro sufficiente ad assicurare il futuro di tutti.

Avvicinandosi alla trentina, si era accorto di passare sempre più tempo a occuparsi dell'eredità e della famiglia e sempre meno a inseguire i piaceri decadenti. Si era anche reso conto che gli andava bene così.

La reputazione di libertino, tuttavia, gli era rimasta appiccicata addosso, ma non gli dispiaceva. C'erano anche dei vantaggi a essere considerato uno dei peggiori libertini d'Inghilterra. Per esempio, era universalmente temuto, e quello era sempre un bene.

Adesso però era arrivato il momento di sposarsi. Doveva sistemarsi, avere un figlio. Aveva un titolo da tramandare, dopotutto. Provò una fitta di rammarico al pensiero che probabilmente non sarebbe vissuto tanto a lungo da vedere il figlio adulto. Ma cosa ci poteva fare? Era il primogenito Bridgerton, figlio del primogenito Bridgerton, che era stato il primogenito Bridgerton e così via per otto volte. Aveva perciò la responsabilità dinastica di procreare.

Traeva poi un certo conforto dal sapere di lasciare tre fratelli forti e premurosi. Avrebbero fatto in modo che suo figlio crescesse con l'amore e le cure che ogni Bridgerton aveva avuto. Le sue sorelle lo avrebbero coccolato e sua madre lo avrebbe viziato...

Anthony sorrise al pensiero della sua numerosa e spesso chiassosa famiglia. Quel figlio non avrebbe avuto bisogno di un padre per sentirsi amato.

Se poi ne avesse generati altri, probabilmente non si sarebbero nemmeno ricordati di lui dopo la sua morte. Sarebbero stati troppo piccoli, non ancora formati. Anthony non aveva mancato di notare che, di tutti i Bridgerton, lui, il figlio maggiore, era stato quello più colpito dalla morte del padre.

Anthony bevve un altro sorso di scotch e raddrizzò le spalle, cercando di allontanare quei pensieri sgradevoli dalla mente. Doveva concentrarsi sulla ricerca di una moglie.

Era un uomo oculato e piuttosto organizzato, quindi si era preparato una lista mentale dei requisiti della futura sposa. Primo, doveva essere graziosa. Non aveva bisogno di una bellezza sconvolgente ma, se doveva andarci a letto, un po' di attrazione avrebbe reso il compito più gradevole.

Secondo, non poteva essere stupida. Quello, rifletté Anthony, sarebbe stato il requisito più difficile da soddisfare. Non era particolarmente impressionato dalla mente delle debuttanti di Londra. L'ultima volta che aveva commesso l'errore di coinvolgere in una conversazione una ragazzina appena uscita da scuola, quella aveva saputo parlare soltanto del cibo (poiché aveva in mano una ciotola di fragole) e del tempo (e nemmeno troppo bene; quando Anthony le aveva chiesto se pensava che il tempo potesse essere inclemente, lei gli aveva risposto: «Non lo so proprio. Non conosco nessun Clemente»).

Sarebbe riuscito a evitare la conversazione con una moglie non troppo brillante, ma *non* voleva dei figli stupidi.

Terzo, e più importante, non doveva essere una persona di cui lui potesse realmente innamorarsi.

Quella era una regola da non infrangere per nessun motivo.

Non era del tutto cinico: sapeva che il vero amore esisteva, lo sapeva chiunque si fosse trovato in una stanza con i suoi genitori.

L'amore era tuttavia una complicazione che voleva evitare. Non voleva che la sua vita fosse toccata da quella benedizione in particolare.

Visto che Anthony era abituato a ottenere ciò che desiderava, non dubitava che sarebbe riuscito a trovare una donna intelligente e attraente di cui non si sarebbe mai innamorato. Che problema c'era? Era possibile che non avrebbe mai trovato l'amore nemmeno se lo avesse cercato, come succedeva alla maggior parte degli uomini.

«Santo cielo, Anthony, cos'hai per essere così corrucciato? Non può essere colpa dell'oliva: non ti ha nemmeno sfiorato!»

La voce di Benedict lo risvegliò dalle proprie fantasticherie e Anthony strizzò più volte gli occhi prima di rispondere. «Nulla.»

Non aveva condiviso i pensieri riguardanti la propria morte con nessuno, nemmeno con i fratelli. Diavolo, se qualcuno fosse andato da lui a raccontargli la stessa cosa, lui gli avrebbe riso in faccia.

Nessuno poteva comprendere la profondità del legame che aveva avuto con il padre e nessuno poteva capire come lui *sapesse* che non sarebbe riuscito a vivere più a lungo del genitore. Edmund era stato tutto per lui. Anthony aveva sempre aspirato a essere un grand'uomo come suo padre, sapeva che era improbabile riuscirci, ma aveva provato. Realizzare più di Edmund era in pratica impossibile.

Il padre per Anthony era stato semplicemente un uomo perfetto.

La notte in cui suo padre era morto e Anthony era rima-

sto nella stanza con il suo corpo inerte, fissandolo per ore
e cercando disperatamente di ricordare ogni momento che
avevano condiviso, gli era accaduto qualcosa. Sarebbe stato facile dimenticare le piccole cose che lo riguardavano –
come gli stringeva il braccio quando aveva bisogno di incoraggiamento o come cantava la canzone della commedia
Molto rumore per nulla, non perché fosse particolarmente bella ma solo perché a lui piaceva. Quando era uscito dalla camera mentre le prime striature di rosa schiarivano il cielo,
aveva capito che i suoi giorni erano contati, proprio come
lo erano stati quelli di Edmund.

«Sputa il rospo» disse Benedict, inserendosi nuovamente nei suoi pensieri. «Su cosa stai rimuginando?»

Anthony si sedette più eretto, determinato a concentrarsi sul problema del momento. Dopotutto, doveva scegliere
una sposa ed era di sicuro una faccenda seria. «Chi è considerata la perla della Stagione?» domandò.

I fratelli rifletterono per un istante, poi Colin rispose:
«Edwina Sheffield. L'hai sicuramente vista. Minuta, bion-
dissima, con gli occhi azzurri. Di solito la si nota per il codazzo di ammiratori che la segue dappertutto».

Anthony ignorò la battuta sarcastica del fratello. «È
intelligente?»

Colin sbarrò gli occhi come se non gli fosse mai venuto in mente di porre una domanda sull'intelligenza di una
donna. «Penso di sì. L'ho sentita parlare di mitologia con
Middlethorpe e sembrava farlo con competenza.»

«Bene» disse Anthony posando con decisione il bicchiere di scotch sul tavolino. «Sposerò lei.»

2

Al ballo di mercoledì sera, il visconte Bridgerton è stato visto danzare con più di una giovane idonea al matrimonio. Tale comportamento può solo essere definito "sconcertante", visto che di solito Bridgerton evita le signorine con una perseveranza impressionante, per non dire frustrante per tutte le madri con aspirazioni matrimoniali per le figlie.

Il visconte avrà forse letto l'ultimo articolo dell'Autore decidendo di dimostrare, per il perverso atteggiamento che gli uomini solitamente prediligono, che si sbagliava?

Forse l'Autore si attribuisce un'importanza esagerata, ma gli uomini hanno spesso preso decisioni basandosi su molto, molto meno.

Da «Le cronache mondane di Lady Whistledown»
22 aprile 1814

Per le undici di sera, tutti i timori di Kate si erano realizzati.

Anthony Bridgerton aveva chiesto a Edwina di danzare. Peggio: Edwina aveva accettato. Peggio ancora: Mary stava fissando la coppia come se avesse l'intenzione di prenotare una chiesa da un momento all'altro.

«Volete smetterla?» sibilò Kate.

«Smetterla di fare cosa?»

«Di guardarli in quel modo! Come se steste organizzando il pranzo di nozze.»

«Oh!» Mary arrossì lievemente. «Forse è vero» ammise.

«Cosa ci sarebbe di male? Sarebbe un matrimonio super-bo per Edwina.»

«Mi avete ascoltato nel pomeriggio, in salotto? È già un guaio che Edwina abbia una serie di libertini come spasi-manti. Non immaginate nemmeno la fatica che ho fatto per distinguere i pretendenti buoni dai cattivi. Ma Bridgerton!» Kate rabbrividì. «È forse il peggior libertino di Londra. Non potete desiderare che sposi un uomo come lui.»

«Non penserai di potermi dire ciò che devo o non devo fare, Katharine Grace Sheffield» ribatté tagliente Mary. «Sono sempre tua madre. La tua matrigna. Dovrebbe si-gnificare qualcosa.»

Kate si sentì un verme. Era l'unica madre che avesse avu-to e Mary non l'aveva mai trattata con minor rispetto di Edwina. L'aveva messa a letto da bambina, le aveva raccon-tato favole, l'aveva baciata, abbracciata, aiutata a superare i difficili anni fra l'adolescenza e l'età adulta. L'unica cosa che non aveva fatto era chiederle di chiamarla "mamma".

«Certamente» sussurrò Kate, abbassando lo sguardo. «E voi *siete* mia madre, sotto tutti gli aspetti.»

Mary la fissò a lungo, quindi cominciò a sbattere fu-riosamente le palpebre. «Oh, cielo» sussurrò con voce strozzata cercando un fazzoletto. «Mi farai sembrare una fontana.»

«Mi dispiace» mormorò Kate. «Giratevi, così nessuno ci noterà.»

Mary si asciugò gli occhi dello stesso azzurro di quelli di Edwina. «Io ti voglio bene, Kate. Lo sai, vero?»

«Ma certo!» esclamò Kate, stupita dal fatto che Mary po-tesse chiederglielo. «E voi sapete... sapete che io...»

«Lo so.» Mary le diede un colpetto su un braccio. «Cer-to che lo so. È che quando si accetta di fare da madre a un bambino che non si è partorito, le responsabilità raddop-piano. Bisogna lavorare più duramente per assicurare il be-nessere e la felicità di quel bambino.»

«Oh, Mary, vi voglio bene. E voglio bene a Edwina.»

Al nome di Edwina entrambe si voltarono e la cercarono nella sala da ballo, vedendola volteggiare insieme al visconte. Come al solito, Edwina era l'immagine stessa della leggiadria.

Il visconte, notò Kate irritata, era sorprendentemente bello vestito di nero e non con i colori sgargianti che tanto erano di moda. Era alto, con folti capelli color nocciola che gli ricadevano sulla fronte. Era, quanto meno in superficie, tutto ciò che si poteva desiderare in un uomo.

«Sono una bella coppia, vero?» mormorò Mary.

Kate si morse la lingua.

«Lui è un po' alto per lei ma non mi sembra un ostacolo insormontabile, no?»

Quindi serrò le mani infilandosi le unghie nella carne.

Mary sorrise maliziosamente e Kate lanciò alla matrigna un'occhiata sospettosa.

«Balla molto bene, non ti pare?» domandò.

«Non sposerà Edwina!» sbottò Kate.

Il sorriso di Mary si allargò. «Mi stavo chiedendo quanto avresti resistito in silenzio.»

«Ben più a lungo di quanto non sia solita fare» replicò lei. «Mary, sapete bene che quello non è il tipo di uomo che vogliamo per Edwina.»

Mary piegò leggermente la testa di lato e inarcò le sopracciglia.

«Credo che dovremmo chiederci se non sia il tipo di uomo che vuole *Edwina* per Edwina.»

«Non lo è!» ribatté Kate animatamente. «Proprio questo pomeriggio lei mi ha detto che avrebbe desiderato sposare uno studioso.» Indicò con la testa il bellimbusto dai capelli scuri che stava danzando con la sorella. «A voi quello sembra uno studioso?»

«No, ma in fondo, nemmeno tu sembri un'abile acquerellista e invece so che lo sei.»

«Ammetto» disse Kate a denti stretti «che non si dovrebbe giudicare una persona dall'aspetto esteriore ma, da quello che abbiamo sentito di lui, non mi sembra il tipo da passare i pomeriggi chino su libri polverosi in una biblioteca.»

«Forse no» rifletté Mary. «Ma ho fatto un'amabile chiacchierata con sua madre, questa sera.»

«Sua madre?» Kate si sforzò di seguire il discorso. «Che c'entra?»

Mary scrollò le spalle. «Stento a credere che una signora così graziosa e intelligente possa avere allevato un figlio diverso dal migliore dei gentiluomini, indipendentemente dalla reputazione che ha.»

«Ma, Mary...»

«Quando sarai madre capirai cosa intendo» rispose quella in modo altezzoso. «Ti ho già detto quanto sei deliziosa con questo abito di organza verde? Sono davvero felice che lo abbiamo scelto.»

Kate guardò il proprio vestito, chiedendosi come mai Mary avesse cambiato argomento in modo così repentino.

«È un colore che ti sta benissimo. Lady Whistledown non potrà definirti uno stelo d'erba bruciacchiato sul giornale di venerdì!»

Kate fissò Mary sconcertata. Forse la matrigna aveva troppo caldo. Sentì quindi le dita di lei infilzarsi nella carne e capì che c'era sotto tutt'altro.

«Mr Bridgerton!» esclamò all'improvviso Mary, con l'atteggiamento di una ragazzina.

Inorridita, Kate sollevò la testa di scatto per vedere un uomo sorprendentemente bello che si stava avvicinando. Un uomo sorprendentemente bello che assomigliava sorprendentemente al visconte che stava ballando con sua sorella.

«Mr Bridgerton!» ripeté Mary. «Che piacere vedervi! Questa è mia figlia Katharine.»

Lui le prese la mano, sfiorandola leggermente con le labbra. Così leggermente che Kate sospettò non l'avesse baciata affatto.

«Miss Sheffield» mormorò lui.

«Kate,» continuò Mary «questo è Colin Bridgerton. L'ho conosciuto stasera mentre stavo parlando con sua madre.» Si rivolse a Colin raggiante. «Che donna deliziosa.»

Lui le sorrise. «Lo pensiamo anche noi.»

Mary stava facendo la civetta! Kate era stupefatta.

«Kate» ripeté Mary. «Mr Bridgerton è fratello del visconte che sta ballando con Edwina» aggiunse inutilmente.

«L'avevo immaginato» replicò Kate.

Colin Bridgerton le lanciò un'occhiata in tralice e lei capì subito che non gli era sfuggito il vago sarcasmo nel suo tono.

«È un piacere conoscervi, Miss Sheffield» disse lui cortesemente. «Spero che mi concederete un ballo questa sera.»

«Io... ma certo.» Si schiarì la voce. «Ne sarei onorata.»

Armeggiò quindi alla ricerca del carnet, Colin scrisse il proprio nome per una delle danze della serata quindi le chiese se non volesse accompagnarlo al tavolo dei rinfreschi.

«Vai pure» disse Mary prima che Kate potesse rispondere. «Non preoccuparti per me. Me la caverò anche senza di te.»

«Posso portarvi un bicchiere di limonata» suggerì Kate, cercando di lanciare occhiate truci alla matrigna senza che Bridgerton se ne accorgesse.

«Non è necessario. Tornerò insieme alle altre signore.» Mary si guardò attorno alla disperata ricerca di qualcuno di conosciuto. «Oh, ecco Portia! Portia!»

Kate osservò la matrigna che si ritirava rapidamente prima di rivolgersi nuovamente a Mr Bridgerton. «Penso» disse in tono secco «che non voglia una limonata.»

Una scintilla di divertimento guizzò negli occhi verde smeraldo di lui. «O quello, o intende andare fino in Spagna per cogliersi da sola i limoni.»

Kate rise, suo malgrado. Non voleva che le piacesse Colin Bridgerton. Non voleva che le piacesse alcun Bridgerton dopo ciò che aveva letto sul giornale. Doveva tuttavia ammettere che non era giusto giudicare un uomo in base ai misfatti del fratello.

«Voi avete sete» domandò Kate «o era solo una frase gentile?»

«Sono sempre gentile» rispose lui con un sorriso malizioso. «Ma ho anche sete.»

Kate lanciò un'occhiata a quel sorriso, pericolosamente

abbinato a quegli sconvolgenti occhi verdi e quasi gemette. «Siete anche voi un libertino» constatò con un sospiro.

Colin rischiò di strozzarsi. «Come, scusate?»

Kate arrossì quando si rese conto con orrore di avere parlato a voce alta. «No, sono io che devo scusarmi. Vi prego di perdonarmi.»

«No, no,» disse subito lui apparendo terribilmente interessato e alquanto divertito «continuate pure.»

Kate deglutì. Non aveva via di scampo. «Stavo solo... se posso essere franca...»

Lui annuì, e il suo sorriso malizioso le fece capire che non la riteneva nemmeno capace di *non* essere franca.

Kate si schiarì la voce. Era davvero una cosa ridicola. «Mi è solo sembrato che voi poteste essere esattamente come vostro fratello, tutto qui.»

«Mio fratello?»

«Il visconte» precisò lei, pensando tuttavia che fosse ovvio.

«Ho tre fratelli» le spiegò lui.

«Oh» disse Kate sentendosi una stupida. «Mi spiace, non lo sapevo.»

«Anche a me» rispose lui di cuore. «Sono quasi sempre una seccatura. Ma quanto meno non mi stavate paragonando a Gregory» terminò sospirando di sollievo. Le lanciò quindi un'occhiata in tralice. «Ha tredici anni.»

Kate notò che gli occhi di lui ridevano e capì che l'aveva presa in giro fino a quel momento. «Siete molto affezionato alla vostra famiglia, vero?»

Gli occhi di lui, fino a quel momento divertiti e scintillanti, si fecero subito seri. «Estremamente.»

«Anch'io» sottolineò Kate.

«Cosa significa?»

«Significa» spiegò lei sapendo che sarebbe invece dovuta stare zitta «che non permetterò a nessuno di spezzare il cuore di mia sorella.»

Colin restò un attimo in silenzio, girando lentamente la testa per guardare il fratello che stava concludendo il ballo con Edwina. «Capisco» mormorò.

«Davvero?»

«Oh, certo.»

Arrivarono al tavolo dei rinfreschi e Colin prese due bicchieri di limonata, porgendogliene uno. Kate ne aveva già bevuti tre, cosa che la matrigna non poteva non sapere quando aveva insistito affinché ne prendesse un altro. Faceva però molto caldo e lei aveva ancora sete.

Lui bevve un sorso, la guardò da sopra l'orlo del bicchiere e le disse: «Mio fratello ha intenzione di accasarsi quest'anno».

Era un gioco che si poteva fare in due, pensò Kate.

«Davvero?» disse.

«Io dovrei saperlo.»

«Ha la reputazione di essere un libertino.»

Colin la squadrò. «È vero.»

«È difficile immaginare un noto libertino che si accasa e trova la felicità nel matrimonio.»

«Pare che ci abbiate pensato parecchio, Miss Sheffield.»

Lei lo fissò dritto negli occhi. «Vostro fratello non è il primo uomo dalla reputazione dubbia che corteggia mia sorella, e vi assicuro che non prendo affatto alla leggera la sua felicità.»

«Qualsiasi ragazza sarebbe felice di sposarsi con un uomo ricco e nobile. Il debutto in società dovrebbe servire a questo, no?»

«Forse,» ammise Kate «ma temo che ciò non abbia a che fare con il problema. Un marito può spezzare un cuore più di un semplice spasimante.» Gli sorrise e aggiunse. «Non pensate?»

«Non essendomi mai sposato, non sono in condizione di confermare.»

«Vergogna, Mr Bridgerton. Pessimo modo di evitare una domanda.»

«Davvero? Pensavo di essermela cavata bene. Sto perdendo colpi.»

«Non penso sarà mai un vostro problema» Kate finì la limonata. Era solo un bicchierino: la padrona di casa era nota per la propria taccagneria.

«Siete troppo generosa» commentò lui.

Lei sorrise, sinceramente, questa volta. «È un'accusa che mi viene rivolta raramente, Mr Bridgerton.»

Colin scoppiò a ridere nel bel mezzo della sala e Kate si rese conto, a disagio, di essere il centro di diversi sguardi curiosi.

«Voi» disse ancora estremamente divertito «dovreste conoscere mio fratello.»

«Il visconte?» domandò incredula.

«Be', potreste gradire anche la compagnia di Gregory,» ammise Colin «ma ha solo tredici anni e potrebbe mettervi una rana sulla sedia.»

«E il visconte?»

«Non penso che lui vi metterebbe una rana sulla sedia» rispose l'uomo con espressione serissima.

Kate non seppe proprio come fece a non scoppiare a ridere. «Capisco. Ha parecchie argomenti a suo favore.»

Colin sogghignò. «Non è malvagio.»

«Mi sento molto sollevata. Inizierò immediatamente a programmare il pranzo di nozze.»

Colin restò a bocca aperta. «Non intendevo dire... Cioè, sarebbe una mossa un po' prematura...»

Kate ebbe pietà di lui e gli disse: «Stavo scherzando».

Colin arrossì leggermente. «È ovvio.»

«Adesso, se volete scusarmi, devo accomiatarmi.»

Lui inarcò un sopracciglio. «Non starete già andando via, vero?»

«Niente affatto.» Kate non aveva intenzione di dirgli che, avendo bevuto quattro bicchieri di limonata, doveva recarsi in bagno.

«È stato un vero piacere.» Si inchinò brevemente. «Posso accompagnarvi?»

«No, grazie. Troverò da sola l'amica con cui ho appuntamento.»

Colin Bridgerton la guardò allontanarsi con espressione pensierosa, quindi raggiunse il fratello maggiore.

«Anthony!» esclamò dandogli una pacca sulle spalle. «Com'è andato il ballo con la deliziosa Miss Sheffield?»

«Lei potrebbe andare bene» fu la risposta secca di Anthony. Sapevano entrambi cosa intendesse dire.

«Davvero?» Colin increspò leggermente le labbra. «Allora dovresti conoscere sua sorella.»

«Prego?»

«Sua sorella» ripeté Colin, cominciando a ridere. «Dovresti conoscerla e basta.»

Venti minuti dopo Anthony era sicuro che Colin gli avesse raccontato l'intera storia di Edwina Sheffield, ma pareva che Edwina non intendesse sposarsi senza l'approvazione della sorella maggiore. Secondo Colin era noto a tutti, poiché Edwina lo aveva annunciato all'ultimo concerto dagli Smythe-Smith. Evento che tutti i fratelli Bridgerton evitavano come la peste (come chiunque avesse a cuore Bach, Mozart o la musica in generale).

La sorella maggiore di Edwina, una certa Katharine Sheffield, detta Kate, stava debuttando pure lei quell'anno anche se si diceva avesse quasi ventun anni. La coincidenza fece pensare ad Anthony che gli Sheffield non fossero molto facoltosi, fatto che gli andava benissimo. Non aveva alcun bisogno di una sposa con una ricca dote, e una moglie che non ne avesse poteva avere più bisogno di lui.

Anthony aveva intenzione di sfruttare ogni vantaggio.

A differenza di Edwina, la Miss Sheffield maggiore non aveva fatto una grande impressione in società. A detta di Colin, era apprezzata in generale, ma mancava della sorprendente bellezza di Edwina. Era alta e bruna, mentre Edwina era minuta e bionda. Non possedeva nemmeno la grazia della sorella. Secondo Colin (informatissimo sui pettegolezzi benché fosse arrivato da poco in città) parecchi gentiluomini avevano avuto i piedi pesti dopo avere ballato con Katharine Sheffield.

Ad Anthony la situazione pareva un po' assurda. Dopotutto, non aveva mai sentito parlare di una ragazza che volesse l'approvazione della sorella per scegliere il marito. Del padre, d'accordo, del fratello o della madre, ma della sorella mai. Era inconcepibile. Era inoltre strano che Edwina cercasse i consigli di Kate quando quest'ultima non era esattamente a proprio agio nell'ambiente londinese.

Anthony non aveva però intenzione di scegliere un'altra candidata adatta da corteggiare e decise che per Edwina la famiglia era importante. Visto che la famiglia era importantissima anche per lui, si trattava di un'altra indicazione che sarebbe stata un'ottima moglie.

Adesso, quindi, tutto ciò che doveva fare era affascinare la sorella. Quanto poteva essere difficile?

«Non avrai problemi a conquistarla» predisse Colin. «Una zitella timida? Probabilmente non ha mai ricevuto attenzioni da parte di uomini come te. Cadrà come una pera.»

«Non voglio che si innamori di me» replicò Anthony. «Voglio solo che mi raccomandi alla sorella.»

«Non puoi fallire» disse Colin. «Fidati di me, ho conversato con lei cinque minuti, prima, e non ha mai smesso di parlare di te.»

«Bene.» Anthony si guardò attorno, determinato. «Allora dov'è? Ho bisogno che me la presenti.»

Colin esaminò per un minuto la sala e poi disse: «Eccola lì. Sta proprio venendo verso di noi. Che coincidenza!».

«Qual è?»

«Quella in verde» rispose Colin.

Non era come Anthony si era aspettato. Non assomigliava affatto a una scimmia: solo se confrontata con Edwina, che non arrivava al metro e sessanta, appariva così alta. In effetti Miss Katharine Sheffield era attraente, con folti capelli castani e occhi scuri. Aveva la pelle chiara, labbra rosa e si muoveva con un atteggiamento sicuro che lui non poteva evitare di trovare affascinante.

Non sarebbe mai stata considerata una bellezza sfolgorante come sua sorella, ma Anthony non vedeva perché non potesse trovare un marito anche lei. Forse, dopo avere sposato Edwina, le avrebbe fornito una dote. Sembrava il minimo che potesse fare.

Al suo fianco, Colin si lanciò in avanti. «Miss Sheffield!»

Anthony seguì il fratello, preparandosi mentalmente ad affascinare la sorella maggiore di Edwina. Una zitella che nessuno considerava? L'avrebbe ammaliata in un attimo. «Miss Sheffield,» stava dicendo Colin «che piacere rivedervi!»

Lei apparve un po' perplessa e Anthony non poté biasimarla. Colin faceva sembrare l'incontro casuale anche se aveva fatto a gomitate in mezzo alla folla per avvicinarsi a lei.

«Un vero piacere rivedere anche voi, signore» replicò lei in tono secco. «E così inaspettatamente presto dopo il nostro ultimo incontro.»

Anthony sorrise fra sé. La ragazza era più acuta di quanto non avesse immaginato.

Colin sorrise e Anthony ebbe la netta e sgradevole sensazione che suo fratello avesse in mente qualcosa.

«Non so spiegarmi perché,» disse Colin «ma mi è sembrato improvvisamente imperativo che vi presentassi mio fratello.»

Lei guardò alla destra di Colin e si irrigidì posando lo sguardo su Anthony.

Quello sì, pensò Anthony, era strano.

«Gentile da parte vostra» mormorò Kate a denti stretti.

«Miss Sheffield,» continuò allegramente Colin, indicando Anthony «vi presento mio fratello Anthony, visconte Bridgerton. Anthony, Miss Katharine Sheffield; penso che tu abbia appena conosciuto sua sorella.»

«Vero» confermò Anthony, accorgendosi dell'improvviso impulso di strozzare il fratello.

Kate si inchinò brevemente. «Lord Bridgerton,» disse «è un onore conoscervi.»

Colin produsse un rumore che assomigliava in modo sospetto a uno sbuffo o a una mezza risata.

Anthony all'improvviso capì. Quella non era affatto una zitella ritrosa e poco considerata. Qualsiasi cosa avesse detto a Colin su di lui, non si era trattato certo di complimenti.

Il fratricidio era legale in Inghilterra, no? Se no, avrebbe dovuto esserlo.

Anthony si accorse in ritardo che la giovane gli aveva porto la mano per semplice cortesia. «Miss Sheffield,» mormorò senza riflettere «siete deliziosa come vostra sorella.» Se la ragazza era apparsa a disagio prima, il suo atteggiamento divenne a quel punto apertamente ostile. Anthony comprese di avere detto *esattamente* la cosa più sbagliata paragonandola alla sorella. Era l'unico complimento cui lei non avrebbe mai creduto.

«Voi, Lord Bridgerton,» replicò Kate in un tono che avrebbe ghiacciato lo champagne «siete quasi bello come vostro fratello.»

Colin questa volta sembrò sul punto di strozzarsi.

«Vi sentite bene?» chiese Miss Sheffield.

«Lui sta bene» rispose Anthony.

Colin annuì in fretta. «Un pizzicorino in gola.»

«Forse un po' di coscienza sporca?» suggerì Anthony.

Colin si rivolse deliberatamente a Kate. «Penso che mi serva un altro bicchiere di limonata» boccheggiò.

«Volete che vada io a prendervene uno?» domandò lei. Anthony notò che si stava già muovendo, alla ricerca di una scusa per andarsene.

Colin scosse la testa. «No, vado io. Credo però di avere prenotato il prossimo ballo con voi, Miss Sheffield.»

«Non vi preoccupate» lo congedò lei.

«Oh, ma non sopporterei mai di piantarvi in asso» replicò il giovanotto.

Anthony notò la crescente apprensione della giovane davanti allo sguardo diabolico di Colin. Gli faceva un certo piacere: c'era qualcosa in quella Katharine Sheffield che gli faceva venire un gran desiderio di battagliare con lei.

E vincere. Non c'era bisogno di dirlo.

«Anthony» chiese Colin con aria così innocente che lui ebbe di nuovo una estrema voglia di ucciderlo. «Non sei impegnato per questo ballo, vero?»

Anthony non disse nulla, lo guardò solo con espressione truce.

«Bene. Allora danzerai tu con Miss Sheffield.»

«Non è per nulla necessario» sbottò subito la ragazza.

Anthony fissò con espressione bieca il fratello, quindi Kate, che lo stava guardando come se lui avesse appena violato dieci vergini in sua presenza.

«Oh, sì, invece» replicò Colin in tono teatrale, ignorando gli sguardi micidiali che tutti loro si scambiavano. «Non mi sognerei mai di lasciare una fanciulla nel momento del bisogno. Sarebbe davvero poco galante.»

«Vi assicuro» ribatté in fretta Kate «che essere lasciata da sola sarebbe decisamente preferibile a...»

Basta così, pensò Anthony infuriato. Il suo stesso fratello lo aveva preso in giro: non sarebbe rimasto lì per essere insultato dalla sorella zitella dalla lingua tagliente di Edwina. Appoggiò pesantemente la mano sul braccio della ragazza e disse: «Permettetemi di impedirvi di commettere un grave errore, Miss Sheffield».

Lei si irrigidì. «Come, scusate?»

«Credo» rispose lui pacatamente «che foste sul punto di dire qualcosa di cui presto vi sareste pentita.»

«No» replicò lei, con espressione deliberatamente riflessiva. «Non penso che avrei avuto qualcosa di cui pentirmi.»

«Sì, invece» ribatté lui in tono sinistro. L'afferrò quindi per un braccio e praticamente la trascinò sulla pista da ballo.

3

Il visconte Bridgerton è stato visto danzare anche con Miss Katharine Sheffield, sorella maggiore di Edwina. Questo può significare soltanto una cosa, visto che la Miss Sheffield maggiore è stata molto richiesta nelle danze da quando la Miss Sheffield minore ha fatto il suo bizzarro annuncio la settimana scorsa al concerto degli Smythe-Smith.

Chi ha mai sentito di una ragazza che ha bisogno dell'approvazione della sorella per scegliere un marito?

E, forse ancora più importante, chi può aver ritenuto che le parole "Smythe-Smith" e "concerto" potessero essere usate nella stessa frase? Questo Autore in passato ha partecipato a una di queste feste, e non ha ascoltato niente che può onestamente essere definito musica.

Da «Le cronache mondane di Lady Whistledown»
22 aprile 1814

Kate comprese con sgomento di non avere molte scappatoie. Lui era un visconte e lei una nullità proveniente dal Somerset e si trovavano nel mezzo di una sala da ballo affollata. Non importava che lo avesse giudicato odioso. *Doveva* comunque ballare con lui.

«Non c'è alcun bisogno di trascinarmi» sibilò, giurando a se stessa che quell'uomo non avrebbe mai avuto in sposa sua sorella. Aveva modi freddi, sprezzanti. Era, pensò lei un po' scorrettamente, anche troppo bello, con gli occhi color velluto bruno che si intonavano alla perfezione con i capelli. Era alto e le sue labbra, anche se classicamente magnifiche (Kate aveva studiato arte e si riteneva qualificata a dare un giudizio in proposito), erano rigide sui lati, come se lui non sapesse come si faceva a sorridere.

«Allora,» le disse non appena i loro piedi cominciarono a muoversi nei passi familiari «volete dirmi perché mi odiate?»

Kate gli pestò un piede. Dio, quanto era diretto quell'uomo! «Come, scusate?»

«Non c'è alcuna necessità di menomarmi, Miss Sheffield.»

«È stato un incidente, vi assicuro.» Ed era vero, anche se non le dispiaceva quel particolare esempio di mancanza di grazia.

«Perché trovo difficile credervi?» rifletté lui.

L'onestà, decise in fretta Kate, sarebbe stata la strategia migliore. Se lui poteva essere diretto, poteva benissimo esserlo anche lei. «Probabilmente perché sapete che, se mi fosse venuto in mente di pestarvi un piede di proposito, lo avrei fatto.»

Lui tirò indietro la testa e rise. Non era la reazione che Kate si era aspettata.

«Volete smetterla, milord?» sussurrò lei. «La gente sta cominciando a fissarci.»

«La gente ha cominciato a fissarci due minuti fa» replicò lui. «Non capita spesso che un uomo come me balli con una donna come voi.»

Come stoccata non era male ma, purtroppo per lui, non era così. «Non è vero» replicò lei allegramente. «Non siete certo il primo degli idioti infatuati di Edwina che cerca di guadagnare i suoi favori tramite me.»

Anthony sorrise apertamente. «Non spasimanti, idioti?»

Lei lo guardò negli occhi e restò sorpresa nel vederlo divertito. «Non avrete intenzione di lanciarmi un'esca così facile, milord?»

«Potete sempre ignorarla» rifletté lui.

Kate abbassò lo sguardo per vedere se ci fosse un modo discreto per pestargli nuovamente un piede.

«Ho scarpe molto robuste, Miss Sheffield» disse Anthony.
Lei sollevò di scatto lo sguardo, sorpresa.
Lui le sorrideva scherzoso: «E uno sguardo veloce».
«Pare di sì. Dovrò stare attenta a dove metto i piedi, con voi.»
«Santo cielo!» esclamò lui. «Era un complimento? Potrei
morire per lo stupore.»
«Se intendete considerarlo un complimento, fate pure»
commentò lei con leggerezza. «Probabilmente non ne rice-
verete altri.»
«Mi ferite, Miss Sheffield.»
«Significa che non avete la pelle dura quanto le scarpe?»
«Decisamente.»
Kate si trovò a ridere prima ancora di accorgersi di esse-
re divertita. «Stento a crederlo.»
Lui aspettò che lei smettesse di sorridere e le chiese: «Non
avete risposto alla mia domanda. Perché mi odiate?».
Non si era aspettata che lui le ripetesse la domanda. «Io
non vi odio, milord» replicò scegliendo le parole con grande attenzione. «Non vi conosco nemmeno.»
«La conoscenza è di rado un requisito dell'odio» le disse dolcemente, puntandole gli occhi addosso con fermezza. «Suvvia, non mi sembrate una codarda. Rispondete alla
domanda.»
Era vero, non era stata ben disposta nei confronti di
quell'uomo. Di certo non avrebbe dato la propria approvazione al fatto che corteggiasse Edwina. Kate non credeva affatto che i libertini ravveduti diventassero i migliori
mariti. Non era nemmeno sicura che i libertini potessero
realmente ravvedersi.
Il visconte poteva comunque vincere i suoi preconcetti
mostrandosi sincero e affascinante e riuscendo a convincerla che le storie che si raccontavano su di lui sul «Whistledown» erano un'esagerazione, che aveva un codice d'o-
nore, dei principi... se non l'avesse paragonata a Edwina.
Nulla avrebbe potuto essere più chiaramente una menzogna. Edwina era davvero uno splendore, mentre Kate non
sarebbe mai stata più che carina e ordinaria.

Se quell'uomo diceva altrimenti, aveva un secondo fine, perché era chiaro che non era cieco.

Se le avesse rivolto un qualsiasi altro vuoto complimento, lei lo avrebbe accettato come una semplice cortesia da gentiluomo. Ma paragonarla a Edwina...

Kate adorava la sorella e sapeva meglio di chiunque altro che il cuore di Edwina era bello e raggiante come il suo volto.

«Io non vi odio» gli rispose alla fine. «Ma non mi piacete.»

Qualcosa nello sguardo di lui le comunicò che aveva apprezzato la sua sincerità. «Posso chiedervi perché?» le domandò piano.

«Desidero essere franca. State ballando con me perché volete corteggiare mia sorella. Questo non mi disturba» si affrettò ad assicurarlo. «Sono abituata a ricevere attenzioni dagli spasimanti di Edwina.»

Anthony notò con interesse che lei aveva ricominciato a chiamarli spasimanti invece che idioti. «Continuate, per favore» mormorò.

«Non siete il genere di uomo che desidero vedere sposato con mia sorella» disse semplicemente lei. Aveva modi diretti e i suoi intelligenti occhi scuri non smisero per un attimo di fissarlo. «Voi siete un libertino. Non vi permetterei di avvicinarvi a meno di dieci passi da lei.»

«Eppure,» commentò lui con un sorriso malizioso «ho ballato con lei questa sera.»

«Cosa che non si ripeterà, vi assicuro.»

«Sta a voi decidere del destino di Edwina?»

«Edwina si fida del mio giudizio» replicò Kate con orgoglio.

«Capisco» disse lui in un tono che sperò apparisse molto misterioso. «È molto interessante. Pensavo che Edwina fosse adulta.»

«Edwina ha solo diciassette anni!»

«E voi siete molto più vecchia a... vent'anni?»

«Ventuno» precisò lei.

«Questo vi rende una vera esperta di uomini e di mariti in particolare. Soprattutto essendo già stata sposata, no?»

«Sapete bene che sono nubile» gracchiò lei.

Anthony si trattenne dal sorridere. Santo cielo quanto era divertente punzecchiare quella Miss Sheffield. «Penso» disse «che abbiate trovato relativamente facile tenere a bada la maggior parte degli uomini che hanno bussato alla porta di vostra sorella. Non è vero?»

Lei annuì brevemente.

«Lo immaginavo» mormorò lui. «Classico per un tipo come voi.»

Lei lo fissò con una tale intensità che lui quasi scoppiò a ridere. Se non fosse stato impegnato a ballare si sarebbe grattato il mento, fingendosi profondamente impensierito. Visto che aveva le mani impegnate, dovette accontentarsi di inarcare le sopracciglia. «Temo anche che abbiate commesso un grave errore pensando di poter tenere a bada *me*.»

Kate serrava le labbra, ma riuscì a dire: «Non ho cercato di tenervi a bada, Lord Bridgerton, solo di tenervi lontano da mia sorella».

«Il che dimostra, Miss Sheffield, quanto poco sappiate degli uomini. Quanto meno della razza dei libertini.» Si sporse verso di lei, sfiorandola sulla guancia con l'alito caldo.

Lei rabbrividì. Lui sapeva che avrebbe reagito così.

Le sorrise maliziosamente. «Ci sono poche cose che apprezziamo più di una sfida.»

La musica si avvicinò al finale, lasciandoli in piedi nel centro della sala da ballo. Anthony la prese per un braccio, le avvicinò le labbra all'orecchio e le sussurrò: «E voi, Miss Sheffield, mi avete appena lanciato una sfida interessantissima».

Kate gli pestò un piede. Violentemente. Tanto da fargli emettere un gemito niente affatto da libertino.

Quando lui la fissò con aria truce, Kate non fece altro che scrollare le spalle e dire: «Era l'unico modo per difendermi».

Lo sguardo di lui si rabbuiò. «Miss Sheffield, voi siete una minaccia.»

«E voi, Lord Bridgerton, avete bisogno di scarpe più resistenti.»

Anthony serrò la presa sul braccio di lei. «Prima che vi

riporti nella zona degli accompagnatori e delle zitelle, dobbiamo chiarire una cosa. Io corteggerò vostra sorella e, se dovessi concludere che potrebbe diventare una adeguata Lady Bridgerton, ne farò mia moglie.»

Kate sollevò la testa di scatto e lo fissò con occhi fiammeggianti. «Suppongo, quindi, che pensiate stia a *voi* decidere del destino di Edwina. Non dimenticate, milord, che anche se stabiliste che potrebbe diventare una "adeguata" Lady Bridgerton, lei potrebbe volere altrimenti.»

Anthony abbassò lo sguardo su di lei con la sicurezza di un maschio che non viene mai contraddetto. «Se dovessi decidere di chiederlo a Edwina, lei non mi opporrebbe un no.»

«State cercando di dire che nessuna donna è mai stata in grado di resistervi?»

Lui non rispose, inarcò solo un sopracciglio lasciandole trarre le debite conclusioni.

Kate liberò il braccio e tornò dalla matrigna fremendo di rabbia, di risentimento e un po' di paura. Aveva infatti l'orribile sensazione che quell'uomo non avesse mentito. Se si fosse realmente rivelato irresistibile...

Kate rabbrividì. Lei e Edwina sarebbero state in guai seri.

Il pomeriggio successivo fu come tutti quelli che seguivano un ballo importante. Il salotto delle Sheffield era invaso da mazzi di fiori che portavano tutti il nome "Edwina Sheffield".

Un semplice "Miss Sheffield" sarebbe bastato, ma Kate non poteva biasimare gli spasimanti di Edwina di volersi accertare che i fiori giungessero alla Miss Sheffield giusta.

Certamente *nessuno* poteva sbagliarsi a quel proposito: i fiori andavano sempre a Edwina anche se poi la facevano quasi tutti starnutire e quindi finivano comunque nella stanza di Kate.

«Piccola bellezza» disse amorevolmente a una bella orchidea «penso che starai benissimo sul mio comodino. E voi» si sporse in avanti per annusare un mazzo di rose bianche «fareste un figurone sulla mia toeletta.»

«Parlate sempre con i fiori?»

Kate si girò di scatto sentendo la profonda voce maschile. Santo cielo, era Lord Bridgerton, peccaminosamente bello con un cappotto blu. Che diavolo ci faceva *lui* lì?

Non aveva senso non chiederlo.

«Che diav...» si trattenne appena in tempo. «Che ci fate *voi* qui?»

Anthony inarcò un sopracciglio mentre sistemava un enorme mazzo di fiori sotto al braccio. Rose rosa, notò lei. Semplici ed eleganti, quelle che lei avrebbe scelto per se stessa.

«Credo che sia abitudine dei corteggiatori fare visita alle giovani donne, no?» mormorò.

«Volevo dire,» rispose sgarbatamente Kate «come avete fatto a entrare? Nessuno mi ha avvertita del vostro arrivo.»

Lui allungò il collo in direzione del corridoio. «Nel solito modo. Ho bussato al portone.»

Lo sguardo irritato di Kate per il suo sarcasmo non gli impedì di continuare dicendo: «Cosa stupefacente, il maggiordomo mi ha aperto. Gli ho consegnato il mio biglietto da visita e lui mi ha indirizzato verso il salotto. Anche se mi piacerebbe ci fosse qualche equivoco sotterfugio, si è svolto tutto in maniera normalissima».

«Maledetto maggiordomo» bofonchiò Kate. «Dovrebbe controllare se noi siamo "in casa" prima di farvi entrare.»

«Forse gli era stato ordinato che per me voi eravate "in casa" in qualsiasi caso.»

Kate si irritò: «Io non ho dato simili istruzioni».

«Voi no» replicò Lord Bridgerton sogghignando. «Su questo non avevo dubbi.»

«E so che neanche Edwina l'ha fatto.»

Lui sorrise. «Forse vostra madre?»

Certo. «Mary» gemette lei, in tono accusatore.

«La chiamate per nome?» domandò lui cortesemente.

Lei annuì. «In effetti è la mia matrigna. Ha sposato mio padre quando io avevo solo tre anni. Nemmeno io so perché la chiamo ancora Mary.»

Gli occhi scuri di lui le restarono fissi in volto e la ragazza si rese conto di avere appena reso partecipe quell'uomo di una piccola parte della propria vita. Disse quindi in fretta: «Edwina è fuori, temo, quindi avete sprecato la visita».

«Oh, non penso» replicò lui. Prese i fiori e, mentre li tendeva, Kate si accorse che erano suddivisi in tre piccoli mazzi.

«Questo» disse lui appoggiandone uno su un tavolinetto «è per Edwina. E questo per vostra madre.»

Gli restò in mano un ultimo mazzo. Kate rimase immobile, incapace di staccare gli occhi dai perfetti boccioli rosa. Sapeva che l'unico motivo per cui l'aveva inclusa nell'omaggio era di fare impressione su Edwina ma, che diamine, nessuno le aveva mai portato dei fiori prima e lei non aveva saputo, fino a quel momento, quanto ardentemente aveva desiderato che qualcuno lo facesse.

«Questo» disse lui alla fine, porgendole l'ultimo mazzo di rose rosa «è per voi.»

«Grazie» rispose lei un po' esitante, prendendo i fiori. «Sono deliziosi.» Si chinò sulle rose per annusarle, sospirando di piacere per l'intenso profumo. Sollevando lo sguardo aggiunse: «È stato molto premuroso da parte vostra pensare a Mary e a me».

Lui annuì cortesemente. «È stato un piacere. Devo confessare che un corteggiatore di mia sorella ha fatto una volta la stessa cosa per mia madre e non credo di averla mai vista più contenta.»

«Vostra madre o vostra sorella?»

Lui sorrise per la domanda acuta. «Entrambe.»

«Che ne è stato di quel corteggiatore?» chiese Kate.

Il sorriso di Anthony si fece diabolico. «Ha sposato mia sorella.»

«Non pensate che la storia possa ripetersi ma... i fiori sono davvero belli e... ed è stato un gesto molto carino da parte vostra.» Deglutì. Non era facile per lei. «Li ho molto apprezzati.»

Lui si sporse leggermente in avanti, con uno sguardo ardente. «Bella frase» disse fra sé e sé. «E indirizzata addirittura a me. Non è stato così difficile, no?»

Kate passò dall'essere china sui fiori a una postura rigidissima in un solo istante. «Pare che abbiate il dono di pronunciare sempre la frase *più* sbagliata.»

«Solo quando siete coinvolta voi, mia cara Miss Sheffield. Vi assicuro che le altre donne pendono letteralmente dalle mie labbra.»

«L'ho letto» bofonchiò lei.

Gli si illuminò lo sguardo. «Ecco come vi siete formata l'opinione che avete di me, ma certo! La spettabile Lady Whistledown! Quanto vorrei strozzare quella donna.»

«Io la trovo intelligente e affidabile» replicò Kate in tono puntiglioso.

«Era ovvio» replicò lui.

«Lord Bridgerton,» proseguì Kate «sono sicura che non siate venuto qui per insultarmi. Volete lasciarmi un messaggio per Edwina?»

«No. Non mi fido del fatto che le giungerebbe inalterato.»

Quello era troppo. «Non mi abbasserei *mai* a interferire con la corrispondenza di altri.» Kate tremava di rabbia e, se fosse stata una donna meno controllata, avrebbe cercato di soffocarlo. «Come osate insinuare una cosa simile?»

«In fondo, Miss Sheffield» rispose lui con irritante calma «non vi conosco molto bene. Quel che so è che avete giurato di non farmi arrivare a meno di dieci passi dalla santa presenza di vostra sorella. Ditemi, *voi* vi fidereste di lasciare un messaggio se foste in me?»

«Se cercate di guadagnare tramite me i favori di mia sorella,» replicò Kate gelida «non state facendo un gran bel lavoro.»

«Me ne rendo conto» ammise lui. «Non dovrei provocarvi, ma temo di non riuscire a evitarlo.» Sorrise con aria scanzonata e sollevò le mani in un gesto di impotenza. «Che posso dirvi? Avete un certo effetto su di me, Miss Sheffield.»

Kate si rese conto che il sorriso di quell'uomo era davvero una forza con cui dover fare i conti. Si sentì all'improvviso debolissima.

«Vi prego, accomodatevi» lo invitò. Non gradiva particolarmente il fatto che restasse, ma non si poteva mettere seduta senza offrire anche a lui di sedersi e le sue gambe cominciavano a essere malferme.

Se il visconte trovò strana la sua improvvisa gentilezza, non lo disse. Spostò una lunga custodia nera dal sofà e si sedette. «È uno strumento musicale?» le domandò indicando la custodia.

Kate annuì. «È un flauto.»

«Sapete suonare?»

Lei scosse la testa quindi annuì brevemente. «Sto cercando di imparare. Ho iniziato proprio quest'anno.»

Anthony fece un cenno con il capo, per lui l'argomento era esaurito, quindi le chiese cortesemente: «Quando pensate che sarà di ritorno Edwina?».

«Non prima di un'ora, direi. Mr Berbrooke l'ha portata a fare una gita in calesse.»

«Nigel Berbrooke?» chiese lui rischiando di strozzarsi. «Quell'uomo ha più capelli che cervello.»

«Ma se sta diventando calvo» non riuscì a non sottolineare lei.

Lui fece una smorfia. «Esattamente.»

Kate era arrivata alla stessa conclusione riguardo all'intelligenza di Mr Berbrooke o della sua mancanza di essa, ma disse: «Non è scorretto insultare i corteggiatori rivali?».

Anthony sbuffò. «Non era un insulto, ma la verità. Ha corteggiato mia sorella, l'anno scorso. O quanto meno ci ha provato, Daphne ha fatto di tutto per scoraggiarlo. È carino, ma non lo vorresti come compagno di naufragio su un'isola deserta.»

Kate ebbe una strana e imbarazzante immagine del visconte naufrago su un'isola deserta, con gli abiti a brandelli e la pelle baciata dal sole. Si sentì stranamente accaldata.

Anthony allungò il collo. «Miss Sheffield? Vi sentite bene?»

«Benone!» quasi urlò lei. «Mai stata meglio. Stavate dicendo?»

«Sembrate accaldata.» Anthony la osservò, pareva davvero stare poco bene.

Kate si sventagliò. «Fa un po' caldo qui dentro, no?» Anthony scosse lentamente la testa. «Niente affatto.»

Lei guardò malinconicamente la porta. «Mi chiedo dove sia Mary.»

«La state aspettando?»

«Non è da lei lasciarmi sola per tanto tempo con un uomo» spiegò.

Senza *chaperon*? Le implicazioni erano terrorizzanti. Anthony immaginò all'improvviso di essere intrappolato in un matrimonio con la Miss Sheffield maggiore e sudò freddo. Kate era così diversa dalle altre debuttanti che lui si era dimenticato avesse bisogno dello *chaperon*. «Forse non sa che sono qui» disse subito.

«Già, dev'essere così.» Lei balzò in piedi e andò a suonare il campanello. «Chiamerò qualcuno che l'avverta. Sono sicura che desidera vedervi.»

«Bene. Forse potrà tenerci compagnia mentre aspettiamo che torni vostra sorella.»

Kate si immobilizzò mentre si stava risedendo. «Avete intenzione di aspettare Edwina?»

Lui scrollò le spalle, godendo del disagio di lei.

«Non ho altri programmi per il pomeriggio.»

«Ma potrebbe stare via ore!»

«Al massimo una, ne sono certo, e poi…» si interruppe notando l'arrivo di una domestica.

«Avete suonato, Miss?»

«Sì, Annie,» rispose Kate «puoi per favore informare Mrs Sheffield che abbiamo un ospite?»

La cameriera si inchinò e uscì.

«Sono sicura che Mary arriverà da un momento all'altro» disse Kate.

Lui sorrise in quel modo irritante, con un'aria rilassata e tranquilla.

Nella stanza cadde un silenzio carico di imbarazzo. Kate gli fece un sorrisetto e lui ricambiò inarcando un sopracciglio.

Proprio in quel momento scoppiò un pandemonio nel corridoio: un cane abbaiò e seguì uno strillo acuto. «Newton! Smettila immediatamente!»

«Newton?» domandò il visconte.

«Il mio cane» spiegò Kate, sospirando mentre si alzava in piedi. «Lui non... va troppo d'accordo con Mary, temo.» Kate si avvicinò alla porta. «Mary?»

Anthony si alzò insieme a Kate. «Ma che cos'è,» mormorò «un mastino?» Doveva essere un mastino. La maggiore delle Sheffield sembrava il tipo da avere ai suoi ordini un mastino mangia uomini.

«No» rispose Kate correndo nel corridoio mentre Mary lanciava un altro grido. «È un...»

Anthony non sentì le sue parole ma, un istante dopo, trotterellò dentro il più pacifico corgi che lui avesse mai visto, con un pancione che spazzava il pavimento. Anthony si bloccò sorpreso. Era *quella* la terrificante creatura del corridoio? «Buongiorno, cane» gli disse con fermezza.

Il cane si fermò all'istante, si sedette e... sorrise?

L'Autore non è, purtroppo, stato in grado di appurare ogni dettaglio, ma giovedì scorso c'è stato un bel trambusto a Hyde Park che ha coinvolto il visconte Bridgerton, Mr Nigel Berbrooke, entrambe le signorine Sheffield e un non meglio identificato cane di razza ignota.

L'Autore non è stato testimone oculare, ma pare che il vincitore finale sia stato il cane.

Da «Le cronache mondane di Lady Whistledown»
25 aprile 1814

Kate si precipitò di nuovo in salotto, scontrandosi con Mary mentre entrambe cercavano di passare dalla porta nello stesso istante. Newton era seduto tutto contento nel centro della stanza e pareva sorridere al visconte.

«Penso che voi gli piacciate» disse Mary in tono accusatorio.

«Gli piacete anche voi, Mary» replicò Kate. «Il problema è che a *voi* non piace *lui*.»

«Mi piacerebbe di più se non cercasse di balzarmi addosso tutte le volte che passo in corridoio.»

«Mi sembrava di avere capito che Mrs Sheffield e il cane non andassero d'accordo» disse Lord Bridgerton.

«Infatti» replicò Kate. «Cioè vanno d'accordo. Più o meno.»

«Oh, questo chiarisce perfettamente le cose» mormorò lui.

Kate ignorò il pacato sarcasmo. «Newton adora Mary» gli spiegò. «Ma Mary non adora Newton.»

«Lo adorerei di più se lui mi adorasse di meno» la interruppe Mary.

«Quindi» continuò Kate determinata «il povero Newton considera Mary una specie di sfida. Così quando la vede...» alzò le spalle «be', penso che la adori ancora di più.»

Come se fosse stato imbeccato, il cane notò Mary e le piazzò le zampe appena sopra le ginocchia. «Newton, giù!» lo rimproverò lei. «Brutto cattivo di un cane.»

Il cane si sedette con un mugolio.

«Kate» disse Mary in tono deciso. «Quel cane *deve* essere portato a fare una passeggiata. Adesso.»

«Lo avevo in programma quando è arrivato il visconte» replicò Kate. Era davvero impressionante il numero di cose di cui poteva incolpare quell'uomo insopportabile se solo ci avesse riflettuto.

«Oh!» gemette Mary. «Vi chiedo scusa, milord. Sono stata davvero scortese, non vi ho neppure salutato.»

«Non vi preoccupate» rispose lui con gentilezza. «Eravate un po' agitata, quando siete entrata in salotto.»

«Già,» brontolò Mary «quel cane orribile... Oh, scusate ancora. Posso offrirvi del tè? Uno spuntino? Siete stato molto gentile a farci visita.»

«No, grazie. Stavo godendo della stimolante compagnia di vostra figlia mentre aspettavo l'arrivo di Miss Edwina.»

«Oh, sì» commentò Mary. «Edwina è fuori con Mr Berbrooke, credo. Vero, Kate?»

Kate annuì con espressione dura, incerta se apprezzare di essere definita "stimolante".

«Voi conoscete Mr Berbrooke, Lord Bridgerton?» domandò Mary.

«Sì» rispose lui con un tono che Kate trovò sorprendentemente reticente.

«Non so se avrei dovuto permettere a Edwina di uscire con lui. Quei calessi sono molto difficili da guidare, vero?»

«Credo che Berbrooke abbia la mano ferma con i cavalli» replicò Anthony.

«Bene, mi avete tranquillizzata» sospirò Mary.

Newton lanciò una serie di latrati, per rammentare ai presenti la sua presenza.

«Devo trovare il guinzaglio e portarlo fuori» disse subito Kate. Avrebbe gradito sfuggire l'odiosa compagnia del visconte. «Se volete scusarmi...»

«Aspetta Kate!» la chiamò Mary. «Non puoi lasciare solo con me il visconte Bridgerton. Potrei annoiarlo a morte.»

Kate si voltò, temendo le successive parole di Mary.

«Non potreste mai annoiarmi» replicò il visconte con galanteria.

«Sì, invece» lo assicurò lei. «Perché non andate con Kate a far fare la passeggiata a Newton?» suggerì.

«Non potrei mai chiedere al visconte di accompagnarmi a compiere una odiosa incombenza» disse in fretta Kate. «Sarebbe molto scortese: dopotutto è nostro onoratissimo ospite.»

«Non essere sciocca» rispose Mary prima che il visconte potesse dire mezza parola in proposito. «Non lo considererà di certo così, vero milord?»

«Certo che no» mormorò lui con espressione sincera. Ma che altro poteva replicare?

«Visto? Ecco fatto. Chissà, potreste imbattervi in Edwina. Non sarebbe molto comodo?»

«Decisamente» disse Kate fra sé. Sarebbe stato bello liberarsi del visconte, ma l'ultima cosa che voleva era far cadere Edwina nelle sue grinfie. Sua sorella era giovane e suggestionabile. E se non fosse riuscita a resistere ai sorrisi e alla parlantina di lui?

Perfino Kate era disposta ad ammettere che il visconte emanava un certo fascino e a lei non piaceva nemmeno! Edwina, di natura meno sospettosa, sarebbe rimasta sopraffatta.

Kate si rivolse al visconte. «Non dovete sentirvi obbligato ad accompagnarmi.»

«Ne sarei onorato.» Stava di certo accettando solo per indispettirla. «Inoltre,» continuò lui «sarebbe una magnifica coincidenza se trovassimo Edwina.»

«Magnifica» replicò Kate. «Davvero magnifica.»

«Eccellente!» gioì Mary. «Vado a prendere il guinzaglio di Newton.»

Anthony la guardò allontanarsi. «Ben fatto» commentò. «Pensate che le sue mire matrimoniali siano dirette a Edwina o a voi?»

«A me?» domandò Kate. «State scherzando!»

«Non ne sono certo, ma...» Si accorse che Mary si stava avvicinando.

«Ecco» disse Mary consegnando il guinzaglio a Kate, mentre Newton abbaiava entusiasta pronto a lanciarlesi addosso. Mary decise quindi di consegnare il guinzaglio ad Anthony.

«Perché non lo date voi a Kate? Preferirei non avvicinarmi troppo.»

Newton abbaiò guardando Mary con aria malinconica.

«Tu» ordinò con decisione Anthony al cane. «Seduto e zitto.»

Con grande sorpresa di Kate, Newton obbedì, appoggiando il grasso sedere sul tappeto con zelo quasi comico.

«Ecco» disse Anthony compiaciuto. Porse il guinzaglio a Kate. «Fate voi gli onori o me ne devo occupare io?»

«Oh, fate pure» replicò lei. «Pare che abbiate una certa affinità con i canidi.»

«Ovviamente» commentò lui abbassando la voce per non essere sentito da Mary. «Non sono molto diversi dalle donne. Entrambe le razze pendono dalle mie labbra.»

Kate gli pestò una mano mentre lui era chinato per agganciare il guinzaglio al cane. «Oh!» esclamò con un tono di finta mortificazione. «Mi dispiace.»

«Le vostre premure mi commuovono» rispose lui rimettendosi in piedi.

Mary guardava Kate e il visconte, non sentendo ciò che dicevano. «C'è qualcosa che non va?»

«Niente affatto» replicò Anthony mentre Kate negava con decisione.

«Bene» commentò Mary. «Vi accompagnerò alla porta,

anzi no, preferisco salutarvi da qui. Non mi voglio avvicinare troppo.»

«Cosa farei se non veniste a salutarmi?» chiese Kate a Mary passandole davanti.

Mary le sorrise maliziosamente. «Non so proprio, Kate.»

A lei restò il dubbio che Lord Bridgerton potesse avere avuto ragione riguardo ai progetti di Mary. Era un pensiero terrorizzante.

Kate e Anthony si diressero verso Milner Street.

«Di solito prendo le viuzze laterali» spiegò Kate pensando che lui non conoscesse bene quella parte della città. «Fino a Hyde Park. Ma possiamo anche andarci direttamente.»

«Come desiderate. Vi seguirò.»

«Benissimo» replicò Kate marciando con passo deciso. Forse se avesse tenuto lo sguardo fisso davanti a sé e si fosse mossa in fretta l'avrebbe scoraggiato a conversare. Le sue passeggiate con Newton erano un momento di riflessione personale. Non gradiva di doversi trascinare dietro il visconte.

La sua strategia funzionò per qualche minuto, quindi lui le disse all'improvviso: «Mio fratello ci ha presi in giro, ieri sera».

Lei si fermò di scatto. «Come, scusate?»

«Sapete cosa mi aveva detto di voi prima di presentarci? Che non finivate di parlargli di me.»

«Già» balbettò Kate. «Nel complesso era anche vero.»

«Lui dava per inteso» aggiunse Anthony «che parlavate bene di me.»

Lei non doveva sorridere, ma lo fece. «*Questo* non è vero.»

Probabilmente nemmeno lui doveva sorridere, ma Kate fu felice che lo facesse. «Io non lo sapevo» replicò.

Kate gli chiese: «Perché avrà fatto una cosa simile?».

Anthony la guardò in tralice. «Non avete fratelli, vero?»

«No, solo Edwina ed è decisamente una donna.»

«L'ha fatto» spiegò Anthony «per torturarmi.»

«Nobile compito» commentò Kate a voce bassa.

«Vi ho sentito.»

«Me lo aspettavo» aggiunse lei.

«Penso inoltre che volesse tormentare anche voi.»

«Me?» chiese lei. «Perché mai? Cosa posso avergli fatto?»

«Potreste averlo provocato denigrando il suo amato fratello.»

Lei sollevò un sopracciglio. «Amato?»

«Grandemente ammirato?» provò lui.

Lei scosse la testa. «Non credo nemmeno a questo.»

Anthony sorrise apertamente. La maggiore delle signorine Sheffield, per quanto odiosa, aveva uno spirito ammirevole. La prese a braccetto mentre attraversavano la strada che conduceva a Hyde Park. Newton, che aveva chiaramente l'anima del cane di campagna, aumentò sensibilmente il passo quando entrarono nel parco, anche se sarebbe stato azzardato parlare di vera e propria velocità.

Il cane appariva contento e interessato a ogni fiore, animaletto o passante che incontravano.

L'aria primaverile era molto gradevole e, anche se la ragazza che teneva a braccetto non era quella che intendeva portare all'altare (né in realtà da nessun'altra parte), Anthony si sentì stranamente soddisfatto.

«Dobbiamo attraversare?» le domandò.

«Prego?» fu la distratta risposta di lei. Aveva sollevato il volto verso il sole godendo del suo calore e, in un momento di grande sconcerto, Anthony provò una profonda fitta di... *qualcosa*.

Qualcosa? Scosse la testa. Non poteva essere desiderio. Non per quella donna.

«Cosa avete detto?» mormorò lei.

Lui si schiarì la voce e trasse un profondo respiro, sperando che gli si schiarisse anche la testa. Colse invece un inebriante alito del profumo di lei, una strana mistura di gigli esotici e saponetta. «Vi piace il sole, vero?»

Lei sorrise. «So che non è quello che avevate detto ma sì, mi piace. È piovuto così tanto in questi ultimi giorni!»

«Pensavo che le signorine non lasciassero toccare al sole i loro volti» la stuzzicò.

Lei scrollò le spalle. «Già. Ma è una sensazione paradisiaca.» Sospirò e il suo volto fu attraversato da un'espressione di malinconia così intensa che Anthony si dolse per lei. «Vorrei tanto potermi togliere il cappello» disse con nostalgia.

Anthony annuì, provando lo stesso desiderio riguardo al proprio cappello. «Potreste spostarlo un po' indietro» le suggerì.

«Pensate davvero?» Il volto di lei si illuminò alla prospettiva e quella strana fitta di *qualcosa* gli trafisse nuovamente le viscere.

«Ma certo» mormorò il visconte, sollevando le mani per aggiustarle la falda del cappello, uno di quei bizzarri accessori che le donne sembravano adorare, tutto nastri e pizzi. «State ferma un istante. Ci penso io.»

Kate restò ferma come le aveva ordinato lui, ma quando le sue dita le sfiorarono accidentalmente la pelle della tempia, smise anche di respirare. Lui era vicinissimo e c'era qualcosa di strano in tutto ciò. Lo odiava o quanto meno lo disapprovava di cuore, tuttavia sentiva una curiosa inclinazione e sporgersi verso di lui fino a ridurre a un nulla lo spazio fra i loro corpi e…

Deglutì e si costrinse a indietreggiare. Santo cielo, che le era preso?

«State ferma ancora un istante» disse lui. «Non ho ancora finito.»

Kate portò le dita tremanti sulla testa per sistemarsi il cappello. «Va bene così. Non vi dovete… preoccupare.»

«Sentite meglio il sole?» domandò lui.

Lei annuì, anche se era così distratta da non sapere nemmeno se fosse vero. «Sì, grazie. È magnifico. Io… Oh!»

Newton aveva lanciato una sequela di latrati e aveva dato un forte strattone al guinzaglio.

«Newton!» gridò lei, balzando in avanti. Il cane però aveva già avvistato qualcosa e stava correndogli incontro entusiasta, trascinandosela dietro. «Newton! Fermo!» urlò di nuovo lei, impotente.

Anthony guardò divertito il cane che si lanciava in avanti con una velocità maggiore di quanto non avrebbe creduto possibile.

«Miss Sheffield, permettetemi di prendere il guinzaglio» tuonò, andando verso di lei. Non era il modo più affascinante per fare l'eroe ma sarebbe andata bene ogni cosa per fare impressione sulla sorella della propria futura moglie.

Quando però Anthony stava per raggiungere Kate, Newton diede un ultimo strattone al guinzaglio che le volò via di mano. Kate lanciò uno strillo e balzò in avanti, ma il cane era già scappato e stava correndo come un matto, portandosi dietro il guinzaglio.

Anthony non sapeva se ridere o piangere. Newton non aveva alcuna intenzione di essere preso.

Kate si immobilizzò un istante mettendosi una mano sulla bocca. Fissò quindi Anthony e lui ebbe la terribile sensazione di sapere che cosa lei stesse per fare.

«Miss Sheffield» le disse subito. «Sono sicuro...»

Lei stava però già correndo e strillando: «Newton!» in modo estremamente indecoroso. Anthony sospirò affranto e si mise a correre dietro di lei. Non poteva permetterle di inseguire il cane da sola e continuare a ritenersi un gentiluomo.

Quando la raggiunse dietro l'angolo, lei si era fermata. Stava ansimando e teneva le mani sui fianchi, scrutando i dintorni.

«Dove sarà andato?» domandò Anthony, cercando di dimenticare che c'era qualcosa di eccitante in una donna che ansimava.

«Non so.» Lei si interruppe cercando di riprendere fiato. «Penso che stia inseguendo una lepre.»

«Oh, bene. *Questo* renderà molto facile recuperarlo, visto che le lepri restano sempre sulle strade più battute.»

Lei aggrottò la fronte per quel sarcasmo. «Cosa facciamo?»

Anthony voleva quasi risponderle: "Andiamo a casa e ci procuriamo un *vero* cane", ma lei era così preoccupata che si morse la lingua. A guardarla bene, sembrava più irritata che preoccupata, anche se la preoccupazione faceva parte della miscela.

Le disse invece: «Propongo di aspettare finché non sentiremo gridare qualcuno. Quella bestia andrà a sbattere da un momento all'altro contro una signorina, spaventandola a morte».

«Davvero?» Lei non sembrava convinta. «Non fa molta paura come cane...»

Si sentì un urlo lacerante.

«Credo che questa sia la risposta» commentò Anthony, partendo in direzione del grido della sconosciuta signora.

Il visconte stava correndo davanti a lei e tutto quello che Kate riuscì a pensare fu che doveva essere davvero determinato a sposare Edwina perché, nonostante fosse un magnifico atleta, risultava ben poco dignitoso mentre sfrecciava attraverso il parco dietro un pingue corgi. Peggio ancora, adesso si sarebbero trovati ad attraversare Rotten Row, il luogo preferito per le passeggiate dai membri dell'alta società.

Li avrebbero visti *tutti*. Un uomo meno determinato avrebbe lasciato perdere.

Kate continuò a correre, ma stava perdendo terreno. Non aveva passato molto tempo con i pantaloni addosso, ma aveva la chiara sensazione che fosse più facile correre con quelli che con le sottane, soprattutto se si era in pubblico e non si poteva sollevarle al di sopra delle caviglie.

Si lanciò, attraversò Rotten Row evitando di scambiare occhiate con le gentildonne e i gentiluomini a cavallo. C'era sempre la possibilità, seppur remota, di non essere riconosciuta.

Quando raggiunse nuovamente il prato, inciampò e fu costretta a fermarsi per poter prendere fiato. Restò quindi inorridita. Erano quasi arrivati alla Serpentine. Oh, no!

C'erano poche altre cose che Newton apprezzasse più che lanciarsi in un laghetto. Il sole era caldo abbastanza da tentare una creatura con la pelliccia che aveva corso per cinque minuti a rotta di collo. "Rotta di collo" per un corgi sovrappeso, che era comunque stato capace, notò con interesse Kate, di tenere a bada un atletico visconte di un metro e ottanta.

Kate sollevò appena le gonne e ricominciò a correre. Non sarebbe mai riuscita a raggiungere Newton, ma forse avrebbe raggiunto Lord Bridgerton prima che le uccidesse il cane.

Quell'uomo avrebbe dovuto essere un santo per non voler ammazzare Newton e se solo l'uno per cento di quello che era stato scritto su di lui sul «Whistledown» era vero, non era affatto un santo.

«Lord Bridgerton!» lo chiamò Kate con l'intenzione di dirgli di sospendere la caccia. Avrebbe aspettato che Newton si sfinisse, cosa che, date le sue zampette, sarebbe accaduta presto. «Lord Bridgerton! Possiamo...»

Kate incespicò di nuovo. Non era forse Edwina laggiù vicino alla Serpentine? Strizzò gli occhi. Era proprio Edwina, che aspettava con grazia Mr Berbrooke che effettuava qualche riparazione al calesse.

Newton si bloccò un istante, avvistando Edwina nello stesso momento di Kate e deviò all'improvviso, abbaiando allegramente mentre correva verso la propria amata.

«Lord Bridgerton! Guardate! C'è...»

Anthony si voltò al suo richiamo, quindi seguì la direzione del dito di lei puntato verso Edwina. Ecco perché quel maledetto cane aveva virato di scatto facendo una deviazione di novanta gradi. Anthony aveva rischiato di scivolare nel fango e cadere sul didietro cercando di fare anche lui quella manovra repentina.

Avrebbe ucciso quel cane. No, avrebbe ucciso Kate Sheffield. I lugubri pensieri di vendetta del visconte vennero interrotti dall'improvviso grido di Edwina.

«Newton!»

Ad Anthony piaceva ritenersi un uomo dalle reazioni immediate, ma quando vide il cane lanciarsi in aria e scagliarsi contro Edwina, restò paralizzato dallo shock. Il cane avrebbe colpito Edwina in pieno petto e lei sarebbe caduta all'indietro. Direttamente nella Serpentine.

«No!» gridò, balzando in avanti pur sapendo che ogni tentativo di salvataggio da parte sua era completamente inutile.

Edwina finì in acqua.

«Santo cielo!» esclamò Berbrooke. «È tutta bagnata!»

«Non state lì impalato» ordinò seccamente Anthony, raggiungendo la scena dell'incidente e lanciandosi verso l'acqua. «Fate qualcosa per aiutarla!»

Berbrooke evidentemente non capiva cosa significasse, perché restò lì mentre Anthony si allungava per afferrare la mano di Edwina e tirarla fuori dall'acqua.

«Vi sentite bene?» le domandò in tono brusco.

Lei annuì, sputacchiando e starnutendo troppo forte per riuscire a rispondere.

«Miss Sheffield!» tuonò lui, vedendo Kate fermarsi di scatto sulla riva. «No, non voi, vostra sorella.»

«Kate?» domandò Edwina sbattendo le palpebre per scuotere via l'acqua sudicia dagli occhi. «Dov'è Kate?»

«Asciutta come un osso sulla riva» bofonchiò il visconte, gridando quindi in direzione di Kate: «Recuperate il vostro maledetto cane!».

Newton era ormai allegramente uscito dalla Serpentine e stava seduto sull'erba, con la lingua penzoloni. Kate gli si avvicinò in tutta fretta e prese il guinzaglio.

Anthony si rivolse di nuovo a Edwina che riusciva, non si sa come, ad apparire comunque deliziosa pur gocciolando acqua di stagno. «Adesso vi tiro fuori» disse e, prima che lei potesse reagire, la prese in braccio portandola sul terreno asciutto.

«Non ho mai visto nulla del genere» commentò Berbrooke scuotendo la testa.

Anthony non replicò. Non sarebbe stato in grado di parlare senza scaraventare quell'idiota in acqua.

«Edwina?» chiese Kate, avvicinandosi quel tanto che il guinzaglio di Newton le permetteva. «Ti senti bene?»

«Ritengo che abbiate già fatto abbastanza» osservò Anthony, avanzando fino a trovarsi a un solo passo da lei.

«Io?» ansimò Kate.

«Guardatela» esclamò lui, indicando Edwina con il dito, mantenendo però tutta l'attenzione su Kate. «Guardatela!»

«Ma è stato un incidente!»

«Io sto bene!» disse Edwina, un po' spaventata per la rabbia che percepiva fra la sorella e il visconte. «Ho freddo, ma sto bene!»

«Visto?» replicò Kate. «È stato un incidente.»

Lui incrociò le braccia sul petto e inarcò un sopracciglio.

«Non mi credete» sussurrò lei. «È impensabile.»

Anthony non disse nulla. Per lui era inconcepibile che Kate Sheffield, nonostante il suo spirito e la sua intelligenza, potesse *non* essere gelosa della sorella. Anche se non era stato possibile fare qualcosa per prevenire quel disastro doveva godere un po' del fatto di essere all'asciutto mentre Edwina pareva un ratto fradicio. Attraente, ma pur sempre un ratto.

Kate però non aveva finito. «A parte il fatto che non avrei mai danneggiato Edwina, come pensate che io sia riuscita a organizzare questa mirabile impresa? Oh, già. Conosco il linguaggio segreto dei corgi e ho ordinato al cane di scappare quindi, sapendo che Edwina era vicino alla Serpentine ed essendo dotata di capacità paranormali, ho detto al cane, usando la nostra connessione telepatica, visto che era troppo lontano per potermi sentire, di cambiare direzione, dirigersi su Edwina e sbatterla nel lago.»

«Il sarcasmo non vi si addice, Miss Sheffield.»

«A voi non si addice *nulla*, Lord Bridgerton.»

Anthony si sporse in avanti.

«Le donne non dovrebbero tenere animali se non li sanno controllare.»

«E gli uomini non dovrebbero portare a spasso nel parco donne con animali se non sanno controllare né le une né gli altri» replicò lei.

Anthony sentì le orecchie farsi rosse. «Voi siete un pericolo per la società.»

Lei aprì la bocca per replicare all'insulto, ma gli rivolse invece il più diabolico dei sorrisi, si rivolse al cane e ordinò: «Newton, scrollati».

Newton guardò il suo dito diretto contro Anthony, trottò obbediente qualche passo verso di lui prima di impegnarsi in una scrollata poderosa, spruzzando acqua lurida da ogni parte.

Anthony le si lanciò alla gola. «Io... ora... vi uccido!» ruggì.

Kate sfrecciò di fianco a Edwina per riuscire a ripararsi.

«Suvvia, Lord Bridgerton» lo stuzzicò. «Non sarebbe carino perdere la pazienza di fronte alla cara Edwina.»

«Kate?» sussurrò Edwina senza capire. «Che sta succedendo? Perché sei così cattiva con lui?»

«Perché lui è così cattivo con *me*?» sibilò Kate di rimando.

«Quel cane mi ha bagnato!» esclamò all'improvviso Berbrooke.

«Ci ha bagnati tutti» ribatté Kate. Era zuppa anche lei, ma era valsa la pena vedere l'espressione di furia e sorpresa sul viso di quel pallone gonfiato di un aristocratico.

«Voi!» sbottò Anthony indicando Kate. «State zitta!»

Lei restò in silenzio. Non era così folle da provocarlo ancora.

Anthony sembrava sul punto di esplodere. Aveva perso anche l'ultimo briciolo di dignità che aveva avuto all'inizio della giornata. Aveva la manica destra che gocciolava, gli stivali gli si erano rovinati per sempre ed era tutto macchiato di acqua fangosa grazie all'abile scrollata di Newton.

«Vi dico io cosa dovete fare» continuò con voce bassa e pericolosa.

«Quello che devo fare io» disse allegramente Berbrooke, ignaro del fatto che Anthony avrebbe molto probabilmente assassinato la prima persona che avesse aperto bocca «è finire di riparare il calesse. Poi riporterò a casa Miss Sheffield» indicò Edwina, per evitare equivoci.

«Mr Berbrooke, voi sapete riparare un calesse o almeno sapete cosa non va nel vostro calesse?» domandò Anthony.

Berbrooke aprì e chiuse la bocca, poi rispose: «Qualche idea ce l'ho».

Kate fissò Anthony, affascinata dalla vena che gli stava pulsando sulla gola. Non aveva mai visto un uomo così furibondo e indietreggiò prudentemente di un passo dietro Edwina.

Non si riteneva una codarda ma l'istinto di conservazione era tutt'altra cosa.

Il visconte riuscì a controllarsi, aggiungendo con voce gelida: «Adesso faremo così. Io andrò laggiù a domandare a Montrose se mi presta la biga per qualche minuto». Indicò una coppia che li stava fissando.

«È Geoffrey Montrose? Non lo vedo da anni» commentò Berbrooke.

Una seconda vena cominciò a pulsare sulla tempia di Lord Bridgerton. Kate strinse forte la mano di Edwina perché le desse sostegno morale.

Il visconte ebbe il merito di ignorare l'inappropriata interruzione di Berbrooke e continuò. «Visto che accetterà...»

«Ne siete sicuro?» sbottò Kate.

Lui la fissò con occhi di ghiaccio. «Sicuro di cosa?»

«Niente» bofonchiò lei. «Continuate pure.»

«Porterò a casa Miss Sheffield, poi tornerò a casa mia e dirò a uno dei miei domestici di riportare la biga a Montrose.»

Nessuno si preoccupò di chiedere a quale Miss Sheffield si stesse riferendo.

«E Kate?» domandò Edwina. In fondo, la biga aveva solo due posti.

Kate le strinse la mano. Cara, dolce Edwina.

Anthony fissò Edwina negli occhi. «Verrà accompagnata a casa da Mr Berbrooke.»

«Ma non posso! Devo riparare il calesse.»

«Dove abitate?»

Berbrooke apparve sorpreso, ma gli diede l'indirizzo.

«Mi fermerò a casa vostra e dirò a un servitore di sorvegliarvi il calesse mentre voi accompagnate a casa Miss Sheffield. Chiaro?» Guardò tutti, cane incluso, con espressione dura. Eccetto Edwina, ovviamente.

Tutti annuirono e il suo piano venne messo in atto. Qualche minuto dopo Kate guardò Edwina e Lord Bridgerton allontanarsi sulla biga... proprio le due persone che aveva giurato di non far stare insieme nella stessa stanza.

Peggio ancora, venne lasciata sola con Berbrooke e Newton.

Le occorsero solo due minuti per capire che, fra i due, Newton aveva la conversazione più brillante.

5

L'Autore è venuto a sapere che Miss Katharine Sheffield si è offesa che il suo amato cagnolino sia stato definito "non meglio identificato cane di razza ignota".

L'Autore si scusa per questo nefasto errore e vi prega, caro Lettore, di notare la prima rettifica nella storia di questo giornale.

Il cane di Miss Sheffield è un corgi e si chiama Newton, anche se è difficile pensare che il grande fisico e inventore inglese avrebbe apprezzato che il suo nome fosse dato a un basso e grasso animale estremamente maleducato.

Da «Le cronache mondane di Lady Whistledown»
27 aprile 1814

Quella stessa sera risultò chiaro che Edwina non aveva superato indenne il tuffo nella Serpentine. Aveva il naso arrossato e le lacrimavano gli occhi; anche se non gravemente malata, bastava un'occhiata al suo viso provato per rendersi conto che aveva preso un brutto raffreddore.

Tuttavia, anche se Edwina era bloccata a letto con una bottiglia d'acqua calda e una tisana in una tazza sul comodino, Kate era determinata a chiacchierare con lei.

«Cosa ti ha detto durante il tragitto fino a casa?» le chiese, appollaiata sulla sponda del letto della sorella.

«Chi?» chiese Edwina, annusando inorridita la tisana.

«Guarda» aggiunse facendogliela vedere. «Emana dei fumi maleodoranti.»

«Il visconte» insistette Kate. «Chi altri poteva parlarti durante il tragitto? E non fare la sciocca. Quelli non sono fumi, è vapore.»

«Oh!» Edwina annusò nuovamente e fece una smorfia. «Non sa di vapore.»

«Ma è vapore» ribadì Kate, stringendo le dita sul materasso fino a sentirsi dolere le nocche. «Cosa ha detto?»

«Lord Bridgerton?» domandò Edwina senza riflettere. «Le solite cose. Sai cosa intendo, ovviamente. Una conversazione di cortesia.»

«Conversava cortesemente con te mentre eri inzuppata fradicia?» domandò Kate dubbiosa.

Edwina bevve cautamente un sorso e rischiò di vomitare. «Ma cosa c'è qui dentro?»

Kate si sporse in avanti e annusò il contenuto. «Sa un po' di liquirizia. Mi sembra anche di scorgere una prugna sul fondo.» Mentre annusava, le parve di sentire la pioggia battere sui vetri. «Sta piovendo?»

«Non so» rispose Edwina. «Potrebbe. Era nuvoloso quando è calato il sole.» Lanciò alla tazza un'altra occhiata dubbiosa. «Se bevo questa roba, so per certo che starò peggio» annunciò.

«Ma che altro ha detto?» insistette Kate, alzandosi per controllare alla finestra. Stava piovendo leggermente ed era troppo presto per stabilire se l'acqua sarebbe stata accompagnata da tuoni e fulmini.

«Chi, il visconte?»

Kate si ritenne una santa per riuscire a non scuotere la sorella fino a farla svenire. «Sì, il visconte.»

Edwina alzò le spalle, chiaramente non interessata all'argomento come Kate. «Non molto. Mi ha chiesto come stavo, ovviamente. Domanda ragionevole se pensi che ero appena caduta nella Serpentine. Un vero schifo, visto che, oltre a essere fredda, l'acqua era sudicia.»

Kate si schiarì la voce e si sedette, preparandosi a porre una domanda estremamente scandalosa ma che, secondo lei, era basilare. «Ti ha fatto delle *avances* inopportune?»

Edwina ricadde sui cuscini, sbarrando gli occhi per lo sconcerto. «Ma certo che no!» esclamò. «Si è comportato da perfetto gentiluomo. Non capisco perché ti scaldi tanto. Non è stata una conversazione molto interessante. Non riesco a ricordarne nemmeno la metà.»

Kate fissò la sorella, incapace di accettare che potesse avere conversato con quell'odioso libertino per ben dieci minuti senza restare impressionata da lui. Con suo grande dispiacere, ogni singola e antipatica parola che quell'uomo aveva rivolto a lei le era rimasta impressa nella mente.

«A proposito,» aggiunse Edwina «come è andata con Mr Berbrooke? Ci avete messo quasi un'ora a tornare.»

Kate rabbrividì visibilmente.

«È stato così brutto?»

«Sono sicura che sarebbe un buon marito per qualcuna» disse. «Ma per una donna senza cervello.»

Edwina ridacchiò. «Oh, Kate, sei terribile.»

Lei sospirò. «Lo so. È stata una cattiveria da parte mia. Quel poveretto non ha nulla di cattivo solo che...»

«Non ha nemmeno nulla di intelligente» terminò Edwina.

Kate corrugò la fronte. Un commento simile non era da lei.

«Lo so» disse Edwina mestamente. «Adesso sono stata io scortese. Non dovevo dirlo ma, davvero, ho creduto di morire in quel calesse.»

Kate si raddrizzò, preoccupata. «È un guidatore pericoloso?»

«Niente affatto. Era la sua conversazione.»

«Noiosa?»

Edwina annuì. «Noiosa e così difficile da seguire che era quasi affascinante cercare di comprendere come funzionasse la sua mente.» Tossì a ripetizione. «Mi ha fatto venire il mal di testa.»

«Allora non è un perfetto marito studioso?» domandò Kate con un sorriso indulgente.

Edwina tossì ancora. «Temo di no.»

«Forse dovresti bere un altro po' di quella tisana» suggerì Kate. «Il cuoco giura che è efficace.»

L'altra scosse la testa con veemenza. «Ha un sapore infernale.»

Lei aspettò qualche istante, quindi le chiese: «Il visconte ha detto niente di me?».

«Di te?»

«No, di un'altra me» ribatté secca. «Quante persone conosci che io definisca "me"?»

«Non c'è bisogno di arrabbiarsi.»

«Non sono arrabbiata...»

«In effetti no, non ti ha menzionata.»

Kate si sentì all'improvviso irritata.

«Però ha avuto parecchio da dire su Newton.»

Era seccata. Non era lusinghiero essere soppiantata da un cane.

«Gli ho assicurato che Newton è bravissimo e che non ero affatto infuriata con lui, ma il visconte era abbastanza arrabbiato per me.»

«Che gentile» bofonchiò Kate.

Edwina afferrò un fazzoletto e si soffiò il naso. «Caspita, Kate, sei piuttosto interessata al visconte.»

«Ho passato praticamente l'intero pomeriggio a conversare con lui» replicò come se ciò dovesse spiegare tutto.

«Bene. Allora avrai avuto l'opportunità di vedere quanto sa essere cortese e affascinante. È anche molto ricco.» Edwina tirò su col naso. «E anche se non credo che si possa scegliere un marito basandosi interamente sul suo patrimonio, data la nostra mancanza di fondi, sarei una sciocca a non prenderlo in considerazione, non pensi?»

«Be'...» Kate temporeggiò, sapendo che la sorella aveva perfettamente ragione ma non volendo dire nulla che potesse considerarsi un'approvazione nei confronti di Lord Bridgerton.

Edwina si portò il fazzoletto al naso e lo soffiò in modo ben poco femminile. «Penso che dovremmo aggiungerlo alla nostra lista.»

«La nostra lista» fece eco Kate con voce strozzata.

«Sì, di possibili mariti. Penso che potrebbe andare molto bene.»

«Ma pensavo che tu volessi uno studioso!»

«È vero. Ma anche tu hai sottolineato che è improbabile che riesca a trovare qui un vero studioso. Lord Bridgerton sembra abbastanza intelligente. Devo solo cercare di scoprire se gli piace leggere.»

«Sarei sorpresa se quello zotico "sapesse" leggere» bofonchiò Kate.

«Kate!» esclamò Edwina ridendo. «Hai detto ciò che mi sembra di avere sentito?»

«No» rispose altezzosa Kate, perché era ovvio che il visconte sapeva leggere. Era però orribile da tutti gli altri punti di vista.

«Sì, invece» la accusò Edwina. «Sei tremenda Kate, ma mi fai ridere.»

Un distante rombo di tuono riecheggiò nella notte e Kate si sforzò di sorridere. Di solito non aveva paura se il temporale restava lontano; solo quando tuoni e fulmini si susseguivano l'uno all'altro e sopra la sua testa lei pensava di esplodere.

«Edwina» disse Kate, sentendo la necessità di parlare con la sorella, ma anche di dire qualcosa che le allontanasse dalla mente il temporale che si avvicinava. «Devi toglierti il visconte dalla testa. Non è assolutamente il tipo di marito che potrebbe renderti felice. A parte il fatto che è un libertino e ti sbandiererebbe in faccia una dozzina di amanti...»

Notando la perplessità di Edwina, Kate non finì la frase e decise di approfondire quel punto. «Lo farebbe! Non hai letto il "Whistledown"? O cosa commentano le madri delle altre debuttanti? *Tutti* dicono che è un tremendo libertino, che il suo unico lato positivo è l'attaccamento alla famiglia.»

«Dovrebbe essere un punto a suo favore» sottolineò Edwina. «Una moglie farebbe parte della famiglia, no?»

Kate quasi gemette. «Una moglie non ha legami di sangue. Uomini che non si permetterebbero nemmeno di dire una parola disdicevole di fronte alle madri, calpestano ogni giorno i sentimenti delle mogli.»

«E come fai a saperlo?» domandò Edwina.

Kate restò a bocca aperta. Non ricordava l'ultima volta che sua sorella avesse messo in dubbio un suo giudizio.

«Edwina,» disse in tono più pacato, decidendo di portare il discorso in un'altra direzione «a parte tutto, non penso che ti piacerebbe il visconte se lo conoscessi meglio.»

«Mi è sembrato piacevole quando mi ha accompagnata a casa.»

«Ma ha dato il meglio di sé!» insistette Kate. «È ovvio. Vuole che ti innamori di lui.»

Edwina strizzò gli occhi. «Pensi fosse tutta una messinscena?»

«Esattamente!» esclamò Kate. «Fra ieri e oggi ho passato parecchie ore in sua compagnia e ti assicuro che non ha dato il suo meglio con me.»

Edwina la fissò inorridita. «Ti ha baciata?»

«No!» urlò. «Ma come ti viene in mente?»

«Hai detto che non ha dato il meglio di sé.»

«Volevo dire che non è stato cortese. A dire il vero è stato arrogante, scortese e offensivo.»

«Interessante» mormorò Edwina. «Voglio dire, è strano che si sia comportato male con te. Deve aver saputo che mi baserò sul tuo giudizio per scegliere un marito. Avrebbe dovuto essere carino con te. Perché mai si sarà comportato da zotico?»

Kate arrossì mentre bofonchiava: «Ha detto che non poteva farne a meno».

La sorella restò a bocca aperta, quindi ricadde sui cuscini squassandosi dalle risate. «Oh, Kate! È fantastico! Che intrigo. Mi piace!»

Kate la fissò con aria truce. «Non è divertente.»

L'altra si asciugò gli occhi. «È la cosa più buffa che abbia sentito da mesi, anni! Oh, cielo!» Si mise a tossire per lo scoppio di risa. «Credo che tu sia riuscita a sturarmi il naso.»

«Non durerà» replicò Kate. «Domattina starai male come un cane.»

«Probabilmente hai ragione» confermò l'altra. «Ma quanto ho riso! Ha detto che non poteva farne a meno?»

«Non c'è bisogno di insistere» sbuffò.

«Sai che potrebbe essere l'unico gentiluomo che non sei riuscita a tenere a bada?»

Le labbra di Kate si storsero in una smorfia. Il visconte aveva usato la stessa espressione e avevano entrambi ragione. Lei aveva in effetti passato il tempo a tenere a bada gli uomini per la sorella. All'improvviso non fu più sicura che le piacesse quel ruolo di chioccia.

Edwina notò l'emozione sul volto della sorella e si fece subito seria. «Mi dispiace, Kate, non volevo prenderti in giro o ferire i tuoi sentimenti. Non avevo idea che Lord Bridgerton ti avesse così infastidita.»

«Edwina, quell'uomo non mi piace e basta, e non penso che dovresti prendere in considerazione un matrimonio con lui. Non sarebbe un buon marito.»

Edwina restò zitta un istante quindi disse: «Se dici così, deve essere vero. Non mi hai mai consigliato male e hai passato più tempo di me in sua compagnia».

Kate sospirò di sollievo. «Bene!» esclamò con decisione. «Quando ti sentirai meglio esamineremo chi fra i tuoi spasimanti è un buon partito.»

«Forse anche tu dovresti cercare un marito» suggerì Edwina.

«Io lo cerco» confermò Kate. «A che servirebbe altrimenti un debutto a Londra?»

La sorella apparve dubbiosa. «Non credo che tu lo stia cercando, Kate. Penso che esamini solo le possibilità per me. Anche tu hai bisogno di una famiglia e non mi viene in mente nessuna più adatta di te a essere madre.»

Kate si morse un labbro perché, dietro quei deliziosi occhi azzurri e quel volto perfetto, Edwina era la persona più perspicace che lei conoscesse e aveva ragione. Lei non aveva cercato marito. E perché? Nessuno avrebbe desiderato sposarla.

Sospirò e guardò verso la finestra. Il temporale sembrava essere passato senza colpire la zona di Londra. Era un piccolo regalo di cui essere grata.

«Perché non ci occupiamo prima di te? Poi ci preoccuperemo delle mie prospettive» propose alla fine Kate.

Edwina alzò le spalle e lei comprese dal deliberato silenzio della sorella che non era d'accordo.

«Benissimo» disse alzandosi. «Ti lascio riposare. Sono certa che ne hai bisogno.»

L'altra, come risposta, tossì.

«Bevi quella tisana!» aggiunse ridendo e dirigendosi verso la porta.

Mentre si chiudeva la porta alle spalle, sentì la sorella dire: «Preferisco morire».

Quattro giorni dopo, Edwina beveva ubbidiente la sua tisana. Il raffreddore era migliorato, ma solo al punto da farla sentire *quasi* meglio. Era ancora a letto, non aveva smesso di tossire ed era molto irritabile.

Mary aveva deciso che non poteva partecipare a eventi mondani almeno fino al martedì. Kate aveva capito che avrebbero avuto una tregua (a che serviva andare alle feste senza Edwina?), ma dopo tre magnifici giorni senza avere altro da fare che leggere e portare Newton a fare passeggiate, sua madre aveva improvvisamente dichiarato che si sarebbero recate al lunedì musicale di Lady Bridgerton... senza discussioni.

Kate smise in fretta di protestare anche perché non aveva senso farlo dopo che Mary aveva girato sui tacchi, era uscita dalla stanza e aveva pronunciato la parola "basta".

Kate aveva alcune regole, e una era di non discutere con le porte chiuse.

Così, lunedì sera si trovò vestita di tutto punto insieme a Mary diretta a Bridgerton House.

«Resteranno tutti sorpresi di vederci arrivare senza Edwina» disse Kate, armeggiando con l'organza nera del mantello.

«Anche tu cerchi marito» replicò la madre.

Kate tacque, dopotutto era vero.

«Smettila di stropicciare il mantello» aggiunse Mary.

Lei fece penzolare la mano e cominciò subito a battere ritmicamente l'altra contro il sedile, sino a che l'altra non sbottò. «Santo cielo, Kate, non riesci a stare ferma?»

«Sapete che non ci riesco» rispose lei e Mary sospirò. Dopo un silenzio, aggiunse: «Edwina si sentirà sola».

Mary non la guardò nemmeno mentre le rispondeva: «Edwina ha l'ultimo romanzo di quella Austen da leggere e non si accorgerà nemmeno della nostra assenza».

Era vero. Sua sorella non si sarebbe accorta nemmeno che le andava a fuoco il letto, mentre leggeva.

Disse ancora: «La musica sarà probabilmente pessima. Anche dagli Smythe-Smith...».

«Dagli Smythe-Smith suonavano le loro figlie.» Il tono di Mary era spazientito. «Lady Bridgerton ha chiamato una cantante d'opera professionista in visita dall'Italia. È un onore che ci abbia invitate.»

Kate sapeva che l'invito era rivolto a Edwina e che loro due erano incluse per pura cortesia. Sua madre, però, stava cominciando a stringere le labbra e lei preferì tenere la lingua a freno fino alla fine del tragitto. Cosa che non si dimostrò difficile visto che si trovavano praticamente davanti a Bridgerton House. Kate restò a bocca aperta guardando fuori dal finestrino. «È immenso.»

«Vero?» replicò Mary. «A quanto ne so, Lord Bridgerton non abita qui. Anche se appartiene a lui, resta nei suoi appartamenti da scapolo in modo che la madre e i fratelli possano risiedere nel palazzo. Non è premuroso da parte sua?»

"Premuroso" e "Lord Bridgerton" non erano due espressioni che Kate avrebbe mai pensato di usare nella stessa frase, ma annuì lo stesso, troppo intimorita dal palazzo per pronunciare un commento intelligente.

Scesero aiutate da un valletto. Un maggiordomo prese il loro invito e le fece entrare, accompagnandole all'auditorium.

Kate aveva già visto parecchi grandi e ricchi palazzi londinesi, ma restò comunque colpita dall'arredamento.

L'auditorium era delizioso, con le pareti giallo limone. Le sedie erano state sistemate in file e Kate diresse in fretta la matrigna verso il fondo: non voleva essere notata. Lord Bridgerton sarebbe stato sicuramente lì, se erano vere le storie riguardo alla sua devozione per la famiglia, e con un po' di fortuna, sarebbe riuscita a evitare che lui si accorgesse della sua presenza.

Al contrario, Anthony seppe dell'arrivo di Kate appena lei scese dalla carrozza. Era nello studio per bere qualcosa in pace, prima di presenziare al concerto annuale della madre. Aveva deciso di non abitare a palazzo finché fosse stato scapolo, ma il suo studio era lì. La sua posizione di capofamiglia portava con sé una serie di responsabilità di cui lui trovava più facile occuparsi restando in prossimità della madre e dei fratelli.

Le finestre dello studio davano su Grosvenor Square e lui si era divertito a osservare le carrozze con gli ospiti che arrivavano. Quando era scesa, Kate Sheffield aveva guardato la facciata di Bridgerton House, sollevando il volto proprio come aveva fatto quando si era goduta il calore del sole a Hyde Park.

Anthony era rimasto senza fiato. Aveva sbattuto il bicchiere sul davanzale. La storia si stava facendo ridicola. Non era così sciocco da confondere la tensione con qualcos'altro che non fosse desiderio.

Maledizione. Quella donna non gli piaceva nemmeno. Era troppo prepotente, saccente, pronta a balzare alle conclusioni. Non era nemmeno bella, se paragonata a parecchie altre debuttanti, specialmente a Edwina.

Il volto di Kate era un po' troppo lungo, il mento appena troppo appuntito, gli occhi troppo grandi. Tutto in lei era "troppo" qualcosa. Perfino la bocca che lo aveva subissato con un fiume di insulti era troppo carnosa. Era evento raro che la chiudesse concedendogli un istante di benedetto silenzio, ma ciò che lui vedeva erano labbra piene, imbronciate e... deliziosamente baciabili.

Baciabili?

Anthony rabbrividì. Il pensiero di baciare Kate Sheffield era terrificante; solo per averlo "pensato" poteva essere rinchiuso in manicomio. Eppure...

Crollò sulla sedia.

Eppure lui l'aveva sognata.

Era avvenuto dopo il disastro alla Serpentine. Era talmente furente con lei da non riuscire a parlare. Per puro miracolo era riuscito a dire qualche parola a Edwina durante il ritorno a casa. La sua mente era altrove, non concentrata sulla sua futura, probabile sposa.

Non aveva accettato di sposarlo. In effetti non glielo aveva nemmeno chiesto, ma lei rispondeva ai requisiti della moglie perfetta. Era bella, intelligente e tranquilla. Attraente senza essere sconvolgente. Avrebbero goduto gli anni da passare insieme, ma lui non si sarebbe mai innamorato di lei. Era proprio quello che desiderava. Eppure...

Anthony prese il bicchiere e lo vuotò.

Eppure aveva sognato sua sorella.

Cercò di non ricordare. Cercò di non ricordare i dettagli del sogno, il calore e il sudore che gli avevano provocato, ma il liquore che aveva bevuto di certo non sarebbe bastato a offuscargli la memoria. E, anche se non aveva avuto intenzione di bere di più quella sera, l'idea di scivolare nell'oblio cominciava a sembrargli attraente.

Qualsiasi cosa sembrava attraente se gli avesse permesso di non ricordare.

Ma non si sentiva in vena di ubriacarsi. Non lo faceva più da anni. Pareva che quel divertimento da ragazzo avesse perso tutto il fascino raggiunti i trent'anni. Se poi avesse deciso di trovare conforto nella temporanea amnesia data dalla bottiglia, non sarebbe arrivata abbastanza in fretta da scacciare il ricordo di "lei".

Non era un vero e proprio ricordo. Solo un sogno, rammentò a se stesso.

Si era addormentato subito dopo essere rientrato a casa quella sera. Si era spogliato e infilato in una vasca di acqua calda per un'ora circa, cercando di togliersi il gelo dalle ossa. Non era sprofondato nella Serpentine come Edwina, ma si era inzuppato le gambe e una manica e la scrollata strategica di Newton aveva fatto in modo che nemmeno un centimetro del corpo gli restasse asciutto.

Dopo il bagno, si era messo a letto. Era esausto e voleva dormire profondamente, senza sognare, senza svegliarsi se non alle prime luci dell'alba. In un momento imprecisato della notte, però, il suo corpo si era fatto irrequieto e affamato. La sua mente traditrice si era riempita della più orrenda delle immagini. Aveva visto tutto come se stesse fluttuando sul soffitto, sentendo tuttavia ogni cosa... il corpo nudo che si muoveva su una forma femminile. Il delizioso intreccio di braccia e gambe, la fragranza muschiata di due corpi che facevano l'amore... tutto vivido nella sua mente.

Si era quindi spostato per baciare l'orecchio della donna priva di volto, ma lei non era stata più senza volto. Gli era apparsa prima una ciocca di capelli scuri, poi... l'aveva vista.

Kate Sheffield.

Si era svegliato di soprassalto, balzando a sedere sul letto, tremando inorridito. Era stato il sogno erotico più vivido che avesse mai avuto. E l'incubo peggiore.

Aveva tastato freneticamente le lenzuola terrorizzato di trovare una prova della sua passione. E se avesse davvero eiaculato sognando la donna più odiosa che avesse mai conosciuto?

Per fortuna le lenzuola erano pulite e lui si era steso nuovamente, muovendosi con attenzione, per evitare di ricadere in quel sogno.

Aveva fissato il soffitto per ore, prima coniugando verbi latini poi contando fino a mille, nel tentativo di concentrarsi su qualsiasi cosa non fosse Kate Sheffield.

Alla fine era riuscito a scacciare quell'immagine dalla mente e si era riaddormentato.

Adesso però era tornata e si trovava lì, nella sua casa. Un

pensiero orrendo. Dove diavolo era Edwina? Perché non le aveva accompagnate?

Sentì le prime note dei musicisti ingaggiati per accompagnare Maria Rosso, la soprano italiana che stava furoreggiando a Londra.

Anthony non l'aveva detto alla madre, ma lui e Maria avevano goduto molto della reciproca compagnia l'ultima volta che lei era stata in città. Forse doveva rinnovare la conoscenza. Se quella bellezza italiana non fosse riuscita a curare ciò che lo assillava, nulla ci sarebbe riuscito.

Anthony raddrizzò le spalle come se stesse recandosi in battaglia. D'altra parte era quello che provava. Con un po' di fortuna avrebbe evitato del tutto Kate Sheffield. Lei non aveva fatto mistero di stimarlo proprio quanto lui stimava lei.

Sì, avrebbe fatto proprio così. L'avrebbe evitata. Perché doveva essere difficile?

6

Il concerto da Lady Bridgerton ha dimostrato grande attinenza con la musica (che, vi assicura questo Autore, non è la norma per i concerti). La cantante era nientemeno che Maria Rosso, la soprano italiana che ha debuttato a Londra due anni fa e che è ritornata dopo un breve periodo a Vienna.

Con i folti capelli corvini e gli scintillanti occhi scuri, Miss Rosso si è dimostrata in forma nel fisico e nella voce e più di un cosiddetto gentiluomo non è riuscito a staccarle gli occhi di dosso anche dopo la fine del concerto.

Da «Le cronache mondane di Lady Whistledown»
27 aprile 1814

Quando lui entrò nella stanza, Kate lo seppe all'istante. Era bellissimo: un dato di fatto, non un'opinione. Non poteva nemmeno immaginare che una donna non lo notasse immediatamente.

Anthony arrivò leggermente in ritardo, tanto da dovere scivolare piano piano nel posto in prima fila vicino al resto della famiglia. Kate rimase immobile in fondo alla sala, quasi certa che lui non l'avesse vista. Non aveva guardato dalla sua parte, erano state spente parecchie candele e la stanza era in una penombra molto suggestiva.

Kate cercò di mantenere lo sguardo su Maria Rosso che, da parte sua, non riusciva a staccare lo sguardo da Lord Bridgerton. Inizialmente Kate pensò di stare immaginando l'attrazione di Miss Rosso per il visconte, ma quando la soprano fu a metà del concerto, non ebbe più alcun dubbio. Maria Rosso continuava ad ammiccare invitante verso il visconte.

Kate non sapeva perché la cosa la infastidisse tanto. Dopotutto, era solo un'ulteriore prova che lui era proprio il libertino che lei aveva sempre pensato fosse. Si sarebbe dovuta sentire compiaciuta, giustificata.

Provava invece soltanto disappunto. Alla fine della rappresentazione, non riuscì a non notare che la soprano, dopo avere cortesemente accolto gli applausi, si dirigeva sfacciatamente verso il visconte lanciandogli un sorriso seducente... del tipo che Kate non avrebbe mai imparato a fare, neanche se glielo avessero insegnato. Era chiarissimo cosa intendesse la cantante con quel sorriso.

Santo cielo, quell'uomo non aveva bisogno di inseguire le donne; gli cadevano praticamente ai piedi.

Era disgustoso, eppure Kate non riusciva a smettere di guardarli. Lord Bridgerton rivolse alla cantante un misterioso mezzo sorriso. Allungò quindi una mano e le sistemò una ciocca di capelli corvini dietro l'orecchio. Kate rabbrividì.

Adesso lui si stava sporgendo in avanti e le sussurrava qualcosa. Kate cercò di aguzzare le orecchie, anche se era impossibile udire qualcosa da quella distanza. Era un crimine così grave essere curiosi?

Santo cielo, non l'aveva appena baciata sul collo? Non poteva averlo fatto a casa di sua madre. Be', tecnicamente quella era casa sua, ma ci vivevano la madre e i fratelli. Un po' di decoro in presenza della sua famiglia sarebbe stato appropriato.

«Kate? Kate?»

Forse era stato un piccolo bacio, appena uno sfioramento delle sue labbra sulla pelle della donna, ma era pur sempre un bacio.

«Kate!»

«Sì?» Kate sobbalzò mentre si girava di scatto verso Mary che la fissava con espressione irritata.

«Smettila di fissare il visconte» le sibilò Mary.

«Io non stavo... be', sì, lo stavo fissando, ma l'avete visto?» le sussurrò Kate con urgenza. «È senza pudore.» Lo guardò di nuovo. Stava ancora flirtando con Maria Rosso e non gli importava di essere osservato.

«Sono certa che il suo comportamento non è affar nostro» commentò Mary.

«Ma sì invece. Vuole sposare Edwina.»

«Non lo sappiamo per certo.»

Kate ripensò alla conversazione avuta con Lord Bridgerton. «Io direi che ci potremmo scommettere.»

«Smettila comunque di fissarlo. Sono sicura che non voglia più avere a che fare nulla con te dopo il pasticcio a Hyde Park. Inoltre qui ci sono parecchi ottimi partiti. Faresti bene a smetterla di pensare a Edwina e a cominciare a guardarti attorno, per te.»

Kate si sentì sprofondare. Il solo pensiero di cercare di attirare un corteggiatore era snervante. Erano comunque tutti interessati a Edwina. Anche se non voleva avere nulla a che fare con il visconte, le bruciava che Mary avesse detto di essere sicura che lui non volesse avere niente a che fare con lei.

Mary la prese per un braccio. «Suvvia, Kate, andiamo a salutare la padrona di casa.»

Kate deglutì. Lady Bridgerton? Doveva incontrare Lady Bridgerton? La madre del visconte? Era difficile immaginare che un tipo simile avesse una madre.

Ma l'etichetta era etichetta e, per quanto Kate desiderasse scappare, sapeva di dovere ringraziare la loro ospite per il magnifico concerto. Lo era stato davvero. Per quanto Kate odiasse ammetterlo, soprattutto dopo che quella donna si era appiccicata al visconte, Maria Rosso aveva la voce di un angelo.

Kate aspettò il proprio turno per salutare la viscontessa. Sembrava una donna deliziosa, con i capelli biondi e gli occhi chiari, minuta per avere partorito dei figli così robusti. Il defunto visconte doveva essere stato molto alto, pensò Kate. Raggiunsero infine la viscontessa, che prese la mano di Mary.

«Mrs Sheffield» le disse calorosamente. «Sono felice di

rivedervi. Ho gradito molto il nostro incontro al ballo degli Hartside, settimana scorsa. Sono contenta che abbiate accettato il mio invito.»

«Non avremmo nemmeno sognato di passare la serata altrove» replicò Mary. «Posso presentarvi mia figlia?» Indicò Kate che avanzò di un passo facendo un breve inchino.

«È un piacere conoscervi, Miss Sheffield» disse Lady Bridgerton.

«L'onore è mio, milady» rispose Kate.

Lady Bridgerton indicò una giovane al proprio fianco. «Questa è mia figlia Eloise.»

Kate sorrise alla ragazza che sembrava avere l'età di Edwina. Eloise aveva gli stessi colori dei fratelli e un volto illuminato da un sorriso aperto e sincero. A Kate piacque immediatamente.

«È il vostro debutto, Miss Bridgerton?» le domandò Kate.

«Non debutterò fino al prossimo anno, ma mi è permesso di partecipare agli eventi che si tengono qui a palazzo.»

«Siete fortunata. Avete tempo per cominciare a conoscere tutti e abituarvi. Per me è stato tutto nuovo quando sono arrivata a Londra. La mente vacilla solo per ricordare i nomi di tutti.»

Eloise sorrise. «Mia sorella Daphne ha debuttato due anni fa e mi ha sempre descritto ogni cosa nei minimi dettagli, mi sembra già di conoscere tutti.»

«Daphne è la vostra figlia maggiore?» domandò Mary alla viscontessa.

La nobildonna annuì. «Ha sposato il duca di Hastings l'anno scorso.»

Mary sorrise. «Dovete essere molto felice.»

«Certo. È un duca, ma soprattutto è un brav'uomo e ama mia figlia. Spero solo che gli altri miei figli facciano matrimoni altrettanto buoni.» Lady Bridgerton si rivolse a Kate. «Vostra sorella non è riuscita a venire stasera, vero?»

Kate represse un gemito. Era chiaro che Lady Bridgerton stesse già accoppiando Anthony e Edwina per l'altare. «Ha preso il raffreddore settimana scorsa.»

«Niente di grave, spero» disse la viscontessa a Mary, con il classico tono da madre a madre.

«No, per fortuna» rispose Mary. «È quasi guarita, ma ho preferito che facesse un giorno in più di convalescenza per evitare ricadute.»

«Ma certo.» Lady Bridgerton si interruppe, quindi sorrise. «È un vero peccato, speravo proprio di conoscerla. Si chiama Edwina, vero?»

Kate e Mary annuirono.

«Ho sentito dire che è deliziosa.» Mentre parlava, Lady Bridgerton guardava il figlio, che flirtava impudentemente con la cantante italiana, corrugando la fronte.

Kate si sentì molto a disagio per lei. Come riportava il «Whistledown», era chiaro che Lady Bridgerton volesse vedere sposato il figlio e, anche se il visconte non pareva il tipo da farsi influenzare dalla madre (o da chiunque altro, d'altronde), era sicura che la viscontessa avrebbe esercitato una certa pressione su di lui, se lo avesse desiderato.

Chiacchierarono ancora un po', quindi Mary e Kate lasciarono Lady Bridgerton agli altri ospiti. Vennero avvicinate da Mrs Featherington che, da madre di tre figlie nubili, aveva sempre molto da dire a Mary. La signora, però, stava fissando Kate, la quale cercò subito di individuare qualche via di fuga.

«Kate!» tuonò Mrs Featherington. Aveva deciso unilateralmente di chiamare per nome tutte le Sheffield. «Che sorpresa vedervi qui.»

«Perché mai?» domandò Kate, sconcertata.

«Avrete di certo letto il "Whistledown" di stamani.»

Kate fece un sorrisetto storto. «Vi riferite per caso al piccolo incidente con il mio cane?»

Mrs Featherington sollevò un sopracciglio. «Da quello che ho sentito, è stato più di un "piccolo incidente".»

«Una cosa di scarsa importanza» disse Kate con tono deciso. «Devo inoltre dire che mi secca che Lady Whistledown si riferisca a Newton come a un cane di razza indefinibile. È un corgi purosangue.»

«Non è successo davvero nulla» intervenne Mary, in difesa di Kate. «Mi sorprende che abbia addirittura menzionato il fatto.»

Kate e Mary stavano mentendo spudoratamente. Che Edwina fosse finita a mollo nella Serpentine (e che vi fosse quasi finito anche il visconte) non era un incidente "di scarsa importanza" ma, se Lady Whistledown non aveva ritenuto opportuno fornire tutti i dettagli, non sarebbe di certo stata Kate a farlo.

Mrs Featherington aprì la bocca per lanciarsi in uno dei suoi tipici lunghi monologhi e Kate la precedette dicendo: «Posso andare a prendervi una limonata?».

Le due matrone dissero di sì, la ringraziarono e Kate si allontanò subito. Una volta tornata, tuttavia, sorrise in modo innocente e aggiunse: «Ho solo due mani, quindi adesso devo tornare a prenderne un bicchiere per me». A quel punto sparì.

Si fermò brevemente al tavolo delle bibite, nel caso in cui Mary la stesse guardando, quindi sfrecciò fuori dalla stanza portandosi nel corridoio, dove si sedette su un divanetto per prendere un po' d'aria. Restò lì seduta per parecchi minuti, felice che gli altri ospiti non avessero deciso di uscire a loro volta. A un tratto sentì una particolare voce maschile seguita da una risata musicale e si rese conto con orrore che Lord Bridgerton e la sua potenziale amante stavano lasciando la sala del concerto.

«Oh, no» gemette lei. L'ultima cosa che voleva era che il visconte la vedesse seduta da sola nel corridoio. Lei sapeva di essere lì per scelta, ma lui avrebbe probabilmente pensato che lei era un vero fallimento sociale e che l'intera buona società la pensava allo stesso modo... che lei era un impertinente e sgradevole pericolo per tutti.

Pericolo per la società? Kate digrignò i denti. Sarebbe occorso molto tempo prima che lei gli perdonasse quel genere di insulto.

Era stanca e non aveva voglia di affrontarlo, sollevò quindi le sottane per non inciamparci e si infilò nella porta accanto al divanetto. Con un po' di fortuna lui e l'amante l'avrebbero superata e lei sarebbe riuscita a sgattaiolare di nuovo nella sala da musica senza che nessuno si accorgesse di nulla.

Kate si guardò rapidamente attorno e chiuse la porta. C'era una lampada accesa su una scrivania e quando la sua vista si abituò all'oscurità, si rese conto di trovarsi in una specie di studio. Le pareti erano coperte di scaffali pieni di libri, ma non abbastanza per essere la biblioteca dei Bridgerton, e lo spazio era dominato dalla massiccia scrivania di quercia. Sul piano c'erano pile ordinate di fogli, e una penna e un calamaio erano ancora appoggiati sulla carta assorbente.

Di certo, qualcuno usava quella stanza per lavorare. Kate si avvicinò alla scrivania, spinta dalla curiosità, e fece scorrere le dita sul bordo di legno. Nell'aria aleggiava un leggero odore di inchiostro e forse un lieve accenno di fumo di pipa.

Nel complesso, stabilì lei, era una bella stanza, pratica e confortevole. Ci si potevano passare parecchie ore in pigra contemplazione.

Mentre Kate era appoggiata alla scrivania, assaporando la tranquilla solitudine, sentì un suono che le gelò il sangue. Lo scatto di una serratura.

Trattenne il fiato, si nascose sotto la scrivania, accucciandosi nello spazio vuoto, e ringraziò il cielo che il mobile fosse tutto chiuso e non del tipo che poggia solo sulle quattro gambe. Restò ad ascoltare, senza quasi di respirare.

«Avevo sentito dire che questo sarebbe stato l'anno in cui il famoso Lord Bridgerton avrebbe messo il collo nel cappio» disse una allegra voce femminile.

Kate si morse un labbro. Era una allegra voce femminile dall'accento *italiano*.

«E dove lo avete sentito dire?» chiese l'inconfondibile voce del visconte, seguito da un altro inconfondibile scatto della serratura.

Kate chiuse gli occhi, angosciata. Era intrappolata nello

studio con una coppia di amanti. Non sarebbe potuta andare peggio.

Be', poteva venire scoperta e *quello* sarebbe stato peggio. Strano che il pensiero non la sollevasse affatto.

«Ne sta parlando la città intera, milord» rispose Maria. «Tutti dicono che abbiate deciso di sistemarvi e prendere moglie.»

Ci fu un silenzio, ma Kate era certa di averlo sentito scrollare le spalle.

Quindi un rumore di passi, che stavano probabilmente portando i due amanti più vicini, e Bridgerton mormorò: «Forse è più che ora».

«Mi spezzate il cuore, lo sapete?»

A Kate venne la nausea.

«Suvvia, mia dolce *signorina*» (rumore di labbra sulla pelle) «sappiamo entrambi che il vostro cuore è refrattario ai miei complotti.»

Si udì quindi uno strano fruscio che Kate interpretò come Maria che si ritraeva in modo falsamente pudico, seguito da un: «Ma io non sono incline agli amoreggiamenti, milord. Non cerco un marito, ovviamente, sarebbe una follia. Ma quando sceglierò un mecenate, sarà, come dire, a lungo termine».

Altri passi. Forse Bridgerton si stava nuovamente avvicinando?

Il visconte le disse con voce profonda e virile: «Non vedo il problema».

«Potrebbe vederlo vostra moglie.»

Bridgerton ridacchiò. «L'unico motivo per abbandonare un'amante è trovare una moglie che si ama. Visto che non intendo sposare una donna di cui innamorarmi, non vedo perché dovrei precludermi i piaceri di una donna deliziosa come voi.»

"E vorreste sposare Edwina?" Kate rischiò di gridare. Se non fosse stata accucciata come una rana, sarebbe probabilmente emersa come una furia cercando di uccidere quell'uomo.

Seguirono dei rumori indecifrabili che Kate pregò non fossero preludio a qualcosa di più intimo. Un attimo dopo la voce del visconte disse: «Gradite qualcosa da bere?».

Maria mormorò di sì e il passo deciso di Bridgerton riecheggiò sul pavimento, facendosi sempre più vicino, finché...

Oh, no.

Kate vide la bottiglia sul davanzale della finestra, proprio davanti al punto in cui lei era nascosta sotto la scrivania. Se lui avesse tenuto il viso rivolto alla finestra mentre versava da bere, poteva anche non scoprirla, ma se si fosse girato anche solo di poco...

Kate si immobilizzò. Con gli occhi sbarrati vide comparire Bridgerton. I bicchieri tintinnarono leggermente e lui vi versò due dita di liquido color ambra.

"Non vi voltate. Non vi voltate."

«Tutto bene?» domandò Maria.

«Alla perfezione» rispose Bridgerton, anche se pareva vagamente distratto. Cominciò quindi a voltarsi lentamente.

"Continuate a camminare. Continuate a camminare." Se si fosse allontanato mentre si voltava, sarebbe tornato da Maria e Kate sarebbe stata al sicuro. Ma se si fosse prima voltato e poi si fosse mosso, Kate poteva anche ritenersi morta.

Non aveva alcun dubbio che lui l'avrebbe davvero uccisa. Francamente era rimasta sorpresa che non avesse già provato a farlo la settimana passata, alla Serpentine.

Lentamente, lui si voltò. Si voltò. Senza camminare.

Kate cercò di pensare a tutti i motivi per cui morire all'età di ventun anni non era poi così terribile.

Anthony sapeva bene perché aveva portato Maria Rosso nel suo studio. Non c'era uomo che fosse immune al suo fascino. Aveva un corpo seducente, una voce inebriante e lui sapeva per esperienza che il suo tocco lo era altrettanto.

Sapeva però anche che la stava usando.

Non avrebbe provato alcun senso di colpa a usarla per il proprio piacere. Da quel punto di vista anche lei stava usando lui. Per quello l'avrebbe ricompensata con gioielli, denaro e un appartamento in una zona alla moda della città.

No, se si sentiva a disagio, frustrato, era perché stava usando Maria per scacciare dalla mente l'incubo di Kate Sheffield. Voleva perdersi in un'altra donna finché anche il solo ricordo del sogno fosse svanito, dissolvendosi nel nulla.

Non sapeva capacitarsi di quella fantasia erotica. A lui Kate Sheffield non piaceva nemmeno. Il pensiero di andare a letto con lei lo faceva sudare freddo, pur provocandogli un fremito di desiderio.

No, quel sogno si sarebbe avverato solo se avesse delirato in preda alla febbre... se fossero stati bloccati su un'isola deserta, condannati a morte o...

Anthony rabbrividì. Non sarebbe successo e basta.

Ma che diavolo, quella donna doveva averlo stregato, non c'erano altre spiegazioni. In quello stesso istante, poteva giurare di avvertire il suo profumo. Si trattava di quella esasperante combinazione di gigli e saponetta, quella fragranza che lo aveva assalito quando si erano trovati a Hyde Park la settimana precedente.

Eccolo lì, stava versando il whisky per Maria Rosso, una delle poche donne di sua conoscenza che sapevano apprezzare sia un buon whisky sia la diabolica ebbrezza che ne seguiva, e tutto quello che sentiva era il maledetto profumo di Kate Sheffield. Sapeva che lei era in casa (era quasi pronto a uccidere sua madre per quell'invito), ma era ridicolo.

«Tutto bene?» domandò Maria.

«Alla perfezione» rispose Anthony, con voce falsa. Cominciò a fischiettare come faceva sempre per rilassarsi.

Si voltò e fece per fare un passo. Maria lo stava aspettando, dopotutto.

Ecco di nuovo quel maledetto profumo. Gigli. E saponetta. I gigli erano intriganti, ma la saponetta aveva qualcosa di concreto. Una donna pratica come Kate Sheffield doveva lavarsi per bene con il sapone.

Il suo passo esitò. Non riusciva a sfuggire a quella fragranza e continuò a voltarsi mentre il suo olfatto gli faceva girare istintivamente gli occhi verso il punto in cui lui sapeva non potessero esserci né gigli né sapone, eppure il profumo era lì.

A quel punto la vide. Sotto la scrivania. Era impossibile. Era certamente un incubo. Se avesse chiuso e riaperto gli occhi lei sarebbe scomparsa.

Strizzò gli occhi. Lei c'era ancora.

Kate Sheffield, la donna più irritante, molesta e diabolica d'Inghilterra, era accucciata come una rana sotto la sua scrivania.

Per miracolo non fece cadere i bicchieri a terra.

I loro sguardi si incrociarono e Anthony vide che lei aveva gli occhi sbarrati dal terrore. E a ragione.

Cosa diavolo ci faceva lì? Non era soddisfatta di avere disturbato i suoi tentativi di corteggiare la sorella? Doveva anche spiarlo?

«Maria» disse dolcemente, muovendosi verso la scrivania fino a calpestare una mano di Kate. Non lo fece con violenza, ma la sentì squittire. Provò una soddisfazione immensa.

«Maria» ripeté. «Mi sono ricordato improvvisamente che ho una questione urgente di cui occuparmi.»

«Questa notte?» chiese lei con aria dubbiosa.

«Temo di sì» ed emise un mugolio.

Maria sbatté le palpebre. «Avete mugolato?»

«No» mentì Anthony. Kate si era tolta un guanto e gli aveva ghermito la caviglia, affondandogli le unghie nella carne. Quanto meno lui sperava si trattasse delle unghie, potevano anche essere i denti.

«Sicuro che vada tutto bene? Cosa avete?» domandò Maria.

«Assolutamente... nu...» Qualsiasi parte del corpo di Kate gli stesse penetrando nella carne, affondò ulteriormente. «...lla!» La seconda parte della parola gli uscì dalla bocca come una specie di gemito e fece partire un calcio che terminò, probabilmente, nello stomaco di lei.

In circostanze normali, Anthony sarebbe morto piuttosto che colpire una donna, ma questo era un caso realmente eccezionale. Dopotutto, lei gli stava mordendo una gamba. «Lasciate che vi accompagni alla porta» disse a Maria scuotendosi Kate dalla caviglia.

Maria era però incuriosita e avanzò di qualche passo. «Anthony, c'è un animale sotto la scrivania?»

Anthony scoppiò a ridere. «In un certo senso.»

Kate gli picchiò un pugno sopra un piede.

«È un cane?»

Anthony prese seriamente in considerazione l'ipotesi di rispondere affermativamente, ma non era così crudele. Kate evidentemente apprezzò quella delicatezza e gli lasciò andare la gamba.

Anthony ne approfittò per allontanarsi dalla scrivania.

«Sarebbe troppo scortese,» domandò a Maria prendendola sotto braccio «se vi accompagnassi solo alla porta e non alla sala da musica?»

Lei scoppiò a ridere in modo seducente. «Sono una donna adulta, milord. Credo che riuscirò a percorrere quella breve distanza da sola.»

«Mi perdonerete?»

«Sospetto che non esista donna che non vi perdonerebbe con quel sorriso.»

«Siete una donna rara, Maria Rosso.»

Lei rise di nuovo. «Non rara abbastanza, a quanto pare.»

Maria uscì e Anthony chiuse la porta, quindi, seguendo un impulso maligno, girò la chiave nella toppa e se la infilò in tasca.

«Voi» sibilò, arrivando alla scrivania in quattro soli passi. «Venite fuori.»

Ritenendo che Kate non uscisse abbastanza in fretta, allungò una mano afferrandole il braccio e la trascinò fuori.

«Spiegatemi.»

A Kate si piegarono le ginocchia, si sentiva anchilosata per essere stata bloccata sotto la scrivania per più di un quarto d'ora. «È stato un incidente» tentò di giustificarsi.

«È buffo che queste parole paiano sgorgarvi dalla bocca con estrema frequenza.»

«È la verità!» protestò lei. «Ero seduta in corridoio e...» deglutì. Lui era avanzato e ora era vicinissimo. «Ho sentito che stavate arrivando. Stavo solo cercando di evitarvi.»

«E così vi siete intrufolata nel mio studio privato?»

«Non sapevo che fosse il vostro studio. Io...» Kate trasalì. L'uomo le si era avvicinato ancora. Lei sapeva che lo stava facendo deliberatamente, che cercava di intimidirla, non di sedurla, ma ciò non riuscì a far smettere al suo cuore di battere all'impazzata.

«Penso invece che sapeste che questo era il mio studio» mormorò lui, passandole l'indice su una guancia. «Forse non volevate affatto evitarmi.»

Kate deglutì ancora.

«Eh?» il gesto continuò lungo la mascella. «Che ne dite?»

Kate aprì la bocca, ma non riuscì a proferire parola. Lui non indossava i guanti e il tocco sulla sua pelle era così sensuale che pareva comandare al suo corpo. Lei era in grado di respirare solo quando lui si fermava, di fermarsi quando lui si muoveva. Non aveva dubbio che il proprio cuore battesse al ritmo del polso di lui.

«Forse,» sussurrò Anthony, tanto vicino che il suo alito le sfiorò le labbra «desideravate qualcosa di completamente diverso.»

Kate cercò di scuotere la testa, ma i muscoli si rifiutarono di obbedirle.

«Sicura?»

Questa volta lei riuscì a scuotere leggermente la testa.

Il visconte sorrise ed entrambi capirono che aveva vinto lui.

7

Presenti al concerto da Lady Bridgerton anche Mrs Featherington con le tre figlie (Prudence, Philippa e Penelope, nessuna delle quali indossava colori adatti alla propria carnagione), Mr Nigel Benbrook (che, come al solito, aveva molto da dire, ma nessuno, tranne Philippa Featherington, sembrava interessato ad ascoltare) e, ovviamente, Mrs Sheffield e Miss Katharine Sheffield.

L'Autore presume che l'invito includesse Miss Edwina Sheffield, che tuttavia era assente. Lord Bridgerton pareva parecchio allegro nonostante l'assenza della giovane Sheffield, con un certo disappunto da parte di sua madre.

Ma l'abilità di combinare incontri di Lady Bridgerton è leggendaria, e di certo ora che la figlia ha sposato il duca di Hastings ha tempo per dedicarvisi.

Da «Le cronache mondane di Lady Whistledown»
27 aprile 1814

Anthony pensò di essere impazzito.

Non esisteva altra spiegazione. Aveva avuto intenzione di spaventarla, di farle capire che non sarebbe mai riuscita a immischiarsi nei suoi piani sconvolgendoli, e invece…

L'aveva baciata.

Le sue intenzioni erano state di intimidirla e così aveva continuato ad avvicinarsi a lei che, innocente, si sarebbe solo intimorita per la sua presenza. La giovane non avrebbe certamente riconosciuto i primi fremiti del desiderio né il calore che provava dentro di sé. Eppure quel calore c'era stato, lui glielo aveva visto in volto.

Kate, però, completamente ingenua, non avrebbe compreso ciò che lui poteva vedere con un solo sguardo esperto. La giovane avrebbe soltanto capito che lui le torreggiava sopra, che era più forte, più potente e che lei aveva commesso un tremendo errore invadendo il suo rifugio privato.

Anthony si sarebbe subito allontanato da lei, lasciandola turbata e senza fiato. Quando però si era trovato a pochi centimetri, l'attrazione era stata troppo forte. La fragranza di Kate era troppo seducente e il rumore del suo respiro troppo eccitante. Il fremito di desiderio che Anthony aveva avuto intenzione di innescare in lei si era invece all'improvviso acceso dentro di lui. Il dito che le aveva fatto passare lungo la guancia (solo per torturarla, si era detto) era poi diventato una mano che le stringeva la nuca mentre le sue labbra si impossessavano di quelle di lei in una esplosione di rabbia e desiderio.

Kate era trasalita e lui aveva sfruttato il momento in cui la giovane apriva le labbra per farvi scivolare dentro la lingua. Lei era rigida fra le sue braccia, ma più per la sorpresa che per altro, e quindi Anthony era sceso con una mano giù fino alla dolce curva del fondoschiena.

«È una follia» le sussurrò all'orecchio, ma non fece cenno di lasciarla andare.

La reazione di lei fu un incoerente e confuso gemito, mentre il corpo si rilassava, adattandosi meglio a quello di lui. Anthony sapeva di dover smettere, che quella pazzia non sarebbe nemmeno dovuta cominciare, ma il sangue gli fremeva di desiderio e si sentiva così... così bene.

Gemette e le sue labbra scivolarono lungo il collo di Kate. C'era qualcosa in lei che gli si confaceva, che non aveva mai avvertito con nessun'altra donna prima, come se il suo corpo avesse scoperto qualcosa che la sua mente si rifiutava categoricamente di prendere in considerazione.

Qualcosa in lei era... giusto.

Lei era giusta, aveva la giusta fragranza. Il giusto sapore. Lui sapeva che se le avesse strappato i vestiti facendola sua lì, si sarebbe dimostrata... giusta.

Anthony si rese conto che, quando non discuteva con lui, quella dannata Kate Sheffield poteva essere la donna migliore d'Inghilterra.

Le braccia della giovane, imprigionate nel suo abbraccio, si alzarono leggermente, finché le mani non si poggiarono esitanti sulla sua schiena. Mosse anche le labbra. Una cosa quasi impercettibile, ma stava ricambiando il bacio.

Un profondo brontolio di trionfo emerse dalla bocca di Anthony che ricominciò a baciarla con passione, sfidandola a continuare ciò che aveva iniziato.

«Oh, Kate» gemette. «Dio, che buon sapore avete!»

«Bridgerton?» la voce di lei era tremante, il suo nome più una domanda che altro.

«Non dite nulla» sussurrò lui. «Fate ciò che volete ma non dite nulla.»

«Ma...»

«Non una parola» la interruppe lui, premendole un dito contro le labbra. L'ultima cosa che voleva era che lei rovinasse quel momento perfetto aprendo la bocca e mettendosi a discutere.

«Ma io...» Lei gli mise le mani sul petto e lo allontanò, facendogli perdere l'equilibrio e lasciandolo ansimante.

Anthony imprecò.

Kate sgattaiolò via, dietro una poltrona, usando lo schienale come barriera fra loro.

Il visconte sembrava piuttosto arrabbiato.

«Perché lo avete fatto?» gli domandò in un sussurro.

Lui scrollò le spalle, assumendo un aspetto meno infuriato e più incurante. «Perché volevo farlo.»

Kate lo fissò un istante, incapace di credere che lui avesse risposto in modo così banale a una domanda importante. Esclamò, quindi, irritata: «Ma non potevate!».

Lui sorrise in modo pigro. «Invece l'ho fatto.»

«Ma io non vi piaccio nemmeno!»

«Vero.»

«E voi non piacete a me!»

«Così dite» replicò. «Devo credervi sulla parola visto che non sembrava vero del tutto qualche istante fa.»

Kate sentì le guance avvampare per la vergogna. Aveva risposto all'odioso bacio di lui, si odiava per questo quasi quanto odiava lui per essersi preso quella confidenza.

Però non doveva schernirla. Quella era un'azione da farabutto. Lei strinse le mani sullo schienale della poltrona fino a far diventare esangui le nocche, non sapeva se lo stesse usando come difesa contro Bridgerton o come mezzo per impedire a se stessa di balzargli addosso e strangolarlo.

«Non vi permetterò di sposare Edwina» gli disse con voce molto decisa.

«No» mormorò lui, muovendosi lentamente in avanti. «Non pensavo voleste farlo.»

La ragazza sollevò il mento. «E *io* non vi sposerò di certo.»

Lui piazzò le mani sui braccioli e si sporse in avanti fino a trovarsi con il volto a pochi centimetri da quello di lei. «Non ricordo di avervelo chiesto.»

Kate indietreggiò. «Ma mi avete baciata!»

Lui scoppiò a ridere. «Se avessi proposto il matrimonio a tutte le donne che ho baciato, sarei già da tempo in galera per bigamia o peggio.»

Kate si accorse che stava tremando. «Voi, signore,» sibilò «non avete onore.»

Gli occhi di lui lampeggiarono e una delle sue mani sfrecciò in avanti per afferrarle il mento, costringendola a fissarlo. «Questo» disse con voce gelida «non è vero e se foste un uomo vi chiederei soddisfazione.»

Kate restò immobile per molto tempo, fissandolo negli occhi, e alla fine fece l'unica cosa che non pensava avrebbe mai fatto. Lo pregò.

«Vi prego,» sussurrò «lasciatemi andare.»

Lui ritirò la mano di scatto. «Le mie scuse» disse, apparendo leggermente… sorpreso?

No, era impossibile. Niente poteva sorprendere quell'uomo.

«Non volevo ferirvi» aggiunse piano.

«Davvero?»

Anthony scosse lentamente la testa. «No. Spaventarvi forse sì, ma ferirvi no.»

Kate indietreggiò con le gambe che le tremavano.

«Siete solo un libertino» disse, e avrebbe preferito che dalla sua voce trapelasse più disprezzo che tremore.

«Lo so» commentò lui scrollando le spalle. «Fa parte della mia natura.»

Kate indietreggiò ancora. Non aveva l'energia per adeguarsi all'improvviso cambiamento di lui. «Adesso vado.»

«Andate» disse il visconte amabilmente, indicando la porta.

«Non mi potete fermare.»

Lui sorrise. «Non me lo sognerei nemmeno.» Quando però la mano di lei fu a pochi centimetri dalla maniglia, aggiunse: «Immagino che vi incontrerò la prossima volta che verrò a trovare Edwina».

Kate sbiancò. Non poteva ovviamente vedere il proprio volto, ma per la prima volta in vita sua sentì il sangue scivolarle via dalle vene. «Avevate detto che l'avreste lasciata in pace» disse in tono accusatorio.

«No» replicò lui. «Ho detto che non pensavo aveste intenzione di "permettermi" di sposarla. Il che non significa molto, visto che non voglio lasciarvi gestire la mia vita.»

Kate ebbe la sensazione di avere in gola una palla di cannone. «Ma non potete sposarla dopo che voi... dopo che io...»

Le si avvicinò. «Dopo che voi mi avete baciato?»

«Non l'ho fatto...» Le parole le bruciarono in gola perché erano chiaramente una bugia. Non aveva iniziato lei a baciarlo ma, alla fine, aveva partecipato.

«Suvvia, Miss Sheffield» disse raddrizzandosi e incrociando le braccia. «Lasciamo perdere. Non ci piacciamo a vicenda, è vero, ma in uno strano e perverso modo io vi rispetto e so che non siete una bugiarda.»

Lei non ribatté. Cosa poteva dire? Come si poteva rispondere a una frase che conteneva le parole "rispetto" e "perverso"?

«Avete risposto al mio bacio, non con grande entusiasmo, lo ammetto, ma sarebbe stata solo questione di tempo» commentò soddisfatto lui.

Lei scosse la testa, non riuscendo a credere alle proprie orecchie. «Come potete dire cose simili nemmeno un minuto dopo aver dichiarato che volete corteggiare mia sorella?»

«In effetti, questo rovina lievemente i miei programmi» commentò lui in tono leggero, come se stesse riflettendo sull'acquisto di un cavallo.

Forse fu l'atteggiamento incurante, ma qualcosa accese una miccia in Kate che, senza nemmeno pensarci, si lanciò in avanti picchiandogli i pugni sul petto. «Non la sposerete mai!» gridò. «Mai! Mi avete sentito?»

Anthony sollevò un braccio per parare un colpo diretto al volto. «Dovrei essere sordo.» Le serrò quindi i polsi con una mossa esperta, bloccandole le braccia mentre il corpo della giovane tremava per la rabbia.

«Non la renderete infelice. Non vi permetterò di rovinarle la vita» disse Kate. «Lei è buona, seria e pura. Merita qualcosa di meglio di voi.»

Anthony la osservò attentamente, fissandole il viso reso in qualche modo bellissimo dalla forza della furia. Le brillavano gli occhi di lacrime che lottava per trattenere e lui stava cominciando a sentirsi effettivamente la peggiore delle canaglie.

«Caspita, Miss Sheffield,» le disse pacatamente «credo che amiate davvero vostra sorella.»

«Ma certo, l'adoro!» sbottò lei. «Perché pensate mi sia data tanta pena per tenerla lontana da *voi*? Pensate che mi sia divertita? Vi assicuro, milord, che ci sono cose ben più divertenti che essere tenuta prigioniera nel vostro studio.»

Lui le lasciò andare subito i polsi.

«Pensavo» disse Kate tirando su con il naso «che l'amore che provo per Edwina fosse l'unica cosa di me che vi fosse chiara. Voi, che siete così devoto alla vostra famiglia.»

Anthony non parlò, restò solo a guardarla, chiedendosi se in quella donna ci fosse ben più di quanto avesse pensato.

«Se voi foste il fratello di Edwina,» proseguì Kate con determinazione «le permettereste di sposare un uomo come voi?»

Lui tacque a lungo e alla fine disse: «Non c'entra nulla».

Lei, per fortuna, non sorrise e non lo schernì. Quando parlò lo fece usando parole serene e sincere. «Credo di avere avuto una risposta.» Girò quindi sui tacchi e fece per allontanarsi.

«Mia sorella» disse lui «ha sposato il duca di Hastings. Conoscete la sua reputazione?»

Lei si fermò senza voltarsi. «Ha la reputazione di essere devoto a sua moglie.»

Anthony ridacchiò. «Allora non conoscete la sua reputazione precedente al matrimonio.»

Kate si voltò lentamente. «Se state cercando di convincermi che i libertini ravveduti diventano i mariti migliori, non avrete successo. In questa stessa stanza avete detto a Miss Rosso che non vedevate il motivo per rinunciare a un'amante per una moglie.»

«Credo di avere detto "nel caso in cui non si amasse la propria moglie".»

Kate emise un sibilo dal naso a chiarire che, quanto meno in quel momento, non provava alcun rispetto per lui. Con voce tagliente gli chiese: «Voi amate mia sorella, Lord Bridgerton?».

«Certo che no» replicò lui. «Insulterei la vostra intelligenza sostenendo altrimenti, ma la conosco solo da una settimana. Non ho motivo di credere che non potrei amarla se dovessimo passare degli anni uniti nel sacro vincolo del matrimonio.»

Lei incrociò le braccia. «Perché non riesco assolutamente a credervi?»

Il visconte scrollò le spalle. «Non lo so proprio.» Invece lo sapeva bene. Edwina gli piaceva, lui la rispettava ed era sicuro che sarebbe diventata una eccellente madre per i suoi figli, ma non l'avrebbe mai amata. Non c'era la scintilla necessaria.

Lei scosse la testa, disapprovandolo. «Nemmeno io vi ritenevo un bugiardo» gli disse piano. «Libertino, furfante e forse parecchie altre cose, ma non bugiardo.»

Anthony incassò quelle parole. Una sgradevole sensazione gli ghermì il cuore. «Miss Sheffield, non andrete molto lontano senza *questa*.»

Prima che lei avesse il tempo di reagire, infilò una mano in tasca, tirò fuori la chiave dello studio e gliela lanciò, mirando deliberatamente verso i suoi piedi. Presa alla sprovvista, lei mancò la presa e restò immobile per qualche istante, fissando la chiave sul pavimento e si accorse che lui non aveva avuto alcuna intenzione di fargliela prendere. Rimase ferma e rigida, quindi lo inchiodò con lo sguardo. I suoi occhi scintillavano di odio e qualcosa di peggio.

Disprezzo.

Anthony ebbe la sensazione di avere preso un pugno nello stomaco. Combatté contro il ridicolissimo impulso di balzare in avanti e raccogliere la chiave dal tappeto per consegnargliela, scusandosi per il proprio comportamento.

Non avrebbe però fatto nulla del genere; non voleva che avesse di lui una opinione favorevole, perché l'elusiva scintilla, che mancava completamente con sua sorella (e sua futura sposa), brillava tanto forte fra loro da illuminare la stanza a giorno.

Nulla avrebbe potuto terrorizzarlo tanto.

Kate restò immobile ben più a lungo di quanto lui avesse pensato e lui fece un sorriso forzato. «Non volevate andare via, Miss Sheffield?» le domandò, troppo cortesemente.

Vide che il mento le tremava e poi, all'improvviso, Kate si chinò e recuperò la chiave. «Non sposerete mai mia sorella» gli promise con una voce intensa e profonda che lo fece raggelare. «Mai.»

Poi, facendo scattare la serratura, sparì.

Due giorni dopo, Kate era ancora furiosa. Non aveva certo migliorato le cose il fatto che il pomeriggio dopo il concerto fosse arrivato un grande mazzo di fiori per Edwina con un biglietto che diceva: "Con i miei auguri di pronta guarigione. La serata di ieri è stata realmente opaca senza la vostra scintillante presenza. Bridgerton".

Mary l'aveva trovato poetico e carino, ma Kate sapeva la verità. Quel biglietto era più un insulto per lei che un complimento per Edwina.

Proprio opaca, aveva pensato stizzita, fissando il biglietto e chiedendosi come avrebbe potuto fare apparire un incidente il fatto che venisse rinvenuto a pezzettini. Non era certo un'esperta in questioni di cuore o di uomini e donne, ma poteva scommettere la testa che le emozioni provate dal visconte la sera prima nel suo studio non avevano avuto nulla a che fare con la noia.

Non era, tuttavia, venuto in visita. Kate non capiva il perché, visto che uscire con Edwina sarebbe stato uno schiaffo morale ben più pesante per lei rispetto al biglietto. Forse aveva paura di affrontarla, anche se sospettava non fosse vero.

Quell'uomo non aveva paura di nessuno, tanto meno di una scialba zitella che aveva probabilmente baciato per un misto di curiosità, rabbia e pietà.

Kate si era avvicinata alla finestra per evitare di continuare a fissare il biglietto. Ciò che le dava più fastidio era la pietà. Pregava che in quel bacio la curiosità e la rabbia avessero pesato più della pietà: non ne avrebbe sopportata da quell'uomo.

Kate non aveva avuto comunque molto tempo per arrovellarsi sul biglietto in quanto, quello stesso pomeriggio, era arrivato un invito ben più sconvolgente. La presenza delle Sheffield era desiderata a una festa in campagna organizzata da Lady Bridgerton per la settimana successiva.

La madre del diavolo in persona.

Nemmeno un terremoto unito a un uragano e a un tornado insieme (eventi difficilmente presenti in Inghilterra anche presi singolarmente) avrebbe impedito a Mary di presentarsi alla dimora di campagna dei Bridgerton con Edwina. Inoltre Mary non avrebbe mai permesso a Kate di restare da sola a Londra e Kate non avrebbe mai consentito a Edwina di andare senza di lei.

Il visconte era privo di scrupoli. Probabilmente avrebbe baciato Edwina proprio come aveva fatto con lei, ma Kate non pensava che sua sorella avesse la forza d'animo di resistere a un simile attacco. L'avrebbe probabilmente trovato molto romantico e si sarebbe innamorata all'istante.

Perfino Kate aveva trovato difficile non perdere la testa quando le labbra di lui l'avevano baciata. Per un magnifico istante non aveva sentito più nulla, tranne la squisita sensazione di essere apprezzata e desiderata e l'effetto era stato davvero inebriante.

Tanto da far quasi dimenticare a una signora che l'uomo che la stava baciando era un'emerita canaglia.

Quasi... ma non del tutto.

8

Come ogni Lettore abituale di questa colonna sa, ci sono due fazioni di Londra che resteranno per sempre in opposizione: le Madri Ambiziose e gli Scapoli Incalliti.

La Madre Ambiziosa ha figlie in età da marito. Lo Scapolo Incallito non vuole una moglie. Il punto cruciale del conflitto dovrebbe essere ovvio per quelli con mezzo cervello o, in altre parole, circa la metà dei lettori di questo Autore.

L'Autore non ha ancora visto la lista degli invitati della festa annuale in campagna di Lady Bridgerton, ma fonti informate sostengono che quasi ogni ragazza in età da marito si presenterà nel Kent la prossima settimana.

Non è una sorpresa. Lady Bridgerton non ha mai fatto segreto del desiderio di vedere i propri figli maschi ben accasati. Questo sentimento l'ha resa popolare nel giro delle Madri Ambiziose che considerano, disperate, i fratelli Bridgerton fra i peggiori Scapoli Incalliti.

A dar retta alle scommesse, almeno uno dei Bridgerton dovrebbe presentarsi all'altare prima della fine dell'anno e, per quanto l'Autore se ne dolga, deve dichiararsi d'accordo con tali scommesse (gestite dagli uomini e di conseguenza intrinsecamente fallaci).

Lady Bridgerton avrà presto una nuora ma chi sarà e con quale dei fratelli si troverà sposata, Caro Lettore, non è pronosticabile.

Da «Le cronache mondane di Lady Whistledown»
29 aprile 1814

Una settimana dopo, Anthony si trovava nel Kent in attesa dell'inizio della festa in campagna tenuta da sua madre. Aveva visto la lista degli invitati. Era certo che sua madre avesse dato la festa per un solo motivo: vedere uno dei suoi figli maschi sposato, preferibilmente lui. Aubrey Hall, la dimora avita dei Bridgerton, sarebbe stata piena zeppa di giovani in età da marito, l'una più graziosa e priva di cervello dell'altra. Per mantenere un certo equilibrio, Lady Bridgerton si era vista costretta a invitare anche molti gentiluomini, assicurandosi che nessuno di essi fosse ricco o gradevole come i suoi figli, a parte quelli già sposati.

Non era rimasto sorpreso nel notare che la lista includeva le Sheffield. Aveva sentito anche troppe volte il detto di sua madre "Buoni genitori fanno buoni figli" per non sapere cosa significasse.

Si era sentito soddisfatto, ma con un senso di rassegnazione, scorgendo il nome di Edwina sulla lista. Non vedeva l'ora di dichiararsi e farla finita. Era un po' a disagio mentre ripensava a ciò che era avvenuto con Kate, ma non aveva voglia di cercare un'altra potenziale sposa.

E non lo fece. Una volta presa una decisione, Anthony non vedeva il motivo di perdersi in lungaggini. Procrastinare se lo poteva permettere chi aveva più tempo di lui per vivere la propria vita.

Sposarsi, procreare e morire. La vita di un nobile inglese era quella, perfino per quelli che non avevano visto morire inaspettatamente il padre e lo zio rispettivamente all'età di trentotto e trentaquattro anni.

Tutto ciò che poteva fare lui al momento era evitare Kate Sheffield. Si sarebbe comunque dovuto scusare. Non sarebbe stato facile, ma sapeva che la giovane si meritava le parole: "Mi dispiace".

Probabilmente meritava molto di più, ma Anthony non era disposto a prendere in considerazione cosa potesse essere.

Inoltre, a meno che non fosse andato a parlarle, lei avrebbe messo il veto a una sua unione con Edwina finché avesse avuto fiato in corpo.

Era arrivato il momento di agire. Semmai esisteva un luogo romantico per una proposta di matrimonio, quello era Aubrey Hall. Edificata nei primi del Settecento, sorgeva su un grande prato ed era circondata da sessanta acri di parco, un decimo dei quali era occupato da giardini fioriti. In estate sarebbero fiorite le rose, ma in quella stagione erano tappezzati dei muscari e dei tulipani che sua madre aveva fatto arrivare dall'Olanda.

Anthony guardò fuori dalla finestra, verso gli olmi antichi che si ergevano maestosamente attorno alla casa. C'erano diversi stagni, un ruscello e un'infinità di colline e vallette, ognuna con uno speciale ricordo della sua infanzia.

E di suo padre.

Anthony chiuse gli occhi e sospirò. Amava tornare a Aubrey Hall, ma i paesaggi e i profumi familiari gli riportavano alla mente il padre in modo così vivido da risultare quasi doloroso. Perfino adesso, dopo dodici anni dalla sua morte, Anthony si aspettava di vedere il padre sbucare da dietro un angolo con il più piccolo dei Bridgerton a cavalluccio sulle spalle.

Anthony sorrise a quel ricordo. Il figlio sulle spalle poteva essere sia maschio sia femmina: non c'erano mai state discriminazioni in proposito. Sarebbe però stato inseguito da una governante infuriata.

«Oh, papà,» sussurrò Anthony, sollevando gli occhi verso il ritratto di Edmund «come farò a essere all'altezza di ciò che voi avete realizzato?»

Di certo il merito più grande di Edmund era stato quello di guidare una famiglia colma di amore, di allegria e di tutto ciò che tanto spesso era assente nella vita degli aristocratici.

Anthony distolse lo sguardo dal ritratto del padre e si avvicinò alla finestra. Nel pomeriggio c'era stato un flusso continuo di arrivi e ogni carrozza aveva portato una giovane con gli occhi che brillavano per la felicità di aver ricevuto un invito per la festa.

Lady Bridgerton non decideva spesso di riempire la casa

di campagna di ospiti. Quando lo faceva, era sempre l'evento della Stagione.

In realtà nessuno dei Bridgerton passava più molto tempo a Aubrey Hall. Anthony sospettava che sua madre soffrisse della sua stessa malattia... ricordi di Edmund a ogni angolo. I figli più piccoli, invece, non erano molto legati al luogo, dal momento che erano stati allevati a Londra.

Hyacinth, che aveva undici anni, non era mai stata fra le braccia del padre; anche se Anthony cercava di colmare quel vuoto nel miglior modo possibile, sapeva di rappresentare soltanto una copia sbiadita dell'originale.

Anthony sospirò, cercando di decidere se versarsi o meno da bere. Stava fissando il prato con sguardo assente quando apparve una carrozza decisamente meno elegante delle altre.

Dovevano essere le Sheffield. Tutti gli altri invitati erano in possesso di discrete fortune, solo le Sheffield dovevano aver affittato una carrozza per la Stagione del debutto.

Quando uno dei valletti si fece avanti per aprire la portiera, ne scese Edwina, una vera visione con l'abito da viaggio giallo pallido e il cappellino in tinta. Anthony era troppo lontano per vederne chiaramente il volto che riuscì però a immaginare. Le guance appena arrossate e gli occhi che riflettevano il cielo senza nubi.

La successiva a scendere fu Mrs Sheffield. Solo quando si mise vicino a Edwina lui si rese conto di quanto si assomigliassero. Erano entrambe minute e graziose e si muovevano allo stesso modo. Edwina sarebbe rimasta bella anche invecchiando. Buon attributo per una moglie, anche se Anthony sospettava che non sarebbe vissuto abbastanza per vederla invecchiare.

Alla fine scese Kate e Anthony si accorse di aver trattenuto il respiro.

Non si muoveva come le altre due. Loro si erano appoggiate con delicatezza al braccio del valletto. Kate, invece, era praticamente balzata giù. Si era appoggiata al valletto, ma senza avere alcun bisogno del suo aiuto. Non appena i suoi piedi toccarono terra, assunse una postura eretta, sollevando il volto per guardare la facciata di Aubrey Hall. Tutto in lei era diretto e schietto. Anthony era sicuro che anche il suo sguardo lo fosse.

Non appena avesse visto lui, tuttavia, quello sguardo si sarebbe riempito di disprezzo e forse di una sfumatura di odio.

Era ciò che si meritava. Un gentiluomo non trattava una signora come lui aveva fatto con Kate, aspettandosi di restare nelle sue grazie.

Kate si rivolse alla madre e alla sorella e disse qualcosa che fece ridere Edwina e sorridere Mary in modo indulgente. Anthony notò che era la prima volta che vedeva le tre donne insieme. Erano una famiglia e sui loro volti si notava vero calore quando conversavano. Era affascinante, soprattutto sapendo che Kate e Mary non avevano legami di sangue.

Esistevano dei vincoli che erano più forti di quelli del sangue, ma Anthony non aveva spazio per essi nella propria vita.

Ecco perché, quando si fosse sposato, il volto dietro al velo avrebbe dovuto essere quello di Edwina Sheffield.

Kate si era aspettata di restare impressionata da Aubrey Hall, non incantata.

La dimora era più piccola di quanto non si fosse immaginata. Era pur sempre enorme, ma non si ergeva dal paesaggio come un castello medievale fuori posto.

Aubrey Hall appariva quasi intima. Termine strano per descrivere una casa che aveva almeno cinquanta stanze, ma le sue torrette e merlature la facevano apparire come uscita da una favola, soprattutto nel tardo sole pomeridiano che le conferiva un riflesso quasi rossastro. Non c'era nulla di austero o imponente in Aubrey Hall e a Kate piacque immediatamente.

«Non è deliziosa?» sussurrò Edwina.

Kate annuì. «Tanto deliziosa da rendere quasi sopportabile una settimana in compagnia di quell'essere orribile.»

Edwina rise e Mary le fece un sorrisetto di rimprovero. «Non dovresti dire cose simili, Kate. Non si sa mai chi potrebbe sentire e non è cortese parlare così del nostro ospite.»

«Non temete, non mi ha sentita» replicò Kate. «E poi pensavo che la nostra ospite fosse Lady Bridgerton. Ha inviato lei l'invito, no?»

«Il palazzo appartiene al visconte» ribatté Mary.

«Benissimo.» Kate indicò Aubrey Hall in modo teatrale. «Nel momento in cui varcherò quella porta, sarò tutta zucchero e miele.»

Edwina sbuffò. «Sarà un vero spettacolo.»

Mary lanciò a Kate un'occhiata pungente. «Lo "zucchero e miele" si applica anche ai giardini circostanti.»

Kate sorrise. «Davvero, Mary, mi comporterò nel migliore dei modi, lo prometto.»

«Cerca di evitare il visconte.»

«Lo farò» promise Kate. "Finché lui cercherà di evitare Edwina."

Un valletto apparve al loro fianco. «Lady Bridgerton non vede l'ora di accogliervi.»

Le tre Sheffield si voltarono subito e si avviarono verso il portone principale. Mentre salivano i bassi gradini, Edwina rivolse a Kate un'occhiata maliziosa. «Lo zucchero e il miele iniziano qui, sorella cara.»

«Se non fossimo in pubblico,» rispose Kate con voce altrettanto bassa «ti picchierei.»

Lady Bridgerton era nell'ingresso quando loro arrivarono.

«Mrs Sheffield!» esclamò Lady Bridgerton, dirigendosi verso di loro. «Che piacere vedervi! Sono davvero felice che siate riuscite a unirvi a noi» aggiunse quindi rivolgendosi a Kate.

«È stato molto cortese da parte vostra invitarci» rispose Kate. «È un vero piacere fuggire dalla città per una settimana.»

Lady Bridgerton sorrise. «Allora siete un'amante della campagna?»

«Temo di sì. Londra è eccitante e vale la pena visitarla, ma io preferisco i prati verdi e l'aria fresca della campagna.»

«Mio figlio ha i vostri stessi gusti» disse Lady Bridgerton. «Oh, passa molto tempo in città, ma una madre conosce la verità.»

«Il visconte?» domandò Kate dubbiosa. Tutti sapevano che l'ambiente naturale dei libertini era la città.

«Sì, Anthony. Abitavamo quasi esclusivamente qui quando lui era piccolo. Solo dopo la morte di mio marito abbiamo trasferito la nostra residenza in città.»

«Mi dispiace per la vostra perdita» mormorò Kate.

La viscontessa la guardò con un'espressione malinconica. «Grazie. Lui è morto da molti anni ma sento ancora la sua mancanza, ogni giorno.»

Kate provò un groppo alla gola. Ricordava quanto Mary e suo padre si fossero amati e sapeva di essere in presenza di un'altra donna che aveva conosciuto il vero amore. Si sentì all'improvviso tristissima... forse soprattutto perché lei non sarebbe mai stata benedetta dal vero amore.

«Stiamo diventando troppo sentimentali» disse all'improvviso Lady Bridgerton, sorridendo troppo allegramente mentre si rivolgeva di nuovo a Mary «e non ho ancora conosciuto l'altra vostra figlia.»

«No?» chiese Mary corrugando la fronte. «Ma certo. Edwina non ha potuto partecipare al vostro concerto.»

«Vi avevo, ovviamente, vista da lontano» ammise Lady Bridgerton a Edwina.

Mary si occupò delle presentazioni e Kate non poté non notare come Lady Bridgerton avesse deciso che Edwina potesse rappresentare una eccellente aggiunta alla sua famiglia.

Dopo qualche altro scambio di battute, Lady Bridgerton offrì loro di prendere il tè mentre i bagagli venivano portati nelle rispettive stanze, ma Mary declinò l'invito dicendo che era stanca e preferiva riposarsi.

«Come preferite. La cena è alle otto. Posso fare qualcosa per voi prima che vi ritiriate?»

Mary e Edwina scossero la testa e stava per farlo anche Kate quando le scappò dalla bocca: «Posso chiedervi un favore?».

Lady Bridgerton sorrise calorosamente. «Ma certo.»

«Ho notato all'arrivo che avete dei magnifici giardini fioriti. Posso andare a visitarli?»

«Vi intendete per caso di giardinaggio?» domandò Lady Bridgerton.

«Non molto» ammise Kate. «Ma ammiro la mano di un esperto.»

La viscontessa arrossì di piacere. «Sarà un onore che visitiate i giardini. Ne sono molto orgogliosa. Ora non me ne occupo molto, ma quando Edmund era...» si interruppe schiarendosi la voce. «Vi passavo moltissimo tempo e facevo impazzire mia madre, tanto mi sporcavo.»

«E anche il giardiniere, immagino» commentò Kate.

Il sorriso di Lady Bridgerton si trasformò in una risata. «Oh, certo. Era un tipo terribile! Diceva che l'unica cosa che dovevano fare le donne con i fiori era accettarli in regalo. Ma aveva il pollice verde e imparai a sopportarlo.»

«E lui imparò a sopportare voi?»

Lady Bridgerton sorrise maliziosa. «No, ma questo non mi ha fermato.»

Kate sorrise, le piaceva molto quella donna.

«Non voglio trattenervi oltre» disse Lady Bridgerton. «Rose vi aiuterà a sistemarvi e voi, Miss Sheffield, andate pure nei giardini. Sarò felice di accompagnarvi personalmente durante la settimana... ora, purtroppo, sono molto impegnata.»

«Grazie mille, milady» disse Kate, e seguì con Mary e Edwina la domestica su per le scale.

Anthony sbucò dalla porta appena socchiusa. «Stavate salutando le Sheffield?» domandò, pur sapendo che era così. Il suo studio era troppo lontano perché lui potesse sentire le chiacchiere delle signore in questione, ma aveva deciso che un breve interrogatorio potesse essere utile.

«Proprio loro» confermò Violet. «Che famiglia deliziosa, vero? Sono proprio contenta di averle invitate.»

Anthony sbuffò e non commentò.

«Le ho aggiunte all'ultimo momento.»

«Non ne avevo idea» sussurrò lui.

Violet fece un cenno con la testa. «Ho dovuto invitare altri tre uomini per pareggiare il numero.»

«Allora stasera avremo a cena il vicario?»

«Anche suo fratello con il figlio.»

«Ma il piccolo John non ha solo sedici anni?»

Violet scrollò le spalle. «Ero disperata.»

Anthony rifletté. Sua madre doveva volere assolutamente le Sheffield alla festa per avere invitato a cena un sedicenne brufoloso. I Bridgerton non seguivano le regole comuni: tutti i ragazzi avevano sempre cenato alla tavola dei grandi, nonostante l'età. La prima volta che Anthony era andato a casa di un amico era rimasto stupefatto per essere stato messo a mangiare in una stanza separata con altri bambini.

«Mi risulta che tu conosca già entrambe le giovani Sheffield» disse Violet.

Anthony annuì.

«Le trovo deliziose entrambe» continuò lei. «Non hanno un gran patrimonio alle spalle, ma ho sempre sostenuto che, nella ricerca di una sposa, il denaro non fosse importante quanto il carattere, sempre che non si fosse in condizioni disperate.»

«Condizioni in cui io non sono affatto» sottolineò Anthony.

«Figlio mio, dovresti ringraziare il Creatore ogni giorno per non essere costretto a sposare una ereditiera. La maggior parte degli uomini non hanno il lusso di poter scegliere liberamente, quando si tratta di sposarsi.»

Anthony sorrise. «Dovrei ringraziare il creatore o mia madre?»

«Sei un mostro.»

Lui ridacchiò. «Un mostro che voi avete allevato.»

«E non è stata impresa facile» bofonchiò lei. «Te lo assicuro.»

Anthony si sporse in avanti e le baciò una guancia. «Divertitevi con i vostri ospiti, mamma.»

Lei lo guardò severamente. «Dove vai adesso?»

«A fare una passeggiata. C'è qualche problema?»

«Niente affatto» replicò lei. «Ma mi pare che tu non faccia passeggiate da anni.»

«Sono anni che non tornavo in campagna» commentò lui.

«Vero» ammise lei. «In tal caso, dovresti andare nei giardini. Stanno fiorendo le specie precoci. Sono un vero spettacolo.»

Anthony annuì. «Ci vediamo a cena.»

L'interesse del figlio maggiore per le Sheffield era molto intrigante. Le sarebbe piaciuto capire a quale delle due Sheffield fosse interessato...

Circa un quarto d'ora dopo, Anthony stava passeggiando nei giardini fioriti della madre, godendo del contrasto del sole caldo con la brezza fresca, quando sentì un rumore di passi in un sentiero vicino. Venne colto dalla curiosità. Gli ospiti si stavano sistemando nelle rispettive stanze ed era il giorno libero del giardiniere. Si era aspettato un po' di solitudine. Guardò a destra e a sinistra e vide... *lei*.

Perché mai, si chiese, era sorpreso?

Kate Sheffield, con un abito color lavanda, si fondeva in modo affascinante con gli iris e i muscari. Era accanto a un arco decorativo in legno che, in maggio, si sarebbe ricoperto di rose bianche e rosa rampicanti.

La guardò per un istante mentre lei accarezzava un fiore di cui non ricordava il nome e si piegava poi per annusare un tulipano.

«Non profumano» disse, andando lentamente verso di lei.

Kate si raddrizzò all'istante, prima ancora di voltarsi per guardarlo. Era sicuro che avesse riconosciuto la sua voce, cosa che gli diede una certa soddisfazione.

Mentre le si avvicinava, fissò il fiore rosso fuoco e disse: «Sono belli e in un certo senso rari nei giardini inglesi, ma purtroppo non profumano».

Kate attese per rispondere più di quanto lui non si aspettasse, quindi disse: «Non avevo mai visto un tulipano, prima».

Quell'affermazione lo fece sorridere. «Mai?»

«Be', non nella terra» spiegò lei. «Edwina ne ha ricevuti parecchi mazzi ma non ne avevo mai visto uno ancora nel terreno.»

«Sono i fiori preferiti di mia madre» disse Anthony chinandosi e cogliendone uno. «Oltre ai giacinti, ovviamente.»

Lei sorrise incuriosita. «Ovviamente?» gli fece eco.

«Mia sorella più piccola si chiama Hyacinth» le disse porgendole il fiore. «Non lo sapevate?»

Kate scosse la testa.

«Capisco» mormorò lui. «È abbastanza noto che siamo stati battezzati in ordine alfabetico, da Anthony fino a Hyacinth. Forse, però, io so di voi più di quanto voi non sappiate di me.»

Kate sbarrò gli occhi sorpresa. «Potrebbe essere vero.»

Anthony inarcò un sopracciglio.

«Sono sbalordito, Miss Sheffield. Mi aspettavo un: "Io so anche troppo".»

Kate cercò di non dimostrarsi seccata per l'imitazione della propria voce. Rispose tuttavia in modo estremamente sardonico: «Ho promesso a Mary che mi sarei comportata bene».

Anthony scoppiò a ridere.

«Strano» commentò Kate. «Edwina ha reagito allo stesso modo.»

Lui si appoggiò contro l'arco. «Sono molto curioso di sapere che cosa consideriate un buon comportamento.»

Lei alzò le spalle e giocherellò con il tulipano che aveva in mano. «Lo stabilirò con l'andare del tempo.»

«Ma non dovreste battibeccare con il vostro ospite, giusto?»

Kate gli lanciò un'occhiataccia. «Si è discusso anche se considerarvi o meno nostro ospite, milord. Dopotutto, gli inviti sono stati mandati da vostra madre.»

«Già» ammise lui. «Ma la casa è di mia proprietà. Vi dà un fastidio infernale, vero?»

«Essere cortese con voi?»

Il visconte annuì.

«Non è la cosa più facile che io abbia fatto.» L'espressione di lui mutò leggermente, come se intendesse smetterla di stuzzicarla. Come se avesse in mente qualcosa di completamente diverso. «Adesso però non vi risulta così difficile, vero?»

«Voi non mi piacete, milord» gli ricordò.

«No» commentò lui divertito. «Non pensavo di piacervi.»

Kate cominciò a sentirsi molto strana, proprio come le era accaduto nello studio, appena prima che Anthony la baciasse: nervosa, accaldata, con uno strano nodo allo stomaco e indietreggiò di un passo.

Lui pareva divertito, quasi sapesse esattamente ciò che lei stava provando.

Kate giocherellò ancora con il fiore, quindi disse: «Non avreste dovuto coglierlo».

«Dovevate avere un tulipano» replicò lui, deciso. «Non è giusto che i fiori li riceva solo Edwina.»

Lo stomaco di Kate, già in subbuglio, ebbe uno scossone. «Comunque,» riuscì a dire «il giardiniere non apprezzerà questa mutilazione alla sua opera.»

Anthony sorrise diabolicamente. «Darà la colpa a uno dei miei fratelli più piccoli.»

Lei non riuscì a evitare di sorridere. «Dovrei stimarvi di meno per questa bassezza.»

«E invece?»

Lei scosse la testa. «La mia opinione su di voi non potrebbe ulteriormente calare.»

Lui l'ammonì. «Dovevate comportarvi bene.»

Kate si guardò attorno. «Non conta se non c'è nessuno a sentirmi, no?»

«Io vi posso sentire.»

«Voi non contate di certo.»

Anthony piegò la testa nella sua direzione. «Direi che dovrei essere l'unico a contare.»

Kate non commentò e cercò di non guardarlo negli occhi sapendo che altrimenti il suo stomaco avrebbe sobbalzato di nuovo.

«Miss Sheffield?» mormorò lui.

Kate lo guardò. Fu un grande errore. «Perché mi avete cercata?»

«In effetti, non l'ho fatto. Sono rimasto sorpreso quanto voi nel vedervi.» Si rese conto all'improvviso che doveva comprendere subito che sua madre nascondeva qualcosa quando lo aveva spinto a recarsi nei giardini.

Era possibile che lo stesse indirizzando verso la Miss Sheffield sbagliata? Non poteva certo preferire Kate a Edwina come futura nuora.

«Ora che vi ho incontrata, tuttavia» le disse «c'è qualcosa che intendevo dirvi. Volevo scusarmi.»

Questo sì che la fece balzare sull'attenti. Kate sbarrò gli occhi sbalordita. «Come avete detto?» domandò. Anthony trovò che la sua voce fosse alquanto gracchiante.

«Vi devo delle scuse per il mio comportamento dell'altra sera» continuò. «Vi ho trattato molto scortesemente.»

«Vi state scusando per il bacio?» chiese lei, ancora sbigottita.

Il bacio? Non aveva nemmeno pensato di scusarsi per il bacio. Non lo aveva mai fatto prima. Si riferiva piuttosto alle cose sgradevoli che le aveva detto dopo averla baciata.

«Ehm, sì,» mentì «per il bacio. E anche per quello che vi ho detto.»

«Capisco» mormorò lei. «Non pensavo che i libertini si scusassero.»

Quell'abitudine di trarre conclusioni nei suoi confronti era maledettamente seccante. «Questo libertino lo fa.»

Lei trasse un profondo respiro. «Allora accetto le vostre scuse.»

«Eccellente» commentò lui con il suo sorriso più accattivante. «Posso scortarvi a casa?»

Lei annuì. «Spero non pensiate che ciò possa farmi cambiare idea riguardo a voi e Edwina.»

«Non ho mai pensato di placarvi con così poco.»

Lei si voltò di scatto, fissandolo in modo estremamente diretto. «Rimane il fatto che mi avete baciata» gli disse bruscamente.

«E voi avete baciato me» non si trattenne dal replicare lui. Le guance di Kate si colorirono di un delizioso rosa. «Rimane il fatto che è accaduto. Se sposaste Edwina, nonostante la vostra reputazione, che non considero irrilevante...»

«No» mormorò lui «ne sono sicuro.»

Lei gli lanciò un'occhiataccia. «Nonostante la vostra reputazione, *quello* esisterebbe sempre tra di noi. Una volta che qualcosa accade, non si può eliminare.»

Per un momento fu tentato di chiedere: *"Quello?"* per spingerla a pronunciare di nuovo la parola "bacio", ma alla fine si trattenne. Comunque, Kate aveva ragione. Quel bacio sarebbe sempre rimasto fra loro. Anche in quel momento, con le guance di lei colorite dall'imbarazzo, lui si chiese che effetto gli avrebbe fatto stringerla fra le braccia.

Avrebbe avuto il profumo del giardino o quell'esasperante fragranza di gigli e saponetta?

Si sarebbe abbandonata al suo abbraccio o lo avrebbe respinto, scappando verso la casa?

C'era un solo modo per scoprirlo e metterlo in atto avrebbe rovinato per sempre le sue opportunità con Edwina.

Come però Kate aveva sottolineato, sposare Edwina avrebbe procurato troppe complicazioni. Forse era arrivato il momento di scegliere una nuova candidata, per quanto potesse essere seccante l'idea.

Forse era il momento giusto per baciare di nuovo Kate Sheffield, lì, con i fiori che accarezzavano le caviglie e il profumo di glicine che aleggiava nell'aria.

Forse...

9

Gli uomini sono creature contraddittorie. La loro testa non va mai d'accordo con il loro cuore e, come le donne sanno anche troppo bene, le loro azioni sono solitamente governate da una parte ancora diversa.

Da «Le cronache mondane di Lady Whistledown»
29 aprile 1814

O forse no.

Proprio mentre Anthony stava studiando il modo migliore per farsi strada verso le labbra di lei, udì l'odioso suono della voce del fratello minore.

«Anthony!» esclamò Colin. «Eccoti, finalmente.»

Miss Sheffield, ignara di quanto fosse stata vicina a essere baciata fino allo stordimento, si voltò per guardare Colin che si avvicinava.

«Un giorno di questi,» mormorò Anthony «lo ucciderò.»

Kate si voltò nuovamente. «Avete detto qualcosa, milord?»

Anthony la ignorò. Era la cosa migliore da fare perché non ignorarla tendeva a farlo smaniare per lei, cosa che poteva condurlo direttamente sulla via del disastro.

In realtà avrebbe dovuto essere grato a Colin per quell'interruzione. Qualche altro secondo e lui avrebbe baciato Kate Sheffield, commettendo il più grande errore della sua vita.

Un bacio a Kate poteva essere scusato, soprattutto valutando quanto lei lo aveva provocato la sera del concerto nel suo studio. Ma due... be', con due qualsiasi uomo d'onore avrebbe interrotto immediatamente il corteggiamento di Edwina.

Non riusciva a credere quanto fosse stato vicino a far naufragare il progetto di sposare Edwina. Ma che cosa aveva in mente? Era la moglie perfetta per i suoi scopi. Solo quando si trovava vicino alla sorella impicciona gli si confondeva il cervello.

«Anthony e Miss Sheffield» esclamò Colin avvicinandosi e osservandoli incuriosito: sapeva bene che non andavano d'accordo. «Che sorpresa!»

«Stavo visitando i giardini di vostra madre» disse Kate «e mi sono imbattuta in vostro fratello.»

Anthony annuì con il capo.

«Sono arrivati Daphne e Simon» annunciò Colin.

Anthony si rivolse a Kate e spiegò: «Mia sorella con il marito».

«Il duca?» domandò lei cortesemente.

«Proprio lui» borbottò il visconte.

Colin rise per la reazione del fratello. «Anthony si opponeva al matrimonio» spiegò a Kate. «Lo manda in bestia il fatto che siano felici.»

«Oh, per l'amor...» Anthony si bloccò prima di imprecare davanti a Kate. «Sono più che contento che mia sorella sia felice» disse allora, senza però sembrarlo. «Solo che avrei desiderato un'altra opportunità per pestare quel bast... quel mascalzone prima che si imbarcassero nel "e vissero felici e contenti".»

Kate represse una risata. «Capisco» disse, sicura di non essere riuscita a mantenere un'espressione decorosa.

Colin le sorrise prima di rivolgersi nuovamente al fratello. «Daff ha suggerito una partita a Pall Mall. Che ne dici? Non giochiamo da anni. Se iniziamo presto potremmo evitare quelle signorine svenevoli che la mamma ha invitato per noi.» Rivolse a Kate un sorriso cui tutto sarebbe stato perdonato. «Esclusi i presenti, ovviamente.»

«Ovviamente» mormorò Kate.

Colin si sporse in avanti, con gli occhi verdi che brillavano di malizia. «*Nessuno* commetterebbe mai l'errore di definire voi una signorina svenevole» aggiunse sorridendo.

«È un complimento?» chiese lei.

«Senza dubbio.»

«Allora l'accetterò di buon grado.»

Colin rise e disse a Anthony: «Mi piace». Domandò quindi a Kate: «Avete mai giocato a Pall Mall, Miss Sheffield?».

«Temo di no. Non so nemmeno cosa sia.»

«È divertentissimo. Un gioco all'aperto, più popolare in Francia che qui, lo chiamano *Paille Maille*.»

«Come si gioca?» s'informò Kate.

«Si piazzano delle porte su un percorso» spiegò Colin «poi ci si fanno passare attraverso delle palle di legno tirandole con delle mazze.»

«Sembra abbastanza semplice» rifletté lei.

«Non se si gioca con i Bridgerton» rise Colin.

«Cosa significa?»

«Significa» si intromise Anthony «che non abbiamo mai ritenuto opportuno seguire le regole. Colin piazza le porte sulle radici degli alberi…»

«E tu hai orientato le tue verso il lago» lo interruppe Colin. «Non abbiamo mai più trovato la palla rossa dopo che Daphne l'ha fatta affondare.»

Kate sapeva di non dover trascorrere un pomeriggio in compagnia del visconte Bridgerton ma, che diavolo, il Pall Mall sembrava divertente. «Potrebbe esserci posto per un'altra giocatrice?» domandò. «Visto che mi avete già esclusa dai ranghi delle svenevoli?»

«Ma certo!» esclamò Colin. «Sospetto stareste benissimo fra noi cospiratori e bari.»

«Venendo da voi,» disse Kate ridendo «so che questo era un complimento.»

«Di sicuro. L'onore e l'onestà hanno un proprio luogo e tempo, ma *non* in una partita di Pall Mall.»

«Naturalmente,» intervenne Anthony «dovremo invitare anche vostra sorella.»

«Edwina?» chiese Kate tossendo. Aveva fatto del proprio meglio per tenere i due separati e adesso...

«Avete un'altra sorella?» le domandò Colin interessato.

Lei lo guardò con aria truce. «Potrebbe non voler giocare. Penso che stesse riposando in camera.»

«Dirò alla domestica di bussare piano» mentì Anthony.

«Eccellente!» esclamò Colin. «Saremo pari. Tre uomini e tre donne.»

«Si gioca a squadre?» si informò Kate.

«No» rispose lui. «Ma mia madre ha sempre insistito perché tutto venisse fatto a forze pari.»

Kate non riusciva a immaginare la deliziosa signora con cui aveva chiacchierato infuriarsi per una partita di Pall Mall, ma pensò che non stesse a lei commentare.

«Andrò io a prendere Miss Sheffield» mormorò Anthony. «Colin, perché non accompagni "questa" Miss Sheffield al campo e ci incontriamo lì fra mezz'ora?»

Kate fece per protestare contro l'accordo che lasciava Edwina sola in compagnia del visconte ma, alla fine, restò in silenzio.

Anthony notò il suo disappunto e sogghignò odiosamente prima di dire: «Sono felice che siate d'accordo con me, Miss Sheffield».

Lei sbuffò. Se avesse detto qualcosa non sarebbe stato niente di troppo cortese.

«Magnifico!» esclamò Colin. «Ci vediamo dopo.» Prese quindi a braccetto Kate e la portò via, lasciando Anthony a sghignazzare alle loro spalle.

Colin e Kate camminarono fino ad arrivare a una radura che costeggiava un laghetto.

«Casa della palla rossa, immagino» osservò Kate, indicando l'acqua.

Colin rise e annuì. «È un peccato, perché avevamo l'attrezzatura per otto in modo che tutti i fratelli potessero giocare.»

Kate non era certa se sorridere o corrugare la fronte. «Siete una famiglia molto unita, vero?»

«La migliore» rispose semplicemente Colin, avvicinandosi a un capanno.

Kate lo seguì. «Sapete che ore sono?» gli domandò quindi.

Lui si fermò, tirò fuori l'orologio dalla tasca e lo aprì. «Le tre e dieci.»

«Grazie.» Avevano lasciato Anthony alle tre meno cinque circa e lui aveva promesso di portare Edwina al campo da gioco in mezz'ora, sarebbero quindi stati lì per le tre e venticinque. Se il visconte e Edwina fossero arrivati per le tre e mezzo al massimo, lei non avrebbe avuto niente da dire.

Colin tornò verso il capanno e Kate lo osservò interessata quando lui strattonò la porta per aprirla. «Pare molto arrugginita» commentò.

«È passato parecchio tempo dall'ultima volta che siamo venuti qui a giocare» spiegò lui.

«Davvero? Se avessi una casa come questa, non andrei mai a Londra.»

Colin si voltò. «Assomigliate molto a Anthony, lo sapevate?»

Kate ansimò. «State scherzando, vero?»

Colin scosse la testa. «Forse perché siete entrambi i figli maggiori. Ringrazio ogni giorno il cielo di non essere nato nei panni di Anthony.»

«Cosa intendete dire?»

Colin alzò le spalle. «Non vorrei le sue responsabilità. Il titolo, la famiglia, il patrimonio... è tanto da reggere sulle spalle.»

Kate non voleva sentire nulla che potesse farle cambiare idea sul visconte, anche se doveva ammettere di essere rimasta impressionata dall'apparente sincerità delle scuse che le aveva porto nel giardino. «Che cosa c'entra con Aubrey Hall?»

Colin la fissò con espressione vacua per un istante, come se avesse dimenticato che tutto era partito dalla sua innocente osservazione su Aubrey Hall. «Nulla, suppongo, e tutto, al tempo stesso. Anthony adora questo posto.»

«Ma sta sempre a Londra» sottolineò Kate. «No?»

«Lo so. Strano, vero?» rispose Colin. Aprì quindi completamente la porta e tirò fuori un carrello che conteneva otto mazze e sette palle di legno. «Un po' ammuffito, ma può andare.»

«A parte la mancanza della palla rossa» commentò Kate con un sorriso.

«La colpa è tutta di Daphne» replicò Colin. «Do sempre la colpa di tutto a Daphne. Mi rende la vita più semplice.»

«Ti ho sentito!»

Kate si voltò e vide una attraente giovane coppia che si avvicinava. L'uomo era maledettamente bello, con capelli scurissimi e occhi chiarissimi. La donna non poteva essere altro che una Bridgerton, con gli stessi capelli castani di Colin e Anthony. Kate aveva sentito dire che i Bridgerton si assomigliavano tutti ma non lo aveva creduto fino a quel momento.

«Daff!» esclamò Colin. «Sei arrivata in tempo per aiutaci a sistemare le porte.»

Lei gli fece un sorrisetto. «Non ti avrei mai lasciato sistemare il percorso da solo!» Poi si rivolse al marito. «Non mi fido di lui.»

«Non l'ascoltate» disse Colin a Kate.

«Visto che mio fratello non farà di sicuro gli onori di casa, mi presenterò da sola. Sono Daphne, duchessa di Hastings, e questo è mio marito Simon.»

Kate si inchinò. «Vostra Grazia.»

Colin la indicò e disse: «Lei è Miss Sheffield».

Daphne apparve confusa. «Siamo passati davanti a Anthony che stava andando a prendere Miss Sheffield.»

«Mia sorella» spiegò Kate. «Edwina. Io sono Katharine. Kate per gli amici.»

«Se siete così ardita da giocare a Pall Mall con i Bridgerton, vi voglio decisamente come amica» disse Daphne con un bel sorriso. «Chiamatemi Daphne e mio marito Simon.»

«Certamente» disse lui e Kate ebbe la chiara impressione che sarebbe stato d'accordo anche se lei avesse detto che il cielo era arancione: era chiaro che la adorava.

Quell'amore, pensò Kate, era ciò che lei desiderava per Edwina.

«Lascia che ne prenda la metà,» disse Daphne allungando le mani verso le porte che teneva il fratello «io e Kate ne sistemeremo tre e tu e Simon il resto.»

Prima che potesse suggerire qualcosa, Daphne la prese a braccetto dirigendosi verso il lago.

«Dobbiamo assolutamente far sì che Anthony perda la palla nel lago» bofonchiò Daphne. «Non gli ho perdonato l'ultima partita. Benedict e Colin stavano per morire dalle risate. E Anthony stava lì a sogghignare! Nessuno lo sa fare meglio di lui.»

«Lo so» disse Kate abbastanza sotto voce perché la duchessa la sentisse.

«Lo avrei ucciso volentieri.»

Kate non riuscì a evitare di chiedere: «Che cosa succederà quando avrete perso tutte le palle nel lago? Non ho ancora giocato con voi, ma sembrate molto competitivi e mi pare quasi...».

«Inevitabile?» terminò per lei Daphne. «Avete ragione. Non siamo affatto sportivi quando si tratta di Pall Mall. Appena un Bridgerton prende in mano una mazza, diventa il peggiore dei bari e dei bugiardi. Il gioco non consiste tanto nel vincere, quanto nell'assicurarsi che gli altri perdano. So che sembra orribile, ma non lo è. Non vi sarete mai divertita tanto. Nel giro di poco, tuttavia, tutte le palle saranno finite nel lago e dovremo mandarne a prendere delle altre in Francia.» Infilzò una porta nel terreno. «So che sembra uno spreco, ma ne vale la pena per umiliare i miei fratelli.»

Kate cercò di non ridere, ma non ebbe successo.

«Voi avete dei fratelli?» domandò Daphne.

«No. Ho solo mia sorella Edwina.»

Daphne si schermò gli occhi ed esaminò l'area alla ricerca di una posizione ostica in cui piazzare una porta. Quando ne avvistò una, a cavallo della radice di un albero, partì e Kate dovette seguirla.

«Quattro fratelli maschi» disse Daphne, infilando la porta nel terreno «forniscono una eccellente educazione.»

«Chissà quante cose avrete imparato» commentò Kate, impressionata. «Sapete fare un occhio nero a un uomo? Atterrarlo?»

Daphne sorrise maliziosa. «Chiedetelo a mio marito.»

«Chiedermi cosa?» gridò il duca dal punto in cui lui e Colin stavano piazzando una porta su una radice dalla parte opposta dello stesso albero.

«Nulla» rispose la duchessa con espressione innocente. «Ho anche imparato» sussurrò a Kate «quando è meglio tenere la bocca chiusa. Gli uomini sono più facili da tenere a bada se si conoscono delle cose basilari della loro natura.»

«Cioè?» domandò Kate.

Daphne le sussurrò: «Non sono svegli come noi, né altrettanto intuitivi e non occorre che sappiano nemmeno il cinquanta per cento di ciò che facciamo». Si guardò attorno. «Non mi avrà sentito, vero?»

Simon saltò fuori da dietro l'albero. «Ogni parola.»

Kate soffocò una risata quando Daphne sobbalzò.

«Ma è vero» insistette Daphne.

Simon incrociò le braccia. «Te lo lascerò credere» si rivolse quindi a Kate. «Anch'io ho imparato qualcosa sulle donne, negli anni.»

«Davvero?» esclamò Kate affascinata.

Lui si chinò come se stesse per rivelarle un segreto di Stato. «Sono più facili da tenere a bada se si permette loro di credere di essere più sveglie e intuitive e le nostre vite sono ben più tranquille se fingiamo di sapere solo il cinquanta per cento di quello che fanno.»

Colin si avvicinò agitando una mazza. «Stanno litigando?»

«Stiamo chiacchierando» lo corresse Daphne.

«Dio mi salvi da queste chiacchiere» commentò Colin.

« E ora, vediamo di scegliere i colori.»

Kate lo seguì all'attrezzatura da Pall Mall, continuando a tamburellare le dita su una gamba. «Sapete che ore sono?» gli domandò.

Colin guardò l'orologio. «Sono appena passate le tre e mezzo, perché?»

«Pensavo solo che Edwina e il visconte sarebbero arrivati alle tre e mezzo» rispose lei cercando di non apparire preoccupata.

Colin alzò le spalle. «Vero» disse e poi del tutto ignaro dell'agitazione di lei aggiunse: «Ecco. Siete voi l'ospite. Scegliete per prima. Che colore volete?».

Senza riflettere, Kate allungò una mano e prese una mazza, e soltanto quando l'ebbe in mano si accorse che era nera.

«La mazza della morte» commentò Colin in tono di approvazione. «Sapevo che sareste stata un'ottima giocatrice.»

«Lasciamo quella rosa per Anthony» suggerì Daphne prendendo la mazza verde.

Il duca prese quella arancione, voltandosi verso Kate mentre diceva: «Mi siete testimone che non ho nulla a che fare con la mazza rosa dei Bridgerton, vero?».

Kate sorrise. «Ho notato soltanto che voi non l'avete scelta.»

«Certo che no» replicò lui in tono malizioso. «Mia moglie l'aveva già assegnata a lui. Non potevo contraddirla, vi pare?»

«Per me quella gialla» disse Colin. «Blu per Miss Edwina, che ne dite?»

«Oh, sì» confermò Kate. «Edwina ama il blu.»

I quattro guardarono le due mazze che rimanevano: rosa e viola.

«Non gli piacerebbe nessuna delle due» commentò Daphne.

Colin annuì. «Ma quella rosa gli piacerà anche meno.» Prese quindi la mazza viola e la ributtò nel capanno, facendola seguire dalla palla viola.

«Ma dov'è Anthony?» domandò il duca.

«Ottima domanda» commentò Kate, che appariva nervosissima.

«Immagino che vogliate sapere l'ora. Ho notato che quando cominciate a muovere le mani in quel modo… state per chiedermi che ore sono. Sono un buon osservatore. Comunque sono le quattro meno un quarto» disse Colin.

«Avete imparato molte cose di me nell'ultima ora» osservò Kate. «Quei due dovrebbero essere già qui, però.»

Colin le sussurrò: «Dubito che mio fratello stia violentando vostra sorella».

Kate sobbalzò. «Lord Bridgerton!»

«Di che state parlando?» domandò Daphne.

Colin sogghignò. «Miss Sheffield teme che Anthony stia compromettendo l'altra Miss Sheffield.»

«Colin!» esclamò Daphne. «Non è affatto divertente.»

«E nemmeno vero» protestò Kate. Be', quasi: il visconte stava probabilmente facendo di tutto per affascinare Edwina, il che era pericoloso di per sé.

Kate soppesò la mazza che teneva in mano cercando di studiare un modo in cui poterla picchiare sulla testa del visconte facendolo passare per un incidente.

Proprio la mazza della morte.

Anthony controllò l'orologio: erano quasi le tre e mezzo. Sarebbero arrivati tardi. Sogghignò: non poteva farci niente.

Di solito insisteva sulla puntualità, ma se il ritardo poteva risultare una tortura per Kate Sheffield, non gli dispiaceva affatto tardare.

Lei si stava sicuramente contorcendo per l'ansia, inorridita al pensiero della preziosa sorellina nelle sue grinfie.

Era un'immagine fantastica. Lui sarebbe arrivato in tempo, non avesse dovuto aspettare Edwina: gli aveva fatto dire dalla cameriera che sarebbe scesa in dieci minuti. Ma ne erano già passati venti. Lui non poteva farci niente se Edwina era in ritardo.

Anthony vide all'improvviso il resto della propria vita... ad aspettarla. Non sarebbe stata forse perennemente in ritardo?

Udì dei passi nel corridoio e, quando sollevò lo sguardo, la delicata figura di Edwina era incorniciata dalla porta.

Era, pensò lui spassionatamente, una vera visione. Anthony si aspettava di sentirsi crescere dentro una reazione qualsiasi. Nessun uomo poteva essere immune alla sua bellezza. Nulla, nemmeno il più pallido desiderio di baciarla. Forse era un bene. Dopotutto, non voleva una moglie di cui innamorarsi. Il desiderio poteva tanto andare bene quanto essere pericoloso: a differenza del disinteresse, poteva anche sfociare in amore.

«Mi dispiace terribilmente di essere in ritardo, milord» disse cortesemente Edwina.

«Non è un problema» replicò lui, rallegrato dalle ultime considerazioni fatte. Sarebbe andata benissimo come moglie. Non c'era bisogno di cercare altrove. «Ma dovremmo andare. Gli altri avranno già allestito il percorso.»

La prese a braccetto e uscì di casa. Fece un commento sul tempo e ne fece uno anche lei.

Dopo aver esaurito ogni possibile argomento relativo al tempo, restarono in silenzio e poi, dopo tre minuti buoni, Edwina domandò all'improvviso: «Cosa avete studiato all'università?».

Anthony la guardò in modo strano. Non ricordava che nessuna giovane gli avesse mai posto una domanda simile. «Oh, il solito» rispose.

«Ma che cosa, di preciso?» insistette lei, stranamente impaziente.

«Storia e un po' di letteratura.»

«Oh» rifletté lei per un istante. «Io adoro leggere.»

«Davvero?» lui la guardò con rinnovato interesse. «E cosa?»

Lei sembrò rilassarsi. «Romanzi e filosofia quando sono in vena di migliorarmi.»

«Filosofia? Non sono mai riuscito a mandarla giù.»

Edwina fece una delle sue risate affascinanti. «Anche Kate la pensa così. Mi dice sempre che sa perfettamente come vivere la propria vita senza che un defunto le dia istruzioni.»

Anthony pensò alle letture di Aristotele e Cartesio all'università, quindi ai tentativi di evitare le letture di Aristotele e Cartesio all'università. «Penso di essere d'accordo con vostra sorella.»

Edwina sorrise. «Voi d'accordo con Kate? Devo segnarlo sul calendario.»

Anthony le lanciò un'occhiata in tralice. «Siete più impertinente di quanto non sembriate.»

«Nemmeno la metà di Kate.»

«Di questo non ho mai dubitato.»

Sentì ridere Edwina e, quando arrivarono al campo, videro gli altri giocatori che facevano dondolare le mazze, in attesa.

«Oh, stramaledizione» imprecò Anthony, dimenticando completamente di essere in compagnia della donna che programmava di sposare. «Kate ha preso la mazza della morte.»

10

La festa in campagna è un evento molto pericoloso. Le persone sposate si trovano spesso in compagnia di coniugi non propri e quelle non sposate rientrano spesso in città molto fidanzate.

In effetti i fidanzamenti più sensazionali avvengono proprio in seguito a questi incanti bucolici.

Da «Le cronache mondane di Lady Whistledown»
2 maggio 1814

«Ci avete messo parecchio ad arrivare» gli fece notare Colin non appena Anthony e Edwina ebbero raggiunto il gruppo. «Siamo pronti. Edwina prende il blu.» Le consegnò una mazza. «Anthony, tu hai il rosa.»

«Io il rosa e lei» Anthony indicò Kate «ha diritto alla mazza della morte?»

«L'ho lasciata scegliere per prima perché è nostra ospite.»

«Di solito è Anthony che prende il nero» spiegò Daphne.

«Non dovreste prendere il rosa» disse Edwina ad Anthony. «Non vi si addice. Scambiatelo con me.»

«Non dite sciocchezze» la bloccò Colin. «Abbiamo deciso che il blu dovevate averlo voi perché è in tono con i vostri occhi.»

Kate sentì il visconte gemere e quindi annunciare: «Prenderò il rosa e vincerò comunque. Vediamo di iniziare».

Il visconte strappò la mazza dalle mani del fratello.

«Iniziamo dal più giovane al più vecchio?» suggerì Colin inchinandosi davanti a Edwina.

Lei scosse la testa. «Preferirei essere ultima per avere l'occasione di osservare quelli più esperti di me.»

«Donna saggia» mormorò Colin. «Allora faremo dal più vecchio al più giovane. Anthony, penso tocchi a te.»

«Mi dispiace, caro fratello, ma credo che Hastings mi batta di qualche mese.»

Edwina sussurrò a Kate: «Perché ho l'impressione che ci sia in atto una faida familiare?».

«Penso che i Bridgerton prendano molto seriamente il Pall Mall» sussurrò di rimando Kate. I tre uomini avevano assunto espressioni da bulldog, determinati a vincere.

«Ehi, è vietato fare combutta» le ammonì Colin.

«Non sapremmo nemmeno come farla visto che nessuno ci ha spiegato le regole del gioco.»

«Seguite e basta, capirete giocando» rispose secca Daphne.

«Penso che lo scopo sia far affondare la palla dell'avversario nel lago» sussurrò Kate alla sorella. «Quanto meno è come la vedono i Bridgerton.»

«State ancora tramando!» gridò Colin senza nemmeno guardarle. Si rivolse quindi al duca: «Hastings, colpisci quella fottuta palla. Non abbiamo tutto il giorno a disposizione».

«Colin,» intervenne Daphne «non imprecare, ci sono delle signore.»

«Tu non conti.»

«Ce ne sono altre due oltre me.»

Colin strizzò gli occhi e si rivolse alle Sheffield. «Vi disturba?»

«Niente affatto» rispose Kate affascinata. Edwina scosse la testa.

«Bene.» Colin tornò al duca. «Hastings, muoviti!»

«Sapete, vero,» disse quello rivolgendosi a nessuno in particolare «che non ho mai giocato prima?»

«Dai alla palla una bella botta in quella direzione, tesoro» disse Daphne indicando la prima porta.

«Ma quella non è l'ultima porta?» domandò Anthony.

«È la prima.»

«Dovrebbe essere l'ultima.»

Daphne si irritò. «Ho preparato io il percorso ed è la prima.»

«Ha preparato lei il percorso» sottolineò Kate.

Anthony, Colin, Simon e Daphne la guardarono sbalorditi, quasi non potessero credere che qualcuno avesse avuto il fegato di intromettersi nella disputa. Daphne la prese quindi a braccetto. «Credo di adorarvi, Kate Sheffield» proclamò.

«Che Dio mi aiuti» bofonchiò Anthony.

Il duca colpì la palla che corse sul prato. «Ben fatto, Simon!» gridò Daphne.

Colin si voltò e fissò la sorella con disprezzo. «Non ci si rallegra per gli avversari.»

«Ma lui non ha mai giocato, non è probabile che vinca.»

«Non importa» ribatté Colin.

Daphne si rivolse a Kate e Edwina e spiegò: «Temo che la scorrettezza sia un requisito fondamentale nel Pall Mall dei Bridgerton».

«L'avevo immaginato» commentò Kate.

«Tocca a me» disse Anthony. Guardò con sdegno la palla rosa e la colpì con forza e quella volò magnificamente lontano andando tuttavia a sbattere contro un albero e ricadendo a terra come un sasso.

«Splendido!» esclamò Colin preparandosi a tirare. La palla gialla finì presso la prima porta e arrivò il turno di Kate.

«Posso fare un tiro di prova?» domandò lei.

«No» risposero tre voci all'unisono.

«Benissimo» brontolò lei. «Fatevi indietro. Non mi sento affatto responsabile se ferirò qualcuno al primo tiro.» Sollevò indietro la mazza e colpì la palla con tutta la forza che aveva in corpo; quella partì in un bell'arco per andare tuttavia a sbattere contro lo stesso albero che aveva bloccato quella di Anthony, finendo accanto a quella rosa.

«Oh, cielo!» commentò Daphne con aria mesta.

«Perché?» domandò Kate preoccupata.

«Lo vedrete da sola.» Daphne tirò e seguì la propria palla.

Kate guardò Anthony: sembrava davvero compiaciuto della situazione.

«Che avete intenzione di farmi?» gli domandò.

Lui si sporse in avanti, diabolicamente. «La domanda giusta è cosa *non* ho intenzione di farvi.»

«Credo sia il mio turno» disse Edwina, avvicinandosi al punto di partenza. Colpì la palla con un colpo asfittico e gemette quando quella non percorse che un terzo della strada fatta dagli altri.

«Metteteci un po' più di forza la prossima volta» commentò Anthony prima di dirigersi verso la propria palla. «Hastings, tocca a te!»

Mentre il duca faceva volare la palla verso la porta successiva, Anthony si appoggiò contro l'albero a braccia conserte, aspettando Kate.

«Oh, Miss Sheffield» esclamò alla fine. «Il gioco prevede che ognuno segua la propria palla!»

«Eccomi qui» brontolò lei. «E con ciò?»

«Dovreste trattarmi con maggior rispetto» replicò lui.

«Dopo che vi siete attardato con Edwina?» sibilò lei. «Quello che dovrei fare è squartarvi.»

«Che giovane assetata di sangue» rifletté il visconte. «Riuscirete bene a Pall Mall... un giorno.»

Lui osservò il volto di lei diventare paonazzo, quindi sbiancare. «Che intendete dire?» domandò Kate.

«Santo cielo, Anthony, è il tuo fottuto turno!» urlò Colin.

Anthony abbassò lo sguardo sulle palle di legno accostate sull'erba, quella di lei nera, la propria orrendamente rosa. «Giusto» mormorò. «Non vorrei far aspettare il caro Colin.» Così dicendo, appoggiò il piede sopra la propria palla, prese la mira e...

«Che state facendo?» strillò Kate.

... fece partire il colpo. La palla rosa restò ferma sotto al suo piede mentre quella di lei volò giù per la collina apparentemente per miglia.

«Siete odioso!»

«Tutto è concesso in amore e in guerra» ribatté lui scherzando.

«Vi ucciderò.»

«Potrete provarci, ma prima mi dovrete raggiungere» la schernì Anthony.

Kate guardò la mazza della morte quindi adocchiò il piede dell'uomo.

«Non pensateci nemmeno» l'ammonì Anthony.

«Sono molto tentata.»

Si sporse con fare minaccioso. «Abbiamo dei testimoni.»

«È l'unica cosa che vi salva la vita.»

Lui sorrise. «Credo che la vostra palla sia giù dalla collina, Miss Sheffield. Penso che ci rivedremo fra una mezz'ora, quando ci raggiungerete.»

Proprio in quel momento, Daphne gli passò accanto seguendo la propria palla che, inosservata, era rotolata oltre i loro piedi. «Ecco perché avevo detto "Oh, cielo!"» disse.

«Me la pagherete» sibilò Kate e marciò giù per la collina.

Mezz'ora dopo era ancora due porte dietro il penultimo giocatore. Anthony stava vincendo, cosa che la irritava infinitamente. Lei era tuttavia così indietro che fortunatamente non poteva vedere la sua espressione gongolante. Mentre si girava i pollici aspettando che arrivasse il proprio turno, Kate lo sentì lanciare un grido di rabbia. Si fece subito attenta. Aspettandosi una possibile sconfitta di Anthony, vide la palla rosa arrivare sull'erba proprio verso di lei. Sollevando lo sguardo notò Colin che piroettava in aria, gridando esultante: «Yu-huuu!».

Anthony sembrava lì lì per sbudellare il fratello sul posto.

Anche Kate avrebbe fatto un balletto... Se non poteva vincere, la cosa migliore restava assicurarsi che non lo avrebbe fatto nemmeno lui. Tuttavia, anche se la solitudine non era troppo gradevole, era sempre meglio di dover conversare con quell'individuo.

Kate non riuscì però a non mostrarsi soddisfatta quando lo vide arrivare con un'aria da tempesta.

«Che sfortuna, milord» mormorò Kate. «Sono certa che riuscirete comunque ad arrivare secondo o terzo.»

Lui si sporse in avanti con aria minacciosa, brontolando in modo sospetto.

«Miss Sheffield! È il vostro turno!» gridò impaziente Colin dall'alto della collina.

«Proprio così» disse Kate analizzando i colpi che aveva a disposizione. Poteva mirare alla porta successiva o tentare di sabotare Anthony. Sfortunatamente la palla di lui non toccava la sua e quindi non poteva mettere in atto il giochetto del "piede sopra la palla" che lui aveva usato in precedenza.

«Devo prendere una decisione» mormorò lei.

Anthony incrociò le braccia. «L'unico modo per rovinare il mio gioco è rovinare anche il vostro.»

«È vero» ammise lei, aggiungendo poi in tono innocente: «Ma non ho comunque alcuna possibilità di vincere».

«Potreste arrivare seconda o terza» suggerì lui.

Lei scosse la testa. «Improbabile, non pensate? Sono in ogni caso molto indietro e la partita sta per finire.»

«Non avrete intenzione di...» la ammonì lui.

«Oh» replicò lei con sentimento. «Sì invece. Davvero, davvero.» Poi, con il sorriso più diabolico che le si fosse mai stampato sulle labbra, tirò indietro la mazza e colpì la propria palla con tutta la forza che aveva in corpo facendola cozzare contro quella di lui. La potenza del colpo fu considerevole e la palla rosa cominciò a rotolare sempre più giù dalla collina fino... dentro il lago.

Kate fissò la palla rosa che sprofondava nel lago, quindi si sentì travolgere da un grande entusiasmo e, prima di capire cosa stesse facendo, si mise a salterellare intorno come una pazza, gridando: «Sì! Sì! Ho vinto!».

«Non avete vinto, Miss Sheffield» la contraddisse Anthony, gelido.

«Oh, la sensazione è di avere vinto» disse lei, godendosela.

Colin e Daphne si precipitarono giù dalla collina fermandosi accanto a loro. «Ben fatto, Miss Sheffield!» esclamò Colin. «Sapevo che la mazza della morte vi si addiceva.»

«Brillante» confermò Daphne. «Assolutamente brillante.»

Anthony non poté fare altro che incrociare le braccia e incupirsi.

Colin diede a Kate una pacca sulla spalla. «Siete sicura di non essere una Bridgerton sotto mentite spoglie? Avete capito perfettamente lo spirito del gioco.»

«Non ci sarei riuscita senza di voi» gli disse cortesemente Kate. «Se non aveste colpito la sua palla facendola scendere dalla collina...»

Si avvicinò anche il duca, con Edwina al fianco.

«Conclusione sbalorditiva della partita» commentò.

«Non è ancora finita» disse Daphne.

Suo marito le lanciò un'occhiata divertita. «Continuando adesso non ci sarebbe più alcun gusto, non pensi?»

Sorprendentemente, anche Colin si dichiarò d'accordo. «Non riesco a immaginare un finale migliore.»

Kate era raggiante.

Il duca guardò il cielo. «Si sta anche rannuvolando e vorrei far rientrare Daphne prima che si metta a piovere. Nelle sue condizioni...»

Kate fissò sorpresa Daphne che arrossì. Non sembrava affatto incinta.

«Benissimo» disse Colin. «Propongo di finire qui la partita e dichiarare Miss Sheffield vincitrice.»

«Ero due porte dietro agli altri» obbiettò lei.

«Comunque ogni patito del Pall Mall Bridgerton sa che mandare la palla di Anthony nel lago è ben più importante di infilare la propria sotto tutte le porte. Questo vi rende vincitrice, Miss Sheffield. Qualcuno non è d'accordo?» domandò Colin.

Nessuno parlò, anche se Anthony sembrava prossimo a commettere un atto violento.

«Magnifico» concluse Colin. «In questo caso Miss Sheffield ha vinto e Anthony ha perso. D'altra parte qualcuno deve pur perdere. È tradizione.»

«È vero» confermò Daphne. «Siamo dei sanguinari, ma ci piace seguire la tradizione.»

«Siete tutti pazzi» commentò affabilmente il duca. «Adesso io e Daphne vi dobbiamo salutare.»

Edwina, che era rimasta in silenzio per tutta la discussione (anche se aveva guardato a turno i Bridgerton come se fossero appena usciti da un manicomio) si schiarì la voce. «Non pensate che dovremmo cercare di recuperare la palla?» domandò indicando il lago.

Gli altri giocatori fissarono le acque calme come se non avessero mai nemmeno preso in considerazione un'ipotesi così bizzarra.

«Non è finita al centro» aggiunse lei. «Vi è solo rotolata dentro. Probabilmente è vicina alla riva.»

Colin si grattò la testa. Anthony continuò a brontolare.

«Non vorrete perderne un'altra» insistette Edwina. Vedendo che nessuno si muoveva sollevò le braccia ed esclamò: «D'accordo! Andrò a prenderla io!».

Questo risvegliò i due uomini rimasti dal torpore ed entrambi corsero ad aiutarla.

«Non siate sciocca, Miss Sheffield» le disse galantemente Colin incamminandosi giù per la collina. «La prenderò io.»

«Per l'amor del cielo» brontolò Anthony. «Recupererò io quella dannata palla.» Si incamminò a grandi passi, superandoli in fretta. Nonostante la rabbia, non poteva biasimare Kate per le sue azioni. Lui avrebbe fatto lo stesso: avrebbe tuttavia colpito la palla di lei con una forza tale da farla sprofondare nel centro del lago.

Era comunque maledettamente umiliante essere superato da una donna, specialmente da lei.

Raggiunse la riva del lago e sbirciò nell'acqua.

«La vedi?» domandò Colin, fermandosi di fianco a lui.

Anthony scosse la testa. «È comunque un colore stupido. Nessuno ha mai voluto prendere il rosa. Perfino il viola era meglio» disse muovendosi un po' sulla destra. Sollevò improvvisamente lo sguardo, fissando il fratello con aria truce. «Che diavolo è successo alla mazza viola?»

Colin scrollò le spalle. «Non ne ho la minima idea.»

«Sono sicuro» mormorò Anthony «che riapparirà miracolosamente per domani sera.»

«Potrebbe benissimo essere» commentò Colin allegramente. «Forse già oggi pomeriggio, con un po' di fortuna.»

«Uno di questi giorni ti ucciderò» disse Anthony.

«Non ne dubito.» Colin osservò l'acqua quindi all'improvviso indicò: «Eccola lì!».

La palla sembrava essere a una profondità di una trentina di centimetri. Anthony imprecò sottovoce. Si sarebbe dovuto togliere gli stivali ed entrare. Kate Sheffield sembrava costringerlo in continuazione a togliersi gli stivali e lanciarsi nell'acqua.

No, pensò poi stancamente, non aveva avuto il tempo di toglierseli quando si era buttato nella Serpentine per salvare Edwina. Con un sospiro si sedette su una roccia per sfilarsi gli stivali.

«Sembra che tu abbia tutto sotto controllo» disse Colin «quindi io andrò ad aiutare Miss Sheffield a ritirare le porte.»

Dopo qualche istante, Anthony scosse la testa rassegnato ed entrò in acqua.

«È fredda?» domandò una voce femminile.

Santo cielo, era lei, si voltò: Kate Sheffield si trovava sulla riva.

«Pensavo steste mettendo via le porte» commentò lui in tono un po' secco.

«Era Edwina.»

«Troppe maledette Miss Sheffield» brontolò lui sottovoce. Avrebbe dovuto impedire per legge alle sorelle di debuttare nella stessa Stagione.

«Chiedo scusa?» disse lei, inclinando la testa.

«Dicevo che è gelata» mentì.

«Oh, mi dispiace.»

La cosa attirò la sua attenzione. «Non è vero» replicò alla fine.

«Be', no» ammise lei. «Quanto meno non per il fatto che avete perso. Non volevo però che vi gelaste le dita dei piedi.»

Anthony venne colto dall'insano desiderio di vedere le dita dei piedi di lei. Era un pensiero orrendo. Non doveva assolutamente smaniare per quella donna. Non gli piaceva nemmeno. Sospirò. Falso. In effetti lei gli piaceva in modo quasi paradossale. Pensò, inoltre, che forse anche a Kate lui cominciava a piacere nello stesso modo.

«Avreste fatto la stessa cosa se foste stato al mio posto» gridò lei.

Lui non disse nulla. Si chinò e raccolse la palla, bagnandosi la manica. Maledizione. «Lo so» rispose alla fine.

«Oh!» commentò Kate sorpresa, come se non si fosse aspettata che lo ammettesse.

Il visconte uscì dall'acqua e siccome il terreno attorno alla riva era compatto non si sporcò troppo i piedi.

«Ecco qui» gli disse Kate, allungandogli quella che pareva una coperta. «Era nel capanno. L'ho presa pensando che aveste bisogno di qualcosa per asciugarvi i piedi.»

Anthony restò a bocca aperta e alla fine riuscì a dire: «Grazie», quindi le prese la coperta dalle mani.

«Non sono una persona così terribile, sapete» proseguì Kate sorridendo.

«Nemmeno io.»

«Forse» ammise lei. «Ma non avreste dovuto attardarvi tanto con Edwina. So che lo avete fatto solo per infastidire me.»

Lui inarcò un sopracciglio. «Non pensate che il ritardo possa aver avuto a che fare con il fatto che volessi passare del tempo con la donna che intendo chiedere in moglie?»

Lei arrossì leggermente, poi disse: «Forse sono egocentrica, eppure no, penso che voleste soltanto infastidire me».

Kate aveva ovviamente ragione, tuttavia Anthony non lo avrebbe mai ammesso. «In realtà,» replicò allora «Edwina si è attardata. Non so perché. Mi sembrava scortese andarla a cercare in camera, pretendendo che si sbrigasse, quindi ho aspettato nello studio che fosse pronta.»

Ci fu un lungo momento di silenzio, quindi Kate disse: «Grazie per avermelo detto».

Lui sorrise mestamente. «Non sono una persona così terribile, sapete?»

Kate sospirò. «Lo so.»

Qualcosa nell'espressione rassegnata di lei lo fece sorridere. «Forse un po' terribile?» la stuzzicò.

Lei si rallegrò, il ritorno alla spensieratezza rendeva quella conversazione molto più lieve. «Ma certo.»

«Bene, non sopporterei l'idea di essere noioso.»

Kate sorrise, quindi allungò una mano e prese la palla rosa. «Meglio che riporti questa nel capanno.»

«Nel caso dovessi essere sopraffatto da un incontrollabile impulso di lanciarla nuovamente nel lago?»

Lei annuì. «Qualcosa del genere.»

«Benissimo.» Anthony si alzò. «Io allora porto la coperta.»

«Bello scambio.» Lei si voltò per risalire la collina e avvistò Colin e Edwina che stavano scomparendo in lontananza. «Pare che mia sorella e vostro fratello abbiano deciso di andarsene senza di noi. Suppongo di poter tollerare la vostra compagnia per qualche altro minuto se voi riuscirete a tollerare la mia.»

Lui non commentò, cosa che la sorprese. Le sembrava di avere detto una frase alla quale non avrebbe perso occasione di replicare in modo spiritoso o magari tagliente. La stava invece fissando in un modo stranissimo...

«Va... tutto bene, milord?» gli domandò esitante.

Il visconte annuì. «Sì.» Appariva comunque molto distratto.

Il resto del tragitto fino al capanno fu silenzioso. Kate sistemò la palla rosa nell'attrezzatura e notò che tutto era stato messo via accuratamente da Colin e Edwina, comprese la palla e la mazza viola. Lanciò un'occhiata ad Anthony e sorrise. Era ovvio, dall'aria corrucciata che aveva, che doveva essersene accorto anche lui.

«La coperta va qui dentro, milord» disse Kate.

Anthony scrollò le spalle. «La porterò a casa. Sarà meglio farla lavare.»

Lei annuì, chiusero la porta, quindi si allontanarono insieme.

11

Non c'è niente come una competizione per tirare fuori il peggio di un uomo... o il meglio di una donna.

Da «Le cronache mondane di Lady Whistledown»
4 maggio 1814

Anthony fischiettava mentre percorrevano il sentiero verso casa, lanciando fugaci occhiate a Kate quando lei non guardava. Era davvero una donna attraente, a suo modo. Non capiva perché la cosa continuasse a sorprenderlo, ma era così. Il ricordo di lei non era mai all'altezza del suo particolare, ma incantevole volto nella realtà: era sempre in movimento, sorrideva o corrugava la fronte e non avrebbe mai avuto l'espressione placida e serena che dovevano mostrare le giovani donne.

Era caduto nella stessa trappola in cui era caduto il resto dei giovani dell'alta società: pensare a lei solo confrontandola con la sorella minore. Edwina era bella in modo così stupefacente che chiunque, in sua presenza, poteva soltanto finire sullo sfondo. Era difficile, ammise Anthony, guardare le altre se Edwina era nella stanza. Eppure...

Corrugò la fronte. Non aveva guardato Edwina più di un paio di volte durante tutta la partita. Forse perché quel gioco tirava fuori il peggio dei Bridgerton: probabilmente non avrebbero guardato nemmeno il Principe Reggente se si fosse degnato di partecipare.

La sua mente era tuttavia piena di altre immagini: Kate piegata sulla mazza. Kate che ridacchiava se qualcuno sbagliava. Kate che si rallegrava per Edwina che aveva infilato una porta e, ovviamente, Kate che sorrideva in modo diabolico appena prima di far finire la palla rosa nel lago.

Se non era riuscito a degnare Edwina di uno sguardo, ne aveva tuttavia serbati parecchi per Kate.

Quel fatto avrebbe dovuto essere preoccupante.

La guardò di nuovo. Questa volta lei teneva il viso sollevato verso il cielo, preoccupata.

«C'è qualcosa che non va?» le domandò cortesemente.

Lei scosse la testa. «Mi stavo chiedendo se pioverà. Io odio la pioggia.»

Qualcosa nell'espressione di lei, simile a quella di un bimbo di tre anni frustrato, lo fece ridere. «Allora vivete nel paese sbagliato, Miss Sheffield.»

Lei gli rivolse un sorriso triste. «Non mi disturba la pioggerella. Non mi piace quando si fa violenta.»

«A me sono sempre piaciuti i temporali» mormorò lui.

Lei lo fissò sbalordita ma non commentò, quindi riportò lo sguardo sui ciottoli della strada. Ne stava calciando uno nel camminare e c'era qualcosa di affascinante in questo.

Anthony la guardò incuriosito, dimenticandosi di distogliere gli occhi quando lei sollevò i propri.

«Non pensate che... perché mi guardate in quel modo?» domandò lei.

«Non pensate che cosa?» chiese a sua volta, ignorando deliberatamente la seconda parte della domanda.

Kate serrò le labbra in modo stizzoso e ad Anthony venne da ridere.

«State ridendo di me?» gli domandò sospettosa.

«Vi assicuro» rispose lui «che non sto ridendo di voi.»

«Mentite!»

«Non è vero...» Dovette interrompersi. Se avesse detto un'altra parola sarebbe esploso in una fragorosa risata e... non sapeva nemmeno perché.

«Per l'amore del cielo» brontolò lei. «Che problema c'è?»

Anthony si appoggiò al tronco di un olmo, con il corpo che tremava per la risata che cercava di trattenere.

Kate si piantò le mani sui fianchi, un po' incuriosita, un po' infuriata: «Che c'è di tanto buffo?».

Lui cedette alle risa e riuscì soltanto a scrollare le spalle. «Non so. L'espressione sul vostro viso... è...»

Lui notò che stava sorridendo: gli piaceva quando lo faceva.

«Anche la vostra espressione è piuttosto divertente, milord.»

«Ne sono certo.» Quando Anthony ebbe riacquistato il controllo, si raddrizzò. Lei appariva ancora vagamente sospettosa e, all'improvviso gli parve indispensabile sapere come lo giudicasse. Non poteva assolutamente aspettare oltre.

Non sapeva come mai, ma accertarsi che avesse una buona opinione di lui significava molto per Anthony. Aveva ovviamente bisogno della sua approvazione per poter corteggiare Edwina, ma c'era altro. Lei lo aveva insultato, umiliato, quasi fatto affogare eppure lui desiderava che lo stimasse.

Anthony non ricordava l'ultima volta in cui l'opinione di qualcun altro avesse significato tanto per lui e si sentiva quasi mortificato.

«Penso mi dobbiate qualcosa» disse. La sua mente vorticava. Doveva agire nel modo giusto. Voleva sapere ciò che lei pensava, ma non voleva che intuisse quanto significava per lui, anche perché lui stesso non ne capiva il perché.

«Come?»

«Un premio per la partita.»

«Caso mai dovrei riceverlo io che ho vinto.»

«Ma io sono stato umiliato.»

«È vero» concesse lei.

«Non sareste stata voi se non aveste commentato.»

Kate gli lanciò un'occhiata sincera. «Una signora dovrebbe sempre essere onesta.»

«Speravo lo diceste. Perché la mia richiesta, Miss Sheffield, è potervi porre una domanda alla quale rispondiate in modo totalmente onesto.» Mise una mano sul tronco e si sporse in avanti. Kate si sentì subito intrappolata, anche se le sarebbe risultato facile scappare.

Un po' seccata, ma anche eccitata, si rese conto di sentirsi inchiodata dai brucianti occhi di lui.

«Pensate di poterlo fare, Miss Sheffield?» mormorò lui.

«Che domanda è?» chiese senza sapere di stare sussurrando, finché non ebbe udito la propria voce.

Lui piegò leggermente la testa di lato: «Ricordate però che dovrete rispondere onestamente».

Lei annuì. O meglio aveva pensato di annuire, aveva avuto l'intenzione di annuire. Ma non era sicura di esserci riuscita.

Anthony si sporse tanto in avanti da farla rabbrividire. «Questa, Miss Sheffield, è la mia domanda. Voi...» si avvicinò ancora «mi...» si avvicinò di qualche altro centimetro «odiate ancora?»

Kate deglutì. Non si era assolutamente aspettata una domanda del genere. Si passò la lingua sulle labbra, preparandosi a parlare, anche se non aveva idea di cosa dire, ma non riuscì a proferire parola.

Le labbra di lui si incurvarono in un lento sorriso tipicamente maschile. «Lo considero un no.»

A quel punto, con una velocità che la sconcertò, Anthony si allontanò dall'albero e aggiunse bruscamente: «Benissimo, credo sia tempo che torniamo in casa e ci prepariamo per la serata, no?».

Kate crollò contro l'albero, completamente svuotata di energia.

«Volete restare fuori ancora un po'?» lui sollevò lo sguardo al cielo con atteggiamento pragmatico ed efficiente... un cambiamento radicale rispetto al pigro seduttore che era stato appena pochi istanti prima. «Potete farlo. Non penso pioverà, dopotutto. Quanto meno non nelle prossime ore.»

Lei lo fissò. O lui aveva perso la testa o lei aveva dimenticato come si parlava. O forse entrambe le cose.

«Bene. Ho sempre apprezzato le donne che amano l'aria aperta. Ci vediamo a cena?»

Lei annuì e rimase sorpresa di riuscire a fare almeno quello.

«Eccellente.» Le prese una mano, posandole un bacio sulla pelle all'interno del polso fra i guanti e l'orlo della manica. «A stasera, Miss Sheffield.»

A quel punto si allontanò, lasciandola con la sensazione che fosse appena accaduto qualcosa di importante.

Non sapeva, tuttavia, assolutamente che cosa.

Quella sera, alle sette e mezzo, Kate stava prendendo in considerazione l'idea di darsi malata. Alle otto meno un quarto, stava propendendo per un colpo apoplettico ma, alle otto meno cinque, quando suonò la campanella della cena, raddrizzò le spalle e uscì nel corridoio per incontrarsi con Mary.

Si rifiutava di comportarsi da codarda. Lei non era quel genere di persona.

Poteva farcela. Inoltre, congetturò, non sarebbe stata seduta nemmeno nelle vicinanze di Lord Bridgerton. Lui era visconte e il padrone di casa, quindi sarebbe stato a capotavola. Lei, in quando figlia del figlio cadetto di un barone, sarebbe stata molto lontana da lui, tanto da non riuscire nemmeno a vederlo, a meno di non farsi venire il torcicollo.

Edwina, che condivideva la camera con lei, era già andata dalla madre per aiutarla a scegliere una collana, quindi Kate si trovò sola nel corridoio. Non aveva una gran voglia di raggiungere anche lei Mary, che avrebbe indubbiamente notato il suo umore pensieroso e le avrebbe chiesto cosa non andasse.

La verità era che Kate non lo sapeva. Sapeva solo che quel pomeriggio era cambiato qualcosa fra lei e il visconte e che il fatto la spaventava. Le persone temevano sempre ciò che non capivano.

E Kate non capiva assolutamente il visconte.

Proprio mentre stava cominciando a godere della solitudine, si aprì la porta dall'altra parte del corridoio e ne uscì un'altra giovane. Kate la riconobbe subito come Penelope Featherington, la minore delle tre famose sorelle, le tre che erano già in società. Kate aveva sentito dire che ce n'era anche una quarta, ancora troppo piccola.

Sfortunatamente per loro, erano famose per la loro mancanza di successo sul mercato matrimoniale. Prudence e Philippa avevano ormai debuttato da tre anni e non avevano ricevuto una sola proposta. Penelope era a metà della seconda Stagione e si sforzava di evitare madre e sorelle, che erano considerate da tutti piuttosto sciocche.

A Kate, Penelope era sempre piaciuta. Le due ragazze avevano instaurato un legame da quando erano state trafitte dalla penna di Lady Whistledown per avere indossato abiti dal colore inadeguato.

Kate notò con tristezza che l'abito di Penelope, di seta color giallo limone, faceva apparire la poverina quasi itterica.

Era un peccato perché, se qualcuno fosse riuscito a convincere sua madre a stare lontana dalle modiste e a lasciare che Penelope si scegliesse da sola i vestiti, la ragazza sarebbe potuta risultare attraente: aveva un volto gradevole dal chiarissimo incarnato tipico delle rosse, solo che i suoi capelli erano più ramati che rossi o forse più marrone rossiccio che ramati.

Comunque fossero, pensò Kate sgomenta, non stavano bene con il giallo limone.

«Kate!» esclamò Penelope. «Che sorpresa. Non sapevo che foste qui anche voi.»

Kate annuì. «Penso che siamo state inserite per ultime negli inviti. Abbiamo conosciuto Lady Bridgerton solo settimana scorsa.»

«Be', in realtà non sono molto sorpresa. Lord Bridgerton si è interessato parecchio a vostra sorella ultimamente.»

Kate arrossì. «Ehm, sì, è vero» balbettò.

«Quanto meno è ciò che dicono i pettegolezzi» continuò Penelope. «Ma non si può sempre dar retta alle voci.»

«Mi sembra che Lady Whistledown si sbagli raramente» commentò Kate.

Penelope scrollò le spalle, quindi, disgustata, abbassò lo sguardo sul proprio abito. «Di certo non si sbaglia su di me.»

«Non siate sciocca» ribatté subito Kate.

«Mia madre è convinta che il giallo sia un colore allegro e che una ragazza allegra riesca a trovare marito.»

«Oh, cielo!» commentò Kate, con una risatina.

«Quello che non afferra» continuò seccata Penelope «è che una sfumatura così vivace di giallo mi fa apparire alquanto triste e respinge gli uomini.»

«Le avete mai suggerito il verde?» domandò Kate. «Penso che vi starebbe benissimo.»

Penelope scosse la testa. «Il verde non le piace. Dice che è malinconico.»

«Davvero?» chiese incredula.

«Ho smesso di provare a capirla.»

Kate, che indossava un abito verde, sollevò la manica vicino al viso di Penelope. «Vi si illumina il volto» osservò.

«Non me lo dite. Renderà solo più doloroso essere vestita di giallo.»

Kate sorrise, solidale. «Ve ne presterei uno dei miei ma temo che striscerebbe sul pavimento.»

L'altra scartò l'offerta. «Molto gentile da parte vostra ma sono rassegnata al mio destino. Almeno è meglio dello scorso anno.»

Kate corrugò la fronte.

«Oh, certo. Voi non c'eravate l'anno scorso.» Sembrava in imbarazzo. «Pesavo dodici chili più di adesso.»

«Dodici chili?» ripeté Kate, incredula.

Penenlope annuì con una smorfia. «Grasso infantile. Avevo pregato la mamma di non costringermi a debuttare prima del diciottesimo anno, ma lei ha deciso che iniziare presto sarebbe stato un bene.»

Kate sentiva una certa affinità con quella ragazza, anche se era quasi tre anni più giovane di lei. Entrambe conoscevano la singolare sensazione di non essere la più popolare della sala, sapevano l'espressione che ti si stampava in volto quando nessuno ti invitava a ballare, ma tu volevi far sembrare che non ti importasse affatto.

«Perché non scendiamo a cena insieme?» propose Penelope. «Pare che entrambe le nostre famiglie siano in ritardo.»

Infilarono la testa nelle stanze delle rispettive madri informandole del cambiamento di programma e, a braccetto, si incamminarono lungo il corridoio.

Quando raggiunsero il soggiorno, gran parte della compagnia era già presente. Kate, che non aveva mai partecipato a una festa in campagna, notò con sorpresa che quasi tutti sembravano più rilassati e un po' più animati di quanto non fossero a Londra. Forse era l'aria fresca, pensò con un sorriso. O forse la lontananza ammorbidiva anche le regole rigide della capitale. Decise, in ogni caso, che preferiva quell'atmosfera a quella delle feste londinesi.

Riuscì a vedere Lord Bridgerton dall'altra parte della stanza. O meglio, le sembrò di avvertire la sua presenza. Non appena lo aveva avvistato, in piedi accanto al camino, aveva rivolto lo sguardo scrupolosamente da un'altra parte.

Riusciva a sentirlo comunque. Sapeva che doveva essere pazza, ma avrebbe giurato di sapere quando lui piegava la testa e di sentire quando parlava o rideva.

Era anche consapevole di quando le teneva gli occhi fissi sulla schiena.

«Non mi ero accorta che Lady Bridgerton avesse invitato tante persone» commentò Penelope.

Attenta a tenere lo sguardo lontano dal camino, Kate osservò rapidamente la stanza per vedere chi c'era.

«Oh, no!» sussurrò in una specie di gemito Penelope. «C'è Cressida Cowper.»

Kate seguì discretamente lo sguardo di Penelope. Se Edwina aveva una concorrente per il ruolo della più bella della Stagione del 1814, quella era Cressida Cowper. Alta, sottile, dai capelli color del miele e scintillanti occhi verdi, Cressida non si muoveva praticamente mai senza un codazzo di ammiratori. Se tuttavia Edwina era gentile e generosa, Cressida era una strega egoista e maleducata che provava gioia nel tormentare gli altri.

«Mi odia» sussurrò Penelope.

«Lei odia tutti» precisò Kate. «Cosa potreste averle fatto in particolare?»

«Ho inciampato contro di lei l'anno scorso e le ho fatto versare il punch che aveva in mano sul vestito e sul duca di Ashbourne. È convinta che lui le avrebbe chiesto di sposarlo se non fosse apparsa così goffa.»

Kate sbuffò. «Ashbourne non si farà prendere al laccio nel prossimo futuro. Lo sanno tutti. È un libertino quasi come Lord Bridgerton.»

«Che probabilmente si sposerà quest'anno,» le rammentò Penelope «se i pettegolezzi sono esatti.»

«Bah!» sbuffò nuovamente Kate in risposta. «La stessa Lady Whistledown ha scritto che non pensava si sarebbe sposato quest'anno.»

«È accaduto alcune settimane fa» replicò Penelope. «Tutti sanno che il visconte sta corteggiando vostra sorella.»

Kate si morse la lingua prima di mormorare: «Non me lo ricordate».

Il suo gemito di dolore venne però sopraffatto dal roco sussurro di Penelope: «Oh, no! Cressida sta venendo da questa parte».

Kate la rassicurò mettendole una mano sul braccio. «Non vi preoccupate di lei. Non è migliore di voi.»

Penelope le lanciò un'occhiata sarcastica. «Lo so, ma non per questo l'incontro è meno sgradevole; fa di tutto perché io sia costretta ad avere a che fare con lei.»

«Kate! Penelope!» trillò Cressida. «Che sorpresa vedervi qui!»

«Perché mai?» domandò Kate.

Cressida sbatté le palpebre, ovviamente sorpresa che Kate avesse avuto l'ardire di mettere in discussione la sua affermazione.

«Ebbene,» disse lentamente «non è poi una gran sorpresa vedere voi qui, visto che vostra sorella è molto richiesta e tutti sappiamo che dove va lei dovete andare anche voi. La presenza di Penelope tuttavia...» scrollò le spalle con atteggiamento sprezzante.

Il commento era così maleducato che Kate restò sbalordita e, mentre fissava Cressida a bocca aperta, la ragazza affondò il colpo successivo.

«Avete un abito delizioso, Penelope» le sussurrò. «Adoro il giallo» aggiunse, lisciando il tessuto giallo pallido del proprio vestito. «Occorre una carnagione davvero speciale per poterlo indossare, non pensate?»

Kate strinse i denti. Era ovvio che Cressida sembrasse magnifica in quell'abito, ma lo sarebbe sembrata anche vestita di tela di sacco.

Cressida sorrise di nuovo, questa volta come un serpente pensò Kate, quindi si voltò lentamente per chiamare una persona che si trovava dall'altra parte della stanza. «Oh, Grimston! Venite qui un momento.»

Kate guardò da sopra una spalla, vide Basil Grimston avvicinarsi e represse a stento un gemito. Grimston era la perfetta copia al maschile di Cressida... scortese, arrogante e presuntuoso. Non avrebbe mai capito perché una donna deliziosa come la viscontessa Bridgerton lo avesse invitato. Probabilmente per equilibrare il numero delle signorine invitate.

«Vostro servitore» disse lui a Cressida dopo avere riservato a Kate e Penelope solo una fuggevole occhiata carica di disprezzo.

«Non pensate che la cara Penelope sia molto attraente con quell'abito?» domandò Cressida. «Il giallo dev'essere il colore dell'anno.»

Grimston fece un lento e offensivo esame di Penelope. Mosse a mala pena la testa, lasciando passare lo sguardo su e giù sulla sua figura. Kate provò un moto di repulsione tanto forte che le venne la nausea. Avrebbe voluto abbracciare forte Penelope per consolarla, ma una simile attenzione non avrebbe fatto altro che farla apparire ancor più debole e quindi ancora più da perseguitare.

Quando Grimston ebbe terminato si voltò verso Cressida e alzò le spalle, come se non riuscisse a trovare alcun complimento da poter dire.

«Non avete un altro posto in cui andare?» sbottò Kate.

Cressida sembrò stupita. «Caspita, be', Sheffield, non riesco a credere alla vostra impertinenza. Io e Mr Grimston stavamo soltanto ammirando l'aspetto di Penelope. È così bello vederla in forma dopo l'anno scorso.»

«Verissimo» biascicò Grimston.

Kate sentiva Penelope tremare accanto a lei. Sperava fosse di rabbia e non di dolore.

«Non capisco cosa intendiate dire» replicò Kate in tono glaciale.

«Ma sì che lo sapete» disse Grimston, con gli occhi che scintillavano di malizia. Si sporse in avanti e poi aggiunse in un sussurro tanto forte da poter essere sentito da parecchie persone: «Era grassa».

Kate aprì la bocca per pronunciare una replica sarcastica ma, prima che potesse dire una sola parola, Cressida aggiunse: «Un vero peccato, perché l'anno scorso c'erano molti più uomini a disposizione. Certo, a parecchie di noi non manca mai qualcuno con cui danzare, ma mi spiace per la povera Penelope quando la vedo seduta in mezzo alle vedove».

«Le vedove» ribatté Penelope «sono spesso le uniche persone nella stanza con un briciolo di intelligenza.»

Kate desiderò saltare e gioire.

Cressida pronunciò un piccolo: «Oh!» come se avesse il diritto di sentirsi offesa e poi aggiunse: «Oh! Lord Bridgerton!».

Kate si scansò per permettere al visconte di entrare nel loro piccolo circolo, notando con disgusto il radicale cambio di atteggiamento di Cressida, che aveva cominciato a sbattere le ciglia.

Era una vista così sgradevole che Kate dimenticò di provare imbarazzo nei confronti del visconte.

Bridgerton lanciò a Cressida un'occhiata dura ma non le disse nulla. Si rivolse invece deliberatamente a Kate e Penelope salutandole per nome.

Kate restò sbigottita per la felicità. Anthony aveva inferto a Cressida un brutto colpo.

«Miss Sheffield,» le disse in tono cortese «mi scuserete se accompagno Miss Featherington a cena.»

«Ma non potete accompagnare lei!» sbottò Cressida.

Bridgerton la fissò con espressione glaciale. «Scusate, vi avevo forse inclusa nella conversazione?»

Cressida indietreggiò, chiaramente mortificata per la figuraccia. Non era affatto corretto, secondo l'etichetta, che lui accompagnasse Penelope a cena. Essendo il padrone di casa, era suo dovere scortare la signora di rango più alto. Kate non sapeva chi fosse, quella sera, ma sicuramente non si trattava di Penelope.

Il visconte offrì il braccio a Penelope, voltando intanto le spalle a Cressida. «Io odio gli sbruffoni e voi?» mormorò.

Kate si mise una mano davanti alla bocca, ma non riuscì a trattenere un risolino. Bridgerton le rivolse un fugace e segreto sorriso da sopra la testa di Penelope e, in quel momento, Kate ebbe la stranissima sensazione di comprendere appieno quell'uomo.

Cosa ancora più strana... non fu più certa che fosse quell'insensibile e reprensibile libertino che lei aveva sempre pensato.

«Hai visto?»

Con il resto della compagnia, Kate stava fissando a bocca aperta Bridgerton che conduceva Penelope fuori dalla stanza, il capo piegato verso di lei come se fosse la donna più affascinante della terra. Poi si voltò e vide Edwina in piedi accanto a sé.

«Ho visto tutto» disse Kate stupefatta. «Ho sentito tutto.»

«Che cosa è successo?»

«Lui è stato... è stato...» Kate incespicò sulle parole, senza sapere come descrivere esattamente ciò che lui aveva fatto. Disse quindi una cosa che non avrebbe mai ritenuto possibile dire: «È stato un vero eroe».

12

Un uomo affascinante è di grande intrattenimento e uno bello una vera visione da ammirare, ma è dietro un uomo d'onore che dovrebbero sciamare le giovani donne.

Da «Le cronache mondane di Lady Whistledown»
2 maggio 1814

Più tardi quella sera, dopo che la cena fu terminata, dopo che gli uomini si furono allontanati per bere del porto, dopo che, una volta riuniti di nuovo tutti insieme, furono proposte noiose o allegre sciarade, dopo che Lady Bridgerton schiarendosi la voce ebbe suggerito discretamente che era ora di ritirarsi, dopo che le signore ebbero preso le candele e si furono dirette alle loro camere, dopo che i gentiluomini le ebbero presumibilmente seguite...

Kate non riusciva a dormire.

Era chiaramente una di quelle notti da passare a guardare le crepe nel soffitto, solo che non c'erano crepe nei soffitti di Aubrey Hall. Non c'era nemmeno la luna e ciò significava che, semmai ci fossero state le crepe, lei non sarebbe riuscita a vederle e...

Kate gemette mentre scostava le coperte e si alzava. Un giorno o l'altro doveva imparare come costringere il proprio cervello a smetterla di correre freneticamente. Era stata a letto per quasi un'ora a fissare la notte color dell'inchiostro, chiudendo gli occhi di tanto in tanto e cercando di dormire.

Non aveva funzionato.

Non riusciva a smettere di pensare all'espressione sul volto di Penelope Featherington quando il visconte era arrivato in suo soccorso. La sua stessa espressione, Kate ne era certa, doveva essere stata molto simile: un po' sorpresa, un po' deliziata e un po' come se stesse per sciogliersi sul pavimento.

Bridgerton era stato davvero magnifico.

Kate aveva passato l'intera giornata a osservare i Bridgerton o in loro compagnia. Aveva capito chiaramente una cosa: tutto quello che era stato detto su Anthony e la sua devozione alla famiglia era vero.

Anche se non era ancora pronta a rinunciare all'opinione che lui fosse un libertino e un furfante, stava cominciando a comprendere che poteva anche essere qualcos'altro.

Qualcosa di buono, che non lo avrebbe squalificato come potenziale marito per Edwina.

Oh, perché era stato così carino? Non poteva restare lo sciocco libertino che lei aveva pensato fosse? Adesso era tutt'altro, una persona a cui lei temeva di potersi affezionare.

Kate si sentì avvampare. Doveva smetterla di pensare ad Anthony Bridgerton. Di quel passo non avrebbe più dormito per una settimana.

Forse se avesse avuto qualcosa da leggere... Aveva intravisto una bella biblioteca quella sera. I Bridgerton avevano certamente dei libri che l'avrebbero fatta addormentare.

Si infilò la vestaglia e camminò in punta di piedi fino alla porta, attenta a non svegliare Edwina, anche se non sarebbe stata un'impresa difficile. Sua sorella aveva sempre dormito come un sasso.

Kate si infilò le pantofole, quindi uscì nel corridoio, guardando cautamente a destra e a sinistra prima di chiudersi la porta alle spalle. Era il suo primo soggiorno in una residenza di campagna ma aveva già sentito parlare di quel genere di riunioni e l'ultima cosa che desiderava era imbattersi in qualcuno che si stesse dirigendo in una camera che non era la propria.

C'era una sola lampada a illuminare il corridoio, che dava all'oscurità un debole bagliore tremolante. Kate aveva preso una candela prima di uscire dalla camera e aprì il coperchio di un lanternino per accenderla. Non appena la fiammella si fu stabilizzata, lei si mosse verso le scale, assicurandosi di fermarsi a ogni angolo per verificare l'eventuale presenza di qualcuno.

Pochi minuti dopo si trovava nella biblioteca. Socchiuse la porta... se ci fosse stato qualcuno sveglio e in giro, non voleva che si accorgesse di lei... e si avvicinò al primo scaffale, sbirciando i titoli.

«Mmm...» mormorò fra sé, tirando fuori un libro e guardandone la copertina. «Botanica.» Lei amava il giardinaggio, ma un libro sull'argomento non le pareva troppo eccitante. Doveva cercare un romanzo che catturasse la sua immaginazione o un trattato che, probabilmente, l'avrebbe fatta addormentare subito?

Ripose il volume e si avvicinò allo scaffale successivo, appoggiando la candela su un tavolo. Quella sembrava essere la sezione di filosofia. «Assolutamente no» mormorò, facendo scivolare la candela lungo il tavolo mentre si portava verso un'altra scansia sulla destra. La botanica poteva farla addormentare, ma la filosofia poteva lasciarla stordita per giorni.

Si spostò per osservare un'altra serie di libri, quando un lampo completamente inaspettato illuminò la stanza.

"Non ora" pregò lei in silenzio. "Non qui."

Mentre la sua mente formava la parola "qui", l'intera stanza rimbombò per un fragoroso tuono.

Tornò quindi il buio, lasciando Kate a tremare come una foglia. Odiava quel rumore e i lampi, la crepitante tensione nell'aria, ma soprattutto odiava il modo in cui si sentiva.

Era così terrorizzata che, alla fine, non riusciva più a capire nulla.

Era stato così da sempre, quanto meno da quando riuscisse a ricordare. Quando era piccola, suo padre o Mary la confortavano durante i temporali ma, diventando più grande, Kate era riuscita a convincerli di aver superato quel problema. Tutti sapevano che lei li odiava ancora, ma non quanto la terrorizzassero.

Le sembrava la peggiore delle debolezze... senza una causa apparente e, sfortunatamente, senza una cura.

Non sentiva la pioggia sbattere contro i vetri, forse il temporale non sarebbe stato così forte. Forse era iniziato lontano e si sarebbe allontanato. Forse era...

Un altro lampo illuminò la stanza e questa volta il tuono arrivò quasi subito, chiaro segno che il temporale si stava avvicinando.

Kate si accasciò a terra.

Era troppo fragoroso, troppo luminoso e troppo... Un altro boato.

Kate si nascose sotto il tavolo, abbracciandosi le ginocchia, aspettando terrorizzata il lampo successivo.

A quel punto cominciò a piovere.

Era passata da poco la mezzanotte e tutti gli ospiti erano andati a letto, ma Anthony si trovava ancora nel proprio studio a tamburellare le dita sul piano della scrivania al ritmo della pioggia che batteva contro la finestra. Di tanto in tanto un fulmine illuminava la stanza con un lampo brillante e ogni tuono giungeva così fragoroso e inaspettato da farlo sobbalzare sulla sedia.

Dio, quanto amava i temporali!

Difficile dire il perché. Forse perché dimostravano la forza della natura rispetto all'uomo. Forse per la pura energia di luce e rumore che gli pulsava attorno. Qualunque fosse il motivo, lo faceva sentire vivo.

Non era particolarmente stanco quando sua madre aveva suggerito che si ritirassero tutti e gli era sembrato di conseguenza sciocco non usare quei pochi momenti di solitudine per esaminare i libri contabili di Aubrey Hall che l'amministratore gli aveva lasciato da controllare.

Dopo un'ora di calcoli, tuttavia, avevano cominciato a chiuderglisi gli occhi.

Era stata un lunga giornata, ammise, mettendo da parte il libro mastro. Aveva passato gran parte della mattinata in visita ai fittavoli e a ispezionare le case. Una famiglia aveva una porta da riparare, un'altra aveva problemi con la mietitura, un'altra ancora con il pagamento dell'affitto perché il capofamiglia si era rotto una gamba. Anthony aveva ascoltato e sedato dispute, ammirato i nuovi nati e perfino aiutato a riparare un tetto. Faceva tutto parte del ruolo di proprietario terriero e gli piaceva, ma era anche stancante.

La partita di Pall Mall era stato un interludio gradevole ma, una volta tornato a palazzo, si era impegnato nel ruolo di padrone di casa con gli ospiti della madre. Quell'attività lo aveva sfinito quasi quanto la visita ai fittavoli. Quella strega di Cressida Cowper aveva tormentato la povera Penelope Featherington e qualcuno doveva per forza fare qualcosa e...

E poi c'era stata Kate Sheffield. Il tormento della sua esistenza e l'oggetto dei suoi desideri. Tutto insieme.

Era un vero pasticcio. Lui doveva corteggiare sua sorella Edwina. La bella dell'anno. Dolce, generosa e di carattere docile.

Non riusciva invece a smettere di pensare a Kate che, per quanto lo irritasse, non faceva altro che suscitare il suo rispetto. Come poteva non ammirare una persona che restava così attaccata alle proprie convinzioni? Anthony doveva ammettere che il punto cruciale di quelle convinzioni, la devozione alla famiglia, era lo stesso principio che lui stimava sopra ogni altra cosa.

Sbadigliando, si alzò da dietro la scrivania. Era decisamente ora di andare a letto. Con un po' di fortuna si sarebbe addormentato non appena avesse toccato il cuscino. L'ultima cosa che voleva era trovarsi a fissare il soffitto, pensando a Kate e a tutte le cose che avrebbe desiderato... farle.

Anthony prese una candela e si diresse nel corridoio deserto. C'era qualcosa di sereno e intrigante nella casa silenziosa. Se si eccettuavano i momenti in cui il cielo era illuminato dai lampi, la sua candela era l'unica fonte di luce del corridoio. Gli piaceva fare agitare la fiammella, osservando il gioco d'ombre contro le pareti e i mobili. Gli dava una strana sensazione di controllo, ma...

Inarcò un sopracciglio, incuriosito. La porta della biblioteca era socchiusa e filtrava un debole bagliore di candela dall'interno.

Era quasi certo che non ci fosse più nessuno alzato e dalla biblioteca non proveniva alcun rumore. Qualcuno doveva essere andato a prendere un libro e aveva lasciato la candela accesa. Anthony corrugò la fronte. Era una cosa da irresponsabili. Il fuoco poteva devastare una casa più velocemente di qualsiasi altra cosa.

Aprì la porta ed entrò nella stanza. Un tuono sembrò scuotere il pavimento e, contemporaneamente, un lampo lacerò la notte.

L'elettricità del momento lo fece sorridere ed egli si avvicinò alla candela che era stata lasciata accesa.

Sentì qualcosa.

Sembrava un respiro. Affannoso, terrorizzato, mugolante.

Anthony si guardò attorno nella stanza. «C'è qualcuno?» chiese. Non riuscì a scorgere nessuno.

Sentì di nuovo una specie di lamento, arrivava dal basso.

Tenendo ferma la candela, si accucciò per guardare sotto il tavolo.

Restò assolutamente senza fiato. «Mio Dio» trasalì. «Kate.»

La ragazza era raggomitolata in una palla, con le braccia avvinghiate tanto strette alle gambe piegate da sembrare sul punto di rompersi. Il corpo era scosso da brividi intensi.

Anthony sentì il sangue gelarsi nelle vene. Non aveva mai visto nessuno tremare in quel modo.

«Kate?» la chiamò di nuovo, appoggiando la candela sul pavimento mentre le si avvicinava. Non riusciva a capire se lei lo sentiva o meno. Sembrava essersi ritirata in se stessa, cercando disperatamente di fuggire da qualcosa. Era il temporale? Anthony sapeva che la maggior parte delle perso-

ne non amava i temporali, ma non aveva mai sentito dire
di nessuno ridotto in quel modo.

Kate sembrava sul punto di andare in mille pezzi se soltanto lui l'avesse toccata.

«Oh, Kate» sussurrò. Vederla così gli spezzava il cuore.
Allungò una mano con cautela. Non era ancora sicuro che
lei si fosse accorta della sua presenza; spaventarla poteva
essere come svegliare un sonnambulo.

Le appoggiò delicatamente una mano sull'avambraccio
e glielo strinse piano. «Sono qui, Kate» le mormorò. «Andrà tutto bene.»

Un altro lampo trafisse la notte e lei si strinse in un boz-
zolo ancor più stretto, se possibile. Lui comprese che stava tentando di schermarsi gli occhi tenendo il viso contro
le ginocchia.

Le si avvicinò ancora e le prese una mano. Era gelida, le
dita rigide dal terrore. Fu difficile staccarle un braccio che
avvinghiava le gambe, ma alla fine riuscì a portare la mano
di lei alle labbra, premendogliele contro la pelle, cercando
di scaldarla.

«Sono qui, Kate» le ripeté, senza sapere cos'altro dire.
«Sono qui. Andrà tutto bene.»

Alla fine Anthony riuscì a infilarsi sotto il tavolo in modo
da starle seduto vicino sul pavimento, cingendole con il
braccio le spalle tremanti. Lei parve rilassarsi leggermente
al suo tocco, provocandogli una stranissima sensazione...
quasi un senso di orgoglio per essere stato in grado di aiutarla, oltre al sollievo di non vederla più così terrorizzata,
quasi in agonia.

Le sussurrò parole tranquillizzanti all'orecchio e, molto
lentamente, sentì che i muscoli di lei si rilassavano e che il
respiro, anche se ancora affannoso, non un mugolio.

Alla fine, quando Anthony fu persuaso che lei potesse
essere pronta, le portò due dita sotto il mento sollevando-
le il volto in modo da poterla guardare negli occhi. «Guardatemi, Kate» le sussurrò con voce calma, ma autorevole. «Se riuscirete a guardarmi, capirete che siete al sicuro.»

Le palpebre di Kate tremarono. Stava cercando di aprire gli occhi, ma quelli opponevano resistenza. Anthony non aveva esperienza con quel genere di panico, tuttavia riteneva sensato che gli occhi non volessero aprirsi, che non volessero vedere ciò che li terrorizzava così tanto.

Passò ancora qualche secondo, e alla fine, lei riuscì ad aprire gli occhi e a guardarlo.

Anthony sentì un colpo alla bocca dello stomaco.

Se gli occhi erano davvero lo specchio dell'anima, quella notte qualcosa si era spezzato dentro Kate Sheffield. Sembrava sconvolta, braccata, persa e disorientata.

«Non ricordo» sussurrò lei, con voce appena udibile.

Le strinse la mano, che non aveva mai lasciato, riportandosela alle labbra. Le baciò il palmo in modo dolce, quasi paterno. «Cosa non ricordate?»

Kate scosse la testa. «Non lo so.»

«Ricordate di essere venuta in biblioteca?»

Lei annuì.

«Ricordate il temporale?»

Lei richiuse gli occhi per un istante. «Non è finito.»

Anthony annuì. Era vero. Ma aveva perso di intensità e violenza.

Lei lo fissò con occhi disperati. «Io non posso... io non...»

Anthony le strinse ancora la mano. «Non dovete dire nulla.»

Sentì il corpo di lei rilassarsi e quindi la udì sussurrare: «Grazie».

«Volete che vi parli?» le chiese.

Lei chiuse gli occhi, ma annuì.

Lui sorrise anche se sapeva che non poteva vederlo. Forse poteva però percepirlo. «Vediamo un po': cosa potrei raccontarvi?»

«Parlatemi di questa casa» sussurrò lei.

«Di questa casa?» domandò lui sorpreso. «D'accordo» disse, sentendosi stranamente compiaciuto per l'interesse di lei verso quel cumulo di sassi e calce. «Sono cresciuto qui, sapete?»

«Me lo ha detto vostra madre.»

Anthony sentì una scintilla di calore dentro. Le aveva assicurato che non aveva bisogno di dire niente, ma lei stava in qualche modo prendendo parte alla conversazione. Significava di certo che stava cominciando a sentirsi meglio. Se avesse aperto gli occhi, e se non fossero stati seduti sotto un tavolo, poteva apparire una situazione quasi normale.

Era incredibile quanto lui desiderasse essere quello che la faceva sentire meglio.

«Devo raccontarvi di quando mio fratello ha fatto annegare la bambola preferita di mia sorella?» le domandò.

Lei scosse la testa. «Ditemi qualcosa di voi.»

«Va bene» disse lentamente Anthony cercando di ignorare la sensazione vagamente sgradevole che provava nel petto. Era molto più facile raccontare una storia sui fratelli che non parlare di sé.

«Parlatemi di vostro padre.»

«Di mio padre?»

Kate sorrise, ma lui era troppo sbalordito per notarlo. «Dovete averne avuto uno» commentò lei.

Anthony sentì un groppo alla gola. Non parlava spesso del padre, nemmeno con i membri della sua famiglia. Edmund era ormai morto da oltre dieci anni, ma il fatto era, in realtà, che alcune cose facevano troppo male.

«Lui... era un grand'uomo» disse con un filo di voce. «Un gran padre. Lo amavo moltissimo.»

Kate si voltò per guardarlo, la prima volta che incontrava il suo sguardo da quando lui le aveva sollevato il mento. «Vostra madre ne parla con grande affetto e rimpianto. È per questo che ve l'ho chiesto.»

«Lo amavamo tutti» commentò lui semplicemente, distogliendo lo sguardo per fissare la stanza. Non vedeva nulla se non i ricordi che gli affollavano la mente. «Era il miglior padre che si potesse desiderare.»

«Quando è morto?»

«Undici anni fa. In estate. Io avevo diciotto anni. Appena prima che partissi per Oxford.»

«È un momento difficile per un ragazzo perdere il padre» mormorò lei.

Lui si voltò di scatto per fissarla. «Ogni momento è difficile per un uomo che perde il padre.»

«Certo,» annuì subito lei «ma ci sono momenti peggiori di altri, penso. Deve poi essere molto diverso per i maschi e per le femmine. Mio padre è morto cinque anni fa e io ne sento tremendamente la mancanza, ma non penso sia la stessa cosa. Mio padre era meraviglioso» spiegò Kate, con gli occhi che le si scaldavano al ricordo. «Gentile e premuroso, ma fermo quando era necessario. Ma il padre di un ragazzo... be', deve anche insegnare al figlio come diventare un uomo. Perdere il padre a diciotto anni, quando si sta appena scoprendo cosa significhi... è probabilmente presuntuoso da parte mia parlarne, visto che non sono un uomo, ma penso...» si interruppe per scegliere le parole con cura. «Be', penso solo che sia molto difficile.»

«I miei fratelli avevano sedici, dodici e due anni» disse piano Anthony.

«Immagino sia stato difficile anche per loro,» replicò lei «anche se forse il vostro fratello più piccolo non lo ricorda nemmeno.»

Anthony scosse la testa e Kate sorrise mestamente: «Nemmeno io ricordo mia madre. È una cosa molto strana».

«Quanti anni avevate quando è mancata?»

«Avevo compiuto tre anni. Mio padre sposò Mary solo qualche mese dopo. Non osservò il periodo di lutto canonico e la cosa sbalordì alcuni vicini, ma lui riteneva che io avessi bisogno di una madre più di quanto lui non ne avesse di seguire l'etichetta.»

Per la prima volta Anthony si chiese che cosa sarebbe successo se fosse stata sua madre a morire giovane, lasciando il padre con una casa piena di bambini, alcuni molto piccoli. Non sarebbe stato facile per nessuno.

Non che fosse stato facile per Violet. Quanto meno, però, aveva avuto vicino Anthony che era stato in grado di intervenire, cercando di essere un surrogato del padre per i fratelli più piccoli. Se fosse morta Violet, i Bridgerton sarebbero rimasti senza una figura materna, anche perché Daphne aveva solo dieci anni e Anthony era certo che Edmund non si sarebbe mai risposato, indipendentemente da quanto avesse potuto desiderare una madre per i propri figli.

«Come è morta vostra madre?» domandò Anthony sorpreso per quella curiosità che lo avvicinava a lei.

«Influenza, probabilmente.» Kate gli appoggiò il mento sulla mano. «È morta in fretta, mi è stato detto. Mio padre ha detto che mi ero ammalata anch'io, ma in una forma meno grave.»

Anthony pensò al figlio che sperava di procreare, il vero motivo per cui aveva deciso di sposarsi. «Si sente la mancanza di un genitore che non si ricorda?» le domandò in un sussurro.

Kate rifletté con attenzione sulla domanda, visto che l'ansia nella voce di lui le aveva suggerito che ci fosse qualcosa di importante nella risposta che avrebbe ricevuto. «Sì,» rispose alla fine «ma non come si potrebbe pensare. Senti davvero la sua mancanza perché ti sembra di non averlo mai conosciuto e permane un buco nella tua vita... uno spazio vuoto che dovrebbe essere riempito; tuttavia non te lo ricordi, non sai come fosse e quindi non sai come avrebbe riempito quel buco.» Le sue labbra si incurvarono in un sorriso triste. «Ha un senso per voi?»

Anthony annuì. «Ha molto senso.»

«Penso che perdere un genitore dopo averlo conosciuto e amato sia più duro» aggiunse Kate. «Io lo so perché li ho persi entrambi.»

«Mi dispiace» disse lui sommessamente.

«Non vi preoccupate» lo rassicurò lei. «Il vecchio detto che il tempo guarisce ogni ferita... è vero.»

Lui la fissò intensamente e lei capì dall'espressione del suo volto che non era d'accordo.

«È davvero più difficile quando si è più grandi. Si è avuta la possibilità di conoscerli, ma il dolore della perdita è più intenso.»

«È come se avessi perso un braccio» sussurrò Anthony. Lei annuì con aria seria, intuiva che lui non aveva parlato a molte persone del proprio dolore.

«Forse per me è stato meglio» disse Kate «perdere mia madre quando ero così piccola. Mary è stata meravigliosa. Mi ama come amerebbe una figlia. A dire il vero...» si interruppe, sorpresa sentendo gli occhi improvvisamente umidi. Quando alla fine ritrovò la voce, parlò con un sussurro accorato. «A dire il vero, non mi ha trattata nemmeno una volta in modo diverso da Edwina. Io... io non penso che avrei amato di più mia madre.»

Lo sguardo di Anthony le bruciò addosso. «Ne sono felice» le disse in tono convinto.

Kate deglutì. «A volte agisce in modo strano. Visita la tomba di mia madre solo per dirle come mi comporto. Quando ero piccola, andavo con lei per dire a mia madre come si comportava Mary.»

Anthony sorrise. «Il resoconto era positivo?»

«Sempre.»

Restarono seduti in silenzio un attimo, fissando entrambi la fiammella della candela e la cera che colava. Quando scese la quarta goccia di cera Kate si rivolse ad Anthony e gli disse: «Sono sicura di sembrare ottimista in modo insopportabile, ma penso che ci sia un disegno nella vita di ognuno».

Lui la guardò e sollevò un sopracciglio.

«Alla fine tutte le cose si risolvono» spiegò lei. «Io ho perso mia madre, ma ho acquistato Mary e una sorella che amo molto. E...»

Un lampo illuminò la stanza. Kate si morse un labbro. Sarebbe arrivato anche il tuono, ma lei sarebbe stata pronta e...

La stanza tremò per il rumore e lei riuscì a tenere gli occhi aperti. Fece un lungo respiro e si concesse un sorriso di orgoglio. Non era stato così difficile. Non era certo stato divertente, ma nemmeno impossibile. Forse era stata la presenza confortante di Anthony, o il fatto che il temporale si stesse allontanando, ma lei ce l'aveva fatta.

«Tutto a posto?» domandò Anthony.

Kate lo guardò e qualcosa dentro di lei si sciolse, quando vide l'espressione preoccupata sul volto di lui. Qualsiasi cosa avesse fatto in passato, in quel momento si stava davvero preoccupando per lei.

«Sì» rispose, sorpresa suo malgrado.

Lui le strinse la mano. «Da quanto tempo siete in queste condizioni?»

«Stanotte? O in vita mia?»

«Entrambe.»

«Stanotte dal primo rombo di tuono. Mi innervosisco quando comincia a piovere, ma finché non ci sono tuoni e fulmini, sto bene. Non è la pioggia che mi sconvolge, ma la paura che possa trasformarsi in qualcosa di più.» Deglutì. «Per rispondere all'altra domanda, sono sempre stata terrorizzata dai temporali. Fa parte di me. È una follia, lo so...»

«Non è una follia» la interruppe.

«Siete gentile a dire così,» commentò lei con un sorriso triste «ma vi sbagliate. Non c'è nulla di più folle di temere qualcosa senza motivo.»

«A volte... le nostre paure hanno motivazioni che neppure noi riusciamo a spiegare. A volte c'è qualcosa che sentiamo nel profondo, qualcosa che sappiamo essere vero, ma che sembrerebbe incredibile a chiunque altro.»

Kate lo fissò intensamente, guardando i suoi occhi scuri alla tremolante luce della candela, e restò senza fiato per il lampo di dolore che vi scorse nel breve istante prima che lui distogliesse lo sguardo. Capì che Anthony non stava parlando di cose astratte. Stava parlando delle proprie paure, di qualcosa di specifico che lo ossessionava ogni minuto. Qualcosa che lei sapeva di non avere il diritto di chiedere.

Kate desiderò tuttavia che, quando Anthony fosse stato pronto ad affrontare le proprie paure, potesse essere lei ad aiutarlo.

Non sarebbe avvenuto. Lui avrebbe sposato un'altra, forse Edwina, e solo sua moglie avrebbe avuto il diritto di parlargli di questioni così personali.

«Penso che ora potrei riuscire ad andare di sopra» gli disse. All'improvviso era diventato troppo pesante stare vicino a lui, troppo doloroso sapere che sarebbe stato di un'altra.

«Volete dire che potrò strisciare fuori da sotto il tavolo?»

«Oh, mio Dio!» Kate si portò le mani alle guance. «Mi spiace tanto. Non avevo notato dove eravamo seduti. Dovete considerarmi una stupida.»

Anthony scosse la testa, continuando a sorridere.

«Mai una stupida, Kate. Anche quando vi ho ritenuto la donna più insopportabile del pianeta, non ho nutrito alcun dubbio riguardo alla vostra intelligenza.»

Kate, che stava uscendo da sotto il tavolo, si fermò. «Non so se sentirmi lusingata o offesa per questa affermazione.»

«Probabilmente entrambe le cose» ammise lui. «Ma per amore dell'amicizia, consideriamola un complimento.»

Lei si voltò per guardarlo, conscia di rappresentare un bel quadretto, lì carponi per terra. «Allora siamo amici?» sussurrò.

Lui annuì mentre si alzava. «È difficile da credere, ma penso di sì.»

«Non siete proprio il diavolo che avevo creduto all'inizio.»

Il visconte inarcò un sopracciglio, mostrando un'espressione maliziosa.

«Be', forse lo siete» si corresse lei. «Ma siete anche una persona piuttosto carina.»

«Carino mi sembra un po' blando» rifletté lui.

«"Carino"» ripeté lei con enfasi. «Dato ciò che pensavo di voi, dovreste essere entusiasta per il complimento.»

Lui rise. «Kate Sheffield, non si può dire che siate noiosa.»

«Noiosa è un po' blando» ribatté lei in tono scherzoso.

Lui sorrise e Kate avvertì un groppo alla gola.

«Temo di non potervi riaccompagnare in camera» aggiunse lui. «Se dovesse incontrarci qualcuno a quest'ora...»

Kate annuì. Avevano stretto un'improbabile amicizia, ma lei non voleva essere intrappolata in un matrimonio con lui, no? Senza dire che lui non voleva di certo sposare lei.

«Soprattutto vestita così...»

Kate abbassò lo sguardo e trasalì. Aveva completamente dimenticato di essere in vestaglia.

«Ce la farete? Sta ancora piovendo» mormorò Anthony.

Kate si fermò e ascoltò la pioggia ormai attenuata. «Penso che il temporale sia passato.»

Lui annuì e sbirciò nel corridoio. «Non c'è nessuno» le disse.

«Adesso vado.» Lui si scansò per farla passare. Lei avanzò, ma quando arrivò sulla soglia si fermò e si voltò: «Lord Bridgerton?».

«Anthony» la corresse lui. «Dovreste chiamarmi Anthony. Io credo di avervi già chiamata Kate. Quando vi ho trovata. Non penso abbiate sentito nulla di ciò che ho detto.»

«Probabilmente avete ragione.» Lei sorrise, esitante. «Anthony.» Quel nome le suonava strano mentre lo pronunciava.

Lui si sporse in avanti con una luce quasi diabolica negli occhi. «Kate» disse a sua volta.

«Volevo solo ringraziarvi. Per avermi aiutata stanotte. Io…» Kate si schiarì la voce. «Sarebbe stato ben più difficile senza di voi.»

«Non ho fatto nulla.»

«No, avete fatto tutto.» A quel punto, prima di essere tentata di restare, si affrettò nel corridoio e su per le scale.

13

C'è poco da riferire di Londra con tanta gente nel Kent presso la residenza di campagna dei Bridgerton. L'Autore può solo immaginare i pettegolezzi che fra poco raggiungeranno la città. Ci sarà uno scandalo? Ce n'è sempre uno a una festa in campagna.

Da «Le cronache mondane di Lady Whistledown»
4 maggio 1814

La mattina seguente fu una di quelle che di solito seguono un forte temporale, limpida e luminosa ma con una leggera umidità che rinfrescava la pelle.

Anthony non si accorse del tempo, perché aveva passato la maggior parte della notte a fissare l'oscurità senza vedere altro che il volto di Kate. Si era addormentato quando le prime striature rosa dell'alba avevano tinto il cielo. Quando si svegliò era passato mezzogiorno, ma lui non si sentiva riposato. Aveva il corpo pervaso da una strana combinazione di stanchezza ed energia nervosa.

Quando però lo stomaco cominciò a brontolargli, si alzò barcollando e si infilò la vestaglia. Sbadigliando, si avvicinò alla finestra, senza uno scopo particolare in mente ma, un istante prima di guardare i prati, seppe che cosa avrebbe visto.

Kate. Passeggiava in mezzo al prato, camminando molto più lentamente di quanto non l'avesse mai vista fare. Di solito sembrava sempre di corsa.

Era troppo lontana perché lui potesse scorgerne il viso, ma non riusciva a distogliere lo sguardo da lei. La sua sagoma aveva qualcosa di magico, una strana grazia nel modo in cui muoveva il braccio, qualcosa di artistico nella postura delle spalle.

Si stava incamminando verso i giardini e lui capì che doveva seguirla subito.

Il tempo restò variabile per quasi tutto il giorno, dividendo gli ospiti in due gruppi: quelli che insistevano per restare all'aperto e quelli che preferivano ai prati bagnati il salotto.

Kate faceva parte del primo gruppo, anche se non aveva voglia di stare in compagnia. Si allontanò nuovamente da sola verso i giardini, trovando un posticino tranquillo su una panchina in pietra presso i cespugli di rose. La pietra era fredda e umida ma lei non aveva dormito abbastanza, né bene, era stanca e sedersi sulla panchina era meglio che stare in piedi.

Quello era, comprese sospirando, l'unico posto in cui poteva restare appartata. Se fosse rimasta in casa sarebbe stata costretta a unirsi al gruppo di signore che chiacchieravano nel salotto, o a rintanarsi in camera sua con una scusa.

Per quanto riguardava gli entusiasti dell'aria aperta, anche loro si erano divisi in due gruppi. Uno si era recato al villaggio e l'altro stava facendo la classica passeggiata verso il lago. Da qui la sua solitudine nei giardini.

Restò seduta per vari minuti, con lo sguardo nel vuoto. Era bello stare da sola dove nessuno avrebbe notato le sue occhiaie o il suo insolito silenzio.

Era piacevole stare in solitudine, restare seduta e tentare di sistemare il guazzabuglio di pensieri riguardanti il visconte. Era un'impresa quasi disperata che lei avrebbe volentieri rimandato, ma doveva essere compiuta.

In effetti, non c'era molto da chiarire. Tutto ciò che aveva scoperto in quei pochi giorni indirizzava la sua coscienza in un'unica direzione. Sapeva di non potersi più opporre al corteggiamento di Edwina da parte di Bridgerton.

Negli ultimi tempi il visconte si era dimostrato sensibile, affettuoso e di sani principi. Ripensando con un sorriso alla luce che era brillata negli occhi di Penelope Featherington quando lui l'aveva salvata dalle grinfie di Cressida, lo trovava addirittura eroico.

Era devoto alla propria famiglia. Aveva usato la propria posizione sociale non per dominare gli altri ma per risparmiare un'umiliazione a un'altra persona.

Aveva aiutato anche lei a superare uno dei suoi attacchi di panico con un tatto e una sensibilità sbalorditivi.

Poteva essere stato un libertino e un furfante, e di certo lo era ancora, ma quel genere di comportamento non definiva l'uomo in toto. L'unica remora che Kate poteva avere rispetto a un matrimonio con Edwina era...

Deglutì dolorosamente. Aveva in gola un groppo grosso come una palla di cannone.

Nel profondo del cuore, lei lo voleva per sé.

Era un desiderio egoistico, Kate aveva passato la vita a cercare di essere generosa e sapeva di non poter chiedere a Edwina di non sposare Anthony per un motivo simile. Se la sorella avesse saputo che Kate era anche solo minimamente infatuata del visconte avrebbe immediatamente posto fine al suo corteggiamento. A che scopo? Anthony avrebbe trovato un'altra bella ragazza da sposare. Ce n'erano tante tra cui scegliere a Londra.

Non avrebbe comunque mai chiesto a lei di sposarlo, quindi cosa ci avrebbe guadagnato impedendo il matrimonio fra lui e Edwina?

Nulla, se non l'agonia di doverlo vedere sposato a sua sorella. Quel dolore sarebbe sbiadito con il tempo, no? Doveva: lei stessa aveva detto la sera prima che il tempo guariva ogni ferita. Inoltre avrebbe provato altrettanto dolore nel vederlo con un'altra donna; l'unica differenza era che non sarebbe stata costretta a incontrarlo per le vacanze, i battesimi, le ricorrenze...

Kate sospirò e lasciò crollare le spalle, parve quasi accasciarsi. Le doleva il cuore.

Sentì, a quel punto, una voce. La *sua* voce, profonda e pacata, come un caldo turbine attorno a lei. «Santo cielo, quanto siete seria!»

Kate si alzò così di scatto da inciampare. «Milord» disse sobbalzando.

Le labbra di lui si incurvarono nell'accenno di un sorriso. «Pensavo di potervi trovare qui.»

Kate spalancò gli occhi, capendo che l'aveva cercata apposta. Il cuore cominciò a batterle in petto all'impazzata ma, quanto meno, quella era una cosa che gli poteva tenere nascosta.

Lui guardò la panchina come a indicarle che poteva sedersi di nuovo.

«A dire il vero, vi ho vista dalla finestra. Volevo accertarmi che vi sentiste meglio» le disse.

Kate si sedette, dispiaciuta. Lui si stava solo comportando in modo cortese. Era sciocco pensare che potesse esserci qualcosa di più. Lui era, in fondo lo aveva già stabilito, una persona gentile e qualsiasi persona così si sarebbe accertata che lei stesse meglio dopo quello che era accaduto la notte prima.

«Sto meglio» replicò. «Molto. Grazie.»

Lui non diede segno di aver notato la risposta incerta. «Sono contento» le disse sedendosi vicino. «Sono stato in pensiero per voi per quasi tutta la notte.»

Il cuore di Kate che già batteva troppo forte, saltò un battito. «Davvero?»

«Certo. Come avrei potuto non esserlo?»

Kate deglutì. Ecco di nuovo quella infernale cortesia. Oh, non dubitava che il suo interesse e la sua preoccupazione fossero veri, le faceva solo male rendersi conto del fatto che erano dovuti alla sua naturale gentilezza e non a qualcosa di speciale che provasse per lei.

Non si era aspettata altro, aveva tuttavia trovato impossibile non sperare.

«Mi spiace di avervi disturbato così tardi ieri notte» disse Kate pacatamente. In realtà era felicissima di averlo avuto vicino.

«Non siate sciocca» replicò lui, raddrizzandosi leggermente e fissandola con espressione abbastanza severa. «Odio pensare all'idea di voi tutta sola durante un temporale. Sono felice di essere stato lì a confortarvi.»

«Di solito sono sola durante i temporali» confessò lei.

Anthony corrugò la fronte. «La vostra famiglia non vi offre assistenza?»

Lei lo guardò imbarazzata e rispose: «Non sanno che ne ho ancora paura».

Lui annuì lentamente. «Capisco. A volte...» Anthony si interruppe per schiarirsi la voce. «Penso che vi sarebbe di conforto cercare aiuto da vostra madre o vostra sorella, ma so che...» Si schiarì nuovamente la voce. Conosceva bene la stranissima sensazione di amare profondamente la propria famiglia, eppure di non sentirsi in grado di condividere le proprie paure più intime e scabrose. «Io so che può essere spesso molto difficile confidare le proprie paure a coloro che si amano di più.»

Gli occhi scuri di Kate, saggi, pieni di calore e indiscutibilmente intuitivi si fissarono in quelli di lui. Anthony ebbe la bizzarra impressione che, non si sa come, quella ragazza sapesse tutto di lui, ogni dettaglio dal momento della sua nascita a quello della sua prossima morte, come se lei, più di chiunque altro sulla terra, lo conoscesse davvero. Era eccitante ma, ancora di più, era terrorizzante.

«Siete un uomo molto saggio» sussurrò Kate.

A lui occorse un attimo per rammentare di cosa stessero parlando. Oh, sì, delle paure. Lui conosceva le paure. Cercò di ridere per alleggerire il complimento di lei. «Di solito sono molto folle.»

Lei scosse la testa. «No. Penso che abbiate proprio colpito nel segno. È chiaro che non voglia parlarne con Mary e Edwina. Non voglio preoccuparle.» Si morse il labbro, un gesto che lui trovò stranamente seducente. «Se però devo essere onesta,» aggiunse «devo confessare che le mie motivazioni non sono del tutto altruiste. Parte della mia riluttanza è da ascrivere al desiderio di non apparire debole.»

«Non è un grave peccato» mormorò lui.

«Nell'ambito dei peccati no, immagino» disse Kate sorridendo. «Mi sento di azzardare che si tratti di un peccato che commettete anche voi.»

Lui non rispose, ma annuì.

«Tutti noi abbiamo un ruolo nella vita,» continuò Kate «il mio è sempre stato quello di essere forte e giudiziosa. Raggomitolarsi sotto un tavolo durante un temporale non è né uno né l'altro.»

«Vostra sorella» le fece notare in tono pacato il visconte «è probabilmente ben più forte di quanto voi immaginiate.»

Lei si girò di scatto. Stava forse cercando di dirle che si era innamorato di Edwina? Aveva lodato la grazia e la bellezza di sua sorella, ma non aveva mai fatto accenni alla sua personalità. Kate lo scrutò, ma non trovò nulla che potesse rivelare i veri sentimenti di lui. «Non intendevo dire che lei non lo fosse» replicò infine. «Ma io sono la sorella maggiore. Ho sempre dovuto essere forte per lei che doveva esserlo solo per se stessa.» Notò che Anthony la stava fissando con intensità, quasi potesse vedere la sua anima. «Anche voi siete il maggiore e sono sicura che sappiate cosa intendo dire.»

Lui annuì, la sua espressione pareva divertita e rassegnata allo stesso tempo. «Perfettamente.»

Lei rispose con un sorriso di quelli che si scambiano fra persone che conoscono esperienze e sofferenze simili. Proprio mentre si sentiva più a suo agio accanto a lui, desiderando quasi accoccolarsi fra le sue braccia, comprese di non poter più temporeggiare.

Doveva dirgli che non si opponeva più alla sua unione con Edwina. Non era corretto tenere per sé quel pensiero perché avrebbe voluto tenere *lui* per sé, anche se solo per pochi, perfetti istanti lì, nei giardini.

Kate trasse un profondo respiro, raddrizzò le spalle e si voltò verso di lui.

Lui la guardò in attesa. Era ovvio che la ragazza dovesse dirgli qualcosa. «Ebbene?» le domandò, divertito.

«Milord» cominciò.

«Anthony» la corresse lui cortesemente.

«Anthony» ripeté lei, chiedendosi perché chiamarlo per nome rendeva tutto ancora più difficile. «Ho bisogno di parlarvi di una cosa.»

Lui sorrise. «Lo avevo immaginato.»

«Si tratta di… ehm… di Edwina.»

Anthony corrugò la fronte. «Vostra sorella ha qualche problema?»

Kate scosse la testa, sollevando nuovamente lo sguardo. «Niente affatto. Credo che sia in salotto a scrivere una lettera a nostra cugina nel Somerset. Alle signore piace fare cose simili, sapete?»

Lui strinse gli occhi. «Fare cosa?»

«Scrivere lettere. Io non sono molto brava,» aggiunse in fretta «perché raramente ho la pazienza di stare seduta ferma tanto a lungo da scrivere una lettera intera. Poi ho una grafia orrenda. Molte donne, però, passano buona parte del giorno a scrivere lettere.»

Lui cercò di non sorridere. «Volevate avvisarmi del fatto che a vostra sorella piace scrivere lettere?»

«Certo che no» borbottò lei.

Le prese le mani, zittendola. «Cosa dovevate dirmi, Kate?»

La fissò interessato mentre lei si irrigidiva e stringeva le mascelle. Sembrava prepararsi a un compito.

«Volevo che sapeste che non sono più contraria al vostro corteggiamento di Edwina.»

«Io… capisco» disse lui, non tanto perché capisse, ma perché doveva pur dire qualcosa.

«Ammetto di avere avuto forti pregiudizi nei vostri confronti,» continuò lei in fretta «ma vi ho conosciuto meglio da quando sono arrivata a Aubrey Hall e, onestamente, non posso permettervi di continuare a pensare di volervi mettere i bastoni fra le ruote. Non sarebbe... non sarebbe giusto da parte mia.»

Anthony la fissò smarrito. Era un po' deprimente scoprire che lei aveva una gran fretta di farlo sposare con sua sorella, mentre lui aveva passato gran parte degli ultimi giorni a combattere contro un folle desiderio di baciarla appassionatamente.

D'altra parte, non era esattamente ciò che lui voleva? Edwina sarebbe stata una moglie perfetta. Kate no. Edwina possedeva tutti i requisiti che lui aveva stabilito dovesse avere la sua futura moglie una volta deciso che era tempo di sposarsi. Kate no. Certamente, poi, non poteva amoreggiare con Kate se intendeva sposare Edwina.

Kate gli stava fornendo ciò che lui aveva voluto: con la benedizione della sorella, Edwina lo avrebbe sposato anche la settimana dopo, se lui lo avesse voluto.

Allora perché voleva afferrarla per le spalle e scuoterla per farle rimangiare fino all'ultima delle parole che aveva detto?

Era colpa di quella scintilla, di quella maledetta scintilla che non si spegneva mai fra di loro, della sensazione che, qualora se lo fosse concesso, l'avrebbe amata: proprio la cosa di cui aveva più paura. Forse l'unica di cui aveva paura.

Era un'ironia, ma della morte non aveva alcuna paura. La fine non spaventa un uomo solo. L'aldilà non terrorizza se si riesce a evitare di amare troppo sulla terra.

L'amore era una cosa realmente meravigliosa, sacra. Anthony lo sapeva. Lo aveva scoperto fin dall'infanzia ogni volta che aveva visto i genitori scambiarsi uno sguardo, tenersi per mano.

L'amore però era il nemico di un uomo che stava per morire. Era l'unica cosa che poteva rendere intollerabili i suoi ultimi anni; avere un assaggio di felicità e sapere che gli sarebbe stata strappata via. Fu quello il motivo per cui, quanto Anthony riuscì a reagire alle parole di lei, non l'abbracciò e non la baciò per farle capire che lui andava a fuoco per lei e non per sua sorella. Mai per sua sorella.

La guardò invece con espressione impassibile, con sguar-

do ben più fermo del cuore, e disse: «Mi sento molto sollevato», provando la strana sensazione di osservare l'intera
situazione fuori dal proprio corpo, chiedendosi cosa diavolo stesse succedendo.

Kate fece un sorrisetto e disse: «Pensavo potesse farvi
sentire così».

«Kate io...»

Lei non avrebbe mai saputo cosa intendesse dire anche perché, in realtà, non lo sapeva nemmeno lui. Quelle parole rimasero inespresse perché all'improvviso sentì "quel" rumore.
Un cupo ronzio. Il genere di suono che di solito si ritiene noioso. Per Anthony, nulla poteva essere altrettanto terrorizzante. «Non vi muovete» sussurrò con un tono reso
duro dalla paura.

Kate socchiuse gli occhi e, ovviamente, si mosse, cercando di girarsi.

«Di che cosa state parlando? Che c'è?»

«Non muovetevi e basta» ripeté Anthony.

Kate guardò a sinistra: «Oh, è solo un'ape!». Il suo volto
si aprì in un sorriso di sollievo e lei alzò la mano per scac-
ciarla. «Per l'amore del cielo, Anthony, non fatelo più. Mi
avete spaventata.»

Anthony le afferrò il polso con forza incredibile. «Ho detto di non muovervi» sibilò.

«Anthony,» disse lei ridendo «è solo un'ape!»

Lui la immobilizzò, la sua presa ferma e dolorosa, osservando l'ape che le ronzava attorno alla testa. Era paralizzato dalla paura, dalla rabbia e da qualcos'altro che non riusciva a identificare.

Non era certo la prima volta che vedeva un'ape negli undici anni trascorsi dalla morte del padre.

Fino a quel momento, in effetti, si era costretto a flirtare
con loro in modo strano e fatalistico. Aveva sempre sospettato di essere destinato a seguire le orme del padre sotto
tutti gli aspetti. Se doveva essere ucciso da un misero in-
setto, per Dio, lo avrebbe fatto con coraggio e a testa alta.
E non era mai stato punto.

Vederne però una volare così pericolosamente vicino a Kate, posarsi sulla manica di pizzo del suo abito... lo riempiva di terrore, lo ipnotizzava. La sua mente ebbe la visione del piccolo mostro che trafiggeva con il pungiglione la carne tenera di lei, la vide rantolare, accasciarsi al suolo.

La vide lì a Aubrey Hall, stesa sullo stesso letto che era servito come catafalco a suo padre.

«State tranquilla» le sussurrò. «Adesso ci alziamo... *lentamente*. Poi ci allontaneremo con calma.»

«Anthony,» chiese lei «cosa c'è che non va?»

Lui la tirò per una mano, cercando di costringerla ad alzarsi, ma lei resistette. «È un'ape» ripeté esasperata. «Smettetela di agire in modo così strano. Per l'amor del cielo, non mi ucciderà.»

Le sue parole aleggiarono nell'aria, quindi, quando Anthony sentì la propria gola rilassarsi abbastanza da lasciarlo parlare, disse con voce profonda e intensa: «Potrebbe».

Kate si immobilizzò, non perché intendesse seguire i suoi ordini, quanto perché qualcosa nell'aspetto e negli occhi di Anthony la spaventò. Sembrava cambiato, posseduto da un demone sconosciuto.

«Anthony,» gli disse in un tono che sperava risultasse calmo, ma autoritario «lasciate andare immediatamente il mio polso.»

Cercò di aprirgli la mano per liberarsi, ma lui non cedette e l'ape continuò a ronzarle attorno.

«Anthony!» esclamò lei. «Smettetela subi...»

Il resto della frase andò perso perché era riuscita in qualche modo a divincolarsi dalla presa, ma perse l'equilibrio, sollevò il braccio e picchiò con il gomito contro l'ape che ronzò infuriata, mentre la forza del colpo la faceva finire sulla pelle nuda appena sopra il corpetto di pizzo dell'abito da pomeriggio che Kate indossava.

«Oh, per l'amore del... ahi!» Kate strillò quando l'ape la punse. «Maledizione!» imprecò, del tutto dimentica di un linguaggio adeguato. Era solo una puntura d'ape, ovviamente, le era già capitato di essere punta, ma faceva un male d'inferno.

«Oh, diamine» brontolò, abbassando il mento sul petto in modo da riuscire a vedere la bolla che si gonfiava appena sopra il corpetto. «Adesso dovrò andare in casa per mettere un impiastro e mi sporcherò tutta.» Con disprezzo spazzò via l'ape morta dalla gonna, bofonchiando: «Be', quanto meno è morta quell'odiosa. Probabilmente si tratta di giustizia...».

Fu a quel punto che sollevò lo sguardo e notò il volto di Anthony. Era sbiancato. Non impallidito, era esangue. «Oh, mio Dio» stava sussurrando lui. «Oh, mio Dio.»

«Anthony?» domandò lei, sporgendosi in avanti e dimenticando momentaneamente la dolorosa puntura. «Anthony, che c'è?»

Lui uscì di colpo dallo stato di trance in cui si trovava, le afferrò una spalla con una mano mentre con l'altra si aggrappava al corpetto dell'abito, tirandolo giù per vedere meglio la puntura.

«Milord!» strillò Kate. «Fermatevi!»

Lui non disse nulla, ma, ansimante, la inchiodò contro la spalliera della panchina, continuando a tenerle abbassato il corpetto, non tanto da scoprirle il seno, ma ben più di quanto non concedesse la decenza.

«Anthony!» gridò lei. Sperava che l'uso del nome proprio potesse attirare la sua attenzione. Non riconosceva più quell'uomo: non era più quello che era stato seduto al suo fianco appena due minuti prima. Era pazzo, frenetico.

«Volete stare zitta?» sibilò lui, senza mai guardarla in volto. Teneva gli occhi puntati sul cerchio di pelle rossa e gonfia sul petto di lei, e con mani tremanti le estrasse il pungiglione dalla carne.

«Anthony, sto bene!» insistette lei. «Dovete...»

Kate trasalì. Lui aveva spostato leggermente una mano mentre usava l'altra per tirare fuori un fazzoletto dalla tasca e adesso, piuttosto indelicatamente, le stava stringendo l'intero seno.

«Anthony, che state facendo?» Lei gli afferrò la mano, cercando di togliersela di dosso, ma lui era più forte.

Lui la inchiodò ancora più fermamente schiacciandole il seno fino ad appiattirlo. «State ferma!» latrò e poi prese il fazzoletto e cominciò a premerlo contro il gonfiore della puntura.

«Che state facendo?» ripeté lei, cercando ancora di scostarsi.

Anthony non sollevò lo sguardo. «Sto spremendo fuori il veleno.»

«C'è del veleno?»

«Deve esserci» mormorò lui. «Qualcosa vi sta uccidendo.»

Kate restò a bocca aperta. «Qualcosa mi sta uccidendo? Siete pazzo? Non mi sta uccidendo proprio nulla. È una puntura d'ape.»

Lui la ignorò, troppo concentrato sul compito di curarle la ferita.

«Anthony» disse lei in tono tranquillizzante, cercando di ragionare con lui. «Apprezzo la vostra preoccupazione, ma sono stata punta almeno una dozzina di volte dalle api e…»

«Anche lui era già stato punto una volta» la interruppe.

Qualcosa nel tono della voce di Anthony le procurò dei brividi lungo la schiena. «Chi?» gli domandò.

Lui premette con maggior decisione, picchiettando il fazzoletto contro il liquido chiaro che usciva. «Mio padre,» rispose con voce inespressiva «e lo ha ucciso.»

Lei non riusciva a crederci. «Un'ape? Anthony, una piccola ape non può uccidere un uomo.»

Il visconte interruppe per un secondo la medicazione per guardarla in volto. Aveva uno sguardo duro, ossessionato. «Vi assicuro che può.»

Kate non riusciva a credere che le sue parole fossero vere, ma non pensava nemmeno che lui stesse mentendo, restò quindi ferma per un momento.

«È ancora gonfio» mormorò lui, premendo più forte con il fazzoletto. «Non penso di averlo fatto uscire tutto.»

«Sono sicura che mi riprenderò» cercò di tranquillizzarlo lei gentilmente, l'ira che provava per lui si era trasformata in preoccupazione materna. Anthony aveva la fronte corrugata per la concentrazione. Era pietrificato, comprese lei, terrorizzato dal fatto che potesse crollare morta lì sulla panchina in giardino, uccisa da un'ape.

Sembrava inconcepibile, eppure era vero.

Lui scosse la testa. «Non basta» disse con voce roca. «Devo tirare fuori tutto.»

«Anthony io... che state facendo?»

«Dovrò succhiare fuori il veleno» disse lui con espressione truce. «State ferma.»

«Anthony!» strillò lei. «Non potete...» Ansimò, incapace di terminare la frase non appena sentì le sue labbra sulla pelle applicare una gentile eppure inesorabile pressione, succhiandola. Kate non sapeva come reagire, non sapeva se allontanarlo o attirarlo a sé.

Alla fine, però, si immobilizzò. Quando infatti sollevò la testa e guardò sopra la spalla di lui, vide un gruppo di tre donne che la fissavano altrettanto sbigottite.

Mary. Lady Bridgerton. Mrs Featherington, la più grande pettegola di Londra.

Kate capì subito che, al di là di ogni possibile dubbio, la sua vita non sarebbe mai più stata la stessa.

14

Sicuramente, se ci sarà uno scandalo alla festa di Lady Bridgerton, quelli di noi che sono rimasti a Londra possono stare certi che ogni stuzzicante dettaglio giungerà ben presto alle nostre sensibilissime orecchie. Con tanti noti pettegoli presenti, possiamo aspettarci dei resoconti estremamente precisi.

Da «Le cronache mondane di Lady Whistledown»
4 maggio 1814

Per una frazione di secondo, tutti restarono immobili come in un quadro vivente. Kate fissò le tre matrone sconvolta. Quelle la fissarono di rimando inorridite.

Anthony, intanto, continuava a succhiare via il veleno dalla puntura d'ape di Kate, del tutto ignaro del fatto che ci fosse il pubblico.

Del quintetto, fu Kate a ritrovare per prima la voce, spingendo via Anthony con tutta la forza ed emettendo intanto un veemente: «Basta!».

Preso alla sprovvista, lui cadde indietro atterrando sul sedere, con gli occhi che bruciavano ancora, determinato a salvarla da quello che lui riteneva un destino fatale.

«Anthony?» chiese in un rantolo Lady Bridgerton, quasi non riuscisse a credere a ciò che stava vedendo.

Lui si girò di scatto. «Mamma?»

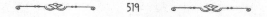

«Anthony, che stai facendo?»

«È stata punta da un'ape» rispose lui in tono deciso.

«Io sto bene» insistette Kate tirandosi su il vestito. «Gli ho detto che stavo bene, ma lui non mi ha voluto ascoltare.»

Lo sguardo di Lady Bridgerton si velò di comprensione. «Capisco» disse in tono triste e con un filo di voce, e Anthony seppe che aveva capito sul serio. Lei, forse, era l'unica persona che poteva capire.

«Kate,» intervenne Mary, parlando con voce strozzata «aveva le labbra sul tuo... sul tuo...»

«Sul suo seno» la aiutò Mrs Featherington. Uno sguardo di disapprovazione le attraversò il volto, ma era chiaro che si stava divertendo immensamente.

«Non è vero!» esclamò Kate. «Sono stata punta proprio qui!» Con un dito tremante, indicò il rigonfiamento rosso sulla pelle sotto la clavicola.

Le tre donne più anziane fissarono la puntura d'ape, assumendo identiche sfumature violette.

«Non è nemmeno vicino al seno!» protestò Kate.

«Non è nemmeno "lontano"» sottolineò Lady Featherington.

«Qualcuno vuole farla tacere?» sibilò Anthony.

«Che intendete dire?» domandò imperiosa Lady Featherington, che si rivolse quindi a Mary.

Mary aveva però occhi solo per sua figlia. «Kate,» le ordinò «vieni qui immediatamente.»

Lei si portò, obbediente, al fianco di Mary.

«Ebbene?» chiese Mrs Featherington. «Ora cosa facciamo?»

Quattro paia di occhi si puntarono su di lei, increduli.

«Facciamo?» ripeté Kate debolmente.

«Non capisco proprio come possiate avere voce in capitolo» esplose Anthony.

Mrs Featherington sbuffò. «Dovete sposare la ragazza» annunciò.

«Che cosa?» strillò Kate rischiando di strozzarsi. «Dovete essere impazzita.»

«Devo essere l'unica persona sensata nel giardino» proclamò ufficialmente la Featherington. «Ragazza mia, lui vi teneva la bocca sul seno e lo abbiamo visto tutte.»

«Non è vero!» mugolò Kate. «Sono stata punta da un'ape!»

«Portia,» intervenne Lady Bridgerton «non penso sia il caso di usare un linguaggio così colorito.»

«Non è il momento per le delicatezze» replicò Mrs Featherington. «Sarà un bello scandalo, comunque vogliate descriverlo.»

«Non ci sarà alcuno scandalo,» sibilò Anthony, avanzando verso di lei con aria minacciosa «perché nessuno dirà niente. Non accetterò che la reputazione di Miss Sheffield venga in alcun modo infangata.»

Mrs Featherington strabuzzò gli occhi, incredula. «Pensate di riuscire a tenere segreta una cosa del genere?»

«"Io" non dirò nulla e dubito che lo farà Miss Sheffield» replicò lui, piazzandosi le mani sui fianchi e fissandola dall'alto con espressione truce. Era il genere di sguardo che faceva inginocchiare uomini adulti, ma Mrs Featherington era o refrattaria o semplicemente stupida, quindi lui continuò aggiungendo: «La stessa cosa faranno le rispettive madri, che hanno tutto l'interesse a proteggere la nostra reputazione. Restate solo voi, Mrs Featherington, come unico membro del nostro simpatico gruppetto che potrebbe dimostrarsi, rispetto all'accaduto, una pettegola pescivendola dalla lingua troppo lunga».

Portia Featherington si fece di un color rosso cupo. «Chiunque poteva vedervi dal palazzo» ribatté in tono duro, dispiaciuta di dover rinunciare a un pettegolezzo così ghiotto. Sarebbe stata festeggiata per un mese come unica testimone del fatto.

Lady Bridgerton lanciò un'occhiata verso il palazzo e impallidì. «Ha ragione, Anthony» disse. «Siamo in piena vista dall'ala degli ospiti.»

«Era un'ape» disse Kate quasi piangendo. «Non potremo essere costretti a sposarci per un'ape!»

Il suo sfogo venne accolto dal silenzio. Lei guardò Mary, quindi Lady Bridgerton che la fissavano con un'espressione mista di preoccupazione, dolcezza e compassione. Guardò poi Anthony che aveva uno sguardo duro, chiuso, imperscrutabile.

Kate chiuse gli occhi, avvilita. Non doveva andare così. Anche se lei gli aveva detto che poteva sposare sua sorella, aveva segretamente sperato che lui potesse essere suo, ma non in quel modo. Così si sarebbe sentito intrappolato. Così avrebbe passato il resto della vita a guardarla sperando che fosse un'altra donna.

«Anthony?» sussurrò Kate. Forse se le avesse parlato, se solo l'avesse guardata lei avrebbe immaginato cosa gli stesse passando per la mente.

«Ci sposeremo la prossima settimana» annunciò lui. Aveva un tono fermo e chiaro, ma del tutto privo di emozione.

«Oh, bene!» commentò Lady Bridgerton molto sollevata, stringendo le mani insieme. «Io e Mrs Sheffield incominceremo subito con i preparativi.»

«Anthony,» sussurrò di nuovo Kate, questa volta con minore foga «ne siete certo?» Lo afferrò per un braccio e cercò di farlo allontanare dalle matrone.

Lui la fissò con sguardo implacabile. «Ci sposeremo» le disse semplicemente, con il tono tipico dell'aristocratico che non accetta proteste e si aspetta di venire obbedito. «Non c'è altro da fare.»

«Ma voi non volete sposarmi!»

A quella affermazione il visconte inarcò un sopracciglio. «E voi volete sposare me?»

Kate non commentò. Non poteva dire nulla se voleva mantenere una briciola di orgoglio.

«Sospetto che saremo bene assortiti» continuò lui con l'espressione che si addolciva un poco. «Siamo diventati amici, in qualche modo. È ben più di quanto la maggior parte degli uomini e delle donne possano vantare all'inizio di una unione.»

«Ma non potete volere una cosa simile» insistette lei. «Volevate sposare Edwina. Cosa le direte?»

Il visconte incrociò le braccia. «Non le ho mai fatto promesse. Immagino che le diremo che ci siamo innamorati.»

Kate spalancò gli occhi. «Non ci crederà mai.»

Lui alzò le spalle. «Allora ditele la verità: che siete stata punta da un'ape, che io stavo cercando di aiutarvi e che siamo stati colti in una situazione che sembrava compromettente. Ditele ciò che volete, è vostra sorella.»

Kate ripiombò sulla panchina, sospirando. «Nessuno crederà mai che voleste sposarmi, penseranno tutti che siete finito in trappola.»

Anthony guardò le tre signore che li stavano ancora fissando con interesse. Al suo: «Vi spiace?». Mary e sua madre si allontanarono subito. Vedendo che Mrs Featherington non si spostava, Violet la trascinò via per un braccio.

Anthony si sedette accanto a Kate e le disse: «Non possiamo far molto per impedire alla gente di parlare, soprattutto con Portia come testimone. Non mi fido che quella donna terrebbe la bocca chiusa più a lungo di quanto impiega a rientrare a casa.» Si appoggiò allo schienale e accavallò le gambe. «Possiamo anche sfruttare l'occasione. Io dovevo comunque sposarmi quest'anno...».

«Perché?»

«Perché cosa?»

«Perché dovevate sposarvi quest'anno?»

Lui si interruppe per un istante. Non aveva una risposta precisa e quindi disse: «Perché avevo deciso così e per me è un motivo sufficiente. Anche voi, alla fine, vi sareste dovuta sposare...».

Lei lo interruppe di nuovo: «A dire il vero pensavo che non lo avrei fatto».

Anthony si sentì irrigidire per la rabbia. «Intendevate vivere una vita da zitella?»

Lei annuì, lo sguardo innocente e franco allo stesso tempo. «Forse sarebbe stato proprio così.»

Anthony restò immobile, pensando che desiderava uccidere tutti gli uomini e le donne che l'avevano sempre confrontata con Edwina, trovandola inferiore. Kate non aveva davvero idea di essere attraente e desiderabile.

Quando Portia Featherington aveva annunciato che dovevano sposarsi, la sua reazione iniziale era stata la stessa di Kate... orrore totale. A nessun uomo piaceva essere forzato a sposarsi, figuriamoci poi se incastrato da un'ape! Mentre guardava Kate protestare (non era stata una delle reazioni più lusinghiere, ammise lui) si era sentito però molto soddisfatto. La voleva disperatamente.

Non avrebbe mai concesso a se stesso di sceglierla come moglie. Era eccessivamente pericolosa per la sua pace mentale. Era tuttavia intervenuto il fato, e adesso che sembrava che lui "dovesse" sposarla... C'erano destini ben peggiori che trovarsi sposato con una donna intelligente, brillante e che, dopotutto, si desiderava.

Tutto quello che doveva fare era accertarsi di non innamorarsi di lei. Non doveva essere impossibile, no? Il matrimonio con Kate poteva diventare gradevole. Avrebbe goduto della sua amicizia e del suo corpo. Non avrebbe approfondito oltre. Non ci sarebbe stata donna migliore come madre dei suoi figli dopo che lui fosse morto. Era molto importante.

«Funzionerà» le disse con grande sicurezza e autorità. «Vedrete.»

Lei parve dubbiosa, ma annuì. Non poteva fare altro. Se lui non le avesse offerto di sposarla, sarebbe stata rovinata per sempre. E se si fosse rifiutata di sposarlo... sarebbe stata etichettata come donna perduta e anche idiota.

Anthony si alzò all'improvviso. «Mamma!» chiamò, lasciando Kate sulla panchina. «Io e la mia fidanzata desideriamo un po' di riservatezza qui nei giardini.»

«Ma certo» mormorò Lady Bridgerton.

«Pensate sia saggio?» domandò Mrs Featherington.

Anthony si sporse in avanti e sussurrò all'orecchio della madre: «Se non me la togliete di torno la faccio fuori».

Violet trattenne a fatica una risata e riuscì a rispondere: «Certamente».

Nel giro di un minuto, Anthony e Kate erano soli in giardino.

Lui la guardò. «Penso» disse prendendola sotto braccio «che dovremmo spostarci fuori dalla vista del palazzo.»

Anthony si incamminò a grandi passi, trascinandosela dietro. «Milord, lo ritenete saggio?»

«Parlate come Portia Featherington» notò Anthony senza smettere di camminare.

«Non sia mai,» mormorò Kate «ma non avete risposto alla domanda.»

«Sì, penso sia saggio» rispose guidandola sotto un gazebo. I lati erano aperti, ma era circondato da cespugli di lillà che garantivano loro un po' di intimità.

«Ma...»

Lui sorrise. «Sapete che discutete troppo?»

«Mi avete portata fin qui per dirmi *questo*?»

«No, per fare *questo*.» Prima che Kate potesse parlare ancora, la baciò appassionatamente. Le sue labbra erano voraci, prendevano tutto quello che poteva dargli e poi chiedevano ancora di più. Il fuoco sopito in lei si accese crepitando anche più forte di quanto non fosse avvenuto la notte nello studio di lui.

Kate si sentiva sciogliere e voleva molto di più.

«Non dovreste farmi questo» mormorò Anthony contro le sue labbra. «Non dovreste. Tutto in voi è assolutamente sbagliato. E poi...»

Kate restò senza fiato quando lui la strinse a sé, premendola contro la propria erezione.

«Vedete?» le disse con voce roca mentre le passava le labbra su una guancia. «Sentite? Capite?» La strinse implacabile, mordicchiandole un orecchio. «Sono certo di no.»

Kate si abbandonò al suo abbraccio. Stava bruciando e le sue braccia traditrici gli si strinsero attorno al collo. Le stava attizzando dentro un fuoco che lei non riusciva assolutamente a controllare. Lo desiderava. Non poteva desiderare quell'uomo che la stava sposando per la ragione sbagliata. Eppure lo desiderava disperatamente.

Era tutto sbagliato. Nutriva dei dubbi rispetto a quel matrimonio e doveva mantenere la mente lucida. Non riuscì tuttavia a impedire alla lingua di lui di penetrarle nella bocca né alla propria di assaggiargli delicatamente le labbra.

C'era poi un desiderio che le cresceva nel ventre che si faceva sempre più forte.

«Sono una persona terribile?» sussurrò più a se stessa che a lui. «Sono una donna perduta?»

«No.» Le avvicinò la bocca all'orecchio e ripeté di nuovo: «No». Posò le labbra sulle sue facendole ingoiare la parola: «No».

Kate piegò la testa all'indietro. La voce di Anthony era profonda e seducente, e le fece quasi sentire di essere nata per quel momento.

«Siete perfetta» sussurrò lui, muovendo le mani lungo il suo corpo. «Qui, ora, in questo giardino, siete perfetta.»

Kate trovò qualcosa di spiazzante in quelle parole, come se lui stesse cercando di dire a lei, e forse anche a se stesso, che avrebbe potuto non essere perfetta domani e forse ancora meno il giorno dopo. Le mani e le labbra di lui erano però molto persuasive e lei allontanò quello sgradevole pensiero. Si sentiva bellissima. Si sentiva... perfetta e non poteva fare a meno di adorare l'uomo che la faceva sentire così.

Anthony le fece scivolare una mano dalla vita al fondoschiena, sostenendola mentre con l'altra mano le stringeva un seno. Sentiva il capezzolo turgido anche sotto la stoffa dell'abito, e dovette fare appello a tutta la propria forza di volontà per non slacciarle i bottoni.

Riusciva a immaginare tutto, mentre le loro labbra si scambiavano un altro bacio incandescente. L'abito di lei le sarebbe scivolato giù dalle spalle fino a rivelarle i seni. Era in grado di vedere anche quelli nella mente e sapeva che, anch'essi, sarebbero stati perfetti. Ne avrebbe stretto uno e lentissimamente avrebbe chinato la testa su di lei fino a sfiorarla con la lingua.

Lei avrebbe mugolato e lui l'avrebbe stuzzicata di più, tenendola tanto stretta da non consentirle di divincolarsi. Poi, proprio quando lei avesse tirato indietro la testa, ansimando, lui avrebbe sostituito la lingua con le labbra e l'avrebbe succhiata fino a farla gridare.

Santo Iddio, la desiderava tanto che si sentiva esplodere.

Non era tuttavia quello né il momento, né il luogo. Si era effettivamente già dichiarato in pubblico e lei gli apparteneva, ma non voleva approfittarne lì, nel gazebo di sua madre. Aveva troppo orgoglio e troppo rispetto per lei.

Con estrema riluttanza, si allontanò. Commise quindi l'errore di guardarla in volto e, in quel momento, avrebbe giurato che Kate Sheffield fosse bella esattamente come sua sorella.

Era un fascino di tipo diverso: le sue labbra erano più piene, le sue ciglia... come aveva fatto a non notare quanto fossero lunghe? Quando aveva la pelle colorita dal rosa del desiderio, sembrava brillare. Anthony sapeva di fantasticare, ma quando la guardava non poteva fare a meno di pensare all'alba nascente che tingeva il cielo con la sua delicata tavolozza di colori rosa e pesca.

Restarono così per quasi un minuto, cercando di riprendere fiato, finché Anthony fece cadere le braccia ed entrambi si allontanarono di un passo. Kate si portò una mano alla bocca. «Non dovevamo farlo» sussurrò.

Lui si appoggiò contro uno dei pali del gazebo e disse con espressione estremamente soddisfatta: «Perché no? Siamo fidanzati».

«Non lo siamo... quanto meno non completamente.»

Il visconte inarcò un sopracciglio.

«Non abbiamo preso accordi» gli spiegò in fretta Kate. «Né firmato carte. Io poi non ho una dote. Dovreste sapere che non ho una dote.»

Anthony sorrise. «State cercando di liberarvi di me?»

«Certo che no!» replicò lei un po' imbarazzata.

Le si avvicinò di un passo. «Non vorrete fornirmi un motivo perché io mi liberi di voi?»

Kate arrossì. «N-no» mentì, anche se era stata esattamente la sua intenzione. Era estremamente stupido da parte sua: se lui avesse ritirato la proposta di matrimonio, lei sarebbe stata rovinata per sempre e non solo a Londra, ma anche nel suo villaggio del Somerset.

Non era tuttavia mai facile essere la seconda scelta e una

parte di Kate voleva quasi avere una conferma di ciò che sospettava... che lui non la voleva come moglie, che avrebbe di gran lunga preferito Edwina e che la stava sposando solo perché costretto. Le avrebbe dato un dolore terribile ma, se Anthony lo avesse ammesso, lei lo avrebbe saputo e sapere era sempre meglio di ignorare. Avrebbe saputo in che situazione era.

«Vediamo di chiarire una cosa» disse Anthony, attirando la sua attenzione con tono deciso. I suoi occhi si fissarono in quelli di Kate, con una tale intensità che lei non poté distogliere lo sguardo. «Ho detto che vi avrei sposata e sono un uomo di parola. Qualsiasi altra speculazione sull'argomento sarebbe estremamente offensiva.»

Kate annuì, ma non riuscì a evitare di pensare: "Attenta a ciò che desideri...".

Aveva appena accettato di sposare proprio l'uomo di cui temeva di essersi innamorata e non riusciva a pensare ad altro che: "Penserà a Edwina quando bacia me?".

"Attenta a ciò che desideri" rimbombò di nuovo nella sua mente.

"Potresti ottenerlo."

15

Ancora una volta, l'Autore si è dimostrato nel giusto. Le feste in campagna hanno come risultato i fidanzamenti più sorprendenti.

Infatti, caro Lettore, il visconte Bridgerton sposerà Miss Katharine Sheffield. Non Miss Edwina, come dicevano i pettegolezzi, ma Miss Katherine.

I dettagli riguardanti come si sia giunti al fidanzamento sono stati estremamente difficili da ottenere. Si dice che la coppia sia stata colta in atteggiamento compromettente e che Mrs Featherington ne sia stata testimone. Tuttavia è stata stranamente reticente e, data la sua propensione al pettegolezzo, l'Autore presume che il visconte l'abbia minacciata, qualora avesse pronunciato una sola sillaba.

Da «Le cronache mondane di Lady Whistledown»
11 maggio 1814

Kate si accorse ben presto che la notorietà non le si addiceva.

Gli ultimi due giorni nel Kent erano stati tremendi; dopo che Anthony ebbe annunciato il loro precipitoso fidanzamento a cena, lei non aveva più avuto nemmeno tempo per respirare, subissata da congratulazioni, domande e insinuazioni.

L'unico momento in cui si era sentita realmente a proprio agio era stato quando era riuscita finalmente a par-

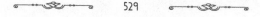

lare da sola con Edwina, che le aveva gettato le braccia al collo dichiarandosi "eccitata", "felicissima" e "niente affatto sorpresa".

Lei aveva espresso la propria sorpresa, ma sua sorella non aveva fatto altro che scrollare le spalle e dire: «A me sembrava evidente che lui fosse innamorato di te. Non so perché non l'ha capito nessun altro».

Kate era rimasta perplessa, dato che era convinta che Anthony avesse indirizzato il proprio interesse matrimoniale su Edwina.

Una volta tornata a Londra, le chiacchiere furono ancora peggio. Pareva che ogni membro dell'aristocrazia si sentisse in dovere di fare visita alla futura viscontessa. Molti riuscirono a inserire nelle congratulazioni una bella dose di allusioni poco lusinghiere. Nessuno credeva possibile che il visconte potesse davvero voler sposare Kate, senza rendersi conto di quanto fosse sgradevole e indelicato dirlo a lei.

«Santo cielo, che fortuna» commentò Lady Cowper, madre dell'odiosa Cressida che a sua volta non faceva altro che lanciarle strali con gli occhi.

«Non avevo idea che fosse interessato a voi» disse Miss Knight con l'aria di non credere al fidanzamento e di sperare che risultasse essere una farsa, nonostante l'annuncio sul «London Times».

«Non so come lo avete intrappolato ma deve essere stato un bel trucchetto. Ci sono ragazze cui non dispiacerebbe prendere qualche lezione da voi» le disse Lady Danbury.

Kate non faceva altro che sorridere, annuire e mormorare: «Sono una ragazza fortunata» ogniqualvolta Mary le dava una gomitata in un fianco.

Anthony, invece, era stato tanto fortunato da scampare la dura prova che lei era stata costretta a sopportare. Le aveva detto di dover restare a Aubrey Hall per occuparsi di alcuni dettagli riguardanti la proprietà prima del matrimonio, fissato per il sabato successivo. Mary si era preoccupata che una simile premura potesse condurre a "chiacchiere", ma Lady Bridgerton aveva ribattuto piuttosto pragmaticamente che le chiacchiere ci sarebbero state comunque e che Kate sarebbe stata meno soggetta a sgradevoli congetture non appena avesse goduto della protezione del nome di Anthony.

Kate sospettava che la viscontessa volesse semplicemente vedere Anthony all'altare prima che quest'ultimo avesse l'occasione di cambiare idea.

Ed era d'accordo con Lady Bridgerton. Per quanto nervosa, non era mai stata il tipo da rimandare. Una volta presa una decisione... o in questo caso subita... non vedeva il motivo per indugiare. Prima si fosse sposata, prima si sarebbero placati i pettegolezzi e prima sarebbe forse potuta tornare alla normale serenità della propria vita anche se, ovviamente, quella non sarebbe mai più stata la stessa.

Le sue giornate erano già un turbinio di attività, con Lady Bridgerton che la trascinava da un negozio all'altro, spendendo un sacco dei soldi di Anthony per il corredo. Kate imparò in fretta che resistere era inutile, quando Lady Bridgerton, o meglio Violet, come le era stato ora ordinato di chiamarla, decideva qualcosa neanche il cielo avrebbe salvato lo sciocco che si metteva sulla sua strada. Mary e Edwina le avevano accompagnate in un paio di uscite, ma esaurite dall'infaticabile energia di Violet, si erano rifugiate da Gunter per una granita.

Alla fine, due soli giorni prima del matrimonio, Kate ricevette un biglietto da Anthony che le chiedeva di essere in casa quel pomeriggio alle quattro, in modo che potesse farle una visita. Kate era un po' agitata all'idea di rivederlo: non si sa come, tutto sembrava diverso e più formale in città. Colse comunque l'occasione per evitare un altro pomeriggio a Oxford Street, dal sarto, dalla modista, dal guantaio, e da chiunque altro Violet aveva in mente di portarla.

Così, mentre Edwina e Mary erano uscite per delle commissioni, visto che Kate aveva convenientemente dimenticato di dire loro della visita del visconte, lei restò seduta in salotto ad aspettare, con Newton addormentato serenamente sui suoi piedi.

Anthony aveva passato la maggior parte della settimana a pensare. Non fu sorpreso che i propri pensieri riguardassero Kate e la loro prossima unione.

Aveva avuto paura di potersi, se se lo fosse concesso, innamorare di lei. La chiave era, a quanto pareva, non concederselo. Più ci pensava, più si convinceva che non sarebbe stato un problema. Non era pazzo; sapeva che l'amore esisteva, ma credeva anche nel potere della mente e della forza di volontà. Non vedeva proprio perché l'amore dovesse essere qualcosa di involontario.

Se non voleva innamorarsi, non sarebbe successo, maledizione. Era semplicemente così. Altrimenti che uomo era?

Doveva, tuttavia, fare una chiacchierata con Kate in proposito prima del matrimonio. C'erano delle cose da chiarire. Kate doveva comprendere esattamente che cosa potersi aspettare da lui e cosa si aspettasse lui in cambio. La loro non era un'unione d'amore. Non lo sarebbe mai diventata. Non era in discussione. Non pensava che lei si fosse fatta illusioni, ma preferiva che la situazione fosse chiara.

Kate sarebbe certamente stata d'accordo. Era una ragazza pratica. Di certo preferiva sapere come sarebbero andate le cose.

Due minuti prima delle quattro, Anthony bussò al portone degli Sheffield, cercando di ignorare gli occhi dei curiosi stranamente assiepati nelle vicinanze.

Non ne restò sorpreso. Poteva anche essere tornato da poco a Londra, ma era ben consapevole che il suo fidanzamento rappresentava lo scandalo *du jour*.

Il maggiordomo aprì la porta e lo fece accomodare. Kate lo stava aspettando su un divano, con i capelli raccolti e coperti da un cappellino ridicolo in tinta con il vestito che indossava.

Il cappellino, decise lui, sarebbe stata la prima cosa a sparire non appena fossero stati sposati. Kate aveva dei capelli magnifici e benché le buone maniere imponessero l'uso del cappello all'esterno, a lui pareva un crimine che lei coprisse i capelli in casa propria.

Prima che riuscisse a dire una parola, tuttavia, lei si mosse verso un servizio da tè d'argento posto sul tavolinetto che aveva di fronte e gli disse: «Mi sono presa la libertà di ordinare il tè. Fa freschino e pensavo poteste gradirne, altrimenti chiamerò affinché vi sia servito dell'altro».

Non faceva affatto fresco, ma lui annuì ugualmente e rispose: «Andrà benissimo, grazie».

Kate annuì e prese la teiera, quindi si fermò e gli domandò corrugando la fronte: «Non so nemmeno come prendete il tè».

Anthony sentì un sorriso formarsi sulle labbra. «Latte. Niente zucchero.»

Lei annuì di nuovo e appoggiò la teiera per prendere il latte. «È una delle cose che una moglie dovrebbe sapere.»

Lui si sedette. «Adesso lo sapete.»

Kate trasse un profondo respiro. «Adesso lo so» mormorò.

Anthony si schiarì la voce mentre la guardava versare il tè. Non indossava i guanti e le sue dita erano lunghe e affusolate. Si muoveva in modo aggraziato, il che lo sorprese, considerando le volte che lei gli aveva pestato i piedi mentre danzavano, anche se spesso i passi falsi erano stati fatti di proposito.

«Ecco qui» disse lei, porgendogli la tazza. «Attento che è caldo. Non mi è mai piaciuto il tè tiepido.»

No, Kate non era il tipo da mezze misure. Era una delle cose che più gli piacevano di lei. Anthony afferrò il piattino, sfiorando con le dita guantate le sue nude e notò che lei arrossiva.

Per qualche strano motivo la cosa gli piacque.

«Avevate qualcosa di specifico da chiedermi, milord?» domandò lei, non appena la sua mano fu al sicuro da quella di lui.

«Mi chiamo Anthony e... non posso far visita alla mia fidanzata per il solo piacere della sua compagnia?»

Lei gli lanciò un'occhiata sagace da sopra l'orlo della tazza. «Certo che potete» replicò. «Ma non penso sia questo il caso.»

Lui inarcò un sopracciglio per la risposta impertinente. «In effetti, avete ragione.»

Lei mormorò qualcosa che lui sospettò fosse sulla falsariga di "Come al solito".

«Pensavo dovessimo parlare del nostro matrimonio.»

«Come, scusate?»

Lui si accomodò meglio sulla poltrona. «Siamo entrambe persone pratiche. Penso che saremo più a nostro agio non appena avremo capito cosa aspettarci l'uno dall'altra.»

«D-D'accordo.»

«Bene.» Posò la tazza sul piattino, quindi mise entrambi sul tavolo che aveva di fronte.

Kate annuì lentamente ma non disse nulla. Continuò a fissarlo mentre lui si schiariva la voce: Anthony aveva l'aria di chi si sta preparando a fare un discorso in parlamento.

«Non abbiamo cominciato nel migliore dei modi,» disse «ma sento... e spero sia così anche per voi... che siamo già diventati amici.»

Lei annuì di nuovo. Forse se la sarebbe cavata annuendo e basta per tutta la conversazione.

«L'amicizia fra un marito e una moglie è estremamente importante» continuò lui. «Forse anche più importante dell'amore, secondo me.»

Questa volta lei non annuì.

«Il nostro matrimonio si baserà sulla reciproca amicizia e sul rispetto» pontificò lui. «Io ne sono felicissimo. Farò del mio meglio per essere un buon marito e, a meno che non mi cacciate dal vostro letto, vi sarò fedele.»

«Molto magnanimo da parte vostra» mormorò lei. Non le stava dicendo nulla che non si aspettasse già ma, in qualche modo, si sentiva alquanto infastidita.

Lui socchiuse gli occhi. «Spero che mi stiate prendendo sul serio, Kate.»

«Oh, certamente.»

«Bene. In compenso,» aggiunse «mi aspetto che non vi comporterete in alcun modo che possa infangare il nome della mia famiglia.»

Kate si irrigidì. «Non me lo sognerei nemmeno.»

«Lo immaginavo. È uno dei motivi per cui sono così compiaciuto di questo matrimonio. Sarete una eccellente viscontessa.»

Era inteso come un complimento, ma lei avrebbe preferito sentirsi dire che sarebbe stata un'eccellente moglie.

«Avremo amicizia,» proclamò lui «rispetto reciproco e figli... figli intelligenti, grazie a Dio, visto che siete la donna più intelligente che io conosca.»

Kate ebbe a mala pena il tempo di sorridere per quel complimento, che lui si affrettò ad aggiungere: «Ma non dovrete aspettarvi amore. Questo non sarà un matrimonio d'amore».

Kate sentì un groppo alla gola e si trovò nuovamente ad annuire, solo che questa volta ogni movimento della testa le provocava una fitta al cuore.

«Ci sono cose che non posso darvi» disse Anthony «e l'amore, temo, è una di queste.»

«Capisco.»

«Davvero?»

«Certo» asserì lei, glaciale. «Non potevate spiegarlo meglio.»

«Non ho mai avuto intenzione di sposarmi per amore.»

«Non è ciò che mi avete detto quando corteggiavate Edwina.»

«Allora stavo cercando di impressionare voi» replicò lui.

Kate socchiuse gli occhi. «Adesso non mi impressionate affatto.»

Lui emise un profondo respiro. «Kate, non sono venuto qui per discutere. Ho solo pensato fosse meglio che fossimo onesti l'uno con l'altra prima del matrimonio di sabato mattina.»

«Certo» sospirò lei a sua volta. Lui non aveva avuto intenzione di insultarla e lei non doveva reagire in modo eccessivo; se sapeva che non poteva amarla, meglio chiarirlo subito.

Le faceva comunque male. Lei non sapeva se lo amava,

ma poteva amarlo ed era sicurissima che, dopo qualche settimana di matrimonio, lo avrebbe certamente amato.

Sarebbe stato così bello se Anthony avesse ricambiato quell'amore!

«È meglio che ci capiamo adesso» le disse lui dolcemente.

Kate non fece altro che continuare ad annuire. Un corpo in movimento tendeva a continuare a muoversi e lei aveva paura che, se si fosse fermata, avrebbe fatto qualcosa di realmente stupido come scoppiare a piangere.

Anthony le prese una mano, cosa che la fece sobbalzare. «Non volevo che arrivaste al matrimonio con delle illusioni» le disse.

«Certo che no, milord.»

Lui corrugò la fronte. «Mi sembrava di avervi detto di chiamarmi Anthony.»

«Lo avete fatto, milord.»

Lui ritirò la mano. Kate lo guardò spostarla, sentendosene all'improvviso privata.

«Prima di andare,» aggiunse Anthony «ho una cosa per voi». Senza smettere di guardarla negli occhi, infilò la mano in tasca ed estrasse una scatoletta da gioielliere. «Devo scusarmi per avere tardato tanto a regalarvi un anello di fidanzamento» mormorò, consegnandogliela.

Kate sfiorò il velluto blu prima di aprire la scatolina. All'interno trovò un anello d'oro piuttosto semplice, con incastonato un diamante dal taglio rotondo.

«È parte dell'eredità dei Bridgerton» spiegò Anthony. «Ci sono svariati anelli di fidanzamento nella collezione, ma ho pensato che questo vi sarebbe piaciuto di più. Gli altri erano molto pesanti e pieni di fronzoli.»

«È magnifico» disse Kate, incapace di distogliere lo sguardo dall'anello.

Lui le prese la scatolina. «Posso?» Kate gli porse la mano e si arrabbiò con se stessa quando si accorse che tremava anche se non molto, ma abbastanza perché lui lo notasse. Anthony non disse una parola; le tenne la mano, mentre con l'altra le faceva scivolare l'anello al dito.

«È piuttosto carino, non vi sembra?» le domandò.
Kate annuì. Non era mai stata il tipo da anelli: quello sarebbe stato il primo che avrebbe portato con una certa regolarità. Le dava una strana sensazione sul dito: era pesante, freddo e solidissimo. In qualche modo, rendeva tutto ciò che era avvenuto nella settimana appena trascorsa più reale. Più definitivo. Mentre fissava l'anello si rese conto di aspettarsi quasi che piombasse un fulmine dal cielo per bloccarli prima che pronunciassero le promesse di rito. Anthony le si avvicinò. «Che ne direste di suggellare il patto con un bacio?» mormorò.

«Non sono sicura...»

Lui la prese sulle ginocchia e sogghignò diabolicamente. «Io sì.»

Mentre però Kate gli arrivava in grembo, calciò inavvertitamente Newton che lanciò un mugolio per essere stato disturbato.

Anthony corrugò la fronte e lo guardò: «Non mi ero accorto che fosse lì».

«Stava facendo un pisolino.»

Svegliato così bruscamente Newton cercò di balzare insieme a loro sul divano.

«Cane» ordinò Anthony. «Scendi all'istante.»

Con un guaito, Newton si voltò e ritornò sul pavimento.

«Santo cielo, questo sì che mi impressiona!»

«È questione di tono della voce» commentò Anthony altezzoso, facendole passare intanto un braccio attorno alla vita in modo che lei non potesse alzarsi.

Kate guardò il braccio di lui, quindi il suo volto, con espressione perplessa. «Perché mai» rifletté «ho la sensazione che voi troviate quel tono di voce efficace anche con le donne?»

Lui scrollò le spalle. «Perché di solito è così.»

«Non con questa.» Kate piazzò le mani sui braccioli del divano e cercò di divincolarsi.

Però il visconte era decisamente troppo forte. «Soprattutto con questa» disse lui. Con la mano libera le prese il mento e girò il viso di lei verso il proprio. La baciò delicatamente, ma appassionatamente, esplorandole la bocca con una meticolosità che la lasciò senza fiato.

La bocca di lui si mosse quindi lungo la linea della sua mascella, fino al collo, fermandosi solo per sussurrare: «Dov'è vostra madre?».

«Fuori» disse Kate con una specie di rantolo.

«Quanto resterà via?»

«Non so.» Kate emise un piccolo gemito quando la lingua di lui scivolò sotto il bordo della scollatura del suo abito di mussolina, tracciandole una linea erotica sulla pelle.

«Santo cielo, Anthony, che state facendo?»

«Quanto tempo?» ripeté lui.

«Un'ora. Forse due.»

Anthony sollevò lo sguardo per accertarsi di aver chiuso la porta. «Forse due?» mormorò, sorridendo contro la pelle di lei. «Davvero?»

«Magari solo una.»

Lui agganciò un dito all'orlo del corpetto vicino alla spalla, assicurandosi di avere preso insieme anche la sottoveste. «Una» disse «va già benissimo.» Poi, fermandosi solo per chiuderle la bocca con la propria in modo che non potesse protestare, le abbassò repentinamente il corpetto, portandosi dietro la sottoveste.

La sentì trasalire, ma non fece altro che baciarla più appassionatamente mentre le toccava il seno. Era perfetto sotto le sue dita, come se fosse stato fatta apposta per lui.

Quando sentì che Kate non opponeva più resistenza, cominciò a baciarle un orecchio, mordicchiandole delicatamente il lobo. «Vi piace?» le sussurrò, stringendole intanto il seno con la mano.

Lei annuì con la testa.

«Molto bene» mormorò lui, leccandole l'orecchio. «Avrebbe complicato parecchio le cose se non fosse stato così.»

«I-in che senso?»

Non era assolutamente il momento per ridere, ma lei era così innocente! Anthony non aveva mai fatto l'amore con una donna come lei prima; lo stava trovando sorprendentemente gradevole. «Diciamo solo che a me piace moltissimo.»

«Oh.» Kate rispose con una specie di sorriso incerto.

«C'è dell'altro, sapete?» sussurrò lui, lasciando che il suo alito le accarezzasse l'orecchio.

«Ne sono sicura» replicò lei, con un filo di voce. «Non sono tanto ingenua da pensare che possa venire un bambino da ciò che stiamo facendo adesso.»

«Sarei felice di mostrarvi il resto» mormorò lui.

«Non... oh!»

Lui la strinse di nuovo, questa volta accarezzandole la pelle. Gli piaceva che lei non riuscisse più a pensare quando lui le toccava il seno. «Stavate dicendo?» la imbeccò, mordicchiandole il collo.

«Io... cosa?»

Lui annuì, sfregandole il viso dalla barba non fatta contro la gola.

«Sono sicuro che stavate dicendo qualcosa. Ma, forse, preferisco non saperlo. Avevate iniziato con la parola "non". È una parola che non deve esistere fra noi in un momento come questo. Ma...» le fece scivolare la lingua sul collo scendendo giù fino alla clavicola «... sto divagando.»

«Voi... davvero?»

Lui annuì. «Credo che stessi cercando di stabilire cosa vi piaccia, come dovrebbe fare ogni buon marito.»

Lei non disse nulla, ma il suo respiro accelerò.

Anthony sorrise. «Che ne dite di questo, per esempio?» Allargò la mano, accarezzandole con il palmo il capezzolo.

«Anthony!» esclamò lei con voce strozzata.

«Bene» commentò lui. «Sono felice che siamo tornati a Anthony. Milord è così formale, non trovate? Decisamente troppo formale per questo.»

A quel punto fece ciò che aveva fantasticato per settimane. Piegò la testa e prese il seno di lei in bocca, godendo per ogni sussulto di piacere che sentiva le faceva fremere il corpo.

Era felice che lei stesse reagendo in quel modo, eccitata

per ciò che lui le stava facendo. «Che bello» mormorò con il fiato caldo e umido che le accarezzava la pelle. «Avete un sapore magnifico.»

«Anthony» mormorò lei con voce roca. «Siete sicuro...»

Lui le passò un dito sulle labbra. «Non so cosa vogliate chiedermi ma, qualsiasi cosa sia...» spostò l'attenzione sull'altro seno «sono sicurissimo.»

Lei gemette dolcemente. Inarcò la schiena sotto il tocco esperto di lui che, con rinnovato fervore, le stuzzicò il capezzolo.

«Oh, cielo... oh, Anthony!»

Le fece quindi scorrere la lingua sull'areola. Era perfetta, semplicemente perfetta. Amava il suono della sua voce, roco e rotto dal desiderio, e si sentì fremere al pensiero della loro prima notte di nozze, alle sue grida di passione e di desiderio. Sarebbe stata appassionata sotto di lui e lui smaniava alla prospettiva di farla venire.

Si scansò di quel tanto da poterle guardare il volto. Era tutta rossa e aveva gli occhi dilatati e offuscati. I capelli cominciavano a liberarsi da quell'odioso cappellino.

«Questo» disse lui togliendolo dalla testa di Kate «deve sparire. Promettetemi di non indossarlo mai più.»

Lei si mosse sul suo grembo, cosa che non fece molto per placare lo stato del suo inguine... per guardare al di là della poltrona. «Non ci penso nemmeno» replicò. «Quel cappellino mi piace.»

«Non ci posso credere» commentò lui, serissimo.

«Sì, invece e... Newton! No!»

Anthony seguì il suo sguardo e scoppiò in una fragorosa risata. Newton stava allegramente masticando il cappellino di Kate. «Bravo, ben fatto!» gli disse ridendo.

«Vi direi di comperarmene un altro,» bofonchiò Kate «se non aveste già speso una fortuna per me questa settimana.»

Quell'affermazione lo divertì. «Davvero?» le domandò incuriosito.

Lei annuì. «Sono andata a fare acquisti con vostra madre.»

«Oh. Bene. Sono sicuro che non sia stata lei a farvi scegliere una cosa del genere» disse indicando i brandelli fra i denti di Newton.

Quando la guardò nuovamente, Kate aveva le labbra irrigidite in una linea seccata. Era così facile capire! Non era stata Violet a farle comperare quel cappellino e lei moriva all'idea di non poter commentare in modo tagliente.

Anthony sospirò soddisfatto. La vita con Kate non sarebbe stata noiosa.

Si stava tuttavia facendo tardi e doveva andare. Kate aveva detto che sua madre sarebbe stata di ritorno entro un'ora, ma Anthony non si fidava affatto del senso del tempo femminile. Anche se lui e Kate dovevano sposarsi nel giro di due giorni, non gli pareva prudente essere colto con lei in salotto in una situazione così compromettente.

Con estrema riluttanza, si alzò, sollevandola fra le braccia, quindi la riappoggiò sul divano.

«È stato un interludio delizioso» mormorò abbassandosi per baciarle la fronte. «Temo tuttavia un ritorno anticipato di vostra madre. Ci vedremo sabato mattina.»

Lei spalancò gli occhi. «Sabato?»

«Una superstizione di mia madre» rispose lui con un sorriso mesto. «Pensa che porti sfortuna che la sposa e lo sposo si vedano il giorno prima delle nozze.»

«Oh!» Kate si alzò in piedi. «E ci credete anche voi?»

«Niente affatto» replicò lui con sdegno.

Lei annuì. «È molto carino da parte vostra accontentarla, allora.»

Anthony si fermò per un istante, consapevole del fatto che la maggior parte degli uomini nella sua posizione non avrebbe gradito mostrarsi legata alle sottane della madre.

Quella però era Kate, e lui sapeva che stimava la devozione alla famiglia quanto lui.

Le disse quindi: «Ci sono poche cose che non farei per accontentare mia madre».

Lei gli sorrise. «È una delle cose che più mi piacciono in voi. Davvero. Siete molto più affettuoso di quanto non vogliate far credere.»

Visto che Anthony non sarebbe stato in grado di vincere la discussione... e aveva poco senso contraddire una donna che gli stava facendo un complimento... le appoggiò un dito sulle labbra e disse: «Zitta. Non ditelo a nessuno». Quindi, con un ultimo baciamano, aggiunse: «*Adieu*» poi andò alla porta e uscì.

Una volta a cavallo, si concesse di riflettere sulla visita. Era andata bene, pensò. Kate pareva aver capito i limiti che lui aveva posto al loro matrimonio e aveva reagito ai suoi approcci amorosi con un desiderio dolce e appassionato allo stesso tempo.

Nel complesso, pensò con un sorriso soddisfatto, il futuro sembrava rosa. Il suo matrimonio sarebbe stato un successo.

Kate era preoccupata. Anthony aveva fatto di tutto per assicurarsi che comprendesse che lui non l'avrebbe mai amata. Di certo, poi, non sembrava volesse il suo amore in cambio.

Aveva poi cominciato a baciarla come se non ci fosse stato un domani, come se lei fosse stata la donna più bella sulla terra.

Lei era la prima ad ammettere di non avere grande esperienza riguardo agli uomini e ai loro desideri, ma lui sembrava proprio desiderarla.

O stava solo desiderando fosse un'altra? Non era stata la prima scelta come moglie. Avrebbe dovuto ricordarlo sempre.

Anche se si fosse innamorata di lui... non avrebbe mai dovuto dirglielo. Non poteva davvero fare altro.

16

L'Autore è venuto a sapere che il matrimonio fra Lord Bridgerton e Miss Sheffield sarà una cerimonia per pochi intimi.

In altre parole: l'Autore non è stato invitato.

Non temete, tuttavia, cari Lettori. È in momenti come questi che l'Autore diventa più intraprendente e promette di riuscire a scoprire tutti i dettagli della cerimonia in questione, sia quelli interessanti che quelli banali.

Il matrimonio dello scapolo più ambito di Londra è di certo argomento che deve essere raccontato nelle umili pagine dell'Autore, non siete d'accordo?

Da «Le cronache mondane di Lady Whistledown»
13 maggio 1814

La notte prima del matrimonio, Kate era seduta sul letto con la sua vestaglia preferita e guardava sbalordita la moltitudine di bauli disseminata sul pavimento. Tutto ciò che possedeva era stato impacchettato, pronto per essere trasportato nella nuova casa.

Perfino Newton era stato preparato per il viaggio. Era stato lavato e asciugato e gli era stato messo al collo un nuovo collare. I suoi giochi preferiti erano stati messi in una borsa sistemata nell'ingresso accanto alla cassetta di legno che Kate aveva avuto fin da neonata. La cassetta era piena dei suoi giocattoli d'infanzia e lei aveva trovato un gran conforto nella loro presenza a Londra. Portare delle cose a casa di Anthony l'avrebbe fatta sentire un po' più come a casa sua.

Mary, che pareva sapere sempre ciò di cui Kate aveva bisogno prima che lo capisse lei stessa, aveva chiesto ad alcuni amici nel Somerset, non appena Kate si era fidanzata, di spedire la cassetta a Londra in tempo per il matrimonio.

Kate si alzò e vagò per la stanza, fermandosi per passare le dita su una camicia da notte che era stata piegata e appoggiata su un tavolo. Scelta da Lady Bridgerton (Violet, doveva cominciare a pensare a lei chiamandola Violet), era un modello semplice ma di un tessuto prezioso. Kate aveva sofferto durane tutta la visita dalla sarta: era stata la madre del suo futuro sposo a selezionare i capi per la notte di nozze!

Mentre prendeva la camicia da notte per riporla in un baule, udì bussare alla porta. Edwina infilò la testa nella stanza. Anche lei era pronta per andare a letto.

«Ho pensato che potevi volere del latte caldo» disse.

Kate le sorrise, grata. «È un'idea magnifica.»

Una volta dentro la stanza, Edwina chiuse la porta e le porse una grande tazza. Tenendole gli occhi puntati addosso, le chiese senza preamboli: «Hai paura?».

Lei sorseggiò il latte per controllarne la temperatura prima di berlo. Era caldo, ma non scottava e le dava una sensazione di conforto. Aveva bevuto latte caldo fin dall'infanzia e quel gusto l'aveva fatta sempre sentire tranquilla e al sicuro.

«Non ho veramente paura,» rispose alla fine, sedendosi sul bordo del letto «ma sono nervosa. Decisamente nervosa.»

«Be', è evidente che sei nervosa» commentò Edwina. «Solo un'idiota non lo sarebbe. La tua intera vita cambierà. Tutto! Perfino il nome. Sarai una donna sposata. Una viscontessa. Dopodomani non sarai più la stessa donna, Kate, e dopodomani notte...»

«Basta così, Edwina» la interruppe Kate.

«Ma...»

«Non mi stai certo aiutando a tranquillizzarmi.»

«Oh.» Edwina le sorrise mestamente. «Mi dispiace.»

«Non importa» la rassicurò Kate.

Edwina riuscì a tenere a freno la lingua per circa quattro secondi prima di chiederle: «La mamma ti ha già parlato?».

«Non ancora.»

«Dovrà farlo, non pensi? Domani ti sposerai e sono certa che avrai bisogno di sapere moltissime cose.» Bevve un sorso di latte, quindi si appollaiò sul bordo del letto davanti a Kate. «So che ci sono moltissime cose che io non so e, a meno che tu non abbia combinato qualcosa di cui io non sono al corrente, non capisco proprio come potresti sapere tutto.»

Kate si chiese se sarebbe stato scortese imbavagliare la sorella con qualche capo di *lingerie* scelto da Lady Bridgerton.

«Kate?» esclamò Edwina, strizzando gli occhi incuriosita. «Kate? Perché mi guardi in modo così strano?»

Kate guardò con espressione triste la *lingerie*. «Meglio che tu non lo sappia.»

«Mmm. Be', io...»

I borbottii di Edwina furono interrotti da un breve bussare alla porta. «Sarà la mamma» disse Edwina con un sogghigno malizioso. «Non vedo l'ora.»

Kate sollevò gli occhi al cielo mentre si alzava per aprire la porta. In effetti Mary era nel corridoio e teneva in mano due tazze fumanti. «Pensavo che potevi gradire del latte caldo» le disse con un sorriso.

Kate, in tutta risposta, sollevò quella che aveva in mano. «Edwina ha avuto la stessa idea.»

«Che ci fa qui?» domandò Mary, entrando nella stanza.

«Da quando in qua ho bisogno di un motivo per parlare con mia sorella?» replicò Edwina sbuffando.

Mary le lanciò uno sguardo irritato. «Sembra che ci sia un'esagerazione di latte caldo, qui.»

«Questo è comunque già tiepido» disse Kate, posando la tazza su uno dei bauli già chiusi e prendendone una da Mary. «Edwina potrà portarlo in cucina quando se ne andrà.»

«Come, scusa?» domandò Edwina, un po' assente. «Oh, certo. Lo farò volentieri.» Non si alzò tuttavia in piedi.

«Ho bisogno di parlare con Kate» disse Mary.

Edwina annuì entusiasta.

«Da sola.»

Edwina strizzò gli occhi. «Devo andare via? Adesso?» Mary annuì e le consegnò la tazza con il latte tiepido. Edwina parve afflitta, poi la sua espressione si rallegrò. «State scherzando, vero? Posso restare, no?»

«No» rispose Mary.

Edwina rivolse a Kate uno sguardo implorante.

«Non guardare me» disse Kate trattenendo a stento un sorriso. «È una decisione sua. Sarà lei a parlare, dopotutto. Io dovrò solo ascoltare.»

«E porre domande» sottolineò Edwina. «Anch'io ho delle domande.» Si rivolse alla madre. «Un sacco di domande.»

«Non ne dubito» commentò Mary «e sarò felice di rispondere a tutte, la notte prima del tuo matrimonio.»

«Non è giusto» brontolò Edwina, strappando la tazza di mano alla madre.

«La vita non è mai giusta» osservò quella con un sorriso divertito. «E non origliare alla porta!» le gridò.

«Neanche per sogno» rispose stizzita Edwina. «Non parlerai comunque tanto forte che io possa sentire.»

Mary sospirò mentre la figlia usciva dalla stanza chiudendosi la porta alle spalle, quindi disse a Kate: «Dovremo sussurrare».

Kate annuì, ma provò abbastanza solidarietà per la sorella da aggiungere: «*Potrebbe* anche non origliare».

«Vuoi spalancare la porta per scoprirlo?» le domandò Mary. La donna si sedette quindi nel posto appena lasciato libero da Edwina guardandola dritto negli occhi. «Sono sicura che sai perché sono qui.»

Lei annuì.

La madre bevve un sorso di latte e restò in silenzio per qualche istante prima di aggiungere: «Quando io mi sono sposata la prima volta non sapevo cosa aspettarmi la prima notte di nozze. Non è stato...». Chiuse gli occhi come se fosse addolorata. «La mia ignoranza ha reso tutto più difficile» disse alla fine sottintendendo che "difficile" era solo un eufemismo.

«Capisco» mormorò Kate.

Mary sollevò lo sguardo di scatto. «No, non capisci. E spero tu non capisca mai. Ho giurato che nessuna delle mie figlie si sarebbe sposata ignorando cosa accada fra marito e moglie.»

«Sono già al corrente dei principi di base» ammise Kate.

Chiaramente sorpresa, la madre disse: «Davvero?».

Lei annuì. «Non può essere molto diverso dagli animali.»

Mary scosse la testa. «Non lo è.»

Kate si chiese come formulare al meglio la successiva domanda.

Da quello che aveva visto nella fattoria di un vicino, l'atto della procreazione non pareva affatto gradevole. Quando però Anthony la baciava, a lei sembrava quasi di impazzire. Il suo intero corpo fremeva e lei sospettava che, se i loro recenti incontri fossero avvenuti in luoghi più adatti, lei lo avrebbe lasciato fare senza protestare affatto.

Ma c'era stata però quella cavalla che aveva nitrito così tanto alla fattoria... Francamente i vari pezzi del rompicapo parevano non combaciare.

Dopo essersi schiarita la voce, disse: «Non pare una cosa molto gradevole».

Mary chiuse nuovamente gli occhi, come se stesse cercando di ricordare una cosa che preferiva solitamente tenere nascosta nei recessi della mente. Quando li riaprì disse: «Il godimento di una donna dipende interamente dal marito».

«E quello di un uomo?»

«L'atto dell'amore» rispose Mary arrossendo lievemente «può e dovrebbe essere un'esperienza piacevole per l'uomo e per la donna ma...» tossì e bevve un sorso di latte. «Non sarei onesta se non ti dicessi che una donna non prova sempre piacere in quell'atto.»

«Un uomo invece sì?»

Mary annuì.

«Non sembra giusto.»

L'altra sorrise tristemente. «Credo di avere appena detto a Edwina che la vita non è sempre giusta.»

Kate corrugò la fronte, fissando la tazza di latte. «Be', questo *davvero* non sembra giusto.»

«In realtà non significa» si affrettò ad aggiungere Mary «che l'esperienza sia necessariamente sgradevole per la donna. E sono certa che non sarà sgradevole per te. Presumo che il visconte ti abbia baciato.»

Kate annuì senza sollevare lo sguardo.

Quando Mary parlò, Kate le sentì una specie di sorriso nella voce. «Presumo dal tuo rossore che ti sia piaciuto.»

Kate annuì di nuovo, questa volta avvampando.

«Se hai goduto del suo bacio,» disse allora «sono sicura che non resterai sconvolta dalle sue ulteriori attenzioni. Sono certa che sarà gentile e sensibile con te.»

"Gentile" non era propriamente il termine giusto per definire l'essenza dei baci di Anthony, ma quel genere di conversazione con la matrigna era già abbastanza imbarazzante.

«Gli uomini e le donne sono differenti» continuò Mary «e un uomo può provare piacere quasi con ogni donna.»

Questo era seccante e una cosa che Kate non desiderava sentire. «E una donna?» incalzò lei.

«Per una donna è diverso. Ho sentito dire che donne viziose provano piacere, come un uomo, fra le braccia di chiunque, ma non ci credo. Penso che una donna debba provare amore per il marito per godere nel talamo nuziale.»

Kate restò in silenzio per un attimo. «Voi non amavate il vostro primo marito, vero?»

Mary scosse la testa. «La differenza sta tutta lì, mia cara. Lì e nelle attenzioni di un marito per sua moglie. Ho tuttavia visto il visconte in tua compagnia e ti tratta con grande rispetto. Non avrai niente di cui temere, ne sono sicura.»

Detto quello, Mary baciò la figlia sulla fronte e lasciò la stanza. Kate restò seduta sul letto, a fissare la parete per svariati minuti con espressione vacua.

Mary si sbagliava. Lei aveva molto da temere.

Odiava il fatto di non essere stata la prima scelta di Anthony, ma era un tipo pratico e sapeva che c'erano cose nella vita da accettare così com'erano. Non poteva tuttavia consolarsi con il ricordo del desiderio che aveva provato... e che pensava anche Anthony avesse provato... quando stava fra le sue braccia.

E adesso veniva fuori che quel desiderio non era nemmeno solo per lei, ma una specie di istinto primitivo che ogni uomo provava per ogni donna.

Kate non avrebbe mai potuto sapere se, quando Anthony avesse spento le candele portandola a letto, chiudendo gli occhi... avrebbe immaginato il volto di un'altra donna.

Il matrimonio, celebrato nel salone di Bridgerton House, fu una cerimonia molto intima. Era presente tutta la famiglia Bridgerton, e l'undicenne Hyacinth aveva preso molto seriamente il ruolo di damigella con i fiori. Quando il fratello Gregory aveva cercato di farle cadere il cestino lei lo aveva colpito sul mento, ritardando la cerimonia di ben dieci minuti e provocando una gradita nota di leggerezza e allegria.

Kate aveva visto tutta la scena dal fondo del corridoio e aveva sorriso, cosa non da poco, visto che le tremavano le gambe da oltre un'ora. Doveva solo ringraziare il cielo che Lady Bridgerton non avesse insistito per una cerimonia in grande. Kate, che non si era mai considerata un tipo nervoso, sarebbe probabilmente svenuta dalla paura.

Violet aveva in effetti pensato a un matrimonio in pompa magna per tacitare le voci che stavano girando su Kate, Anthony e il loro improvviso fidanzamento. Portia Featherington era stata molto vaga sui dettagli, come promesso, ma aveva fatto circolare tante allusioni da far sapere a tutti che le cose non avevano seguito le regole canoniche.

Come risultato, tutti parlavano e Kate sapeva che era solo questione di tempo prima che Mrs Featherington non riuscisse più a trattenersi dallo spifferare l'intera storia.

Alla fine, tuttavia, Violet aveva deciso che un matrimonio semplice fosse la soluzione migliore e, visto che non era possibile organizzare una festa grandiosa in una settimana, la lista degli invitati si era limitata ai membri della famiglia. Kate aveva Edwina come testimone, Anthony suo fratello Benedict e, nel giro di poco, si trovarono marito e moglie.

Era strano, pensò Kate nel pomeriggio mentre fissava la fede d'oro che si era unita all'anello con il diamante sulla sua mano sinistra, quanto potesse cambiare in fretta la vita di una persona. Edwina aveva avuto ragione. Era tutto diverso. Adesso lei era una donna sposata, una viscontessa.

Lady Bridgerton.

Le sembrava di parlare di qualcun altro. Quanto tempo sarebbe dovuto passare prima che, sentendo chiamare Lady Bridgerton, lei avrebbe capito che stavano cercando lei e non la madre di Anthony?

Adesso era una moglie con le responsabilità di una viscontessa. Era terrorizzante.

Ora che il matrimonio era stato celebrato, Kate rifletté sulle parole di Mary della sera precedente e capì che aveva avuto ragione. Sotto molti aspetti, lei era la donna più fortunata della terra. Anthony l'avrebbe trattata bene. Avrebbe trattato bene qualsiasi donna. E quello era il problema.

Lei e Anthony erano in carrozza per il breve tragitto tra Bridgerton House, dove si era svolto il ricevimento, e l'abitazione privata di lui che, rifletté Kate, da lì in poi non poteva più essere chiamata la sua "sistemazione da scapolo".

Rivolse un'occhiata furtiva al suo nuovo marito. Lui guardava davanti a sé, con espressione seria.

«Avete intenzione di trasferirvi a Bridgerton House adesso che siete sposato?» gli domandò.

Anthony sobbalzò, quasi avesse dimenticato di averla al fianco in carrozza. «Sì,» replicò, guardandola «anche se non prima di qualche mese. Penso che sarebbe meglio godere di un po' di intimità all'inizio del matrimonio, che ne dite?»

«Certamente» mormorò Kate. Abbassò lo sguardo sulle mani. Cercò di fermarle, ma era impossibile.

Anthony seguì la direzione del suo sguardo e posò una delle sue grandi mani su quelle di lei, che si bloccarono all'istante.

«Siete nervosa?» le domandò.

«Pensavate che non lo sarei stata?» replicò lei cercando di mantenere un tono secco e ironico.

Lui sorrise. «Non c'è nulla da temere.»

Kate rischiò di scoppiare in una risata isterica. Pareva fosse destinata a sentire quella nenia in continuazione. «Forse,» concesse «ma ho ancora molto per cui essere nervosa.»

Il suo sorriso si allargò. «Touché, mia cara moglie.»

Kate sussultò Era strano essere la moglie di qualcuno, era molto strano essere la moglie di Anthony. «E voi siete nervoso?» chiese con impertinenza.

Lui si sporse verso di lei, gli occhi scuri caldi e colmi di promesse. «Oh, disperatamente» le mormorò. Ridusse la distanza fra loro, trovando con le labbra la sensibile pelle di un orecchio di lei. «Mi batte forte il cuore» sussurrò.

Kate sentì il proprio corpo irrigidirsi e sciogliersi allo stesso tempo. «Penso che dovremmo aspettare.»

Lui le mordicchiò il lobo. «Aspettare per cosa?»

Lei cercò di spostarsi. Anthony non capiva. Se avesse capito si sarebbe infuriato e non pareva particolarmente turbato.

«P-per il matrimonio» balbettò lei.

La cosa parve divertirlo. «Non pensate che per quello sia un po' tardi?»

«Per la prima notte di nozze» spiegò lei.

Lui si allontanò. «No» rispose semplicemente, ma non si mosse per abbracciarla di nuovo.

Kate cercò di trovare delle parole che potessero fargli capire, ma non era facile: non era sicura nemmeno lei di comprendere a fondo la situazione.

«Non dico per sempre» azzardò, odiando il tremito della propria voce. «Solo una settimana.»

La frase catturò l'attenzione di lui, che inarcò un sopracciglio in un ironico atteggiamento interrogativo. «Cosa sperate, di grazia, di guadagnare in una settimana?»

«Non lo so» rispose lei onestamente.

Lui la fissò negli occhi con sguardo duro, sardonico. «Dovrete studiare qualcosa di meglio» le disse.

Kate non voleva guardarlo, non voleva l'intimità cui lui la costringeva bloccandola con il suo sguardo scuro. Le risultava più facile nascondere i propri sentimenti se si focalizzava su qualcos'altro, ma se lo doveva guardare dritto negli occhi...

Temeva che lui potesse vedere la sua anima.

«È stata una settimana piena di grandi cambiamenti nella mia vita» cominciò lei, desiderando sapere dove andare a parare con quella affermazione.

«Anche per me» commentò lui dolcemente.

«Per voi non altrettanto» replicò Kate. «Le intimità del matrimonio non vi sono nuove.»

Lui sollevò un angolo della bocca in un mezzo sorriso arrogante. «Vi assicuro, milady, che non mi sono mai sposato prima.»

«Non è ciò che intendevo dire e lo sapete bene. Vorrei solo un po' più di tempo per prepararmi» ribatté lei nervosa.

Anthony la fissò a lungo, quindi si appoggiò contro lo schienale. «Benissimo.»

«Davvero?» Kate si raddrizzò, sorpresa. Non si era aspettata che lui capitolasse così facilmente.

«Sempre che...» continuò lui.

Lei si accasciò. Doveva sapere che ci sarebbe stata una condizione.

«... voi mi illuminiate su un punto.»

Lei deglutì. «E di cosa si tratta, milord?»

Lui si sporse in avanti con aria diabolica. «Precisamente, come intendete preparavi?»

Non erano neppure arrivati alla strada di Anthony, Kate si accorse guardando dal finestrino. Era bloccata in carrozza per almeno altri cinque minuti. Non poteva sfuggire alla sua domanda. «Non... so proprio cosa intendiate dire.»

Lui ridacchiò. «Lo penso proprio anch'io.»

Kate lo guardò con aria truce. Non c'era niente di peggio

di essere presa in giro, soprattutto per una sposa nel giorno del matrimonio. «Vi state prendendo gioco di me» lo accusò.

«No,» rispose lui con quello che poteva solo definirsi uno sguardo lascivo «mi piacerebbe *molto* giocare con voi. C'è una bella differenza.»

«Vorrei non mi parlaste in questo modo» borbottò lei. «Sapete che non capisco.»

«Capireste» mormorò Anthony «se solo cedeste all'inevitabile e dimenticaste la vostra sciocca richiesta.»

«Non mi piace essere trattata con sufficienza» replicò Kate irrigidendosi.

Lo sguardo di Anthony balenò. «A me non piace che mi vengano negati i miei diritti» ribatté in tono freddo.

«Non vi sto negando niente» insistette lei.

«Oh, davvero?» Non c'era traccia di divertimento nelle parole di lui.

«Vi chiedo solo una proroga. Una breve, temporanea, *breve* proroga. Non mi negherete una richiesta così semplice.»

«Fra noi due» disse lui con voce tagliente «non penso sia io a negare qualcosa.»

Aveva ragione lui, maledizione, e lei non aveva idea di cos'altro dire. Anthony aveva tutto il diritto di caricarsela in spalla, trascinarla a letto e chiuderla nella stanza per una settimana se così avesse desiderato.

Stava agendo da sciocca, da prigioniera delle proprie insicurezze, che non aveva nemmeno saputo di avere finché non aveva conosciuto Anthony.

Per tutta la vita era stata quella che aveva ricevuto il secondo sguardo, il secondo saluto, il secondo baciamano. Come figlia maggiore, si sarebbero dovuti rivolgere a lei prima che alla sorella minore, ma Edwina era così bella che le persone non capivano più nulla in sua presenza.

La presentazione di Kate veniva di solito accolta con un imbarazzato e cortese saluto a mezza bocca mentre gli occhi scivolavano di nuovo sul volto perfetto e raggiante di Edwina.

Kate non se ne era mai dispiaciuta troppo. Se sua sorella fosse stata viziata o odiosa sarebbe stato più difficile e, a dire il vero, la maggior parte degli uomini che aveva incontrato era così insignificante che non le era mai seccato che salutassero prima Edwina.

Fino a quel momento.

Voleva che gli occhi di Anthony si illuminassero quando lei entrava in una stanza. Non aveva bisogno che lui l'amasse... quanto meno era ciò di cui si stava convincendo... ma voleva disperatamente essere la prima dei suoi affetti, la prima dei suoi desideri.

E aveva la terribile e tragica sensazione che ciò significasse che si stava innamorando. Che si stava innamorando di suo marito, chi poteva pensare che ciò potesse essere un disastro?

«Vedo che non avete una risposta» le disse serenamente Anthony.

La carrozza si fermò, risparmiandole di dover rispondere, ma quando il valletto fece per aprire, Anthony bloccò la portiera, senza distogliere lo sguardo dal suo volto.

«Allora come, milady?» ripeté

«Come...» fece eco lei. Aveva dimenticato ciò che Anthony le aveva chiesto.

«Come» ripeté ancora una volta lui con voce dura come il ghiaccio, ma calda come la fiamma «intendete prepararvi alla prima notte di nozze?»

«Io... io non avevo preso in considerazione...» balbettò Kate.

«Lo avevo immaginato.» La portiera si aprì, rivelando il volto di due valletti che cercavano di non apparire curiosi. Kate restò in silenzio mentre Anthony l'aiutava a scendere e la conduceva in casa.

I domestici erano riuniti in un piccolo atrio e, per salutare ogni membro della servitù che le venne presentato, occorsero a Kate quasi venti minuti.

Venti minuti che purtroppo non servirono a tranquillizzarla. Quando Anthony la guidò verso le scale, lei aveva il cuore che le batteva all'impazzata e pensò di stare per svenire.

Non temeva la prima notte di nozze.

Non temeva nemmeno di non piacere al marito. Anche una giovane vergine innocente come lei aveva capito che le azioni e le reazioni di lui quando si baciavano erano prova del suo desiderio. Lui le avrebbe mostrato cosa fare: non ne aveva alcun dubbio.

Quello che temeva...

«Mio Dio» sussurrò Anthony quando raggiunsero il pianerottolo. «Sei terrorizzata.»

«No» mentì lei.

Lui la afferrò per le spalle e la voltò per guardarla negli occhi. La prese quindi per mano e la trascinò nella stanza da letto mormorando: «Abbiamo bisogno di un po' di intimità».

Quando furono all'interno, Anthony si piazzò le mani sui fianchi e le domandò: «Tua madre ti ha parlato di... ehm... di...».

Kate avrebbe riso per quell'imbarazzo se non fosse stata tanto nervosa. «Certo» disse in fretta. «Mary mi ha spiegato tutto.»

«Allora quale diavolo è il problema?» Anthony imprecò di nuovo, poi si scusò. «Perdonami, non è certo questo il modo di metterti a tuo agio.»

«Non posso dirlo» sussurrò lei, mentre lo sguardo le scivolava verso terra e gli occhi le si riempivano di lacrime.

Uno strano, orrendo suono strozzato uscì dalla gola di lui. «Kate?» le chiese con voce roca. «Qualcuno ha forse... un uomo... ti ha forse forzata ad attenzioni sgradite?»

Lei sollevò lo sguardo e la preoccupazione e il terrore sul volto di lui le fecero sciogliere il cuore. «No!» gridò. «Non è quello. Oh, non fate così, non posso sopportarlo.»

«*Io* non posso sopportarlo» sussurrò Anthony annullando la distanza fra loro mentre le prendeva la mano e se la portava alle labbra. «Devi dirmelo» disse con voce stranamente strozzata. «Hai paura di me? Ti disgusto?»

Kate scosse la testa freneticamente, incapace di credere che lui potesse anche solo pensare che una donna potesse trovarlo repellente.

«Dimmi» le sussurrò, premendole le labbra contro l'orecchio. «Dimmi come comportarmi.» La strinse forte e gemette: «Non posso aspettare una settimana, Kate. Non ce la faccio».

«Io...» Kate commise l'errore di guardarlo negli occhi, e dimenticò ciò che aveva avuto intenzione di dire.

Lui la stava fissando con una intensità così bruciante che faceva incendiare il centro stesso del suo essere, lasciandola senza fiato, affamata, desiderosa di qualcosa che non riusciva a capire appieno.

Sapeva di non poterlo fare aspettare. Se guardava nella propria anima, doveva ammettere che nemmeno lei desiderava aspettare.

A che scopo? Forse lui non l'avrebbe mai amata. Ma lei avrebbe potuto fingere che così fosse. Quando la teneva fra le braccia e le premeva le labbra sulla pelle, era così facile fingere.

«Anthony» sussurrò.

«Qualsiasi cosa» rispose lui con voce rotta, cadendo in ginocchio davanti a lei, baciandola mentre cercava di toglierle l'abito. «Chiedimi qualsiasi cosa,» gemette «qualsiasi cosa in mio potere e te la darò.»

«Amami» gli sussurrò. «Amami e basta.»

L'unica risposta di lui fu un profondo gemito di desiderio.

17

Il fatto è compiuto! Miss Sheffield è ora Katharine, viscontessa Bridgerton.

L'Autore porge i migliori auguri alla felice coppia. Le persone assennate e d'onore sono estremamente scarse nell'alta società ed è gratificante vederne due di questa razza rara che si uniscono in matrimonio.

Da «Le cronache mondane di Lady Whistledown»
16 maggio 1814

Fino a quel momento Anthony non si era nemmeno reso conto di quanto avesse bisogno che lei dicesse di sì, che ammettesse il proprio desiderio. La strinse forte, premendole la guancia contro il ventre. Anche con l'abito nuziale, profumava di gigli e saponetta, quella fragranza esasperante che lo aveva ossessionato per settimane.

«Kate, ho bisogno di te» mormorò lui a denti stretti. «Adesso.»

Si alzò in piedi e la prese in braccio per portarla al grande letto a baldacchino che dominava la camera. Non vi aveva mai portato una donna prima, preferendo sempre condurre le proprie conquiste altrove e, all'improvviso, ne fu assurdamente felice.

Kate era diversa, speciale, era sua moglie. Non voleva che altri ricordi si intromettessero in quella o in altre notti.

La depose sul materasso, senza mai distogliere lo sguardo da lei mentre iniziava a svestirsi. Prima i guanti, uno alla volta, quindi la giacca, già spiegazzata dal suo impeto.

Notò lo sguardo di Kate, carico di stupore, e sorrise soddisfatto. «Non hai mai visto un uomo nudo, vero?» mormorò.

Lei scosse la testa.

«Bene.» Si sporse in avanti e le tolse una scarpetta. «Non ne vedrai mai un altro.»

Quindi cominciò a sbottonarsi la camicia e il suo desiderio decuplicò quando vide la lingua di lei umettarsi le labbra.

Lei lo voleva e, prima che quella notte fosse terminata, non sarebbe più stata in grado di vivere senza di lui.

Il fatto che *lui* potesse non riuscire più a vivere senza di *lei* era un concetto che Anthony si rifiutava di prendere in considerazione. Forse non voleva amare sua moglie, ma questo non significava che non potessero godere completamente della reciproca compagnia a letto.

Portò le mani sui bottoni dei pantaloni, li slacciò e si fermò. Lei era ancora completamente vestita e completamente innocente. Non era ancora pronta a vedere la prova del suo desiderio.

Anthony salì sul letto e le si avvicinò come un gatto. Non c'era nulla che lo lasciasse con il fiato mozzo più del viso di Kate colorito per il desiderio. I capelli stavano sfuggendole dalle forcine che avevano sostenuto l'elaborata acconciatura da sposa. Le sue labbra, un po' troppo carnose per essere considerate belle secondo i canoni, avevano un colore rosa scuro e la sua pelle era quasi luminescente anche se non aveva il pallore tanto in voga fra le nobildonne. Anthony la trovava incantevole: reale, umana e fremente di desiderio. Non poteva desiderare di più.

Le accarezzò delicatamente una guancia, quindi scivolò lungo il collo sulla pelle morbida che spuntava dal corpetto. C'era un'infinità di bottoncini, ma lui ne aveva già slacciati a sufficienza da poter far scivolare il corpetto di seta da quel seno che sembrava anche più bello di due giorni prima.

«Niente sottoveste?» mormorò soddisfatto.

Kate scosse la testa. «Il taglio dell'abito non la permetteva.»
Lui sorrise in modo scanzonato. «Ricordami di inviare un omaggio alla sarta.»

Scese ancora di più con la mano e le strinse delicatamente un seno, sentendo crescere dentro il desiderio nell'udire un gemito sfuggire dalle labbra di lei.

«Delizioso» mormorò. Non aveva mai pensato che si potesse godere nel guardare semplicemente una donna. Fare l'amore era sempre stata questione di tatto e gusto: per la prima volta anche la vista acquistava un proprio fascino.

Per lui era molto bella e provò uno strano e primitivo senso di soddisfazione per il fatto che la maggior parte degli uomini non si accorgessero della sua bellezza così particolare. Era come se una parte di lei fosse visibile soltanto a lui. Gli piaceva il fatto che il fascino di Kate fosse nascosto al resto del mondo.

Gliela faceva sentire più *sua*.

Improvvisamente bramoso di essere toccato così come stava toccando, sollevò una delle mani di lei e se la portò sul petto. «Voglio sentirti» le sussurrò togliendole gli anelli dal dito.

Kate trasalì e lo guardò affascinata mentre lui cominciava a sfilarle il guanto di seta il cui fruscio pareva un infinito bacio. Con estrema tenerezza le rimise gli anelli, baciandole quindi il palmo della mano. «Dammi l'altra mano» le ordinò cortesemente e ripeté la stessa squisita tortura, questa volta, però, le prese il mignolo fra le labbra e lo succhiò.

Kate avvertì in risposta un crescente desiderio che le passò come un brivido dal braccio al petto, andando poi ad annidarsi misteriosamente fra le gambe. Anthony le stava risvegliando dentro qualcosa di oscuro e forse un po' pericoloso, qualcosa che era rimasto dormiente per anni in attesa di un bacio da parte di quell'uomo.

La sua intera vita era stata una preparazione per quel momento e lei non sapeva nemmeno cosa dovesse aspettarsi.

«Che mani deliziose» mormorò lui. «Forti, eppure eleganti e delicate.»

«Sciocchezze» disse Kate imbarazzata. «Le mie mani...»
Lui la zittì mettendole un dito sulle labbra. «Non sai che
non devi contraddire un marito che ti sta ammirando?»
l'ammonì.

Kate rabbrividì, deliziata.

«Per esempio,» continuò lui «se voglio passare un'ora a
esaminare l'interno del tuo polso è mio pieno diritto, non
pensi? E potrei farlo» l'avvisò. «Potrei anche decidere di
passare due ore a farlo.»

Kate lo guardava affascinata.

«Non riesco nemmeno a immaginare di passare due ore
a guardarti il polso senza trovarlo delizioso.» La mano di
lui le sfiorò il petto, le accarezzò il seno. «Mi dispiacerebbe
se tu non fossi d'accordo.»

Si chinò e le baciò le labbra brevemente, ma appassionatamente. Sollevando la testa di un solo centimetro, mormorò: «Una moglie deve essere d'accordo con il marito su
tutto, non pensi?».

Le sue parole erano così assurde che Kate riuscì finalmente a ritrovare la voce. «Se» disse con un sorriso divertito «le sue opinioni sono corrette, milord.»

Anthony inarcò un sopracciglio. «Stai per caso discutendo
con me, milady? Perfino durante la prima notte di nozze?»

«È anche la *mia* prima notte di nozze» sottolineò lei.

«Potrei doverti punire» disse Anthony. «Ma come? Toccando?» scivolò con la mano da un seno all'altro di lei. «O
non toccando?»

Sollevò la mano, ma le soffiò su un capezzolo.

«Toccando» ansimò Kate. «Decisamente toccando.»

«Davvero?» sorrise sornione. «Non avrei mai pensato
di poterlo dire, ma anche il non toccare ha il suo fascino.»

Kate lo guardò. Anthony incombeva su di lei in ginocchio, come un cacciatore primitivo pronto al colpo finale.
Era bellissimo, trionfante e possessivo. I capelli gli confe-
rivano un'aria da ragazzino, ma i suoi occhi bruciavano di
un desiderio da vero uomo.

Lui la voleva. Era eccitante. Era un uomo e quindi in grado di trovare soddisfazione con ogni donna, ma in quel momento preciso voleva lei. Kate ne era certa e questo la faceva sentire la donna più bella del mondo.

Resa audace dalla consapevolezza del desiderio del marito, lei si tese verso di lui e gli disse: «Baciami» sorpresa dall'imperiosità della propria voce. «Baciami adesso.»

Il visconte sorrise, vagamente incredulo, e le rispose: «Tutto ciò che desideri, Lady Bridgerton. Tutto ciò che desideri».

Parve quindi succedere tutto insieme. Le labbra di lui furono sulle sue, stuzzicanti e ingorde, mentre le mani la sollevavano in posizione seduta. Le dita di Anthony armeggiarono sui bottoncini del suo abito e lei sentì l'aria fresca sulla pelle, mentre il tessuto le scivolava via di dosso e poi...

E poi le mani di lui la sollevarono, alzandole il vestito da sotto. Kate trasalì per quella intimità. Aveva addosso soltanto gli indumenti intimi, le calze e le giarrettiere. Non si era mai sentita così esposta in vita sua, eppure era eccitatissima.

«Solleva la gamba» le ordinò gentilmente Anthony.

Lei lo fece e, con una lentezza al tempo stesso squisita e dolorosa, lui le fece scivolare una calza di seta fino alla punta del piede, poi l'altra e, prima che lei se ne accorgesse, Kate si trovò nuda di fronte a lui.

Le mani di Anthony le passarono delicatamente sulla pancia, quindi le chiese: «Penso di essere un po' troppo vestito, che ne dici?».

Kate sbarrò gli occhi quando lui si allontanò dal letto e si tolse il resto degli abiti. Aveva un corpo perfetto, il petto muscoloso, le braccia e le gambe possenti e il...

«Oh, mio Dio!» ansimò lei.

Anthony sogghignò. «Lo prenderò come un complimento.»

Kate deglutì imbarazzata. Non c'era da meravigliarsi che gli animali alla fattoria non avessero mostrato di godere particolarmente dell'atto della procreazione. Quanto meno non le femmine. Non avrebbe di certo funzionato.

Non voleva tuttavia apparire ingenua o sciocca; non disse nulla e cercò di sorridere.

Anthony notò il lampo di terrore nei suoi occhi e le sorrise gentilmente. «Fidati di me» le mormorò stendendosi sul letto accanto a lei.

Sentì che lei annuiva e si sollevò su un gomito, usando la mano libera per tracciare pigri cerchi sull'addome di lei, spostandosi sempre più in basso, fino a sfiorare la peluria scura fra le sue gambe.

Kate si irrigidì. L'ultima volta che lui aveva giaciuto con una vergine lo era lui stesso e confidava nel fatto che sarebbe stato l'istinto a guidarlo con Kate. Voleva che la prima volta di lei fosse perfetta o, quanto meno, bella.

Mentre le esplorava la bocca con le labbra e la lingua, le fece scivolare la mano ancora più giù, fino a raggiungere l'umida parte più intima di lei. Kate trasalì di nuovo, ma lui continuò a stuzzicarla, godendo dei fremiti e dei gemiti di lei.

«Cosa stai facendo?» sussurrò lei.

Lui le sorrise mentre faceva scivolare un dito dentro di lei. «Ti sto facendo sentire molto, molto bene?»

Lei gemette, cosa che a lui piacque molto. Se fosse riuscita a formulare frasi coordinate, Anthony avrebbe saputo che non stava agendo correttamente.

Poi si spostò sopra di lei, aprendole le gambe e sistemandosi in mezzo, Kate era perfetta e lui si sentì scoppiare solo al pensiero di affondare in lei.

Stava cercando di controllarsi, assicurandosi di restare dolce e lento, ma il suo bisogno si stava facendo urgente e anche lui cominciava a respirare in modo affannoso.

Lei era pronta per lui, almeno quanto poteva esserlo. Lui sapeva che la prima volta le avrebbe arrecato dolore, ma sperava che sarebbe durato soltanto un istante.

Si mise contro la sua apertura umida, sostenendosi con le braccia a pochi centimetri dal suo corpo. Sussurrò il suo nome e gli occhi scuri di lei, velati dalla passione, si focalizzarono sul suo sguardo.

«Adesso ti farò mia» le disse, avanzando piano mentre parlava. Il corpo di Kate si strinse intorno a lui, e la sensazione fu così deliziosa che lui dovette stringere i denti per resistere. Sarebbe stato così facile perdersi in quel momento, spingendosi dentro di lei a ricercare soltanto il proprio piacere.

«Dimmi se ti fa male» le sussurrò con voce roca, concedendosi di spingersi un po' oltre. Lei era certamente eccitata ma anche molto stretta e lui sapeva di doverle concedere il tempo per adeguarsi a quella intima invasione.

Lei annuì.

Anthony si fermò, appena in grado di accettare il dolore che provò nel cuore. «Ti faccio male?»

Kate scosse la testa. «No, volevo solo dire che te lo dirò. Non mi fai male, è solo molto... strano.»

Anthony sorrise mentre si chinava per baciarle con delicatezza la punta del naso. «Non mi sembra che nessuna mi abbia mai definito strano quando ho fatto l'amore, prima.»

Per un momento lei ebbe il timore di averlo insultato. «Forse» aggiunse dolcemente «hai fatto l'amore con le donne sbagliate.»

«Forse» confermò lui, avanzando di un altro po'.

«Posso confidarti un segreto?» domandò Kate.

Lui avanzò ancora. «Certamente» mormorò.

«Quando ti ho visto, prima, voglio dire...»

«In tutto il mio splendore?» disse lui scherzando.

Lei gli lanciò uno sguardo affascinante. «Non pensavo che potesse funzionare.»

Anthony si spinse ancora in avanti. Era vicino, molto vicino a essere completamente dentro di lei. «Posso confidarti un segreto?» chiese lui.

«Certo.»

«Il tuo segreto» un'altra piccola spinta e Anthony si trovò contro il velo della sua verginità «non era un gran segreto.»

Lei sollevò le sopracciglia.

«Te lo si leggeva in faccia.»

Lei lo guardò aggrottando la fronte e lui trattenne una risata. «Adesso però» le disse cercando di mantenersi serio «ho una domanda per te. Che cosa pensi adesso?»

Per un istante lei non reagì in alcun modo, quindi sobbalzò sorpresa quando capì il significato della sua domanda. «Abbiamo finito?» gli domandò chiaramente incredula. Questa volta Anthony scoppiò a ridere. «Nemmeno per sogno, mia cara moglie» disse boccheggiando e aggiunse con espressione seria: «Questo è il momento in cui potrei farti un po' male, Kate. Ti prometto tuttavia che questo dolore non si ripeterà più».

Lei annuì ma Anthony sentì il suo corpo irrigidirsi, fatto che avrebbe peggiorato la cosa.

«Calma» la tranquillizzò lui. «Rilassati.»

Kate annuì di nuovo a occhi chiusi. «Sono rilassata.»

Anthony fu contento che non potesse vederlo sorridere.

«Non sei completamente rilassata.»

Lei aprì gli occhi di scatto. «Sì, invece.»

«Non posso crederci. Discuti con me durante la prima notte di nozze.»

«Io sono...»

Lui la zittì ponendole un dito sulla bocca. «Soffri il solletico?»

«Se soffro il solletico?» Kate socchiuse gli occhi, insospettita. «Perché?»

«A me sembra un sì» commentò lui con un sogghigno.

«Niente affatto... Oooohh!» emise un gridolino quando lui trovò un punto particolarmente sensibile sotto la sua ascella. «Anthony, smettila!» ansimò lei, dimenandosi disperatamente sotto di lui. «Non lo sopporto! Io...»

Lui affondò in avanti.

«Oh» gemette lei. «Oh, cielo.»

Lui mugolò, appena in grado di credere quanto stesse bene completamente dentro di lei. «Oh, cielo, davvero.»

«Non abbiamo finito, vero?»

Lui scosse lentamente la testa mentre il corpo cominciava a muoversi in un ritmo antico. «Niente affatto» mormorò.

La bocca di lui si impossessò della sua mentre le mani salivano su per accarezzarle il seno. Era assolutamente perfetta sotto di lui e le sue anche si sollevavano per incontrarlo, muovendosi inizialmente con titubanza e poi con un vigore che corrispondeva alla crescente passione.

«Oh, Dio, Kate» gemette lui, la sua abilità di parlatore del tutto persa nel primitivo ardore del momento. «Sei così brava. Così brava.»

Lei respirava sempre più affannosamente, infiammandolo di desiderio. Lui voleva possederla, tenendola sotto di sé senza mai lasciarla andare via. A ogni spinta si faceva più difficile anteporre i bisogni di lei ai propri, ma era la sua prima volta e lui doveva assolutamente avere cura di lei.

Con un gemito, si costrinse a smettere di spingere per riprendere fiato. «Kate?»

Gli occhi di lei, che erano rimasti chiusi mentre agitava la testa da una parte all'altra, si aprirono di scatto. «Non smettere» ansimò «ti prego, non smettere. Sono vicina a qualcosa... non so cosa sia.»

«Oh, Dio» mugolò lui. «Sei così bella, così incredibilmente... Kate?»

Lei si era irrigidita sotto di lui, ma non per un orgasmo.

Lui si bloccò. «Cosa c'è che non va?» le sussurrò.

Anthony vide un lampo di dolore, di tipo emotivo e non fisico, attraversarle il volto prima che lei lo nascondesse per sussurrare: «Nulla».

«Non è vero» replicò lui a voce bassa. Ogni fibra del suo essere era focalizzata sul volto di lei, che sembrava affranto e addolorato, a dispetto dei tentativi di nasconderlo.

«Hai detto che sono bella» sussurrò lei.

Per una decina di secondi buoni lui la fissò: non capiva proprio come potesse essere una cosa negativa. In fondo, però, non aveva mai sostenuto di conoscere la mente femminile. Pensò che poteva ripetere l'affermazione, dicendole che lei era bella, ma una vocina dentro di lui lo avvertì che si trattava di uno di quei momenti in cui qualsiasi cosa avesse detto sarebbe stata quella sbagliata e quindi decise di mormorare soltanto il suo nome, l'unica cosa che sicuramente non l'avrebbe cacciato nei guai.

«Io non sono bella» sussurrò lei, guardandolo negli occhi. Pareva distrutta ma, prima che lui potesse contraddirla, Kate gli chiese: «A chi stai pensando?».

Lui spalancò gli occhi. «Come, scusa?»

«A chi pensi mentre fai l'amore con me?»

Anthony si sentì colpito al ventre. «Kate» disse lentamente. «Kate, sei pazza, tu sei…»

«So che un uomo non ha bisogno di desiderare una donna per provare piacere con lei.»

«Pensi che io non ti desideri?» chiese lui con voce strozzata. Santo cielo, era pronto a scoppiarle dentro pur non essendosi mosso per gli ultimi trenta secondi.

A Kate tremava il labbro inferiore. «Tu pensi forse… a Edwina?»

Anthony si raggelò. «Come potrei mai confondere voi due?»

Kate si sentì crollare, sentì lacrime incandescenti bruciarle gli occhi. Non voleva piangere davanti a lui, specialmente non adesso, ma era una cosa che faceva così male, e…

Anthony le prese il viso tra le mani con una velocità sorprendente, costringendola a guardarlo.

«Ascoltami» le disse con voce pacata, ma intensa «e ascoltami bene perché te lo dirò soltanto una volta. Io ti desidero. Ardo per te. Non riesco a dormire di notte per quanto ti voglio. Anche quando non mi piacevi, smaniavo per te. È una cosa incredibile, spiazzante, irritante, ma tant'è. Se sentirò un'altra sciocchezza dalle tue labbra, ti legherò a questo maledetto letto e ti farò mia in cento modi differenti, finché non ti farai entrare in quello sciocco cervello che sei la donna più bella e desiderabile d'Inghilterra e che se tutti gli altri non se ne accorgono significa che sono tutti dei dannati pazzi.»

Kate non avrebbe creduto possibile che le cadesse la mascella stando sdraiata, ma così fu.

Anthony inarcò un sopracciglio con l'espressione più arrogante che si fosse mai dipinta su un volto. «È chiaro?»

Lei annuì.

«Bene» commentò lui e, prima che lei avesse il tempo per

riprendere fiato, la baciò appassionatamente. Penetrò nuovamente in lei e cominciò a spingere, ruotare, accarezzarla finché non fu certo che fosse di fuoco.

Lei lo ghermì, senza sapere se stava cercando di allontanarlo o di tenerlo dentro di sé. «Non ce la faccio» gemette, sicura di essere sul punto di scoppiare. Aveva i muscoli irrigiditi e non riusciva quasi più a respirare.

Lui sembrò non averla sentita. Il suo volto era una maschera di concentrazione, imperlato di sudore.

«Anthony,» ansimò lei «io...»

Lui fece scivolare una mano fra di loro, toccandole il punto più intimo e lei gridò; lui spinse quindi un'ultima volta e a Kate sembrò di andare in pezzi. Si irrigidì, quindi fremette e pensò di precipitare. Non riusciva a respirare e nemmeno ad ansimare.

Lui si immobilizzò su di lei, con la bocca aperta in un grido silenzioso, quindi crollò sul suo corpo.

«Oh, mio Dio» boccheggiò Anthony sussultando. «Mai... stato così... bello... non è mai stato tanto bello.»

Kate, che aveva avuto qualche secondo in più per riprendersi, gli sorrise, accarezzandogli i capelli. Le venne quindi un pensiero malizioso. «Anthony?» mormorò.

Non capì come lui riuscisse a sollevare la testa, perché sembrò già un'impresa erculea aprire gli occhi.

Kate gli sorrise, con un fascino femminile che sembrava avere imparato quella sera e gli sussurrò: «Abbiamo finito?».

Per un secondo Anthony non rispose, quindi le sue labbra si schiusero in un sorriso assolutamente diabolico. «Per ora» disse rotolando su un fianco e trascinandosela dietro. «Ma solo per ora.»

18

Nonostante ci siano ancora pettegolezzi attorno al fulmineo matrimonio fra Lord e Lady Bridgerton (in precedenza Miss Katharine Sheffield, per quelli di voi che sono stati in letargo nelle ultime settimane), l'Autore è convinto che la loro sia un'unione d'amore. Il visconte Bridgerton non accompagna la moglie a ogni evento mondano (ma comunque, quale marito lo fa?) ma, quando è presente, è palese come sia sempre impegnato a sussurrarle qualcosa all'orecchio che la fa immancabilmente sorridere e arrossire.

Danza inoltre con lei ben più spesso di quanto non sia considerato *de rigueur*. Tenendo presente quanti mariti non ballino affatto con le mogli, qui si tratta di vero romanticismo.

Da «Le cronache mondane di Lady Whistledown»
10 giugno 1814

Le successive settimane volarono via in una fretta delirante. Dopo una breve permanenza a Aubrey Hall, gli sposini tornarono a Londra, dove la Stagione era ancora in pieno svolgimento. Kate aveva sperato di potere usare i pomeriggi per riprendere le lezioni di flauto, ma aveva ben presto scoperto di essere molto richiesta e le sue giornate si riempirono di visite mondane mentre le serate furono tutto un turbine di balli e feste.

Le notti, però erano soltanto per Anthony.

Il matrimonio, stabilì, le si addiceva. Non vedeva Anthony quanto avrebbe desiderato, ma capiva e accettava il fatto che lui fosse un uomo molto occupato. I suoi impegni in parlamento e nelle sue proprietà gli prendevano gran parte del tempo. Quando però tornava a casa la sera e la trovava in camera da letto (Lord e Lady Bridgerton non dormivano in camere separate!) era magnificamente premuroso: le chiedeva come avesse passato la giornata, raccontandole la propria, e faceva l'amore con lei fino alle ore piccole.

Si era perfino preso la briga di ascoltare mentre si esercitava al flauto. Considerando il livello, non troppo elevato, raggiunto da Kate, la disponibilità di Anthony di stare seduto per l'intera mezz'ora di esercizi poteva solo essere ritenuta segno di grande affetto.

Kate godeva di una buona esistenza e di un matrimonio ben migliore di quello che si poteva aspettare la maggior parte delle donne del suo stato sociale. Se suo marito non l'amava, quanto meno si premurava di farla sentire apprezzata e considerata. Per il momento Kate riusciva ad accontentarsi di quello.

Se lui sembrava distaccato di giorno, be', non lo era certo di notte.

Il resto della società, tuttavia, e Edwina in particolare, si erano messi in testa che il matrimonio fra Lord e Lady Bridgerton fosse un'unione d'amore. Edwina aveva preso l'abitudine di farle visita ogni pomeriggio. Era lì anche in quel momento e le due sorelle erano sedute nel salotto a prendere tè e biscotti, godendo di un raro momento di intimità.

Pareva che tutti volessero vedere come se la stesse cavando la nuova viscontessa e il salotto di Kate non era quasi mai vuoto nel pomeriggio.

Newton era balzato sul sofà accanto a Edwina che lo stava accarezzando pigramente mentre diceva: «Oggi parlano tutti di te».

«Ogni giorno tutti parlano di me» disse Kate alzando le spalle. «Troveranno presto un altro argomento.»

«Non finché tuo marito continuerà a guardarti come faceva ieri sera» replicò sua sorella.

Lei arrossì. «Non ha fatto nulla di insolito» disse.

«Kate, sembrava letteralmente in fiamme!» Edwina cambiò posizione quando Newton cambiò la propria. «L'ho visto io stessa dare uno spintone a Lord Haveridge nella fretta di correrti al fianco.»

«Siamo arrivati separatamente» spiegò Kate, anche se il cuore le si stava riempiendo di una segreta, e forse infondata, gioia. «Sono sicura che avesse qualcosa da dirmi.»

Edwina parve dubbiosa. «E lo ha fatto?»

«Fatto cosa?»

«Dirti qualcosa» ripeté Edwina in tono esasperato. «Hai appena detto che sei sicura avesse qualcosa da dirti.»

«Edwina, mi fai girare la testa!»

Sua sorella fece una smorfia scocciata. «Non mi racconti mai niente.»

«Ma non c'è nulla da raccontare!» Kate allungò una mano, afferrò un biscotto e gli diede un bel morso, in modo da avere la bocca tanto piena da non poter parlare. Cosa doveva dire a sua sorella... che prima ancora che si sposassero suo marito l'aveva informata in modo estremamente chiaro e pragmatico che non l'avrebbe mai amata?

Quella, sì, sarebbe stata una bella conversazione davanti a tè e biscotti.

«Be'» annunciò alla fine sua sorella dopo aver guardato Kate masticare per un intero minuto. «Avevo un altro motivo per venire qui oggi. C'è una cosa che desidero dirti.»

Kate deglutì. «Davvero?»

Edwina annuì e poi arrossì.

«Di cosa si tratta?» domandò.

«Penso di essermi innamorata.»

Kate, che aveva bevuto un sorso di tè, rischiò di sputarlo fuori. «Di chi?»

«Di Mr Bagwell.»

Per quanto si sforzasse, Kate non riuscì a rammentare assolutamente chi fosse Mr Bagwell.

«È uno studioso» disse Edwina con un sospiro sognante. «L'ho conosciuto alla festa in campagna di Lady Bridgerton.»

«Non ricordo di averlo incontrato» osservò Kate.

«Eri impegnata a fidanzarti e via dicendo» replicò l'altra in tono ironico.

Kate fece una smorfia che si poteva fare soltanto a una sorella. «Parlami di questo Mr Bagwell.»

Gli occhi di Edwina scintillarono. «È un secondogenito e quindi temo che non possa aspettarsi molto in quanto al denaro. Ora però che tu ti sei sposata così bene, io non me ne devo preoccupare.»

A Kate vennero le lacrime agli occhi. Non si era resa conto di quanto fosse stata sotto pressione Edwina durante il debutto. Lei e Mary avevano continuato a ripeterle che poteva sposare chi voleva, ma erano tutti al corrente dello stato delle loro finanze. Le bastava una sola occhiata per capire che sua sorella si era tolta un gran fardello dalle spalle.

«Sono felice che tu abbia trovato una persona adeguata» mormorò Kate.

«Oh, certo. So che non avremo molti soldi ma non ho alcun bisogno di sete e gioielli. Nemmeno tu, ovviamente!» aggiunse subito, arrossendo. «Solo che...»

«Solo che è bello non doversi preoccupare di sostentare madre e sorella» terminò Kate per lei, dolcemente.

Edwina emise un profondo sospiro. «Esattamente.»

Prese le mani della sorella nelle proprie. «Non devi certo preoccuparti per me e sono sicura che Anthony sosterrà sempre Mary, dovesse avere bisogno di aiuto.»

Edwina sorrise incerta.

«Per quanto ti riguarda,» aggiunse Kate «penso sia arrivato il momento che pensi a te, che prenda una decisione basandoti su ciò che desideri e non su ciò di cui altri potrebbero avere bisogno.»

Edwina si asciugò una lacrima. «Mi piace davvero tanto» sussurrò.

«Allora sono sicura che piacerà anche a me» affermò Kate con decisione. «Quando potrò conoscerlo?»

«Per le prossime due settimane sarà a Oxford, temo. Aveva un precedente impegno che non volevo disdicesse per causa mia.»

«Certo che no» mormorò lei. «Non ti piacerebbe certo sposare un uomo che non rispetta i propri impegni.»

La sorella annuì. «Ho ricevuto una sua lettera stamani dove diceva che sarebbe venuto a Londra per la fine del mese e che sperava di potermi fare visita.»

Kate sorrise maliziosamente. «Ti manda già delle lettere?»

Edwina annuì e arrossì. «Parecchie alla settimana» ammise.

«Quali studi segue?»

«Archeologia. È piuttosto bravo. È già stato in Grecia, due volte!»

Kate non aveva mai pensato che sua sorella, rinomata per quanto era bella, potesse diventarlo ancora di più, ma quando parlava di Mr Bagwell si illuminava tutta.

«Non vedo l'ora di conoscerlo» disse Kate. «Dobbiamo organizzare una cena informale con lui come ospite d'onore.»

«Sarebbe magnifico.»

«E forse potremmo andare tutti e tre a fare una bella gita nel parco. Adesso che sono una rispettabile donna sposata, sono adatta come accompagnatrice.» Kate rise. «Non è buffo?»

Una voce molto divertita e molto maschile risuonò dalla soglia. «Cosa c'è di buffo?»

«Anthony!» esclamò Kate, sorpresa nel vedere il marito in pieno giorno. «Come sono felice di vederti!»

Lui sorrise mentre salutava Edwina. «Mi sono trovato inaspettatamente con un po' di tempo libero.»

«Vuoi unirti a noi per una tazza di tè?»

«Vi farò compagnia» mormorò lui. «Ma penso che prenderò del brandy.»

Kate lo osservò versarsi da bere. Non sapeva perché fosse così bello, nel tardo pomeriggio. Forse era perché non lo vedeva spesso a quell'ora del giorno: una volta aveva letto una poesia in cui si diceva che l'avvenimento inaspettato era sempre il più dolce.

«Allora, di cosa stavano parlando queste due signore?» domandò Anthony dopo aver bevuto un sorso di brandy.

Kate guardò la sorella quasi a chiederle il permesso di rivelare la notizia e, quando lei annuì, disse: «Edwina ha conosciuto un gentiluomo di suo gradimento».

«Davvero?» commentò Anthony, interessato in modo stranamente paterno. Si sedette sul bracciolo della poltrona di Kate. «Dovrei proprio conoscerlo» aggiunse.

«Dovreste?» fece eco Edwina, sbattendo le palpebre come un gufo. «Davvero?»

«Ma certo. Insisto, addirittura.» Quando nessuna delle due commentò, lui corrugò la fronte e aggiunse: «Dopotutto, sono il capofamiglia. È a questo che serviamo».

Edwina restò sorpresa. «Io... non avevo pensato provaste una qualche responsabilità nei miei confronti.»

Anthony la guardò come se fosse impazzita. «Ma siete la sorella di Kate!» esclamò come se ciò spiegasse ogni cosa.

Edwina restò incerta ancora per un po', quindi si illuminò in un sorriso raggiante. «Mi sono sempre chiesta che effetto facesse avere un fratello» disse.

«Spero di aver passato l'esame» commentò Anthony un po' a disagio.

«Brillantemente. Giuro che non capisco perché Eloise si lamenti tanto.»

Kate spiegò a Anthony che Edwina e sua sorella erano diventate amiche.

«Misericordia! E di cosa si lagna Eloise?» bofonchiò lui.

Edwina sorrise. «Del fatto che a volte siete troppo protettivo.»

«Ma è ridicolo!» sbottò Anthony.

Kate rischiò di strozzarsi. Era sicura che, per quando le loro figlie fossero state in età da marito, lui si sarebbe convertito al cattolicesimo per poterle rinchiudere in un convento.

Edwina continuò: «Eloise dice che vi siete infuriato quando Daphne veniva corteggiata da Simon. Ha detto che lo avete sfidato a duello».

«Eloise chiacchiera troppo» brontolò Anthony.

Edwina annuì allegra. «Lei sa sempre tutto. Perfino più di Lady Whistledown!»

Anthony si rivolse a Kate. «Ricordami di acquistare una museruola per mia sorella e una anche per la tua.»

Edwina fece una risata cristallina. «Non avevo mai pensato che stuzzicare un fratello sarebbe stato divertente come stuzzicare una sorella. Sono così felice che tu abbia deciso di sposarlo, Kate.»

«Non ho avuto molta possibilità di scelta» disse Kate. «Ma sono felice anch'io per come sono andate le cose.»

Edwina si alzò e ridacchiò prima di dire: «Adesso dovrei andare. Non accompagnarmi, conosco la strada».

«Sciocchezze» disse Kate, prendendola a braccetto. «Anthony, torno subito.»

«Conterò i secondi» mormorò Anthony e, mentre lui beveva un altro sorso di brandy, le signore lasciarono la stanza, seguite da Newton, che probabilmente sperava fosse l'ora della passeggiata.

Una volta che le sorelle se ne furono andate, lui si accomodò sulla poltrona appena lasciata libera da Kate. Era ancora calda del corpo di lei e gli sembrò di riuscire a sentire il suo profumo nel tessuto. Più sapone che gigli, pensò inspirando a fondo. Forse i gigli erano un profumo che lei metteva per la sera.

Non era sicuro del perché fosse tornato a casa quel pomeriggio: non aveva avuto intenzione di farlo. A differenza di quello che aveva detto a Kate, le sue responsabilità non lo obbligavano affatto a stare lontano da casa tutto il giorno. Pur essendo effettivamente un uomo impegnato, aveva passato di recente parecchio tempo da White's, a leggere il giornale e a giocare a carte con gli amici.

Aveva ritenuto fosse meglio così. Era importante mantenere un certo distacco dalla propria moglie. La sua vita doveva essere organizzata e divisa in settori: una moglie si inseriva perfettamente nelle sezioni che aveva mentalmente etichettato come "eventi mondani" e "letto".

Quando era arrivato da White's quel pomeriggio, però,

non c'era nessuno con cui avesse desiderio di parlare. Aveva sfogliato il giornale e, mentre era seduto presso la finestra a cercare di godere della propria compagnia, trovandola tuttavia pateticamente carente, era stato colpito dalla ridicolissima urgenza di tornare a casa a vedere cosa stesse facendo Kate.

Un pomeriggio non poteva nuocere. Non era probabile che si innamorasse della moglie per avere passato un pomeriggio in sua compagnia. Ormai era sposato da quasi un mese ed era riuscito a evitare quel genere di coinvolgimento. Non c'era motivo per pensare che non potesse mantenere quello *status quo* a tempo indeterminato.

Soddisfatto di sé, sorseggiò ancora il brandy, sollevando poi lo sguardo quando sentì Kate rientrare nella stanza.

«Penso che Edwina si sia innamorata» disse lei con un sorriso raggiante.

Anthony sentì il corpo tendersi. Era quasi ridicolo, ormai, come reagiva ai suoi sorrisi. Era una cosa che gli succedeva di continuo e cominciava a essere imbarazzante. Be', non gli dispiaceva quando poteva farlo seguire da una spintarella d'intesa e un viaggetto verso la camera da letto.

Kate, però, non stava affatto pensando alle lenzuola, visto che decise di sedersi dirimpetto a lui, anche se sulla sua poltrona c'era spazio in abbondanza. Poteva comunque farla alzare e tirarsela in grembo, ma doveva anche farla passare in mezzo al servizio da tè.

Socchiuse gli occhi valutando la situazione e cercando di stabilire quanto tè avrebbe versato sul tappeto e quanto gli sarebbe costato poi sostituirlo.

«Anthony? Mi stai ascoltando?»

Lui sollevò lo sguardo. Kate aveva un'espressione intensa e un po' irritata.

«Oh!» esclamò lui con un sogghigno. «No.»

Kate alzò gli occhi al cielo. «Stavo dicendo che dovremmo invitare Edwina e il suo giovane amico a cena una sera. Per vedere se stanno bene insieme. Non l'ho mai vista così interessata a un gentiluomo e vorrei tanto saperla felice.»

Anthony allungò una mano per prendere un biscotto. Aveva fame e aveva quasi abbandonato l'idea di mettersi in grembo la moglie.

D'altra parte, se fosse riuscito a spostare tazze e piattini e farla passare sopra il tavolino poteva non avere conseguenze così nefaste...

Spostò di lato furtivamente il vassoio con il servizio da tè. «Oh, sì, certo. Edwina dovrebbe essere felice.»

Kate lo guardò con sospetto. «Sei sicuro di non volere del tè con quel biscotto? Non sono una grande intenditrice di brandy, ma immagino che con la pasta frolla stia meglio il tè.»

In effetti, pensò Anthony, la pasta frolla era ottima con il brandy, ma non poteva nuocere svuotare un po' la teiera, nel caso fosse caduta per terra.

«Idea grandiosa» disse afferrando una tazza e spingendola verso di lei. «Il tè è quel che ci vuole. Non so come ho fatto a non pensarci prima.»

«Nemmeno io» commentò lei in tono pungente.

Il visconte lanciò alla moglie un sorriso. «Grazie» disse prendendo la tazza e notando che vi aveva aggiunto il latte. Lei era bravissima a ricordare dettagli simili.

«È ancora abbastanza caldo?» domandò Kate cortesemente.

Anthony scolò la tazza. «Perfetto» rispose, espirando soddisfatto. «Potrei averne un'altra?»

«Sembra che il tè sia di tuo gradimento» disse lei in tono secco.

Anthony adocchiò la teiera, chiedendosi quanto tè ci fosse rimasto e se sarebbe stato in grado di finirlo senza doversi recare urgentemente in bagno. «Dovresti prenderne un po' anche tu» suggerì. «Sembri avere la gola secca.»

«Davvero?» replicò lei ironica, inarcando un sopracciglio.

«Certo. A proposito. Ne è rimasto abbastanza perché io possa prenderne un'altra tazza?» domandò con la massima disinvoltura possibile.

«Se non c'è più, posso farne preparare alla cuoca un'altra teiera.»

«Oh, no. Non è necessario» esclamò lui, forse a voce eccessivamente alta. «Prenderò quello che è rimasto.»

Kate gli versò le ultime gocce di tè, aggiunse del latte, quindi gli riconsegnò la tazza in silenzio, anche se la sua fronte corrugata parlava da sola.

Mentre lui sorseggiava il tè, sentendo la pancia troppo gonfia per poterlo trangugiare come prima, Kate si schiarì la voce e gli chiese: «Conosci il giovanotto di cui parla Edwina?».

«Non so nemmeno chi *sia*.»

«Oh, mi spiace, devo aver dimenticato di dirti il suo nome. Si tratta di Mr Bagwell. Non so il nome di battesimo, ma Edwina ha detto che è un figlio cadetto, non so se ciò possa aiutare. L'ha conosciuto alla festa di tua madre in campagna.»

Anthony scosse la testa. «Mai sentito nominare. Probabilmente è uno dei poveretti che mia madre ha invitato per pareggiare il numero degli uomini con quello delle donne. Ne aveva invitate moltissime, lo fa sempre sperando che uno di noi possa innamorarsi, ma poi deve trovare un branco di giovanotti insignificanti.»

«Insignificanti?» fece eco Kate.

«Così che le donne non si innamorino di loro invece che di noi» replicò lui con una smorfia.

«Vuole davvero disperatamente farvi sposare tutti, vero?»

«Quel che so è che l'ultima volta ha invitato talmente tante ragazze che è stata costretta ad andare dal vicario pregandolo che si presentasse a cena con il nipote di sedici anni.»

«Penso di averlo incontrato.»

«Sì, poveretto, un ragazzo estremamente timido. Il vicario mi ha poi raccontato che ha avuto l'orticaria una settimana dopo la cena passata seduto accanto a Cressida Cowper.»

«Be, sarebbe venuta a chiunque l'orticaria.»

Anthony le sorrise. «Sapevo che c'era in te una vena di cattiveria.»

«Non è cattiveria!» protestò Kate, sorridendo a sua volta. «È la pura verità.»

«Non serve cercare di difenderti con me.» Finì il suo tè e rimise giù la tazza. «È una delle cose che mi piacciono di più di te.»

«Oddio,» mormorò Kate «ho paura di sapere cosa ti piace di meno.»

Anthony agitò in aria una mano per chiudere l'argomento. «Comunque, per tornare a tua sorella e al suo Mr Bagwell... Stavo pensando in ogni caso di fornire a Edwina una dote.»

Ad Anthony non sfuggì l'ironia di quel pensiero. Quando aveva avuto intenzione di sposare Edwina, aveva programmato di fornire una dote a Kate. Guardò la moglie per vedere la sua reazione.

Non le aveva ovviamente fatto quell'offerta per guadagnare i suoi favori, ma non era tanto nobile da non poter ammettere almeno con se stesso che aveva sperato in qualcosa di più dello sbalordito silenzio di lei.

Si rese quindi conto che la moglie stava per scoppiare in lacrime. «Kate?» le chiese, senza sapere se essere preoccupato o felice.

Lei si asciugò gli occhi poco elegantemente con il dorso della mano. «È la cosa più bella che sia mai stata fatta per me» disse.

«In effetti lo faccio per Edwina» bofonchiò lui, che non si era mai sentito a proprio agio con le donne che piangevano. Dentro di sé, però, si sentiva alto più di due metri.

«Oh, Anthony!» esclamò lei in un mugolio e poi, con estrema sorpresa di lui, balzò in piedi e superò il tavolinetto per gettarglisi fra le braccia mentre il pesante orlo dell'abito da pomeriggio faceva volare a terra tre tazze, due piattini e un cucchiaio.

«Sei così caro!» gli disse, asciugandosi gli occhi e sedendoglisi in braccio. «L'uomo più caro di Londra.»

«Be', non so» replicò lui, cingendole la vita con un braccio. «Il più pericoloso, forse, o il più bello...»

«Il più caro» lo interruppe lei con decisione.

«Se insisti» mormorò lui, niente affatto scontento della piega che avevano preso gli eventi.

«Per fortuna avevamo finito il tè» commentò Kate, osservando le tazze sul pavimento. «Sarebbe successo un bel pasticcio.»

«Proprio così.» Lui sorrise fra sé mentre l'abbracciava più forte. C'era qualcosa di caldo e gradevole nell'abbracciare Kate. Aveva le gambe a penzoloni oltre i braccioli della poltrona e la schiena appoggiata nella curva del suo braccio. Stavano bene insieme, realizzò. Lei era proprio della misura giusta per un uomo della sua corporatura.

C'erano un sacco di cose in Kate che erano giuste. Di solito, rendersene conto lo terrorizzava, ma in quel momento era così maledettamente felice di stare lì seduto tenendola in braccio che si rifiutò di pensare al futuro.

«Sei così buono con me» mormorò lei.

Anthony pensò a tutte le volte che era stato lontano di proposito, lasciandola da sola, ma scacciò il senso di colpa. Se si stava sforzando di mantenere una distanza fra loro era per il suo bene. Non voleva che si innamorasse di lui. Avrebbe reso tutto più difficile quando fosse morto. E se lui si fosse innamorato di lei...

Non voleva nemmeno pensare quanto sarebbe stato doloroso per lui.

«Abbiamo progetti per la serata?» le sussurrò nell'orecchio.

Lei annuì. «Un ballo da Lady Mottram.»

«Sai cosa penso?» mormorò lui.

Lui sentì il sorriso nella sua voce mentre gli chiedeva: «Che cosa?».

«Penso che Lady Mottram non mi è mai interessata. E sai cos'altro penso?»

Adesso la sentì ridacchiare mentre diceva: «Cosa?».

«Penso dovremmo andare al piano superiore.»

Lei mosse il fondoschiena, per accertarsi da sola di quanto velocemente lui avesse bisogno di andare al piano superiore. «Capisco» mormorò quindi con espressione seria.

Lui le diede un pizzicotto. «Penso che tu l'abbia *sentito*. Sai che cos'altro penso?» le domandò a voce bassa.

Kate sbarrò gli occhi. «Non riesco proprio a immaginarlo.»

«Penso» le disse facendole scivolare una mano sotto al vestito «che se non saliamo subito al piano di sopra, potrei anche accontentarmi di restare qui.»

«Qui?» squittì lei.

La mano di Anthony trovò l'orlo delle sue calze.

«Qui» confermò.

«Adesso?»

«Decisamente adesso e proprio qui.»

Se lei aveva altre domande, non ne pose per la successiva ora.

Forse, però, era lui che stava facendo del proprio meglio per toglierle la parola. E a giudicare dai gemiti che le sfuggivano, stava facendo un gran bel lavoro.

19

Al ballo annuale di Lady Mottram c'è stata la solita ressa, ma tutti hanno notato l'assenza di Lord e Lady Bridgerton. Lady Mottram ha insistito che avessero promesso di partecipare e l'Autore può solo speculare su cosa abbia trattenuto in casa la coppia di sposini novelli...

Da «Le cronache mondane di Lady Whistledown»
13 giugno 1814

Molto più tardi, quella notte, Anthony era steso sul letto abbracciato alla moglie che, al momento, si era profondamente addormentata.

Meglio così, pensò lui, perché aveva cominciato a piovere.

Lui cercò di coprirle l'orecchio esposto in modo che non sentisse le gocce che picchiavano contro le finestre. Non sapeva ancora se la pioggia si sarebbe trasformata in temporale, ma era molto cresciuta di intensità e il vento era aumentato tanto da ululare nella notte, facendo sbattere i rami degli alberi contro il fianco della casa.

Kate stava diventando più inquieta al suo fianco e lui le accarezzò i capelli. La pioggia non l'aveva svegliata, ma aveva decisamente disturbato il suo sonno.

«Cos'è successo per farti odiare tanto la pioggia?» sussurrò lui. Non la giudicava per quella paura: conosceva bene la frustrazione provocata da paure infondate e premonizioni. La certezza che lui stesso aveva della propria morte, per esempio, lo aveva ossessionato dal momento in cui aveva appoggiato la mano senza vita del padre sul suo petto immobile.

Era una cosa che non sapeva spiegare e che non capiva nemmeno. Era solo una cosa che *sapeva*.

Non aveva però mai temuto la morte, fino a quel momento. Stava cercando di negarlo, ma la morte gli stava ora mostrando un volto terrorizzante.

Il matrimonio con Kate aveva portato la sua vita su un percorso alternativo, per quanto lui cercasse di convincersi di poter limitare quella unione a niente più che sesso e amicizia.

Le voleva troppo bene. Desiderava la sua compagnia quando erano distanti e la sognava di notte anche se la stava stringendo tra le braccia.

Non era pronto a chiamare amore quel sentimento, ma era comunque una cosa che lo terrorizzava pur non volendo assolutamente che finisse ciò che bruciava fra loro. E questo era il fatto più ironico di tutti.

Anthony chiuse gli occhi ed emise un sospiro di nervosismo e stanchezza, chiedendosi che cosa dovesse fare con quella complicazione che giaceva accanto a lui nel letto. Mentre teneva gli occhi chiusi, però, vide un lampo che illuminò la notte.

Aprì gli occhi di scatto e si accorse che avevano lasciato parzialmente aperte le tende. Le avrebbe chiuse subito. Quando però si spostò per scivolare via da sotto le coperte, Kate gli afferrò un braccio.

«Tranquilla, va tutto bene» sussurrò lui. «Sto solo andando a chiudere le tende.»

Lei non lo lasciò andare e il gemito che le sfuggì dalle labbra quando il tuono riecheggiò nella notte rischiò di spezzargli il cuore.

Anthony la guardò per assicurarsi che stesse ancora dormendo, staccò la mano di lei dal proprio braccio e si alzò per chiudere le tende. Sospettò tuttavia che la luce dei lampi sarebbe ancora penetrata nella stanza e quindi accese una candela e l'appoggiò sul comodino. Non avrebbe fatto tanta luce da svegliare Kate, ma avrebbe impedito alla stanza di essere nell'oscurità assoluta. Non c'era nulla di più spaventoso che la luce dei lampi che irrompeva nell'oscurità. Tornò a letto e guardò la moglie. Stava ancora dormendo, ma non pacificamente. Si era raggomitolata su se stessa e respirava affannosamente. Ogni volta poi che nella stanza rimbombava un tuono, lei sobbalzava.

Le prese la mano e le accarezzò i capelli, cercando semplicemente di tranquillizzarla nel sonno. Il temporale però stava crescendo di intensità e tuoni e fulmini si sovrapponevano gli uni agli altri. Kate si faceva sempre più irrequieta e, quando un tuono particolarmente forte scosse la stanza, lei aprì gli occhi, il volto una maschera di terrore.

«Kate?» sussurrò Anthony.

Lei balzò a sedere e si premette contro la solida spalliera del letto. Aveva gli occhi ancora aperti e, pur non muovendo la testa, li faceva guizzare a destra e sinistra, analizzando la stanza senza vedere nulla.

«Oh, Kate» sussurrò lui. Era molto peggio della notte nella biblioteca di Aubrey Hall. La forza del dolore di lei gli squarciava il cuore.

Nessuno doveva provare un simile terrore, soprattutto sua moglie.

Muovendosi lentamente le appoggiò un braccio attorno alle spalle. Lei tremava, ma non lo allontanò.

«Ricorderai nulla di tutto ciò domattina?» le sussurrò.

Lei non rispose ma, in fondo, lui non si aspettava una risposta. «Adesso va tutto bene. Non ti accadrà nulla.»

Lei sembrò tremare un po' meno ma, quando il tuono successivo rimbombò nella stanza, si irrigidì tutta, nascondendo il volto nell'incavo del collo di lui.

«No,» gemette «no, no.»

«Kate?» Anthony la osservò intensamente. Sembrava diversa, non sveglia ma più lucida, se era possibile.

«No, no.»

E parlava con un tono di voce molto…
«No, no, non andare via.»
… *infantile.*

«Kate?» Doveva forse svegliarla? Teneva gli occhi aperti, ma stava chiaramente ancora sognando. Una parte di lui smaniava di strapparla da quell'incubo ma, una volta sveglia, lei sarebbe stata ancora lì… a letto nel bel mezzo di un tremendo temporale. Si sarebbe sentita meglio?

O doveva lasciarla dormire? Forse durante l'incubo gli avrebbe fornito qualche indizio su cosa le stesse provocando quel terrore.

«Kate?» le sussurrò, come se potesse spiegargli lei, in qualche modo, come procedere.

«No» gemette Kate, facendosi più agitata. «No!»

Anthony le premette le labbra sulla tempia, cercando di tranquillizzarla con la propria presenza.

«No, ti scongiuro…» Lei cominciò a singhiozzare. «No, oh, no… *Mamma!*»

Anthony si irrigidì. Sapeva che Kate aveva sempre chiamato la sua matrigna Mary. Era possibile che stesse parlando della sua vera madre, della donna che era morta tanti anni addietro?

Mentre rifletteva, Kate emise uno strillo acuto. Lo strillo di una bambina molto piccola.

In un istante, si girò e gli balzò fra le braccia, afferrandolo con una terrificante disperazione. «No, mamma» pianse. «Non puoi andare via! Oh, mamma, mamma, mamma…»

Se Anthony non fosse stato appoggiato alla spalliera, lei lo avrebbe fatto cadere, tanto era forte nella sua disperazione.

«Kate?» la chiamò lui, sorpreso per la nota di panico nella propria voce. «Kate? Va tutto bene. Non ti succederà nulla. Nessuno andrà da nessuna parte. Mi senti? Nessuno.»

Lei però non parlava più, tutto quello che restava era una specie di gemito che le sgorgava dall'anima.

Anthony la strinse finché lei non riprese a dormire. Il che, notò lui, curiosamente accadde più o meno quando l'ultimo lampo e l'ultimo tuono scossero la stanza.

Quando Kate si svegliò l'indomani, restò sorpresa nel vedere il marito seduto sul letto che la guardava con un'espressione stranissima: un misto di preoccupazione, curiosità e forse un briciolo di compassione. «Sembri stanco.»

«Non ho dormito bene» ammise lui. «Ha piovuto.»

«Davvero?»

Lui annuì. «C'è stato anche un forte temporale.»

«Tuoni e fulmini, immagino?» chiese lei deglutendo, nervosa.

«Già» confermò lui. «Un gran temporale.»

C'era qualcosa di profondo nel modo in cui lui parlava con frasi brevi e concise. «Allora... per fortuna che me lo sono perso» commentò lei. «Sai che non mi piacciono i temporali.»

«Lo so.»

C'era però un significato profondo dietro quelle due parole e Kate sentì il polso accelerare. «Anthony» gli domandò senza essere sicura di voler sapere la risposta. «Cos'è successo stanotte?»

«Hai avuto un incubo.»

Lei chiuse gli occhi per un istante. «Non pensavo di averne più.»

«Non sapevo che avessi mai sofferto di incubi.»

«Quando ero piccola. Tutte le volte che c'era il temporale, mi hanno detto. Io non lo so: non ricordo nulla. Pensavo di...» si sentì stringere la gola.

Lui le prese una mano. Era un gesto semplice ma le toccò il cuore ben più di quanto non avrebbe fatto una qualsiasi parola. «Kate?» le domandò serenamente. «Ti senti bene?»

Lei annuì. «Pensavo di avere smesso, tutto qui.»

Anthony non disse nulla per un istante, poi le chiese: «Sapevi di parlare nel sonno?».

Kate voltò la testa di scatto per fissarlo. «Davvero?»

«Stanotte lo hai fatto.»

Kate strinse le dita sulla coperta.

«Che cosa ho detto?»

Lui esitò ma, quando parlò, usò parole decise e chiare. «Chiamavi tua madre.»

«Mary?» sussurrò lei.

Lui scosse la testa. «Non penso. Non ti ho mai sentito chiamare Mary se non Mary; stanotte dicevi "mamma". Sembravi anche molto... piccola.»

Kate si umettò le labbra. «Non so che cosa dirti» disse alla fine, temendo di scavare nei più profondi recessi della propria memoria. «Non ho idea del perché chiamassi mia madre.»

«Penso» le disse lui dolcemente «che dovresti chiederlo a Mary.»

Kate scosse la testa. «Non conoscevo nemmeno Mary quando mia madre morì. Né la conosceva mio padre. Non potrebbe sapere perché la stavo chiamando.»

«Tuo padre potrebbe averle raccontato qualcosa» spiegò lui, portandosi la mano di lei alle labbra e baciandola in modo rassicurante.

Kate abbassò lo sguardo. Voleva capire perché aveva così paura dei temporali, ma scavare nelle proprie paure più profonde era terrorizzante quasi come la paura stessa. E se avesse scoperto qualcosa che non voleva sapere?

«Verrò con te» disse Anthony, intromettendosi nei suoi pensieri.

Non si sa come, quella frase aggiustò tutto.

Kate lo guardò rassicurata e annuì con le lacrime agli occhi. «Grazie» sussurrò. «Grazie davvero.»

Più tardi, quello stesso giorno, si presentarono alla porta della casetta in città di Mary. Kate si sedette sul solito divanetto blu mentre Anthony si avvicinò alla finestra.

«C'è qualcosa di interessante?» domandò lei.

Lui scosse la testa. «Mi piace guardare dalle finestre, tutto qui.»

Kate pensò che era dolce scoprire ogni giorno le piccole cose del suo carattere, quei gesti privati che li rendevano ancora più vicini. A lei piaceva conoscere le stranezze di

Anthony, come il fatto che piegava il cuscino in due prima di dormire o che odiava la marmellata di arance ma adorava quella di limone.

«Hai un'aria pensierosa.» Anthony la guardava assorto. «Sembri lontana e il tuo sorrise è triste.»

Lei scosse la testa. «Non è niente.»

Lui emise uno sbuffo dubbioso e mentre si avvicinava al divano disse: «Pagherei mille sterline per i tuoi pensieri».

L'entrata di Mary evitò a Kate di dover rispondere.

«Kate!» esclamò la donna. «Che bella sorpresa! E Lord Bridgerton, che piacere vedervi entrambi.»

«Dovreste chiamarmi Anthony» disse lui un po' goffamente.

Mary sorrise. «Cercherò di ricordarlo. Mi spiace, Edwina non c'è. Il suo Mr Bagwell è venuto inaspettatamente in città e sono andati a fare una passeggiata nel parco.»

«Dovremmo prestare loro Newton. Non riesco a immaginare un accompagnatore migliore» commentò Anthony, affabilmente.

«In realtà siamo venuti a trovare voi, Mary» disse Kate.

La voce di Kate era stranamente seria e Mary reagì all'istante. «Cosa c'è?» chiese. «Va tutto bene?»

Kate annuì, deglutendo mentre cercava le parole giuste. Aveva ripassato tutta mattina cosa dire e adesso si trovava senza parole. Sentì però la mano di Anthony sulla propria, il suo peso e il suo calore stranamente confortante, sollevò lo sguardo e disse a Mary: «Vorrei che mi parlaste di mia madre».

Mary apparve sconcertata, ma disse: «D'accordo, sai però che non l'ho conosciuta personalmente. So solo quello che tuo padre mi ha raccontato di lei».

Kate annuì. «Lo so. Potreste anche non avere le risposte alle mie domande, ma non saprei a chi altro chiedere.»

«Benissimo» disse Mary. «Cosa desideri sapere? Sai che ti dirò tutto quello che so.»

Kate annuì nuovamente e deglutì. «Come è morta, Mary?»

Mary batté le palpebre, quindi sprofondò leggermente nel sofà, forse sollevata. «Ma lo sai già. È morta di influenza.»

«Lo so ma...» Kate guardò Anthony che annuì rassicurandola. Lei trasse un profondo respiro. «Ho ancora paura dei temporali, Mary. Voglio sapere il perché. Non voglio più avere paura.»

Mary aprì la bocca, ma restò zitta per molti secondi, fissando la figliastra. Impallidì. «Non me ne ero accorta» sussurrò. «Non sapevo che ancora...»

«L'ho nascosto bene» disse Kate dolcemente.

Mary sollevò le mani tremanti e le portò alle tempie. «Se l'avessi saputo io avrei...» cercò le parole giuste. «Be', non so cosa avrei fatto. Forse ti avrei detto tutto, immagino.»

Il cuore di Kate si fermò. «Dirmi cosa?»

Mary emise un profondo sospiro, portandosi le mani sul volto. Sembrava che avesse un terribile mal di testa e che il peso del mondo intero le premesse nel cranio, dall'interno.

«Voglio solo che tu sappia» le disse con voce strozzata «che non ti ho detto nulla perché pensavo non lo ricordassi e che, in tal caso, non fosse una buona idea fartelo ricordare.» Sollevò lo sguardo mentre le lacrime le scorrevano sulle guance. «Pare invece che sia così, altrimenti non avresti tanta paura. Oh, Kate, mi dispiace tanto...» sussurrò.

«Sono sicuro che non abbiate nulla di cui dispiacervi o rimproverarvi» la rassicurò Anthony.

Mary lo guardò, sconcertata per un istante, come se si fosse dimenticata della presenza di lui nella stanza. «Oh, sì invece» replicò in tono triste. «Non sapevo che Kate avesse ancora paura, mentre avrei dovuto. È il genere di cosa che una madre dovrebbe sentire. Posso anche non averle dato la vita, ma ho cercato di essere per lei una vera madre...»

«Lo siete stata» disse Kate con trasporto. «La migliore.»

Mary si rivolse nuovamente a lei. «Avevi tre anni quando è morta tua madre. Era il giorno del tuo compleanno.»

Kate annuì, ipnotizzata.

«Quando ho sposato tuo padre ho fatto tre promesse. La prima a lui di essere sua moglie. Nel mio cuore, però, ne ho fatte altre due. Una a te, Kate. Ho promesso che ti avrei amato come mia figlia, allevandoti nel migliore dei modi.»

Si interruppe per asciugarsi gli occhi, accettando grata il fazzoletto che Anthony le aveva porto. Continuò quindi parlando in un sussurro. «L'altra promessa l'ho fatta a tua madre. Sai che andavo a trovarla sulla tomba.»

Il cenno di assenso di Kate venne accompagnato da un mesto sorriso. «Lo so. Sono venuta con voi in svariate occasioni.»

Mary scosse la testa. «No. Prima di sposare tuo padre. Mi sono inginocchiata e ho fatto la terza promessa. Era stata una buona madre per te: tutti lo dicevano e si vedeva che tu ne pativi tremendamente la mancanza. Le ho promesso le stesse cose che ho promesso a te: di essere una buona madre, di amarti e accudirti come se fossi stata carne della mia carne.» Sollevò la testa. «E amo pensare che ciò le abbia dato un po' di pace. Non penso che una mamma possa morire in pace lasciando una bimba tanto piccola.»

«Oh, Mary» sussurrò Kate.

Mary la guardò e sorrise con espressione triste, quindi si rivolse ad Anthony. «Ed è per questo, milord, che mi dispiaccio. Dovevo capire che lei stava soffrendo.»

«Ma Mary» protestò Kate. «Non volevo che lo sapeste. Mi nascondevo in camera, sotto al letto, nell'armadio, perché non ve ne accorgeste.»

«Ma perché, tesoro mio?»

Kate trattenne a stento le lacrime. «Non so. Forse non volevo farvi preoccupare. O forse temevo di apparire debole.»

«Hai sempre cercato di essere tanto forte» sussurrò Mary. «Anche quando eri piccolina.»

Anthony prese la mano di Kate, ma guardò Mary. «Lei è forte e lo siete anche voi.»

Mary fissò Kate per un minuto intero con aria triste e nostalgica e poi, a voce bassa, disse: «Quando tua madre morì... Io non c'ero, ma quando ho sposato tuo padre lui mi ha raccontato la storia. Pensava potesse aiutarmi a comprenderti un po' meglio. La morte di tua madre è stata rapida. Si ammalò un martedì e morì il giovedì. E furono tre giorni di pioggia: uno di quei temporali tremendi che sembrano non dover mai finire, che si abbattono sul terreno senza sosta, finché i fiumi non straripano e le strade diventano impraticabili. Lui disse che era certo che lei si sarebbe ripresa se solo la pioggia avesse smesso. Si rendeva conto che era una sciocchezza, ma andava a letto pregando che il sole spuntasse da dietro le nuvole, pregando di poter avere ancora un briciolo di speranza».

«Oh, papà» sussurrò Kate.

«Tu eri chiusa in casa, ovviamente, cosa che pareva pesarti infinitamente.» Mary sorrise a Kate. «Hai sempre amato stare all'aria aperta. Tua madre portava perfino la culla in giardino per farti stare il più possibile all'aria fresca.»

«Non lo sapevo» sussurrò Kate.

Mary annuì e continuò con la sua storia. «Non ti sei resa subito conto che tua madre era malata. Ti tenevano lontana da lei, temendo un contagio, ma tu dovevi aver capito che c'era qualcosa che non andava. I bambini fanno così. La notte in cui morì, ci fu un terribile temporale. Ricordi il vecchio albero nodoso nel giardino sul retro... quello su cui si arrampicava sempre Edwina?»

«Quello spaccato in due?» domandò Kate con un filo di voce.

Mary annuì. «È accaduto quella notte. Tuo padre disse che fu il rumore più tremendo che avesse mai udito. Immagino che tu non riuscissi a dormire» continuò lei. «Io ricordo quel temporale anche se vivevo nella contea vicina. Nessuno è riuscito a dormire quella notte. Tuo padre era con tua mamma. Lei stava morendo e, in mezzo a tutto quel dolore, si erano dimenticati di te. Erano stati così attenti a tenerti lontana, ma quella notte la loro attenzione era altrove. Tuo padre era al fianco di sua moglie per tenerle la mano durante il trapasso. Non è stata una morte dolce, temo. Io ho visto mia madre morire così. Rantolava per prendere aria, soffocando.»

Mary deglutì, quindi riportò gli occhi su Kate. «Posso solo immaginare che tu abbia visto la stessa cosa.»

Anthony strinse la mano di Kate.

«Io però avevo venticinque anni quando ero al capezzale di mia madre, tu tre. Ti mettesti a mordere, graffiare, gridare, gridare e gridare… Tua madre stava morendo» disse a voce tanto bassa da sembrare solo un sussurro. «Cercarono di farti allontanare e quando trovarono qualcuno tanto forte da trascinarti via, un lampo squarciò la stanza. Tuo padre disse… che illuminò la camera come se fosse giorno e che sembrò quasi restare lì sospeso, senza svanire subito. Lui ti guardò e tu eri immobilizzata. Disse che sembravi una piccola statua.»

Anthony sobbalzò.

«Che c'è?» gli domandò Kate.

Lui scosse la testa, incredulo. «Sembravi così ieri notte» le disse. «Ho pensato la stessa cosa.»

«Io…» Kate guardò dapprima Anthony quindi Mary. Non sapeva tuttavia cosa dire.

Anthony le strinse ancora la mano, quindi si rivolse a Mary e la incalzò. «Vi prego, andate avanti…»

La donna annuì. «Avevi gli occhi fissi su tua madre, tuo padre si voltò per guardare che cosa ti stesse terrorizzando tanto e fu allora che vide…»

Kate ritirò la mano da quella di Anthony e si alzò per sedersi accanto a Mary e stringerle le mani. «Va tutto bene, Mary» le mormorò. «Potete dirmelo. Ho bisogno di sapere.»

Mary annuì.

«Era proprio il momento della sua morte. Tua madre è balzata a sedere sul letto. Tuo padre disse che non aveva sollevato il corpo da giorni. Disse che era rigida, con la testa tirata indietro e la bocca aperta come se stesse gridando, ma non emetteva alcun suono. A quel punto è scoppiato il tuono e tu devi aver pensato che quel suono orribile provenisse dalla sua bocca perché hai cominciato a gridare, sei balzata in avanti, saltando sul letto e gettandole le braccia al collo. Hanno cercato di staccarti da lei, ma tu non la lasciavi. Continuavi a strillare, chiamandola, e fu allora che si è sentito quello schianto terribile. I vetri sono andati in frantumi. Un fulmine aveva staccato un ramo dall'albero ed era caduto nella stanza. C'erano vetri, vento, acqua ovunque e anche dopo che lei era morta ed era ricaduta sui cuscini tu sei rimasta abbarbicata al suo collo, gridando, singhiozzando e pregandola di svegliarsi e di non andare via. Hanno dovuto aspettare che tu crollassi addormentata per riuscire a portarti via.»

Kate sussurrò finalmente: «Io non lo sapevo. Non ricordavo di avere assistito a quella scena».

«Tuo padre mi disse che non volevi parlarne» disse Mary. «Hai dormito per ore e quando ti sei svegliata fu chiaro che avevi preso la malattia di tua madre e non eri in condizione di parlare. Anche quando ti sei ripresa, hai continuato a non volerne parlare. Tuo padre ha provato, ma mi disse che ogni volta che menzionava l'argomento, tu scuotevi la testa serrando le mani sulle orecchie. Alla fine smise di tentare.»

Mary guardò Kate con espressione intensa. «Disse che sembravi più tranquilla, così lui smise di provare. Fece ciò che credette meglio.»

«Lo so» sussurrò Kate. «E al momento, forse, fu la cosa migliore. Adesso però dovevo saperlo.» Si rivolse a Anthony quasi a cercare una conferma.

«Come ti senti adesso?» domandò lui, con parole dirette ma dolci.

Lei rifletté un istante. «Non so. Bene, penso. Un po' più leggera.» Poi, senza nemmeno accorgersi di ciò che stava facendo, sorrise. Rivolse a Anthony uno sguardo sbalordito. «Mi sembra che mi sia stato tolto dalle spalle un peso immenso.»

«Adesso ricordi?» le domandò Mary.

Kate scosse la testa. «Però mi sento meglio. Non so spiegarlo. Mi fa bene sapere tutto, anche se non ricordo nulla.»

Mary l'abbracciò forte. Piansero insieme, quei singhiozzi che squassano il petto ma che sono misti alle risa. Erano lacrime di gioia e quando Kate si allontanò per guardare Anthony, vide che anche lui si stava asciugando gli occhi furtivamente.

Lui ritirò subito la mano ma lei l'aveva visto e, in quel momento, capì che lo amava con tutto il cuore. Con ogni pensiero, ogni emozione, con ogni parte del suo essere, lei lo amava.

Se lui non l'avesse mai amata… be', in quel momento non intendeva pensarci. Non in quel momento così speciale.

E probabilmente mai.

20

Ha forse notato qualcuno oltre all'Autore che Miss Edwina Sheffield è in questi ultimi tempi molto distratta? Si dice che abbia perduto il cuore, anche se nessuno sembra conoscere l'identità del fortunato gentiluomo.

A giudicare dal comportamento di Miss Sheffield ai ricevimenti, l'Autore ritiene che il gentiluomo del mistero non sia attualmente residente a Londra. Miss Sheffield non ha, d'altronde, mostrato interesse per nessun altro e ha addirittura saltato le danze al ballo di Lady Mottram di venerdì scorso.

È possibile che lo spasimante sia una persona conosciuta in campagna il mese scorso? L'Autore dovrà fare qualche indagine per scoprire la verità.

Da «Le cronache mondane di Lady Whistledown»
13 giugno 1814

«Sai cosa penso?» disse Kate, seduta davanti alla toeletta più tardi quella stessa sera, mentre si spazzolava i capelli.

Anthony era alla finestra. «Mmm?» fu la risposta, soprattutto perché era troppo distratto dai propri pensieri per poter formulare una frase coerente.

«Penso» continuò lei allegramente «che al prossimo temporale starò benissimo.»

Lui si voltò lentamente. «Davvero?» commentò.

Lei annuì. «Non so perché. È una sensazione.»

«Le sensazioni sono di solito le più corrette» osservò lui.

«Mi sento stranamente ottimista» proseguì Kate. «Per tutta la vita ho avuto una specie di spada sulla testa. Non te l'ho mai detto... non l'ho detto a nessuno... ma tutte le volte che c'era un temporale pensavo... be', in effetti sapevo...»

«Che cosa, Kate?» domandò lui, temendo la risposta.

«Sapevo che stavo per morire. Lo sapevo. Non era assolutamente possibile che stessi così male e riuscissi a sopravvivere.» Il suo volto assunse un'espressione tirata, quasi non fosse sicura di come dire ciò che voleva.

Anthony, però, capiva ugualmente. Gli si era raggelato il sangue nelle vene.

«Sono certa che la riterrai una cosa estremamente sciocca» commentò lei. «Tu sei così razionale, così pratico. Non penso tu possa comprendere una cosa simile.»

"Se solo sapessi." Anthony si sfregò gli occhi, sentendosi quasi ubriaco. Barcollò verso una sedia, sperando che lei non notasse il suo malessere e si sedette.

Per fortuna Kate aveva riportato l'attenzione sulla toeletta. Forse, invece, era solo troppo imbarazzata per guardarlo, pensando che lui avrebbe riso delle sue paure irrazionali.

«Quando pioveva» disse «non esisteva altro che il temporale. E, naturalmente, la mia paura. Poi quando tornava il sole, capivo quanto fossi stata sciocca e quanto fosse ridicola quell'idea, eppure al temporale successivo era uguale. E ancora una volta sapevo che sarei morta. Semplicemente lo sapevo.»

Anthony si sentiva male. Gli sembrava di non essere più in possesso del proprio corpo. Non sarebbe riuscito a dire nulla nemmeno se ci avesse provato.

«A dire il vero,» disse lei sollevando la testa per guardarlo «l'unica volta in cui ho pensato che sarei potuta sopravvivere è stata nella biblioteca di Aubrey Hall.» Si alzò e si avvicinò a lui, appoggiandogli la testa in grembo dopo esserglisi inginocchiata davanti. «Con te» terminò in un sussurro.

Anthony non aveva immaginato che Kate avesse la consapevolezza della propria mortalità. La maggior parte della gente non ne aveva. Era una cosa che aveva fatto provare a Anthony uno strano senso di isolamento negli anni, quasi lui avesse compreso una basilare e terribile verità che sfuggiva al resto della società.

Anche se il senso del destino di Kate non era uguale al suo, infatti per lei scaturiva da un evento occasionale, come il temporale, mentre lui lo provava costantemente, sua moglie, a differenza di lui, lo aveva sconfitto.

Kate aveva combattuto i propri demoni e aveva vinto.

Anthony si sentì maledettamente invidioso.

Non era una reazione nobile, lo sapeva, ma era invidioso lo stesso.

Kate aveva vinto.

Lui, invece, che aveva riconosciuto i propri demoni rifiutandosi di averne paura, era adesso pietrificato dal terrore e tutto perché era avvenuta quell'unica cosa che aveva giurato non sarebbe mai accaduta.

Si era innamorato di sua moglie.

Si era innamorato di sua moglie e adesso il pensiero di morire, di lasciarla, di sapere che i loro momenti insieme avrebbero formato una breve poesia e non un lungo romanzo, gli risultava insopportabile.

E non sapeva a chi dare la colpa. Voleva darla al padre, per essere morto giovane e avergli inflitto quella maledizione. Voleva additare Kate, per essere entrata nella sua vita e avergli fatto temere la fine. Avrebbe incolpato il primo che fosse passato per la strada se fosse servito a qualcosa.

In realtà, la colpa non era di nessuno: nemmeno sua. Lo avrebbe fatto sentire meglio poter puntare il dito su qualcuno, uno qualunque, per dire: "È colpa tua!". Era infantile, lo sapeva, il bisogno di dare la colpa a qualcuno, ma tutti avevano il diritto di essere infantili, di tanto in tanto, no?

«Sono così felice» mormorò Kate con la testa ancora appoggiata sul suo grembo.

Anche Anthony voleva essere felice... Voleva che le cose non fossero complicate. Voleva godere delle recenti vittorie di lei senza pensare alle proprie preoccupazioni, perdersi in quel momento, dimenticare il futuro...

La prese in braccio di scatto.

«Anthony?» domandò Kate, sbattendo le palpebre, sorpresa.

Come tutta risposta lui la baciò appassionatamente fino a essere governato solo dal proprio corpo. Non voleva pensare. Voleva soltanto essere in quel momento. E voleva che quel momento durasse per sempre.

Adagiò la moglie sul letto e la coprì subito con il proprio corpo. Lei era fantastica sotto di lui, morbida e forte, consumata dallo stesso fuoco che divampava dentro di lui. Kate non poteva sapere che cosa avesse scatenato quel desiderio improvviso, ma lo aveva sentito e lo condivideva ugualmente.

La sua camicia da notte si aprì facilmente. Anthony aveva bisogno di toccarla, sentirla, assicurarsi che Kate fosse sotto di lui e che lui fosse davvero lì per fare l'amore insieme a lei.

C'era qualcosa di incredibilmente erotico nella sensazione della sua pelle calda e morbida sotto la seta della camicia da notte, e le sue mani le toccarono tutto il corpo, implacabilmente, facendo qualsiasi cosa potesse legarla a lui.

Se fosse riuscito a trascinarla dentro di sé l'avrebbe fatto, tenendola lì per sempre.

«Anthony,» ansimò Kate, nel breve istante in cui le staccò le labbra dalla bocca «ti senti bene?»

«Ti voglio e ti voglio ora.»

Lei sbarrò gli occhi sbalordita ed eccitata mentre lui si sedeva a cavalcioni su di lei, tenendo il peso sulle ginocchia per non schiacciarla. «Sei così bella» le sussurrò. «Così incredibilmente magnifica.»

Il volto di Kate si illuminò per quelle parole e lei sollevò le mani per accarezzargli il viso. Lui le prese una mano e ne baciò il palmo.

«Non posso più aspettare» le disse con voce roca.

Kate gemette eccitata mentre lo afferrava per le anche,

dirigendolo verso di sé. «A me va bene» ansimò. «Non voglio che aspetti.»

A quel punto, non ci furono più parole. Anthony emise un grido primitivo e gutturale mentre la penetrava con una sola e possente spinta. Kate sbarrò gli occhi, sbalordita per quella repentina invasione. Era tuttavia pronta per lui, più che pronta. Qualcosa in quell'implacabile ritmo nel fare l'amore le aveva suscitato una profonda passione, fino a farglielo desiderare con una disperazione che la lasciò senza fiato.

Non furono delicati e nemmeno gentili. Erano accaldati, sudati, bisognosi e si aggrapparono l'uno all'altra come se avessero potuto far durare quel momento per sempre tramite la sola forza di volontà. Quando raggiunsero l'orgasmo, fu selvaggio e simultaneo, e i loro corpi si inarcarono mentre i gemiti di liberazione si fondevano nella notte.

Quando ebbero finito, accoccolati vicini mentre cercavano di riprendere fiato, Kate chiuse gli occhi.

Anthony no.

La fissò mentre lei si assopiva. Osservò il modo in cui i suoi occhi si muovevano ogni tanto sotto le palpebre assonnate. Calcolò il ritmo del suo respiro contando l'alzarsi e l'abbassarsi del suo petto. Ascoltò ogni suo sospiro, ogni mugolio.

C'erano dei ricordi che un uomo voleva imprimersi nel cervello e questo era uno di quelli.

Proprio quando pensava che lei fosse profondamente addormentata, notò le palpebre di Kate aprirsi leggermente.

«Sei ancora sveglio» mormorò lei con voce impastata dal sonno.

Lui annuì, chiedendosi se non la stesse stringendo troppo. Non voleva lasciarla andare.

«Dovresti dormire» continuò lei.

Lui annuì di nuovo, ma non riuscì assolutamente a chiudere gli occhi.

Kate sbadigliò. «È bellissimo.»

Lui le baciò la fronte e lei alzò il viso e lo baciò di rimando sulle labbra, quindi si riappoggiò sul cuscino. «Spero che staremo sempre così» mormorò nuovamente mentre il sonno la reclamava. «Sempre e per sempre.»

Anthony si immobilizzò. *Sempre.* Lei non poteva sapere cosa significasse per lui. Cinque anni? Sei? Forse sette o otto. *Per sempre.* Non aveva alcun significato, era una cosa che lui non riusciva assolutamente a comprendere.

All'improvviso non riuscì più a respirare. La coperta gli sembrò un muro di mattoni e l'aria si fece soffocante.

Doveva uscire di lì. Doveva andare. Doveva...

Saltò giù dal letto e poi, arrancando e tossendo, recuperò i vestiti.

«Anthony?»

Lui sollevò la testa di scatto. Kate si stava tirando a sedere sul letto, sbadigliando. Nonostante la luce fioca nella stanza, lui notò che aveva lo sguardo confuso e addolorato.

«Ti senti bene?» gli chiese.

Lui rispose con un breve cenno di assenso.

«Allora perché stai cercando di infilare una gamba nella manica della camicia?»

Lui abbassò lo sguardo e pronunciò un'imprecazione che non avrebbe mai pensato di dire davanti a una donna.

«Dove stai andando?» domandò Kate ansiosa.

«Devo uscire» brontolò lui.

«Adesso?»

Non rispose perché non sapeva cosa rispondere.

«Anthony?» Kate scese dal letto e allungò una mano verso di lui ma, appena prima che di riuscire a toccarlo, lui si irrigidì, indietreggiando fino a sbattere contro il montante del letto. Lui notò lo sguardo addolorato di sua moglie per quel rifiuto, ma sapeva che se lei l'avesse toccato con tenerezza, sarebbe stato perduto.

«Maledizione» sbottò. «Dove diavolo sono le mie camicie?»

«Nello spogliatoio» rispose lei nervosa. «Al solito posto.»

Anthony partì di gran carriera in cerca di una camicia pulita, incapace di sopportare il suono della sua voce. Indipendentemente da ciò che diceva, lui continuava a sentire "sempre e per sempre".

La cosa lo stava uccidendo.

Quando riemerse dallo spogliatoio vestito di tutto punto, Kate era in piedi e camminava per la stanza.

«Devo andare» disse in tono inespressivo.

Lei non emise neanche un suono (proprio ciò che Anthony aveva pensato di volere) e adesso invece lui stava in piedi lì, a desiderare che lei parlasse, incapace di muoversi finché non lo avesse fatto.

«Quando tornerai?» domandò alla fine lei.

«Domani.»

«Va… bene.»

Lui annuì. «Non posso restare qui» sbottò Anthony. «Devo andare via.»

Kate deglutì, spasmodicamente. «Sì,» disse a voce dolorosamente bassa «lo hai già detto.»

A quel punto, senza guardarsi indietro e senza fornire un indizio su dove stesse andando, uscì.

Kate si diresse verso il letto e lo guardò. Le sembrava brutto starci da sola. Pensò che doveva piangere, ma non aveva lacrime da versare. Si avvicinò quindi alla finestra, scostò le tende e guardò fuori, pregando, sorprendentemente, che venisse un temporale.

Anthony era andato via e, anche se lei era certa che sarebbe tornato fisicamente, non era altrettanto sicura riguardo al suo spirito. Si rese conto che se c'era qualcosa di cui aveva bisogno era un temporale per dimostrare a se stessa che poteva essere forte da sola e per se stessa.

Non voleva stare sola, ma poteva non avere scelta. Anthony sembrava determinato a mantenere le distanze. C'erano dei demoni in lui che lei temeva non avrebbe mai deciso di affrontare in sua presenza.

Se era destinata a stare da sola, nonostante un marito al fianco, allora sarebbe stata sola e forte.

La debolezza non aveva mai portato nessuno da nessuna parte.

Anthony attraversò la strada, senza avere idea di dove stesse andando, sapendo soltanto di voler andare via. Quando raggiunse il marciapiede opposto, un demone lo costrinse a sollevare lo sguardo verso la finestra della propria camera da letto.

Il pensiero sciocco che gli venne in mente fu: "Non dovevo vederla".

L'aveva tuttavia vista e il dolore che provava nel petto si acutizzò facendosi quasi implacabile. Gli sembrava di avere ricevuto una pugnalata al cuore e aveva la sconvolgente sensazione che la mano che aveva inferto il colpo fosse stata la propria.

La guardò per un minuto... o forse un'ora. Non pensava potesse vederlo: non c'era nulla nella postura di Kate che indicasse che era consapevole della sua presenza.

"Starà probabilmente sperando che non venga un temporale" pensò guardando il cielo minaccioso. Forse sarebbe stata sfortunata. La nebbiolina si stava già addensando in gocce umide sulla sua pelle, e pareva sarebbe occorso poco perché si trasformasse in pioggia.

Sapeva di dover andare via, ma una corda invisibile lo teneva ancorato sul posto. Anche dopo che lei si era allontanata dalla finestra, lui era rimasto lì a fissare la casa. Era quasi impossibile negare la spinta che lo induceva a rientrare. Voleva correre di nuovo a casa, buttarsi in ginocchio davanti a lei pregandola di perdonarlo. Voleva stringerla fra le braccia e fare l'amore con lei fino alle prime luci dell'alba. Sapeva tuttavia di non poter fare nessuna di quelle cose.

O forse non doveva farle. Non lo sapeva più.

Decise alla fine di andare via. Lo fece senza avvertire la pioggia che aveva cominciato a cadere con forza sorprendente.

Lo fece senza sentire più nulla.

21

Si sussurra che Lord e Lady Bridgerton siano stati costretti a sposarsi ma, anche se fosse vero, l'Autore si rifiuta di credere che il loro non sia un matrimonio d'amore.

Da «Le cronache mondane di Lady Whistledown»
15 giugno 1814

Era strano, pensò Kate mentre guardava la colazione, come ci si potesse sentire affamati e allo stesso tempo non avere alcun appetito. Il suo stomaco brontolava, eppure tutto, dalle uova agli *scones* dall'aringa al maiale al forno, aveva un aspetto orribile.

Con un sospiro, prese un triangolo di pane tostato e si accasciò sulla sedia con una tazza di tè.

Anthony non era rientrato a casa la notte precedente.

Lei aveva sperato che si sarebbe quanto meno presentato per la colazione. L'aveva ritardata il più a lungo possibile, erano quasi le undici e di solito lei mangiava alle nove, ma suo marito era ancora assente.

«Lady Bridgerton?»

Kate sollevò lo sguardo. Era arrivato un valletto.

«Questa è giunta qualche minuto fa» le disse l'uomo.

Kate ringraziò mentre prendeva la busta, sigillata con una goccia di cera rosa. Vi scorse le iniziali EOB. Uno dei parenti di Anthony? "E" stava per Eloise, visto che tutti i Bridgerton erano stati battezzati in ordine alfabetico.

Kate aprì il sigillo ed estrasse il foglio:

Kate,
    Anthony è qui. Sembra uno spettro. Non sono ovviamente fatti miei, ma penso che fosse bene lo sapeste.

Eloise

Fissò il biglietto ancora qualche secondo, quindi spinse indietro la sedia e si alzò. Era arrivato il momento di fare una visita a Bridgerton House.

Con sua grande sorpresa, quando Kate bussò alla porta della residenza dei Bridgerton, non fu accolta da un maggiordomo ma dalla stessa Eloise che le disse immediatamente: «Avete fatto in fretta!».

Kate si guardò attorno. «Mi stavate aspettando?»

Eloise annuì. «E non avete alcun bisogno di bussare alla porta. Bridgerton House appartiene a Anthony, dopotutto. E voi siete sua moglie.»

Kate fece un sorrisetto. Non si sentiva granché una moglie quella mattina.

«Spero che non mi consideriate una tremenda impicciona» continuò Eloise. «Ma Anthony ha un aspetto orrendo e ho avuto il sospetto che voi non sapeste che si trovava qui.»

«Come mai?» non riuscì a fare a meno di chiedere Kate.

«Be',» rispose Eloise «non si è preso nemmeno la briga di dire a nessuno di noi che era qui.»

Kate guardò con sospetto la cognata. «Cioè?»

«Cioè, l'unico motivo per cui so che lui è qui è perché lo stavo spiando. Non penso che nemmeno la mamma sappia che è in casa.»

Kate strinse gli occhi. «Ci stavate spiando?»

«No, certo che no. Mi è tuttavia capitato di essere sveglia questa mattina presto e ho sentito qualcuno entrare, sono quindi scesa a investigare e ho visto la luce sotto la porta del suo studio.»

«Come fate allora a sapere che ha un aspetto orrendo?»

Eloise scrollò le spalle. «Ho immaginato che dovesse uscire dallo studio prima o poi per mangiare o per andare in bagno, quindi ho aspettato sui gradini per un'oretta... o forse...

«O forse?» le fece eco Kate.

«Forse tre» ammise Eloise. «Ma non sono tante quando si è interessati a quello che si fa, e comunque, avevo con me un libro per passare il tempo.»

Kate scosse la testa ammirata, sebbene a malincuore. «A che ora è arrivato a casa ieri notte?»

«Alle quattro circa.»

«Cosa facevate alzata così tardi?»

Eloise scrollò nuovamente le spalle. «Non riuscivo a dormire. Ero scesa a prendere un libro dalla biblioteca. Finalmente, alle sette... be', credo fossero un pochino prima delle sette, quindi non erano neanche tre ore che aspettavo... lui è uscito. Non si è diretto verso la sala della colazione, quindi presumo che il bisogno fosse di tipo diverso. Dopo un paio di minuti è tornato ed è rientrato nello studio, dove» Eloise fece un gesto plateale con la mano «si trova da allora.»

Kate la fissò per una decina di secondi. «Avete mai pensato di offrire i vostri servigi al Dipartimento della Guerra?»

Eloise sogghignò, un sorriso così simile a quello di Anthony che Kate rischiò di piangere. «Come spia?» domandò.

Kate annuì.

«Sarei brava, vero?»

«Superba.»

Eloise abbracciò Kate con un gesto spontaneo. «Sono così felice che abbiate sposato mio fratello. Adesso andate a vedere che cosa c'è che non va.»

Kate annuì, raddrizzò le spalle e si diresse verso lo studio di Anthony. Si girò e con il dito puntato su di lei disse a Eloise: «Non origliate dietro la porta».

«Non lo farei mai!» rispose quella.

«Dico sul serio, Eloise!»

La ragazza sospirò. «È ora che io vada a dormire, comunque. Potrei fare un pisolino, dopo che sono stata alzata tutta la notte.»

Kate aspettò quindi finché Eloise non se ne fu andata su per le scale e poi entrò. «Anthony?» chiamò. La sua voce era debole, esitante, e non le piacque affatto. Non era abituata a essere debole ed esitante.

Non ci fu risposta, quindi Kate esaminò la stanza finché il suo sguardo non cadde sulla figura del marito, accasciato sulla scrivania, profondamente addormentato.

Kate attraversò piano la stanza fino alle finestre e aprì parzialmente le tende. Non voleva che Anthony restasse accecato quando si fosse svegliato ma, allo stesso tempo, non aveva intenzione di condurre una conversazione così importante al buio. Tornò quindi alla scrivania e lo scosse delicatamente.

«Anthony?» sussurrò. «Anthony?»

Lo guardò mentre apriva gli occhi e poi la metteva a fuoco. «Kate» rispose lui con voce roca e impastata di sonno e qualcos'altro, forse alcol. «Che ci fai qui?»

«Cosa ci fai *tu* qui?» ribatté lei. «L'ultima volta che ho controllato abitavamo a circa un miglio di distanza.»

«Non ti volevo disturbare» bofonchiò Anthony.

Kate non ci credette assolutamente, ma decise di non discutere. Optò per un approccio più diretto e gli domandò: «Perché sei andato via ieri sera?».

Un lungo silenzio fu seguito da un sospiro stanco e tirato e Anthony rispose alla fine: «È complicato».

«Sono una donna intelligente» disse Kate con voce volutamente pacata. «Di solito sono in grado di afferrare concetti complicati.»

Anthony non parve contento di quel sarcasmo. «Non voglio parlarne adesso.»

«Quando vorrai parlarne?»

«Vai a casa, Kate» le disse lui a voce bassa.

«Hai intenzione di venire con me?»

Anthony gemette mentre si passava le dita fra i capelli.

Dannazione, sembrava un cane con un osso in bocca. Tutto quello che lui voleva era lavarsi la faccia e i denti e sua moglie stava lì e non la smetteva di interrogarlo...

«Anthony» insistette lei.

Era troppo. Si alzò di scatto rovesciando la sedia. «Smetti immediatamente di tormentarmi» sibilò.

Lei serrò le labbra in un atteggiamento infuriato, ma i suoi occhi...

Anthony deglutì per l'acido gusto del senso di colpa che gli riempì la bocca.

Gli occhi di lei erano colmi di dolore. E l'angoscia nel suo cuore si triplicò.

Anthony non era ancora pronto. Non sapeva che fare con lei. Non sapeva che fare con se stesso. Per tutta la vita, quanto meno dopo la morte del padre, aveva saputo che determinate cose erano vere, che *dovevano* essere vere. Adesso invece era arrivata Kate e aveva stravolto tutto.

Lui non aveva voluto innamorarsi di lei. Era l'unica cosa che poteva fargli temere la propria morte. E Kate? Aveva promesso di amarla e proteggerla. Come poteva farlo sapendo che l'avrebbe lasciata? Non poteva di certo raccontarle le sue strane convinzioni. A parte il fatto che probabilmente lo avrebbe preso per pazzo, parlargliene avrebbe sottoposto lei allo stesso dolore e alla paura che lo stava distruggendo. Meglio lasciarla vivere in una benedetta ignoranza.

O sarebbe stato anche meglio che lei non lo amasse affatto?

Anthony non conosceva la risposta. Aveva bisogno di più tempo e non riusciva a pensare con lei lì, in piedi davanti a lui, con quegli occhi colmi di dolore. E...

«Vai» le disse con voce strozzata. «Vai e basta.»

«No» rispose lei con una serena determinazione che lo portò ad amarla ancora di più. «Non finché non mi avrai detto che cosa ti turba.»

Lui si allontanò dalla scrivania e la prese per un braccio. «Non posso stare con te, adesso» le disse con voce roca, evitando di incontrare il suo sguardo. «Domani. Ci vedremo domani. O dopodomani.»

«Anthony...»

«Ho bisogno di tempo per pensare.»

«A che cosa?» chiese lei.

«Non rendere le cose più difficili di quanto...»

«Come potrebbero essere più difficili?» domandò lei. «Non so nemmeno di cosa tu stia parlando.»

«Ho bisogno di qualche giorno» le disse. Qualche giorno per capire cosa dovesse fare e come dovesse vivere la propria vita.

Lei però si divincolò e lo toccò con una tenerezza che gli spezzò il cuore. «Anthony,» sussurrò «ti prego...»

Lui non riuscì a proferire parola.

Kate gli fece scivolare la mano dietro la nuca, attirandolo a sé finché lui non ne poté quasi più. La desiderava tremendamente. Le labbra di lei toccarono le sue. Sarebbe stato così facile perdersi in lei, stendersi sul tappeto e...

«No!» sbottò con voce gutturale. «No» ripeté, allontanandola. «Non adesso.»

«Ma...»

Lui non la meritava. Non adesso. Non ancora. Non finché non avesse capito come vivere il resto della propria vita. E se ciò significava negare a se stesso l'unica cosa che lo avrebbe salvato, non importava.

«Vai» le ordinò, con un tono più brusco di quanto non avesse desiderato. «Adesso vai. Ci vedremo più tardi.»

Questa volta lei andò e senza guardarsi alle spalle.

Anthony, che aveva appena scoperto cosa significasse amare, scoprì cosa fosse morire dentro.

La mattina dopo, Anthony era ubriaco. Il pomeriggio aveva i postumi della sbronza. Si mise le mani sulle orecchie e gemette. Stavano parlando tutti decisamente troppo forte.

«Kate ti ha buttato fuori di casa?» gli domandò Colin, prendendo una noce dal grande piatto di peltro al centro del tavolo e rompendola rumorosamente.

Anthony sollevò la testa quel tanto da poterlo fissare con espressione truce.

Benedict guardò il fratello inarcando le sopracciglia con una smorfia. «Lo ha decisamente sbattuto fuori» disse a Colin. «Passami una di quelle noci, intanto.»

Colin gliene lanciò una attraverso il tavolo. «Vuoi anche le gallette?»

Benedict fece di no con la testa. «Dà molta più soddisfazione sbriciolarle.»

«Non ci provare» sbottò Anthony.

«Abbiamo le orecchie un po' sensibili, oggi pomeriggio?»

Se Anthony avesse avuto una pistola, avrebbe sparato a entrambi, per far smettere i rumori.

«Posso darti un consiglio?» suggerì Colin continuando a masticare.

«No» rispose Anthony. Il fratello stava masticando a bocca aperta e, dato che era stato sempre proibito in casa, lui poteva solo dedurre che lo stava facendo apposta per fare più rumore. «Chiudi quella maledetta bocca» brontolò.

Colin deglutì, schioccò le labbra e bevve un sorso di tè per far scendere il tutto. «Qualsiasi cosa tu abbia fatto, scusatene subito. Ti conosco, sto cominciando a conoscere Kate e sapendo ciò che so...»

«Di che diavolo sta parlando?» brontolò Anthony.

«Penso» disse Benedict accomodandosi meglio sulla poltrona «che ti stia dicendo che sei un idiota.»

«Esatto!» esclamò Colin.

Anthony scosse stancamente la testa. «È più complicato di quanto non pensiate.»

«Lo è sempre» commentò Benedict con una sincerità così falsa da suonare quasi sincera.

«Quando voi due idioti avrete trovato delle donne tanto sciocche da sposarvi,» sibilò Anthony «allora potrete permettervi di darmi consigli. Ma fino a quel momento... chiudete il becco.»

Colin guardò Benedict. «Pensi sia infuriato?»

Benedict inarcò un sopracciglio. «O è infuriato o è ubriaco.»

Colin scosse la testa. «No, non ubriaco. Quanto meno non più. Ha chiaramente i postumi di una sbornia.»

«Il che spiegherebbe come mai sia così infuriato» concluse Benedict.

Anthony si portò una mano sul volto. «Santo Iddio. Che cosa devo fare perché voi due mi lasciate in pace?»

«Vai a casa, Anthony» disse Benedict con voce sorprendentemente gentile.

Anthony chiuse gli occhi e sospirò. Non c'era nulla che desiderasse di più, ma non era sicuro di cosa dire a Kate e non sapeva come si sarebbe sentito una volta giunto lì.

«Sì» confermò Colin. «Vai semplicemente a casa e dille che l'ami. Cosa può esserci di più semplice?»

Improvvisamente fu *davvero* semplice. Doveva dire a Kate che l'amava. Ora. Quel giorno stesso. Doveva assicurarsi che lei lo sapesse e giurò di passare fino all'ultimo minuto della sua breve vita a dimostrarglielo.

Era troppo tardi per cambiare il destino del suo cuore. Aveva cercato di non innamorarsi e aveva fallito. Sarebbe stato ossessionato dalla premonizione della propria morte comunque, che Kate sapesse o meno del suo amore per lei. Non sarebbe stato più felice durante quegli ultimi pochi anni se li avesse passati ad amarla apertamente e onestamente?

Era certo che anche lei si fosse innamorata di lui: sarebbe stata contenta di sapere che quello che provava era ricambiato. E quando un uomo amava una donna, la amava davvero, dalle profondità della sua anima alla punta dei piedi, non era suo dovere cercare di renderla felice?

Non le avrebbe tuttavia parlato delle proprie premonizioni. A che scopo? Meglio che fosse colpita da un dolore acuto e improvviso per la sua morte piuttosto che soffrire in anticipo.

Lui doveva morire. Tutti dovevano morire, rammentò a se stesso. Solo che a lui sarebbe successo prima che poi. Per Dio, si sarebbe però goduto quegli anni fino all'ultimo respiro. Certo sarebbe stato meglio non innamorarsi, ma ormai che era successo, non poteva più nasconderlo.

Era semplice. Kate era il suo mondo. Se avesse negato questo fatto, avrebbe potuto smettere di respirare anche subito.

«Devo andare» sbottò.

«Lo immaginavo» disse Colin.

Benedict sorrise. «Vai.»

Anthony si accorse che i suoi fratelli erano più in gamba di quanto non facessero sospettare.

«Ci rivedremo fra una settimana o più?» domandò Colin.

Anthony sogghignò. L'innocente domanda di Colin sottintendeva diverse cose, e cioè che appariva chiaro era che Anthony fosse innamoratissimo di sua moglie, che programmasse di passare quanto meno una settimana a dimostrarglielo e che la famiglia che stava creando era per lui importante come quella da cui proveniva.

«Due settimane» replicò Anthony, prendendo la giacca. «Forse tre.»

I fratelli non fecero altro che sorridere.

Quando però Anthony entrò in casa, un po' a corto di fiato avendo salito i gradini tre alla volta, scoprì che Kate non c'era.

«Dov'è andata?» domandò al maggiordomo. Non aveva neanche preso in considerazione che lei poteva non essere a casa.

«A fare una gita al parco, milord» rispose l'uomo. «Con sua sorella e Mr Bagwell.»

«Il pretendente di Edwina» mormorò fra sé. Suppose di dover essere felice per la cognata ma il tempismo era pessimo. Aveva appena preso una decisione determinante per la sua vita che riguardava la moglie e sarebbe stato carino se lei fosse stata in casa.

«Ha portato anche quella *creatura*» disse il maggiordomo alzando le spalle. Non era mai riuscito a tollerare quella che considerava l'invasione del corgie in casa del visconte.

«Ha portato Newton?» mormorò Anthony.

«Immagino saranno di ritorno nel giro di un paio d'ore.»

Che diavolo, lui non intendeva aspettare nemmeno un minuto. «Andrò a cercarla» disse con impazienza. «Non sarà così difficile.»

«Benissimo» Il maggiordomo indicò la carrozza con cui era appena arrivato attraverso la porta aperta. «Avete bisogno di un'altra carrozza?»

Anthony fece un cenno con la testa. «Andrò a cavallo. Farò prima.»

«Benissimo.» Il maggiordomo fece un piccolo inchino. «Vi farò sellare un cavallo.»

Anthony osservò il passo lento e calmo del maggiordomo che si dirigeva verso il retro della casa e sbottò: «Me ne occuperò da solo».

Nel giro di qualche istante stava sfrecciando via da casa.

Anthony era allegro quando raggiunse Hyde Park. Non vedeva l'ora di trovare la moglie, di stringerla fra le braccia e di guardarla in volto mentre le diceva che l'amava. Pregò che lei gli dicesse parole che rispecchiavano lo stesso sentimento. Forse stava solo aspettando che fosse lui il primo a parlare. Non poteva darle torto dopo tutto quello che le aveva detto insistendo che il loro *non* era un matrimonio d'amore.

Era stato un vero idiota.

Una volta nel parco decise di dirigersi verso Rotten Row, che sembrava la destinazione più probabile, di certo Kate non aveva scelto una zona appartata.

Spinse il cavallo a un trotto veloce, in modo da poterlo controllare facilmente all'interno del parco, e nello stesso tempo poteva ignorare i richiami e i saluti degli altri cavalieri e delle persone che passeggiavano.

Ma, quando aveva creduto di essere riuscito a evitare ritardi, sentì una voce femminile, da signora anziana, e molto imperiosa, chiamarlo.

«Bridgerton! Fermatevi subito. Parlo con voi!»

Lui gemette e si voltò. Lady Danbury, il cerbero dell'alta società. Non poteva assolutamente ignorarla. Non sapeva quanti anni avesse. Sessanta? Settanta? In ogni caso era una forza della natura e *nessuno* poteva ignorarla.

«Lady Danbury» disse lui cercando di non apparire rassegnato, mentre tratteneva il cavallo. «Che piacere vedervi.»

«Dov'è vostra moglie?»

«La sto cercando» rispose lui. «Quanto meno lo stavo facendo.»

Lady Danbury era troppo acuta per non notare l'allusione, quindi dedusse che l'avesse ignorata di proposito quando disse: «Mi piace vostra moglie».

«Anche a me.»

«Non ho mai capito come mai corteggiaste sua sorella. Bella ragazza, ma chiaramente non il tipo per voi. Il mondo sarebbe un posto ben più felice se la gente ascoltasse me prima di sposarsi» aggiunse. «Potrei sistemare tutto il mercato matrimoniale nel giro di una settimana.»

«Ne sono certo.»

La donna socchiuse gli occhi. «Mi state prendendo in giro?»

«Non mi sognerei mai di farlo» rispose Anthony sinceramente.

«Bene. Mi siete sempre sembrato un tipo sensato. Io...» restò a bocca aperta. «Che diavolo è quello?»

Anthony seguì lo sguardo inorridito di Lady Danbury finché i suoi occhi non si posarono su un calesse che stava curvando fuori controllo su due sole ruote. Era troppo lontano perché lui potesse distinguere i volti degli occupanti, ma udì un grido e poi il latrato di un cane.

Anthony sentì il sangue raggelarsi nelle vene.

C'era sua moglie su quel calesse.

Spronò il cavallo al galoppo a tutta forza. Non era certo di cosa avrebbe fatto una volta raggiunto il mezzo ma sapeva di non poter stare immobile ad aspettare che il veicolo si schiantasse.

Fu tuttavia proprio ciò che avvenne.

Il calesse uscì di strada e cozzò contro una grossa pietra, rovesciandosi su un fianco.

Anthony, inorridito, poté solo stare a guardare mentre sua moglie moriva davanti ai suoi occhi.

22

A dispetto dell'opinione comune, l'Autore sa di essere considerato una vero cinico.

Non potrebbe tuttavia, caro Lettore, esserci niente di più lontano dalla verità. All'Autore non c'è nulla che piaccia più di un lieto fine. Se ciò lo rende uno sciocco romantico, sia.

Da «Le cronache mondane di Lady Whistledown»
15 giugno 1814

Quando Anthony ebbe raggiunto il calesse ribaltato, Edwina era riuscita ad arrancare fuori dai rottami e stava cercando di aprire un varco sull'altra parte del veicolo. Aveva la manica dell'abito lacerata ma non sembrava notarlo, mentre tirava con insistenza la portiera. Newton le stava saltellando e mugolando attorno ai piedi continuando ad abbaiare freneticamente.

«Cos'è successo?» domandò Anthony con voce dura e impaurita mentre balzava giù da cavallo.

«Non lo so» ansimò Edwina, asciugandosi le lacrime che le scorrevano sulle guance. «Mr Bagwell non è un guidatore esperto, immagino, poi Newton è scappato e non so proprio cosa sia successo. Stavamo viaggiando pacificamente e un istante dopo...»

«Dov'è Bagwell?»

Lei si spostò dall'altra parte della carrozza. «È stato scaraventato fuori. Ha picchiato la testa ma non si è fatto troppo male. Kate invece...»

«Kate cosa?» Anthony si buttò in ginocchio tentando di sbirciare all'interno dei rottami. Il calesse si era capovolto del tutto. «Dov'è?»

Edwina deglutì e disse in un sussurro: «Penso che sia intrappolata sotto il calesse».

In quel momento Anthony sentì il sapore della morte: amaro, metallico e duro in gola. Cercò di aprire un varco gridando: «Kate!» sforzandosi di apparire calmo e sereno. «Kate, mi senti?»

L'unico suono che udì in risposta, tuttavia, fu il frenetico nitrito dei cavalli. Maledizione, doveva farli staccare prima che venissero presi dal panico e cercassero di trascinare via quello che restava del veicolo. «Edwina?»

Lei corse al suo fianco, torcendosi le mani. «Sì?»

«Sapete come staccare i cavalli?»

Lei annuì. «Non sono molto veloce, ma lo so fare.»

«Vedete se riuscite a trovare qualcuno che vi aiuti.»

Lei annuì nuovamente e si mise subito al lavoro.

«Kate?» gridò di nuovo Anthony. Non riusciva a scorgere nessuno; un sedile rovesciato bloccava l'apertura. «Mi senti?»

Ancora nessuna risposta.

«Provate dall'altra parte» disse con voce impaurita Edwina.

Anthony balzò in piedi e girò dietro il veicolo fino all'altro lato. La portiera si era già staccata dai cardini, lasciando uno spazio grande abbastanza perché lui riuscisse a infilare dentro la parte superiore del corpo.

«Kate?» chiamò, cercando di non soffermarsi sulla nota di panico nella propria voce. Tolse quindi cautamente un cuscino che si era ribaltato di lato e la vide. Era terribilmente immobile, ma non pareva avere la testa piegata in posizione innaturale e lui non notò sangue.

Doveva essere un buon segno.

«Non puoi morire, Kate» disse mentre con dita trementi tirava la fiancata del calesse nel tentativo di aprire ulteriormente il passaggio in modo da riuscire a tirarla fuori.

«Non doveva succedere a te. Non toccava assolutamente a te. Non è il tuo momento. Mi capisci?»

Allungò la mano attraverso lo squarcio per afferrarle la mano. Le sentì con le dita il polso che gli sembrò abbastanza regolare, ma non riusciva a capire se stesse sanguinando, se si fosse spezzata la schiena, se avesse picchiato la testa o se...

Sentì il cuore sobbalzare. Si poteva morire in così tanti modi. Se un'ape riusciva ad abbattere un uomo nel fiore degli anni, un incidente in carrozza poteva di certo portare via la vita a una giovane donna.

«Non farmi questo. Non ora. Non è il tuo momento. Mi hai sentito? Non è il tuo momento!» Avvertì qualcosa di umido sulle guance e si accorse che erano lacrime. «Doveva succedere a me» disse soffocando quasi per le parole. «Doveva succedere a me.»

A quel punto le dita di Kate gli si strinsero come artigli attorno al polso. Lui la guardò in volto appena in tempo per vedere gli occhi di lei aprirsi di scatto.

«Di che diavolo» domandò lei decisamente lucida e completamente sveglia «stai parlando?»

Anthony si sentì talmente sollevato da provare quasi dolore. «Ti senti bene?» le chiese.

Lei fece una smorfia e disse: «Mi riprenderò».

Anthony si interruppe per la frazione di un secondo, pensando a cosa dire. «Ma adesso ti senti bene?»

Lei tossì. «Mi fa male una gamba» ammise. «Ma non penso di essere ferita.»

«Ti senti debole? Ti senti svenire?»

Lei scosse la testa. «Sento solo male. Che ci fai tu qui?»

Lui le sorrise attraverso le lacrime. «Ero venuto a cercarti.»

«Davvero?» sussurrò lei.

Annuì. «Ero venuto... voglio dire, ho capito che...» Deglutì a disagio. Non aveva mai pensato che sarebbe arrivato il giorno in cui avrebbe detto quelle parole a una donna. «Ti amo, Kate» le disse con voce strozzata. «Mi servito un po' per capirlo, ma è così e te lo dovevo dire. Oggi.»

Le labbra di lei si piegarono in un sorriso incerto.

«Hai un tempismo maledettamente brillante.»

Lui si trovò, sorprendentemente, a sorridere a propria volta. «Sei quasi contenta che io abbia aspettato tanto, eh? Se te lo avessi detto la settimana scorsa, non ti avrei seguita oggi al parco.»

Lei gli fece una linguaccia, cosa che, considerate le circostanze, gliela fece amare ancora di più. «Tirami fuori» gli disse.

«Poi mi dirai che mi ami?» la stuzzicò lui.

Kate sorrise e annuì.

Era, ovviamente, una vera e propria dichiarazione. Anche se Kate era bloccata in quel maledetto calesse, probabilmente con una gamba rotta, si sentì all'improvviso avvolto da un senso di felicità e pace che quasi lo sopraffece.

Si rese conto che non si sentiva più così da quasi dodici anni, da quando aveva visto il padre morto sul letto, freddo e immobile.

«Adesso ti tirerò fuori» le disse. «Potrei farti male alla gamba, temo, ma non posso evitarlo.»

«La gamba mi fa già male» disse lei, sorridendo coraggiosamente. «Voglio solo che mi tiri fuori.»

Anthony annuì con espressione seria, quindi le mise un braccio attorno alla vita e cominciò a tirare. «Come va?» domandò, con il cuore che gli si fermava ogniqualvolta la vedeva contrarsi per il dolore.

«Bene» ansimò lei, ma era chiaro che cercava di mostrarsi coraggiosa.

«Adesso ti dovrò voltare» disse Anthony, notando un pezzo di legno scheggiato che spuntava dall'alto. Non gli importava affatto di romperle il vestito, gliene avrebbe comprati altri cento, se solo gli avesse promesso che non sarebbe più salita su un calesse se non era lui a guidarlo. Ma non riusciva a sopportare l'idea di farle anche solo un graffio sulla pelle. Aveva già sopportato anche troppo.

«Dovrò tirarti fuori di testa» le disse. «Pensi di riuscire a ruotare leggermente? Quel tanto che mi permetta di afferrarti sotto le ascelle.»

Lei annuì, stringendo i denti.

«Ecco fatto» le disse Anthony in tono incoraggiante. «Adesso io...»

«Fai quel che devi e basta» replicò secca Kate. «Non c'è bisogno che mi spieghi.»

«Benissimo» osservò lui, indietreggiando poco alla volta. Dopo avere contato mentalmente fino a tre, serrò i denti e cominciò a tirarla fuori.

Smise un secondo dopo, quando Kate lanciò un grido che gli lacerò le orecchie. Se non fosse stato convinto che sarebbe morto entro i successivi nove anni, avrebbe giurato che gliene stessero togliendo dieci.

«Ti senti bene?» le domandò premuroso.

«Sto bene» insistette lei. Stava però respirando affannosamente e aveva il volto tirato per il dolore.

«Che cos'è successo?» disse una voce appena fuori dalla carrozza. Era Edwina che aveva finito con i cavalli e sembrava in preda al panico. «Ho sentito Kate gridare.»

«Edwina» la chiamò Kate. «Ti senti bene?» Tirò Anthony per la manica. «Edwina sta bene? È ferita? Ha bisogno di un dottore?»

«Edwina sta bene» replicò lui. «*Tu* hai bisogno di un dottore.»

«E Mr Bagwell?»

«Come sta Mr Bagwell?» domandò Anthony a Edwina in tono secco mentre si concentrava per tirare fuori Kate dal relitto.

«Ha un bernoccolo in testa ma è di nuovo in piedi.»

«Niente di grave. Posso aiutarvi?» disse una voce maschile preoccupata.

Anthony aveva la sensazione che l'incidente fosse colpa di Newton quanto di Bagwell, ma in fondo era stato il giovanotto ad avere in mano le redini e Anthony non era affatto incline a sentirsi indulgente con lui, al momento.

«Ve lo farò sapere» sibilò prima di rivolgersi nuovamente a Kate e dirle: «Bagwell sta bene».

«Non posso credere di avere dimenticato di chiedere di loro.»

«Sono sicuro che la tua dimenticanza sarà perdonata, date le circostanze» commentò Anthony. Kate era adesso vicina all'apertura e sarebbe occorso un ultimo deciso e sicuramente doloroso strattone per tirarla fuori.

«Edwina? Edwina?» stava chiamando Kate. «Sei sicura di non essere ferita?»

Edwina infilò la testa nell'apertura. «Sto bene» la rassicurò. «Mr Bagwell è stato sbalzato via e io sono riuscita a...»

Anthony la scansò. «Stringi i denti, Kate» ordinò.

«Cosa? Io...»

Con un solo strattone, lui la estrasse dai rottami del calesse ed entrambi atterrarono al suolo, respirando affannosamente: Anthony per la fatica, Kate per l'intenso dolore.

«Santo cielo!» strillò Edwina. «Guardate la sua gamba!»

Anthony guardò Kate e sentì lo stomaco annodarsi. Lo stinco di lei era chiaramente rotto. Deglutì cercando di non mostrarsi preoccupato. Le gambe si potevano aggiustare, ma lui aveva sentito di persone che avevano perso gli arti a causa di infezioni e cure scorrette.

«Cosa c'è che non va nella mia gamba?» domandò Kate. «Mi fa male ma... oh, Dio!»

«Meglio non guardarla» disse Anthony, cercando di girarle il mento dall'altra parte.

Il respiro di lei, già rapido per lo sforzo di controllare il dolore, si fece ancor più irregolare. «Oddio» ansimò. «Mi fa male. Non mi ero accorta di quanto mi facesse male finché non ho visto...»

«Non guardare» ordinò Anthony.

«Oh, Dio.»

«Kate?» disse Edwina preoccupata. «Ti senti bene?»

«Guarda la mia gamba!» strillò quasi Kate. «Ti sembra a posto?»

«In effetti stavo parlando del tuo volto. Hai un colorito verdastro.»

Kate non fu tuttavia in grado di rispondere, e mentre Anthony, Edwina, Mr Bagwell e Newton la fissavano, roteò indietro gli occhi e svenne.

Tre ore dopo Kate era a letto, certamente non a proprio agio, ma meno dolorante, grazie al laudano che Anthony le aveva somministrato non appena furono rientrati in casa. La gamba era stata sistemata in modo esperto da tre medici che Anthony aveva convocato, anche se ne sarebbe bastato uno per una gamba rotta, ed era passato anche un farmacista per lasciare alcune preparazioni che avrebbero accelerato il processo di saldatura dell'osso.

Anthony le era stato addosso come una chioccia, mettendo in dubbio ogni mossa di ciascun medico finché uno di loro aveva avuto il coraggio di chiedergli dove si fosse laureato *lui* in medicina.

Anthony non lo aveva trovato divertente.

Dopo molte discussioni, comunque, la gamba di Kate fu messa a posto e steccata e le dissero di godersi almeno un mese di confino a letto.

«Godermi?» gemette lei non appena i medici furono usciti. «Ma come posso godermi una cosa simile?»

«Potrai recuperare le letture mancate» suggerì lui. «O forse potresti imparare a ricamare» terminò, tentando di mettersi a ridere.

Lei lo guardò con espressione truce. Come se la prospettiva del ricamo potesse farla sentire meglio!

Lui si sedette sul letto accarezzandole il dorso della mano. «Ti terrò compagnia» le disse con un sorriso di incoraggiamento. «Avevo già deciso di ridurre il tempo che passo al club.»

Kate sospirò. Era stanca e indolenzita e stava facendo pesare tutto sul marito, il che non era giusto. «Sai che ti amo» gli disse dolcemente.

Lui le strinse la mano e annuì, mentre il calore dei suoi occhi diceva ben più di quanto non avrebbero potuto le parole.

«Mi avevi detto di non farlo» disse Kate.

«Sono stato un idiota.»

Dopo un attimo di silenzio, lei proseguì: «Hai pronunciato delle frasi strane al parco».

Anthony continuò a tenerle la mano, ma il suo corpo indietreggiò leggermente. «Non so a cosa ti riferisci» replicò.

«Io penso di sì» ribatté lei con dolcezza.

Anthony chiuse gli occhi per un istante quindi si alzò in piedi. Per tanti anni era stato attento a tenere per sé le sue strane convinzioni. Gli era sembrata la cosa migliore. Se gli avessero creduto si sarebbero preoccupati per lui, in caso contrario lo avrebbero creduto pazzo.

Nessuna delle due opzioni era entusiasmante.

Adesso, nella foga di un momento di terrore, aveva rivelato tutto alla moglie. Non ricordava nemmeno che cosa avesse detto esattamente. Era stato tuttavia sufficiente a incuriosirla e Kate sarebbe riuscita in qualche modo a fargli confessare di nuovo tutto.

Anthony si diresse verso la finestra e si appoggiò al davanzale, fissando nel vuoto davanti a sé. «C'è una cosa di me che dovresti sapere.» Si voltò. Kate stava seduta sul letto, con la gamba appoggiata sopra i cuscini e gli occhi spalancati e pieni di un terribile miscuglio di curiosità e preoccupazione.

«Non so come dirtelo senza sembrare ridicolo» disse Anthony.

«A volte il modo più facile è dirlo e basta» mormorò lei. Picchiettò un punto vuoto sul letto. «Non vuoi sederti accanto a me?»

Lui scosse la testa. La vicinanza avrebbe reso tutto più difficile. «Mi è successa una cosa quando è morto mio padre» spiegò.

«Eravate molto uniti, vero?»

Lui annuì. «Ero più unito a lui che a qualsiasi altra persona, finché non ho conosciuto te.»

A Kate scintillarono gli occhi. «Cos'è accaduto?»

«È stata una cosa inaspettata» disse lui. «Un'ape. Te l'ho detto.»

Lei annuì.

«Chi avrebbe mai immaginato che potesse uccidere un uomo?» disse Anthony con una risata amara. «Sarebbe stato buffo se non fosse stato tragico.»

Lei non commentò, lo guardò solo con un'espressione di solidarietà che gli spezzò il cuore.

«Sono rimasto con lui per tutta la notte» continuò, voltandosi leggermente in modo da non doverla guardare negli occhi. «Era morto, ovviamente, ma avevo bisogno di stargli ancora vicino. Stavo seduto lì e lo guardavo in volto. Che pazzo. Forse mi aspettavo che potesse aprire gli occhi da un momento all'altro.»

«Non penso sia un pazzia» disse lei con un sussurro. «Anch'io ho visto la morte. È difficile credere che qualcuno se ne sia andato quando appare così normale e in pace.»

«Non so quando sia accaduto,» mormorò Anthony «ma il mattino dopo ne ero certo.»

«Che lui fosse morto?» domandò lei.

«No,» rispose bruscamente lui «che sarei morto anch'io.»

Aspettò che lei commentasse, invece lei non parlò e non si mosse, così alla fine dovette aggiungere: «Non sono un grand'uomo come mio padre».

«Lui potrebbe non essere d'accordo» osservò lei pacata.

«Be', lui non è qui per discuterne, no?» disse seccamente Anthony.

Kate non parlò di nuovo e lui si sentì un verme. Imprecò sottovoce. Stava cominciando a pulsargli la testa. Si sentiva mancare e si accorse di non ricordare l'ultima volta in cui aveva mangiato. «Soltanto io posso giudicare» le disse a voce bassa. «Tu non l'hai conosciuto. Lasciami semplicemente parlare. Non mi interrompere, non commentare, non giudicare. Per me è già abbastanza difficile così. Puoi farlo?»

Lei annuì.

Anthony sospirò. «Mio padre era l'uomo più fantastico che abbia mai conosciuto. Non passa giorno senza che io mi renda conto che non sarò mai alla sua altezza; anche solo se mi ci avvicinassi sarei soddisfatto. È tutto ciò che ho sempre desiderato. Arrivarci vicino.»

Guardò Kate. Non sapeva perché: forse per cercare rassicurazione, forse per cercare solidarietà. Forse solo per guardarla in volto.

«Se c'è una cosa che ho sempre saputo» sussurrò «è che non lo avrei mai superato. Nemmeno riguardo all'età.»

«Che stai cercando di dirmi?» bisbigliò lei.

Anthony scrollò le spalle, abbattuto. «So che non ha senso. So che non posso dare spiegazioni razionali. Da quella notte, però, da quando mi sono trovato con il cadavere di mio padre, ho saputo che non sarei mai riuscito a vivere più di lui.»

«Capisco» commentò lei pacatamente.

«Davvero?» Poi, come se si fosse rotta una diga, le parole gli uscirono di getto... perché era stato così contrario a sposarsi per amore, l'invidia irrazionale che aveva provato quando si era accorto che lei era riuscita a combattere le sue paure e a vincere.

«Quanti anni aveva tuo padre quando è morto?» domandò lei.

«Trentotto.»

«Quanti ne hai tu adesso?»

Lui la guardò incuriosito: sapeva quanti anni avesse, ma glielo disse comunque. «Ventinove.»

«Quindi, secondo i tuoi calcoli, ci restano ancora nove anni.»

«Al massimo.»

«E ci credi realmente.»

Anthony annuì.

Lei sbuffò. Alla fine, dopo quello che parve un silenzio infinito, lo guardò di nuovo negli occhi e gli disse: «Be', ti sbagli».

Strano, ma il tono deciso di lei fu rassicurante. Anthony sentì le labbra sollevarsi nel più fuggevole dei sorrisi. «Pensi non mi renda conto di quanto ciò sembri ridicolo?»

«Non penso che sembri ridicolo. Mi pare una reazione perfettamente normale, a dire il vero, soprattutto considerando quanto adoravi tuo padre.» Kate alzò le spalle. «Ma ti sbagli lo stesso.»

Anthony non disse nulla.

«La morte di tuo padre è stata un incidente» disse Kate. «Un incidente. Un orribile scherzo del destino che nessuno avrebbe mai previsto.»

Anthony alzò le spalle in modo fatalistico. «Io morirò probabilmente nello stesso modo.»

«Oh, Anthony, potrei morire anch'io domani. Potevo morire oggi, se quel calesse mi si fosse schiantato sopra.»

Lui impallidì. «Non farmici pensare.»

«Mia madre è morta che aveva poco più della mia età» gli rammentò in tono duro Kate. «Ci avevi mai pensato? Secondo il tuo principio, dovrei essere morta prima del mio prossimo compleanno.»

«Non essere…»

«Sciocca?» terminò per lui.

Il silenzio regnò per quasi un minuto.

Alla fine Anthony disse in un sussurro: «Non so se riuscirò a superare questa paura».

«Non devi superarla» disse Kate. Posò la mano sul letto. «Non potresti venire qui in modo che io possa prenderti la mano?»

Anthony reagì all'istante: il calore del tocco di lei gli penetrò dentro fino ad accarezzargli l'anima. In quel momento capì che quello era più che amore. Quella donna lo rendeva una persona migliore. Lui era stato forte, bravo e gentile prima, ma con lei al fianco era qualcosa di più.

Insieme potevano fare qualsiasi cosa e questo gli fece quasi pensare che i quarant'anni potevano non essere un sogno irraggiungibile.

«Non devi superarla» ripeté lei. «A essere onesta, non so nemmeno come potresti superarla prima dei trentanove anni. Quello che però puoi fare è non permettere a questa paura di governare la tua vita.»

«Me ne sono reso conto stamattina,» sussurrò lui «quando ho capito che dovevo dirti che ti amo. Adesso però… adesso lo so.»

Lei annuì e lui vide che gli occhi le si riempivano di lacrime. «Devi vivere ogni ora come se fosse l'ultima» disse Kate. «Ogni giorno come se fossi immortale. Quando mio padre si ammalò, ebbe tanti rimpianti. C'erano molte cose che avrebbe desiderato di aver fatto, mi rivelò. Aveva sempre presunto di avere più tempo. È una cosa che ho sempre portato con me. Perché pensi che io abbia deciso di prendere lezioni di flauto a vent'anni? Tutti mi hanno detto che ero troppo vecchia, che per diventare davvero brava avrei dovuto iniziare da bambina. Non è quello il punto, però. Non ho bisogno di essere bravissima. Voglio poterlo fare per divertirmi e ho bisogno di sapere che ci ho provato.»

Anthony sorrise. Kate era una flautista terribile. Non riusciva ad ascoltarla nemmeno Newton.

«È però vero anche il contrario» aggiunse piano Kate. «Non puoi rifiutare nuove sfide o l'amore solo perché pensi di non essere più qui a portare a compimento i tuoi sogni. Finiresti con l'avere tutti i rimpianti di mio padre.»

«Non volevo amarti» sussurrò Anthony. «Era la cosa che temevo di più al mondo. Mi ero abituato a una limitata prospettiva di vita, ma l'amore…» gli si incrinò la voce e apparve vulnerabile, ma non gli importava perché lei era Kate.

Non importava nemmeno che lei conoscesse le sue più profonde paure perché lui sapeva che l'avrebbe amato comunque. Era una cosa che lo faceva sentire libero.

«Ho visto il vero amore» continuò lui. «Non sono un cinico e sapevo che l'amore esisteva. Mia madre… mio padre…» si interruppe e sospirò.

Quella era la cosa più difficile che avesse mai fatto. Sapeva tuttavia che doveva pronunciare quelle parole. Sapeva che, per quanto difficile fosse dirle, alla fine avrebbe sentito il cuore volare.

«Ero così sicuro che fosse l'unica cosa che poteva… L'amore era l'unica cosa che avrebbe reso insopportabile la mia fine. Come potevo amare qualcuno profondamente sapendo che era un amore condannato a morire?»

«Ma non è condannato a morire» gli disse Kate stringendogli la mano.

«Lo so. Mi sono innamorato di te e l'ho capito. Anche se ho ragione, anche se vivrò solo quanto è vissuto mio padre, non sono condannato. Ho te,» sussurrò lui «e non sprecherò un solo momento che avremo da passare insieme.»

Il volto di Kate si aprì in un sorriso. «Che significa?»

«Significa che l'amore non è temere che possa venire strappato via. Amore è trovare la sola persona che rende completo il tuo cuore, che ti rende migliore di quanto sognavi di poter diventare. È guardare negli occhi tua moglie e sapere che è la persona migliore che hai incontrato.»

«Oh, Anthony» sussurrò Kate con le lacrime che le scendevano sulle guance. «È proprio quello che provo per te.»

«Quando ho pensato che fossi morta…»

«Non dirlo» lo interruppe lei con voce strozzata. «Non devi rivivere quel dolore.»

«No» ribatté lui. «Devo farlo. Devo dirti tutto. È stata la prima volta, nonostante tutti gli anni in cui ho atteso la morte per me, che ho capito veramente cosa significasse morire. Se tu fossi sparita… non mi sarebbe restato più nulla per cui vivere. Non so come abbia fatto mia madre.»

«Aveva voi figli» spiegò Kate. «Non poteva lasciarvi.»

«Lo so,» sussurrò Anthony «ma il dolore che deve avere sopportato…»

«Penso che il cuore sia più forte di quanto immaginiamo.»

Anthony la fissò a lungo, finché non sentì che dovevano essere una persona sola.

«Ti amo, Kate» le sussurrò accarezzandole la bocca con le labbra. «Ti amo così tanto.»

Lei annuì, incapace di proferire parola.

«E adesso vorrei… vorrei…»

A quel punto accadde una cosa stranissima. Si sentì salire dentro una risata. Si sentì sopraffatto dalla gioia perfetta del momento e riuscì a stento a trattenersi dal prenderla in braccio e farla volteggiare in aria.

«Anthony?» chiese lei, confusa e divertita al tempo stesso.

«Sai cosa significa anche amore?»

Lei scosse la testa. «Non potrei nemmeno azzardare una risposta.»

«Significa che trovo questa tua gamba rotta una autentica seccatura» brontolò lui.

«Sicuramente non quanto me, milord» ribatté lei, guardando in tralice la gamba steccata.

Anthony corrugò la fronte. «Niente sano esercizio per due mesi, eh?»

«Almeno.»

Lui sogghignò e in quel momento sembrò esattamente il libertino che lei lo aveva un tempo accusato di essere. «Ebbene,» mormorò «dovrò essere molto delicato.»

«Stanotte?» esclamò lei, incredula.

Lui scosse la testa. «Nemmeno io ho il talento necessario per un'operazione *così* delicata.»

Kate fece un risolino. Non riuscì a farne a meno. Amava quell'uomo e lui amava lei e, che lui lo sapesse o meno, sarebbero diventati molto, molto vecchi insieme.

«Stai ridendo di me?» domandò lui, inarcando con atteggiamento arrogante un sopracciglio mentre le scivolava accanto sul letto.

«Non mi sognerei mai di farlo.»

«Bene. Perché ho delle cose molto importanti da dirti.»

«Davvero?»

Lui annuì con aria seria. «Potrei non essere in grado di mostrarti quanto ti amo questa sera, ma potrei sempre dirtelo.»

«Non mi stancherò mai di ascoltarti» mormorò lei.

«Bene. Perché quando avrò finito di dirtelo, ti dirò anche come mi piacerebbe *dimostrartelo*.»

«Anthony!» strillò lei.

«Penso che inizierei con il lobo dell'orecchio. Sì, decisamente. Lo bacerei. Poi lo mordicchierei e poi...»

Kate trasalì, quindi si sentì un po' a disagio, infine ricominciò a innamorarsi di suo marito.

Mentre lui le sussurrava parole dolci, lei ebbe una stranissima sensazione, quasi potesse vedere l'intero futuro che le si apriva davanti. Ogni giorno più ricco e pieno del precedente e ogni giorno più innamorata...

Ma era possibile innamorarsi ogni giorno di più dello stesso uomo?

Kate sospirò mentre si accomodava contro i cuscini, lasciandosi inebriare dalle parole maliziose di lui.

Ci avrebbe provato.

EPILOGO

Lord Bridgerton ha festeggiato il proprio compleanno (l'Autore pensa si trattasse del trentanovesimo) a casa con la famiglia.

L'Autore non è stato invitato.

Pare comunque che la festa sia stata molto divertente. La giornata è iniziata con un breve concerto: Lord Bridgerton alla tromba e Lady Bridgerton al flauto. Mrs Bagwell (la sorella di Lady Bridgerton) pare si sia offerta di accompagnarli al pianoforte, ma la sua offerta è stata declinata.

Secondo la viscontessa madre non è mai stato eseguito un concerto più stonato e ci è stato detto che, alla fine, il giovane Miles Bridgerton sia salito su una sedia pregando i genitori di smetterla.

Ci è anche stato riferito che nessuno ha rimproverato il piccolo, che è stato anzi ringraziato quando Lord e Lady Bridgerton hanno riposto gli strumenti.

Da «Le cronache mondane di Lady Whistledown»
17 settembre 1823

«Deve avere una spia in famiglia» disse Anthony a Kate scuotendo la testa.

Kate rise mentre si spazzolava i capelli, preparandosi per andare a letto. «Non si è resa conto che il tuo compleanno è oggi e non ieri.»

«Una questione di scarsa importanza» brontolò lui. «Deve comunque avere una spia. Non c'è altra spiegazione.»

«Tutto il resto che ha riferito era corretto» notò Kate. «Ti assicuro che ho sempre ammirato quella donna.»

«Non abbiamo suonato così male» protestò Anthony.

«Siamo stati tremendi, ma quanto meno ci abbiamo provato.»

Anthony cinse la vita della moglie con un braccio. C'erano poche cose che lo tranquillizzassero come stringerla tra le braccia. Non capiva come si potesse sopravvivere senza una donna da amare.

«È quasi mezzanotte» mormorò Kate. «Il giorno del compleanno è quasi passato.»

Anthony annuì. Trentanove anni. Non aveva mai creduto di poter vedere quel giorno.

No, non era vero. Dal momento in cui aveva permesso a Kate di entrargli nel cuore, le sue paure avevano lentamente cominciato a sciogliersi. Era comunque bello avere trentanove anni. Aveva passato gran parte della giornata nello studio, a fissare il ritratto del padre e a parlargli. Gli aveva raccontato dei suoi tre figli, dei matrimoni dei fratelli e dei loro figli. Gli aveva parlato della madre e del fatto che aveva di recente cominciato a dipingere. Gli aveva anche raccontato di Kate, di come gli avesse liberato l'anima e di quanto lui l'amasse.

Era, comprese Anthony, ciò che suo padre aveva sempre desiderato per lui.

La pendola sul caminetto cominciò a suonare e né Anthony né Kate parlarono finché non ebbe battuto il dodicesimo rintocco.

«Allora è fatta» sussurrò Kate.

Lui annuì. «Andiamo a letto.»

Lei si allontanò e lui notò che stava sorridendo. «È così che intendi festeggiare?»

Le prese la mano e se la portò alle labbra. «Non riesco a pensare a nulla di meglio. E tu?»

Kate scosse la testa. «Hai letto cos'altro ha scritto nel suo articolo?»

«Quella Whistledown? Si trattava di noi?»

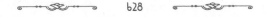

Kate scosse la testa.

«Allora non mi interessa.»

«Parlava di Colin.»

Anthony emise un breve sospiro. «Sembra scrivere parecchio su Colin.»

«Forse ha un debole per lui» suggerì Kate.

«Lady Whistledown?» Anthony alzò gli occhi al cielo. «Quella vecchia megera?»

«Potrebbe non essere vecchia.»

Anthony emise uno sbuffo di derisione. «È una vecchia megera rugosa e lo sai bene.»

«Io non lo so affatto» rispose Kate. «Penso potrebbe essere giovane.»

«E *io* penso» proclamò Anthony «che non ho alcuna intenzione di parlare di Lady Whistledown adesso. Ho ben di meglio da fare.»

«Davvero?»

«Molto.» La baciò su un orecchio. «Molto, molto, *molto* meglio.»

In una cameretta arredata con eleganza, non molto lontana da Bridgerton House, una donna, non più nel fiore degli anni, ma sicuramente non vecchia e rugosa, stava seduta alla scrivania con una penna e un calamaio e tirò fuori un foglio di carta:

«Le cronache mondane di Lady Whistledown»
19 settembre 1823

Gentile Lettore, ho sentito dire che...

La reazione di Anthony alla prematura morte del padre è molto comune, soprattutto fra gli uomini. Gli uomini i cui padri sono morti quando erano in giovane età sono spesso convinti che, anche loro, subiranno lo stesso destino.

Pur sapendo solitamente che le loro paure sono irrazionali, per loro è quasi impossibile superarle finché non abbiano raggiunto (e superato) l'età che avevano i padri quando morirono.

Visto che i miei lettori sono quasi esclusivamente donne e il problema di Anthony è una "cosa da uomini" (per usare una frase molto moderna), temevo che non poteste essere in grado di mettervi in relazione con esso. Come scrittrice di romanzi sentimentali, mi trovo costantemente in bilico fra rendere i miei campioni completamente eroici o renderli veri. Con Anthony spero di essere riuscita a restare in equilibrio.

I lettori attenti avranno notato che la puntura d'ape che ha ucciso Edmund Bridgerton è stata in effetti la seconda. È un fatto corretto a livello medico: le reazioni allergiche al veleno delle api si manifestano solitamente alla seconda puntura. Visto che Anthony è stato punto una sola volta in vita sua, è impossibile sapere se sia allergico o meno.

Come autrice del libro, tuttavia, mi piace pensare di avere un certo controllo creativo sulle patologie dei miei personaggi e ho quindi deciso che Anthony non ha alcuna allergia e che vivrà fino alla veneranda età di novantadue anni.

Con i miei migliori auguri,

J.Q.

SECONDO EPILOGO

Senza dubbio, la scena preferita dai lettori de Il visconte *che mi amava (e forse di tutti i miei libri) è quella dove i Bridgerton si riuniscono per giocare a Pall Mall, la versione del XIX secolo del croquet. Sono dannatamente competitivi e profondamente incuranti delle regole, avendo deciso da lungo tempo che l'unica cosa che gratifichi più di vincere è assicurarsi che perdano i fratelli. Quando è arrivato il momento di occuparmi di nuovo dei personaggi di questo libro, ho capito subito che avrei dovuto far giocare loro una nuova partita a Pall Mall.*

J.Q.

Due giorni prima…

Kate attraversò il prato, lanciandosi un'occhiata alle spalle per verificare che il marito non la stesse seguendo. Quindici anni di matrimonio le avevano insegnato qualche cosetta, e sapeva che lui avrebbe controllato ogni suo movimento.

Lei però era scaltra oltre che determinata. Sapeva anche che per una sterlina il valletto di Anthony avrebbe potuto organizzare il più fantastico dei disastri sartoriali. Qualcosa che avesse a che fare con la marmellata o magari un'infestazione nel guardaroba… Kate era più che disposta a lasciare che fosse il valletto stesso a occuparsi dei dettagli; bastava che Anthony fosse sufficientemente distratto da permettere a lei di scappare.

«È mia, è tutta mia» ridacchiò allegramente, con lo stesso tono che aveva usato durante la recita del *Macbeth* organizzata il mese prima dalla famiglia Bridgerton. Il figlio maggiore aveva assegnato le parti e a lei era stata affibbiata quella della Prima Strega.

Kate aveva finto di non notare che Anthony lo aveva premiato con un bel cavallo nuovo.

Adesso l'avrebbe pagata. Avrebbe avuto tutte le camicie macchiate di rosa e lei…

Stava sorridendo a tal punto da ridere quasi apertamente.

«Mia mia mia *miiiiiia*» cantò sul tema della *Quinta* di Beethoven, spalancando sull'ultima sillaba la porta del capanno degli attrezzi.

«Mia mia mia *miiiiiia*.»

L'avrebbe presa lei. Era sua. Ne sentiva praticamente il sapore. L'avrebbe anche assaggiata se fosse servito a legargliela al fianco. Non che le piacesse il legno, ovviamente, ma non si trattava di un normale strumento di distruzione. Era...

La Mazza della Morte.

«Mia mia mia *mia* mia mia mia *mia* mia mia mia *miiiiiiia*» continuò, affrontando la serie di note che seguiva il tema tanto familiare.

Non stava più nella pelle quando tirò via la coperta. L'occorrente per giocare a Pall Mall doveva trovarsi nell'angolo, dove era sempre stato, e nel giro di qualche istante...

«Stai cercando questa?»

Kate si girò di scatto. Anthony si trovava sulla soglia e sorrideva con fare diabolico passandosi da una mano all'altra la mazza nera del Pall Mall.

La sua camicia era di un bianco accecante.

«Tu... tu...»

Il marito inarcò un sopracciglio. «Non sei mai stata abile nel trovare le parole quando sei contrariata.»

«Come hai... come hai...»

Lui si sporse in avanti, socchiudendo gli occhi. «L'ho pagato *cinque* sterline.»

«Hai dato cinque sterline a Milton?» Ma corrispondeva praticamente a un anno di salario!

«È molto più economico che dover sostituire tutte le mie camicie» replicò con aria truce. «Marmellata. Che diamine! Non hai il senso dell'economia?»

Kate fissò la mazza con espressione nostalgica.

«Si gioca tra tre giorni,» disse Anthony con un sospiro di soddisfazione «e io ho già vinto.»

Kate non lo contraddisse. Gli altri Bridgerton potevano anche pensare che l'annuale partita di Pall Mall cominciasse e finisse in un giorno, ma per lei e Anthony non era così.

Era riuscita a sottrargli la mazza nera per tre anni di fila e non gli avrebbe certo permesso di batterla questa volta.

«Arrenditi subito, mia cara moglie» la schernì Anthony. «Ammetti la sconfitta e saremo tutti più felici.»

Kate sospirò appena, come se stesse cedendo.

Anthony socchiuse gli occhi.

Lei portò distrattamente le dita sulla scollatura dell'abito e il marito restò di sasso.

«Fa caldo qui dentro, non ti pare?» gli domandò con voce dolce e sensuale.

«Piccola strega» mormorò lui.

Kate abbassò le spalline; non indossava nulla sotto.

«Niente bottoni?» domandò Anthony in un sussurro.

Lei scosse la testa. Non era un'ingenua, anche i piani migliori potevano fallire. Bisognava sempre vestirsi in modo adeguato per ogni evenienza. L'aria era ancora fresca e le si indurirono subito i capezzoli. Rabbrividì, quindi cercò di far passare il brivido per un fremito di passione.

E avrebbe anche potuto esserlo, se lei non fosse stata tutta concentrata sul *non* concentrarsi sulla mazza che il marito teneva in mano. Per non parlare del freddo.

«Magnifica» mormorò Anthony allungando una mano e accarezzandole un seno.

Kate emise un miagolio a cui lui non era mai riuscito a resistere.

Lui sorrise, quindi le sfiorò il capezzolo con le dita.

Lei gemette e lo fissò: sebbene in faccia non avesse proprio un'espressione calcolatrice, era perfettamente in controllo della situazione. Le sovvenne quindi che anche lui sapeva benissimo a cosa *lei* non riusciva a resistere.

«Moglie mia» mormorò, palpeggiandole il seno. Sorrise.

Kate smise di respirare.

Il marito si chinò in avanti e cominciò a succhiarle il capezzolo.

«*Oh!*» Adesso lei non fingeva più.

Anthony ripeté il tutto dall'altra parte e poi indietreggiò.

Kate restò immobile, ansimando.

«Mi piacerebbe avere un quadro con questa bella scenetta» commentò lui. «Lo appenderei nel mio studio.»

Kate restò a bocca aperta.

Anthony sollevò la mazza, trionfante. «Arrivederci, mia cara moglie.» Uscì dal capanno e poi infilò di nuovo dentro la testa. «Cerca di non prendere freddo. Ti darebbe un immenso fastidio non poter partecipare alla partita, no?»

In seguito, Kate pensò che era stato fortunato che lei non avesse afferrato un'altra delle mazze da Pall Mall mentre frugava nel capanno. Ripensandoci, tuttavia, stabilì che forse non sarebbe nemmeno riuscita a scalfirgli la testa, tanto era dura.

Un giorno prima...

Secondo Anthony, pochi momenti erano entusiasmanti come quando si riusciva a battere la propria moglie. Dipendeva ovviamente dalla moglie, ma avendo lui scelto e sposato una donna di superbo spirito e intelletto, per lui quei momenti erano più che mai deliziosi.

Vi stava riflettendo mentre beveva il tè nel suo studio, sospirando compiaciuto nel guardare la mazza nera stesa sulla scrivania come un prezioso trofeo. Era magnifica e scintillava alla luce del mattino... o quanto meno scintillava nei punti in cui non era graffiata e ammaccata a causa dei decenni di gioco duro.

Non aveva alcuna importanza. Anthony ne amava ogni scalfittura e ogni tacca. Forse era un po' infantile, ma la *adorava*.

Fondamentalmente adorava che fosse in suo possesso, ma le era anche molto affezionato. Quando smise di pensare che l'aveva soffiata via da sotto al naso a Kate, riuscì a ricordare che gli rammentava qualcos'altro...

Il giorno in cui si erano innamorati.

Non che se ne fosse reso subito conto. Forse, non se n'era accorta nemmeno Kate, ma lui era certo che quello era stato il giorno in cui il fato li aveva uniti... il giorno dell'infausta partita di Pall Mall.

Lei gli aveva affibbiato la mazza rosa e poi aveva fatto finire la sua palla nel lago.

Dio, che donna.

Erano passati quindici anni magnifici.

Sorrise soddisfatto, quindi lasciò di nuovo cadere lo sguardo sulla mazza nera. Ripetevano la partita ogni anno. Tutti i giocatori originari di quell'evento. Kate, Anthony, il fratello Colin, la sorella Daphne con il marito Simon e Edwina, la sorella di Kate... si presentavano a Aubrey Hall ogni primavera e prendevano posto sul percorso sempre diverso. Alcuni accettavano di partecipare con entusiasmo, altri per divertirsi, ma erano tutti lì, ogni anno.

E quell'anno...

Anthony ridacchiò entusiasta. La mazza l'aveva lui e non Kate.

La vita era meravigliosa. Davvero meravigliosa.

«Kaaaaaaate!»

Kate sollevò lo sguardo dal libro.

«Kaaaaaaate!»

Cercò di stabilire quanto fosse distante. Dopo quindici anni che sentiva strillare in quel modo il suo nome, era diventata alquanto abile nello stimare il tempo che passava fra il primo grido e la comparsa del marito.

Il calcolo non era semplice come poteva sembrare. C'era da tenere in considerazione il luogo in cui si trovava.... al piano superiore o inferiore, visibile o meno dalla porta e così via.

E poi si dovevano tener presenti i figli. Erano a casa? Potevano trovarsi sul suo percorso? In tal caso lo avrebbero rallentato di certo, fino a un minuto intero e...

«Tu!»

Kate batté le palpebre, sorpresa. Anthony si trovava sulla soglia, ansimava per la stanchezza e la fissava con un'espressione a dir poco velenosa.

«Dov'è?» le domandò.

Be', forse non era poi così strano. Lei lo fissò, impassibile. «Non vuoi sederti?» gli domandò. «Sembri sovreccitato.»

«Kate...»

«Non sei più così giovane» osservò lei con un sospiro.

«Kate...» Il volume si stava alzando.»

«Posso ordinare il tè» suggerì in tono mellifluo.

«Era chiuso a chiave» latrò lui. «Il mio studio era chiuso a chiave.»

«Sul serio?» mormorò Kate.

«L'unica chiave è in mio possesso.»

«Davvero?»

Anthony sbarrò gli occhi. «Cos'hai fatto?»

Lei girò pagina, anche se non stava più guardando le parole stampate. «Quando?»

«Che significa quando?»

«Significa...» Kate si interruppe, perché non era certo un momento da lasciar scorrere via senza godersi un adeguato tripudio interiore. «Quando. Questa mattina? O il mese scorso?»

Occorse soltanto qualche istante, non più di un paio di secondi, ma fu sufficiente perché Kate potesse osservare la sua espressione mutare da confusa a sospettosa a infuriata.

Era fantastico. Incantevole. Delizioso. Sarebbe scoppiata a ridere, ma non avrebbe fatto altro che provocare un altro mese di Doppi: doppi scherzi, doppie battute... e ne era appena finito uno.

«Ti sei fatta fare una chiave del mio studio?»

«Sono tua moglie» replicò lei, guardandosi le unghie. «Non dovrebbero esserci segreti fra noi, non ti pare?»

«Lo hai fatto?»

«Tu non vorresti che io avessi dei segreti, no?»

Anthony serrò le mani sullo stipite della porta finché le nocche non divennero esangui. «Smetti di fare quella faccia divertita» sbottò.

«Oh, ma sarebbe mentire ed è un peccato mentire al proprio marito.»

Anthony cominciò a emettere strani gorgoglii.

Kate sorrise. «Non ti ho forse giurato sincerità?»

«Era *obbedienza*» tuonò lui.

«Obbedienza? Non penso proprio.»

«Dov'è?»

Lei scrollò le spalle. «Non te lo dico.»

«Kate!»

Lei cominciò a canticchiare: «Non te lo *diiico*!».

«Donna...» Anthony avanzò con aria minacciosa.

Kate deglutì. C'era una minuscola, e tuttavia realissima, possibilità che si fosse spinta un po' troppo in là.

«Ti lego al letto» l'ammonì lui.

«Sììì» replicò lei mentre valutava la distanza che la separava dalla porta. «Ma potrebbe anche *non* dispiacermi del tutto.»

Lo sguardo di lui si infiammò, non proprio di desiderio... era ancora troppo concentrato sulla mazza da Pall Mall... ma a Kate parve di scorgergli negli occhi un lampo di... *interesse*.

«Se ti lego» ripeté lui avanzando «dici che potrebbe piacerti?»

Kate afferrò il significato e trasalì. «Non oseresti!»

«Oh, sì invece.»

Aveva intenzione di legarla e lasciarla lì mentre cercava la mazza.

Non certo se lei avesse avuto voce in capitolo.

Kate scavalcò il bracciolo della poltrona e si posizionò dietro di essa. Sempre meglio poter contare su una barriera fisica in situazioni come quelle.

«Oh, Kaaate» la prese in giro lui, avvicinandosi.

«È mia» dichiarò lei. «Era mia quindici anni fa ed è ancora mia.»

«Era mia prima ancora di essere tua.»

«Ma tu mi hai sposata!»

«E questo la rende tua?»

Lei non disse nulla e si limitò a fissarlo negli occhi. Stava ansimando, agitata.

Proprio allora, rapido come un fulmine, lui balzò in avanti e l'afferrò per una spalla da sopra la poltrona, ma lei riuscì a divincolarsi.

«Non la troverai mai» strillò Kate, nascondendosi dietro il divanetto.

«Non penserai di sfuggirmi adesso» l'ammonì il marito, muovendosi in modo tale da posizionarsi fra lei e la porta.

Kate adocchiò la finestra.

«È troppo alto, moriresti» disse lui.

«Oh, per l'amor del cielo» esclamò una voce dalla porta.

Kate e Anthony si voltarono. Colin, uno dei fratelli di Anthony, li fissava con espressione vagamente disgustata.

«Colin» disse Anthony a denti stretti. «Che piacere vederti.»

Colin si limitò a inarcare un sopracciglio. «Immagino che tu stia cercando *questa*.»

Kate trasalì. Il cognato aveva in mano la mazza nera. «Come hai...»

Colin accarezzò l'estremità cilindrica quasi con affetto. «Posso chiaramente parlare soltanto per me,» disse con un sospiro soddisfatto «ma per quanto mi riguarda, ho già vinto.»

Il giorno della partita

«Non riesco proprio a capire» disse Daphne, la sorella di Anthony «perché devi preparare tu il percorso.»

«Perché questo dannato prato mi appartiene» replicò bruscamente lui. Sollevò una mano per schermarsi gli occhi dal sole mentre esaminava la sua opera. Questa volta aveva fatto un lavoretto eccellente, se poteva permettersi di dirselo da solo. Era un percorso diabolico.

Genialità pura.

«Non è che potresti astenerti dal dire parolacce in presenza delle signore?» domandò Simon, marito di Daphne e duca di Hastings.

«Lei non è una signora» brontolò Anthony. «È mia sorella.»

«È mia *moglie*.»

Anthony sogghignò. «Era prima mia sorella.»

Simon si rivolse a Kate che stava picchiando sul prato la

sua mazza (verde... aveva affermato di esserne contentissima, ma Anthony sapeva bene che non lo era).

«Come fai a sopportarlo?» le domandò.

La cognata scrollò le spalle. «È un talento che posseggono in pochi.»

Colin si avvicinò stringendo la mazza nera come se fosse il Santo Graal. «Vogliamo cominciare?» domandò in tono pomposo.

Simon socchiuse le labbra, sorpreso. «La Mazza della Morte?»

«Sono molto astuto» confermò Colin.

«Ha corrotto una cameriera» brontolò Kate.

«Tu hai corrotto il mio valletto» sottolineò Anthony.

«Anche tu!»

«Io non ho corrotto nessuno» disse Simon senza rivolgersi a qualcuno in particolare.

Daphne gli diede una pacca carica di condiscendenza sul braccio. «Tu non sei nato in questa famiglia.»

«Nemmeno lei» replicò lui, indicando Kate.

Daphne ci pensò su. «Lei è un'aberrazione» concluse.

«Un'aberrazione?» domandò Kate.

«Il massimo dei complimenti» la informò Daphne. Si interruppe e poi aggiunse: «In questo caso». Si rivolse quindi a Colin. «Quanto?»

«Quanto cosa?»

«Quanto hai sganciato alla cameriera?»

Il fratello scrollò le spalle. «Dieci sterline.»

«*Dieci sterline?*» Daphne rischiò di strozzarsi.

«Ma sei pazzo?» sbottò Anthony.

«Tu ne hai date cinque al valletto» gli rammentò Kate.

«Spero non fosse una delle nostre cameriere brave,» brontolò Anthony «perché con quella somma in tasca sono sicuro che ci lascerà da un momento all'altro.»

«Tutte le nostre cameriere sono brave» replicò Kate, alquanto irritata.

«Dieci sterline» ripeté Daphne scuotendo la testa. «Lo dirò a tua moglie.»

«Fai pure» ribatté Colin con noncuranza, indicando la collina che dava sul percorso del Pall Mall. «È lassù.»

«Penelope è qui?» domandò Daphne sollevando lo sguardo.

«Penelope è qui?» ripeté Anthony con una specie di ringhio. «Perché?»

«È mia moglie» rispose Colin.

«Non ha mai assistito alla partita, prima.»

«Voleva vedermi vincere» ribatté Colin, rivolgendo al fratello un accenno di sorriso.

Anthony resistette all'impulso di strozzarlo. A stento. «E come fai a sapere che vincerai tu?»

Colin gli agitò davanti al naso la Mazza Nera. «L'ho già fatto.»

«Buongiorno a tutti» disse Penelope, arrivando vicino ai giocatori.

«Niente incoraggiamenti» la ammonì subito Anthony.

Penelope strizzò gli occhi, confusa. «Come, scusa?»

«E per nessun motivo» continuò il cognato (perché c'era davvero bisogno che qualcuno garantisse che il gioco mantenesse almeno una parte di integrità) «puoi avvicinarti a meno di dieci passi da tuo marito.»

Penelope fissò Colin, mosse su e giù la testa nove volte mentre stimava quanti passi potevano esserci fra loro e indietreggiò di uno.

«Non si bara» affermò Anthony.

«Quanto meno non si bara in modi *nuovi*» aggiunse Simon. «Le tecniche di imbroglio già utilizzate sono consentite.»

«Posso parlare con mio marito durante la partita?» domandò Penelope con un filo di voce.

«No!» risposero in coro tre voci energiche.

«Come avrai ben notato,» le disse Simon «io non ho obiettato.»

«Come ho già detto,» ripeté Daphne, sfiorandolo mentre andava a ispezionare una porta «non sei nato in questa famiglia.»

«Dov'è Edwina?» domandò stizzito Colin, strizzando gli occhi in direzione della casa.

«Arriverà fra poco» rispose Kate. «Stava finendo di fare colazione.»

«Sta ritardando il gioco.»

Kate si rivolse a Daphne. «Mia sorella non condivide la nostra passione per questo gioco.»

«Pensa che siamo tutti matti?» esclamò Daphne.

«Abbastanza.»

«Be', è carino da parte sua venire qui tutti gli anni» commentò Daphne.

«È una tradizione» disse Anthony. Era riuscito a impossessarsi della mazza arancione e la stava facendo oscillare verso una palla immaginaria, socchiudendo gli occhi mentre prendeva la mira.

«Non avrà provato il percorso, vero?» domandò Colin.

«Come avrebbe potuto farlo?» osservò Simon. «Lo ha allestito questa mattina mentre eravamo tutti presenti.»

Colin lo ignorò e si rivolse a Kate. «Ha fatto strane fughe notturne di recente?»

Lei lo fissò a bocca aperta. «Pensi che mio marito sia scappato per giocare a Pall Mall al chiaro di luna?»

«Lo riterrei capacissimo di farlo» brontolò Colin.

«Anche io,» replicò Kate «ma ti assicuro che ha sempre dormito nel suo letto.»

«Qui non si parla di *letti*» la informò Colin. «Si tratta di competizione.»

«Questa non può ritenersi una conversazione adatta a una signora» affermò Simon, ma era chiaro che si stava divertendo.

Anthony lanciò un'occhiata inceneritrice a Colin e poi ne lanciò una anche a Simon, per buona misura. La conversazione stava diventando ridicola ed era più che ora che cominciasse la partita. «*Dov'è* Edwina?» domandò in tono imperioso.

«Sta scendendo dalla collina» rispose Kate.

Anthony sollevò lo sguardo e vide Edwina Bagwell, sorella minore di Kate, che arrancava nell'erba. Non le era mai piaciuto stare all'aria aperta e, secondo lui, stava sospirando e alzando gli occhi al cielo.

«Quest'anno per me rosa» affermò Daphne, prendendo una delle ultime mazze. «Mi sento femminile e delicata.» Lanciò ai fratelli un'occhiata maliziosa. «Ma l'apparenza spesso inganna.»

Simon scelse la mazza gialla. «Ovviamente blu per Edwina.»

«Edwina prende sempre quella blu» spiegò Kate a Penelope.

«Perché?»

Kate esitò. «Non lo so.»

«E quella viola?» domandò Penelope.

«Oh, *quella* non la usiamo mai.»

«Perché?»

Kate esitò di nuovo. «Non lo so.»

«Tradizione» sentenziò Anthony.

«Allora perché gli altri cambiano il colore della mazza tutti gli anni?» insistette Penelope.

Anthony si rivolse al fratello. «Fa sempre tante domande?»

«Sempre.» Colin guardò quindi la moglie e disse: «Ci piace così».

«Eccomi!» esclamò Edwina allegramente mentre si avvicinava agli altri giocatori. «Oh, di nuovo quella blu. Come siete gentili.» Prese la mazza e guardò Anthony. «Vogliamo cominciare?»

Il cognato annuì e poi si rivolse a Simon. «Sei il primo, Hastings.»

«Come al solito» mormorò lui e appoggiò la sua palla alla partenza. «Allontanatevi» ammonì, anche se non c'era nessuno alle sue spalle. Tirò indietro la mazza e colpì la palla con forza. Quella volò attraverso il prato, dritta come un fuso, e atterrò a pochi metri dalla porta successiva.

«Oh, ben fatto!» esclamò Penelope, applaudendo.

«Ho detto niente incoraggiamenti» tuonò Anthony. Ma ultimamente non obbediva più nessuno ai suoi ordini?

«Nemmeno per Simon?» domandò Penelope. «Pensavo ti riferissi soltanto a Colin.»

Anthony appoggiò a terra la sua palla con molta cura. «Sono una distrazione.»

«Come se noialtri non fossimo una distrazione» commentò Colin. «Incita pure quanto vuoi, tesoro.»

La donna però restò in perfetto silenzio mentre Anthony prendeva la mira. Il suo colpo fu anche più potente di quello del duca e la sua palla rotolò ancor più avanti.

«Uhm, che sfortuna» osservò Kate.

Anthony la guardò, insospettito. «Che intendi dire? È stato un colpo magnifico.»

«Be', sì, ma...»

«Fuori dai piedi» ordinò Colin, marciando verso la posizione di tiro.

Anthony fissò la moglie negli occhi. «*Che intendi dire?*»

«Nulla» replicò lei con noncuranza «è solo che è un po' fangoso, laggiù.»

«Fangoso?» Anthony guardò verso la sua palla; poi guardò la moglie e di nuovo la palla. «Non piove da giorni.»

«Mmm, no.»

Scrutò la moglie. Quella moglie irritante e diabolica che ben presto sarebbe stata rinchiusa nelle segrete. «Come fa a essere fangoso?»

«Be', forse non proprio *fangoso*...»

«Non è fangoso» ripeté lui, con molta più pazienza di quanta lei ne meritasse.

«*Pozzangheroso* potrebbe essere un termine più appropriato.»

Anthony restò senza parole.

«*Pozziglioso?*» Kate fece una specie di smorfia. «Com'è l'aggettivo di pozzanghera?»

Lui avanzò di un passo e lei sfrecciò dietro Daphne.

«Che sta succedendo?» domandò Daphne.

Kate sporse la testa e sorrise trionfante. «Credo che stia per uccidermi.»

«Con tanti testimoni?» rincarò Simon.

Anthony domandò in tono imperioso: «Come ha fatto a formarsi una pozzanghera nel bel mezzo della primavera più asciutta che io ricordi?»

Kate gli lanciò un altro dei suoi sorrisetti irritanti. «Mi è caduto il tè.»

«Tanto da creare una pozzanghera?»

Lei scrollò le spalle. «Avevo un gran freddo. E tanta, tanta sete.»

«Ed è stata anche piuttosto maldestra, pare» aggiunse Simon.

Anthony lo incenerì con lo sguardo.

«Comunque, se hai intenzione di ucciderla,» proseguì Simon «ti spiace aspettare a farlo quando mia moglie non si troverà più fra voi due?» Si rivolse a Kate. «Come sapevi dove piazzare la pozzanghera?»

«Lui è molto prevedibile» replicò lei.

Anthony aprì le mani e le prese le misure della gola.

«Ogni anno» continuò Kate sorridendogli «piazzi sempre la prima porta nello stesso posto e colpisci la palla esattamente nello stesso modo.»

Colin scelse proprio quel momento per tornare nel gruppo. «Tocca a te, Kate.»

Lei schizzò fuori da dietro Daphne e si affrettò a raggiungere il paletto che segnava la partenza. «Tutto è lecito, mio caro marito» disse allegramente. A quel punto si chinò, prese la mira e fece volare la palla verde.

Direttamente nella pozzanghera.

Anthony emise un sospiro, felice. Dopotutto, esisteva una giustizia a questo mondo.

Mezz'ora dopo, Kate stava aspettando presso la sua palla vicino alla terza porta.

«Un vero peccato per il fango» commentò Colin, superandola.

Lei lo fissò con espressione truce.

Daphne le passò accanto un istante dopo. «Ne hai un po' nei…» Le indicò i capelli. «Sì, proprio lì» aggiunse quando Kate si sfregò furiosamente una tempia. «Anche se in effetti ne hai un po'…» si schiarì la voce «ehm, dappertutto.»

Kate la incenerì con lo sguardo.

Si avvicinò anche Simon. Ma dovevano passare proprio tutti davanti alla terza porta per raggiungere la sesta?

«Sei un po' sporca di fango» le disse anche lui, zelante.

Kate serrò le dita attorno alla mazza. La testa del cognato era così vicina...

«Ma quanto meno è mischiato con il tè» aggiunse lui.

«E cosa c'entra?» domandò Daphne.

«Non lo so di preciso,» Kate lo sentì dire a Daphne mentre si dirigevano insieme alla porta numero cinque «ma mi sembrava di dover dire *qualcosa*.»

Kate contò fino a dieci e poi, manco a dirlo, apparve Edwina con Penelope che la seguiva tre passi dietro. Quella coppia aveva formato una specie di squadra: Edwina tirava e Penelope si occupava della strategia.

«Oh, Kate» disse Edwina con un sospiro di compatimento.

«Non dire nulla» sibilò Kate.

«Hai creato tu la pozzanghera» puntualizzò Edwina.

«Di chi sei sorella?» le domandò infuriata Kate.

Edwina le mostrò un sorriso malizioso. «L'affetto che provo per te come sorella non offusca il mio senso della correttezza nel gioco.»

«Questo è Pall Mall. Non è un gioco corretto.»

«Pare proprio di no» commentò Penelope.

«Dieci passi» la ammonì Kate.

«Da Colin, non da te» ribatté Penelope. «Anche se credo che resterò sempre almeno a una mazza di distanza.»

«Andiamo?» le chiese Edwina. Si rivolse quindi a Kate. «Abbiamo appena passato la quarta porta.»

«E avevate bisogno di prendere la strada più lunga?» bofonchiò Kate.

«Ci è solo sembrato carino passare a farti visita» obiettò Edwina.

Lei e Penelope si voltarono per avviarsi e, a quel punto, Kate non riuscì più a trattenersi dal chiedere: «Dov'è Anthony?».

Edwina e Penelope si girarono. «Vuoi davvero saperlo?» le domandò Penelope.

Kate si costrinse ad annuire.

«All'ultima porta, temo» rispose Penelope.

«Prima o dopo?» insistette Kate.

«Che significa?»

«È prima della porta o è già dopo?» ripeté impaziente. Dato che Penelope non le rispose all'istante, aggiunse: «Ha superato quella dannata porta o no?».

Penelope batté le palpebre, sorpresa. «Ehm, no. Gli mancano due tiri. Tre al massimo, direi.»

Kate le guardò allontanarsi socchiudendo gli occhi. Ormai non poteva più vincere... non era assolutamente possibile. Ma se lei non poteva vincere, non avrebbe vinto nemmeno Anthony. Non meritava alcun premio quel giorno, soprattutto dopo averla fatta inciampare e finire lunga distesa nel fango.

Oh, aveva sostenuto che era stato un incidente, ma Kate trovava davvero sospetto che la sua palla fosse uscita dalla pozza proprio nell'esatto momento in cui lei si era mossa per raggiungere la propria. Aveva dovuto fare un saltello per evitarla e si era congratulata con se stessa per esserci riuscita, quando Anthony si era girato di scatto dicendo un sospetto: «Va tutto bene?».

La mazza era ruotata con lui, proprio all'altezza delle caviglie di Kate, e lei non era riuscita a saltare anche quella ed era caduta nel fango.

A faccia in giù.

A quel punto, Anthony aveva avuto il coraggio di offrirle il suo fazzoletto.

Lo avrebbe ucciso. Ucciso. Ucciso ucciso ucciso.

Ma prima doveva assicurarsi che lui non vincesse.

Anthony stava sorridendo apertamente... perfino fischiettando... mentre aspettava il suo turno. Ci voleva un sacco di tempo perché fosse di nuovo il suo turno, visto che Kate era così indietro che qualcuno doveva sempre tornare da lei per avvisarla di quando doveva tirare, per non parlare poi di Edwina che pareva non aver mai capito la bellezza della rapidità di gioco. Era già stata una pena, per quattordici anni, vederla cincischiare come se avesse tutta la giornata a disposizione, ma adesso aveva con sé Penelope che non le permetteva di colpire la palla prima di aver ascoltato la sua analisi e i suoi consigli.

Per una volta tanto, però, a Anthony non importava. Era così saldamente al comando che nessuno poteva più raggiungerlo e, per rendere ancor più dolce la vittoria, Kate era all'ultimo posto.

Così lontana dagli altri che non poteva nemmeno sperare di superare qualcuno.

Questo lo ripagava quasi del fatto che Colin avesse ottenuto la Mazza della Morte.

Si voltò verso l'ultima porta. Aveva bisogno di un solo colpo per posizionare la palla in modo corretto e di un altro per farla passare attraverso la porta. Dopodiché, doveva soltanto dirigersi verso il palo che segnava il traguardo e terminare la partita con un colpetto.

Un gioco da ragazzi.

Si guardò alle spalle. Vide Daphne in piedi presso la vecchia quercia. Era sulla cima della collina e poteva quindi vedere giù, al contrario di lui.

«A chi tocca?» gridò Anthony.

La sorella allungò il collo per guardare gli altri giocatori in fondo alla collina. «A Colin, credo» gridò di rimando. «Il che significa che poi sarà il turno di Kate.»

Anthony sorrise.

Quell'anno aveva organizzato il percorso in modo un po' diverso dal solito, in un tracciato quasi circolare. I giocatori dovevano seguire uno schema complesso ma, in linea d'aria, lui si trovava più vicino a Kate che non agli altri. In effetti, gli sarebbe bastato spostarsi di una decina di metri a sud e avrebbe potuto vederla affrontare la quarta porta.

O era soltanto alla terza?

In ogni caso, non aveva intenzione di perdersi lo spettacolo.

E così, con un ghigno stampato in volto, si incamminò trotterellando. Doveva chiamarla? L'avrebbe irritata ulteriormente se l'avesse chiamata.

Sarebbe però stata una vera crudeltà. D'altra parte...

CRACK!

Anthony sollevò lo sguardo appena in tempo per vedere la palla verde dirigersi verso di lui.

Che diavolo?

Kate emise una risata trionfante, sollevò le gonne e cominciò a correre.

«Che diavolo stai facendo?» le domandò Anthony. «La quarta porta è da *quella* parte.» Puntò il dito nella giusta direzione anche se già sapeva che lei ne era perfettamente al corrente.

«Sono soltanto alla terza porta» replicò lei acida «e comunque non ho alcuna ambizione di vittoria. A questo punto non c'è speranza, non ti pare?»

Anthony la guardò, quindi guardò la propria palla pacificamente ferma presso l'ultima porta.

Scrutò di nuovo la moglie.

«Oh, no, non lo farai» tuonò.

Lei si limitò a sorridergli.

Maliziosamente.

Come una strega.

«Stai a vedere» gli disse.

In quel preciso istante, Colin arrivò di corsa, superando la collina. «Tocca a te, Anthony!»

«Com'è possibile?» domandò il fratello. «Ha appena tirato Kate, quindi ci sono ancora Daphne, Edwina e Simon.»

«Siamo stati velocissimi» spiegò Simon, avanzando. «Non avevamo davvero intenzione di perderci *questo*.»

«Oh, per l'amor del cielo» bofonchiò Anthony, guardando tutti gli altri giocatori avvicinarsi. Tornò presso la sua palla, socchiudendo gli occhi mentre prendeva la mira.

«Attento alla radice dell'albero!» gridò Penelope.

Anthony digrignò i denti.

«Non stavo incoraggiando nessuno» replicò la cognata con espressione intenzionalmente vacua. «Questo non si può certo considerare un incoraggiamento...»

«Chiudi il becco» la zittì Anthony.

«C'è posto per tutti in questo gioco» replicò lei, con un labbro che le tremolava.

Lui si voltò di scatto. «Colin!» sbottò. «Se non vuoi ritrovarti vedovo, per favore metti un bavaglio a tua moglie.»

Il fratello si avvicinò a Penelope. «Ti amo» le disse, baciandola su una guancia.

«E io...»

«Basta!» esplose Anthony. Quando tutti gli occhi furono rivolti verso di lui, aggiunse con uno sbuffo: «Sto cercando di concentrarmi».

Kate si avvicinò ancora un po'.

«Stai lontana da me.»

«Volevo soltanto vedere» replicò lei. «Non ho avuto la possibilità di vedere praticamente nulla della partita, essendo rimasta sempre così indietro.»

Lui socchiuse gli occhi. «Posso *forse* essere responsabile per la tua caduta nel fango, e ti prego di notare l'enfasi sul forse, che non implica certo alcuna ammissione da parte mia.»

Si interruppe, ignorando intenzionalmente il resto degli astanti che lo stavano osservando a bocca aperta.

«Tuttavia,» continuò «non capisco proprio come può essere colpa mia se tu sei in ultima posizione.»

«Il fango mi ha reso scivolose le mani» ribatté lei. «Non riuscivo a impugnare bene la mazza.»

Colin fece una smorfia. «Kate, questa scusa fa acqua da tutte le parti. Per quanto mi addolori, devo ammettere che Anthony ha ragione.»

«Bene» esclamò lei dopo aver lanciato un'occhiataccia a Colin. «Non è colpa di nessuno se non mia. Tuttavia...»

Non aggiunse altro.

«Tuttavia, cosa?» domandò alla fine Edwina.

Kate ricordava una regina con tanto di scettro per il modo in cui stava lì, sia pur coperta di fango. «Tuttavia» continuò in tono regale «la cosa non deve piacermi per forza. Essendo questa una partita di Pall Mall, ed essendo noi Bridgerton, non devo giocare pulito.»

Anthony scosse la testa e si chinò di nuovo per prendere la mira.

«Da questo punto di vista ha ragione» commentò Colin, irritante come sempre. «La sportività non è mai stata apprezzata in questo gioco.»

«Stai zitto» brontolò Anthony.

«In effetti,» proseguì Colin «si potrebbe sostenere...»

«Ti ho detto di stare zitto.»

«... che sia vero il contrario e che la *non* sportività...»

«Chiudi il becco, Colin.»

«... sia una caratteristica da lodare e...»

Anthony decise a lasciar perdere e tirò. A quel ritmo potevano restare lì fino alla festa di San Michele. Colin non avrebbe mai smesso di parlare, soprattutto se pensava in tal modo di riuscire a irritarlo.

Anthony si sforzò di non udire altro che il vento. Quanto meno ci provò.

Mirò.

Tirò indietro la mazza.

Crack!

Non troppo, non troppo!

La palla rotolò in avanti, ma purtroppo non abbastanza. Non sarebbe passato attraverso l'ultima porta con il successivo tiro, a meno che un intervento divino non gli avesse concesso di far girare la palla attorno a un sasso grosso quanto un pugno.

«Colin, tocca a te» disse Daphne, ma il fratello era già tornato di corsa alla sua palla.

Le diede un colpetto alla carlona e poi strillò: «Kate!».

Lei si fece avanti, esaminando con attenzione la situazione. La sua palla era a una trentina di centimetri da quella del marito. Il sasso, però, si trovava dall'altra parte e quindi se lei avesse tentato di sabotare il consorte, non lo avrebbe mandato molto lontano... il sasso avrebbe fermato la sua palla.

«Interessante dilemma» mormorò Anthony.

Kate girò attorno alle due palle. «Se ti lasciassi vincere sarebbe un gesto davvero romantico» rifletté.

«Oh, non è questione di *lasciare*» la stuzzicò lui.

«Risposta sbagliata» replicò la moglie e prese la mira.

Anthony socchiuse gli occhi. Ma che stava facendo?

Kate colpì la palla con una certa forza, puntando non al centro della sua, ma sul lato sinistro. Colpita in quel modo, la palla di Anthony partì sulla destra. Data l'angolazione, lei non riuscì a mandarla lontano come se l'avesse colpita direttamente, ma fu comunque in grado di farla arrivare fino in cima alla collina.

Proprio in cima.

E poi giù dall'altra parte.

Kate esultò in un modo adeguato a un campo di battaglia.

«Me la pagherai» la minacciò Anthony.

Lei era troppo impegnata a salterellare su e giù per degnarlo di attenzione.

«Chi vincerà adesso?» domandò Penelope.

«Sai che non mi interessa affatto?» le disse Anthony in tono pacato. Si avvicinò alla palla verde e prese la mira.

«Fermo, non tocca a te!» gridò Edwina.

«E quella non è nemmeno la tua palla!» aggiunse Penelope.

«Davvero?» mormorò lui e colpì la palla verde di Kate facendola volare in aria, rotolare lungo tutto il prato e finire direttamente nel lago.

Kate sbuffò, offesa. «Non è stato molto sportivo da parte tua.»

Lui le rivolse un sorrisetto irritante. «Tutto è lecito, mia cara moglie, ricordi?»

«La ripescherai tu» ribatté lei.

«Sei tu quella che ha bisogno di un bagno.»

Daphne ridacchiò e poi disse: «Credo che tocchi a me. Vogliamo continuare?».

Partì, con Simon, Edwina e Penelope in scia.

«Colin!» urlò Daphne.

«Oh, va bene» brontolò il fratello e la seguì.

Kate guardò il marito e sentì che le stavano tremando le labbra. «Bene,» disse, grattandosi un punto sull'orecchio particolarmente infangato «immagino che la partita per noi finisca qui.»

«Direi.»

«Quest'anno hai fatto un gran bel lavoro.»

«Anche tu» aggiunse lui, sorridendole. «La pozzanghera è stata un'ideona.»

«Già» confermò lei senza alcuna modestia. «E... per quanto riguarda il fango...»

«Non l'ho *proprio* fatto apposta» mormorò lui.

«Io avrei fatto la stessa cosa» ammise Kate.

«Sì, lo so.»

«Sono sudicia» disse lei guardandosi.

«Laggiù c'è un laghetto.»

«Ma è freddo.»

«Allora un bel bagno?»

Lei gli sorrise con espressione seducente. «Lo fai con me?»

«Ma certo.»

Anthony le porse il braccio e, insieme, si avviarono verso casa.

«Avremmo dovuto avvertirli che abbandonavamo la partita?» domandò Kate.

«No.»

«Colin cercherà di rubare la mazza nera, sai.»

Il marito la fissò con interesse. «Pensi che cercherà di portarla via da Aubrey Hall?»

«Tu non lo faresti?»

«Certo» replicò lui con enfasi. «Dovremo unire le nostre forze.»

«Oh, naturalmente.»

Fecero qualche altro passo e poi Kate gli disse: «Ma non appena la riavremo indietro...».

Lui la guardò inorridito. «Oh, a quel punto ognuno per sé. Non avrai forse pensato...»

«No» replicò in fretta lei. «Assolutamente no.»

«Allora siamo d'accordo» disse Anthony con un certo sollievo. Dove sarebbe andato a finire il divertimento se non avesse potuto stracciare Kate?

Camminarono ancora un po' e poi Kate disse risoluta: «L'anno prossimo vincerò io».

«So che lo credi.»

«No, davvero. Ho già qualche idea. Strategie.»

Anthony scoppiò a ridere e si avvicinò per baciarla, fango e tutto. «Anche io ho qualche idea» le disse sorridendo. «E molte, molte strategie.»

Lei si umettò le labbra. «Non stiamo più parlando del Pall Mall, vero?»

Lui scosse la testa.

Kate gli cinse il collo e, con le mani, gli abbassò la testa. Subito prima che le loro labbra si sfiorassero in un bacio, lui la udì sussurrare: «Bene».

Bridgerton
albero genealogico

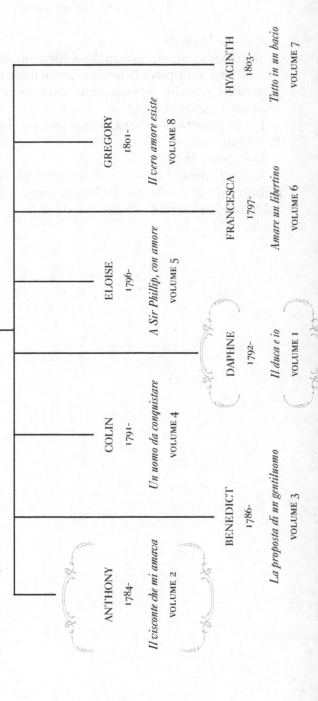

VIOLET Ledger *e* EDMUND
1766– 1764-1803

ANTHONY
1784–

Il visconte che mi amava
VOLUME 2

BENEDICT
1786–

La proposta di un gentiluomo
VOLUME 3

COLIN
1791–

Un uomo da conquistare
VOLUME 4

DAPHNE
1792–

Il duca e io
VOLUME 1

ELOISE
1796–

A Sir Phillip, con amore
VOLUME 5

FRANCESCA
1797–

Amare un libertino
VOLUME 6

GREGORY
1801–

Il vero amore esiste
VOLUME 8

HYACINTH
1803–

Tutto in un bacio
VOLUME 7

JULIA QUINN

Nata a New York nel 1970 e laureata in Storia dell'arte ad
Harvard, è autrice di decine di romanzi pluripremiati e tra-
dotti in più di trenta lingue, tra cui l'amatissima serie Bridgerton, su cui è basata l'omonima serie Netflix. Dal 2010
fa parte del Romance Writers of America's Hall of Fame.